CHV

Gustave Flaubert

LEHRJAHRE DER MÄNNLICHKEIT

Geschichte einer Jugend

Herausgegeben und übersetzt
von Elisabeth Edl

Carl Hanser Verlag

Die Übersetzung wurde gefördert vom
Deutschen Literaturfonds e.V.

1. Auflage 2020

ISBN 978-3-446-26769-5

Umschlag: Peter-Andreas Hassiepen
Motiv: Félix Vallotton,
La Loge de théâtre, le monsieur et la dame, 1909,
Collection particulière

Satz: Satz für Satz, Wangen im Allgäu
Druck und Bindung: CPI books GmbH, Leck
Printed in Germany

LEHRJAHRE
DER MÄNNLICHKEIT

ERSTER TEIL

I.

Am 15. September 1840, gegen sechs Uhr früh, kurz vorm Ablegen, paffte die *Ville-de-Montereau* dicke Wolken am Quai Saint-Bernard.

Leute kamen gerannt, außer Atem; Fässer, Taue, Wäschekörbe hinderten den Verkehr; die Matrosen gaben keine Antwort; man rempelte einander; die Frachtstücke wanderten zwischen die beiden Radkästen, und der Tumult erstarb im Zischeln des Dampfes, der aus Eisenblechen quoll, alles einhüllte in weißliches Gewölk, während die Glocke, vorn am Bug, unausgesetzt bimmelte.

Endlich hatte das Schiff abgelegt; und die beiden Ufer, bestückt mit Lagerhäusern, Werften und Fabriken, zogen dahin wie zwei breite Bänder, die man entrollt.

Ein junger Mann von achtzehn Jahren, mit langem Haar und einem Skizzenbuch unterm Arm, stand neben dem Steuerruder, regungslos. Durch den Nebel betrachtete er Kirchtürme, Bauwerke, deren Namen er nicht kannte; dann umfing er mit einem letzten Blick die Île Saint-Louis, die Cité, Notre-Dame; und gleich darauf, als Paris entschwand, tat er einen tiefen Seufzer.

Monsieur Frédéric Moreau, seit kurzem Baccalaureus, kehrte heim nach Nogent-sur-Seine, wo er zwei Monate ausharren musste, danach würde er *Jura studieren.* Seine Mutter hatte ihn, mitsamt der nötigen Summe, nach Le Havre geschickt, zu einem Onkel, auf dessen Erbschaft sie für ihn spekulierte; erst am Vortag war er von dort zurückgekehrt; und da er nicht in der Hauptstadt verweilen konnte, hielt er sich schadlos, indem er auf dem langsamsten Weg heimfuhr in seine Provinz.

Der Radau ließ nach; jeder war auf seinem Platz; einige wenige standen um die Maschine und wärmten sich; und der Schornstein spie mit trägem rhythmischen Geröchel seine schwarze Rauchfahne in die Luft; Tautröpfchen rannen über die Kupferrohre; das Deck bebte unter einer leichten inneren Vibration, und die beiden rasch kreisenden Räder peitschten das Wasser.

Den Fluss säumten sandige Streifen. Man begegnete Baumflößen, die auf den Wellen des Kielwassers zu schaukeln begannen, oder es saß ein Mann in einem Boot ohne Segel und fischte; dann zerflossen die wabernden Nebel, die Sonne brach hervor, der Hügel, der zur Rechten dem Lauf der Seine folgte, verlor sich allmählich, und ein andrer tauchte auf, etwas näher, am gegenüberliegenden Ufer.

Bäume zierten ihn zwischen niedrigen Häusern mit Dächern nach italienischer Art. Sie hatten steil abfallende Gärten, die von neuen Mauern getrennt wurden, eiserne Gittertore, Rasenflächen, Treibhäuser und Geranientöpfe, regelmäßig verteilt über Terrassen, wo man sich gut aufstützen konnte. Manch einer, der diese schmucken Wohnsitze so friedlich daliegen sah, wünschte sich, der Besitzer zu sein und hier zu leben bis ans Ende seiner Tage, mit einem guten Billardtisch, einer Schaluppe, einer Frau oder irgendeinem anderen Traum. Das ganz neue Amüsement einer Seepartie begünstigte Vertraulichkeiten. Schon rissen die Spaßvögel ihre ersten Witze. Viele sangen. Man war fröhlich. Gläschen wurden eingeschenkt.

Frédéric dachte an das Zimmer, in dem er dort wohnen würde, an den Entwurf für ein Drama, an Sujets für Bilder, an künftige Leidenschaft. Er fand, das Glück, das ihm dank seiner erlesenen Seele zustand, lasse allzu lang auf sich warten. Er deklamierte still für sich melancholische Verse; er lief mit raschem Schritt übers Deck;

er kam bis nach vorn, wo die Glocke war, – und in einem Kreis von Passagieren und Matrosen sah er einen Herrn, der einer Bäuerin Schmeicheleien hersagte, und dabei fummelte er an dem goldenen Kreuz, das sie auf der Brust trug. Er war ein Kerl um die vierzig, mit krausem Haar. Seine kräftige Gestalt füllte das schwarze Samtjackett, zwei Smaragde funkelten an seinem Batisthemd, und die weite lichte Hose fiel auf sonderbare rote Stiefel aus Juchtenleder, geschmückt mit einem blauen Muster.

Die Anwesenheit Frédérics störte ihn nicht. Er wandte sich mehrmals zu ihm, heischte zwinkernd um Einverständnis; dann offerierte er allen Umstehenden Zigarren. Dieser Gesellschaft jedoch anscheinend überdrüssig, ging er ein Stückchen weiter. Frédéric folgte ihm.

Die Unterhaltung drehte sich zunächst um verschiedene Tabaksorten, hernach, wie von selbst, um die Frauen. Der Herr in roten Stiefeln bedachte den jungen Mann mit Ratschlägen; er entwickelte Theorien, erzählte Anekdoten, pries sich selbst als Vorbild, gab all das in gönnerhaftem Ton zum besten, mit einer Naivität voll ergötzlicher Verderbtheit.

Er war Republikaner; er hatte Reisen unternommen, er kannte die Theater, die Restaurants, die Zeitungen von innen und alle berühmten Künstler, die er vertraulich bei ihren Vornamen nannte; Frédéric gestand ihm bald seine Pläne; er machte ihm Mut.

Doch er unterbrach sich, um das Schornsteinrohr zu begutachten, grummelte dann rasch eine lange Berechnung, denn er wollte wissen, »wie viel jeder Kolbenhub, bei soundso vielen in der Minute, usw.«. – Und sobald die Zahl gefunden war, bewunderte er ausgiebig die Landschaft. Er pries sich glücklich, den Geschäften entronnen zu sein.

Frédéric empfand vor ihm eine gewisse Achtung und

konnte dem Wunsch nicht widerstehen, seinen Namen zu erfahren. Der Unbekannte antwortete in einem Atemzug:

»Jacques Arnoux, Eigentümer des *Art industriel*, Boulevard Montmartre.«

Ein Diener mit goldbetresster Mütze trat heran und sagte:

»Wenn Monsieur herunterkommen möchten? Mademoiselle weint.«

Er verschwand.

L'Art industriel war ein hybrides Unternehmen, bestehend aus einer Zeitschrift für Malerei und einem Geschäft für Bilder. Frédéric hatte diesen Titel etliche Male im Schaufenster der Buchhandlung seines Heimatorts gesehen, auf riesigen Werbezetteln, wo der Name Jacques Arnoux sich grandios entfaltete.

Die Sonne stach senkrecht herab, ließ die eisernen Coffeynägel rund um alle Masten schimmern, ebenso die Platten an der Reling und die Oberfläche des Wassers; es teilte sich am Bug in zwei Wellen, die auseinanderrollten bis zum Rand der Wiesen. Nach jeder Flusskrümmung erblickte man wieder den gleichen Vorhang aus fahlen Pappeln. Feld und Flur waren vollkommen leer. Am Himmel standen weiße Wölkchen, und die sanft über allem ausgegossene Langeweile schien die Fahrt des Dampfers zu lähmen und machte die Gesichter der Reisenden noch belangloser.

Bis auf ein paar Bürger in der ersten Klasse waren es Arbeiter, Kleinkrämer mit ihren Frauen und Kindern. In jener Zeit war es üblich, sich auf Reisen schäbig zu kleiden, und so trugen die meisten alte griechische Käppchen oder ausgebleichte Hüte, fadenscheinige schwarze Fräcke, abgewetzt durchs Scheuern am Schreibtisch, oder Gehröcke, die vom allzu langen Tragen im Geschäft das blanke Gehäuse ihrer Knöpfe zeigten; hier und da schaute unter einer Weste mit Schalkragen ein kaffeefleckiges Kalikohemd hervor; Nadeln aus Chrysochalk steckten in zerschlissenen Halsbinden; angenähte Hosenstege hielten geflochtene Schlappen fest; zwei oder drei Spitzbuben, die Bambusstöcke mit Lederkordeln hatten, warfen scheele Blicke; Familienväter glotzten aus großen Augen und stellten dabei Fragen. Sie plauderten im Stehen oder hockend auf ihrem Gepäck; andere schliefen in irgendeinem Winkel; manche aßen. Das Deck war dreckig von Nussschalen, Zigarrenstummeln, Birnenpellen, Überresten der in Papier mitgebrachten Würste; drei Tischler in Kitteln lungerten vor dem Ausschank; ein Harfenspieler in Lumpen döste, auf sein Instrument gestützt; dann und wann hörte man das Fauchen der Steinkohle im Heizkessel, eine laute Stimme, ein Lachen; – und der Kapitän auf der Brücke ging von einem Radkasten zum andern, pausenlos. Um wieder an seinen Platz zu gelangen, öffnete Frédéric das Gitter zur ersten Klasse, störte zwei Jäger mit ihren Hunden.

Es war wie eine Erscheinung.

Sie saß mitten auf der Bank, ganz allein; oder wenigstens konnte er niemand sehen in dem Gleißen, das ihn aus ihren Augen traf. Gerade als er vorüberging, hob sie den Kopf; unwillkürlich beugte er die Schultern; und da er ein Stück weiter, auf derselben Seite, stehenblieb, blickte er zu ihr.

Sie trug einen großen Strohhut mit rosa Bändern, die hinter ihr im Winde flatterten. Das schwarze gescheitelte Haar ließ die Spitzen ihrer dichten Augenbrauen frei, wölbte sich weit hinunter und schien das Oval ihres Gesichtes liebevoll zu umfangen. Ihr helles Musselinkleid, mit Tüpfchen gesprenkelt, breitete sich in zahlreichen Falten. Sie war mit einer Stickerei beschäftigt; und ihre gerade Nase, ihr Kinn, ihre ganze Gestalt zeichnete sich klar ab gegen den Hintergrund von blauer Luft.

Da sie in derselben Haltung verweilte, schlenderte er mehrmals nach rechts und nach links, um sein Manöver zu tarnen; dann bezog er Posten dicht neben ihrem Sonnenschirm, der gegen die Bank gelehnt war, und gab sich den Anschein, als beobachte er eine Schaluppe auf dem Fluss.

Nie zuvor hatte er so schimmernd braune Haut gesehen, so verführerischen Wuchs, so zierlich schlanke Finger, durchdrungen von Licht. Er betrachtete ihr Nähkörbchen voller Staunen, als etwas Ungeheures. Wie mochte ihr Name sein, ihr Zuhause, ihr Leben, ihre Vergangenheit? Gern wollte er die Möbel ihres Zimmers kennen, alle Kleider, die sie getragen hatte, die Leute, mit denen sie Umgang pflegte; und selbst das Verlangen nach körperlichem Besitz erlosch in einem tieferen Sehnen, in einer quälenden Neugier ohne Grenzen.

Eine Schwarze, um den Kopf ein Tuch geschlungen, kam herbei, an der Hand ein kleines Mädchen, das schon groß war. Das Kind, in dessen Augen Tränen standen, war soeben erwacht; sie nahm es auf den Schoß. »Mademoiselle war nicht brav, obwohl sie demnächst sieben wurde; ihre Mutter würde sie nicht mehr liebhaben; man sah ihr allzu viele Launen nach.« Und Frédéric freute sich, diese Dinge zu hören, als hätte er eine Entdeckung gemacht, eine Errungenschaft.

Er meinte, sie wäre Andalusierin, vielleicht Kreolin; hatte sie von den Inseln diese Schwarze mitgebracht?

Ein langer Schal mit violetten Streifen hing in ihrem Rücken über die kupferbeschlagene Bordwand. Gewiss hatte sie ihn viele Male, mitten auf dem Meer, an feuchten Abenden, um sich gelegt, ihre Füße mit ihm bedeckt, darin geschlafen! Doch von den Fransen gezogen, glitt er langsam hinab, fiel beinah schon ins Wasser, Frédéric tat einen Sprung und erwischte ihn. Sie sagte:

»Ich danke Ihnen, Monsieur.«

Ihre Blicke trafen sich.

»Meine Frau, ist meine Frau soweit?« rief der feine Herr Arnoux, am Einstieg der Treppe erscheinend.

Mademoiselle Marthe lief zu ihm, und seinen Hals umklammernd, zog sie an seinem Schnurrbart. Harfentöne erklangen, sie wollte die Musik sehen; und kurz darauf betrat der Spieler des Instruments, von der Schwarzen herbeigeholt, die erste Klasse. Arnoux erkannte in ihm ein früheres Modell; er duzte ihn, was die Umstehenden verwunderte. Schließlich warf der Harfenist sein langes Haar zurück, breitete die Arme aus und begann zu spielen.

Es war eine orientalische Romanze, die von Dolchen sprach, von Blumen und Gestirnen. Der Mann in Lumpen sang mit schneidender Stimme; das Stampfen der Maschine zerriss die Melodie in falschem Takt; er zupfte kräftiger: die Saiten vibrierten, und ihrem metallischen Klang schien ein Schluchzen zu entströmen, und so etwas wie die Klage einer stolzen und besiegten Liebe. Zu beiden Seiten des Flusses zogen sich Wälder herab bis ans Ufer; es wehte ein kühler Lufthauch; Madame Arnoux schaute mit leerem Blick in die Ferne. Als die Musik verstummte, blinzelte sie ein paarmal, als erwache sie aus einem Traum.

Der Harfenist trat zu ihnen, unterwürfig. Während Arnoux nach Münzen kramte, streckte Frédéric die geschlossene Hand nach der Mütze, öffnete sie diskret und legte einen Louisdor hinein. Nicht Eitelkeit ließ ihn vor ihren Augen dies Almosen geben, sondern die Vorstellung von einem Segen, in den er sie mit einbezog, eine beinah fromme Herzensregung.

Arnoux drängte ihn freundlich und den Weg weisend, mit nach unten zu kommen. Frédéric beteuerte, er habe soeben gegessen; er starb jedoch fast vor Hunger; und es war kein Centime mehr in seinem Geldbeutel.

Hinterher kam ihm der Gedanke, er habe schließlich wie jeder andere das Recht, sich in der Kajüte aufzuhalten.

Rings um die runden Tische speisten Bürger, ein Kellner lief hin und her; Monsieur und Madame Arnoux waren ganz hinten, rechts; er setzte sich auf die lange Samtbank, nachdem er eine herumliegende Zeitung aufgelesen hatte.

Sie wollten in Montereau die Postkutsche nach Châlons nehmen. Ihre Reise in die Schweiz dauerte gewiss einen Monat. Madame Arnoux tadelte ihren Mann wegen seiner Nachsicht mit dem Kind. Er flüsterte ihr etwas ins Ohr, eine Artigkeit wohl, denn sie lächelte. Dann erhob er sich und schloss hinter ihrem Nacken den Vorhang am Fenster.

Der niedrige grellweiße Plafond warf ein hartes Licht. Frédéric gegenüber sah sogar den Schatten ihrer Wimpern. Sie netzte die Lippen an ihrem Glas, krümelte Brotkruste zwischen den Fingern; das Medaillon aus Lapislazuli, das ihr mit einem Goldkettchen am Handgelenk hing, klimperte von Zeit zu Zeit gegen ihren Teller. Den Umsitzenden indes schien sie nicht aufzufallen.

Durch die Bullaugen sah man hin und wieder die Flanke eines Kahns vorübergleiten, der längsseits des Schiffes kam, um Reisende abzuholen oder an Bord zu bringen. Die Leute an den Tischen neigten sich zu den Luken und sagten die Namen der am Ufer gelegenen Orte.

Arnoux beschwerte sich über das Essen: Er protestierte lauthals gegen die Rechnung und ließ sie herabsetzen. Dann nahm er den jungen Mann mit aufs Vorderschiff, um Grogs zu trinken. Doch Frédéric kehrte bald zurück unter das Sonnensegel, wo Madame Arnoux jetzt wieder saß. Sie las in einem schmalen Buch mit grauem Einband. Ihre Mundwinkel zogen sich manchmal nach oben, und ein freudiges Aufleuchten erhellte ihr Gesicht. Er beneidete den Menschen, der sich all das ausgedacht hatte, womit sie beschäftigt schien. Je länger er sie ansah, desto tiefere Abgründe spürte er zwischen ihr und sich selbst. Er dachte, dass er schon bald von ihr fortgehen musste, unwiderruflich, ohne ihr ein Wort entlockt zu haben, ohne bei ihr auch nur eine Erinnerung zu hinterlassen!

Eine Ebene erstreckte sich rechter Hand; linker Hand strebte Weideland sanft gegen einen Hügel, wo man Weingärten erblickte, Nussbäume, eine Mühle im Grünen und jenseits davon kleine Wege, ein geschlängeltes Zickzack auf weißem Fels, und der berührte den Himmelsrand. Was für ein Glück, Seit an Seite bergauf zu gehen, den Arm um ihre Taille gelegt, während das Kleid über die vergilbten Blätter streicht, ihrer Stimme lauschend, unter ihrem strahlenden Blick! Der Dampfer konnte anlegen, sie brauchten nur auszusteigen; und dennoch war diese einfache Sache nicht leichter, als die Sonne aus ihrer Bahn zu werfen!

Ein Stück weiter sah man ein Schloss mit spitzem Dach, eckigen Türmchen. Ein Blumenbeet erstreckte sich vor seiner Fassade; und Wege führten, wie dunkle Gewölbe, unter die hohen Linden. Er stellte sich vor, sie wandle unweit der Buchenallee. Im selben Augenblick erschienen eine junge Frau und ein junger Mann auf der Freitreppe, zwischen den Kübeln mit Orangenbäumen. Dann verschwand alles.

Die Kleine spielte in seiner Nähe. Frédéric wollte sie küssen. Sie versteckte sich hinter dem Kindermädchen; ihre Mutter schimpfte, weil sie unartig war gegen den Herrn, der ihren Schal gerettet hatte. War das eine verstohlene Aufforderung?

»Wird sie endlich mit mir sprechen?« fragte er sich.

Die Zeit drängte. Wie sollte er zu einer Einladung bei Arnoux kommen? Er fand nichts Besseres, als auf die Herbstfarben hinzuweisen und noch anzufügen:

»Bald ist es Winter, die Zeit der Bälle und Diners!«

Doch Arnoux beschäftigte sich nur mit seinem Gepäck. Die Anhöhe von Surville tauchte auf, die zwei Brücken kamen näher, man fuhr vorüber an einer Seilerei, dann an einer Reihe niedriger Häuser; etwas unterhalb waren Teerkessel zu sehen, Holzsplitter; und Kinder liefen über den Sand, schlugen Rad. Frédéric erkannte einen Mann mit Ärmelweste, er rief:

»Beeil dich.«

Man war am Ziel. Mühselig suchte er Arnoux im Gewühl der Passagiere, und der antwortete mit einem Händedruck:

»Auf ein andermal, mein werter Herr!«

Sowie Frédéric den Quai erreicht hatte, drehte er sich um. Sie stand neben dem Steuerruder. Er warf ihr einen Blick hinauf, in den er seine ganze Seele zu legen suchte; als hätte er nichts getan, verharrte sie reglos. Dann, ohne auf die Begrüßung seines Dieners zu achten:

»Warum hast du den Wagen nicht bis hierher gefahren?«

Der gute Mann bat um Entschuldigung.

»Tolpatsch! Gib mir Geld!«

Und er ging in einen Gasthof essen.

Eine Viertelstunde später bekam er Lust, wie zufällig in den Hof der Poststation zu treten. Vielleicht würde er sie noch einmal sehen?

»Wozu?« sagte er sich.

Und der Amerikaner trug ihn fort. Die Pferde gehörten nicht beide seiner Mutter. Sie hatte von Monsieur Chambrion, dem Steuereinnehmer, eines geliehen und neben das ihre gespannt. Isidore, der am Vortag aufgebrochen war, hatte in Bray bis zum Abend gerastet und in Montereau übernachtet, so trabten die ausgeruhten Tiere munter drauflos.

Abgeerntete Felder zogen sich endlos. Zwei Baumreihen säumten die Straße, ein Schotterhaufen folgte dem andern: und allmählich kamen ihm Villeneuve-Saint-Georges, Ablon, Châtillon, Corbeil und die anderen Orte, ja, seine ganze Reise, wieder in den Sinn, und zwar so deutlich, dass er jetzt neue Einzelheiten wahrnahm, persönlichere Dinge; unter dem letzten Volant ihres Kleides schaute ihr Fuß hervor in einem schlanken kastanienbraunen Seidenstiefelchen; das Sonnensegel aus Drillich bildete einen ausladenden Baldachin über ihrem Kopf, und die kleinen roten Troddeln am Saum zitterten in der Brise, ohne Unterlass.

Sie glich all den Frauen romantischer Bücher. Er hätte ihrem Bilde nichts hinzufügen wollen, nichts weglassen. Das Universum war mit einem Schlag weiter. Sie war der leuchtende Punkt, dem alle Dinge zustrebten; – und gewiegt vom Schaukeln des Wagens, mit halb geschlossenen Lidern, verschwommenem Blick, überließ er sich träumerischer, grenzenloser Wonne.

In Bray wartete er nicht, bis der Hafer verfüttert war, er ging auf der Straße voraus, ganz allein. Arnoux hatte sie »Marie!« genannt. Er schrie laut: »Marie!« Seine Stimme verlor sich in den Lüften.

Ein breiter Purpurstreifen entflammte den westlichen Himmel. Dicke Getreideschober, die mitten auf den Stoppelfeldern hockten, warfen riesige Schatten. Ein Hund bellte auf einem Bauernhof, in der Ferne. Er schauderte, gepackt von grundloser Unruhe.

Als Isidore ihn eingeholt hatte, setzte er sich auf den Bock und kutschierte. Sein Schwächeanfall war vorbei. Er war fest entschlossen, auf irgendeine Weise Zutritt bei den Arnoux zu finden und sich mit ihnen anzufreunden. Ihr Haus war gewiss amüsant, zudem gefiel ihm Arnoux; und dann, wer weiß? Jetzt schoss ihm Blut ins Gesicht: ihm pochten die Schläfen, er knallte mit der Peitsche, schwang die Zügel und trieb die Pferde mit solchem Tempo, dass der alte Kutscher immer wieder sagte:

»Langsam! langsam! das macht sie noch dämpfig.«

Allmählich wurde Frédéric ruhiger und hörte auf die Reden seines Dieners.

Man erwartete Monsieur mit großer Ungeduld. Mademoiselle Louise hatte geweint, weil sie mitwollte im Wagen.

»Wer ist Mademoiselle Louise?«

»Die Kleine von Monsieur Roque, wissen Sie nicht?«

»Ach! hatte ich ganz vergessen!« erwiderte Frédéric gleichgültig.

Mittlerweile konnten die zwei Pferde nicht mehr. Sie hinkten beide; und von Saint-Laurent schlug es neun, als er auf der Place d'Armes ankam, vor dem Haus seiner Mutter. Dieses Haus, geräumig und mit einem Garten aufs freie Land hinaus, erhöhte das Ansehen von Madame Moreau, der meistgeachteten Person im Ort.

Sie stammte aus einer alten Adelsfamilie, die nun erloschen war. Ihr Mann, ein Plebejer, mit dem ihre Eltern sie verheiratet hatten, war an einem Degenstich gestorben, während ihrer Schwangerschaft, und hinterließ ihr ein prekäres Vermögen. Sie empfing dreimal die Woche und gab von Zeit zu Zeit ein großes Diner. Aber die Anzahl der Kerzen wurde im voraus berechnet, und sie wartete ungeduldig auf ihren Pachtzins. Diese wie ein Laster verheimlichte Geldnot machte sie ernst. Doch ihre Tugend entfaltete sich ohne zur Schau gestellte Prüderie, ohne Bitterkeit. Die kleinsten Almosen wirkten wie eine große Wohltat. Man erbat ihren Rat bei der Auswahl von Dienstboten, der Erziehung junger Mädchen, der Kunst des Marmeladekochens, und Seine

Exzellenz war ihr Gast auf seinen Reisen durchs Bistum.

Madame Moreau hegte ehrgeizige Pläne für ihren Sohn. Sie hörte es nicht gern, wenn jemand die Regierung tadelte, aus einer Art vorauseilender Vorsicht. Anfangs würde er Protektion brauchen, später, dank seiner Fähigkeiten, aufsteigen zum Staatsrat, Botschafter, Minister. Seine Erfolge am Collège in Sens rechtfertigten diesen Stolz; er hatte den Ehrenpreis errungen.

Als er den Salon betrat, erhoben sich alle geräuschvoll, man umarmte ihn; und mit Sesseln und Stühlen wurde ein großer Halbkreis gebildet um den Kamin. Monsieur Gamblin fragte ihn augenblicklich nach seiner Meinung zu Madame Lafarge. Dieser Prozess, die Obsession des Tages, führte sogleich zu einer hitzigen Debatte; Madame Moreau beendete sie, zum Leidwesen freilich von Monsieur Gamblin; er fand sie nützlich für den jungen Mann in seiner Eigenschaft als künftiger Jurist, und pikiert verließ er den Salon.

Nichts war verwunderlich bei einem Freund von Vater Roque! Im Zusammenhang mit Vater Roque kam man auf Monsieur Dambreuse zu sprechen, denn der hatte vor kurzem das Gut in La Fortelle gekauft. Der Steuereinnehmer jedoch zog Frédéric beiseite, um zu erfahren, was er von Monsieur Guizots letztem Werk halte. Alle waren neugierig, wie es um seine Angelegenheiten stand; Madame Benoît taktierte geschickt und erkundigte sich nach seinem Onkel. Wie erging es diesem lieben Verwandten? Er ließ nichts mehr von sich hören. Hatte er nicht einen weitläufigen Cousin in Amerika?

Die Köchin verkündete, die Suppe für Monsieur sei angerichtet. Taktvoll zog man sich zurück. Sobald sie im Esszimmer allein waren, fragte seine Mutter leise:

»Nun?«

Der alte Mann hatte ihn sehr herzlich aufgenommen, jedoch nichts verraten von seinen Absichten.

Madame Moreau seufzte.

»Wo ist sie jetzt?« dachte er.

Der Postwagen fuhr dahin, gewiss war sie in den Schal gehüllt, und auf dem Tuch des Coupés ruhte der schöne schlafende Kopf.

Sie waren schon auf dem Weg in ihre Zimmer, da brachte ein Bursche aus dem *Cygne de la Croix* ein Billett.

»Was gibt's?«

»Deslauriers will mich noch sehen«, sagte er.

»Ach! dein Schulkamerad!« erwiderte Madame Moreau mit verächtlichem Kichern. »Eine bessre Zeit konnte er wohl nicht finden!«

Frédéric zögerte. Aber die Freundschaft war stärker. Er griff nach seinem Hut.

»Bleib wenigstens nicht so lang!« sagte seine Mutter.

II.

Der Vater von Charles Deslauriers, ehemaliger Hauptmann der Linientruppen, 1818 aus dem Dienst geschieden, war zum Heiraten heimgekehrt nach Nogent und hatte mit dem Geld der Mitgift das Amt eines Gerichtsvollziehers erworben, das ihn nur mühsam ernährte. Verbittert durch langjährige Ungerechtigkeiten, unter seinen alten Verletzungen leidend, immer noch dem Kaiser nachtrauernd, traktierte er seine Umgebung mit der Wut, die ihn erstickte. Wenige Kinder wurden mehr geprügelt als sein Sohn. Der Junge beugte sich nicht, trotz aller Schläge. Versuchte seine Mutter einzugreifen, wurde sie so grob behandelt wie er. Am Ende steckte ihn der Hauptmann in seine Kanzlei, und den ganzen Tag musste er, übers Pult gebeugt, Akten abschreiben, sodass seine rechte Schulter deutlich stärker war als die andere.

Im Jahr 1833 verkaufte der Hauptmann nach Aufforderung durch den Gerichtspräsidenten die Kanzlei. Seine Frau starb an Krebs. Er zog nach Dijon; anschließend etablierte er sich als Rekrutenhändler in Troyes; und nachdem er für Charles ein halbes Stipendium erwirkt hatte, gab er ihn auf das Collège in Sens, wo Frédéric ihn wiedererkannte. Aber der eine war zwölf, der andere fünfzehn; außerdem trennten sie tausend Unterschiede in Charakter und Herkunft.

Frédéric besaß in seiner Kommode allerhand Vorräte, erlesene Dinge, ein Toilettennecessaire zum Beispiel. Er liebte es, am Morgen lange zu schlafen, den Schwalben hinterherzuschauen, Theaterstücke zu lesen, und er fand, den Annehmlichkeiten seines Zuhauses nachtrauernd, das Leben im Collège hart.

Den Sohn des Gerichtsvollziehers dünkte es gut. Er lernte fleißig, und so kam er am Ende des zweiten Jahres in die Tertia. Doch wegen seiner Armut, oder seines streitsüchtigen Wesens, umgab ihn dumpfe Feindseligkeit. Als ihn freilich ein Diener, auf dem Hof der mittleren Klassen, einmal Bettelkind nannte, sprang er ihm an die Gurgel und hätte ihn wahrscheinlich umgebracht, wären nicht drei Hilfslehrer dazwischengegangen. Frédéric schloss ihn, voll der Bewunderung, in die Arme. Von diesem Tag an waren sie die innigsten Freunde. Die Zuneigung eines *Großen* schmeichelte wohl der Eitelkeit des Kleinen, und der andere empfing wie ein Glück die ihm geschenkte Anhänglichkeit.

Sein Vater beließ ihn während der Ferien im Collège. Eine zufällig aufgeschlagene Platon-Übersetzung begeisterte ihn. Nun packte ihn die Leidenschaft für metaphysische Studien; und schnell machte er Fortschritte, denn er betrieb sie mit jugendlicher Kraft und im Stolz einer Intelligenz, die ihre Fesseln abwirft; Jouffroy, Cousin, Laromiguière, Malebranche, die Schotten, alles, was die Bibliothek enthielt, kam an die Reihe. Er hatte den Schlüssel stehlen müssen, um sich Bücher zu verschaffen.

Frédérics Zerstreuungen waren nicht ganz so ernst. Er zeichnete in der Rue des Trois-Rois den in einen Pfosten geschnitzten Stammbaum Christi, ferner das Portal der Kathedrale. Nach den mittelalterlichen Dramen machte er sich an die Memoiren: Froissart, Comines, Pierre de l'Estoile, Brantôme.

Die Bilder, die ein solcher Lesestoff in seinem Kopfe wachrief, bedrängten ihn so stark, dass er sie unbedingt wiedergeben wollte. Er hegte den Ehrgeiz, eines Tages der Walter Scott Frankreichs zu sein. Deslauriers grübelte über ein gewaltiges philosophisches System mit den weitreichendsten Anwendungsmöglichkeiten.

Über all das plauderten sie während der Pausen, auf dem Schulhof, im Angesicht der erbaulichen Inschrift unter der Uhr; sie flüsterten in der Kapelle, vor der Nase Ludwigs des Heiligen; sie träumten im Schlafsaal, wo man hinabblickt auf einen Friedhof. An Tagen mit Spaziergang reihten sie sich hinter die andern und redeten unaufhörlich.

Sie redeten über das, was sie später einmal tun würden, hätten sie das Collège erst einmal hinter sich. Zuerst wollten sie eine große Reise unternehmen mit dem Geld, das Frédéric sich von seinem Vermögen auszahlen ließe, bei Erreichen der Volljährigkeit. Dann kämen sie zurück nach Paris, arbeiteten gemeinsam, gingen nie auseinander; – und als Erholung von ihrer Arbeit genössen sie Liebschaften mit Fürstinnen in seidenen Boudoirs oder gleißende Gelage mit berühmten Kurtisanen. Zweifel folgte auf ihren Hoffnungstaumel. Nach Anfällen wortreicher Fröhlichkeit verfielen sie in tiefes Schweigen.

An Sommerabenden, wenn sie lang über steinige Wege neben Weingärten einhermarschiert waren, oder über die Landstraße auf freier Flur, und wenn die Kornfelder in der Sonne wogten, während Düfte von Engelwurz durch die Luft zogen, überkam sie eine Art von Atembeklemmung, und sie legten sich auf den Rücken, benommen, berauscht. Die andern spielten hemdsärmelig Barrenlauf oder ließen Drachen steigen. Der Hilfslehrer rief nach ihnen. Auf dem Heimweg lief man vorbei an Gärten, durch die kleine Bäche flossen, dann die Boulevards entlang im Schatten der alten Mauern; die öden Straßen hallten unter ihrem Schritt; das Gittertor öffnete sich, man ging die Treppe wieder hinauf; und sie waren traurig wie nach großer Ausschweifung.

Der Herr Direktor behauptete, sie stachelten sich gegenseitig auf. Doch wenn Frédéric in den höheren Klassen etwas lernte, so nur, weil sein Freund ihn anspornte;

und in den Ferien 1837 brachte er ihn mit zu seiner Mutter.

Der junge Mann missfiel Madame Moreau. Er aß ungeheuer viel, er weigerte sich, sonntags zur Messe zu gehen, er hielt republikanische Reden; schließlich glaubte sie zu wissen, er habe ihren Sohn mitgenommen an verruchte Orte. Man überwachte ihre Beziehung. Sie liebten sich umso mehr; und der Abschied war schmerzhaft, als Deslauriers im Jahr darauf das Collège verließ, um in Paris Jura zu studieren.

Frédéric rechnete fest damit, ihm nachzufolgen. Sie hatten einander zwei Jahre nicht gesehen; und nach langen Umarmungen gingen sie auf die Brücken, dort plauderte man ungestört.

Der Hauptmann, der jetzt einen Billardsaal in Villenauxe betrieb, hatte getobt wie ein Wilder, als der Sohn eine Abrechnung über sein Erbteil verlangte, und ihm sogar jegliche Unterstützung kurzweg gestrichen. Da er sich jedoch später um einen Lehrstuhl an der juristischen Fakultät bewerben wollte und kein Geld hatte, übernahm Deslauriers in Troyes die Stelle als erster Kanzlist bei einem Anwalt. Durch große Entbehrungen würde er viertausend Franc sparen; und sollte er von der mütterlichen Hinterlassenschaft gar nichts bekommen, hätte er immerhin genug, um drei Jahre lang frei und ungehindert zu lernen, in Erwartung einer Position. Ihren alten Plan, gemeinsam in der Hauptstadt zu leben, mussten sie also aufgeben, wenigstens vorläufig.

Frédéric ließ den Kopf hängen. Das war der erste seiner Träume, der sich in Luft auflöste.

»Tröste dich«, sagte der Hauptmannssohn, »das Leben ist lang, wir sind jung. Ich folge dir nach! Denk nicht mehr daran!«

Er schüttelte ihn an den Händen, und zur Ablenkung fragte er nach seiner Reise.

Frédéric wusste nicht viel zu erzählen. Doch bei der Erinnerung an Madame Arnoux verflog sein Kummer. Er sprach nicht von ihr, gehemmt durch eine Scham. Er verbreitete sich hingegen über Arnoux, berichtete von seinen Reden, seinen Umgangsformen, seinen Beziehungen; und Deslauriers ermahnte ihn eindringlich, diese Bekanntschaft zu pflegen.

Frédéric hatte nichts geschrieben in letzter Zeit; seine literarischen Ansichten hatten sich gewandelt: über alles schätzte er die Leidenschaft; Werther, René, Franck, Lara, Lélia und noch ein paar Mittelmäßigere begeisterten ihn fast ebensosehr. Manchmal schien allein die Musik ihm geeignet zum Ausdruck seiner inneren Erregung; dann träumte er von Symphonien; oder es fesselte ihn die Oberfläche der Dinge, und er wollte malen. Er hatte Verse geschrieben, immerhin; Deslauriers fand sie wunderschön, bat freilich um kein weiteres Exempel.

Was nun ihn betraf, so interessierte er sich nicht länger für Metaphysik. Ihn beschäftigten Sozialökonomie und Französische Revolution. Er war jetzt ein langer Lulatsch von zweiundzwanzig Jahren, mager, mit breitem Mund, entschlossener Miene. Er trug an diesem Abend einen schäbigen Überrock aus Lasting; und seine Schuhe waren weiß von Staub, denn er hatte den Weg aus Villenauxe zu Fuß gemacht, nur um Frédéric zu sehen.

Isidore trat zu ihnen. Madame bat Monsieur heimzukommen, und da sie fürchtete, ihm sei womöglich kalt, habe sie seinen Mantel mitgeschickt.

»Bleib doch!« sagte Deslauriers.

Und sie spazierten weiter vom einen Ende zum andern der zwei Brücken, die sich hinüberspannen auf die schmale Insel, geformt von Fluss und Kanal.

Gingen sie in Richtung Nogent, dann hatten sie vor sich eine leicht abfallende Häusergruppe; rechter Hand tauchte die Kirche auf hinter den Sägemühlen, deren

Schleusen geschlossen waren; linker Hand begrenzten Strauchhecken am Fluss entlang die Gärten, die man kaum sah. Doch in Richtung Paris führte die Landstraße schnurgerade abwärts, und Wiesen verloren sich fernab, in den Dunstwolken der Nacht. Sie war still und von weißlicher Helle. Der Geruch feuchten Laubs stieg zu ihnen empor; die Kaskade an der Wasserableitung, hundert Schritt weiter, murmelte mit dem eindringlich sanften Geplätscher der Fluten im Dunkel.

Deslauriers blieb stehen und sagte:

»Die guten Leutchen, wie ruhig sie schlafen, komisch! Wartet nur! ein neues 89 braut sich zusammen! Wir haben genug von all den Verfassungen, Chartas, Spitzfindigkeiten, Lügen! Ach! hätt ich bloß eine Zeitung oder eine Tribüne, euch würde ich kräftig aufrütteln! Doch ganz gleich wofür, immer braucht man Geld! Ein Fluch, du bist der Sohn eines Schankwirts und vergeudest die eigene Jugend mit der Suche nach Brot!«

Er ließ den Kopf hängen, biss sich auf die Lippen und schlotterte unter seinem dünnen Gewand.

Frédéric warf ihm die Hälfte seines Mantels über die Schultern. Sie hüllten sich fest darin ein; und engumschlungen gingen sie Seit an Seite.

»Wie soll ich dort leben ohne dich?« sagte Frédéric. Die Bitterkeit seines Freundes hatte ihn wieder traurig gestimmt. »Aus mir hätte etwas werden können, mit einer Frau, die mich liebt … Warum lachst du? Die Liebe ist Nahrung und wie Atemluft für das Genie. Außergewöhnliche Empfindungen schaffen erhabene Werke. Und nach derjenigen suchen, die ich bräuchte, das versage ich mir! Außerdem, sollte ich sie jemals finden, dann wird sie mich abweisen. Ich bin vom Stamme der Enterbten und werde verlöschen mit einem Schatz, der aus Strass war oder aus Diamant, mehr weiß ich nicht.«

Ein menschlicher Schatten fiel auf die Pflastersteine, und zugleich hörten sie die Worte:

»Gehorsamster Diener, meine Herren!«

Der so sprach, war ein kleiner Mann, bekleidet mit einem weiten braunen Gehrock und auf dem Kopf eine Mütze, unter deren Schirm eine spitze Nase hervorlugte.

»Monsieur Roque?« sagte Frédéric.

»In Person!« antwortete die Stimme.

Der Mann aus Nogent erklärte seine Gegenwart, indem er berichtete, er habe soeben nach den Wolfsfallen gesehen, in seinem Garten unten am Wasser.

»Und Sie, wieder im Lande? Sehr schön! ich hab's schon von meinem Töchterchen gehört. Immer noch bei guter Gesundheit, hoffe ich? Sie verlassen uns nicht so bald?«

Und er ging, wohl entmutigt durch Frédérics Empfang.

Madame Moreau verkehrte nämlich nicht mit ihm; Vater Roque lebte in wilder Ehe mit seinem Dienstmädchen, und er wurde nur wenig geachtet, obwohl er der Wahlagent von Monsieur Dambreuse war und sein Verwalter.

»Dieser Bankier aus der Rue d'Anjou?« fragte Deslauriers. »Weißt du, was du tun solltest, mein Guter?«

Isidore unterbrach sie abermals. Er hatte Anweisung, Frédéric unwiderruflich heimzubringen. Madame war besorgt über seine Verspätung.

»Ja, ja! wir kommen schon«, sagte Deslauriers; »er wird nicht über Nacht ausbleiben.«

Und als der Diener fort war:

»Du solltest diesen Alten bitten, dass er dich bei den Dambreuses einführt; nichts ist hilfreicher, als in einem reichen Haus zu verkehren! Du hast doch einen schwarzen Frack und weiße Handschuhe, nütze sie! Du musst in diese Kreise gehen! Irgendwann bringst du auch mich hin. Ein Mann mit Millionen, denk bloß! Sieh zu, dass du ihm gefällst, und seiner Frau ebenso. Du solltest ihr Geliebter werden!«

Frédéric protestierte.

»Aber ich sag dir doch nur altbewährte Dinge, oder? Erinnere dich an Rastignac in der *Menschlichen Komödie*! Du wirst reüssieren, ich bin sicher!«

Frédéric hatte so viel Vertrauen zu Deslauriers, dass er ins Wanken kam, und Madame Arnoux vergessend oder sie mit einschließend in die Vorhersage, welche die andre betraf, konnte er ein Lächeln nicht unterdrücken.

Der Kanzlist fügte hinzu:

»Ein letzter Rat: Mach deine Prüfungen! Ein Titel ist immer gut; und verabschiede dich beherzt von deinen katholischen und satanischen Dichtern, die in der Philosophie so weit sind wie andere im 12. Jahrhundert. Deine Verzweiflung ist dumm. Sehr große Männer hatten es im Anfang viel schwerer, angefangen bei Mirabeau. Außerdem dauert unsre Trennung gewiss nicht so lange. Meinen Vater, dieses Schlitzohr, zwinge ich noch, etwas auszuspucken. Es ist Zeit, ich muss zurück, leb wohl! Hast du hundert Sou, damit ich mein Abendessen bezahlen kann?«

Frédéric gab ihm zehn Franc, den Rest von der Summe, die er am Vormittag Isidore abgenommen hatte.

Doch zwanzig Klafter hinter den Brücken, am linken Ufer, strahlte Licht aus dem Dachfenster eines niedrigen Hauses.

Deslauriers bemerkte es. Da sagte er voller Emphase und zog sogleich seinen Hut:

»Venus, Königin des Himmels, gehorsamster Diener! Aber Not ist die Mutter der Vernunft. Man hat uns darum schon genug angeschwärzt, Allmächtiger!«

Diese Anspielung auf ein gemeinsames Abenteuer

stimmte sie fröhlich. Sie lachten sehr laut in den Straßen.

Nachdem Deslauriers seine Schulden im Gasthof beglichen hatte, geleitete er Frédéric bis zur Kreuzung am Hôtel-Dieu; – und nach einer langen Umarmung trennten sich die beiden Freunde.

III.

Zwei Monate später dachte Frédéric, der eines Morgens in der Rue Coq-Héron angelangt war, unverzüglich an seinen großen Besuch.

Der Zufall hatte ihm geholfen. Vater Roque war mit einer Rolle wichtiger Papiere zu ihm gekommen und hatte ihn ersucht, diese eigenhändig bei Monsieur Dambreuse abzugeben; und die Sendung begleitete ein unversiegeltes Schreiben, in dem er seinen jungen Landsmann vorstellte.

Madame Moreau schien erstaunt über diesen Schritt. Frédéric verbarg die Freude, die er empfand.

Monsieur Dambreuse hieß mit richtigem Namen Comte d'Ambreuse; doch seit 1825 hatte er peu à peu Adel und Partei aufgegeben und befasste sich nun mit der Industrie; das Ohr in allen Büros, die Hand in allen Unternehmungen, auf der Lauer nach guten Gelegenheiten, listenreich wie ein Grieche und fleißig wie ein Auvergnat, hatte er ein, so hieß es, beachtliches Vermögen angehäuft; darüber hinaus war er Offizier der Ehrenlegion, Mitglied des Generalrats im Departement Aube, Abgeordneter, demnächst Pair de France; zudem ein gefälliger Mensch, strapazierte er den Minister mit seinen ständigen Bitten um Hilfe, Verdienstkreuze, Tabakläden; und in seiner Schmollerei gegen die Staatsgewalt neigte er zur linken Mitte. Seine Frau, die hübsche Madame Dambreuse, die in Modejournalen genannt wurde, leitete wohltätige Vereine. Indem sie Herzoginnen umschmeichelte, besänftigte sie den Groll des adligen Faubourgs und erweckte den Eindruck, Monsieur Dambreuse könnte noch Reue zeigen und sich nützlich erweisen.

Der junge Mann war aufgeregt, als er zu ihnen ging.

»Ich hätte besser den Frack angezogen. Sicher lädt man mich für nächste Woche zum Ball? Was wird man mir sagen?«

Seine Selbstsicherheit kehrte zurück bei dem Gedanken, auch Monsieur Dambreuse sei nur ein Bürger, und schwungvoll sprang er von seinem Kabriolett auf das Trottoir der Rue d'Anjou.

Nachdem er eines der beiden Einfahrtstore aufgestoßen hatte, durchquerte er den Hof, erstieg die Außentreppe und betrat eine mit farbigem Marmor gepflasterte Vorhalle.

Eine gerade Doppeltreppe mit rotem Läufer samt Messingstangen führte empor zwischen hohen Wänden aus schimmerndem Stuck. Am Fuß der Stufen stand ein Bananenbaum, dessen breite Blätter herabfielen auf den Samt des Geländers. Zwei bronzene Kandelaber trugen an feinen Ketten hängende Porzellankugeln; aus den gähnenden Luftlöchern der Heizung strömte drückende Wärme; und man hörte nichts außer dem Ticktack einer hohen Standuhr, die am andern Ende der Vorhalle aufragte, unter einer Waffensammlung.

Eine Klingel schellte; ein Bedienter erschien und führte Frédéric in einen kleinen Raum, wo zwei Geldschränke zu sehen waren, dazu noch mit Akten gefüllte Regale. Monsieur Dambreuse schrieb in der Mitte, an einem Tisch mit Rolldeckel.

Er überflog Vater Roques Brief, schlitzte mit seinem Taschenmesser die Leinwand, welche die Papiere umschloss, und studierte sie.

Von weitem wirkte er wegen seiner schlanken Gestalt vielleicht noch jung. Doch sein schütteres weißes Haar, seine kraftlosen Glieder und vor allem die außergewöhnliche Blässe des Gesichts verrieten eine zerrüttete Konstitution. Unerbittliche Energie lag in seinen meergrünen Augen, die kälter blickten als Augen von Glas. Er hatte stark hervortretende Backenknochen und Hände mit gichtigen Gelenken.

Endlich erhob er sich und stellte dem jungen Mann ein paar Fragen über gemeinsame Bekannte, über Nogent, über sein Studium; dann entließ er ihn mit einer Verbeugung. Frédéric entfernte sich durch einen anderen Korridor und stand plötzlich im unteren Teil des Hofes, bei den Remisen.

Ein blaues Coupé, mit einem Rappen davor, wartete an der Außentreppe. Der Schlag öffnete sich, eine Dame stieg ein, und der Wagen rollte mit gedämpftem Knirschen über den Sand.

Frédéric kam gleichzeitig mit ihm ans andere Ende, unter das Einfahrtstor. Es war nicht viel Platz, er musste warten. Die junge Frau beugte sich aus dem Klappfenster und sprach leise zum Concierge. Er gewahrte nur ihren Rücken, den ein violetter Umhang bedeckte. Doch warf er einen Blick ins Innere des Wagens, ausgeschlagen mit blauem Rips, dazu seidene Posamenten und Fransen. Die Kleider der Dame füllten ihn ganz und gar; es entströmte diesem gepolsterten Schächtelchen ein Irisduft und etwas wie der diffuse Hauch weiblicher Eleganz. Der Kutscher lockerte die Zügel, das Pferd streifte plötzlich den Prellstein, und alles verschwand.

Frédéric ging zu Fuß nach Hause, über die Boulevards.

Er bedauerte, dass er Madame Dambreuse nicht richtig gesehen hatte.

Ein Stück oberhalb der Rue Montmartre wandte er inmitten eines Wagengedränges den Kopf; und auf der anderen Seite, gegenüber, las er auf einer Marmortafel:

JACQUES ARNOUX

Wieso hatte er nicht früher an sie gedacht? Schuld war Deslauriers, und er näherte sich dem Laden, trat jedoch nicht hinein; er wartete, dass sie erscheine.

Die hohen durchsichtigen Glasscheiben zeigten dem Blick in geschickter Anordnung Statuetten, Zeichnungen, Stiche, Kataloge, Hefte des *Art industriel*; und die Abonnementpreise fanden sich noch einmal an der Tür, dort, ganz in der Mitte, prangten auch die Initialen des Herausgebers. Man sah an den Wänden große Gemälde, deren Firnis glänzte, außerdem im Hintergrund zwei Büfetts, beladen mit Keramik, Bronzen, verlockenden Raritäten; dazwischen lag eine kleine Treppe, die oben eine Plüschportiere abschloss; und ein Lüster aus Meißner Porzellan, ein grüner Teppich auf dem Dielenboden, dazu ein Tisch mit Einlegearbeit gaben diesem Interieur eher den Anstrich eines Salons als eines Ladens.

Frédéric tat, als studiere er die Zeichnungen. Nach endlosem Zögern trat er hinein.

Ein Angestellter hob die Portiere und meldete, Monsieur sei vor fünf nicht »im Geschäft«. Wenn er freilich etwas ausrichten könne …

»Nein! ich komme wieder«, antwortete leise Frédéric.

Die folgenden Tage waren ausgefüllt mit der Suche nach einer Unterkunft; und er entschied sich für ein Zimmer im zweiten Stock eines Hotel garni, Rue Saint-Hyacinthe.

Mit einer nagelneuen Schreibmappe unter dem Arm begab er sich zum Auftakt der Vorlesungen. Dreihundert barhäuptige junge Männer füllten ein Auditorium, wo ein Greis in rotem Talar mit eintöniger Stimme vortrug; Federn kratzten übers Papier. Er fand in diesem Hörsaal von neuem den Staubgeruch aus den Klassenzimmern, ein gleich gebautes Katheder, dieselbe Langeweile! Vierzehn Tage lang ging er hin. Doch man war noch nicht bei Artikel 3 angelangt, da hatte er den Code civil bereits aufgegeben, und den Institutionen kehrte er den Rücken bei der *Summa divisio personarum.*

Die erhofften Freuden ließen auf sich warten; und nachdem er ein Lesekabinett ausgeschöpft hatte, kreuz und quer durch die Sammlungen des Louvre gelaufen und mehrmals hintereinander im Theater gewesen war, verfiel er in abgrundtiefen Müßiggang.

Tausend neue Dinge verschlimmerten seine Traurigkeit. Er musste mit seiner Wäsche haushalten und den Concierge ertragen, Tölpel in der Gestalt eines Krankenwärters, der morgens grummelnd und mit einer Schnapsfahne sein Bett aufschütteln kam. Seine Wohnung, die eine alabasterne Stutzuhr zierte, gefiel ihm nicht. Die Wände waren dünn; er hörte die Studenten Punsch zubereiten, lachen, singen.

Der Einsamkeit überdrüssig, machte er sich auf die Suche nach einem früheren Schulkameraden namens Baptiste Martinon; und er entdeckte ihn in einer bürgerlichen Pension der Rue Saint-Jacques, die Prozessordnung büffelnd, vor einem Steinkohlefeuer.

Ihm gegenüber saß eine Frau in einem Kleid aus bedrucktem Baumwollstoff und stopfte Socken.

Martinon war, was man einen bildschönen Mann nennt: groß, vollwangig, mit regelmäßigen Gesichtszügen und blassblauen, vorstehenden Augen; sein Vater, ein wohlhabender Landwirt, hatte ihn für die hohe Beamtenschaft ausersehen, – und da er schon jetzt seriös wirken wollte, stutzte er sich den Bart zur Fraise.

Da Frédérics Verdruss keine begreifliche Ursache hatte und er auch nicht das geringste Unglück ins Feld führen konnte, verstand Martinon nichts von seinem Lamento über das Leben. Denn er selbst ging jeden Tag an die juristische Fakultät, spazierte anschließend durch den Luxembourg, trank abends sein Tässchen Kaffee, und mit fünfzehnhundert Franc im Jahr und der Liebe dieser Arbeiterin war er vollkommen selig.

»Was für ein Glück!« rief Frédéric in seinem Innern.

Er hatte an der Fakultät noch mit jemand anders Bekanntschaft geschlossen, und zwar mit Monsieur de Cisy, Spross einer vornehmen Familie, der eher einem Fräulein glich, wegen seiner zierlichen Manieren.

Monsieur de Cisy befasste sich mit Zeichnen, liebte die gotische Kunst. Mehrere Male bewunderten sie gemeinsam die Sainte-Chapelle und Notre-Dame. Die Distinguiertheit des jungen Patriziers barg freilich einen höchst mageren Verstand. Alles machte ihn staunen; er lachte viel über den kleinsten Scherz und zeigte eine so vollständige Naivität, dass Frédéric ihn zunächst für einen Schelm hielt, und schließlich betrachtete er ihn als Einfaltspinsel.

Herzensergießungen mit wem auch immer waren also unmöglich; und er wartete noch immer auf die Einladung bei den Dambreuses.

Zu Neujahr schickte er ihnen Visitenkarten, erhielt selbst aber keine.

Er war noch einmal zum *Art industriel* gegangen.

Er ging ein drittes Mal, und endlich sah er Arnoux, der sich von fünf, sechs Personen umringt zankte und seinen Gruß kaum erwiderte; Frédéric war verletzt. Dennoch suchte er weiter, wie er vordringen könnte bis zu *ihr*.

Zunächst dachte er daran, oft vorstellig zu werden und um Bilder zu feilschen. Dann überlegte er, ein paar »sehr starke« Artikel in den Briefkasten der Zeitschrift zu werfen, das führte gewiss zu Beziehungen. Vielleicht war es besser, schnurstracks loszusteuern aufs Ziel, seine Liebe zu erklären? Also schrieb er einen zwölfseitigen Brief voll lyrischer Ergüsse und Ausrufungen; doch er zerriss ihn, tat nichts, wagte nichts, – gelähmt durch Angst vor dem Misserfolg.

Über Arnoux' Laden waren im ersten Stock drei Fenster jeden Abend erleuchtet. Schatten bewegten sich dahinter, einer vor allem; es war der ihre; – und er bemühte sich von sehr weit her, um diese Fenster zu beobachten und diesen Schatten zu sehen.

Eine Schwarze, die ihm eines Tages in den Tuilerien über den Weg lief, ein kleines Mädchen an der Hand, erinnerte ihn an Madame Arnoux' Schwarze. Bestimmt kam sie hierher wie alle andern; jedesmal, wenn er durch die Tuilerien ging, pochte sein Herz in der Hoffnung, ihr zu begegnen. An sonnigen Tagen setzte er seinen Spaziergang fort bis ans Ende der Champs-Élysées.

Frauen, lässig in Kaleschen sitzend, mit im Winde flatternden Schleiern, glitten an ihm vorüber im kräftigen Schritt ihrer Pferde, mit leichtem Geschaukel, von dem das glänzende Lederzeug knarrte. Die Wagen wurden zahlreicher, verlangsamten ihr Tempo nach dem Rond-Point und füllten die ganze Fahrbahn. Mähne an Mähne, Laterne an Laterne; stählerne Steigbügel, silberne Kinnketten, messingne Schnallen blitzten da und dort zwischen Kniehosen, weißen Handschuhen und Pelzen, die über den Wappen auf Wagenschlägen hingen. Er fühlte sich wie verloren in einer fernen Welt. Sein Blick schweifte über die Frauenköpfe; und vage Ähnlichkeiten riefen ihm Madame Arnoux in den Sinn. Er sah sie inmitten der anderen, in einem dieser kleinen Coupés, und alle glichen dem Coupé von Madame Dambreuse. – Aber die Sonne ging unter, und der kalte Wind wirbelte Staub in die Luft. Die Kutscher vergruben ihr Kinn in der Halsbinde, die Räder drehten sich schneller, der Schotter knirschte; und alle Equipagen fuhren in flottem Trab die lange Avenue hinunter, streiften sich, überholten sich, rückten ab voneinander, zerstreuten sich dann auf der Place de la Concorde. Hinter den Tuilerien wurde der Himmel schieferblau. Die Bäume im Garten bildeten zwei riesige Massen, ihre Wipfel spielten ins Violett. Die Gaslaternen entflammten; und die Seine, grünlich in ihrer ganzen Weite, zerriss an den Brückenpfeilern in silbriges Schillern.

Er ging essen, für dreiundvierzig Sou als Dauergast in einem Restaurant der Rue de la Harpe.

Er schaute voll Verachtung auf den alten Mahagonitresen, die fleckigen Servietten, das schmierige Silberbesteck und die an der Wand aufgehängten Hüte. Um ihn herum saßen Studenten wie er. Sie redeten über ihre Professoren, ihre Mätressen. Was scherten ihn Professoren! Hatte er vielleicht eine Mätresse! Um ihrer Ausgelassenheit zu entgehen, kam er so spät wie möglich. Speisereste lagen auf allen Tischen. Die zwei müden Kellner schliefen in irgendwelchen Ecken, und der leere Saal stank nach Küche, Lampenöl und Tabak.

Dann ging er ohne Eile die Straßen hinauf. Die Laternen schaukelten, lange Schlieren zitterten gelblich im Schlamm. Schatten huschten am Gehsteigrand vorüber, mit Regenschirmen. Das Pflaster war schlüpfrig, Nebel sank herab, und ihm schien, das feuchte Dunkel ringsherum dringe unendlich tief in sein Herz.

Ihn plagte sein Gewissen. Er besuchte wieder die Vorlesungen. Da er keine Ahnung hatte von den behandelten Stoffen, brachten ihn schon einfachste Dinge in Verlegenheit.

Er begann einen Roman zu schreiben mit dem Titel: *Sylvio, der Fischersohn.* Die Sache spielte in Venedig. Der Held war er selbst; die Heldin Madame Arnoux. Sie hieß Antonia; – und um sie zu bekommen, ermordete er mehrere Edelleute, brannte einen Teil der Stadt nieder und sang unter ihrem Balkon, wo im Windhauch die roten Damastvorhänge vom Boulevard Montmartre wogten. Die allzu vielen Anklänge, die er wohl merkte, entmutigten ihn; er machte nicht weiter, und sein Müßiggang wurde noch schlimmer.

Nun bat er Deslauriers inständig zu kommen, mit ihm das Zimmer zu teilen. Sie würden es schaffen und sich durchschlagen mit seinen zweitausend Franc Pension; alles war besser als dieses unerträgliche Leben. Deslauriers konnte Troyes noch nicht verlassen. Er riet ihm, sich abzulenken, und verwies ihn an Sénécal.

Sénécal sei Repetitor für Mathematik, ein Mann von scharfem Verstand und republikanischer Gesinnung, ein künftiger Saint-Just, sagte der Kanzlist. Frédéric war die fünf Etagen dreimal hochgestiegen, erhielt jedoch nie einen Gegenbesuch. Er ging nicht mehr hin.

Er wollte sich amüsieren. Er besuchte die Bälle an der Oper. Die lärmende Heiterkeit lähmte ihn schon in der Tür. Zudem hemmte ihn die Furcht vor finanzieller Schmach, denn er meinte, das Souper mit einem Domino verursache erhebliche Kosten, sei ein großes Abenteuer.

Dennoch schien ihm, als müsse man ihn lieben. Zuweilen erwachte er, das Herz voller Hoffnung, kleidete sich sorgfältig wie für ein Rendezvous und streifte endlos durch Paris. Bei jeder Frau, die vor ihm herging oder auf ihn zukam, sagte er sich: »Sie ist's!« Jedesmal war es eine neue Enttäuschung. Der Gedanke an Madame Arnoux verstärkte dieses Begehren. Vielleicht würde er ihr begegnen auf seinem Weg; und er entwarf verwickelte Zufälle, wundersame Gefahren, aus denen er sie errettete.

So verstrichen die Tage, in der Wiederholung ewiggleicher Verdrießlichkeiten und eingerissener Gewohnheiten. Er blätterte in Broschüren unter den Arkaden des Odéon, las im Café die *Revue des Deux Mondes*, ging in einen Hörsaal des Collège de France, lauschte eine Stunde lang einem Vortrag über Chinesisch oder Volkswirtschaft. Jede Woche schrieb er ausführlich an Deslauriers, aß zuweilen mit Martinon, sah hin und wieder Monsieur de Cisy.

Er mietete ein Klavier und komponierte deutsche Walzer.

Eines Abends im Theater des Palais-Royal entdeckte er in einer Proszeniumsloge Arnoux an der Seite einer Frau. War sie das? Die am Logenrand vorgezogene grüne Taftblende verdeckte ihr Gesicht. Endlich hob sich der Vorhang; die Blende verschwand. Es war eine hochgewachsene Person von etwa dreißig Jahren, verblüht, doch ihre vollen Lippen entblößten beim Lachen herrliche Zähne. Sie plauderte vertraulich mit Arnoux und klopfte ihm mit dem Fächer auf die Finger. Dann setzte sich zwischen die beiden ein blondes Mädchen, die Lider leicht gerötet, als hätte sie vor kurzem geweint. Nun verharrte Arnoux halb über ihre Schulter gebeugt, auf sie einredend, und sie lauschte, gab aber keine Antwort. Frédéric zerbrach sich den Kopf über die gesellschaftliche Stellung dieser zwei Frauen, schlicht gewandet in dunkle Kleider mit flachen Umlegekragen.

Am Ende der Vorstellung stürzte er hinaus in die Gänge. Dort drängte sich die Menge. Arnoux kam ihm gegenüber die Treppe herab, Stufe für Stufe, an jedem Arm eine Frau.

Plötzlich erhellte ihn eine Gaslampe. An seinem Hut ein Trauerflor. War sie vielleicht gestorben? Dieser Gedanke quälte Frédéric so maßlos, dass er am nächsten Tag zum *Art industriel* lief, und während er rasch einen der Stiche bezahlte, die vor der Auslage hingen, fragte er den Ladengehilfen, wie es Monsieur Arnoux gehe.

Der Gehilfe antwortete:

»Na, sehr gut!«

Frédéric fügte erbleichend hinzu:

»Und Madame?«

»Madame desgleichen!«

Frédéric vergaß, seinen Stich mitzunehmen.

Der Winter ging zu Ende. Im Frühling war er nicht mehr so traurig, bereitete sich vor auf seine Prüfung, und nachdem er sie mit mäßigem Erfolg abgelegt hatte, fuhr er sogleich nach Nogent.

Seinen Freund in Troyes besuchte er nicht, um sich die mütterlichen Bemerkungen zu ersparen. Dann, zu Beginn des neuen Studienjahrs, gab er sein Logis auf und nahm sich am Quai Napoléon eine Zweizimmerwohnung, die er möblierte. Die Hoffnung auf eine Einladung bei den Dambreuses hatte ihn verlassen; seine große Leidenschaft für Madame Arnoux war am Erkalten.

IV.

Eines Morgens im Dezember, unterwegs in die Vorlesung über Prozessordnung, glaubte er in der Rue Saint-Jacques regeres Treiben zu bemerken als sonst. Die Studenten kamen aus den Cafés gerannt oder riefen einander durch die geöffneten Fenster von einem Haus zum andern; die Kaufleute, mitten auf dem Trottoir, schauten besorgt; die Holzläden wurden geschlossen; und als er in die Rue Soufflot einbog, sah er einen großen Menschenauflauf rund ums Panthéon.

Junge Leute in ungleichen Rudeln, zu fünft bis zu zwölft, spazierten Arm in Arm und wandten sich an größere Schwärme, die hier und dort herumstanden; hinten am Platz, dicht vor den Gittern, schwadronierten Männer in Arbeitskitteln, während Schutzmänner, den Dreispitz überm Ohr und die Hände im Rücken, die Mauern entlangstapften, sodass unter ihren schweren Stiefeln das Pflaster dröhnte. Auf allen Gesichtern lag ein geheimnisvoller, staunender Ausdruck; man erwartete etwas, ganz offensichtlich; jeder hatte eine Frage auf den Lippen.

Frédéric fand sich plötzlich neben einem jungen blonden Mann mit einnehmendem Äußeren, der Kinn- und Schnauzbärtchen trug wie ein Raffiné aus der Zeit Ludwigs XIII. Er fragte ihn nach der Ursache des Aufruhrs.

»Ich hab keine Ahnung«, erwiderte der andere, »und die genauso wenig! Das ist zur Zeit Mode bei ihnen! Was für ein Heidenspaß!«

Und er lachte schallend.

Die Petitionen zugunsten der Reform, die in der Nationalgarde zur Unterschrift zirkulierten, verbunden mit der Humann-Zählung, dazu noch andere Ereignisse, führten seit sechs Monaten in Paris zu unerklärlichen Zusammenrottungen; und diese wiederholten sich so häufig, dass die Zeitungen nicht mehr davon sprachen.

»Das hat weder Form noch Farbe«, kommentierte Frédérics Nachbar weiter. »Mich dünkt, mein werter Herr, wir kommen auf den Hund. In den guten alten Zeiten Ludewigs des Eilften, ja sogar Benjamin Constants, war mehr Aufsässigkeit unter den Scholaren. Ich finde sie fromm wie Lämmer, dumm wie Würstchen, dergleichen taugt nur zum Krämer, tausend Teufel! Und so etwas nennt man die Schuljugend!«

Er breitete weit die Arme, wie Frédérick Lemaître in *Robert Macaire*.

»Schuljugend, ich segne dich!«

Dann, einen Lumpensammler anherrschend, der neben dem Prellstein eines Weinhändlers in Austernschalen stocherte:

»Und du, gehörst du auch zu dieser Schülerjugend?«

Der Alte hob ein abscheuliches Antlitz, mitten im grauen Bart waren eine rote Nase zu sehen und zwei versoffne, blöde Augen.

»Nein! eher bist du mir *einer von diesen Männern mit Galgengesicht, die man hier und da mit Gold um sich werfen sieht* … Oh! wirf nur, ehrwürdiger Greis, wirf! Kauf mich mit den Schätzen Albions! *Are you English?* Ich weise die Gaben des Artaxerxes nicht von mir! Plaudern wir doch ein wenig über die Zollunion.«

Frédéric spürte, wie jemand seine Schulter berührte; er wandte sich um. Es war Martinon, ungeheuer bleich.

»Oje!« sagte er mit einem schweren Seufzer, »schon wieder ein Aufruhr!«

Er hatte Angst, in Unannehmlichkeiten zu geraten,

lamentierte. Männer in Arbeitskitteln vor allem machten ihm Sorge, denn sie gehörten zu Geheimbünden.

»Gibt es Geheimbünde?« sagte der junge Mann mit Bärtchen. »Das ist ein alter Witz der Regierung, so schreckt man die Bürger!«

Martinon ermahnte ihn, leiser zu sprechen, aus Furcht vor der Polizei.

»Sie glauben also noch an die Polizei? Was wissen Sie schon, Monsieur, vielleicht bin ich ja selbst ein Spitzel?«

Und er schaute auf eine Art und Weise, dass Martinon in seiner Aufregung den Scherz zunächst gar nicht begriff. Die Menge schob sie weiter, und so waren alle drei gezwungen, auf die kleine Treppe zu treten, die über einen Flur hinüberführte zum neuen Auditorium.

Bald teilte sich die Masse von selber; Hüte wurden gelüpft; man grüßte den berühmten Professor Samuel Rondelot, der, gehüllt in einen dicken Gehrock, seine silberne Brille in die Luft gereckt und asthmatisch schnaubend, ruhigen Schritts daherkam, um seine Vorlesung zu halten. Dieser Mann war eine der juridischen Größen des 19. Jahrhunderts, Rivale eines Zachariae, eines Ruhdorff. Die neue Würde eines Pair de France hatte sein Auftreten kein bisschen verändert. Man wusste, er war arm, große Achtung umgab ihn.

Doch vom anderen Ende des Platzes ertönte Geschrei:

»Nieder mit Guizot!«

»Nieder mit Pritchard!«

»Nieder mit den Söldlingen!«

»Nieder mit Louis-Philippe!«

Die Menge wogte, und da sie gegen das verschlossene Hoftor drängte, hinderte sie den Professor am Weitergehen. Er stand jetzt vor der Treppe. Bald erblickte man ihn auf der obersten der drei Stufen. Er sprach; Murren übertönte seine Stimme. Obwohl man ihn vorhin noch geliebt hatte, hasste man ihn jetzt, denn er verkörperte die Obrigkeit. Jedesmal, wenn er sich Gehör zu schaffen suchte, begann wieder das Geschrei. Mit einem ausholenden Wink forderte er die Studenten auf, ihm zu folgen. Allgemeines Toben war die Antwort. Er zuckte verächtlich die Schultern und verschwand im Flur. Martinon hatte seine Position dazu genutzt, gleichfalls unterzutauchen.

»Dieser Feigling!« sagte Frédéric.

»Er ist vorsichtig!« erwiderte der andre.

Stürmisch bekundete die Menge Beifall. Der Rückzug des Professors wurde für sie zu einem Sieg. Aus allen Fenstern schauten Neugierige. Einige intonierten die *Marseillaise*; andere wollten zu Béranger.

»Zu Laffitte!«

»Zu Chateaubriand!«

»Zu Voltaire!« brüllte der junge Mann mit blondem Bärtchen.

Die Schutzmänner mühten sich vorwärtszukommen und sagten, so sanft sie nur konnten:

»Schluss, meine Herren, Schluss, gehn Sie nach Hause!«

Jemand schrie:

»Nieder mit den Totschlägern!«

Das war ein seit den Septemberunruhen gebräuchliches Schimpfwort! Jeder wiederholte es. Man verhöhnte die Hüter der öffentlichen Ordnung, pfiff sie aus; allmählich wurden sie bleich; einer von ihnen konnte nicht länger an sich halten, und einen schmächtigen Jüngling aufs Korn nehmend, der ihm zu nahe kam und ins Gesicht lachte, stieß er ihn so grob zurück, dass dieser fünf Schritt weiter auf den Rücken fiel, vor dem Laden des Weinhändlers. Alles wich auseinander; doch fast im gleichen Augenblick ging er selber zu Boden, niedergestreckt von einer Art Herkules, dessen Haar wie ein

Bündel Werg unter der Mütze aus Wachstuch hervorquoll.

Seit ein paar Minuten an der Ecke Rue Saint-Jacques aufgehalten, hatte er eine große Pappschachtel, die er trug, spornstreichs fallenlassen und sich auf den Schutzmann gestürzt, nun hockte er über ihm und bearbeitete sein Gesicht kräftig mit der Faust. Die anderen Schutzmänner kamen herbei. Der tolle Bursche war so stark, dass es wenigstens vier Leute brauchte, ihn zu bezwingen. Zwei packten ihn am Schlafittchen, zwei andre zerrten an den Armen, ein fünfter puffte ihn mit dem Knie ins Kreuz, und alle nannten sie ihn Räuber, Mörder, Aufrührer. Mit nackter Brust und die Kleider in Fetzen beteuerte er seine Unschuld; er habe nicht still zusehen können, wie ein Kind geschlagen wird.

»Ich heiße Dussardier! Bei Gebrüder Valinçart, Spitzen und Modewaren, Rue de Cléry. Wo ist meine Schachtel? Ich will meine Schachtel wiederhaben!« Er wiederholte: »Dussardier! … Rue de Cléry. Meine Schachtel!«

Er beruhigte sich freilich, und mit stoischer Miene folgte er aufs Revier in der Rue Descartes. Ein Strom von Menschen begleitete ihn. Frédéric und der junge Mann mit Bärtchen gingen unmittelbar dahinter, voll Bewunderung für den Kommis und empört über die Rohheit der Staatsgewalt.

Je weiter sie kamen, desto kleiner wurde die Menge.

Die Schutzmänner blickten von Zeit zu Zeit mit grimmiger Miene in die Runde; und da die Randalierer nichts mehr zu tun, die Gaffer nichts mehr zu sehen hatten, verliefen sich nach und nach alle. Passanten, denen man begegnete, musterten Dussardier und riefen ihm Schmähworte hinterher. Eine alte Frau vor ihrer Tür schrie sogar, er habe ein Brot gestohlen; diese Ungerechtigkeit steigerte den Ärger der beiden Freunde. Endlich erreichte man die Wache. Nur etwa zwanzig Personen waren übrig. Der Anblick der Soldaten genügte, sie zu zerstreuen.

Frédéric und sein Kamerad verlangten kühn nach dem soeben ins Gefängnis Verbrachten. Der Posten drohte, wenn sie nicht lockerließen, werde er sie ebenfalls einlochen. Sie verlangten den Revierkommandeur, nannten ihre Namen mitsamt dem Rang als Studenten der Jurisprudenz und behaupteten, der Festgenommene sei ihr Kommilitone.

Man führte sie in einen völlig kahlen Raum, wo entlang der gekalkten, rauchgeschwärzten Wände vier Bänke standen. Ganz hinten öffnete sich ein Guckfenster. Dann erschien Dussardiers vierschrötiges Gesicht, umrahmt von seinem Zaushaar, mit den offenherzigen Äuglein und der platten Nasenspitze erinnerte es irgendwie an die Physiognomie eines gutmütigen Hundes.

»Erkennst du uns nicht?« sagte Hussonnet.

So hieß der junge Mann mit Bärtchen.

»Aber …«, stotterte Dussardier.

»Hör doch auf, den Dummen zu spielen«, entgegnete der andere; »wir wissen, du bist wie unsereiner Student der Jurisprudenz.«

Trotz ihres Gezwinkers durchschaute Dussardier gar nichts. Er schien nachzugrübeln, dann plötzlich:

»Ist meine Schachtel gefunden?«

Frédéric hob entmutigt die Augen. Hussonnet erwiderte:

»Ach so! die Pappschachtel, in der du deine Vorlesungsnotizen verwahrst? Ja, ja! keine Sorge!«

Sie wurden deutlicher mit ihrer Pantomime. Endlich begriff Dussardier, dass sie ihm helfen wollten; und er schwieg, aus Angst, er könnte sie bloßstellen. Zudem verspürte er etwas wie Scham, als er sich emporgehoben sah auf die gesellschaftliche Stufe eines Studenten, gleichgesetzt mit diesen jungen Männern, die so weiße Hände hatten.

»Sollen wir irgendwem etwas ausrichten?« fragte Frédéric.

»Nein, danke, niemand!«

»Und deine Familie?«

Wortlos ließ er den Kopf hängen; der arme Bursche war ein Bastard. Die beiden Freunde wunderten sich über sein Schweigen.

»Hast du was zu rauchen?« wollte Frédéric nun wissen.

Er betastete sich, zog dann aus den Tiefen seiner Tasche die Überreste einer Pfeife – einer schönen Meerschaumpfeife mit Rohr aus schwarzem Holz, Deckel aus Silber und Mundstück aus Bernstein.

Seit drei Jahren bemühte er sich, ein Meisterwerk aus ihr zu machen. Sorgfältig verwahrte er den Kopf stets in einer Gamslederhülle, rauchte sie so langsam wie möglich, legte sie niemals auf Marmor und hängte sie jeden Abend neben sein Bett. Jetzt hielt er die Scherben in der Hand, seine Fingernägel bluteten; das Kinn auf der Brust, die Augen starr, der Mund offen, so betrachtete er diese Ruinen seiner Freude, mit einem Blick von unsäglicher Traurigkeit.

»Sollen wir ihm Zigarren dalassen, hm?« sagte Hussonnet leise und suchte nach welchen.

Frédéric hatte bereits ein gefülltes Zigarrenetui auf den Rand des Guckfensters gelegt.

»Nimm schon! Adieu, Kopf hoch!«

Dussardier packte die zwei Hände, die sich ihm entgegenstreckten. Er drückte sie überschwenglich, Schluchzer erstickten seine Stimme.

»Was? … für mich! … für mich! …«

Die beiden Freunde entzogen sich seiner Dankbarkeit, gingen hinaus und beschlossen, im Café Tabourey, beim Luxembourg, miteinander zu essen.

Während er das Beefsteak zerschnitt, erzählte Hussonnet seinem Gefährten, er arbeite für Modejournale und verfasse Reklameartikel für den *Art industriel.*

»Bei Jacques Arnoux?« sagte Frédéric.

»Sie kennen ihn?«

»Ja! nein! … Das heißt, ich hab ihn gesehen, bin ihm begegnet.«

Er fragte Hussonnet beiläufig, ob er zuweilen seine Frau sehe.

»Hin und wieder«, meinte der Bohemien.

Frédéric wagte nicht weiterzubohren; dieser Mann hatte sich eben einen ungeheuren Platz in seinem Leben erobert; er zahlte die Rechnung für das Mittagessen, ohne dass der andere auch nur den geringsten Einspruch erhob.

Die Sympathie war gegenseitig; sie tauschten ihre Adressen, und Hussonnet ersuchte ihn aufs herzlichste, mitzukommen bis zur Rue de Fleurus.

Sie waren gerade im Park, da verhielt Arnoux' Angestellter den Atem, verzog sein Gesicht zu einer scheußlichen Grimasse und krähte plötzlich wie ein Hahn. Sogleich antworteten ihm alle Hähne im Umkreis mit ausdauernden Kikerikis.

»Das ist ein Zeichen«, sagte Hussonnet.

Sie blieben in der Nähe des Théâtre Bobino stehen, vor einem Haus, zu dem man über einen Gartenweg kam. Aus dem Dachfenster, zwischen Kapuzinerkresse und Wicken, schaute eine junge Frau, mit bloßem Kopf, im Mieder, und stützte beide Arme auf den Rand der Regenrinne.

»Guten Tag, Engelchen, guten Tag, Herzallerliebste«, rief Hussonnet, Kusshände werfend.

Er öffnete das Gatter mit einem Fußtritt und verschwand.

Frédéric wartete die ganze Woche. Er wagte nicht zu

ihm zu gehen, aus Angst, es könnte so wirken, als wolle er nun seinerseits zum Essen eingeladen werden; doch er suchte ihn überall im Quartier Latin. Er traf ihn eines Abends und nahm ihn mit auf sein Zimmer am Quai Napoléon.

Sie plauderten lang, öffneten einander das Herz. Hussonnet strebte nach Ruhm und Reichtum am Theater. Er schrieb an stets zurückgewiesenen Vaudeville-Stücken mit, »hatte tausenderlei Pläne«, drechselte Couplets, ein paar gab er zum besten. Dann entdeckte er im Bücherregal einen Band von Hugo und einen andern von Lamartine, erging sich in Sarkasmen über die romantische Schule. Diese Dichterlinge besaßen weder gesunden Menschenverstand noch Sprachreinheit, und vor allem waren sie keine Franzosen! Er prahlte mit seinen Kenntnissen und zerpflückte die schönsten Sätze mit jener gehässigen Strenge, jener akademischen Sturheit, die zum Spott neigende Menschen auszeichnet, wenn sie über ernste Kunst sprechen.

Frédéric war in seinen Vorlieben verletzt; am liebsten hätte er gebrochen. Warum nicht auf der Stelle das Wort wagen, von dem sein Glück abhing? Er fragte den Literaten in spe, ob er ihn nicht bei Arnoux vorstellen könne.

Die Sache war leicht, und sie einigten sich auf den nächsten Tag.

Hussonnet kam nicht zur Verabredung; auch zu drei weiteren kam er nicht. An einem Samstag erschien er gegen vier. Um den Wagen zu nutzen, hielt er zunächst am Théâtre-Français, wegen einer Logenkarte; er ließ sich beim Schneider absetzen, bei einer Näherin; er schrieb Briefchen bei diesem und jenem Concierge. Endlich waren sie am Boulevard Montmartre. Frédéric ging durch den Laden, dann die Treppe hinauf. Arnoux erkannte ihn in dem Spiegel vor seinem Schreibtisch;

und während er weiterschrieb, reichte er ihm über die Schulter seine Hand.

Fünf, sechs Personen standen herum und füllten den schmalen Raum, dem ein einziges Fenster zum Hof Licht schenkte; ein mit braunem Wolldamast bezogenes Kanapee war weiter hinten in einem Alkoven sichtbar, zwischen zwei Portieren aus ähnlichem Stoff. Auf dem mit Papierkram bedeckten Kamin thronte eine bronzene Venus; zwei mit rosa Kerzen bestückte Kandelaber flankierten sie harmonisch. Rechts, neben einem Karteischrank, las ein Mann Zeitung im Fauteuil, seinen Hut auf dem Kopf; die Wände verschwanden unter Stichen und Gemälden, wertvollen Gravüren oder Skizzen zeitgenössischer Meister, versehen mit Widmungen, die für Jacques Arnoux aufrichtigste Zuneigung bekundeten.

»Na, immer noch wohlauf?« sagte er, sich Frédéric zuwendend.

Und ohne die Antwort abzuwarten, fragte er leise Hussonnet:

»Wie heißt gleich Ihr Freund?«

Dann lauter:

»Nehmen Sie doch eine Zigarre aus der Schachtel dort auf dem Karteischrank.«

Der *Art industriel*, gelegen im Zentrum von Paris, war ein bequemer Treffpunkt, ein neutraler Boden, wo Rivalitäten zwanglos aufeinandertrafen. An diesem Tag sah man Anténor Braive, Porträtist der Könige; Jules Burrieu, der mit seinen Zeichnungen allmählich die Kriege in Algerien populär machte; den Karikaturisten Sombaz, den Bildhauer Vourdat, andere noch, und keiner entsprach den Vorurteilen des Studenten. Ihre Umgangsformen waren schlicht, ihre Reden frei. Der Mystiker Lovarias verzapfte ein obszönes Märchen; und der Erfinder der orientalischen Landschaft, der berühmte

Dittmer, trug unter seiner Weste ein Strickleibchen und fuhr mit dem Omnibus nach Haus.

Anfangs war die Rede von einer gewissen Apollonie, einem ehemaligen Modell, das Burrieu auf dem Boulevard erkannt haben wollte, und zwar in einer Daumont. Hussonnet erklärte diese Metamorphose durch die Reihe ihrer Finanziers.

»Wie gut sich der Kerl mit den Pariser Mädels auskennt!« sagte Arnoux.

»Nach Ihnen, Sire, wenn noch etwas übrigbleibt«, erwiderte der Bohemien mit militärischem Gruß, den Grenadier nachahmend, der Napoleon seine Feldflasche reicht.

Dann sprach man über das eine oder andere Bild, zu dem Apollonies Kopf gedient hatte. Die abwesenden Kollegen wurden kritisiert. Man wunderte sich über den Preis ihrer Werke; und alle klagten, dass sie nicht genug verdienten, als ein Mann von mittlerer Größe hereintrat, den Rock mit nur einem Knopf geschlossen, die Augen lebhaft, das ganze Aussehen ein wenig verrückt.

»Ihr seid mir vielleicht bourgeoise Gesellen!« sagte er. »Was interessiert euch das, Allmächtiger! Die Alten, die malten ihre Meisterwerke und scherten sich nicht um die Million. Correggio, Murillo …«

»Nicht zu vergessen Pellerin«, sagte Sombaz.

Doch ohne auf den Spott einzugehen, schwadronierte er weiterhin so hitzig, dass Arnoux gezwungen war, zweimal zu wiederholen:

»Meine Frau braucht Sie am Donnerstag. Nicht vergessen!«

Diese Worte führten Frédérics Gedanken wieder zu Madame Arnoux. Sicher gelangte man zu ihr über das Kabinett neben dem Diwan? Eben hatte Arnoux es geöffnet, um sich ein Taschentuch zu holen; Frédéric hatte ganz hinten ein Waschbecken bemerkt. Doch eine Art

Gegrummel erklang vom Kamin; es war der Zeitungsleser in seinem Fauteuil. Er maß fünf Fuß, neun Zoll, hatte leicht hängende Lider, graues Haar, eine würdige Miene, – und hieß Regimbart.

»Was gibt's, Citoyen?« sagte Arnoux.

»Schon wieder eine neue Gaunerei der Regierung!«

Es ging um die Entlassung eines Schullehrers; Pellerin fuhr fort mit seinem Vergleich zwischen Michelangelo und Shakespeare. Dittmer brach auf. Arnoux erwischte ihn gerade noch und drückte ihm zwei Geldscheine in die Hand. Nun hielt Hussonnet den Augenblick für günstig:

»Könnten Sie nicht vielleicht, hochverehrter Patron, einen Vorschuss? …«

Doch Arnoux hatte sich wieder gesetzt und beschimpfte einen schmierig aussehenden Greis mit blauer Brille.

»Ha! fein stehen Sie da, Vater Isaac! Drei Werke in Verruf und verloren! Alles lacht über mich! Nun kennt sie jeder. Was soll ich anfangen damit? Vielleicht nach Kalifornien schicken! … zum Teufel! Halten Sie den Mund!«

Die Spezialität des guten Mannes war, an den unteren Rand dieser Gemälde die Signatur alter Meister zu setzen. Arnoux weigerte sich zu bezahlen; rüde setzte er ihn vor die Tür. Dann, in ganz anderem Ton, grüßte er einen ordentragenden, steifen Herrn mit Backenbart und weißer Halsbinde.

Den Ellbogen auf den Fensterriegel gestützt, redete er lange mit ihm, honigsüß. Endlich schmetterte er:

»Öh! mir mangelt's nicht an Unterhändlern, Herr Graf!«

Als der Edelmann aufgegeben hatte, zahlte ihm Arnoux fünfundzwanzig Louisdor, und sowie er draußen war:

»Unerträglich, diese Grandseigneurs!«

»Lauter Schurken!« brummte Regimbart.

Je später es wurde, desto emsiger wirtschaftete Arnoux; er ordnete Presseartikel, öffnete Briefumschläge, machte Abrechnungen; als er Gehämmer aus dem Magazin hörte, lief er hinaus, um das Verpacken zu überwachen, setzte sich gleich wieder an die Arbeit; und während seine Stahlfeder übers Papier kratzte, parierte er allerhand Scherze. An diesem Abend sollte er bei seinem Advokaten speisen, und den Tag drauf fuhr er nach Belgien.

Die andern unterhielten sich über Tagesereignisse: das Porträt von Cherubini, die Halbrotunde der Beaux-Arts, die nächste Ausstellung. Pellerin schimpfte auf das Institut. Klatsch und Disput gingen durcheinander. Der niedrige Raum war so voll, dass man sich nicht rühren konnte; und das Licht der rosa Kerzen schimmerte durch den Zigarrenqualm wie Sonnenstrahlen durch den Nebel.

Die Tür neben dem Diwan ging auf, und herein trat eine hochgewachsene schlanke Frau, – mit so schroffen Bewegungen, dass auf dem schwarzen Taftkleid alle Berlocken ihrer Uhr klimperten.

Es war die Frau vom letzten Sommer, aus dem Palais-Royal. Der eine oder andre nannte sie beim Namen, schüttelte ihr die Hand. Hussonnet hatte sich endlich fünfzig Franc rausgeholt; die Stutzuhr schlug sieben; alles nahm Abschied.

Arnoux befahl Pellerin zu bleiben und führte Mademoiselle Vatnaz ins Kabinett.

Frédéric hörte ihre Worte nicht; sie flüsterten miteinander. Die weibliche Stimme jedoch wurde lauter:

»Seit sechs Monaten ist die Sache erledigt, ich warte immer noch!«

Dann war es eine Weile still. Mademoiselle Vatnaz

kam zurück. Arnoux hatte ihr wieder einmal etwas versprochen.

»Ja! ja! später, wir werden sehen!«

»Adieu, Sie Glücklicher!« sagte sie, schon im Gehen.

Arnoux verschwand flugs im Kabinett, schmierte sich Pomade auf den Schnurrbart, zog die Hosenträger hoch, um die Stege zu straffen; und während er sich die Hände wusch:

»Ich bräuchte zwei Sopraporten, für zweihundertfünfzig das Stück, à la Boucher, abgemacht?«

»Gut«, sagte der Künstler, rot bis über die Ohren.

»Schön! und vergessen Sie nicht meine Frau!«

Frédéric begleitete Pellerin bis ans Ende des Faubourg Poissonnière und bat um die Erlaubnis, ihn dann und wann zu besuchen, die Gunst wurde freundlich gewährt.

Pellerin las alle Werke über Ästhetik, um die wahre Theorie des Schönen zu entdecken, in der festen Überzeugung, sobald er sie gefunden hätte, schaffe er Meisterwerke. Er umgab sich mit allen erdenklichen Hilfsmitteln, Zeichnungen, Gipsabgüssen, Modellen, Stichen; und er suchte, grübelte; er schob die Schuld auf das Wetter, seine Nerven, sein Atelier, lief durch die Straßen, um auf Inspiration zu stoßen, bebte, wenn er sie gefunden wähnte, dann ließ er sein Werk fallen und träumte von einem andern, das noch schöner sein sollte. Und so, zerquält von der Begierde nach Ruhm und seine Tage mit Diskussionen vergeudend, an tausend Albernheiten glaubend, an Systeme, an Kritiken, an die Wichtigkeit einer Regelung oder Reform in Kunstbelangen, hatte er mit fünfzig Jahren nicht mehr geschaffen als Entwürfe. Sein unerschütterlicher Stolz bewahrte ihn vor jeder Entmutigung, doch stets war er gereizt und in jener gekünstelten und zugleich natürlichen Exaltiertheit, die typisch ist für Komödianten.

Wenn man zu ihm kam, stachen einem zwei große Bilder ins Auge, und die ersten da und dort hingetupften Farbtöne bildeten auf der weißen Leinwand Flecken aus Braun, Rot und Blau. Darüber lag ein Gespinst von Kreidestrichen, gleich den zwanzigmal geflickten Maschen eines Netzes; es war ganz unmöglich, daraus klug zu werden. Pellerin erklärte das Sujet dieser beiden Kompositionen, indem er mit dem Daumen die fehlenden Teile andeutete. Eine sollte den *Wahn des Nebukadnezar* darstellen, die andere *Nero und das brennende Rom*. Frédéric bewunderte beides.

Er bewunderte Aktstudien von Frauen mit flatterndem Haar, Landschaften voll sturmgekrümmter Baumstämme und vor allem Fantasiestücke, mit der Feder gezeichnet, in der Manier von Callot, Rembrandt oder Goya, deren Vorbilder er nicht kannte. Pellerin hielt nichts mehr von diesen Arbeiten seiner Jugendzeit; jetzt war er für den großen Stil; er dogmatisierte über Phidias und Winckelmann, mit Gewandtheit. Die Dinge rings um ihn verstärkten die Macht seiner Worte: Man sah einen Totenkopf auf dem Betschemel, Jatagane, eine Mönchskutte; Frédéric schlüpfte hinein.

Wenn er früh hinkam, überraschte er ihn in seinem schlechten Gurtbett, verborgen von einem zerschlissenen Wandbehang; denn Pellerin ging spät schlafen, besuchte eifrig die Theater. Er hatte eine alte Frau in Lumpen als Bedienerin, aß in einer Garküche und lebte ohne Mätresse. Bunt zusammengelesene Kenntnisse machten seine paradoxen Behauptungen amüsant. Sein Hass auf das gemeine Volk und den Bürger ergoss sich in herrlich poetischen Sarkasmen, und für die Meister hegte er so fromme Verehrung, dass diese ihn fast zu jenen emporhob.

Doch warum sprach er nie von Madame Arnoux? Was ihren Mann betraf, so nannte er ihn mal einen guten

Kerl, dann wieder einen Scharlatan. Frédéric wartete auf Enthüllungen.

Als er eines Tages in seinen Mappen blätterte, entdeckte er im Porträt einer Zigeunerin etwas von Mademoiselle Vatnaz, und da ihn diese Person interessierte, erkundigte er sich nach ihren Lebensverhältnissen.

Sie sei, glaubte Pellerin, einst Lehrerin in der Provinz gewesen; jetzt gebe sie Stunden und versuche, für kleine Blätter zu schreiben.

Nach ihrem Umgangston mit Arnoux zu urteilen, konnte man sie, so Frédéric, für seine Mätresse halten.

»Ach was, der hat andere!«

Da fragte der junge Mann, sein Gesicht abwendend, schamrot wegen der Niedertracht seines Gedankens, in forscher Manier:

»Seine Frau zahlt's ihm doch sicher heim?«

»Kein bisschen! die ist anständig!«

Frédéric hatte ein schlechtes Gewissen und kam nun häufiger in die Redaktion.

Die großen Lettern, die auf der Marmortafel über dem Laden den Namen Arnoux bildeten, dünkten ihn etwas ganz Besonderes und Bedeutungsschweres, fast eine heilige Schrift. Das breite, abschüssige Trottoir beschleunigte seinen Schritt, die Tür öffnete sich wie von allein; und die Klinke, glatt anzufühlen, besaß die Zartheit und gleichsam das Einverständnis einer Hand in der seinen. Peu à peu kam er ebenso pünktlich wie Regimbart.

Jeden Tag setzte sich Regimbart in seinen Fauteuil ans Feuer, griff nach dem *National*, gab ihn nicht mehr aus der Hand und äußerte seine Gedanken durch Ausrufe oder bloßes Schulterzucken. Von Zeit zu Zeit wischte er sich die Stirn mit seinem zur Wurst gerollten Taschentuch, das er auf der Brust trug, zwischen zwei Knöpfen des grünen Gehrocks. Er hatte eine Faltenhose,

Stiefeletten, eine lange Krawatte; und ein Hut mit hochgeschlagener Krempe ließ ihn schon von weitem herausstechen aus der Menge.

Morgens um acht stieg er herab von den Höhen Montmartres und trank in der Rue Notre-Dame-des-Victoires Weißwein. Sein Dejeuner, auf das mehrere Partien Billard folgten, beschäftigte ihn bis um drei. Dann lenkte er seine Schritte zur Passage des Panoramas und trank Absinth. Nach dem Besuch bei Arnoux ging er ins Estaminet Bordelais und trank Wermut; anstatt sich anschließend zu seiner Frau nach Hause zu begeben, dinierte er häufig allein in einem Café an der Place Gaillon und verlangte »Hausmannskost, etwas Bodenständiges«! Schließlich zog er weiter in eine andere Billardstube und blieb dort bis Mitternacht, bis eins in der Früh, bis zu dem Augenblick, da, Gaslampe gelöscht und Fensterläden geschlossen, der erschöpfte Inhaber des Etablissements ihn anflehte zu gehen.

Und es war nicht der Hang zum Trinken, was den Citoyen Regimbart an diese Orte lockte, sondern die eingefleischte Gewohnheit, über Politik zu reden; mit dem Alter hatte sein Eifer nachgelassen, übrig war nur noch stumme Griesgrämigkeit. Bei dem ernsten Gesicht mochte man glauben, er wälze die ganze Welt in seinem Kopf. Nichts drang nach außen; und niemand, nicht einmal irgendein Freund, wusste, was er trieb, obwohl er nach eigener Aussage ein Maklerbüro unterhielt.

Arnoux schätzte ihn offenbar gewaltig. Er sagte eines Tages zu Frédéric:

»Der kennt sich aus, Hand drauf! Ein kluger Mann!«

Ein andermal legte ihm Regimbart aufs Schreibpult Papiere über Kaolingruben in der Bretagne; Arnoux verließ sich auf seine Erfahrung.

Frédéric benahm sich gegenüber Regimbart förmlicher, – lud ihn sogar hin und wieder zu einem Absinth;

und obwohl er ihn für dumm erachtete, verweilte er oft eine gute Stunde in seiner Gesellschaft, denn er war, das allein zählte, Jacques Arnoux' Freund.

Nachdem er zeitgenössische Meister in ihren Anfängen gefördert hatte, suchte der Kunsthändler, ein Mann des Fortschritts, den künstlerischen Anstrich zu wahren und gleichzeitig seinen finanziellen Gewinn zu vergrößern. Er strebte nach der Emanzipation der Künste, nach dem Erhabenen zu wohlfeilem Preis. Das ganze Pariser Luxusgewerbe geriet unter seinen Einfluss, der gut war für die kleinen Dinge und verhängnisvoll für die großen. Mit seinem Hang, der öffentlichen Meinung zu schmeicheln, brachte er geschickte Künstler auf Abwege, verdarb die starken, erschöpfte die schwachen und verschaffte den mittelmäßigen Ruhm; er verfügte über sie durch seine Beziehungen und seine Zeitschrift. Junge Farbenkleckser gierten danach, ihre Werke in seiner Vitrine zu sehen, und Tapezierer holten sich bei ihm Anregung für ihre Dekorationen. Frédéric sah ihn zugleich als Millionär, als Kunstfreund, als Mann der Tat. Gewisse Dinge freilich wunderten ihn, denn der feine Herr Arnoux war schlau in seinem Geschäft.

So bekam er irgendwoher aus Deutschland oder Italien ein in Paris für fünfzehnhundert Franc erstandenes Ölgemälde, und eine Rechnung über viertausend vorweisend, verkaufte er es weiter für dreitausendfünfhundert, aus reiner Gefälligkeit. Einer seiner üblichen Tricks mit den Malern bestand darin, als Draufgabe eine verkleinerte Kopie ihres Bildes zu verlangen, unter dem Vorwand, er wolle davon einen Stich herausbringen; jedesmal verkaufte er die Kopie, und niemals erschien der Stich. Wer sich über Ausbeutung beklagte, dem antwortete er mit einem Knuff in den Bauch. Ansonsten ein trefflicher Mensch, geizte er nicht mit Zigarren, duzte Unbekannte, begeisterte sich für ein Werk oder einen

Mann, und dann, sich kaprizierend, keine Kosten scheuend, wucherte er mit Gerenne, Schreibereien, Reklame. Er selbst hielt sich für anständig, und in seinem Mitteilungsbedürfnis erzählte er arglos von diesen Unredlichkeiten.

Einmal, um einen Kollegen zu ärgern, der eine andere Zeitschrift für Malerei mit einem großen Festmahl einweihte, bat er Frédéric kurz vor dieser Zusammenkunft, unter seinen Augen Kärtchen zu schreiben, mit denen man die Gäste wieder auslud.

»Das ist nicht ehrenrührig, verstehen Sie?«

Und der junge Mann wagte nicht, ihm diesen Freundschaftsdienst abzuschlagen.

Als Frédéric am nächsten Tag mit Hussonnet ins Büro trat, sah er durch die Tür (jene, die zur Treppe hinausführte) den Saum eines Kleides verschwinden.

»Bitte tausendmal um Verzeihung!« sagte Hussonnet. »Hätt ich geahnt, dass Frauen hier sind …«

»Ach! das war ja nur die meine«, erwiderte Arnoux. »Sie hat mir en passant einen kleinen Besuch abgestattet.«

»Wie bitte?« sagte Frédéric.

»Na sicher! Und jetzt geht sie wieder nach Hause.«

Der Reiz aller Dinge ringsum verpuffte mit einem Schlag. Was er dunkel gespürt hatte, war soeben zerronnen oder vielmehr nie da gewesen. Er empfand unendliches Befremden und etwas wie Schmerz über einen Verrat.

Arnoux wühlte lächelnd in seiner Schublade. Mokierte er sich über ihn? Der Kommis legte einen Stoß feuchter Blätter auf den Tisch.

»Ah! die Plakate!« rief der Händler. »Heute wird’s spät mit dem Abendessen!«

Regimbart griff nach seinem Hut.

»Was, Sie verlassen mich?«

»Sieben Uhr!« sagte Regimbart.

Frédéric folgte ihm.

An der Ecke Rue Montmartre wandte er den Kopf; er blickte zu den Fenstern im ersten Stock; und er lachte in seinem Innern aus Mitleid über sich selbst bei dem Gedanken, mit wie viel Liebe er so oft da hinaufgestarrt hatte! Wo also lebte sie? Wie konnte er ihr begegnen? Einsamkeit klaffte wieder rund um sein Begehren, das stärker war denn je!

»Wollen Sie sie nehmen?« sagte Regimbart.

»Wen nehmen?«

»Die Schnapspulle!«

Und seinen Obsessionen nachgebend, folgte ihm Frédéric ins Estaminet Bordelais. Während sein Gefährte, auf die Ellbogen gestützt, die Karaffe anglotzte, wanderte sein Blick nach links und nach rechts. Da entdeckte er Pellerins Profil draußen auf dem Trottoir; rasch klopfte er gegen die Glasscheibe, und kaum saß der Maler, da fragte ihn Regimbart, warum man ihn nicht mehr zu sehen bekam im *Art industriel.*

»Lieber verreck ich, als da nochmal hinzugehen! Ein Ignorant ist das, ein Bürger, ein Schuft, ein Halunke!«

Diese Beschimpfungen schmeichelten Frédérics Zorn. Und doch verletzten sie ihn, er fand, ein wenig träfen sie auch Madame Arnoux.

»Was hat er Ihnen denn getan?« sagte Regimbart.

Pellerin stampfte mit dem Fuß auf den Boden, schnaubte geräuschvoll, statt einer Antwort.

Er fabrizierte Schwarzarbeiten wie etwa zweifarbige Kreideporträts oder Pasticci großer Meister für wenig bewanderte Kunstliebhaber; und da ihn diese Arbeiten demütigten, verschwieg er sie normalerweise. Aber »dieser Dreckskerl Arnoux« trieb ihn zur Weißglut. Er machte sich Luft.

Einem Auftrag entsprechend, bei dem Frédéric Zeuge

gewesen war, hatte er ihm zwei Bilder gebracht. Der Händler erlaubte sich Kritik! Er hatte die Komposition gerügt, die Farbe und das Zeichnerische, ja vor allem das Zeichnerische, kurzum, wollte sie nicht nehmen, um keinen Preis. Aber genötigt durch die Fälligkeit eines Wechsels, hatte Pellerin sie dem Juden Isaac überlassen; und vierzehn Tage später verkaufte Arnoux sie eigenhändig an einen Spanier, für zweitausend Franc.

»Keinen Sou weniger! So eine Spitzbüberei! und der macht noch ganz andere Sachen, weiß Gott! Eines schönen Tages sehen wir ihn vor dem Schwurgericht.«

»Sie übertreiben!« sagte Frédéric zaghaft.

»Zum Kuckuck! ich übertreibe!« schrie der Künstler und schlug krachend mit der Faust auf den Tisch.

Dieser Ausbruch machte den jungen Mann wieder selbstsicher. Gewiss könne man sich freundlicher benehmen; indes, finde Arnoux diese beiden Gemälde …

»Schlecht! sagen Sie's doch! Kennen Sie die Bilder? Verstehen Sie was davon? Wissen Sie, mein Kleiner, eins kann ich nicht ausstehen, Dilettanten!«

»Pf! das ist alles nicht meine Sorge!« sagte Frédéric.

»Was liegt Ihnen überhaupt daran, den zu verteidigen?« entgegnete Pellerin kaltblütig.

Der junge Mann stotterte:

»Also … ich bin nun mal sein Freund.«

»Geben Sie ihm einen Kuss von mir! guten Abend!«

Und der Maler zog wütend davon, ohne, wohlgemerkt, von seiner Zeche zu reden.

Frédéric hatte, als er Arnoux verteidigte, sich selbst überzeugt. In der Hitze seiner Redseligkeit überkam ihn Mitgefühl für diesen klugen und guten Mann, den seine Freunde verleumdeten und der jetzt noch arbeitete, ganz allein, verlassen. Dem merkwürdigen Bedürfnis, ihn auf der Stelle zu sehen, widerstand er nicht. Zehn Minuten später öffnete er die Tür zum Geschäft.

Arnoux werkelte mit seinem Kommis an riesigen Plakaten für eine Gemäldeausstellung.

»Schau an, was führt Sie nochmal her?«

Diese harmlose Frage brachte Frédéric in Verlegenheit; und da er nicht wusste, was er antworten sollte, erkundigte er sich, ob man nicht zufällig sein Notizbuch gefunden habe, ein kleines Notizbuch aus blauem Leder.

»Verwahren Sie dadrin Ihre Briefe von Frauen?« sagte Arnoux.

Frédéric, errötend wie eine Jungfrau, wehrte sich gegen eine solche Unterstellung.

»Also Ihre Gedichte?« erwiderte der Händler.

Er wirtschaftete mit den ausgebreiteten Probedrucken, erörterte Form, Farbe, Umrandung; und Frédéric spürte, wie seine grüblerische Miene ihn immer stärker reizte, und vor allem seine über die Plakate wandernden Hände, – feiste Hände, weichlich, mit flachen Fingernägeln. Endlich erhob sich Arnoux; und während er sagte: »So, erledigt«, fasste er ihn vertraulich unters Kinn. Diese Plumpheit missfiel Frédéric, er wich zurück; dann setzte er den Fuß über die Schwelle des Büros, zum letzten Mal in seinem Leben, glaubte er. Selbst Madame Arnoux war irgendwie beschädigt durch ihres Mannes Vulgarität.

Noch in der gleichen Woche erhielt er einen Brief, mit dem Deslauriers ankündigte, er komme am nächsten Donnerstag nach Paris. Nun klammerte er sich mit aller Kraft an diese verlässlichere und höherstehende Bindung. Ein solcher Mann war so viel wert wie alle Frauen. Fortan brauchte er niemand mehr, keinen Regimbart, keinen Pellerin, keinen Hussonnet. Um seinen Freund besser unterbringen zu können, kaufte er eine eiserne Schlafstatt, einen zweiten Fauteuil, teilte sein Bettzeug: und am Donnerstagmorgen hatte er sich gerade angekleidet, um Deslauriers entgegenzugehen, da klingelte es an seiner Tür. Herein trat Arnoux.

»Ein Wort bloß! Gestern hab ich aus Genf eine schöne Forelle geschickt bekommen; wir zählen heute abend auf Sie, pünktlich um sieben … Rue de Choiseul, Nummer 24 bis. Vergessen Sie's nicht!«

Frédéric musste sich setzen. Ihm wankten die Knie. Immer wieder sagte er sich: »Endlich! endlich!« Dann schrieb er an seinen Schneider, seinen Hutmacher, seinen Schuster; und er ließ die drei Kärtchen durch drei verschiedene Boten zustellen. Der Schlüssel drehte sich im Schloss, und der Concierge erschien, einen Koffer auf der Schulter.

Als Frédéric Deslauriers erblickte, begann er zu zittern wie eine Ehebrecherin unter dem Blick ihres Gatten.

»Was ist denn mit dir los?« sagte Deslauriers, »du hast doch sicher meinen Brief erhalten?«

Frédéric fehlte die Kraft zum Lügen.

Er breitete die Arme aus und warf sich ihm an die Brust.

Dann erzählte der Kanzlist seine Geschichte. Sein Vater hatte die Abrechnung über sein Erbteil verweigert, weil er sich einbildete, derlei Abrechnungen verfielen nach zehn Jahren. Doch sehr gut in Prozessordnung, hatte Deslauriers ihm schließlich das gesamte mütterliche Erbe abgetrotzt, siebentausend Franc netto, die trug er nun bei sich, in einer alten Brieftasche.

»Die sind Reserve, für den Notfall. Ich muss mich drum kümmern, sie anzulegen, und auch mir ein Unterkommen suchen, gleich morgen früh. Aber heute, große Freiheit, und ganz der deine, alter Junge!«

»Oh! mach dir keine Umstände!« sagte Frédéric. »Wenn du heute abend was Wichtiges vorhast …«

»Na hör mal! Ich wär ein elender Schuft …«

Dies zufällig hingeworfene Schimpfwort traf Frédéric mitten ins Herz, wie eine verletzende Anspielung.

Der Concierge hatte auf dem Tisch beim Kamin Koteletts, Galantine, eine Languste, ein Dessert und zwei Flaschen Bordeaux angerichtet. Ein so feiner Empfang rührte Deslauriers.

»Du behandelst mich ja wie einen König, meine Güte!«

Sie plauderten über ihre Vergangenheit, über die Zukunft; und von Zeit zu Zeit fassten sie einander bei den Händen, über den Tisch hinweg, und schauten sich eine Weile ergriffen in die Augen. Aber da brachte ein Bote den neuen Hut. Deslauriers bemerkte laut, wie sehr das Futter glänzte.

Dann kam der Schneider höchstpersönlich mit dem Frack, den er frisch aufgebügelt hatte.

»Man könnte meinen, du heiratest«, sagte Deslauriers.

Eine Stunde später präsentierte sich ein dritter Mensch und zog aus einem großen schwarzen Sack ein Paar herrlicher Lackstiefel. Während Frédéric sie anprobierte, betrachtete der Schuster spöttisch das Schuhwerk des Provinzlers.

»Monsieur brauchen nichts?«

»Danke«, erwiderte der Kanzlist und schob seine alten Schnürschuhe unter den Stuhl.

Diese Demütigung genierte Frédéric. Er zögerte sein Geständnis hinaus. Schließlich rief er, als käme ihm ganz plötzlich ein Gedanke:

»Ach! sapperlot, fast hätte ich's vergessen!«

»Was denn?«

»Heute abend diniere ich in der Stadt!«

»Bei den Dambreuses? Warum erzählst du in deinen Briefen nie von ihnen?«

Es sei nicht bei den Dambreuses, sondern bei den Arnoux.

»Du hättest mich verständigen müssen!« sagte Deslauriers. »Ich wäre einen Tag später gekommen.«

»Unmöglich!« erwiderte Frédéric schroff. »Sie haben mich doch erst heute morgen eingeladen, gerade vorhin.«

Und um seinen Fehler wiedergutzumachen und seinen Freund abzulenken, löste er die verhedderten Schnüre an seinem Koffer, räumte alle seine Sachen in die Kommode, wollte ihm sein eigenes Bett geben, in der Holzkammer schlafen. Dann, gegen vier, begann er mit Ankleidevorbereitungen.

»Du hast noch Zeit!« sagte der andere.

Schließlich zog er sich an und verschwand.

»So sind die Reichen!« dachte Deslauriers.

Und er ging zum Essen in die Rue Saint-Jacques, bei einem kleinen Gastwirt, den er kannte.

Frédéric blieb im Treppenhaus mehrmals stehen, so wild pochte sein Herz. Einer von seinen allzu engen Handschuhen war geplatzt; und während er den Riss unter die Hemdmanschette stopfte, fasste ihn Arnoux, der gerade hinterherkam, beim Arm und zog ihn weiter.

Im Vorzimmer, das chinesisch ausgestattet war, hing eine bemalte Laterne von der Decke, in den Ecken stand Bambusrohr. Beim Durchqueren des Salons stolperte Frédéric über ein Tigerfell. Die Armleuchter waren nicht entzündet, doch zwei Lampen brannten ganz hinten im Boudoir.

Mademoiselle Marthe kam und sagte, ihre Mama sei beim Ankleiden. Arnoux hob sie empor bis an seinen Mund, um sie zu küssen; dann wollte er im Keller bestimmte Weinflaschen selbst aussuchen und ließ Frédéric allein mit dem Kind.

Sie war sehr gewachsen seit der Reise nach Montereau. Ihr brünettes Haar fiel in langen lockigen Kringeln bis auf die nackten Arme. Ihr Kleid, bauschiger als das Röckchen einer Tänzerin, ließ die rosigen Waden sehen, und ihre ganze reizende Gestalt roch so frisch wie ein Blumenstrauß. Die Komplimente des Herrn empfing sie mit der Miene einer koketten Dame, heftete auf ihn ihren tiefgründigen Blick, schlüpfte dann zwischen den Möbeln hindurch und entfloh wie eine Katze.

Er spürte nicht mehr die kleinste Aufregung. Die mit Papierspitze überzogenen Lampenkugeln verbreiteten ein milchiges Licht, das die Farbe der malvenblauen, satinbespannten Wände milderte. Durch die Lamellen des Kaminschirms, der einem großen Fächer glich, sah man glühende Kohle; neben der Stutzuhr stand eine Schatulle mit silbernen Schließen. Da und dort lagen persönliche Dinge: eine Puppe auf der Causeuse, ein Fichu über einer Stuhllehne und auf dem Nähtischchen eine Strickarbeit, aus der zwei elfenbeinerne Nadeln hingen, mit der Spitze nach unten. Es war ein friedlicher Ort, rechtschaffen und heimelig in einem.

Arnoux kam zurück; und durch die andere Portiere erschien Madame Arnoux. Da Schatten sie umhüllte, konnte er zunächst nichts wahrnehmen als ihren Kopf. Sie trug ein schwarzes Samtkleid und im Haar ein langes algerisches Netz aus rotem Seidengewebe, das sich um ihren Kamm ringelte und dann herabfiel bis auf die linke Schulter.

Arnoux stellte Frédéric vor.

»Oh! natürlich erkenne ich Monsieur«, antwortete sie.

Dann kamen fast gleichzeitig alle andern Gäste: Dittmer, Lovarias, Burrieu, der Komponist Rosenwald, der Dichter Théophile Lorris, zwei Kunstkritiker und Kollegen Hussonnets, ein Papierfabrikant und zuletzt der illustre Pierre-Paul Meinsius, letzter Vertreter der großen Malerei, der frisch und vergnügt mit seinem Ruhm seine achtzig Jahre vor sich hertrug und auch seinen dicken Bauch.

Als man ins Esszimmer ging, nahm Madame Arnoux seinen Arm. Ein Stuhl war leer geblieben für Pellerin. Arnoux mochte ihn, obwohl er ihn ausbeutete. Außerdem fürchtete er seine scharfe Zunge – und so hatte er, um ihn weich zu stimmen, im *Art industriel* sein Porträt veröffentlicht, garniert mit hochtrabenden Elogen: und Pellerin, für Ruhm empfänglicher als für Geld, erschien gegen acht, ganz außer Atem. Frédéric dachte bei sich, die beiden seien wohl schon lange wieder versöhnt.

Die Gesellschaft, die Speisen, alles gefiel ihm. Der Raum war, ähnlich einem mittelalterlichen Klostersprechzimmer, mit gehämmertem Leder bespannt; eine holländische Etagere stand vor einem Gestell mit Tschibuks; und rundherum auf dem Tisch wirkten die verschiedenfarbigen böhmischen Gläser inmitten der Blumen und Früchte wie Festbeleuchtung in einem Garten.

Er konnte wählen zwischen zehn Senfsorten. Er aß Gazpacho, Curry, Ingwer, korsische Amseln, römische Lasagne; er trank vorzügliche Weine, Liebfrauenmilch und Tokayer. Arnoux schmeichelte sich in der Tat, ein guter Gastgeber zu sein. Mit Blick auf die Esswaren hofierte er alle Postkutscher und war befreundet mit Köchen großer Häuser, die ihm Soßenrezepte verrieten.

Doch vor allem die Gespräche ergötzten Frédéric. Seine Reiselust umschmeichelte Dittmer, der vom Orient berichtete; seine Neugier nach Geschichten aus dem Theater wurde gestillt, als er Rosenwald lauschte, der über die Oper sprach; und das grausame Leben der Boheme dünkte ihn komisch dank der Fröhlichkeit Hussonnets, der auf pittoreske Weise erzählte, er habe sich einen Winter lang nur von holländischem Käse ernährt. Eine Auseinandersetzung zwischen Lovarias und Burrieu über die Florentiner Schule offenbarte ihm hernach Meisterwerke, eröffnete ihm Horizonte, und er konnte seine Begeisterung nur schwer im Zaum halten, als Pellerin ausrief:

»Lasst mich zufrieden mit eurer abscheulichen Realität! Was soll das heißen, Realität? Die einen sehen schwarz, andere blau, die Masse sieht dumm. Nichts ist weniger natürlich als Michelangelo, nichts ist stärker! Das Bemühen um äußere Wahrheit zeugt von der Erbärmlichkeit unserer Gegenwart; und die Kunst wird, wenn man so weitermacht, zu irgendeinem Firlefanz, der in seiner Poesie unter der Religion steht und in seiner Bedeutung unter der Politik. Ihr Ziel zu verwirklichen, das wird euch nicht gelingen, – ja, ihr Ziel! uns in eine unpersönliche Erregung zu versetzen –, mit euren kleinen Werken, trotz aller Raffinesse in der Ausführung. Nehmt zum Beispiel die Gemälde von Bassolier: Das ist hübsch, schmuck, adrett und wiegt nicht schwer! Man kann's in die Tasche stecken, mitnehmen auf die Reise! Notare kaufen das für zwanzigtausend Franc; drin steckt eine Idee für drei Sou; doch ohne Idee keine Größe! ohne Größe keine Schönheit! Der Olymp ist ein Berg! Das kühnste Monument sind immer noch die Pyramiden! Lieber Überschwang als Geschmack, lieber die Wüste als ein Trottoir, lieber ein Wilder als ein Friseur!«

Während Frédéric diesen Dingen lauschte, betrachtete er Madame Arnoux. Sie fielen in sein Gemüt wie Metall in einen Schmelzofen, vermischten sich mit seiner Leidenschaft und wurden zu Liebe.

Er saß drei Plätze von ihr entfernt, auf derselben Seite. Hin und wieder neigte sie sich ein wenig vor, drehte den Kopf, sagte ihrer kleinen Tochter ein paar Worte; weil sie dann lächelte, bildete sich auf ihrer Wange ein Grübchen, und das verlieh ihrem Gesicht einen noch graziöseren Ausdruck von Güte.

Als es Zeit war für Spirituosa, verschwand sie. Die

Unterhaltung wurde sehr lose; Monsieur Arnoux glänzte, und Frédéric staunte über den Zynismus dieser Männer. Doch ihre Fixierung auf die Frau schuf zwischen ihnen und ihm so etwas wie Gleichheit, und dies hob ihn in seiner Selbstachtung.

Zurück im Salon, griff er, um Fassung bemüht, nach einem der Alben auf dem Tisch. Die großen Künstler der Zeit hatten es mit Zeichnungen versehen, Prosa hineingeschrieben, Verse oder einfach ihre Namen; zwischen den berühmten waren auch viele unbekannte, und ausgefallene Gedanken zeigten sich nur unter einer Flut von Albernheiten. Alle enthielten eine mehr oder weniger deutliche Huldigung an Madame Arnoux. Frédéric hätte nie gewagt, auch nur eine Zeile danebenzusetzen.

Sie holte aus ihrem Boudoir die Schatulle mit silbernen Schließen, die er auf dem Kamin bemerkt hatte. Es war ein Geschenk ihres Mannes, eine Arbeit aus der Renaissance. Arnoux' Freunde beglückwünschten ihn, seine Frau dankte; er war gerührt, und vor aller Augen gab er ihr einen Kuss.

Anschließend plauderten alle hier und dort in Grüppchen; der gute Meinsius saß bei Madame Arnoux, auf einer Bergere, am Feuer; sie neigte sich zu seinem Ohr, ihre Köpfe berührten einander; – und Frédéric wäre liebend gerne taub gewesen, verwachsen und hässlich, im Tausch für einen illustren Namen und weißes Haar, kurzum für etwas, das ihn berechtigt hätte zu solcher Vertraulichkeit. Er zermarterte sich das Herz, wütend auf seine Jugend.

Doch sie kam in den Winkel des Salons, wo er stand, fragte, ob er einige der Gäste kenne, ob er die Malerei liebe, seit wann er in Paris studiere. Jedes Wort aus ihrem Mund schien Frédéric etwas Neues, ausschließlich ihr zugehörig. Aufmerksam betrachtete er die Fransen ihres Haarschmucks, die mit der Spitze an ihre bloße Schulter rührten; und er konnte seinen Blick nicht losreißen, versenkte seine Seele in das Weiß dieses Frauenfleisches; doch er wagte nicht, die Lider zu heben, um sie weiter oben anzuschauen, Aug in Auge.

Rosenwald unterbrach sie und bat Madame Arnoux, etwas zu singen. Er präludierte, sie wartete; ihre Lippen öffneten sich ein wenig, und ein reiner, langer, getragener Ton schwebte in die Luft.

Frédéric verstand nichts von den italienischen Worten.

Es begann mit einem gemessenen Rhythmus, wie ein Kirchenlied, belebte sich dann crescendo, stieg an in der Fülle des Wohllauts, kam plötzlich zur Ruhe; und liebevoll setzte die Melodie wieder ein, mit breiter, gemächlicher Schwingung.

Sehr gerade stand sie dicht bei der Klaviatur, mit herabhängenden Armen, verlorenem Blick. Hin und wieder blinzelte sie, kurz vorgebeugt, um die Noten zu lesen. Ihre Altstimme hatte in tiefen Lagen einen düsteren Klang, der schauern machte, und dann neigte sich ihr schöner Kopf mit den dichten Augenbrauen zur Schulter; sie hob die Brust, öffnete die Arme, ihr Hals, dem Koloraturen entstiegen, sank geschmeidig nach hinten, wie unter ätherischen Küssen; sie stieß drei hohe Töne hervor, wurde tiefer, schmetterte einen noch höheren und schloss, nach einer Pause, mit einer Fermate.

Rosenwald blieb am Klavier. Er spielte weiter, für sich selbst. Von Zeit zu Zeit verschwand einer der Gäste. Um elf, als die letzten aufbrachen, ging Arnoux mit Pellerin hinaus, unter dem Vorwand, er wolle ihn begleiten. Er gehörte zu den Leuten, die sich krank fühlen, hatten sie nach dem Abendessen nicht *ihre Runde gedreht.*

Madame Arnoux war ins Vorzimmer gekommen; Dittmer und Hussonnet grüßten, sie reichte ihnen die Hand;

das tat sie auch mit Frédéric; und er spürte etwas eindringen in alle Teilchen seiner Haut.

Er verabschiedete sich von den Freunden; er musste allein sein. Ihm zerfloss das Herz. Warum diese dargebotene Hand? War es eine unüberlegte Geste oder eine Ermutigung? »Ach was! ich bin närrisch!« Außerdem, was kümmerte ihn das, wo er sie jetzt ganz nach Belieben sehen konnte, leben in ihrer Nähe.

Die Straßen waren leer. Hin und wieder fuhr dort ein schwerer Karren, unter dem das Pflaster bebte. Ein Haus reihte sich ans andere, mit grauer Fassade, geschlossenen Fenstern; und er dachte verächtlich an all die Menschen, die hinter diesen Mauern in ihren Betten lagen und dahinlebten, ohne sie zu sehen, ja, nicht einmal ahnten, dass es sie gab! Er hatte jedes Gefühl verloren für seine Umgebung, den Raum, schlichtweg alles; und kräftig ausschreitend, mit seinem Spazierstock gegen die Holzläden der Geschäfte schlagend, ging er immer weiter geradeaus, planlos, glückselig, vorwärtsgetrieben. Feuchte Luft umwehte ihn; er merkte, nun war er bei den Quais.

Die Straßenlaternen gleißten in zwei geraden Linien bis ins Unendliche, und lange rote Flammen flackerten tief unten im Wasser. Es war schieferblau, dagegen schien der etwas hellere Himmel auf den großen, dunklen Massen zu ruhen, die an beiden Seiten des Flusses emporragten. Bauwerke, die man nicht sah, verstärkten die Finsternis. Ein hellglänzender Nebel wallte jenseits davon, über den Dächern; alle Geräusche verschmolzen in einem einzigen Gebrumm; es wehte ein leichter Wind.

Er war mitten auf dem Pont-Neuf stehengeblieben, und barhaupt, mit offener Brust, holte er gierig Luft. Zugleich spürte er, wie tief aus seinem Inneren etwas Unversiegbares aufstieg, ein Ansturm von Zärtlichkeit, die ihn lähmte wie das Gewoge der Fluten vor seinen

Augen. Eine Kirchturmuhr schlug die Stunde, langsam, wie eine Stimme, die ihn gerufen hätte.

Da überkam ihn einer jener Seelenschauer, bei denen wir meinen, in eine höhere Welt zu entschweben. Eine wunderbare Kraft, die noch ihren Gegenstand suchte, war ihm zugefallen. Er fragte sich ernsthaft, ob er ein großer Maler werden sollte oder ein großer Dichter; – und er entschied sich für die Malerei, denn die Anforderungen dieses Handwerks brachten ihn Madame Arnoux näher. Er hatte seine Berufung gefunden! Sein Lebensziel war nunmehr klar und die Zukunft gewiss.

Als er hinter sich die Tür geschlossen hatte, hörte er, dass jemand in der finsteren Kammer neben dem Zimmer schnarchte. Es war der andere. Den hatte er ganz vergessen.

Sein Gesicht erschien im Spiegel. Er fand sich schön; – und verweilte einen Augenblick, um sich zu betrachten.

V.

Am nächsten Tag, noch vor zwölf, hatte er sich Farbkasten, Pinsel, Staffelei gekauft. Pellerin erklärte sich bereit, ihm Stunden zu geben, und Frédéric nahm ihn mit in seine Wohnung, dass er prüfe, ob auch nichts fehlte bei seinen Malutensilien.

Deslauriers war zurück. Ein junger Mann saß im zweiten Fauteuil. Der Kanzlist sagte, auf ihn deutend:

»Da ist er! nu also! Sénécal!«

Der Bursche missfiel Frédéric. Seine Stirn wirkte höher durch das zur Bürste geschorene Haar. Etwas Hartes und Kaltes lag in den grauen Augen; und sein langer schwarzer Gehrock, sein ganzer Aufzug verriet den Schulmeister und Pfaffen.

Zunächst unterhielt man sich über Tagesereignisse, unter anderem über das *Stabat* von Rossini; Sénécal erklärte auf Nachfrage, er gehe nie ins Theater. Pellerin öffnete den Farbkasten.

»Ist das alles für dich?« fragte der Kanzlist.

»Natürlich!«

»Hm! seltsamer Einfall!«

Und er beugte sich über den Tisch, wo der Repetitor für Mathematik in einem Band von Louis Blanc blätterte. Er hatte ihn selbst mitgebracht und las einzelne Passagen leise vor sich hin, während Pellerin und Frédéric gemeinsam Palette, Spachtel, Farbbeutel examinierten; dann kam das Gespräch auf den Abend bei Arnoux.

»Der Kunsthändler?« fragte Sénécal. »Ein sauberer Herr, fürwahr!«

»Warum denn das?« sagte Pellerin.

Sénécal erwiderte:

»Der Mann schlägt Kapital aus politischer Niedertracht!«

Und er begann von einer berühmten Lithographie zu sprechen, auf der die ganze königliche Familie dargestellt ist, versunken in erbauliche Beschäftigungen: Louis-Philippe hielt ein Gesetzbuch, die Königin ein Gebetbuch, die Prinzessinnen stickten, der Duc de Nemours gürtete den Säbel; Monsieur de Joinville zeigte seinen jüngeren Brüdern eine Landkarte; im Hintergrund sah man ein zweiteiliges Bett. Dieses Bild mit dem Titel *Eine gute Familie* hatte die Bürger entzückt, verdross jedoch die Patrioten. Pellerin antwortete in beleidigtem Ton, als stamme es von ihm selbst, alle Meinungen wären gleich gut; Sénécal erhob Einspruch. Die Kunst müsse ausschließlich auf die Moralisierung der Massen hinzielen! Man dürfe nur Stoffe behandeln, die anspornten zu tugendhaften Taten; alles andere sei schädlich.

»Aber es liegt doch nur an der Ausführung!« rief Pellerin. »Ich kann Meisterwerke schaffen!«

»Umso schlimmer für Sie! niemand hat das Recht …«

»Wie?«

»Nein, Monsieur, Sie haben kein Recht, mein Interesse auf Dinge zu lenken, die ich verdamme. Wozu brauchen wir mühselig erschaffene Belanglosigkeiten, ohne jeglichen Nutzen, diese Venusse zum Beispiel mitsamt all Ihren Landschaften? Ich erkenne darin nichts Lehrreiches für das Volk! Zeigen Sie uns doch lieber sein Elend! Begeistern Sie uns für seine Opfer! Allmächtiger, an Stoffen fehlt's nicht: der Bauernhof, die Werkstatt …«

Pellerin stotterte vor Empörung, und als er meinte, jetzt habe er ein Argument gefunden:

»Molière, lassen Sie den gelten?«

»Meinetwegen!« sagte Sénécal. »Ich bewundere ihn als Vorboten der Französischen Revolution.«

»Ach! die Revolution! Was für eine Kunst! Eine erbärmlichere Zeit hat es nie gegeben!«

»Nie eine größere, Monsieur!«

Pellerin verschränkte die Arme, und ihn scharf ins Auge fassend:

»Sie sind mir, scheint's, ein ausgemachter Nationalgardist!«

Sein Widersacher, an Rededuelle gewöhnt, erwiderte:

»Ich bin *keiner*! mir ist die Nationalgarde ebenso verhasst wie Ihnen! Doch mit derlei Grundsätzen verdirbt man die Menge! Überdies kommt das nur der Regierung zugute! sie wäre nicht so stark ohne die Beihilfe von einem Haufen Spaßvögel wie dem da.«

Der Maler ergriff die Verteidigung des Händlers, denn Sénécals Ansichten brachten ihn auf die Palme. Er wagte sogar zu behaupten, Jacques Arnoux habe ein wahrhaft goldenes Herz, sei dazu ein aufopfernder Freund, hänge zärtlich an seiner Gattin.

»Oh! oh! böte man ihm ein hübsches Sümmchen, dann würde er sich nicht zieren und ließe sie Modell stehen.«

Frédéric wurde bleich.

»Also hat er Ihnen schweres Unrecht angetan, Monsieur?«

»Mir? nein! ich hab ihn einmal im Café gesehen, mit einem Freund. Mehr nicht.«

Sénécal sprach die Wahrheit. Doch tagein, tagaus ärgerten ihn die Reklameartikel im *Art industriel*. Arnoux war ihm der Vertreter einer Welt, die er als verhängnisvoll erachtete für die Demokratie. Ein strenger Republikaner, verdächtigte er jede Eleganz der Verdorbenheit, hatte zudem keinerlei Bedürfnisse und war von unbeugsamer Redlichkeit.

Die Unterhaltung kam nicht mehr so recht in Gang. Der Maler erinnerte sich bald an eine Verabredung, der Repetitor an seine Schüler; und als sie fort waren, nach längerem Schweigen, hatte Deslauriers verschiedene Fragen über Arnoux.

»Du stellst mich dort später einmal vor, nicht wahr, alter Junge?«

»Gewiss«, sagte Frédéric.

Dann planten sie, wie es nun weiterging. Deslauriers hatte mühelos eine Stelle als zweiter Kanzlist bei einem Anwalt gefunden, sich an der juristischen Fakultät eingeschrieben, die nötigen Bücher gekauft, – und das Leben, das so lang erträumte, begann.

Es war zauberhaft, dank der Schönheit ihrer Jugend. Deslauriers hatte nichts gesagt über eine finanzielle Abmachung, und so sagte auch Frédéric kein Wort. Er bestritt alle Ausgaben, sorgte für Ordnung im Schrank, kümmerte sich um den Haushalt; mussten dem Concierge aber die Leviten gelesen werden, übernahm der Kanzlist und spielte, wie schon auf dem Collège, seine Rolle als der Beschützer und Ältere.

Den ganzen Tag über getrennt, fanden sie abends wieder zusammen. Ein jeder rückte nah ans Feuer und vertiefte sich in seine Arbeit. Es dauerte nicht lange, und sie wurde unterbrochen. Dann folgten endlose Herzensergießungen, grundlose Heiterkeit und manchmal Zankereien wegen einer rußenden Lampe oder einem verlorengegangenen Buch, kurze Zornausbrüche, besänftigt von Gelächter.

Die Tür zur Holzkammer blieb offen, und so plauderten sie weiter von Bett zu Bett.

Am Morgen spazierten sie in Hemdsärmeln über ihre Terrasse; die Sonne ging auf, leichter Dunst hing über dem Fluss, vom Blumenmarkt nebenan hörten sie Gekreisch, – und der Rauch ihrer Pfeifen wirbelte in der reinen Luft, die ihre noch verquollenen Augen erfrischte; sie spürten, tief einatmend, überall große Hoffnung.

Wenn es sonntags nicht regnete, gingen sie miteinander aus; und Arm in Arm bummelten sie durch die Straßen. Fast immer kam ihnen im selben Augenblick der gleiche Gedanke, oder sie redeten, ohne irgendetwas in ihrer Nähe zu sehen. Deslauriers strebte nach Reichtum, als Mittel der Macht über Menschen. Er hätte gern viele Leute in Bewegung gesetzt, viel Aufsehen erregt, drei Sekretäre befehligt und jede Woche teilgenommen an einem großen politischen Diner. Frédéric möblierte sich einen Palast im maurischen Stil, wollte sein Leben ausgestreckt auf kaschmirnen Diwanen verbringen, im Geplätscher eines Springbrunnens, umsorgt von Negerpagen; – und diese erträumten Dinge standen ihm schließlich so klar vor Augen, dass er ihnen nachtrauerte, als hätte er sie verloren.

»Wozu reden über all das«, sagte er, »wir werden's doch niemals haben!«

»Wer weiß?« erwiderte Deslauriers.

Seinen demokratischen Überzeugungen zum Trotz ermahnte er ihn, sich Zutritt zu verschaffen bei den Dambreuses. Der andere pochte auf seine Versuche.

»Bah! geh nochmal! Sie werden dich einladen!«

Mitte März erhielten sie neben weiteren ziemlich hohen Rechnungen auch eine vom Wirt, der ihnen das Abendessen brachte. Da Frédérics Barschaft nicht reichte, lieh er sich von Deslauriers hundert Écu; vierzehn Tage später wiederholte er seine Bitte, und der Kanzlist schalt ihn wegen seiner Ausgaben bei Arnoux.

Tatsächlich verhielt er sich nicht eben maßvoll. Eine Ansicht von Venedig, eine Ansicht von Neapel und noch eine von Konstantinopel hingen in der Mitte der drei Wände, da und dort Reitermotive von Alfred de Dreux, eine Gruppe von Pradier auf dem Kamin, verschiedene Nummern des *Art industriel* auf dem Klavier und Schachtelzeug am Boden in allen Ecken füllten die Wohnung derart, dass man nirgendwo ein Buch hinlegen, sich kaum rühren konnte. Frédéric behauptete, er brauche das alles für seine Malerei.

Er arbeitete bei Pellerin. Doch häufig war Pellerin unterwegs, – der hatte die Angewohnheit, allen Begräbnissen und Ereignissen beizuwohnen, von denen die Zeitungen berichten mussten; – und Frédéric verbrachte Stunden völlig allein im Atelier. Die Ruhe in diesem großen Raum, wo nichts zu hören war außer Mäusegetrippel, das von der Decke einfallende Licht, bis hin zum Bullern des Ofens, alles versenkte ihn zunächst in eine Art geistiges Wohlbehagen. Dann schweifte sein Blick fort von der Arbeit, wanderte zu den abgesplitterten Stellen an der Wand, zwischen den Nippsachen der Etagere, über die Torsi, auf denen dicker Staub lag wie Samtfetzchen; und gleich einem tief im Wald verirrten Wanderer, den alle Wege immerzu an dieselbe Stelle führen, fand er auf dem Grunde jedes Gedankens die Erinnerung an Madame Arnoux.

Er bestimmte feste Tage, an denen er zu ihr gehen wollte; angelangt im zweiten Stock vor ihrer Tür, zögerte er zu läuten. Schritte kamen näher; es wurde geöffnet, und die Worte: »Madame ist ausgegangen« waren wie eine Erlösung, eine Last weniger für sein Herz.

Er traf sie trotz alledem. Das erste Mal waren drei Damen bei ihr; an einem andern Nachmittag erschien plötzlich der Schreiblehrer von Mademoiselle Marthe. Außerdem war es unüblich, dass Männer, die zu Madame Arnoux' Empfangstag kamen, ihr auch Besuche abstatteten. Er ging nicht mehr hin, aus Anstand.

Doch versäumte er nie, damit man ihn zu den Donnerstagdiners einlud, regelmäßig jeden Mittwoch im

Art industriel aufzutauchen; und er blieb nach allen andern, länger als Regimbart, bis zur letzten Minute, gab sich den Anschein, er betrachte eine Gravüre, blättere in einer Zeitung. Endlich sagte Arnoux: »Sind Sie frei morgen abend?« Er stimmte zu, bevor der Satz zu Ende war. Es schien, als habe Arnoux ihn liebgewonnen. Er lehrte ihn die Kunst, Weine zu unterscheiden, Punsch zu flambieren, Schnepfensalmi zu kochen; Frédéric befolgte gefügig jeden Ratschlag, – denn er liebte alles, was mit Madame Arnoux zusammenhing, ihre Möbel, ihre Dienstboten, ihre Straße, ihr Haus.

Er redete kaum während dieser Diners; er schaute sie an. Sie hatte rechts an der Schläfe ein kleines Muttermal; die zwei breiten Strähnen über der Stirn waren schwärzer als das übrige Haar und wirkten immer ein wenig feucht an den Rändern; hin und wieder strich sie leise darüber, bloß mit zwei Fingern. Er kannte die Form jedes ihrer Fingernägel, ihn ergötzte das Zischeln ihres Seidenkleids, wenn sie durch irgendeine Tür ging, heimlich schnupperte er den Duft ihres Taschentuchs; ihr Kamm, ihre Handschuhe, ihre Ringe waren für ihn ganz eigene Dinge, bedeutsam wie Kunstwerke, fast so lebendig wie Menschen; all das rührte ihn und steigerte seine Leidenschaft.

Er hatte nicht die Kraft, sie vor Deslauriers zu verbergen. Wenn er von Madame Arnoux kam, weckte er ihn wie aus Versehen, nur damit er von ihr erzählen konnte.

Deslauriers, der in der Holzkammer schlief, neben dem Wasserbehälter, gähnte herzhaft. Frédéric setzte sich ans Fußende des Betts. Zuerst sprach er vom Diner, dann berichtete er über tausend unwichtige Kleinigkeiten, in denen er Zeichen von Geringschätzung sah oder von Zuneigung. Einmal hatte sie zum Beispiel seinen Arm zurückgewiesen, stattdessen den von Dittmer genommen, und Frédéric war verzweifelt.

»Ach! Unsinn!«

Oder sie nannte ihn ihren »Freund«.

»Na, dann los!«

»Aber ich trau mich nicht«, sagte Frédéric.

»Vergiss es! Gute Nacht.«

Deslauriers drehte sich zur Wand und schlief weiter. Er wurde nicht klug aus dieser Liebe, hielt sie für eine letzte Jugendschwäche; und da ihm offenbar die Zweisamkeit nicht mehr genügte, verfiel er auf die Idee, einmal in der Woche ihre gemeinsamen Freunde zu versammeln.

Sie kamen am Samstag gegen neun. Die drei algerischen Vorhänge waren sorgfältig zugezogen; die Lampe und vier Kerzen brannten; mitten auf dem Tisch prangte der Tabaktopf gut gefüllt mit Pfeifen, zwischen Bierflaschen, Teekanne, einer Flasche Rum und Petits fours. Man debattierte über die Unsterblichkeit der Seele, man zog Vergleiche zwischen den Professoren.

Hussonnet erschien eines Abends in Begleitung von einem hochgewachsenen jungen Mann, der einen Gehrock mit zu kurzen Ärmeln trug und verlegen wirkte. Es war der Bursche, nach dem sie im vergangenen Jahr auf dem Polizeirevier gefragt hatten.

Da er seinem Arbeitgeber die im Gerangel verlorene Schachtel mit Spitzen nicht zurückgeben konnte, hatte der ihn des Diebstahls bezichtigt und mit Gericht bedroht; nun war er Kommis in einem Fuhrgeschäft. Hussonnet hatte ihn am Vormittag an einer Straßenecke getroffen; und er brachte ihn mit, denn aus Dankbarkeit wollte Dussardier »den andern« sehen.

Er reichte Frédéric das noch gefüllte Zigarrenetui, das er gewissenhaft bewahrt hatte, in der Hoffnung, es zurückzugeben. Die jungen Leute forderten ihn auf wiederzukommen. Was er auch tat.

Sie mochten einander. Zunächst einmal hatte ihr

Hass auf die Regierung den Rang eines unanfechtbaren Dogmas. Bloß Martinon suchte Louis-Philippe zu verteidigen. Man überschüttete ihn mit den Gemeinplätzen, die in jeder Zeitung standen: die Ummauerung von Paris, die Septembergesetze, Pritchard, Lord Guizot, – sodass Martinon schwieg, aus Angst, er könnte irgendwen kränken. In sieben Jahren Collège hatte er nie eine Strafarbeit aufbekommen, und an der juristischen Fakultät verstand er den Professoren zu gefallen. Meistens trug er einen groben sandgrauen Gehrock und Überschuhe aus Gummi; eines Abends jedoch erschien er in großer Toilette wie ein Bräutigam: Samtweste mit Schalkragen, weiße Halsbinde, Goldkette.

Die Verwunderung wurde noch größer, als sie erfuhren, er komme von Monsieur Dambreuse. Tatsächlich hatte der Bankier Dambreuse dem alten Martinon vor kurzem eine stattliche Ladung Holz abgekauft; als der gute Mann ihm seinen Sohn vorstellte, lud er sie beide zum Abendessen.

»Gab's viele Trüffeln?« fragte Deslauriers; »und hast du seine Gemahlin um die Taille gefasst, zwischen Tür und Angel, *sicut decet*?«

Nun entspann sich ein Gespräch über Frauen. Pellerin wollte nicht gelten lassen, dass es schöne Frauen gebe (er bevorzuge Tiger); außerdem sei das Menschenweibchen ein niederes Geschöpf in der ästhetischen Rangordnung:

»Was euch verlockt, ist gerade das, was sie herabsetzt als Idee; ich meine die Brüste, das Haar …«

»Und doch«, hielt Frédéric dagegen, »langes schwarzes Haar, mit großen schwarzen Augen …«

»Ach! kennen wir!« rief Hussonnet. »Schluss mit den andalusischen Damen auf ihren Diwanen! Altertümer? gehorsamster Diener! Kurzum, also bitte, Spaß beiseite! eine Lorette ist ergötzlicher als die Venus von Milo!

Lasst uns Gallier sein, verdammt noch mal! und würdig der Régence, sofern wir's können!

Fließt, ihr guten Weine; lächelt, ihr Frauen!

Mal eine Brünette, dann eine Blonde! – Meint Ihr nicht auch, Väterchen Dussardier?«

Dussardier gab keine Antwort. Alle bestürmten ihn, neugierig auf seinen Geschmack.

»Nun«, sagte er, ganz rot, »ich … ich möchte immer nur dieselbe lieben!«

Und dies wurde auf eine Weise vorgebracht, dass für einen Augenblick Stille einkehrte, die einen staunten über so viel Naivität, und die andern entdeckten vielleicht die geheime Sehnsucht ihrer Seele.

Sénécal stellte seinen Bierkrug auf den Kaminsims und erklärte dogmatisch, die Prostitution sei eine Tyrannei und die Ehe eine Immoralität, besser wäre Enthaltsamkeit. Deslauriers hielt Frauen für Amüsement, mehr nicht. Monsieur de Cisy hegte ihnen gegenüber allerlei Ängste.

Aufgezogen unter den Augen einer frömmelnden Großmutter, fand er die Gesellschaft dieser jungen Leute so reizvoll wie ein Bordell und so lehrreich wie eine Sorbonne. Man geizte nicht mit Lektionen; und er zeigte sich voll Eifer, wollte sogar rauchen, trotz der Übelkeit, die ihn jedesmal quälte, unvermeidlich. Frédéric umhegte ihn aufmerksam. Er bewunderte die feinen Unterschiede bei seinen Halsbinden, den Pelz seines Überrocks und vor allem seine Stiefel, schlank wie Handschuhe, so sauber und fein wirkten sie schon unverschämt; sein Wagen erwartete ihn unten auf der Straße.

Eines Abends, als er eben gegangen war und Schnee fiel, hob Sénécal an, seinen Kutscher zu bemitleiden.

Dann wetterte er gegen die gelben Handschuhe, den Jockey-Club. Er schätze einen Arbeiter weit mehr als diese Herren.

»Ich arbeite wenigstens! ich bin arm!«

»Das sieht man«, sagte Frédéric schließlich verärgert.

Der Repetitor grollte ihm noch lang wegen dieser Worte.

Aber da Regimbart einmal gesagt hatte, er kenne Sénécal ein wenig, bat ihn Frédéric, weil er Arnoux' Freund eine Höflichkeit erweisen wollte, zu den Samstagstreffen zu kommen, und diese Begegnung erfreute die beiden Patrioten.

Dennoch waren sie grundverschieden.

Sénécal – der einen Spitzschädel hatte – interessierte sich nur für Systeme. Regimbart hingegen sah in Tatsachen nichts weiter als Tatsachen. Was ihn hauptsächlich beunruhigte, war die Rheingrenze. Er behauptete, sich mit Artillerie auszukennen, und kleidete sich beim Schneider der Polytechnischen Hochschule.

Am ersten Tag, als man ihm Kuchen anbot, zuckte er verächtlich die Schultern und sagte, das sei etwas für Frauen; und auch bei den nächsten Malen wirkte er nicht viel liebenswürdiger. Sobald die Gedanken eine gewisse Höhe erreichten, murmelte er: »Oh! keine Utopien, keine Träume!« In puncto Kunst (gleichwohl verkehrte er in Ateliers und erteilte dort manchmal aus Gefälligkeit Fechtunterricht) waren seine Ansichten nicht gerade eine Offenbarung. Er verglich den Stil von Monsieur Marrast mit dem von Voltaire, und Mademoiselle Vatnaz mit Madame de Staël, wegen einer Ode auf Polen, »mit Herzblut geschrieben«. Kurzum, Regimbart strapazierte alle Nerven, ganz besonders die von Deslauriers, denn der Citoyen war ein Vertrauter Arnoux'. Der Kanzlist nämlich gierte nach einem Verkehr in diesem Haus, voll der Hoffnung auf nützliche Bekanntschaften.

»Wann nimmst du mich endlich mit?« sagte er. Arnoux war gerade mit Arbeit überlastet oder stand im Begriff zu verreisen; schließlich lohnte es nicht mehr, die Diners gingen bereits zu Ende.

Hätte er für den Freund sein Leben aufs Spiel setzen müssen, Frédéric wäre losgestürmt. Aber da ihm viel daran lag, so vorteilhaft wie möglich aufzutreten, da er auf seine Sprache, seine Umgangsformen und seine Kleidung so sehr achtete, dass er stets nur tadellos behandschuht ins Büro des *Art industriel* trat, hatte er Angst, Deslauriers mit seinem alten schwarzen Rock, dem Gehabe eines Staatsanwalts und den anmaßenden Reden könnte Madame Arnoux missfallen, und dies werde ihm selbst schaden, ihn herabsetzen in ihren Augen. Die anderen nahm er noch hin, aber der hier, der störte ihn tausendmal mehr. Der Kanzlist merkte wohl, dass er sein Versprechen nicht halten wollte, und Frédérics Schweigen dünkte ihn eine noch schlimmere Beleidigung.

Gern hätte er ihn lenken wollen, gesehen, wie er sich nach dem Ideal ihrer Jugend entwickelte; und seine Faulheit empörte ihn als Ungehorsam und Verrat. Darüber hinaus erwähnte Frédéric, ganz erfüllt von dem Gedanken an Madame Arnoux, häufig ihren Mann; und Deslauriers begann mit einer unerträglichen *Leier*, wiederholte seinen Namen hundertmal pro Tag, am Ende eines jeden Satzes, gleich der Schrulle eines Schwachkopfs. Klopfte man an seine Tür, rief er: »Herein, Arnoux!« Im Restaurant bestellte er Brie, »ganz wie Arnoux«; und nachts weckte er, einen Alptraum simulierend, seinen Gefährten mit dem Schrei: »Arnoux! Arnoux!« Eines Tages schließlich sagte Frédéric entnervt, mit kläglicher Stimme:

»Lass mich doch zufrieden mit Arnoux!«

»Niemals!« erwiderte der Kanzlist.

»Immer er! er überall! ob glühend, ob kalt,
Das Bild des Arnoux …«

»Sei endlich still!« rief Frédéric und hob die Faust. Dann sanfter:

»Das Thema quält mich, du weißt es doch.«

»Oh! Verzeihung, mein Bester«, erwiderte Deslauriers sich tief verneigend, »wir nehmen fortan Rücksicht auf die Nerven des gnädigen Fräuleins! Verzeihung, Verzeihung! Entschuldige tausendmal!«

So endete die Fopperei.

Aber drei Wochen später sagte er eines Abends:

»Ich hab sie heute nachmittag gesehen, Madame Arnoux!«

»Wo denn?«

»Im Justizpalast, mit Balandard, dem Anwalt; eine Brünette, stimmt's, mittelgroß?«

Frédéric nickte. Er wartete, dass Deslauriers weiterrede. Beim leisesten Wort der Bewunderung hätte er ihm sein ganzes Herz ausgeschüttet, ihn bereitwillig umschmeichelt; der andere schwieg noch immer; dann konnte er sich nicht länger beherrschen und fragte schließlich in gleichmütigem Ton, was er von ihr halte.

Deslauriers fand sie »nicht übel, freilich ohne irgendwas Besonderes«.

»Ach! findest du«, sagte Frédéric.

Dann kam der August, Zeit für seine zweite Prüfung. Nach allgemeiner Auffassung reichten vierzehn Tage zur Vorbereitung auf den Stoff. Frédéric zweifelte nicht an seinen Fähigkeiten, verschlang in einem Zug die vier ersten Bücher der Prozessordnung, die drei ersten des Strafgesetzbuchs, mehrere Abschnitte der Strafprozessordnung und einen Teil des Code civil mitsamt den Anmerkungen von Monsieur Poncelet. Am Vorabend machte Deslauriers mit ihm eine Wiederholung, die sich bis zum Morgen hinzog; und um auch noch die letzte Viertelstunde auszunutzen, stellte er ihm auf dem Trottoir, im Gehen, immer weitere Fragen.

Da mehrere Prüfungen gleichzeitig stattfanden, waren im Hof viele Leute versammelt, unter ihnen Hussonnet und Cisy; diese Examina ließ keiner sich entgehen, wenn ein Kamerad drankam. Frédéric schlüpfte in die traditionelle schwarze Robe; dann trat er, gefolgt von der Menge, mit drei anderen Studenten in einen großen Raum, erhellt von drei Fenstern ohne Vorhänge und ausgestattet mit Bänken entlang der Wände. In der Mitte standen Lederstühle um einen Tisch mit grünem Läufer. Er trennte die Prüflinge von den Herren Examinatoren in roter Robe, alle trugen sie Schulterstreifen mit Hermelinbesatz, dazu goldbetresste Barette auf dem Haupt.

Frédéric war der vorletzte in der Reihe, eine schlechte Position. Auf die erste Frage nach dem Unterschied zwischen einer Vereinbarung und einem Vertrag definierte er das eine anstelle des anderen; und der Professor, ein guter Mensch, sagte: »Nur keine Aufregung, Monsieur, fassen Sie sich!«, dann, nach zwei leichten Fragen, auf die wirre Antworten folgten, wandte er sich endlich an den vierten. Frédéric war entmutigt durch diesen kläglichen Anfang. Deslauriers, direkt gegenüber zwischen den Zuhörern, gab Zeichen, noch sei nicht alles verloren; und bei der zweiten Fragerunde zum Strafrecht schlug er sich passabel. Nach der dritten jedoch, über das mystische Testament – der Examinator hatte die ganze Zeit keinerlei Regung gezeigt –, wurde seine Angst noch schlimmer; denn Hussonnet faltete die Hände, als wolle er applaudieren, während Deslauriers ausgiebig mit den Schultern zuckte. Endlich kam der Augenblick, da er Antwort geben sollte zur Prozessordnung! Es ging um den Einspruch eines Dritten. Der

Professor, empört, dass er Theorien gehört hatte, die seinen eigenen entgegenstanden, fragte ihn nun in harschem Ton: »Und Sie, Monsieur, ist das auch Ihre Ansicht? Wie vereinbaren Sie den in Artikel 1351 des Code civil verankerten Grundsatz mit diesem besonderen Angriffsmittel?«

Frédéric litt unter heftigem Kopfschmerz, denn er hatte die ganze Nacht kein Auge zugetan. Ein Sonnenstrahl fiel durch die Ritze einer Jalousie, huschte über sein Gesicht. Hinter dem Stuhl stehend, trat er von einem Fuß auf den andern und zupfte an seinem Schnurrbart.

»Ich warte noch immer auf Ihre Antwort!« bemerkte der Mann mit dem goldenen Barett.

Und da ihn Frédérics Gebärde offenbar reizte:

»In Ihrem Bart finden Sie gewiss keine!«

Dieser Sarkasmus führte zu Gelächter im Publikum; der Professor, geschmeichelt, wurde milder. Er stellte ihm noch zwei Fragen über die Vorladung und das Schnellverfahren, neigte dann zustimmend den Kopf; der öffentliche Akt war zu Ende. Frédéric ging zurück in die Vorhalle.

Während der Amtsdiener ihm die Robe abnahm, um sie unverzüglich einem andern überzuwerfen, umringten ihn seine Freunde und verstörten ihn vollends mit ihren widersprüchlichen Meinungen über das Ergebnis der Prüfung. Dieses wurde bald schon mit schallender Stimme am Eingang des Saales verkündet: »Der Dritte war … durchgefallen!«

»Ausgestochen!« sagte Hussonnet, »gehen wir!«

Vor der Loge des Concierge stießen sie auf Martinon, rot, aufgewühlt, ein Lächeln in den Augen und auf der Stirn die Gloriole des Triumphs. Soeben hatte er ohne Schwierigkeiten seine letzte Prüfung abgelegt. Blieb nur noch die Doktorarbeit. In nicht einmal vierzehn

Tagen war er Referendar. Seine Familie kannte einen Minister, »eine schöne Laufbahn« lag vor ihm.

»Der hat dich aber abgehängt«, sagte Deslauriers. »Nichts ist so demütigend wie Dummköpfe, die Erfolg haben in Unternehmungen, bei denen man selbst Schiffbruch erleidet.« Gekränkt erwiderte Frédéric, das schere ihn kein bisschen. Er strebe nach Höherem; und da Hussonnet Anstalten machte zu gehen, zog er ihn beiseite und sagte:

»Kein Wort darüber bei ihnen, versteht sich!«

Das Geheimnis war leicht zu wahren, denn Arnoux reiste am folgenden Tag nach Deutschland.

Als der Kanzlist abends nach Hause kam, fand er seinen Freund merkwürdig verändert: er drehte Pirouetten, pfiff; und weil der andere sich über diese Laune wunderte, erklärte Frédéric, er fahre nicht zu seiner Mutter; er werde die Ferien zum Lernen nutzen.

Bei der Nachricht von Arnoux' Reise hatte ihn Freude gepackt. Er konnte ganz nach Belieben seine Aufwartung machen, ohne Furcht, seine Besuche würden gestört. Durch die Gewissheit, vollkommen sicher zu sein, bekäme er Mut. Und schließlich wäre er nicht fern, nicht getrennt von *ihr*! Etwas, das stärker war als eine Eisenkette, fesselte ihn an Paris, eine innere Stimme rief, er müsse bleiben.

Hindernisse standen im Weg. Er überwand sie, schrieb an seine Mutter; als erstes beichtete er sein Versagen, herbeigeführt durch Änderungen im Programm, – ein Zufall, eine Ungerechtigkeit; – übrigens seien alle großen Advokaten (er nannte ihre Namen) bei ihren Prüfungen gescheitert. Doch wolle er im November noch einmal antreten. Und da keine Zeit zu verlieren sei, komme er dieses Jahr nicht nach Hause; er bat sie, über das Geld für ein Quartal hinaus, noch um zweihundertfünfzig Franc, für rechtswissenschaftliche Repetitionsstunden, die sehr hilfreich wären; – das ganze verziert mit Bedauern, Mitgefühl, Schmeicheleien und Beteuerungen seiner Sohnesliebe.

Madame Moreau, die ihn für den nächsten Tag erwartete, war doppelt betrübt. Sie verheimlichte das Missgeschick ihres Sohnes und antwortete ihm, »er möge dennoch kommen«. Frédéric blieb hart. Ein Zerwürfnis war die Folge. Am Ende der Woche erhielt er gleichwohl das Geld fürs Quartal mitsamt der Summe für die Repetitionsstunden, welchselbige dazu diente, eine perlgraue Hose zu bezahlen, einen weißen Filzhut und ein Spazierstöckchen mit Goldknauf.

Nachdem all dies in seinem Besitz war:

»Vielleicht hatte ich da eine Idee wie ein Friseur?« dachte er.

Und ihn überfiel große Unschlüssigkeit.

Um herauszufinden, ob er zu Madame Arnoux gehen sollte, warf er dreimal Münzen in die Luft. Jedesmal war das Vorzeichen günstig. Das Schicksal also gebot ihm. Er ließ sich von einem Fiaker in die Rue de Choiseul fahren.

Flink lief er die Treppe hinauf, zog an der Klingelschnur; es klingelte nicht; er fühlte sich nahe der Ohnmacht.

Nun riss er wütend an der schweren rotseidenen Quaste. Ein Gebimmel ertönte, wurde allmählich leiser, und man hörte nichts mehr. Frédéric bekam Angst.

Er presste das Ohr an die Tür; kein Laut! Er hielt ein Auge ans Schlüsselloch und erspähte im Vorzimmer nur zwei Schilfrohrspitzen an der Wand, zwischen den Blümchen der Papiertapete. Schließlich machte er kehrt, besann sich jedoch. Diesmal zupfte er ganz sachte. Die Tür ging auf; und im Rahmen erschien, mit zerrauftem Haar, hochrotem Gesicht und säuerlicher Miene, Arnoux selbst.

»Ah! Was zum Teufel bringt Sie her? Treten Sie ein!«

Er führte ihn weder ins Boudoir noch in sein Kabinett, sondern ins Esszimmer, wo auf dem Tisch eine Flasche Champagnerwein stand, mit zwei Gläsern; und in schroffem Ton:

»Wünschen Sie etwas von mir, lieber Freund?«

»Nein! nichts! nichts!« stotterte der junge Mann, suchte dabei nach einem Vorwand für seine Visite.

Endlich sagte er, nach seinem Befinden wollte er sich erkundigen, denn er habe ihn, Hussonnets Äußerungen zufolge, in Deutschland gewähnt.

»Keineswegs!« erwiderte Arnoux. »Was für ein Leichtfuß, dieser Bursche, versteht alles falsch!«

Um seine Verwirrung zu überspielen, ging Frédéric im Zimmer auf und ab. Als er gegen ein Stuhlbein stieß, fiel ein darauf liegender Sonnenschirm herunter; der elfenbeinerne Griff brach entzwei.

»Mein Gott!« rief er, »wie leid mir das tut, nun ist Madame Arnoux' Sonnenschirm zerbrochen!«

Bei diesem Namen hob der Kunsthändler den Kopf und lächelte seltsam. Die sich bietende Gelegenheit ergreifend, bemerkte Frédéric schüchtern:

»Könnte ich sie vielleicht sehen?«

Sie war in ihrer Heimat, bei der kranken Mutter.

Er wagte nicht, nach der Dauer dieser Abwesenheit zu fragen. Er wollte nur wissen, wo Madame Arnoux' Heimat sei.

»Chartres! Wundert Sie das?«

»Mich? nein! warum? kein bisschen!«

Danach fanden sie rein gar nichts mehr, was sie einander hätten sagen können. Arnoux, der sich eine Zigarette gedreht hatte, lief schnaubend um den Tisch. Frédéric stand am Ofen, betrachtete die Wände, die Etagere, das Parkett: und reizende Bilder wanderten ihm durch den Sinn, vielmehr an seinen Augen vorüber. Schließlich ging er.

Ein zur Kugel zusammengeknülltes Stück Zeitung lag auf dem Boden, im Vorzimmer; Arnoux hob es auf; und sich auf die Zehenspitzen stellend, stopfte er es in die Klingel, um, wie er sagte, seine unterbrochene Siesta fortzusetzen. Dann, ihm die Hand drückend:

»Melden Sie bitte dem Concierge, dass ich nicht da bin!«

Und er warf hinter ihm krachend die Tür ins Schloss.

Frédéric stieg Stufe um Stufe die Treppe hinab.

Dieser missglückte erste Versuch raubte ihm den Mut zu neuen Wagnissen. Nun folgten drei Monate Langeweile. Da er keine Arbeit hatte, verstärkte der Müßiggang seinen Trübsinn.

Er verbrachte Stunden, von seinem Balkon auf den Fluss zu schauen, der dahinfloss zwischen den grauen, hier und da vom Dreck der Abwasserrinnen geschwärzten Quais, mit einem am Ufer vertäuten Kahn für die Wäscherinnen, und dort machten sich Lausbuben manchmal den Spaß, im Schlamm einen Pudel zu baden. Seine Augen ließen die Steinbrücke vor Notre-Dame und drei Hängebrücken stets linkerhand liegen und schweiften hinüber zum Quai aux Ormes, zu einer Gruppe alter Bäume, ähnlich den Linden im Hafen von Montereau. Der Turm Saint-Jacques, das Hôtel de Ville, Saint-Gervais, Saint-Louis, Saint-Paul ragten vor ihm aus dem Dächergewimmel, – und der Genius auf der Julisäule strahlte im Osten als großer goldener Stern, während am andern Ende die Kuppel der Tuilerien ihre schwere blaue Masse vor dem Himmel wölbte. Dahinter, dort irgendwo, musste es sein, das Haus von Madame Arnoux.

Er kehrte zurück in sein Zimmer; dann, auf seinem Diwan ausgestreckt, überließ er sich zügelloser Grübelei: Buchpläne, Verhaltensregeln, Zukunftsvisionen. Und schließlich, um sich selbst loszuwerden, ging er hinaus.

Er schlenderte aufs Geratewohl hoch zum Quartier Latin, sonst so lärmend, in dieser Jahreszeit aber wie ausgestorben, denn die Studenten waren abgereist zu ihren Familien. Die wuchtigen Mauern der Collèges, wie länger geworden in dieser Stille, wirkten noch trostloser; man hörte allerlei friedliche Geräusche, das Flügelschlagen in Käfigen, das Surren einer Drechselbank, das Hämmern eines Flickschusters; und vergebens warfen die Kleiderhändler mitten auf den Straßen fragende Blicke hinauf zu jedem Fenster. In den einsamen Cafés gähnte die Dame hinterm Tresen zwischen ihren vollen Karaffen; die Zeitungen lagen ordentlich auf dem Tisch der Lesekabinette; im Laden der Büglerinnen flatterte Wäsche unterm lauen Wind. Hin und wieder blieb er stehen vor dem Schaukasten eines Bouquinisten; ein hinabfahrender Omnibus streifte das Trottoir, er wandte sich um; und vor dem Luxembourg angelangt, ging er nicht weiter.

Manchmal lockte ihn die Aussicht auf eine Zerstreuung zu den Boulevards. Nach düsteren Gässchen, die feuchtes Kühl verströmten, kam er auf große einsame Plätze, blendend vor Licht, wo Denkmäler schwarze Schattenzacken an den Pflasterrand zeichneten. Doch sofort waren die Karren, die Läden wieder da, und die Menge machte ihn ganz benommen, – vor allem sonntags, – dann wogte von der Bastille bis zur Madeleine ein einziger riesiger Strom über den Asphalt, umhüllt von Staub, in unaufhörlichem Tosen; er war angeekelt von den niederträchtigen Gesichtern, dem leeren Geschwätz, der blöden Zufriedenheit, die hervorquoll auf den schwitzenden Stirnen! Das Bewusstsein jedoch, etwas Besseres zu sein als diese Menschen, linderte die Qual ihres Anblicks.

Er ging jeden Tag zum *Art industriel*; – und weil er erfahren wollte, wann Madame Arnoux zurückkam, fragte er sehr ausführlich nach ihrer Mutter. Arnoux' Antwort war immer die gleiche; »es stehe schon besser«, seine Frau, mit der Kleinen, sei nächste Woche wieder zu Hause. Je länger die Sache dauerte, desto besorgter zeigte sich Frédéric, – sodass Arnoux, gerührt über diese große Anhänglichkeit, ihn fünf- oder sechsmal ausführte zum Essen ins Restaurant.

Frédéric erkannte bei diesen langen Tête-à-Têtes: Der Kunsthändler war nicht eben geistreich. Arnoux bemerkte gewiss diese Abkühlung; andrerseits war es eine Gelegenheit, ihm seine Höflichkeiten ein wenig zu erwidern.

Da er die Sache besonders gut machen wollte, verkaufte er einem Trödler all seine neuen Kleider für die Summe von achtzig Franc; und nachdem er diese aufgestockt hatte um weitere hundert, die er noch besaß, kam er Arnoux zum Abendessen abholen. Regimbart war zufällig anwesend. Sie gingen in die Trois-Frères-Provençaux.

Der Citoyen entledigte sich zuerst einmal seines Gehrocks und wählte, auf den Respekt der beiden andern zählend, das Menü. Doch obwohl er sich in die Küche bemühte, um höchstpersönlich mit dem Chefkoch zu sprechen, in den Keller hinabstieg, wo er jeden Winkel kannte, und den Inhaber des Etablissements heraufzitierte, dem er »einen Rüffel erteilte«, er war weder mit den Speisen zufrieden noch mit den Weinen, noch mit der Bedienung! Bei jedem neuen Gericht, bei jeder weiteren Flasche, schon nach dem ersten Bissen, nach dem ersten Schluck, ließ er die Gabel fallen, schob das Glas weit von sich; dann stützte er sich mit ganzer Armeslänge aufs Tischtuch und lamentierte, man könne nicht mehr essen in Paris! Schließlich orderte Regimbart, ratlos, was er sich noch ausdenken sollte für sein Mäulchen, »ganz einfach« Bohnen in Öl, die ihn, obgleich nur halb gelungen, ein klein wenig besänftigten. Dann führte er mit dem Kellner ein Gespräch über die ehemaligen Kellner der Provençaux: »Was war aus Antoine geworden? Und aus einem gewissen Eugène? Und Théodore, der Kleine, der immer unten bediente? Damals gab es noch wahrhaft erlesene Kost und Spitzen-Burgunder, die wird man nie wiedersehen!«

Anschließend ging es um den Wert der Grundstücke in den Vororten, eine Spekulation von Arnoux, todsicher. Einstweilen verlor er Zinsen, denn er wollte um keinen Preis verkaufen. Regimbart würde ihm jemanden finden; und so addierten die beiden Herren mit einem Bleistift Zahlen, bis nach dem Dessert.

Für den Kaffee ging man in die Passage du Saumon, zu einer Kneipe im Zwischengeschoss. Frédéric sah, immer auf den Beinen, endlose Billardpartien, begossen mit zahllosen Schoppen; – und er stand da, bis Mitternacht, ohne zu wissen warum, aus Feigheit, aus Dummheit, in der wirren Hoffnung auf irgendein seiner Liebe förderliches Ereignis.

Wann würde er sie wiedersehen? Frédéric verzweifelte. Doch eines Abends, gegen Ende November, sagte Arnoux:

»Ach, übrigens, meine Frau ist gestern heimgekommen!«

Am nächsten Tag um fünf war er bei ihr.

Er hob an mit Glückwünschen, wegen ihrer Mutter, die sei ja so krank gewesen.

»Nein, gar nicht! Wer hat das gesagt?«

»Arnoux!«

Sie ließ ein leises »Aha« vernehmen, fügte dann hinzu, sie habe zunächst ernste Befürchtungen gehegt, jetzt sei alles gut.

Sie saß nah beim Feuer in der gestickten Bergere. Er war auf dem Kanapee, seinen Hut zwischen den Knien; und das Gespräch verlief mühsam, sie ließ es immer wieder verebben; er fand keinen Anknüpfungspunkt, um seine Gefühle auszudrücken. Doch als er klagte, er müsse Juristerei studieren, erwiderte sie: »Ja …, ich versteh …, die Geschäfte …!« und senkte den Kopf, auf einmal ganz in Gedanken.

Er gierte, diese kennenzulernen, hatte nichts anderes mehr im Sinn. Die Dämmerung häufte Dunkel um alle beide.

Sie erhob sich, denn sie hatte eine Besorgung zu machen, kam zurück in samtenem Kapotthütchen und schwarzem Umhang mit grauem Fehbesatz. Er fasste den Mut, ihr seine Begleitung anzubieten.

Man sah nichts; es war kalt, und schwerer Nebel verwischte die Hausfassaden, stank in der Luft. Frédéric atmete sie genüsslich; denn er spürte durch die wattierte Kleidung die Form ihres Arms; und ihre Hand im gemsledernen Handschuh mit zwei Knöpfchen, ihre kleine Hand, die er so gern bedeckt hätte mit Küssen, lag auf seinem Ärmel. Wegen des rutschigen Pflasters schwankten sie ein bisschen; ihn dünkte, sie würden vom Winde gewiegt, inmitten einer Wolke.

Das gleißende Licht auf dem Boulevard brachte ihn zurück in die Wirklichkeit. Die Gelegenheit war günstig, die Zeit drängte. Er gab sich bis zur Rue de Richelieu, um seine Liebe zu erklären. Doch fast im selben Augenblick blieb sie vor einem Geschäft mit Porzellanwaren abrupt stehen und sagte:

»Da sind wir, ich danke Ihnen! Bis Donnerstag also, wie üblich?«

Es gab wieder Diners; und je häufiger er Madame Arnoux sah, desto schlimmer wurde seine Sehnsucht.

Das Betrachten dieser Frau lähmte ihn wie der Gebrauch eines allzu starken Parfüms. Bis in die Tiefen seines Gemüts drang das hinab und wurde fast zu einem allgemeinen Zustand des Empfindens, einer neuen Art des Lebens.

Die Prostituierten, denen er im Schein der Gaslaternen begegnete, die Sängerinnen, die ihre Koloraturen übten, die Reiterinnen auf ihren galoppierenden Pferden, die Bürgerinnen zu Fuß, die Grisetten an ihren Fenstern, alle Frauen erinnerten ihn an diese eine, durch Ähnlichkeiten oder durch scharfe Gegensätze. Er betrachtete in einem Laden nach dem andern die Kaschmirschals, die Spitzen und die Edelsteingehänge und stellte sich das alles vor, um ihre Hüften geschlungen, an ihre Korsage genäht, funkelnd in ihrem schwarzen Haar. An den Ständen der Händlerinnen dufteten die Blumen, damit sie im Vorübergehen welche nähme, in den Auslagen der Schuhmacher warteten die Atlaspantöffelchen, verbrämt mit Schwanenflaum, allein auf ihren Fuß; alle Straßen führten zu ihrem Haus: die Wagen standen auf den Plätzen, nur um schneller hinzukommen; Paris war einzig auf sie bezogen, und die große Stadt mit all ihren Stimmen brauste um sie herum wie ein riesiges Orchester.

Ging er in den Jardin des Plantes, dann entführte ihn der Anblick einer Palme in ferne Länder. Sie reisten miteinander, auf dem Rücken von Dromedaren, unter dem Sonnendach von Elefanten, in der Kabine einer Yacht zwischen blauen Archipelen, oder Seite an Seite auf zwei Mauleseln mit Schellen, die im Gras über zerbrochne Säulen stolpern. Manchmal stand er im Louvre vor alten Gemälden; und da seine Liebe sie umschlungen hielt bis in lang verflossene Jahrhunderte, setzte er sie an die Stelle der gemalten Figuren. Einen Hennin auf dem Kopf, betete sie kniend hinter Butzenscheiben. Als Herrin Kastiliens oder Flanderns thronte sie in steifgefälteltem Kragen und Schnürleib mit bauschigem Gekräusel. Dann wieder schritt sie eine große Porphyrtreppe herab, umringt von Senatoren, unter einem Baldachin aus Straußenfedern, im brokatenen Kleid. Andere Male träumte er von ihr in gelbseidenen Hosen, auf den Kissen eines Harems; – und alles, was schön war, das Glitzern der Sterne, manch eine Melodie, der Tonfall eines Satzes, ein Umriss, holte sie ihm unmerklich und jäh in den Sinn.

Doch jeder Versuch, sie zu seiner Geliebten zu machen, dünkte ihn hoffnungslos.

Eines Abends kam Dittmer und küsste sie auf die Stirn; Lovarias tat es ihm gleich und sagte:

»Sie gestatten, nicht wahr, ein Vorrecht der Freunde?«

Frédéric stotterte:

»Wir sind doch lauter Freunde, wie mir scheint?«

»Nicht lauter alte!« entgegnete sie.

Das war eine Zurückweisung, im voraus, indirekt.

Was sollte er tun? Ihr sagen, dass er sie liebte? Bestimmt ließ sie ihn abblitzen; oder setzte ihn empört vor die Tür! Da war ihm schon alle Pein lieber als die schauerliche Gefahr, sie nicht mehr zu sehen.

Er beneidete Klavierspieler um das Talent, Soldaten um die Schmisse. Er wünschte sich eine bedrohliche Krankheit, in der Hoffnung, auf diese Weise ihr Interesse zu wecken.

Etwas wunderte ihn, nämlich dass er nicht eifersüchtig war auf Arnoux; und er konnte sie sich nicht anders vorstellen als bekleidet, – so natürlich wirkte ihre Schamhaftigkeit, und diese verdrängte ihr Geschlecht in rätselhaftes Dunkel.

Und doch erträumte er sich das Glück, mit ihr zu leben, sie zu duzen, ihr mit der Hand lange hinzustreichen über das gescheitelte Haar oder auf dem Boden zu knien, beide Arme um ihre Taille, und ihre Seele zu trinken aus ihrem Blick! Dazu hätte er das Schicksal umstürzen müssen; und handlungsunfähig, Gott fluchend und sich selbst der Feigheit bezichtigend, rotierte er in seinem Verlangen wie ein Gefangener in seinem Kerker. Ständige Angst erstickte ihn. Stundenlang verharrte er reglos, oder er zerfloss in Tränen; und eines Tages, als er nicht die Kraft hatte, sich zusammenzunehmen, sagte Deslauriers:

»Tausend Teufel! was hast du?«

Frédéric litt an den Nerven. Deslauriers glaubte kein Wort. Angesichts solcher Pein fühlte er seine Zärtlichkeit wiedererwachen, und er tröstete ihn. Ein Mann wie er und sich unterkriegen lassen, so eine Narrheit! In der Jugend gehe das noch an, später jedoch vergeude man damit seine Zeit.

»Du verdirbst mir meinen Frédéric! Ich will den alten wiederhaben. Kellner, noch mal dasselbe! Hat mir geschmeckt! Also rauch eine Pfeife, du Esel! Gib dir einen Ruck, du barmst mich!«

»Stimmt«, sagte Frédéric, »ich bin verrückt.«

Der Kanzlist redete weiter:

»Ach! alter Troubadour, ich weiß doch, was dich bekümmert! Das kleine Herz? Gesteh's! Pah! für eine verlorene finden sich vier neue! Über tugendhafte Frauen tröstet man sich mit anderen hinweg. Soll ich dich mit Frauen bekannt machen? Du musst nur ins Alhambra kommen. (Das war ein öffentlicher Ball, er hatte vor kurzem oben an den Champs-Élysées aufgemacht und war schon in der zweiten Saison ruiniert, wegen seines für derlei Etablissements verfrühten Luxus.) Dort amüsiert man sich offenbar. Lass uns hingehen! Du kannst deine Freunde mitnehmen, wenn du willst; meinetwegen sogar Regimbart!«

Frédéric lud den Citoyen nicht ein. Deslauriers verzichtete auf Sénécal. Nur Hussonnet begleitete sie, außerdem Cisy mitsamt Dussardier; und derselbe Fiaker brachte sie vor die Tür des Alhambra.

Zwei maurische Galerien erstreckten sich rechts und links, parallel. Eine Hauswand gegenüber begrenzte den hinteren Teil, und die vierte Seite (die des Restaurants) imitierte einen gotischen Kreuzgang mit bunten Glasfenstern. Eine Art chinesisches Dach schützte die Bühne, wo Musiker spielten; der Boden ringsherum war asphaltiert, und an Stangen hängende Papierlaternen bildeten, von weitem gesehen, über den Quadrillen einen farbenfrohen Lichterkranz. Da und dort stand auf einem Sockel ein steinernes Becken, aus dem ein dünner Wasserstrahl emporsprudelte. Zwischen den Blättern sah man Gipsstatuen, eine Hebe oder einen Cupido, ganz klebrig von Ölfarbe; und die zahlreichen Wege, bestreut mit sorgfältig gerechtem tiefgelben Sand, ließen den Garten viel weitläufiger erscheinen, als er war.

Studenten führten ihre Geliebten spazieren; Ladengehilfen stolzierten einher, Stöckchen zwischen den Fingern, in modischem Aufzug; Gymnasiasten rauchten Regalias; alte Junggesellen strichen sich mit dem Kamm durch den gefärbten Bart; da waren Engländer, Russen, Menschen aus Südamerika, drei Orientalen mit Tarbusch. Loretten, Grisetten und Dirnen waren hierhergekommen in der Hoffnung, einen Gönner zu finden, einen Liebhaber, ein Goldstück, oder einfach nur aus Freude am Tanz; und ihre Kleider mit der wassergrünen, blauen, kirschroten oder violetten Tunika wogten, wirbelten vorüber zwischen Goldregen und Flieder. Fast alle Männer trugen karierte Stoffe, manch einer weiße Hosen, trotz des kühlen Abends. Die Gaslaternen wurden entzündet.

Hussonnet kannte dank seiner Beziehungen zu den Modejournalen und den kleinen Theatern viele Frauen; mit den Fingerspitzen sandte er ihnen Küsschen, und hin und wieder verließ er seine Freunde, um mit den Damen zu plaudern.

Deslauriers war neidisch auf dieses Gehabe. Frech trat er zu einer in Nanking gewandeten großen Blondine. Nachdem sie ihn mit säuerlicher Miene betrachtet hatte, sagte sie: »Nein! kein Zutrauen, mein Bester!« und kehrte ihm den Rücken.

Er versuchte es noch einmal bei einer dicken Brünetten, die sicher verrückt war, denn beim ersten Wort sprang sie hoch und drohte, falls er insistiere, rufe sie nach den Schutzmännern. Deslauriers lachte gezwungen; dann entdeckte er eine kleine Frau, abseits unter einer Laterne, und bat sie zum Kontertanz.

Die Musiker hockten auf der Bühne in äffischer Positur, kratzten und bliesen, was sie konnten. Der Dirigent stand aufrecht und schlug den Takt wie ein Automat. Man war dichtgedrängt, hatte sein Vergnügen; die gelösten Hutbänder streiften die Halstücher, die Stiefel schoben sich unter die Röcke; alles hüpfte im Rhythmus; Deslauriers presste die kleine Frau an sich, und mitgerissen vom Rasen des Cancans, zappelte er zwischen den Quadrillen wie ein langer Hampelmann. Cisy und Dussardier spazierten weiter; der junge Aristokrat schielte nach den Dirnen, und trotz aller Ermunterungen durch den Kommis wagte er nicht, sie anzusprechen, denn er meinte, bei diesen Frauen sei immer »ein Mann mit Pistole im Schrank versteckt, und der springt dann heraus und zwingt einen, irgendwelche Wechsel zu unterschreiben«.

Sie gesellten sich wieder zu Frédéric. Deslauriers tanzte nicht mehr; und alle überlegten, wie sie den Abend beschließen wollten, da rief plötzlich Hussonnet:

»Da! die Marquise d'Amaëgui!«

Sie war eine blasse Frau mit Stupsnase, Halbhandschuhen bis zu den Ellbogen und großen schwarzen Locken, die an den Wangen herabhingen wie zwei Hundeohren. Hussonnet sagte zu ihr:

»Wir sollten ein kleines Fest bei dir arrangieren, einen orientalischen Rout? Sieh zu, ob du ein paar von deinen Freundinnen botanisieren kannst für diese französischen Ritter? Na, was geniert dich? Erwartest du etwa deinen Hidalgo?«

Die Andalusierin blickte zu Boden; sie kannte die wenig feudalen Gewohnheiten ihres Freundes und fürchtete, sie müsse für die Erfrischungen aufkommen. Als ihr schließlich das Wort Geld entschlüpfte, bot Cisy fünf Napoleondor, seine gesamte Barschaft; die Sache wurde entschieden. Doch Frédéric war verschwunden.

Er hatte Arnoux' Stimme zu hören vermeint, einen Damenhut erspäht und sich rasch ins Boskett nebenan geschlichen.

Mademoiselle Vatnaz war allein mit Arnoux.

»Verzeihen Sie! störe ich?«

»Nicht im geringsten!« erwiderte der Händler.

Frédéric hatte aus den letzten Worten ihres Gesprächs aufgeschnappt, dass er ins Alhambra geeilt war, um mit Mademoiselle Vatnaz eine dringliche Angelegenheit zu bereden; und gewiss war Arnoux noch nicht vollkommen beruhigt, denn er fragte mit sorgenvoller Miene:

»Sind Sie ganz sicher?«

»Sehr sicher! Sie werden geliebt! Ach! was für ein Mann!«

Und sie machte einen Schmollmund, verzog ihre vollen Lippen, die tiefrot waren, nahezu blutig. Doch sie hatte bewundernswerte Augen, falb, mit Goldpünktchen in der Iris, voller Geist, Liebe und Sinnlichkeit. Sie erleuchteten wie Lampen den gelblichen Teint ihres hageren Gesichts. Arnoux genoss offenbar ihre Ruppigkeit. Er beugte sich zu ihr und sagte:

»Wie reizend Sie sind, bitte einen Kuss!«

Sie ergriff ihn an beiden Ohren und küsste ihn auf die Stirn.

In diesem Augenblick war Schluss mit dem Tanz; und anstelle des Dirigenten erschien ein schöner junger Mann, allzu fett und weiß wie Kerzenwachs. Er hatte langes schwarzes Haar, frisiert wie Christus, eine azurblaue Samtweste mit großen goldenen Palmzweigen, eine Miene so stolz wie ein Pfau, so dumm wie ein Puter; nachdem er das Publikum begrüßt hatte, trällerte er ein Liedchen. Es ging um einen Dörfler, der von seiner Reise in die Hauptstadt erzählte; der Künstler sprach niedernormannisch, spielte den Betrunkenen; beim Refrain

»Ach! hob ich gelacht, hob ich gelacht
in diesem Lumpenparis bei Nacht!«

trampelte alles vor Begeisterung. Delmas, ein »Ausdruckssänger«, war viel zu gewitzt, sie wieder abkühlen zu lassen. Rasch wurde ihm eine Gitarre überreicht, und er stöhnte eine Romanze mit dem Titel *Bruder der Albanerin.*

Die Worte erinnerten Frédéric an das, was der Mann in Lumpen gesungen hatte, zwischen den Radkästen des Dampfers. Sein Blick heftete sich unwillkürlich auf den Saum des vor ihm ausgebreiteten Kleides. Auf jede Strophe folgte eine lange Pause, – und das Säuseln des Windes in den Bäumen war wie Wellengerausche.

Mademoiselle Vatnaz bog die Zweige eines Ligusters auseinander, der ihr die Sicht auf die Bühne nahm, starrte unverwandt auf den Sänger, mit geweiteten Nüstern, zusammengekniffenen Augen und wie versunken in ein ernstes Vergnügen.

»Bestens!« sagte Arnoux. »Ich verstehe, warum Sie heute abend hier sind, im Alhambra! Delmas gefällt Ihnen, meine Liebe.«

Sie wollte nichts eingestehen.

»Ach! wie schamhaft!«

Und auf Frédéric zeigend:

»Seinetwegen? Da haben Sie unrecht. Es gibt keinen diskreteren Burschen!«

Die anderen, auf der Suche nach ihrem Freund, traten in die Gartenlaube. Hussonnet stellte sie vor. Arnoux verteilte Zigarren und spendierte Sorbets für die ganze Runde.

Mademoiselle Vatnaz errötete beim Anblick von Dussardier.

Gleich danach stand sie auf und reichte ihm die Hand:

»Wissen Sie nicht mehr, wer ich bin, Monsieur Auguste?«

»Woher ist sie Ihnen bekannt?« fragte Frédéric.

»Wir waren im selben Geschäft!« antwortete er.

Cisy zog ihn am Ärmel, sie gingen hinaus; und kaum war er fort, sang Mademoiselle Vatnaz ein Loblied auf seinen Charakter. Sie sagte sogar, er habe *ein Herz aus Gold.*

Dann unterhielt man sich über Delmas, der als Mime Erfolg haben könnte beim Theater; und es folgte eine Debatte, in der Shakespeare auftauchte, die Zensur, der Stil, das Volk, die Einnahmen des Théâtre de la Porte-Saint-Martin, Alexandre Dumas, Victor Hugo und Dumersan. Arnoux hatte mehrere berühmte Schauspielerinnen gekannt; die jungen Männer beugten sich zu ihm und lauschten. Doch seine Worte wurden übertönt von der lärmenden Musik; und kaum war eine Quadrille oder Polka zu Ende, stürzten sich alle auf die Tische, riefen nach dem Kellner, lachten; die Flaschen mit Bier und Brauselimonade knallten im Gebüsch, die Frauen kreischten wie Hühner; hin und wieder wollten zwei Herren sich prügeln; ein Dieb wurde verhaftet.

Beim Galopp füllten die Tänzer alle Wege. Keuchend, lächelnd und rot im Gesicht wirbelten sie vorbei, dass Kleider und Rockschöße flatterten; die Posaunen röhrten lauter; der Rhythmus wurde schneller; hinter dem mittelalterlichen Kreuzgang hörte man Geknister, Knallkörper explodierten; Sonnenräder fingen an sich zu drehen; der Schein des bengalischen Feuers leuchtete für eine Minute smaragdgrün über dem Garten; – und bei der letzten Rakete tat die Masse einen tiefen Seufzer.

Sie zerstreute sich langsam. Eine Wolke aus Staub und Pulverdampf schwebte in der Luft. Frédéric und Deslauriers bahnten sich Schritt für Schritt einen Weg durch die Menge, da hielt eine Szene sie fest: Martinon ließ sich an der Aufbewahrung für Regenschirme Kleingeld herausgeben; und er begleitete eine Frau um die fünfzig, hässlich, kostbar gekleidet und von fragwürdigem gesellschaftlichen Stand.

»Der Kerl da«, sagte Deslauriers, »ist nicht so einfältig, wie man glauben könnte. Aber wo ist Cisy?«

Dussardier deutete auf die Kneipe, wo sie den Sohn tapferer Recken vor einer Schale Punsch entdeckten, in Gesellschaft eines rosa Hütchens.

Hussonnet, seit fünf Minuten abgängig, erschien im selben Augenblick.

Ein junges Mädchen hing an seinem Arm, nannte ihn laut »mein kleiner Liebling«.

»Nein, nein!« sagte er. »Nein! nicht in der Öffentlichkeit! Nenn mich lieber Vicomte! Das klingt nach Leichtigkeit, Ludwig XIII. und weichen Stiefeln, ein Genre, das mir gefällt! Ja, meine Guten, eine Ehemalige! Ist sie nicht süß?« Er fasste sie unters Kinn. »Sag den Herren guten Abend! lauter Söhne von Pairs de France! ich verkehre mit ihnen, damit sie mich zum Botschafter befördern!«

»Was sind Sie verrückt!« seufzte Mademoiselle Vatnaz.

Sie bat Dussardier, ob er sie nicht begleiten könne bis vor ihre Haustür.

Arnoux schaute ihnen hinterher, dann, sich zu Frédéric wendend:

»Gefällt Ihnen die Vatnaz? Übrigens, in der Hinsicht sind Sie nicht aufrichtig? Ich glaube, Sie verheimlichen Ihre Liebschaften?«

Frédéric, erbleicht, schwor, er verheimliche nichts.

»Na ja, bei Ihnen hört man nie etwas von einer Mätresse«, meinte Arnoux.

Frédéric wollte schon auf gut Glück einen Namen hinwerfen. Aber die Geschichte konnte *ihr* erzählt werden. Er antwortete, in der Tat, er habe keine Mätresse.

Der Kunsthändler tadelte ihn.

»Heut abend war die Gelegenheit günstig! Warum haben Sie's nicht angestellt wie alle übrigen, die mit einer Frau losziehen?«

»Und was ist mit Ihnen?« sagte Frédéric, den solche Hartnäckigkeit ärgerte.

»Ah! ich! mein Kleiner! das ist etwas anderes! Ich geh nach Hause zu der Meinigen!«

Er rief nach einem Kabriolett und verschwand.

Die beiden Freunde gingen zu Fuß. Ein Wind blies von Osten. Keiner sagte ein Wort. Deslauriers bedauerte, dass er vor dem Zeitschriftenverleger nicht *geglänzt* hatte, und Frédéric versank in Traurigkeit. Endlich sagte er, das Tingeltangel sei doch albern.

»Und wer ist schuld? Hättest du uns nicht sitzengelassen wegen deinem Arnoux.«

»Pah! alles, was ich hätte tun können, wäre vollkommen sinnlos gewesen!«

Der Kanzlist hatte freilich Theorien. Um etwas zu erlangen, müsse man die Sache nur ganz stark begehren.

»Du hast vorhin doch selbst …«

»Mir hat nichts dran gelegen!« erklärte Deslauriers,

jede Anspielung vereitelnd. Soll ich mir Frauen auf den Hals laden!«

Und er wetterte gegen ihre Ziererei, ihre Närrischkeiten; kurz, sie missfielen ihm.

»Tu nicht so!« sagte Frédéric.

Deslauriers schwieg. Dann, plötzlich:

»Wettest du hundert Franc, dass ich die erste *kriege*, die vorbeikommt?«

»Die Wette gilt!«

Die erste, die vorbeikam, war eine abstoßende Bettlerin; und schon wollten sie am Zufall verzweifeln, da entdeckten sie mitten auf der Rue de Rivoli ein großgewachsenes Mädchen, in der Hand eine kleine Schachtel.

Deslauriers pirschte sich unter den Arkaden an sie heran. Sie bog abrupt in Richtung Tuilerien und querte gleich darauf die Place du Carrousel; sie blickte unruhig nach rechts und links. Sie lief einem Fiaker hinterher; Deslauriers erwischte sie. Er ging neben ihr, redete wild gestikulierend. Schließlich nahm sie seinen Arm, und beide folgten den Quais. Unweit des Châtelet spazierten sie dann wenigstens zwanzig Minuten am Trottoir auf und ab, wie zwei wachhabende Matrosen. Plötzlich jedoch eilten sie über den Pont-au-Change, den Blumenmarkt, den Quai Napoléon. Frédéric trat hinter ihnen ins Haus. Deslauriers gab zu verstehen, er würde stören und nehme sich besser an ihm ein Beispiel.

»Wie viel hast du noch?«

»Zwei Hundert-Sou-Münzen!«

»Das reicht! schönen Abend!«

Frédéric war so baff wie nach einem gelungenen Streich. »Er hält mich zum Narren«, dachte er. »Soll ich hinaufgehen?« Deslauriers würde vielleicht glauben, er neide ihm diese Liebe? »Als hätt ich nicht selber eine, noch dazu hundertmal kostbarer, edler, stärker!« Eine

Art Wut trieb ihn weiter. Er kam vor Madame Arnoux' Tür.

Keins der straßenseitigen Fenster gehörte zu ihrer Wohnung. Dennoch heftete er den Blick auf die Fassade, – als glaube er, durch dieses Anstarren sprenge er vielleicht die Mauern. Jetzt ruhte sie wohl friedlich wie eine schlafende Blume, das schöne schwarze Haar auf den Spitzen ihres Kissens, die Lippen halb geschlossen, den Kopf in einer Hand.

Ihm erschien der von Arnoux. Er lief weg, um dieser Vision zu entfliehen.

Deslauriers Rat fuhr ihm wieder durch den Sinn; ihn schauderte. Also streifte er durch die Gassen.

Wenn ihm ein Fußgänger entgegenkam, versuchte er sein Gesicht zu erkennen. Von Zeit zu Zeit huschte ihm ein Lichtstrahl zwischen den Beinen hindurch, warf einen großen Viertelkreis aufs Pflaster; und ein Mann tauchte aus dem Dunkel mit seiner Kiepe und seiner Laterne. Der Wind rüttelte mancherorts am Blechrohr eines Kamins; ferne Klänge drangen zu ihm, vermischten sich mit dem Dröhnen in seinem Kopf, und er glaubte, in den Lüften höre er das verzerrte Ritornell der Kontertänze. Sein schnelles Gehen beförderte diesen Rausch; mit einemmal stand er auf dem Pont de la Concorde.

Da erinnerte er sich an den Abend in jenem anderen Winter, – als er, zum ersten Mal von ihr kommend, hatte stehenbleiben müssen, so wild klopfte sein Herz unter dem Ansturm seiner Hoffnung. Jetzt waren sie alle gestorben!

Dunkle Wolken glitten vor das Angesicht des Mondes. Er betrachtete ihn, sinnierte über die Größe des Weltraums, das Elend des Lebens, die Nichtigkeit aller Dinge. Der Morgen graute; seine Zähne klapperten; und halb im Schlaf, durchnässt vom Nebel und tränenerstickt, fragte er sich, warum machte er nicht Schluss?

Nur eine kleine Bewegung! Das Gewicht seiner Stirn zog ihn hinab, er sah seinen Leichnam auf dem Wasser treiben; Frédéric neigte sich vornüber. Die Brüstung war etwas breit, und nur aus Müdigkeit versuchte er nicht, sich hinaufzuschwingen.

Ihn packte Grausen. Er ging zurück auf die Boulevards und ließ sich auf eine Bank sinken. Polizisten weckten ihn, überzeugt, er habe »fröhlich gezecht«.

Er lief weiter. Aber da er großen Hunger spürte und alle Restaurants geschlossen waren, soupierte er in einem Wirtshaus bei den Markthallen. Danach fand er, es sei immer noch zu früh, und schlenderte durch die Gassen ums Hôtel de Ville bis Viertel nach acht.

Deslauriers hatte sein Püppchen längst verabschiedet; und er schrieb am Tisch, mitten im Zimmer. Gegen vier erschien Monsieur de Cisy.

Dank Dussardier war er am Vorabend mit einer Dame bekannt geworden; und er hatte sie sogar, nebst Gatten, im Wagen bis vor ihr Haus gebracht, wo sie ihn wieder hinbestellt hatte. Soeben kam er von dort. Niemand kannte den Namen!

»Und was soll ich da machen?« sagte Frédéric.

Nun wurde der Edelmann weitschweifig; er sprach von Mademoiselle Vatnaz, der Andalusierin und all den anderen. Schließlich entwickelte er mit vielen Umschreibungen den Zweck seines Besuchs; auf die Verschwiegenheit seines Freundes zählend sei er gekommen, damit dieser ihn begleite bei einem Vorstoß, nach dem er sich endgültig als Mann betrachten könne; und Frédéric wies ihn nicht zurück. Diese Geschichte erzählte er Deslauriers, verriet ihm aber nicht die Wahrheit, was ihn selbst betraf.

Der Kanzlist fand, dass »es jetzt sehr gut mit ihm stünde«. Dieser Respekt vor seinen Ratschlägen steigerte seine gute Laune.

Durch sie hatte er gleich am ersten Tag Mademoiselle Clémence Daviou verführt, Goldstickerin für Militärausrüstung, die sanfteste Person von der Welt, schlank wie ein Schilfrohr, mit großen blauen Augen, die immerzu verwundert schauten. Der Kanzlist nutzte ihre Arglosigkeit dermaßen aus, dass er ihr sogar weismachte, er sei Ordensträger; seinen Gehrock schmückte er mit einem roten Band, bei ihren Tête-à-Têtes, verzichtete aber darauf in der Öffentlichkeit, um seinen Vorgesetzten nicht zu beschämen, sagte er. Ansonsten hielt er sie auf Distanz, ließ sich umhegen wie ein Pascha und nannte sie zum Spaß »Mädchen aus dem Volk«. Sie brachte ihm jedesmal kleine Veilchensträuße. Frédéric hätte nichts wissen wollen von einer solchen Liebe.

Doch wenn sie Arm in Arm weggingen, um ein Kabinett aufzusuchen, Pinson oder Barillot, dann spürte er eine seltsame Traurigkeit. Frédéric wusste nicht, wie schlimm er seit einem Jahr Deslauriers jeden Donnerstag gequält hatte, wenn er sich die Nägel bürstete, bevor er aufbrach zum Diner in die Rue de Choiseul!

Eines Abends, als er ihnen von seinem Balkon hinterhergeschaut hatte, sah er in der Ferne Hussonnet auf dem Pont d'Arcole. Der Bohemien winkte ihm zu kommen, und als Frédéric die fünf Stockwerke hinabgestiegen war:

»Folgendes: Am nächsten Samstag, dem 24., hat Madame Arnoux Namenstag.«

»Wieso, sie heißt doch Marie?«

»Außerdem noch Angèle, einerlei! Gefeiert wird im Landhaus, in Saint-Cloud; ich habe den Auftrag, Ihnen das mitzuteilen. Ein Fahrzeug finden Sie um drei, vor der Zeitschrift! Also, abgemacht! Verzeihen Sie die Störung. Aber ich habe noch so viele Wege!«

Frédéric hatte sich kaum umgedreht, da überreichte sein Pförtner ihm einen Brief:

»Monsieur und Madame Dambreuse geben sich die Ehre, Monsieur F. Moreau am Samstag, den 24. d. M. zum Diner einzuladen. – U. A. w. g.«

»Zu spät«, dachte er.

Dennoch zeigte er den Brief Deslauriers, und der rief:

»Ah! endlich! Aber froh wirkst du nicht. Warum?«

Nach kurzem Zögern sagte Frédéric, er habe für denselben Tag eine andere Einladung.

»Tu mir den Gefallen und schick die Rue de Choiseul zum Teufel. Keine Dummheiten! Ich antworte für dich, wenn's dir unangenehm ist.«

Und der Kanzlist schrieb eine Zusage in der dritten Person.

Da er die große Welt immer nur durch das Fieber seiner Begierden gesehen hatte, hielt er sie für etwas künstlich Erschaffenes, das nach mathematischen Gesetzen funktioniert. Ein Diner in der Stadt, das Zusammentreffen mit einem Mann von Rang, das Lächeln einer schönen Frau konnten, durch eine Reihe von einander bedingenden Vorgängen, gewaltige Folgen zeitigen. Gewisse Pariser Salons waren wie jene Maschinen, die einen Stoff in seinem Rohzustand aufnehmen und ihn wieder ausspucken mit hundertfachem Wert. Er glaubte an Kurtisanen, die Diplomaten berieten, an reiche Heiraten, die durch Intrigen zustande kommen, an das Genie von Galeerensträflingen, an die Lenksamkeit des Zufalls in der Hand von Starken. Zu guter Letzt hielt er den Umgang mit den Dambreuses für so ungeheuer nützlich, und er sprach so gut, dass Frédéric nicht mehr wusste, wozu er sich entschließen sollte.

Trotz allem musste er, denn schließlich hatte Madame Arnoux Namenstag, ihr etwas schenken; er dachte natürlich an einen Sonnenschirm, um sein Ungeschick wiedergutzumachen. Nun entdeckte er tatsächlich ein

Schirmchen aus taubenblauer Seide, mit kleinem geschnitzten Elfenbeingriff, importiert aus China. Aber es kostete hundertfünfundsiebzig Franc, und er hatte keinen Sou, lebte sogar schon auf Pump vom Geld fürs nächste Quartal. Doch er wollte es, wollte es unbedingt, und allem Widerstreben zum Trotz wandte er sich an Deslauriers.

Deslauriers antwortete, er habe kein Geld.

»Ich brauche es«, sagte Frédéric, »brauche es dringend!«

Und als der andre dieselbe Ausrede noch einmal vorbrachte, wurde er zornig.

»Du könntest wenigstens manchmal …«

»Was denn?«

»Nichts!«

Der Kanzlist hatte verstanden. Er nahm die fragliche Summe von seiner Reserve, und als er sie Münze um Münze hingezählt hatte:

»Ich verlange keine Quittung, denn ich lebe ja auf deine Kosten.«

Frédéric fiel ihm um den Hals, mit tausend Freundschaftsbeteuerungen. Deslauriers blieb kühl. Dann, am nächsten Tag, sah er den Sonnenschirm auf dem Klavier:

»Ach! dafür also!«

»Vielleicht schicke ich ihn«, sagte Frédéric feige.

Der Zufall kam ihm zu Hilfe, denn am Abend erhielt er ein schwarzumrandetes Billett, in dem Madame Dambreuse den Verlust eines Onkels beklagte und sich entschuldigte, denn sie müsse nun das Vergnügen seiner Bekanntschaft auf später verschieben.

Schon um zwei trat er ins Büro der Zeitschrift. Anstatt zu warten und ihn in seinem Wagen mitzunehmen, war Arnoux am Vortag gefahren, denn er konnte sein Bedürfnis nach frischer Luft nicht länger bändigen.

Jedes Jahr, beim ersten Grün, nahm er an mehreren

Tagen hintereinander früh Reißaus, machte lange Wanderungen querfeldein, trank Milch auf den Bauernhöfen, schäkerte mit den Dörflerinnen, erkundigte sich nach der Ernte und brachte in seinem Taschentuch Salatköpfe nach Hause. Schließlich hatte er sich, einen alten Traum verwirklichend, ein Landhaus gekauft.

Während Frédéric mit dem Kommis sprach, erschien Mademoiselle Vatnaz und war enttäuscht, Arnoux nicht zu sehen. Er blieb wohl noch zwei Tage dort. Der Kommis gab ihr den Rat »hinzufahren«; sie konnte nicht hinfahren; einen Brief zu schreiben; sie hatte Angst, der Brief könnte verlorengehen. Frédéric erbot sich, ihn höchstpersönlich zu überbringen. Rasch verfasste sie einen und bat inständig, ihn nicht vor Zeugen auszuhändigen.

Vierzig Minuten später landete er in Saint-Cloud. Das Haus, hundert Schritt von der Brücke, lag auf halber Höhe des Hügels. Die Gartenmauern waren hinter zwei Reihen Linden verborgen, und ein weitläufiger Rasen zog sich bis hinunter zum Fluss. Die Gittertür in der Einfahrt stand offen, Frédéric trat ein.

Im Gras ausgestreckt, spielte Arnoux mit einem Wurf junger Katzen. Diese Zerstreuung nahm ihn offenbar vollständig gefangen. Der Brief von Mademoiselle Vatnaz riss ihn aus seiner Benommenheit.

»Teufel, Teufel! das ist ärgerlich! sie hat recht; ich muss weg.«

Und als er die Nachricht in seine Tasche gestopft hatte, zeigte er mit Freude seinen Besitz. Er zeigte alles, Stall, Schuppen, Küche. Der Salon lag rechter Hand und ging, gegen Paris hin, auf eine Veranda aus Gitterwerk, umrankt von Klematis. Doch über ihren Köpfen erscholl eine Koloratur; Madame Arnoux wähnte sich allein und sang zu ihrem Vergnügen. Sie übte Tonleitern, Triller, Arpeggien. Es gab lange Töne, die sich gleichsam in der

Schwebe hielten; andere stürzten herab wie Tröpfchen einer Kaskade; und ihre durch die Jalousie dringende Stimme brach die tiefe Stille und stieg empor in den blauen Himmel.

Sie hielt plötzlich inne, als Monsieur und Madame Oudry, zwei Nachbarn, auftauchten.

Dann erschien sie selbst oben auf der Freitreppe; und während sie die Stufen herabschritt, erspähte er ihren Fuß. Sie trug kleine offene Schuhe aus goldbraunem Leder, und drei Querriemchen zeichneten ein Gittergeflecht auf die Strümpfe.

Die Gäste kamen. Ausgenommen Maître Lefaucheux, Advokat, waren es dieselben wie an den Donnerstagen. Jeder hatte irgendein Geschenk mitgebracht: Dittmer eine syrische Schärpe, Rosenwald ein Album mit Romanzen, Burrieu ein Aquarell, Sombaz eine Karikatur von sich selbst und Pellerin eine Kohlezeichnung, eine Art Totentanz, eine abscheuliche Phantasterei von mittelmäßiger Ausführung. Hussonnet hatte sich von jeglichem Präsent dispensiert.

Frédéric wartete bis zuletzt, um seines zu überreichen.

Sie dankte ihm vielmals. Da sagte er:

»Aber … es ist ja beinah eine Schuld! Es hat mir so leid getan.«

»Was denn?« erwiderte sie. »Ich verstehe nicht!«

»Zu Tisch!« rief Arnoux und fasste ihn beim Arm; dann, ins Ohr: »Ein Schlaumeier sind Sie nicht!«

Nichts hätte hübscher sein können als das wassergrün ausgemalte Esszimmer. Am einen Ende tauchte eine steinerne Nymphe ihren großen Zeh in ein muschelförmiges Becken. Durch die offenen Fenster überblickte man den ganzen Garten mit dem langgestreckten Rasen, an dessen Saum eine alte, zu drei Vierteln kahle, Schottische Kiefer stand; Blumenrabatten wölbten sich in unregelmäßigen Abständen; und jenseits des Flusses entfalteten sich im weiten Halbkreis der Bois de Boulogne, Neuilly, Sèvres, Meudon. Vor dem Gittertor, auf der gegenüberliegenden Seite, kreuzte ein Segelboot.

Zunächst plauderte man über die Aussicht, die man genoss, dann über die Landschaft im allgemeinen; und die Gespräche kamen eben in Gang, als Arnoux seinem Diener Anweisung gab, gegen halb zehn den Amerikaner einzuspannen. Ein Brief seines Kassenverwalters rufe ihn zurück.

»Soll ich mit dir fahren?« sagte Madame Arnoux.

»Ja, natürlich!« Und mit einer schönen Verbeugung: »Sie wissen doch, Madame, ohne Sie kann man nicht leben!«

Alle beglückwünschten sie zu diesem liebevollen Gatten.

»Oh! das gilt nicht mir allein!« meinte sie sanft und wies auf ihre kleine Tochter.

Dann drehte sich die Unterhaltung wieder um Malerei, und man sprach über einen Ruysdaël, von dem Arnoux sich beträchtliche Summen erhoffte, und Pellerin fragte ihn, ob es stimme, dass der berühmte Saul Mathias aus London im vergangenen Monat hier gewesen sei und ihm dreiundzwanzigtausend Franc dafür geboten habe.

»Stimmt voll und ganz!« Und sich an Frédéric wendend: »Das ist nämlich jener Herr, den ich unlängst durchs Alhambra geführt habe, sehr ungern, kann ich Ihnen versichern, diese Engländer sind nicht amüsant!«

Frédéric, der hinter dem Brief von Mademoiselle Vatnaz irgendeine Frauengeschichte vermutete, war voll der Bewunderung, mit welcher Gewandtheit der feine Herr Arnoux einen passablen Weg gefunden hatte zum Verduften; bei dieser neuen, völlig unnötigen Lüge musste er freilich die Augen weit aufreißen.

Der Kunsthändler fügte unschuldig hinzu:

»Wie heißt doch gleich der große junge Mann, Ihr Freund?«

»Deslauriers«, sagte Frédéric lebhaft.

Und um die Versäumnisse wiedergutzumachen, deren er sich schuldig fühlte, rühmte er ihn als hochintelligenten Kopf.

»Ach! wirklich? Er scheint mir aber kein so guter Kerl zu sein wie der andre, der Kommis aus dem Fuhrgeschäft.«

Frédéric verwünschte Dussardier. Sie konnte glauben, er pflege Umgang mit dem niederen Volk.

Hernach konversierte man über die Verschönerungen in der Hauptstadt, die neuen Viertel, und der gute Oudry erwähnte als einen der großen Spekulanten Monsieur Dambreuse.

Frédéric ergriff die Gelegenheit sich hervorzutun und sagte, er kenne ihn. Doch Pellerin schleuderte eine Brandrede gegen die Krämerseelen; ob sie mit Talgkerzen Handel trieben oder mit Geld, er sah keinen Unterschied. Dann fachsimpelten Rosenwald und Burrieu über Porzellan; Arnoux plauderte vom Gärtnern mit Madame Oudry; Sombaz, ein Bruder Lustig der alten Schule, trieb seinen Spaß mit ihrem Gatten; er nannte ihn Odry, wie den Schauspieler, erklärte, er müsse von Oudry abstammen, dem Hundemaler, denn auf seiner Stirn sehe man den Höcker aller Tierliebhaber. Er wollte ihm sogar den Schädel betasten, der andre wehrte sich wegen seiner Perücke; und das Dessert endete mit lautem Gelächter.

Nachdem man unter den Linden Kaffee getrunken hatte, geraucht und mehrere Runden durch den Garten gedreht, machte man sich auf den Weg hinunter zum Fluss.

Die Gesellschaft blieb vor einem Fischer stehen, der Aale in einem Kahn putzte. Mademoiselle Marthe wollte sie anschauen. Er leerte seinen Behälter ins Gras; und das kleine Mädchen fiel auf die Knie, um sie zu fangen, lachte vor Vergnügen, kreischte vor Entsetzen. Alle gingen verloren. Arnoux zahlte.

Dann kam er auf den Gedanken, man könnte eine Bootsfahrt unternehmen.

Eine Seite des Horizonts verblasste allmählich, während auf der anderen ein breites Orange sich über den Himmel ergoss und ihn auf dem Kamm der vollkommen schwarz gewordenen Hügel purpurn färbte. Madame Arnoux saß auf einem großen Stein, dieses Lodern im Rücken. Die andern schlenderten dahin und dorthin; Hussonnet, unten am Ufer, ließ Steinchen übers Wasser hüpfen.

Arnoux kam zurück, gefolgt von einer alten Schaluppe, in die er, allen klugen Einwänden zum Trotz, seine Gäste verfrachtete. Sie begann zu sinken; man musste aussteigen.

Schon brannten Kerzen im Salon, ganz mit Perse bespannt, an den Wänden kristallene Girandolen. Mutter Oudry entschlummerte sanft in einem Fauteuil, und die andern lauschten Monsieur Lefaucheux, der über Berühmtheiten des Anwaltsstandes dozierte. Madame Arnoux war allein am Fenster, Frédéric trat zu ihr.

Die beiden plauderten über das, was gesagt wurde. Sie bewunderte die Redner; er dagegen hegte eine Vorliebe für den Ruhm der Schriftsteller. Man müsse doch, erwiderte sie, viel stärkere Lust dabei verspüren, die Massen unmittelbar, höchstpersönlich aufzuwühlen und zu erleben, wie man in ihre Seele all die Gefühle der eigenen überträgt. Solche Triumphe reizten Frédéric nicht, er hatte keinen Ehrgeiz.

»Ach! warum nicht?« sagte sie »Ein bisschen braucht man schon!«

Sie standen nebeneinander in der Fensternische. Die

Nacht lag vor ihnen wie ein unermesslicher dunkler, silbrig gesprenkelter Schleier. Zum ersten Mal redeten sie nicht über Belanglosigkeiten. Es gelang ihm sogar, etwas über ihre Neigungen und Abneigungen zu erfahren: Gewisse Düfte bereiteten ihr Unwohlsein, Geschichtswerke interessierten sie, und sie glaubte an Träume.

Er nahm das Kapitel Liebesabenteuer in Angriff. Sie beklagte die Verheerungen der Leidenschaft, war freilich empört über niederträchtige Heuchelei; und diese Geradheit im Denken passte so gut zur ebenmäßigen Schönheit ihres Gesichts, dass sie von ihr herzurühren schien.

Sie lächelte manchmal, ließ ihre Augen eine Weile auf ihm ruhen. Dann fühlte er ihre Blicke in seine Seele dringen, wie jene mächtigen Sonnenstrahlen, die hinabscheinen bis auf den Grund des Wassers. Er liebte sie ohne Hintergedanken, ohne Hoffnung auf Gegenliebe, bedingungslos; und in diesem stummen Verzücken, das aufwallender Dankbarkeit glich, hätte er ihre Stirn gern mit einer Unzahl von Küssen bedeckt. Doch ein innerer Sturm trieb ihn gleichsam aus sich hinaus; da war ein Verlangen, sich zu opfern, ein Drang nach sofortiger Hingabe, umso stärker, als er ihn nicht befriedigen konnte.

Er verabschiedete sich nicht mit den anderen, so wenig wie Hussonnet. Sie wollten im Wagen zurückfahren; und der Amerikaner wartete am Fuß der Freitreppe, da lief Arnoux in den Garten, um Rosen zu pflücken. Als der Strauß mit einem Faden zusammengebunden war und die Stengel ungleich abstanden, wühlte er in seiner mit Papieren vollgestopften Tasche, zog irgendeins heraus, wickelte es rundherum, vollendete sein Werk mit einer dicken Stecknadel und überreichte es seiner Frau mit einer gewissen Rührung.

»Hier, mein Schatz, entschuldige, ich hatte dich vergessen!«

Doch es kam nur ein kurzer Schrei; die töricht festgemachte Nadel hatte sie verletzt, und sie ging auf ihr Zimmer. Alles wartete nahezu eine Viertelstunde. Endlich kehrte sie wieder, umfasste Marthe und stieg rasch in den Wagen.

»Und dein Strauß?« sagte Arnoux.

»Nein! nein! nicht der Mühe wert!«

Frédéric lief ihn holen; sie rief hinterher:

»Ich will ihn nicht!«

Doch wenig später brachte er ihn mit den Worten, er habe ihn zurückgesteckt in die Hülle, die Blumen hätten auf dem Boden gelegen. Sie stopfte alles zwischen Spritzleder und Sitz, man fuhr los.

Frédéric, der neben ihr saß, bemerkte, dass sie furchtbar zitterte. Dann, als man über die Brücke war und Arnoux links abbog:

»Nein! falsch! dort lang, nach rechts!«

Sie wirkte gereizt; alles war ihr lästig. Schließlich, Marthe waren die Augen inzwischen zugefallen, zog sie den Strauß hervor und warf ihn aus dem Wagen, dann griff sie nach Frédérics Arm und bedeutete ihm mit der anderen Hand, niemals davon zu sprechen.

Anschließend presste sie ihr Taschentuch gegen die Lippen und rührte sich nicht mehr.

Die beiden anderen auf dem Kutschbock unterhielten sich über Buchdruck, Abonnenten. Arnoux, der unaufmerksam lenkte, verfuhr sich mitten im Bois de Boulogne. Man geriet auf kleine Wege. Das Pferd ging im Schritt; die Zweige der Bäume streiften das Verdeck. Frédéric sah von Madame Arnoux nur die zwei Augen, im Dunkel; Marthe hatte sich auf ihr ausgestreckt, und er hielt ihren Kopf.

»Sie wird Ihnen unbequem!« sagte die Mutter.

Er antwortete:

»Nein, o nein!«

Langsam wirbelte Staub in die Luft; man fuhr durch Auteuil; alle Häuser waren verschlossen; eine Laterne schien hier und da auf eine Mauerecke, dann herrschte wieder Finsternis; einmal sah er, dass sie weinte.

War es Reue? Sehnsucht? was nur? Dieser Kummer, von dem er nichts wusste, rührte ihn wie etwas ganz Persönliches; jetzt gab es zwischen ihnen ein neues Band, eine Art Komplizenschaft; und er sagte mit seiner allerzärtlichsten Stimme:

»Sie leiden?«

»Ja, ein wenig«, antwortete sie.

Der Wagen rollte, Geißblatt und Falscher Jasmin hingen über die Gartenzäune, verströmten Schwaden betäubender Gerüche hinaus in die Nacht. Die üppigen Falten ihres Kleides fielen auf seine Füße. Ihm war, als verbinde der über sie beide gelegte Kinderleib ihn mit ihrer ganzen Person. Er beugte sich zu dem kleinen Mädchen, strich ihr hübsches braunes Haar beiseite und küsste sie ganz sacht auf die Stirn.

»Sie sind gut!« sagte Madame Arnoux.

»Warum?«

»Weil Sie Kinder lieben.«

»Nicht alle!«

Er fügte nichts weiter hinzu, streckte aber die linke Hand ein wenig zu ihrer Seite und ließ sie geöffnet, – in der Einbildung, sie könnte vielleicht das gleiche tun und er würde der ihren begegnen. Dann schämte er sich und zog sie zurück.

Schon bald war die Straße gepflastert. Der Wagen fuhr schneller, immer mehr Gaslaternen brannten, sie waren in Paris. Hussonnet sprang vor dem Garde-Meubles vom Kutschbock. Frédéric wartete mit dem Aussteigen, bis sie angelangt waren im Hof; dann lauerte er an der Ecke Rue de Choiseul und sah Arnoux langsam hinaufschlendern in Richtung der Boulevards.

Gleich am nächsten Tag machte er sich mit aller Kraft ans Lernen.

Er sah sich in einem Schwurgericht, an einem Winterabend, gegen Ende der Plädoyers, wenn die Geschworenen bleich sind und die atemlose Menge beinah die Schranken des Verhandlungssaals eindrückt, seit vier Stunden sprach er nun schon, alle seine Beweise zusammenfassend, neue enthüllend, und bei jedem Satz, bei jedem Wort, bei jeder Geste spürte er, wie das hinter ihm schwebende Fallbeil der Guillotine wieder hochging; dann auf der Tribüne der Abgeordnetenkammer, als Redner, im Munde das Heil eines ganzen Volkes, die Gegner durch seine Wortgewalt vernichtend, sie dank einer schlagfertigen Antwort zermalmend, mit Donnergroll und melodischem Wohlklang in der Stimme, ironisch, pathetisch, aufbrausend, erhaben; sie wäre da, irgendwo inmitten der anderen, ihre Tränen der Begeisterung unter einem Schleier verbergend; hinterher würden sie sich treffen; – und die Entmutigungen, Verleumdungen und Beleidigungen könnten ihm nichts anhaben, wenn sie sagte: »Ach! wie schön!« und ihm dabei über die Stirn fuhr mit ihren zartgliedrigen Händen.

Diese Bilder gleißten wie Leuchttürme am Horizont seines Lebens. Sein erregter Verstand wurde stärker und wendiger. Bis zum August schloss er sich ein und bestand seine letzte Prüfung.

Deslauriers, der so viel Mühe gehabt hatte, mit ihm noch einmal für die zweite Ende Dezember zu pauken und für die dritte im Februar, wunderte sich über seinen Eifer. Nun regten sich wieder die alten Hoffnungen. In zehn Jahren musste Frédéric Abgeordneter sein; in fünfzehn Minister; warum nicht? Mit seinem Erbe, das ihm demnächst zufiel, konnte er als erstes eine Zeitung gründen; das wäre der Anfang; danach würde man weitersehen. Was ihn selbst betraf, so strebte er weiter nach einem Lehrstuhl an der juristischen Fakultät; und er verteidigte seine Doktorarbeit auf so bemerkenswerte Art, dass sie ihm die Komplimente seiner Professoren eintrug.

Frédéric schaffte die seine drei Tage später. Bevor er in Ferien aufbrach, kam ihm noch der Einfall zu einem Picknick, als Abschluss der Samstagstreffen.

Er hatte gute Laune. Madame Arnoux war jetzt bei ihrer Mutter in Chartres. Doch bald sollte er sie wiedersehen, und dann würde er endlich ihr Liebhaber.

Deslauriers, am selbigen Tag in den Orsay-Debattierklub aufgenommen, hielt dort eine laut beklatschte Rede. Obwohl er sonst maßvoll war, betrank er sich und sagte beim Dessert zu Dussardier:

»Du bist anständig! wenn ich einmal reich bin, wirst du mein Verwalter.«

Alle waren glücklich; Cisy würde sein Jurastudium nicht abschließen; Martinon wollte sein Referendariat in der Provinz fortsetzen, denn dort winkte ein Posten als Substitut; Pellerin plante ein großes Gemälde, das den *Genius der Revolution* darstellen sollte; Hussonnet durfte in der kommenden Woche dem Direktor des *Délassements* den Entwurf zu einem Stück vortragen und zweifelte nicht am Erfolg:

»Das Gerüst eines Dramas macht keiner mir streitig! Die Leidenschaften, bin genug rumgekommen, da kenn ich mich aus; und was den Witz angeht, das ist mein Metier!«

Er tat einen Sprung, landete auf den Händen und drehte ein paar Runden um den Tisch, Beine in der Luft.

Diese Lausbüberei entlockte Sénécal kein Lächeln. Er war vor kurzem aus seinem Internat geflogen, denn er hatte ein Aristokratensöhnchen verprügelt. In wachsender Not, gab er der Gesellschaftsordnung die Schuld, verfluchte die Reichen; weinte sich aus an Regimbarts Brust, und der war seinerseits mehr und mehr ernüchtert, trübsinnig, angeekelt. Der Citoyen richtete nun den Blick auf Budgetfragen und beschuldigte die Kamarilla, sie verschleudere Millionen in Algerien.

Da er nicht schlafen konnte, ohne im Estaminet Alexandre gehockt zu haben, verschwand er schon um elf. Die anderen gingen später; und als Frédéric sich von Hussonnet verabschiedete, erfuhr er, Madame Arnoux sei wohl tags zuvor heimgekommen.

Er begab sich also zur Poststation, um seinen Platz gegen einen für den nächsten Tag zu tauschen, und abends um sechs erschien er bei ihr. Die Rückkehr, sagte ihm der Concierge, sei um eine Woche verschoben. Frédéric dinierte allein, schlenderte hernach über die Boulevards.

Rosa Wolken zogen sich wie Schärpen über die Dächer; schon wurden vor den Läden die ersten Markisen eingeholt; Sprengwagen gossen Regen auf den Staub, und eine unverhoffte Kühle mischte sich in die Ausdünstungen der Cafés, durch deren geöffnete Türen man zwischen Silberzeug und Goldverbrämungen Blumenbuketts sah, verdoppelt in hohen Spiegeln. Die Menge spazierte gemächlich. Gruppen von Männern plauderten auf dem Trottoir; und Frauen gingen vorüber mit sanfter Mattigkeit in den Augen und jenem kamelienzarten Teint, den weibliche Haut durch die Trägheit großer Hitze bekommt. Etwas Großartiges machte sich breit, umhüllte die Häuser. Paris war ihm nie zuvor so schön erschienen. Er gewahrte in der Zukunft nichts als eine endlose Reihe von Jahren voller Liebe.

Vor dem Théâtre de la Porte-Saint-Martin blieb er stehen, betrachtete das Plakat; und aus purer Langeweile kaufte er sich ein Billett.

Gespielt wurde ein altes Märchendrama. Die Zuschauer waren spärlich; und durch die Dachluken des Olymp schimmerte Tageslicht in kleinen blauen Vierecken, die Öllampen an der Rampe dagegen bildeten eine einzige gelbe Lichterkette. Die Handlung spielte auf einem Sklavenmarkt in Peking, mit Schellen, Tamtam, Sultaninnen, Spitzkappen und Kalauern. Dann senkte sich der Vorhang, und er streifte durchs Foyer, allein, und bewunderte auf dem Boulevard, unten an der Freitreppe, einen großen grünen Landauer, vor den zwei Schimmel gespannt waren, auf dem Bock ein Kutscher in Kniehosen.

Eben kehrte er zurück an seinen Platz, da betraten eine Dame und ein Herr die erste Proszeniumsloge auf dem Balkon. Der Mann hatte ein blasses, von einem schmalen grauen Bart umrahmtes Gesicht, die Rosette eines Offiziers der Ehrenlegion und jenen Ausdruck von Eiseskälte, den man Diplomaten nachsagt.

Seine Frau, mindestens zwanzig Jahre jünger, weder groß noch klein, weder hässlich noch hübsch, trug das blonde Haar in Korkenzieherlocken à l'anglaise, ein Kleid mit flacher Korsage und einen breiten Fächer aus schwarzer Spitze. Wenn Leute aus einer solchen Welt in dieser Jahreszeit das Theater besuchten, musste ein Zufall dahinterstecken oder die langweilige Aussicht auf einen Abend im Tête-à-Tête. Die Dame knabberte an ihrem Fächer, und der Herr gähnte. Frédéric konnte sich nicht erinnern, wo er diesen Mann gesehen hatte.

Als er in der nächsten Pause durch einen Flur ging, begegnete er den beiden; auf seine flüchtige Verbeugung hin erkannte ihn Monsieur Dambreuse, trat näher und entschuldigte sich sogleich für unverzeihliche Nachlässigkeit. Das war eine Anspielung wegen der zahllosen Visitenkarten, verschickt auf Anraten des Kanzlisten. Freilich brachte er diese und jene Zeit durcheinander, glaubte, Frédéric sei im zweiten Jahr seines Jurastudiums. Dann beneidete er ihn um seine Reise aufs Land. Auch er brauchte dringend Erholung, die Geschäfte fesselten ihn jedoch an Paris.

Madame Dambreuse, auf seinen Arm gestützt, hielt den Kopf leicht geneigt; und der geistvolle Liebreiz ihres Gesichts stand im Widerspruch zu ihrer grämlichen Miene vorhin.

»Trotz allem gibt es hier hübsche Vergnügungen!« sagte sie nach den letzten Worten ihres Mannes. »Was ist diese Aufführung dumm! finden Sie nicht auch, Monsieur?« Und zu dritt blieben sie stehen und plauderten über Theaterhäuser und neue Stücke.

Frédéric, vertraut mit dem Geziere bürgerlicher Provinzlerinnen, hatte noch bei keiner Frau ein so ungezwungenes Benehmen gefunden, solche Schlichtheit, die Raffinement ist, und Einfaltspinsel erblicken in ihr den Ausdruck blitzartiger Sympathie.

Man zähle auf ihn, gleich nach seiner Rückkehr; Monsieur Dambreuse bestellte Grüße an Vater Roque.

Als Frédéric nach Hause kam, erzählte er Deslauriers natürlich von diesem Empfang.

»Grandios!« antwortete der Kanzlist, »und lass dich von deiner Mama ja nicht um den Finger wickeln! Komm sofort wieder!«

Am Tag nach seiner Ankunft ging Madame Moreau, als sie gegessen hatten, mit ihrem Sohn in den Garten.

Sie schätze sich glücklich, sagte sie, dass er nun eine Stellung habe, denn sie seien nicht so reich, wie gemeinhin angenommen; das Land bringe wenig Ertrag; die Pächter zahlten schlecht; sie war sogar gezwungen, ihren Wagen zu verkaufen. Schließlich setzte sie ihm ihrer beider Lage auseinander.

Bei ihren ersten Geldverlegenheiten als Witwe hatte ihr ein abgefeimter Mann, Monsieur Roque, Darlehen gewährt, diese erneuert und gegen ihren Willen prolongiert. Plötzlich hatte er alles eingefordert; und sie musste sich seinen Bedingungen fügen, überließ ihm zu einem lächerlichen Preis das Gehöft in Presles. Zehn Jahre später zerrann ihr Kapital im Bankrott eines Bankiers in Melun. Weil ihr vor Hypotheken graute und sie den für die Zukunft ihres Sohnes nützlichen Schein wahren wollte, hatte sie, als Vater Roque wieder vorstellig wurde, noch einmal auf ihn gehört. Doch jetzt war sie mit ihm quitt. Kurzum, ihnen blieben etwa zehntausend Franc Jahreseinkommen, davon gehörten zweitausenddreihundert ihm, sein ganzes Erbe!

»Unmöglich!« rief Frédéric.

Mit einem Nicken bedeutete sie, das sei durchaus möglich.

Aber sein Onkel werde ihm etwas hinterlassen?

Nichts war ungewisser!

Und wortlos spazierten sie durch den Garten. Schließlich zog sie ihn ans Herz, und mit tränenerstickter Stimme:

»Ach! mein armer Junge! Was habe ich aufgeben müssen an Träumen!«

Er setzte sich auf die Bank, im Schatten der großen Akazie.

Sie riet ihm, als Kanzlist einzutreten bei Maître Prouharam, dem Anwalt, der werde ihm später seine Kanzlei überlassen; bringe er diese zu Ansehen, dann könne er sie weiterverkaufen und Ausschau halten nach einer guten Partie.

Frédéric hörte nichts mehr. Er schaute gedankenlos über die Hecke, in den anderen Garten, gegenüber.

Ein kleines Mädchen von etwa zwölf Jahren, mit rotem Haar, war dort ganz allein. Sie hatte sich Ohrringe gemacht aus Vogelbeeren; ihr Mieder aus grauem Tuch entblößte die leicht sonnengebräunten Schultern; Marmeladeflecken zierten den weißen Rock; – und etwas von der Anmut eines jungen wilden Tiers lag in der ganzen Gestalt, die sehnig war und zugleich zart. Die Gegenwart eines Unbekannten verwunderte sie wohl, denn jäh hatte sie innegehalten, ihre Gießkanne in der Hand, und durchbohrte ihn mit ihrem klaren, blaugrünen Blick.

»Das ist die Tochter von Monsieur Roque«, sagte Madame Moreau. »Er hat vor kurzem seine Magd geheiratet und das Kind anerkannt.«

VI.

Ruiniert, verarmt, erledigt!

Er war auf der Bank sitzen geblieben, wie betäubt durch einen Schlag. Er verfluchte das Schicksal, hätte am liebsten irgendwen geprügelt; und seine Verzweiflung wurde noch größer durch das Gefühl, auf ihm laste eine Art Schmach, eine Schande; – denn Frédéric hatte sich eingebildet, das väterliche Vermögen würde ihm eines Tages fünfzehntausend Livre Jahreseinkommen bringen, und das hatte er indirekt auch den Arnoux zu verstehen gegeben. Nun würde er als Prahlhans, als Schelm, als finstrer Halunke gelten, der sich bei ihnen eingeschlichen hatte in der Hoffnung auf einen Vorteil! Und sie, Madame Arnoux, wie träte er ihr jetzt noch unter die Augen?

Das war ohnehin völlig ausgeschlossen, bei nur dreitausend Franc Jahreseinkommen! Er konnte nicht ewig im vierten Stock wohnen, den Pförtner als Diener beschäftigen und mit armseligen schwarzen, an den Fingerspitzen bläulich verschossenen Handschuhen auftreten, einem speckigen Hut, demselben Gehrock ein ganzes Jahr. Nein! nein! niemals! Aber das Leben war unerträglich ohne sie. Manch einer existierte doch ohne Vermögen, Deslauriers zum Beispiel; – und er hielt sich für einen Feigling, weil er mittelmäßigen Dingen so viel Bedeutung zumaß. Vielleicht würde das Elend seine Fähigkeiten ums Hundertfache steigern. Er geriet ins Schwärmen bei dem Gedanken an die großen Männer, die in Dachkammern schuften. Eine Seele wie die von Madame Arnoux musste gerührt sein durch ein solches Bild, und sie würde sich erweichen. Also war diese

Katastrophe im Grunde ein Glück; wie jene Erdbeben, die Schätze zutage fördern, hatte sie ihm die geheimen Reichtümer seiner Natur offenbart. Doch gab es auf der Welt nur einen einzigen Ort, um ihnen Geltung zu verschaffen: Paris! denn in seiner Vorstellung gediehen Kunst, Wissenschaft und Liebe (diese drei Gesichter Gottes, wie Pellerin gesagt hätte) ausschließlich in der Hauptstadt.

Am Abend erklärte er seiner Mutter, er werde dorthin zurückkehren. Madame Moreau war überrascht und empört. Das sei eine Narretei, eine Unsinnigkeit. Er täte besser, ihren Ratschlägen zu folgen, also bei ihr zu bleiben, in einer Kanzlei. Frédéric zuckte die Schultern: »Ach was!« – denn er fühlte sich verhöhnt durch dieses Ansinnen.

Da griff die gute Frau zu einer andern Methode. Mit schmeichelnder Stimme und leisen Schluchzern sprach sie von ihrer Einsamkeit, ihrem Alter, den von ihr gebrachten Opfern. Jetzt, da sie noch unglücklicher war, ließ er sie im Stich. Dann, auf ihr nahes Ende anspielend:

»Ein klein wenig Geduld, mein Gott! bald bist du frei!«

Dieses Gejammer wiederholte sich zwanzigmal am Tag, drei Monate lang; und zugleich köderten ihn die Annehmlichkeiten des trauten Heims; er genoss das weichere Bett, Handtücher ohne Loch; sodass Frédéric, am Ende zermürbt, entkräftet, besiegt durch die schreckliche Kraft der Sanftmut, sich mitnehmen ließ zu Maître Prouharam.

Er bewies weder Kenntnis noch Tauglichkeit. Man hielt ihn bislang für einen jungen Mann von großem Talent, der seinem Departement zum Ruhm gereichen sollte. Es war eine öffentliche Enttäuschung.

Zuerst hatte er sich gesagt: »Ich muss Madame Arnoux Nachricht geben«, und eine Woche lang hatte er über dithyrambischen Briefen gebrütet und über kurzen Billetten in lapidarem und erhabenem Stil. Die Angst, seine Lage einzugestehen, hielt ihn zurück. Dann überlegte er, vielleicht sei es besser, dem Ehemann zu schreiben. Arnoux kannte das Leben und würde ihn verstehen. Schließlich, nachdem er vierzehn Tage gezögert hatte:

»Pah! ich seh die beiden nie mehr; sollen sie mich vergessen! Wenigstens verliere ich nichts in ihrer Erinnerung! Sie wird glauben, ich sei gestorben, und mir nachtrauern … vielleicht.«

Da überzogene Entschlüsse wenig kosteten, hatte er sich geschworen, nie wieder in Paris aufzutauchen und sich nicht einmal nach Madame Arnoux zu erkundigen.

Doch er vermisste sogar den Gasgeruch und das Gepolter der Omnibusse. Er sinnierte über alle Worte, die sie ihm gesagt hatte, über den Klang ihrer Stimme, den Glanz ihrer Augen, – und da er sich als gestorben betrachtete, tat er nichts mehr, rein gar nichts.

Er kroch sehr spät aus dem Bett und schaute durchs Fenster auf die Gespanne der vorbeirollenden Fuhrleute. Die ersten sechs Monate vor allem waren grauenhaft.

An manchen Tagen freilich packte ihn Empörung gegen sich selbst. Dann ging er hinaus. Er lief über die Wiesen, die im Winter halb überflutet waren von den Wassern der Seine. Sie sind durchzogen von Pappelreihen. Hier und dort wölbt sich eine kleine Brücke. Er streifte umher bis zum Abend, rollte die gelben Blätter unter seinem Schritt, atmete den Nebel, sprang über Gräben; und wenn seine Adern stärker pulsten, überfiel ihn wilder Tatendrang; er wollte Trapper werden in Amerika, einem Pascha im Orient dienen, sich einschiffen als Matrose; und er huldigte seiner Melancholie in langen Briefen an Deslauriers.

Der plagte sich, um aufzusteigen. Das feige Verhalten seines Freundes und das ewige Geklage dünkten ihn blöd. Schon bald war ihr Briefwechsel fast ganz erloschen. Frédéric hatte alle seine Möbel Deslauriers überlassen, der das Logis behielt. Seine Mutter kam hin und wieder darauf zu sprechen; eines Tages gestand er endlich sein Geschenk, und sie rügte ihn, da erhielt er einen Brief.

»Was ist?« sagte sie, »du zitterst?«

»Ich habe nichts!« erwiderte Frédéric.

Deslauriers berichtete ihm, er habe Sénécal aufgenommen; und seit vierzehn Tagen lebten sie miteinander. Also machte sich nun Sénécal breit inmitten all der Dinge, die von Arnoux stammten! Er konnte sie verkaufen, Bemerkungen über sie machen, Witze. Frédéric fühlte sich verletzt bis tief in die Seele. Er ging auf sein Zimmer. Er wollte sterben.

Seine Mutter rief nach ihm. Sie wollte Rat wegen einer Anpflanzung im Garten.

Dieser Garten, in der Art eines englischen Parks, war in der Mitte geteilt durch ein Gatter aus Holzstangen, und die Hälfte gehörte Vater Roque, der noch einen anderen besaß, für Gemüse, unten am Flussufer. Die zwei verfeindeten Nachbarn gaben sich Mühe, nicht gleichzeitig zu erscheinen. Doch seit Frédéric wieder da war, spazierte der gute Mann häufiger dort umher und sparte nicht mit Höflichkeiten gegenüber dem Sohn von Madame Moreau. Er bedauerte ihn, weil er in einer kleinen Stadt lebte. Eines Tages erzählte er, Monsieur Dambreuse habe sich nach ihm erkundigt. Ein anderes Mal verbreitete er sich über ein altes Recht in der Champagne, dem zufolge der Bauch adelt.

»Damals wären Sie ein Seigneur gewesen, denn Ihre Mutter hieß de Fouvens. Und man kann sagen, was man will! ein Name ist schon etwas! Am Ende«, fügte er mit listigem Zwinkern hinzu, »entscheidet in so einem Fall der Justizminister.«

Dieses Schielen auf Aristokratie passte ausnehmend schlecht zu seinem ganzen Aufzug. Da er klein war, zog sein großer kastanienbrauner Gehrock den Oberkörper in die Länge. Wenn er seine Mütze abnahm, kam ein fast weibliches Gesicht mit einer überaus spitzen Nase zum Vorschein; sein gelbliches Haar wirkte wie eine Perücke; beim Grüßen verbeugte er sich tief, die Hauswände streifend.

Bis fünfzig hatte er sich mit den Diensten von Catherine begnügt, einer Lothringerin, so alt wie er und stark pockennarbig. Um das Jahr 1834 jedoch kam er aus Paris mit einer drallen Blonden, schafgesichtig, »hoheitsvoll wie eine Königin«. Bald sah man sie einherstolzieren mit großen Ohrringen, und alles klärte sich durch die Geburt eines Mädchens, eingetragen unter dem Namen Élisabeth-Olympe-Louise Roque.

Catherine hatte in ihrer Eifersucht erwartet, sie werde dieses Kind verabscheuen. Im Gegenteil, sie liebte es. Sie umgab es mit Fürsorge, Umsicht und Hätschelei, denn sie wollte seine Mutter ausstechen und verhasst machen, ein leichtes Unterfangen, Madame Éléonore vernachlässigte die Kleine nämlich ganz und gar, schwatzte lieber bei den Kaufleuten. Gleich am Tag nach ihrer Hochzeit machte sie einen Besuch auf der Unterpräfektur, duzte die Mägde nicht länger und glaubte, sie müsse, aus gutem Ton, streng verfahren mit ihrem Kind. Sie war beim Unterricht anwesend; der Lehrer, ein alter Federfuchser aus dem Rathaus, erwies sich als ungeschickt. Die Schülerin rebellierte, bekam Ohrfeigen und heulte auf dem Schoß von Catherine, die gab ihr dann unweigerlich recht. Also kabbelten sich die zwei Frauen; Monsieur Roque brachte sie zum Schweigen. Er hatte aus Zuneigung zu seiner Tochter geheiratet und wollte nicht, dass man ihr Kummer bereite.

Oft trug sie ein zerschlissenes weißes Kleid, darunter spitzenbesetzte Hosen; doch an hohen Festtagen ging sie wie eine Prinzessin gekleidet aus dem Haus, um die Bürger ein wenig zu demütigen, die ihren Bälgern den Umgang mit ihr verboten, wegen der unehelichen Geburt.

Sie lebte allein in ihrem Garten, saß auf der Schaukel, lief den Schmetterlingen hinterher, blieb plötzlich stehen und beobachtete, wie sich Goldkäfer auf die Rosen setzten. Sicher waren es diese Gewohnheiten, was ihrem Gesicht etwas Kühnes und zugleich Träumerisches verlieh. Sie war übrigens gleich groß wie Marthe, sodass Frédéric schon bei der zweiten Begegnung sagte:

»Darf ich Ihnen einen Kuss geben, Mademoiselle?«

Das Persönchen hob den Kopf und erwiderte:

»Ja, gerne!«

Aber der Zaun aus Holzstangen trennte sie voneinander.

»Du musst raufklettern«, sagte Frédéric.

»Nein, zieh mich hoch!«

Er beugte sich über den Zaun, griff nach ihr mit ausgestreckten Armen und küsste sie auf beide Wangen; dann ließ er sie drüben wieder hinab, nach derselben Methode, und das wiederholte sich die nächsten Male.

Ohne größere Scheu, als ein vierjähriges Kind sie gezeigt hätte, stürmte sie ihrem Freund entgegen, sobald sie ihn kommen hörte, oder kläffte, hinter einem Baum versteckt, wie ein Hund, wollte ihn schrecken.

Eines Tages, als Madame Moreau ausgegangen war, nahm er sie mit auf sein Zimmer. Sie öffnete alle Duftfläschchen und pomadisierte sich ausgiebig das Haar; dann legte sie sich ganz ungeniert aufs Bett, wo sie lang ausgestreckt verweilte, hellwach.

»Ich stell mir vor, ich bin deine Frau«, sagte sie.

Am nächsten Tag sah er sie aufgelöst in Tränen. Sie gestand, »sie weine über ihre Sünden«, und als er wissen wollte, welche, antwortete sie mit gesenktem Blick:

»Frag nicht weiter!«

Die Erstkommunion kam näher; am Morgen hatte man sie zur Beichte geführt.

Das Sakrament machte sie nicht viel braver. Manchmal bekam sie richtige Wutanfälle; man rief nach Monsieur Frédéric, um sie zu beruhigen.

Oft nahm er sie mit auf seine Streifzüge. Während er im Gehen vor sich hin träumte, pflückte sie Mohnblumen am Saum der Kornfelder, und wenn sie sah, dass er trauriger war als gewöhnlich, suchte sie ihn durch freundliche Worte zu trösten. Sein Herz, das der Liebe entbehrte, flüchtete sich in diese Freundschaft mit einem Kind; er zeichnete Männchen für sie, erzählte Geschichten und begann ihr vorzulesen.

Zunächst aus den *Annales romantiques*, einer damals berühmten Sammlung von Gedichten und Prosastücken. Dann, ihr Alter vergessend, so bezaubert war er von ihrer Klugheit, las er nacheinander *Atala*, *Cinq-Mars*, *Les Feuilles d'automne*. Doch eines Nachts (am selbigen Abend hatte sie *Macbeth* gehört, in der schlichten Übersetzung von Letourneur) erwachte sie schreiend: »Der Fleck! der Fleck!«; sie klapperte mit den Zähnen, zitterte, und aus entsetzten Augen auf ihre rechte Hand starrend, rieb sie daran und sagte: »Immer noch ein Fleck!« Endlich kam der Arzt, er verbot ihr jegliche Aufregung.

Die Bürger sahen in alledem nur böse Vorzeichen für ihren Lebenswandel. Es hieß, »der junge Moreau« wolle später aus ihr eine Schauspielerin machen.

Bald schon wurde über ein anderes Ereignis geredet, nämlich die Ankunft des Onkels Barthélemy. Madame

Moreau überließ ihm ihr Schlafzimmer und trieb das Entgegenkommen so weit, dass sie Fleisch an Fasttagen servierte.

Der Alte war von mittelmäßiger Freundlichkeit. In einem fort stellte er Vergleiche an zwischen Le Havre und Nogent, wo er die Luft drückend fand, das Brot minderwertig, die Straßen schlecht gepflastert, das Essen mittelmäßig und die Einwohner faul. »Was habt ihr für armselige Verhältnisse!« Er tadelte die Närrischkeiten seines verstorbenen Bruders, er dagegen habe siebenundzwanzigtausend Livre Jahreseinkommen zusammengespart! Endlich fuhr er am Ende der Woche nach Haus, und vom Trittbrett des Wagens verkündete er die wenig ermutigenden Worte:

»Es freut mich immer, wenn ich euch in sichern Verhältnissen seh.«

»Du kriegst gar nichts!« sagte Madame Moreau, zurück im Esszimmer.

Er war nur auf ihr Drängen hin gekommen; und acht Tage lang hatte sie sich um eine Erklärung seinerseits bemüht, allzu deutlich vielleicht. Es reute sie, gehandelt zu haben, und nun saß sie in ihrem Fauteuil mit hängendem Kopf, zusammengekniffenen Lippen. Frédéric, ihr gegenüber, beobachtete sie; und alle beide schwiegen, wie vor fünf Jahren bei der Rückkehr aus Montereau. Die unübersehbare Ähnlichkeit der Umstände erinnerte ihn an Madame Arnoux.

In diesem Augenblick war unterm Fenster ein Peitschenknall zu hören, und zugleich rief ihn eine Stimme.

Es war Vater Roque, allein in seiner Tapissière. Er wollte den ganzen Tag in La Fortelle verbringen, bei Monsieur Dambreuse, und machte das freundliche Angebot, Frédéric solle ihn begleiten.

»Mit mir geht's auch ohne Einladung, keine Sorge!«

Frédéric bekam Lust einzusteigen. Doch wie sollte er

sein langes Verweilen in Nogent erklären? Er hatte keinen konvenablen Sommeranzug; schließlich, was sagte dazu seine Mutter? Er lehnte ab.

Von da an verhielt sich der Nachbar nicht mehr so herzlich. Louise wurde größer; Madame Éléonore erkrankte schlimm; und das Verhältnis lockerte sich zum großen Gefallen von Madame Moreau, die für das Fortkommen ihres Sohnes den Umgang mit derlei Leuten fürchtete.

Sie träumte davon, ihm die Gerichtsschreiberstelle zu kaufen; Frédéric wies diesen Gedanken nicht vehement zurück. Nun begleitete er sie zur Messe, spielte am Abend eine Partie Imperial, gewöhnte sich an die Provinz, versumpfte; – und sogar seine Liebe hatte inzwischen etwas sanft Trauerndes, einlullend Zauberisches. Er hatte seinen Schmerz über so lange Zeit Briefen anvertraut, mit Lektüren vermischt, auf Wanderungen übers Land getragen und überall ausgegossen, dass dieser nun beinah versiegte, und Madame Arnoux glich einer Toten, deren Grab er zu seiner Verwunderung nicht kannte, so still und resigniert war inzwischen dieses Gefühl.

Eines Tages, am 12. Dezember 1846, gegen neun Uhr morgens, brachte ihm die Köchin einen Brief in sein Zimmer. Die Adresse, in großen Buchstaben, war von unbekannter Hand; Frédéric, schlaftrunken, beeilte sich nicht mit dem Öffnen. Endlich las er:

»Friedensgericht, Le Havre, 3. Bezirk.

Geehrter Herr,
da Ihr Onkel, Monsieur Moreau, *ohne Testament* verstorben ist …«

Er erbte!

Als loderte plötzlich hinter der Wand ein Feuer, sprang

er aus dem Bett, barfuß, im Hemd: er fuhr sich mit der Hand übers Gesicht, weil er seinen Augen nicht traute, weil er glaubte, noch zu träumen, und um Halt zu finden in der Wirklichkeit, riss er weit das Fenster auf.

Schnee war gefallen; die Dächer waren weiß; – und im Hof erkannte er sogar einen Waschzuber, über den war er abends zuvor gestolpert.

Er las den Brief dreimal hintereinander; tatsächlich, es stimmte! das ganze Vermögen des Onkels! Siebenundzwanzigtausend Livre Jahreseinkommen! – und irrwitzige Freude packte ihn beim Gedanken an ein Wiedersehen mit Madame Arnoux. Klar wie in einer Halluzination stand er neben ihr, bei ihr zu Hause, ein Geschenk in Seidenpapier überreichend, während vor der Tür sein Tilbury wartete, nein, besser ein Coupé! ein schwarzes Coupé, mit einem Diener in brauner Livree; er hörte sein Pferd stampfen, und das Klirren der Kinnkette vermischte sich mit dem Gelispel ihrer Küsse. Jeden Tag würde das so sein, immer und ewig. Er konnte die beiden zu sich einladen, in sein Haus; das Esszimmer wäre in rotem Leder, das Boudoir in gelber Seide, überall Diwane! und was für Etageren! was für chinesische Vasen! was für Teppiche! Diese Bilder brachen so wild über ihn herein, dass alles sich drehte in seinem Kopf. Da gedachte er seiner Mutter; und er ging hinunter, den Brief noch in der Hand.

Madame Moreau suchte ihre Aufregung zu beherrschen und fiel in Ohnmacht. Frédéric nahm sie in den Arm, küsste sie auf die Stirn.

»Liebe Mutter, jetzt kannst du deinen Wagen zurückkaufen; lach doch, weine nicht länger, sei glücklich!«

Zehn Minuten später hatte die Neuigkeit sich herumgesprochen bis über den Ortsrand. Maître Benoist, Monsieur Gamblin, Monsieur Chambion, alle Freunde kamen angerannt. Frédéric stahl sich für einen Augenblick hinaus und schrieb Deslauriers. Noch andre Besucher erschienen. Der Nachmittag verging mit Beglückwünschungen. Darüber vergaß man Roques Frau, um die es angeblich »schlecht stand«.

Am Abend, als sie beide allein waren, sagte Madame Moreau ihrem Sohn, sie rate ihm, sich in Troyes als Advokat niederzulassen. Da er in seiner Heimat bekannter sei als anderswo, fände er hier leichter die eine oder andere vorteilhafte Partie.

»Oh! das geht zu weit!« rief Frédéric.

Kaum hielt er sein Glück in der Hand, schon wollte man es ihm nehmen. Er verkündete den festen Entschluss, fortan wohne er in Paris.

»Und was tust du dort?«

»Nichts!«

Erstaunt über sein Benehmen, fragte Madame Moreau, was er werden wolle.

»Minister!« erwiderte Frédéric.

Und er bekräftigte, dass er keineswegs scherze, dass er vorhabe, in die Diplomatie zu gehen, dass sein Studium ihn dazu drängte und auch sein Gespür. Zunächst werde er in den Staatsrat eintreten, mit der Protektion von Monsieur Dambreuse.

»Du kennst ihn also?«

»Ja, sicher! durch Monsieur Roque!«

»Seltsam«, sagte Madame Moreau.

Er weckte jetzt in ihrem Herzen die alten ehrgeizigen Träume. Sie ergab sich ihnen, tief in ihrem Innersten, und über die anderen verlor sie nunmehr kein Wort.

Hätte er auf seine Ungeduld gehört, Frédéric wäre augenblicklich abgereist. Für den nächsten Tag waren alle Plätze in den Postkutschen belegt; er verzehrte sich bis zum übernächsten Tag, abends um sieben.

Sie setzten sich gerade zum Essen, da ertönten von der Kirche her drei lange Glockenschläge; und das eintretende Dienstmädchen verkündete, Madame Éléonore sei gestorben.

Dieser Tod war im Grunde genommen für niemand ein Unglück, nicht einmal für ihr Kind. Dem Mädchen würde er wohl eher zuträglich sein, später einmal.

Die beiden Häuser grenzten aneinander, und so hörte man lautes Hin und Her, Stimmengewirr; der Gedanke an die Leiche in allernächster Nähe warf einen gespenstischen Schatten auf ihre Trennung. Madame Moreau trocknete sich zwei-, dreimal die Augen. Frédéric war bedrückt.

Nach der Mahlzeit stieß er zwischen Tür und Angel auf Catherine. Mademoiselle wolle ihn unbedingt sehen. Sie erwarte ihn im Garten. Er ging hinaus, kletterte über den Zaun, und obwohl er mehrmals gegen Bäume stieß, lief er weiter zum Haus von Monsieur Roque. Licht brannte in einem Fenster des zweiten Stocks; dann löste sich eine Gestalt aus dem Dunkel, und eine Stimme flüsterte:

»Ich bin's.«

Sie wirkte größer als sonst, vielleicht wegen des schwarzen Kleides. Da er nicht wusste, mit welchem Satz er beginnen sollte, griff er bloß seufzend nach ihren Händen:

»Ach! meine arme Louise!«

Sie antwortete nicht. Sie betrachtete ihn tiefgründig, sehr lange. Frédéric hatte Angst, den Wagen zu verpassen; er meinte, er höre in der Ferne ein Grollen, und um der Sache ein Ende zu machen:

»Catherine hat mir ausgerichtet, du möchtest mir etwas …«

»Ja, stimmt! ich wollte Ihnen sagen …«

Dieses *Ihnen* kam überraschend; und da sie von neuem schwieg:

»Nun, was denn?«

»Ich weiß nicht mehr. Ich hab's vergessen! Stimmt es, dass Sie fortgehen?«

»Ja, jetzt gleich.«

Sie wiederholte:

»Ach! jetzt gleich? … für immer? … wir sehen uns nie wieder?«

Schluchzer erstickten ihre Stimme.

»Adieu! Adieu! küss mich doch!«

Und sie umarmte ihn stürmisch.

ZWEITER TEIL

I.

Als er drinnen saß auf seinem Platz im Coupé und die Postkutsche losfuhr, fortgetragen von den fünf Pferden mit einem einzigen Ruck, da fühlte er sich wie berauscht. Dem Architekten gleich, der einen Palast entwirft, plante er im voraus sein Leben. Er füllte es mit Köstlichkeiten und mit Glanz; es ragte bis hinauf zum Himmel; eine Fülle von Dingen ereignete sich; und so tief glitt er in dieses Sinnieren, dass ringsherum alles Äußerliche verschwand.

Am Fuß der Anhöhe von Sourdun merkte er plötzlich, wo er war. Sie hatten fünf Kilometer zurückgelegt, allerhöchstens! Er war empört. Er klappte das Fensterchen herunter und schaute auf die Straße. Er fragte den Kutscher mehrmals, wann genau sie ankommen würden. Er beruhigte sich freilich und blieb hocken in seiner Ecke, mit offenen Augen.

Die Laterne am Bock des Postillions schien auf die Kruppen der Zugpferde. Weiter vorn sah er nichts als die Mähnen der andern Pferde, wogend gleich weißen Wellen; ihr Atem bildete zu beiden Seiten des Gespanns einen Nebeldunst; die eisernen Kettchen rasselten, die Scheiben klirrten in ihren Rahmen; und der schwere Wagen rollte in gleichmäßigem Tempo über das Pflaster. Da und dort war die Mauer einer Scheune zu erkennen oder ein einsam gelegener Gasthof. Manchmal, wenn sie durch Dörfer kamen, warf der Ofen eines Bäckers grellen Feuerschein, und der ungeheure Schattenriss der Pferde lief über das Haus gegenüber. In den Poststationen, wenn ausgespannt war, herrschte eine Minute lang tiefe Stille. Jemand stapfte oben herum, unter der

Plane, während auf einer Türschwelle eine Frau stand und ihre Kerze mit der Hand schützte. Dann sprang der Kutscher aufs Trittbrett, und der Wagen fuhr weiter.

In Mormans hörte man den Glockenschlag Viertel nach eins.

»Heute also«, dachte er, »heute noch, am Nachmittag!«

Doch seine Hoffnungen und seine Erinnerungen, Nogent, die Rue de Choiseul, Madame Arnoux, seine Mutter, allmählich verschwamm alles.

Ein dumpfes Dröhnen von Planken weckte ihn, sie überquerten den Pont de Charenton, das war Paris. Nun nahm der eine seiner beiden Reisegefährten die Mütze vom Kopf, der andre sein Tuch, sie setzten ihre Hüte auf und plauderten. Der erste, ein dicker rotgesichtiger Mensch im samtenen Gehrock, war Kaufmann; der zweite kam in die Hauptstadt, um einen Arzt aufzusuchen; und weil Frédéric fürchtete, er habe ihn während der Nacht gestört, bat er aus einem jähen Antrieb um Entschuldigung, so gerührt war seine Seele vor Glück.

Der Quai de la Gare stand wohl unter Wasser, darum fuhren sie geradeaus weiter, und von neuem wurde es ländlich. In der Ferne rauchten hohe Fabrikschlote. Dann bogen sie nach Ivry. Es ging eine Straße hinauf; plötzlich entdeckte er die Kuppel des Panthéon.

Die Ebene, aufgewühlt, glich einem Trümmerfeld. Der Befestigungsgürtel bildete einen horizontalen Wulst; und auf den Trottoirs aus Erde, die neben der Landstraße herliefen, schützten nägelbewehrte Latten astlose Bäumchen. Chemiewerke und Lager von Holzhändlern folgten abwechselnd aufeinander. Hohe Tore, wie Gehöfte sie haben, boten durch ihre halbgeöffneten Flügel Einblick in abscheuliche Höfe voll Unrat, mitsamt dreckigen Wasserlachen in der Mitte. Lange ochsenblutrote Wirtshäuser zeigten im ersten Stock zwischen den Fenstern zwei gekreuzte Billardqueues in einem gemalten Blumenkranz; da und dort stand verlassen eine halbfertige Baracke aus Gips. Dann unterbrach nichts mehr die doppelte Häuserreihe; und auf ihren nackten Fassaden prangte von Zeit zu Zeit eine gewaltige Blechzigarre, die einen Tabakladen anzeigte. Auf Schildern für Hebammen thronte eine Matrone mit Häubchen, einen pausbäckigen Säugling im Spitzendeckchen wiegend. Plakate bedeckten die Mauerecken und wehten, zu drei Vierteln abgerissen, wie Lumpen im Wind. Arbeiter in Kitteln waren zu sehen und Gefährte von Bierbrauern, Handwagen von Wäscherinnen, Karren von Metzgern; ein feiner Regen fiel, es war kalt, der Himmel fahl, doch zwei Augen, die für ihn der Sonne gleichkamen, leuchteten hinter dem Nebel.

Sie standen lange an der Zollschranke, denn Geflügelhändler, Fuhrleute und eine Schafherde sorgten für Gedränge. Der Posten marschierte, die Kapuze über dem Kopf, vor seinem Schilderhaus auf und ab, um sich zu wärmen. Der Beamte kletterte auf die Imperiale, und ein Kornett schmetterte eine Fanfare. Nun ging es den Boulevard hinunter, in scharfem Trab, mit klappernden Zugscheiten, flatternden Strängen. Die Schnur der langen Peitsche knallte in der feuchten Luft. Der Kutscher posaunte seinen schallenden Ruf: »Vorwärts! vorwärts! hü!«, und die Straßenfeger traten beiseite, die Fußgänger sprangen zurück, der Kot spritzte gegen die Klappfenster, man begegnete Kippkarren, Kabrioletts, Omnibussen. Endlich erschien das Gitter am Jardin des Plantes.

Die Seine, gelblich, reichte fast bis an die Fahrbahn der Brücken. Kühle stieg von ihr empor. Frédéric atmete mit aller Kraft, genoss diese gute Pariser Luft, die Liebesaromen und geistige Fluida zu enthalten scheint; Rührung überkam ihn beim Anblick des ersten Fiakers. Und er liebte sogar die strohbedeckten Türschwellen der Weinhändler, sogar die Schuhputzer mit ihren Kästen, sogar die Krämergesellen, die ihre Kaffeeröster schüttelten. Frauen trippelten unter Regenschirmen; er beugte sich vor, schaute in ihre Gesichter; vielleicht hatte ein Zufall Madame Arnoux zum Ausgehen veranlasst.

Die Läden flogen vorbei, die Menge wurde dichter, der Lärm schwoll. Nach dem Quai Saint-Bernard, dem Quai de la Tournelle und dem Quai Montebello nahmen sie den Quai Napoléon, er wollte seine Fenster sehen, sie waren zu weit entfernt. Dann ging es am Pont-Neuf noch einmal über die Seine, man fuhr bis zum Louvre; und über die Rue Saint-Honoré, die Rue Croix-des-Petits-Champs und die Rue du Bouloi gelangten sie in die Rue Coq-Héron und rollten auf den Hof der Poststation.

Um sein Vergnügen länger auszukosten, ließ Frédéric sich beim Ankleiden Zeit und ging sogar zu Fuß bis zum Boulevard Montmartre; er lächelte bei dem Gedanken, jetzt gleich auf der Marmortafel den geliebten Namen wiederzusehen; er hob die Augen. Keine Schaufenster mehr, keine Bilder, nichts!

Er lief in die Rue de Choiseul. Monsieur und Madame Arnoux wohnten dort nicht, und eine Nachbarin hütete die Loge des Pförtners; Frédéric wartete; endlich kam er daher, es war nicht mehr derselbe. Ihre Adresse war ihm unbekannt.

Frédéric ging in ein Café und blätterte, während er zu Mittag aß, im *Handels-Adressbuch.* Es waren dreihundert Arnoux verzeichnet, aber kein Jacques Arnoux! Wo lebten sie? Pellerin musste es wissen.

Er begab sich zu seinem Atelier, ganz oben im Faubourg Poissonnière. Die Tür hatte weder Klingel noch Klopfer, drum schlug er mit der Faust kräftig dagegen, und er rief, schrie. Doch es antwortete ihm nur die Leere.

Er dachte an Hussonnet. Aber wo einen solchen Mann aufspüren? Einmal hatte er ihn bis zum Haus seiner Mätresse begleitet, in die Rue de Fleurus. In der Rue de Fleurus angekommen, merkte Frédéric, er wusste den Namen des Fräuleins nicht.

Er wandte sich an die Polizeipräfektur. Er irrte treppauf und treppab von einem Büro zum andern. Die Auskunft war gerade am Schließen. Man riet ihm, anderntags wiederzukommen.

Dann ging er zu allen Kunsthändlern, die er zu entdecken vermochte, und fragte, ob sie Arnoux kannten. Monsieur Arnoux war nicht mehr in diesem Geschäft.

Endlich kehrte er zurück in sein Hotel, mutlos, erschöpft, krank, und legte sich schlafen. Eben schlüpfte er zwischen die Laken, da ließ ein Gedanke ihn hochfahren vor lauter Freude:

»Regimbart! was bin ich doch für ein Dummkopf, dass er mir nicht früher einfiel!«

Am nächsten Morgen um sieben stand er in der Rue Notre-Dame-des-Victoires vor dem Laden eines Schnapshändlers, wo Regimbart für gewöhnlich seinen Weißwein konsumierte. Der hatte noch nicht offen; er machte einen Rundgang durchs Viertel, und eine halbe Stunde später wurde er von neuem vorstellig. Regimbart war soeben gegangen. Frédéric stürmte hinaus auf die Straße. Er meinte sogar, in der Ferne erspähe er seinen Hut; ein Leichenwagen mitsamt Trauerzug kam dazwischen. Kaum hatte sich das Gewühl aufgelöst, war die Erscheinung weg.

Zum Glück erinnerte er sich, dass der Citoyen jeden Tag um Punkt elf bei einem kleinen Wirt an der Place Gaillon speiste. Er musste sich also nur gedulden; und nach einer endlosen Bummelei von der Börse zur Madeleine und von der Madeleine zum Gymnase betrat Frédéric um Punkt elf das Restaurant an der Place Gaillon mit der inneren Gewissheit, seinen Regimbart dort anzutreffen.

»Kenn ich nicht!« sagte der Sudelwirt brüsk.

Frédéric insistierte; er wiederholte:

»Ich kenne ihn nicht mehr, Monsieur!« und zog majestätisch die Augenbrauen hoch, wiegte den Kopf, wie auf ein Geheimnis hindeutend.

Doch bei ihrer letzten Begegnung hatte der Citoyen vom Estaminet Alexandre gesprochen. Frédéric verschlang eine Brioche, sprang in ein Kabriolett und erkundigte sich bei dem Kutscher, ob es nicht irgendwo auf den Höhen von Sainte-Geneviève ein gewisses Café Alexandre gebe. Der Kutscher fuhr ihn zur Rue des Francs-Bourgeois-Saint-Michel in ein Etablissement dieses Namens, und auf seine Frage: »Monsieur Regimbart, bitte sehr?« antwortete der Kaffeehausbesitzer mit überfreundlichem Lächeln:

»Wir haben ihn noch nicht gesehen, Monsieur«, und schenkte dabei seiner hinterm Tresen sitzenden Gattin einen komplizenhaften Blick.

Dann schaute er sofort auf die Wanduhr:

»Aber gleich wird er hier sein, hoffe ich, in zehn Minuten, höchstens einer Viertelstunde. Célestin, schnell, her mit den Blättern! – Was wünscht der Herr zu trinken?«

Und obwohl ihn nach gar nichts verlangte, leerte Frédéric ein Glas Rum, dann ein Glas Kirsch, dann ein Glas Curaçao, dann verschiedene Grogs, sowohl kalt wie auch warm. Er las den neuesten *Siècle* von vorne bis hinten und las ihn noch einmal; er studierte bis in die Körnigkeit des Papiers die Karikatur im *Charivari*; am Ende kannte er die Annoncen auswendig. Dann und wann hallten Stiefel draußen übers Trottoir, das musste er sein! und die Gestalt von irgendwem zeichnete sich ab hinter den Fensterscheiben; doch sie entschwand immer!

Um sich die Langeweile zu vertreiben, wechselte Frédéric den Platz; er setzte sich ganz nach hinten, dann auf die rechte Seite, anschließend auf die linke; und er hockte mitten auf der Bank, beide Arme von sich gestreckt. Doch jetzt erschreckte ihn eine behutsam über die plüschene Rückenlehne tapsende Katze, sie sprang plötzlich aufs Tablett, um die Siruptropfen aufzuschlecken; und das Kind des Hauses, ein unerträglicher vierjähriger Balg, spielte auf den Stufen zum Tresen mit einer Ratsche. Seine Mama, ein blässliches Frauchen mit fauligen Zähnen, lächelte dumm. Was nur mochte Regimbart treiben? Frédéric wartete, übermannt von grenzenloser Verzweiflung.

Der Regen trommelte wie Hagel auf das Verdeck des Kabrioletts. Durch einen Spalt im Musselinvorhang sah er auf der Straße das arme Pferd, regloser als eines aus Holz. Die mächtig angeschwollene Gosse rann zwischen zwei Radspeichen hindurch, und der Kutscher, verkrochen unter seiner Decke, schlummerte; doch weil er fürchtete, sein feiner Herr könnte entwischen, öffnete er zuweilen ein wenig die Tür, so tropfnass wie ein Fluss; – und könnten Blicke irgendwelche Dinge abnützen, dann hätte Frédéric die Wanduhr aufgelöst, so unverwandt heftete er auf sie die Augen. Aber sie ging. Der feine Herr Alexandre spazierte hin und her, immer wieder beteuernd: »Er wird schon kommen, nu sicher, wird schon kommen!« und hielt Reden, um ihn abzulenken, palaverte über Politik. Er trieb die Liebenswürdigkeit so weit, ihm eine Partie Domino vorzuschlagen.

Endlich, gegen halb fünf, schoss Frédéric, der seit Mittag dasaß, in die Höhe und erklärte, länger wolle er nicht warten.

»Ich versteh das selber nicht«, antwortete der Kaffeehausbesitzer mit argloser Miene, »es ist das erste Mal, dass Monsieur Ledoux uns versetzt!«

»Wie bitte, Monsieur Ledoux?«

»Gewiss, mein Herr!«

»Ich hab doch Regimbart gesagt!« rief Frédéric außer sich.

»Oh! bitte tausendmal um Verzeihung, Sie irren! – Nicht wahr, Madame Alexandre, der Herr hat gesagt: Monsieur Ledoux?«

Und den Kellner anredend:

»Sie haben's auch gehört, so gut wie ich?«

Offenbar wollte sich der Kellner an seinem Wirt rächen, denn er lächelte bloß.

Frédéric ließ sich zurückbringen auf die Boulevards, empört über die vergeudete Zeit, wütend auf den Citoyen, sein Auftauchen wie das eines Gottes herbeiflehend und fest entschlossen, ihn emporzubefördern aus den Tiefen der entlegensten Keller. Der Wagen wurde ihm lästig, er schickte ihn weg; seine Gedanken verwirrten sich; dann sprühten all die Namen der Kaffeehäuser, die er von diesem Schafskopf gehört hatte, gleichzeitig aus seinem Gedächtnis, wie tausend Feuerwerkskörper: Café Gascard, Café Grimbert, Café Halbout, Estaminet Bordelais, Havanais, Havrais, Bœuf-à-la-mode, Brasserie Allemande, Mère Morel; und er besuchte sie alle, eins nach dem andern. Doch im einen war Regimbart eben gegangen; im anderen sollte er vielleicht kommen; im dritten hatte man ihn seit sechs Monaten nicht gesehen; anderswo hatte er tags zuvor eine Lammkeule bestellt, für Samstag. Bei Vautier schließlich, einem Schankwirt, prallte Frédéric, die Tür aufreißend, gegen den Kellner.

»Kennen Sie Monsieur Regimbart?«

»Wie bitte, Monsieur, ob ich ihn kenne? Ich habe die Ehre, ihn zu bedienen. Er sitzt oben; gerade beendet er sein Diner!«

Und die Serviette unterm Arm, trat der Inhaber des Etablissements höchstpersönlich heran:

»Sie fragen nach Monsieur Regimbart, mein Herr? Soeben war er noch hier.«

Frédéric entfuhr ein Fluch, aber der Schankwirt versicherte, er werde ihn bei Bouttevilain finden, ganz sicher.

»Drauf gebe ich Ihnen mein Ehrenwort! Er ist heute etwas früher gegangen als sonst, er hat eine geschäftliche Verabredung mit irgendwelchen Herren. Doch, Sie finden ihn, ich sag's noch einmal, bei Bouttevilain in der Rue Saint-Martin Nummer 92, zweite Treppe links, hinten im Hof, Halbgeschoss, die Tür rechts!«

Schließlich entdeckte er ihn durch den Pfeifenqualm hindurch, allein, im letzten Winkel der Schenke, hinter dem Billardtisch, vor sich einen Schoppen, Kinn auf der Brust, in versonnener Haltung.

»Ah! wie lange hab ich Sie gesucht!«

Ungerührt streckte ihm Regimbart bloß zwei Finger entgegen, und als habe er ihn am Vortag gesehen, brabbelte er mehrere belanglose Sätze über die Eröffnung der Sitzungsperiode.

Frédéric unterbrach ihn und sagte, so ungezwungen er konnte:

»Arnoux geht's gut?«

Die Antwort ließ auf sich warten, Regimbart nippte an seinem Gesöff.

»Ja, nicht schlecht!«

»Wo ist er denn jetzt zu Hause?«

»Na … in der Rue Paradis-Poissonnière«, erwiderte der Citoyen verwundert.

»Welche Nummer?«

»Siebenunddreißig, herrje, Sie sind lustig!«

Frédéric erhob sich:

»Wie denn, Sie gehen?«

»Ja, ja, ein dringender Weg, ein Geschäft, beinah hätte ich's vergessen! Adieu!«

Frédéric lief aus der Kneipe zu Arnoux, wie emporgehoben von einem lauen Wind und mit jener ungeheuren Leichtigkeit, die man in Träumen spürt.

Schon bald stand er auf einer zweiten Etage vor einer Tür, deren Klingel laut bimmelte; eine Magd erschien; eine weitere Tür ging auf; Madame Arnoux saß am Feuer. Arnoux sprang hoch und umarmte ihn. Sie hatte einen kleinen Jungen von etwa drei Jahren auf dem Schoß; ihre Tochter, inzwischen ebenso groß wie sie, stand auf der anderen Seite des Kamins.

»Gestatten Sie, dass ich Ihnen diesen Herrn hier vorstelle«, sagte Arnoux und fasste seinen Sohn unter den Achseln.

Und ein paar Minuten hatte er seinen Spaß, ihn hoch in die Luft zu werfen und mit ausgestreckten Armen wieder zu fangen.

»Du bringst ihn noch um! o mein Gott! hör doch auf!« rief Madame Arnoux.

Doch Arnoux schwor, es bestehe nicht die kleinste Gefahr, und machte weiter, lispelte sogar Zärtlichkeiten in Marseiller Patois, seiner Heimatsprache. »Oh! du niesslicher Kerl, mein zuckrichtes Tauberl!« Dann fragte er Frédéric, warum er so lang nicht geschrieben, was er dort bloß getrieben habe, was ihn nun wieder herführe.

»Ich, mein lieber Freund, handle jetzt mit Fayencen. Aber reden wir von Ihnen!«

Frédéric führte einen langen Prozess ins Feld, die Gesundheit seiner Mutter; er sprach mit großem Nachdruck, um sich interessant zu machen. Kurzum, er wollte sich in Paris niederlassen, diesmal endgültig; und er sagte nichts von der Erbschaft, – aus Angst, das schade womöglich seiner Vergangenheit.

Die Vorhänge, wie auch die Möbel, waren aus braunem Wolldamast; zwei Kopfkissen lagen dicht nebeneinander vor der Polsterrolle; eine Wärmflasche heizte in der Kohlenglut; und der Schirm einer am Rand der Kommode stehenden Lampe verdüsterte die Wohnung. Madame Arnoux trug ein Hauskleid aus dunkelblauem Merino. Den Blick in die Asche gerichtet und eine Hand auf der Schulter des kleinen Jungen, löste sie mit der andern das Schnürband des Jäckchens; der Balg im Hemd weinte und kratzte sich den Kopf, ganz wie Monsieur Alexandre junior.

Frédéric hatte sich einen Freudentaumel erwartet; – aber Leidenschaften verkümmern, wenn man sie umpflanzt, und weil er Madame Arnoux nicht mehr in der Umgebung vorfand, wo er sie gekannt hatte, war ihm, als habe sie etwas verloren, zeige unscharf irgendeine Beschädigung, sei mit einem Wort nicht mehr dieselbe. Die Ruhe seines Herzens verblüffte ihn. Er erkundigte sich nach den alten Freunden, nach Pellerin unter anderen.

»Ich seh ihn nicht oft«, sagte Arnoux.

Sie ergänzte:

»Wir empfangen nicht mehr, so wie früher!«

Sollte das heißen, es würde auch für ihn keine Einladung geben? Doch Arnoux machte weiter mit seinen Freundlichkeiten, warf ihm vor, dass er nicht einfach unangemeldet zum Diner aufgetaucht sei; und er erklärte, warum er ein neues Gewerbe betrieb.

»Was wollen Sie in einer Zeit des Niedergangs wie der unseren? Die große Malerei ist aus der Mode! Übrigens kann man Kunst in alles hineinlegen. Sie wissen ja, ich liebe das Schöne! einer dieser Tage muss ich Sie mitnehmen in meine Fabrik.«

Und er wollte ihm auf der Stelle einige seiner Erzeugnisse vorführen, in seinem Magazin im Halbgeschoss.

Schalen, Terrinen, Teller und Schüsseln stapelten sich auf dem Boden. An den Wänden lehnten große Kacheln für Badezimmer und Ankleidekabinette, mit mythologischen Motiven im Stil der Renaissance, während in der Mitte eine bis zur Decke reichende doppelte Etagere Gefäße für Eis beherbergte, Blumentöpfe, Kandelaber, kleine Jardinieren und große polychrome Statuetten, die einen Neger vorstellten oder eine Pompadour-Schäferin. Arnoux' Darlegungen langweilten Frédéric, ihm war kalt, er hatte Hunger.

Er eilte ins Café Anglais, soupierte prächtigst und sagte sich beim Essen:

»Wie einfältig war ich dort mit meinem Leid! Kaum dass sie mich erkannt hat! diese Bürgerin!«

Und in jäh aufblühender Gesundheit fasste er Vorsätze voller Egoismus. Er fühlte sich im Besitz eines Herzens so hart wie der Tisch, auf dem seine Ellbogen ruhten. Jetzt konnte er sich in die große Welt stürzen, ohne Angst. Die Dambreuses kamen ihm in den Sinn; er würde sie benutzen: dann erinnerte er sich an Deslauriers. »Ach! mein Gott, was soll's!« Dennoch schickte er ihm durch einen Boten ein Billett und lud ihn für den nächsten Tag ins Palais-Royal zum gemeinsamen Dejeuner.

Das Glück war diesem nicht ganz so hold.

Er hatte für die Staatsprüfung eine Arbeit eingereicht über *das Recht zur letztwilligen Verfügung* und vertrat darin die Meinung, es müsse so weit wie möglich eingeschränkt werden; – und da ihn sein Widersacher anspornte, Dummheiten zu sagen, hatte er viele gesagt, ohne dass auch nur einer der Examinatoren die Miene verzog. Dann hatte der Zufall gespielt, und er bekam im Losverfahren als Thema für eine Probestunde die Verjährung. Deslauriers hatte sich in bejammernswerte Theorien gestürzt; alte Streitfälle müssten vorgebracht werden können wie neue; warum sollte dem Eigentümer sein Besitz genommen werden, nur weil er die Urkunden erst nach Ablauf von einunddreißig Jahren vorlegen kann? Das hieße doch, man gewährt die Sicherheit eines Ehrenmanns dem Erben des reich gewordenen Diebs. Alle Ungerechtigkeiten würden gefestigt durch eine Ausweitung dieses Rechts, das war Tyrannei, Missbrauch der Gewalt! Er hatte sogar ausgerufen:

»Schaffen wir's ab; dann unterdrücken die Franken nicht länger die Gallier, die Engländer nicht mehr die Iren, die Yankees nicht mehr die Rothäute, die Türken nicht mehr die Araber, die Weißen nicht mehr die Schwarzen, und Polen …«

Der Vorsitzende hatte ihn unterbrochen:

»Schon gut! schon gut! Monsieur! Ihre politischen Anschauungen interessieren uns nicht, Sie können ein andermal wieder antreten!«

Deslauriers war nicht wieder angetreten. Doch dieser unglückselige Abschnitt XX im III. Buch des Code civil war für ihn seither ein Berg des Anstoßes. Er schrieb an einem großen Werk über Die *Verjährung als Grundlage des bürgerlichen Rechts und des Naturrechts der Völker*; und er hatte sich versenkt in Dunod, Rogérius, Balbus, Merlin, Vazeille, Savigny, Troplong und andere stattliche Lektüren. Um sich ungestörter damit beschäftigen zu können, hatte er seine Stelle als erster Kanzlist gekündigt. Er lebte jetzt von Repetitionsstunden, verfasste Doktorarbeiten; und bei den Sitzungen des Debattierklubs erschreckte er durch seine Schärfe die konservative Partei, all die jungen Doktrinäre aus der Schule des Monsieur Guizot, – sodass er in einem gewissen Milieu etwas wie Ruhm genoss, freilich durchmischt mit leisem Misstrauen gegen seine Person.

Er kam zu der Verabredung in einem dicken Überrock, gefüttert mit rotem Flanell, wie einst Sénécal ihn trug.

Die Scheu vor den andern, zu viele Leute kamen vorüber, hinderte sie, einander ausgiebig zu umarmen, und sie schlenderten bis zu Véfour, Arm in Arm, kichernd vor Vergnügen, eine heimliche Träne im Aug. Dann, als sie allein waren, rief Deslauriers:

»Tausend Teufel, jetzt lassen wir es uns gutgehen.«

Frédéric mochte diese Art, an seinem Reichtum sofort teilzuhaben, gar nicht. Sein Freund bekundete zu viel Freude für sie beide und nicht genug für ihn allein.

Anschließend erzählte Deslauriers von seiner Niederlage und nach einer Weile auch von seinen Arbeiten, seinem Leben, sprach stoisch über sich selbst und bissig über die anderen. Alles erregte sein Missfallen. Kein Mann von Rang, der nicht ein Gimpel war oder ein Gauner. Wegen eines schlecht gespülten Glases beschimpfte er den Kellner, und nach Frédérics harmlosem Tadel:

»Soll ich mich etwa genieren mit solchen Früchtchen, die bis zu sechs-, achttausend Franc im Jahr verdienen, die Wähler sind, vielleicht sogar wählbar! Oh nein! niemals!«

Dann mit schelmischer Miene:

»Ich vergesse ja ganz, dass ich mit einem Kapitalisten spreche, mit einem Mondor, denn jetzt bist du ein Mondor!«

Und auf die Erbschaft zurückkommend, vertrat er folgende Meinung: dass nämlich die Erbfolge in der Seitenlinie (an sich eine ungerechte Sache, wiewohl diese hier ihn erfreue) demnächst abgeschafft werde, bei der nächsten Revolution.

»Glaubst du?« sagte Frédéric.

»Verlass dich drauf!« erwiderte er. »So kann's nicht weitergehen! unser Elend ist zu groß! Wenn ich Leute wie Sénécal in Not sehe …«

»Immer dieser Sénécal!« dachte Frédéric.

»Was gibt's sonst Neues? Bist du noch in Madame Arnoux verliebt? Das hat sich gelegt, was?«

Frédéric wusste nicht, was er antworten sollte, darum schloss er die Augen, senkte den Kopf.

Arnoux betreffend erzählte ihm Deslauriers, seine Zeitung gehöre nun Hussonnet, der habe sie umgestaltet. Sie hieß nun »*L'Art*, literarische Vereinigung, Aktiengesellschaft zu hundert Franc je Aktie; Gesellschaftskapital: vierzigtausend Franc«, mit der Möglichkeit für jeden Aktionär, sein Manuskript hier unterzubringen; denn »die Gesellschaft hat sich zum Ziel gesetzt, die Werke von Anfängern zu veröffentlichen, das Talent, vielleicht das Genie vor schmerzlichen Krisen zu bewahren, die zermürben usw. … du siehst, was für ein Schwindel!« Doch sei durchaus etwas zu machen, man müsse nur den Ton des besagten Blattes verschärfen und dann plötzlich, mit denselben Redakteuren und die Fortführung des Feuilletons versprechend, den Abonnenten eine politische Zeitung servieren; die vorzuschießenden Summen seien nicht enorm.

»Na, was hältst du davon? machst du mit?«

Frédéric wies den Vorschlag nicht zurück. Er müsse jedoch warten bis zum Abschluss seiner Angelegenheiten.

»Wenn du also was brauchst …«

»Danke, mein Kleiner!« sagte Deslauriers.

Dann rauchten sie Puros, die Ellbogen auf dem samtbezogenen Fensterbrett. Die Sonne schien, die Luft war mild, umherflatternde Vogelschwärme ließen sich im Garten nieder; die vom Regen reingewaschenen Bronze- und Marmorstatuen glänzten; Kindermädchen in Schürzen plauderten auf Stühlen sitzend; und man hörte Kinderlachen, vermischt mit der stetig murmelnden Fontäne des Brunnens.

Frédéric hatte Deslauriers' Verbitterung beunruhigt; doch unterm Einfluss des Weins, der durch seine Adern strömte, halb eingeschlafen, benommen und mit der

Sonne im Gesicht, spürte er nur noch ein ungeheures Wohlbehagen, wollüstig stumpf wie eine mit Wärme und Nass gesättigte Pflanze. Deslauriers blickte mit halb geschlossenen Lidern in eine nebelhafte Ferne. Seine Brust schwoll, und dann sagte er:

»Ach! schöner war's doch, als Camille Desmoulins dort drüben auf dem Tisch stand und das Volk hinüberschickte zur Bastille! Damals lebte man, konnte sich durchsetzen, seine Stärke beweisen! Einfache Advokaten befehligten Generäle, Habenichtse schlugen Könige, während heute ...«

Er verstummte, dann plötzlich:

»Pah! die Zukunft ist verheißungsvoll!«

Und auf den Scheiben zum Angriff trommelnd, deklamierte er Verse von Barthélemy:

»Sie kehrt wieder, die Versammlung des Schreckens,
die vierzig Jahre danach den Kopf euch verwirrt,
Koloss, furchtlos schreitend mit mächtigem Schritt.

Weiter weiß ich nicht! Aber es ist spät, wollen wir gehen?!«

Und auf der Straße entwickelte er immer noch seine Theorien.

Frédéric spähte, ohne ihm zuzuhören, in den Schaufenstern nach geeigneten Stoffen und Möbeln für seine Wohnungseinrichtung; und vielleicht ließ ihn der Gedanke an Madame Arnoux vor der Auslage eines Trödlers mit drei Fayencetellern stehenbleiben. Sie waren verziert mit gelben Arabesken, glänzten metallisch und kosteten hundert Écu das Stück. Er ließ sie zurücklegen.

»Ich an deiner Stelle«, sagte Deslauriers, »würde mir lieber Tafelsilber kaufen«, und verriet durch diese Liebe zum Protz den Mann von mickriger Herkunft.

Sobald er allein war, lief Frédéric zu dem berühmten Pomadère, wo er sich drei Hosen bestellte, zwei Fräcke, einen pelzgefütterten Mantel und fünf Westen; dann zu einem Schuster, einem Hemdschneider und zu einem Hutmacher, überall auf große Eile drängend.

Drei Tage später, am Abend seiner Rückkehr aus Le Havre, lag die vollständige Garderobe bereit; und in der Ungeduld, sie auch zu tragen, beschloss er, den Dambreuses auf der Stelle einen Besuch abzustatten. Doch es war zu früh, kaum acht.

»Wenn ich zu den anderen ginge?« sagte er sich.

Arnoux, allein, vor seinem Spiegel, war beim Rasieren. Er machte den Vorschlag, ihn an einen Ort zu führen, wo er sich amüsieren werde, und beim Namen Dambreuse:

»Ach! das trifft sich gut! Sie werden dort Freunde von ihm sehen; kommen Sie doch! es wird lustig!«

Frédéric machte Ausflüchte, Madame Arnoux erkannte seine Stimme und grüßte durch die Wand, denn ihre Tochter sei nicht wohl, sie selbst unpässlich; und man hörte das Klirren eines Löffels im Glas und all das Geraschel behutsam zurechtgelegter Dinge, wie in einem Krankenzimmer. Dann verschwand Arnoux, um seiner Frau ade zu sagen. Er häufte gute Gründe:

»Du weißt doch, eine ernste Sache! Ich muss da hingehen, das braucht's, ich werde erwartet.«

»Geh, geh, mein Lieber. Amüsiere dich!«

Arnoux winkte einen Fiaker herbei.

»Palais-Royal! Galerie Montpensier Nr. 7.«

Und sich in die Polster fallen lassend:

»Ach! was bin ich müde, mein Guter! ich krepier noch dabei. Aber Ihnen kann ich's ja sagen.«

Er beugte sich zu seinem Ohr, geheimnisvoll:

»Ich suche hinter das Kupferrot der Chinesen zu kommen.«

Und er entwickelte, was Glasur ist und was Muffelbrand.

Bei Chevet überreichte man ihm einen großen Korb, den ließ er zum Fiaker tragen. Dann wählte er für »seine arme Frau« Weintrauben, Ananas, diverse Leckereien und ersuchte dringend, diese zeitig am nächsten Morgen zu liefern.

Anschließend fuhren sie zu einem Kostümverleih; es ging nämlich um einen Ball. Arnoux nahm eine Kniehose aus blauem Samt, eine ebensolche Jacke, eine rote Perücke; Frédéric einen Domino; und sie hielten in der Rue de Laval vor einem Haus, auf dessen zweiter Etage bunte Laternen brannten.

Schon am Fuß der Treppe hörte man Gefiedel.

»Wo zum Teufel sind wir?« sagte Frédéric.

»Bei einem feinen Mädchen! keine Angst!«

Ein Groom öffnete ihnen die Tür, und sie traten ins Vorzimmer, wo Überröcke, Mäntel und Schals haufenweise auf Stühlen lagen. Eine junge Frau im Kostüm eines Dragoners unter Ludwig XV. durchquerte es in ebendiesem Augenblick. Es war Mademoiselle Rose-Annette Bron, die Herrin des Ortes.

»Nun?« sagte Arnoux.

»Erledigt!« antwortete sie.

»Oh! danke, mein Engel!«

Und er wollte sie küssen.

»Vorsicht, Dummkopf! Du ruinierst mir die Maquillage!«

Arnoux machte sie mit Frédéric bekannt.

»Rein ins Getümmel, Monsieur, herzlich willkommen!«

Sie schlug hinter sich eine Portiere zur Seite und rief mit großer Emphase:

»Der exzellente Arnoux, Küchenjunge, und ein mit ihm befreundeter Prinz!«

Frédéric war zunächst geblendet von den Lichtern; er sah nur Seide, Samt, nackte Schultern, ein buntes Durcheinander, hin und her wogend zu den Klängen eines Orchesters, das versteckt war hinter Grünpflanzen, zwischen gelbseidenen Wänden mit Pastellbildnissen hier und da und mehrarmigen Kristallleuchtern im Stil Ludwigs XVI. Hohe Lampen, deren matte Glaskugeln aussahen wie Schneebälle, hingen über Blumengebinden, die in jedem Eck auf den Konsolen standen; – und gegenüber, nach einem zweiten, kleineren Raum, gewahrte man in einem dritten ein Bett mit gewundenen Säulen und einem venezianischen Spiegel am oberen Ende.

Die Tänze endeten, und es gab Applaus, Freudengeschrei beim Anblick von Arnoux, der mit seinem Korb auf dem Kopf einherschritt; die Delikatessen türmten sich in der Mitte. – »Achtung, der Lüster!« Frédéric blickte hoch: Es war der Lüster aus Meißner Porzellan, der beim *Art industriel* den Laden schmückte; die Erinnerung an alte Tage ging ihm durch den Sinn; doch ein Linieninfanterist in schlichter Uniform, mit jener einfältigen Miene, die Rekruten traditionsgemäß eignet, sprang mit ausgebreiteten Armen vor ihn, zum Ausdruck seiner Überraschung; und trotz des abscheulichen überspitzen schwarzen Schnurrbarts, der ihn entstellte, erkannte er seinen alten Freund Hussonnet. In einem Kauderwelsch, halb Elsässisch, halb Negergekauder, überhäufte ihn der Bohemien mit Glückwünschen, nannte ihn seinen Oberst. Frédéric, aus der Fassung gebracht durch all diese Leute, verschlug es die Sprache. Ein Bogen klopfte auf ein Pult, Tänzer und Tänzerinnen bezogen Stellung.

Sie waren ungefähr sechzig, die Frauen zumeist als Dörflerinnen verkleidet oder als Marquisen, und die Männer, fast alle reiferen Alters, als Fuhrleute, Debardeure oder Matrosen.

Frédéric hatte sich an die Wand gelehnt und beobachtete die Quadrille.

Ein alter Beau, drapiert wie ein venezianischer Doge in eine lange Simarre aus purpurner Seide, tanzte mit Madame Rosanette, die einen grünen Frack trug, eine Reithose und weiche Stiefel mit Goldsporen. Das Paar gegenüber bestand aus einem Arnauten, den etliche Jatagane zierten, und einer blauäugigen Schweizerin, weiß wie Milch, prall wie eine Wachtel, in Hemdsärmeln und rotem Mieder. Weil sie ihr Haar zur Geltung bringen wollte, das sich herabringelte bis zu den Kniekehlen, hatte eine große Blonde, Statistin an der Oper, sich als Wilde kostümiert; und über ihrem bräunlichen Trikot trug sie nichts als einen ledernen Schurz, Armbänder aus Glasperlen und einen Stirnreif aus Flittertand, darin ein hoch aufragendes Büschel Pfauenfedern. Vor ihr trommelte ein Pritchard in einem skurril weiten schwarzen Frack mit dem Ellbogen den Takt auf seiner Tabaksdose. Ein kleiner Watteau-Schäfer, azurblau und silbern wie ein Mondscheinhimmel, stieß seinen Hirtenstab gegen den Thyrsos einer Bacchantin, mit Trauben umkränzt, ein Leopardenfell an der linken Flanke und dazu Kothurne mit Goldbändern. Auf der anderen Seite wiegte eine Polin in nacaratrotem Samtspenzer ihr Gazeröckchen über perlgrauen Seidenstrümpfen, umfasst von rosa Stiefelchen mit weißem Pelzrand. Sie lächelte einem Bäuchigen um die vierzig entgegen, der als Chorknabe gewandet war und riesige Hüpfer vollführte, mit einer Hand sein Hemd lüpfend und mit der andern sein rotes Käppchen haltend. Die Königin jedoch, der Stern, das war Mademoiselle Loulou, berühmte Tänzerin der öffentlichen Bälle. Da sie jetzt reich war, trug sie einen breiten Spitzenkragen über ihrer dezenten Samtjacke, und ihre weite Hose aus mohnroter Seide, an der Kruppe enganliegend und um die

Taille von einer Kaschmirschärpe gegürtet, zierten die ganze Naht entlang echte kleine weiße Kamelien. Ihr blasses Gesicht, leicht aufgedunsen und mit Stupsnase, wirkte noch frecher durch das Gestruwwel ihrer Perücke, auf der ein Männerhut saß, aus grauem Filz, mit einem Faustschlag zusammengekniffen überm rechten Ohr; und bei den Sprüngen, die sie machte, berührten ihre Eskarpins mit diamantbesetzten Schnallen fast die Nase ihres Nachbarn, ein großer mittelalterlicher Freiherr, eingezwängt in seine Eisenrüstung. Es gab auch einen Engel, mit Goldschwert in der Hand, zwei Schwanenflügeln auf dem Rücken, sie verlor ihren Kavalier, einen Ludwig XIV., im Hin und Her alle Augenblick, begriff nichts von den Figuren und störte den Kontertanz.

Frédéric empfand beim Betrachten dieser Menschen ein Gefühl der Verlassenheit, ein Unbehagen. Er dachte immer noch an Madame Arnoux, und ihm war, als beteilige er sich an etwas Feindseligem, das sich zusammenbraute gegen sie.

Als die Quadrille zu Ende war, trat Madame Rosanette zu ihm. Sie keuchte ein bisschen, und ihr Ringkragen, blank wie ein Spiegel, bebte sacht unterm Kinn.

»Und Sie, Monsieur, tanzen Sie nicht?«

Frédéric entschuldigte sich, er könne nicht tanzen.

»Wirklich! aber mit mir? gewiss doch?«

Und nur auf eine Hüfte gestützt, das andre Knie leicht nach hinten gewinkelt, mit der linken Hand über den Perlmuttgriff ihres Degens streichend, musterte sie ihn ein Weilchen mit halb bittender, halb spöttischer Miene. Schließlich sagte sie »Guten Abend!«, drehte sich einmal im Kreis und verschwand.

Frédéric, unzufrieden mit sich selbst, wusste nicht, was er tun sollte, und begann durch das Ballgetümmel zu streunen.

Er betrat das Boudoir, ausgepolstert in blassblauer Seide mit Feldblumensträußen, während an der Decke, in einem vergoldeten Holzring, Amoretten aus einem azurnen Himmel hervortauchten und auf Wolken wie Plumeaus miteinander schäkerten. Diese Zierlichkeiten, die heutzutage für Damen wie Rosanette bloß Armseligkeiten wären, blendeten ihn; und er staunte über alles: die künstlichen Windengewächse, die sich um den Spiegel rankten, die Schutzbleche vor dem Kamin, den türkischen Diwan und, in einer Vertiefung der Wand, eine Art Zelt, ausgeschlagen mit rosaroter Seide und darüber weißer Musselin. Schwarze Möbel mit Einlegearbeit aus Messing standen im Schlafzimmer, wo auf einem mit Schwanenflaum überzogenen Podest das große Himmelbett mit Straußenfedern thronte. In Nähkissen steckende Nadeln mit Edelsteinköpfen, auf Tabletts herumliegende Ringe, goldgefasste Medaillons und silberne Schatullen waren im Dämmer zu erkennen, unterm Schimmer einer an drei Kettchen hängenden böhmischen Ampel. Durch eine kleine halboffene Tür sah man ein Treibhaus, das die ganze Breite einer Terrasse einnahm, mit einer Voliere am anderen Ende.

Das freilich war eine Umgebung, die gefallen musste. Und in einem jähen Aufbegehren seiner Jugend schwor er sich, alles auszukosten, wurde kühn; wieder am Eingang zum Salon, wo jetzt mehr Leute waren (alles zappelte in einer Art Staubgeflimmer), verweilte er und beobachtete die Quadrillen, kniff die Augen zusammen, um besser zu sehen, – und atmete die weichen Frauendüfte, die umherschwebten wie ein ungeheurer, allumfassender Kuss.

Doch ganz nah, auf der andern Seite der Tür, stand Pellerin; – Pellerin in großer Gala, die linke Hand im Brustausschnitt, und mit der rechten hielt er, neben seinem Hut, einen weißen Handschuh, zerrissen.

»Da schau her, Sie hat man lange nicht gesehen! Wo zum Teufel haben Sie gesteckt? auf Reisen, in Italien? Eine Schablone, was, dieses Italien? nicht so aufregend, wie man behauptet? Was soll's! bringen Sie mir demnächst mal Ihre Skizzen vorbei?«

Und ohne eine Antwort abzuwarten, redete der Künstler sofort von sich selbst.

Er habe große Fortschritte gemacht, denn ihm sei ein für allemal die Dummheit der Linie klargeworden. Man dürfe in einem Werk nicht so sehr nach Schönheit und nach Einheit streben als vielmehr nach Eigenart und Vielfalt der Dinge.

»Denn alles existiert in der Natur, folglich ist alles erlaubt, alles gestaltbar. Man muss nur den Ton treffen, mehr nicht. Ich habe das Geheimnis entdeckt!« Und ihn mit dem Ellbogen stoßend, sagte er ein paarmal: »Ich habe das Geheimnis entdeckt, wissen Sie! Schauen Sie zum Beispiel einmal auf die kleine Frau da mit der Sphinxfrisur, die mit einem russischen Postillion tanzt, das ist glatt, dürr, entschieden, alles flächig und in harten Farben: Indigo unter die Augen, einen Klecks Zinnober auf die Wange, Bister auf die Schläfen; piff, paff!« Und er schleuderte mit dem Daumen so etwas wie Pinselstriche in die Luft. »Ganz anders die Dicke da drüben«, fuhr er fort und zeigte auf ein Fischweib in kirschrotem Kleid, mit Goldkreuz am Hals und einem im Rücken verknoteten Fichu aus Linon, »nichts als Rundungen; die Nüstern breit wie die Flügel ihrer Haube, die Mundwinkel nach oben gezogen, das Kinn nach unten, alles ist feist, fließend, füllig, sanft und sonnig, ein echter Rubens! Und doch sind alle beide vollkommen! Wo also ist der Typus?« Er geriet in Feuer. »Was ist eine schöne Frau? Was ist das Schöne? Ach, das Schöne! werden Sie sagen …«

Frédéric unterbrach ihn, denn er wollte wissen, wer

dieser Pierrot mit dem Ziegenbockprofil sei, der gerade mitten in einer Pastourelle alle Tänzer segnete.

»Nicht der Rede wert! ein Witwer, Vater von drei Jungs. Lässt sie ohne Hosen rumlaufen, verbringt sein Leben im Klub und schläft mit dem Kindermädchen.«

»Und der da, im Kostüm eines Bailli, der in der Fensternische mit einer Marquise Pompadour spricht?«

»Die Marquise, das ist Madame Vandaël, früher Schauspielerin am Gymnase, Mätresse des Dogen, des Comte de Palazot. Seit zwanzig Jahren sind die zusammen; keiner weiß warum. Was hatte sie einst für schöne Augen, diese Frau! Der Citoyen neben ihr wird Capitaine d'Herbigny genannt, ein alter Haudegen, sein ganzes Vermögen besteht aus seinem Kreuz der Ehrenlegion und seiner Pension, er dient den Grisetten als Onkel bei Feierlichkeiten, arrangiert Duelle und diniert in der Stadt.«

»Ein Gauner?« sagte Frédéric.

»Nein! ein Ehrenmann!«

»Ach so!«

Der Künstler nannte ihm noch andere, da entdeckte er einen Herrn, gekleidet wie die Ärzte bei Molière in einen stattlichen Talar aus schwarzer Serge, freilich offen von oben bis unten, damit auch jeder seine vielen Berlocken sah:

»Und hier kommt Doktor Des Rogis, der ärgert sich schwarz, dass er nicht berühmt ist, hat ein medizinisch-pornographisches Buch geschrieben, wichst gern die Stiefel in der vornehmen Welt, ist verschwiegen; die Damen vergöttern ihn. Er und seine Gemahlin (die hagere Burgfrau im grauen Kleid) tingeln durch alle öffentlichen Orte und noch durch andere. Trotz dürftiger Verhältnisse haben sie einen *Jour*, – künstlerische Teegesellschaften, bei denen man sich Verse aufsagt. – Obacht!«

Und wirklich trat der Doktor zu ihnen; bald schon bildeten die drei am Eingang des Salons eine Plaudergruppe, zu der sich Hussonnet gesellte, dann auch der Liebhaber der Wilden, ein junger Dichter, welcher unter einem kurzen Mäntelchen à la Franz I. die jämmerlichste Anatomie exhibierte, und schließlich ein geistreicher Bursche, verkleidet als Zirkustürke. Doch seine Jacke mit den gelben Litzen war auf so vielen Rücken fahrender Zahnreißer herumgekommen, das Rot seiner weiten Faltenhose so ausgebleicht, sein Turban, zusammengerollt wie ein Aal in Senfsoße, von so armseligem Anblick, sein ganzer Aufzug mit einem Wort so kläglich und gelungen, dass die Frauen ihren Abscheu nicht verbargen. Der Doktor tröstete ihn darob mit großem Lobgesang auf die Debardeuse, seine Mätresse. Dieser Türke war Sohn eines Bankiers.

Zwischen zwei Quadrillen lief Rosanette zum Kamin, wo in einem Fauteuil ein kleiner Greis hockte, rundlich, in braunem Frack mit Goldknöpfen. Den schlaffen Backen, die über seine hohe weiße Halsbinde hingen, zum Trotz verlieh das immer noch blonde Haar, natürlich gelockt wie das Fell eines Pudels, ihm etwas ganz und gar Keckes.

Sie lauschte ihm, hinabgebeugt zu seinem Gesicht. Dann bereitete sie ihm ein Glas Sirup; und nichts war niedlicher als ihre Hände in den Spitzenmanschetten, die hervorschauten unter den Aufschlägen des grünen Rocks. Als der gute Mann getrunken hatte, küsste er diese.

»Das ist doch Monsieur Oudry, Arnoux' Nachbar!«

»Aus und vorbei!« sagte lachend Pellerin.

»Wie?«

Ein Postillion von Longjumeau hatte sie um die Taille gefasst, ein Walzer begann. Da erhoben sich alle Frauen, die rings um den Salon auf Bänken saßen, flink eine nach der andern; und ihre Röcke, ihre Schärpen, ihr Kopfputz fingen an, sich zu drehen.

Sie drehten sich so nahe bei ihm, dass Frédéric auf ihren Stirnen die Schweißtröpfchen sah; – und weil diese Kreisbewegung, immer schneller und regelmäßig, schwindelerregend, seine Gedanken in eine Art Rausch versetzten, erschienen noch andere Bilder, während sie alle im selben Gleißen vorbeiwirbelten, doch jede eine ganz eigene Erregung hervorrufend, je nach Typ ihrer Schönheit. Die Polin, die sich schmachtend hingab, weckte das Verlangen, sie ans Herz zu drücken, während er mit ihr im Schlitten durch eine verschneite Ebene fuhr. Ausblicke auf friedliche Lust, am Ufer eines Sees, in einem Chalet, eröffneten sich unter den Schritten der Schweizerin, die mit geradem Oberkörper und gesenktem Blick walzte. Dann plötzlich ließ ihn die Bacchantin, als sie ihr dunkles Haupt zurückwarf, von gieriger Zärtlichkeit träumen, in Oleanderhainen, in Gewitterschwüle, im dumpfen Getrommel der Tamburine. Das Fischweib, außer Atem durch den schnellen Takt, lachte lauthals; und gern hätte er mit ihr gezecht in den Porcherons, ihr Fichu zerzaust mit beiden Händen, wie in guter alter Zeit. Die Debardeuse jedoch, deren flinke Zehen kaum das Parkett berührten, barg in der Geschmeidigkeit ihrer Glieder und im Ernst ihres Gesichts offenbar alle Raffinements der modernen Liebe, die präzise ist wie eine Wissenschaft und beweglich wie ein Vogel. Rosanette drehte sich, eine Hand in die Hüfte gestemmt. Ihre überm Kragen hüpfende Marteaux-Perücke versprühte ringsherum Irispuder; und bei jeder Runde erwischte sie Frédéric fast mit den Spitzen ihrer Goldsporen.

Beim letzten Walzerakkord erschien Mademoiselle Vatnaz. Um den Kopf trug sie ein algerisches Tuch, auf der Stirn viele Piaster, unter den Augen Antimon, dazu eine Art Paletot aus schwarzem Kaschmir, der hinabfiel auf einen silberdurchwirkten hellen Rock, und in der Hand eine Schellentrommel.

Hinter ihr schritt ein großer Bursche im klassischen Dante-Kostüm, der niemand anders war (sie machte jetzt kein Hehl mehr daraus) als der einstige Sänger aus dem Alhambra, – der Auguste Delamare hieß, sich anfangs Anténor Dellamarre nannte, dann Delmas, dann Belmar und schließlich Delmar, auf diese Weise seinen Namen ändernd und dem wachsenden Ruhm gemäß perfektionierend; denn er hatte das Tingeltangel fahrenlassen zugunsten des Theaters und kürzlich unter großem Aufsehen im Ambigu debütiert, in *Gaspardo der Fischer*.

Hussonnet verzog bei seinem Anblick das Gesicht. Seit man sein Stück abgelehnt hatte, verabscheute er die Komödianten. Unvorstellbar die Eitelkeit dieser Herren, insbesondere der hier! – »So ein Angeber, seht nur!«

Nach einer flüchtigen Verneigung vor Rosanette hatte sich Delmar an den Kamin gelehnt; und er verharrte reglos, eine Hand auf dem Herzen, den linken Fuß vorgeschoben, die Augen gen Himmel, mit seinem vergoldeten Lorbeerkranz über der Kapuze, und legte angestrengt viel Poesie in seinen Blick, um die Damen zu betören. In einigem Abstand bildete sich um ihn ein weiter Kreis.

Die Vatnaz jedoch kam, nachdem sie Rosanette ausführlich umarmt hatte, zu Hussonnet und bat ihn, unter stilistischem Gesichtspunkt ein Erziehungswerk durchzusehen, das sie veröffentlichen wollte: *Blütenlese für junge Damen*, eine literarische und moralische Sammlung. Der Literat versprach seine Hilfe. Nun fragte sie, ob er nicht in einem der Blätter, bei denen er Zutritt habe, ihren Freund ein wenig herausstreichen und ihm später eine Rolle verschaffen könne. Hussonnet vergaß darüber den Punsch.

Arnoux hatte ihn zubereitet; und gefolgt vom Groom des Comte, der ein leeres Tablett trug, offerierte er ihn selbstzufrieden den Gästen.

Als er an Monsieur Oudry vorbeikam, trat Rosanette dazwischen.

»Na, was ist jetzt mit der Sache?«

Leichte Röte stieg ihm ins Gesicht; schließlich wandte er sich an den Alten:

»Unsere Freundin hat mir gesagt, Sie besäßen die Freundlichkeit …«

»Gewiss doch, Herr Nachbar! ganz zu Diensten.«

Und es fiel der Name von Monsieur Dambreuse; sie unterhielten sich halblaut, drum verstand Frédéric nur vage; er begab sich zum andern Ende des Kamins, wo Rosanette und Delmar miteinander plauderten.

Der Mime hatte ein vulgäres Gesicht, wie Bühnendekoration nur aus der Ferne zu betrachten, dicke Hände, große Füße, einen plumpen Kiefer; und er verunglimpfte die famosesten Schauspieler, behandelte die Dichter von oben herab, sagte: »Mein Organ, meine Gestalt, meine Mittel« und spickte sein Gerede mit Wörtern, die er selbst kaum verstand, für die er jedoch eine Vorliebe hatte, wie »Morbidezza, Analogie und Homogenität«.

Rosanette lauschte mit beifälligem Nicken. Man sah, dass unter der Schminke auf ihren Wangen Bewunderung leuchtete, und etwas Feuchtes huschte wie ein Schleier über ihre hellen Augen von unbestimmbarer Farbe. Wie konnte so ein Mann sie entzücken? Frédéric steigerte sich in noch größere Verachtung, vielleicht um den diffusen Neid zu bannen, den er insgeheim hegte.

Mademoiselle Vatnaz stand jetzt bei Arnoux; und während sie hin und wieder laut auflachte, warf sie einen Blick zu ihrer Freundin, von der Monsieur Oudry kein Auge ließ.

Dann verschwanden Arnoux und die Vatnaz; der Alte trat näher, sprach leise zu Rosanette.

»Na gut, ja, abgemacht! Lassen Sie mich in Frieden.«

Und sie bat Frédéric, in der Küche nachzusehen, ob Arnoux dort sei.

Ein Bataillon halbvoller Gläser bedeckte den Boden; und die Kasserollen, die Töpfe, der Buttkessel, die Bratpfanne tanzten. Arnoux kommandierte die Bedienten, duzte sie, rührte die Remoulade, kostete die Soßen, scherzte mit dem Mädchen.

»Gut«, sagte er, »geben Sie ihr Bescheid! Ich lasse servieren.«

Niemand tanzte mehr, die Frauen hatten sich wieder gesetzt, die Männer spazierten auf und ab. In der Mitte des Salons blähte sich vor einem Fenster der Vorhang im Wind; und die Sphinx, den Warnungen aller andern zum Trotz, hielt ihre schweißnassen Arme in die Zugluft. Wo nur steckte Rosanette? Frédéric suchte sie überall, sogar in Boudoir und Schlafzimmer. Manch einer hatte, um allein zu sein, oder auch zu zweit, sich hierher geflüchtet. Dunkel verschmolz mit Geflüster. Leises Kichern erklang hinter Taschentüchern, und man erahnte das Beben der Fächer vor den Korsagen, so langsam und sanft wie der Flügelschlag eines verletzten Vogels.

Als er das Treibhaus betrat, sah er unter den ausladenden Blättern einer Kaladie, beim Springbrunnen, Delmar bäuchlings daliegen auf dem leinenbezogenen Kanapee; Rosanette saß neben ihm, eine Hand in seinem Haar; und sie betrachteten einander. Im selben Augenblick kam Arnoux aus der anderen Richtung, von der Voliere. Delmar sprang hoch, schritt dann gemächlich davon, ohne sich umzuwenden; und er blieb sogar bei der Tür stehen, brach eine Hibiskusblüte, die er sich ins Knopfloch steckte. Rosanette hielt den Kopf gesenkt; Frédéric, der sie im Profil sah, bemerkte jetzt, dass sie weinte.

»Oh! was hast du?« sagte Arnoux.

Sie zuckte die Schultern, ohne Antwort.

»Ist es seinetwegen?« drängte er.

Sie schlang die Arme um seinen Hals, und ihn auf die Stirn küssend, langsam:

»Du weißt ja, dich werde ich immer lieben, Dickerchen. Vergiss es! Gehn wir essen!«

Ein Messinglüster mit vierzig Kerzen erleuchtete den Raum, dessen Wände unter den aufgehängten alten Fayencen verschwanden; und dieses senkrecht herabfallende grelle Licht ließ, zwischen den Vorspeisen und Früchten, einen riesigen Butt noch weißer schimmern in der Mitte der Tischdecke, ringsum gesäumt von Tellern voller Hummersuppe. Unter Stoffgeknister nahmen die Frauen, ihre Röcke, Ärmel und Schärpen raffend, nebeneinander Platz; die Männer standen, machten es sich in den Ecken bequem. Pellerin und Monsieur Oudry wurden neben Rosanette gesetzt, Arnoux gegenüber. Palazot und seine Freundin hatten sich empfohlen.

»Glückliche Reise«, sagte sie, »los geht's!«

Und der Chorknabe, ein Spaßvogel, schlug ein großes Kreuz und begann das Tischgebet.

Die Damen waren entrüstet, allen voran das Fischweib, Mutter eines Mädchens, aus dem sie eine ehrbare Frau machen wollte. Auch Arnoux »mochte das nicht«, fand, man müsse die Religion achten.

Eine deutsche Wanduhr samt Gockel schlug zwei und erregte mit ihrem Kuckuck, Kuckuck arge Heiterkeit. Es folgten allerhand Geschichten: Kalauer, Anekdoten, Aufschneidereien, Wetten, Lügen, die für wahr durchgingen, unwahrscheinliche Behauptungen, ein Wortwirrwarr, der bald in einzelne Gespräche zerfiel. Der Wein strömte, Gericht folgte auf Gericht, der Doktor tranchierte. Man warf sich eine Orange zu, einen Korken; man verließ seinen Platz, um mit jemandem zu plaudern. Oft drehte sich Rosanette zu Delmar, der reglos hinter ihr stand; Pellerin schwatzte, Oudry lächelte. Mademoiselle Vatnaz aß die Krebspyramide fast ganz allein, und die Schalen knackten unter ihren langen Zähnen. Der Engel auf dem Klavierhocker (dem einzigen Ort, wo die Flügel ihr zu sitzen erlaubten) kaute sanftmütig, ohne Unterlass.

»Was für ein Gierschlund!« wiederholte der Chorknabe verdutzt, »was für ein Gierschlund!«

Und die Sphinx trank Schnaps, brüllte aus vollem Hals, tobte wie ein Dämon. Plötzlich schwollen ihr die Backen, und weil sie das Blut, das sie erstickte, nicht länger bändigen konnte, presste sie sich ihre Serviette an die Lippen, warf sie dann unter den Tisch.

Frédéric hatte es gesehen.

»Ist nicht schlimm!«

Und auf sein Drängen, doch lieber zu gehen und sich zu schonen, antwortete sie langsam:

»Pah! wozu? so oder anders! das Leben ist nicht zum Lachen!«

Da überlief ihn ein Frösteln, eisige Traurigkeit, als habe er ganze Welten voll Elend und Verzweiflung erblickt, ein Kohlebecken neben einem Gurtbett, und die Leichen im Schauhaus mit Lederschurz, dazu der Hahn, aus dem auf ihr Haar kaltes Wasser rinnt.

Hussonnet dagegen kauerte zu Füßen der Wilden, grölte mit heiserer Stimme, den Schauspieler Grassot imitierend:

»Sei nicht grausam, o Celuta! dies kleine Familienfest ist bezaubernd! Macht mich trunken von Wollust, meine Herzallerliebsten! Lasst uns turteln! lasst uns turteln!«

Und jetzt küsste er alle Frauen auf die Schultern. Sie schauderten, gekitzelt von seinem Schnurrbart; dann verfiel er auf die Idee, mit einem leichten Schlag einen Teller an seinem Kopf zu zertrümmern. Andere taten's ihm nach; die Fayencescherben flogen wie Schieferziegel im Sturm, und die Debardeuse schrie:

»Geniert euch nicht! Ist alles gratis! Der feine Herr und Fabrikant, der schenkt sie uns!«

Alles schaute auf Arnoux. Der erwiderte:

»Ah, nur auf Rechnung, bitte sehr!« Denn offenbar lag ihm daran, nicht oder nicht mehr als Rosanettes Liebhaber zu gelten.

Da erhoben sich zwei wütende Stimmen:

»Dummkopf!«

»Halunke!«

»Stehe zur Verfügung!«

»Gleichfalls!«

Der mittelalterliche Ritter stritt mit dem russischen Postillion; denn dieser hatte behauptet, Rüstungen ersparten das Tapfersein, der andre hatte das als Beleidigung aufgefasst. Er wollte sich schlagen, alle gingen dazwischen, und der Capitaine, mitten im Aufruhr, kämpfte um Gehör.

»Meine Herren, ich bitte Sie! nur ein Wort! Ich habe Erfahrung, meine Herren!«

Rosanette klopfte mit ihrem Messer gegen ein Glas, bewirkte so endlich Stille; und sich an den Ritter wendend, der immer noch seinen Helm trug, dann an den Postillion, geschmückt mit einer langhaarigen Pelzmütze:

»Nehmen Sie als erstes Ihren Topf vom Kopf! der bringt mich noch zum Kochen! – und Sie dort Ihren Wolfsschädel! – Wollt ihr mir wohl gehorchen, sapperlot! Seht ihr meine Epauletten! Ich bin eure Marschallin!«

Sie parierten, und alles klatschte, schrie:

»Es lebe die Marschallin! es lebe die Marschallin!«

Jetzt nahm sie vom Ofen eine Flasche Champagnerwein und goss ihn von oben herab in die Kelche, die sich ihr entgegenstreckten. Der Tisch war zu breit, drum kamen die Gäste, vor allem die Frauen, zu ihr gelaufen, stellten sich auf die Zehenspitzen, auf die Querleisten der Stühle und bildeten für eine Minute eine pyramidale Gruppe aus Frisuren, nackten Schultern, ausgestreckten Armen, vorgebeugten Körpern; – und mitten in alldem blitzten lange Strahlen von Wein; der Pierrot und Arnoux nämlich ließen, aus zwei Ecken des Raumes, je eine Flasche knallen und spritzten in die Gesichter. Die kleinen Vögel aus der Voliere, deren Tür jemand aufgemacht hatte, schwärmten in den Raum, verschreckt, um den Lüster flatternd, stießen an Scheiben, an Möbel; und manche setzten sich auf Köpfe, bildeten im Haar ausladende Blüten.

Die Musiker waren gegangen. Man zog das Klavier aus dem Vorzimmer in den Salon. Die Vatnaz setzte sich dran, und begleitet vom Chorknaben, der die Schellentrommel rührte, hämmerte sie einen rasenden Kontertanz in die Tasten wie ein aufstampfendes Pferd und wiegte sich in den Hüften, um den Takt zu betonen. Die Marschallin zog Frédéric mit sich fort, Hussonnet schlug ein Rad, die Debardeuse verrenkte sich wie ein Clown, der Pierrot schlenkerte wie ein Orang-Utan, die Barbarin spielte mit ausgebreiteten Armen das Schlingern einer Schaluppe. Endlich waren alle erschöpft und standen still; jemand öffnete das Fenster.

Der helllichte Tag strömte herein mit der Frische des Morgens. Ein Ruf voller Staunen erklang, dann herrschte Schweigen. Es flackerten die gelben Flammen, ab und an zersprang einer von den Tropfenfängern; das Parkett lag übersät mit Bändern, Blumen, Perlen; die Konsolen klebten von Punsch- und Sirupflecken; die Tapeten waren schmutzig, die Kostüme zerknittert, voller Staub; die Zöpfe hingen auf die Schultern; und die Maquillage, zerfließend mit dem Schweiß, enthüllte fahle Gesichter, blinzelnde rote Lider.

Die Marschallin, frisch wie dem Bad entstiegen, hatte rosige Wangen, strahlende Augen. Sie warf die Perücke weit von sich; und ihr Haar fiel um sie herab wie ein Vlies, sodass man von ihrem ganzen Aufzug nur noch die Reithose sah, ein komischer Anblick, zugleich aber hübsch.

Die Sphinx, die fiebrig mit den Zähnen klapperte, brauchte einen Schal.

Rosanette lief in ihr Zimmer, um einen zu holen, und als die andre ihr folgte, schlug sie ihr die Tür vor der Nase zu, mit Schwung.

Der Türke bemerkte sehr laut, man habe Monsieur Oudry nicht aufbrechen sehen. Dieser Bosheit schenkte niemand Beachtung, alle waren zu müde.

Dann wartete man auf die Wagen, kuschelte sich in Mäntel und Kapuzen. Es war sieben Uhr. Der Engel saß immer noch im Esszimmer am Tisch, vor einem Mus aus Butter und Sardinen; und das Fischweib an ihrer Seite rauchte Zigaretten und erteilte gute Ratschläge fürs Leben.

Endlich kamen die Fiaker, die Gäste entschwanden. Hussonnet, der als Korrespondent für die Provinz arbeitete, musste vor seinem Dejeuner noch dreiundfünfzig Zeitungen lesen; die Barbarin hatte eine Probe am Theater, Pellerin ein Modell, der Chorknabe drei Verabredungen. Der Engel jedoch, heimgesucht von den ersten Anzeichen einer Magenverstimmung, konnte nicht aufstehen. Der mittelalterliche Freiherr trug sie hinaus zum Fiaker.

»Gib acht auf ihre Flügel!« rief die Debardeuse aus dem Fenster.

Man stand auf dem Treppenabsatz, da sagte Mademoiselle Vatnaz zu Rosanette:

»Adieu, Liebste! Dein Abend war sehr gelungen.«

Dann, sich zu ihrem Ohr neigend:

»Behalt ihn!«

»Bis auf bessere Zeiten«, erwiderte die Marschallin und kehrte ihr langsam den Rücken.

Arnoux und Frédéric fuhren miteinander, wie sie gekommen waren. Der Fayencehändler zeigte eine so finstere Miene, dass sein Begleiter ihn für unpässlich hielt.

»Ich? nicht im geringsten!«

Er kaute am Schnurrbart, runzelte die Stirn, und Frédéric fragte, ob vielleicht seine Geschäfte ihm Sorgen bereiteten.

»Keineswegs!«

Dann plötzlich:

»Sie kannten ihn schon, den alten Oudry?«

Und mit Groll in der Stimme:

»Er ist reich, der lumpige Greis!«

Anschließend redete Arnoux von einem wichtigen Brand, der werde heute in seiner Fabrik beendet. Er wollte ihn sehen. Der Zug fuhr in einer Stunde. »Ich muss aber noch meine Frau küssen.«

»Aha! seine Frau!« dachte Frédéric.

Dann ging er zu Bett, mit einem unerträglichen Schmerz im Hinterkopf; und er trank eine Karaffe Wasser gegen den Durst.

Ein andrer Durst war über ihn gekommen, der nach Frauen, nach Luxus und nach allem, was dazugehört zum Pariser Leben. Er fühlte sich leicht benommen, wie ein Mann, der von einem Schiff an Land geht; und im Taumel des ersten Schlafs wirbelten in einem fort die Schultern des Fischweibs an ihm vorüber, die Hüften der Debardeuse, die Waden der Polin, die Haarpracht der Barbarin. Dann erschienen zwei große schwarze Augen, die nichts zu tun hatten mit dem Ball; und leicht wie Schmetterlinge, glühend wie Fackeln irrten sie hin und her, flimmerten, stiegen hinauf zum Gesims, sanken herab auf seinen Mund. Frédéric mühte sich, diese

Augen zu erkennen, vergeblich. Aber schon hatte sich der Traum seiner bemächtigt; ihm schien, er sei neben Arnoux an die Deichsel eines Fiakers gespannt und die Marschallin, rittlings auf ihm sitzend, zerschlitze ihm den Leib mit ihren Goldsporen.

II.

Frédéric fand an der Ecke Rue Rumfort ein kleines Palais, und er kaufte sich mit einem Streich Coupé, Pferd, Möbel und zwei Jardinieren, die er bei Arnoux erwarb und zu beiden Seiten der Tür in seinem Salon aufstellte. Hinter diesem Raum lagen ein Schlafzimmer und ein Kabinett. Ihm kam der Gedanke, Deslauriers dort unterzubringen. Doch wie sollte er *sie* empfangen, seine zukünftige Mätresse? Die Anwesenheit eines Freundes wäre lästig. Er ließ die Zwischenwand einreißen, vergrößerte den Salon und machte aus dem Kabinett ein Rauchzimmer.

Er kaufte seine Lieblingsdichter, Reisebeschreibungen, Atlanten, Wörterbücher, denn er hatte zahllose Arbeitsvorhaben; er drängte die Handwerker, lief von Geschäft zu Geschäft, und in seiner ungeduldigen Gier nach Genuss nahm er alles mit, ohne zu verhandeln.

Aus den Rechnungen der Lieferanten ersah Frédéric, dass er demnächst an die vierzigtausend Franc zu berappen hatte, nicht mitgerechnet die Erbschaftssteuer, die würde über siebenunddreißgtausend betragen; da sein Vermögen aus Grundbesitz bestand, gab er dem Notar in Le Havre Anweisung, einen Teil davon zu veräußern, so konnte er seine Schulden begleichen und hatte noch ein wenig Geld zur Verfügung. Dann wollte er endlich dieses diffuse, schillernde und unbestimmbare Etwas kennenlernen, das man *die große Welt* nennt, und so erkundigte er sich in einem Billett bei Madame Dambreuse, ob man ihn empfangen könne. Madame antwortete, sie erhoffe seinen Besuch für den folgenden Tag.

Es war Empfangstag. Wagen standen im Hof. Zwei

Bediente kamen unter dem Glasdach herbeigelaufen, und ein dritter schritt oben auf der Treppe vor ihm einher.

Er ging durch ein Vorzimmer, einen zweiten Raum, dann einen großen Salon mit hohen Fenstern, auf dessen gewaltigem Kamin eine Uhr in Form der Weltkugel thronte, dazu zwei ungeheure Porzellanvasen, aus denen wie zwei goldene Büsche zwei Bündel Tropfenfänger aufragten. Gemälde in der Manier des Spagnoletto hingen an der Wand; die schweren gewirkten Portieren fielen majestätisch; und die Fauteuils, die Konsolen, die Tische, das gesamte Mobiliar im Empire-Stil hatte etwas Imposantes und Diplomatenhaftes. Frédéric lächelte unwillkürlich vor Wohlbehagen.

Endlich gelangte er in einen ovalen Raum, mit Rosenholz getäfelt, vollgestopft mit grazilen Möbeln und erhellt von einer einzigen großen Fensterscheibe, durch die man hinausblickte in den Garten. Madame Dambreuse saß am Feuer, ein Dutzend Personen im Kreis um sie herum. Mit einem freundlichen Wort bedeutete sie ihm, Platz zu nehmen, zeigte jedoch keine Überraschung, dass sie ihn so lange nicht gesehen hatte.

Man rühmte gerade, als er eintrat, die Redekunst des Abbé Cœur. Dann klagte man über die Unmoral der Dienstboten, wegen eines Diebstahls, begangen von einem Kammerdiener; und es wurde Klatsch ausgebreitet. Die alte Madame de Sommery hatte eine Erkältung, Mademoiselle de Turvisot wollte heiraten, die Montcharrons kämen nicht vor Ende Januar wieder, desgleichen die Bretancourts, man blieb jetzt lange auf dem Land; und die Armseligkeit der Reden wurde gewissermaßen noch verstärkt durch den Luxus der Dinge ringsum; doch was man einander sagte, war nicht so geistlos wie die Ausdrucksweise, ohne Ziel, ohne Zusammenhang und ohne Feuer. Immerhin waren lebenserfahrene Männer zugegen, ein ehemaliger Minister, der Pfarrer einer großen Gemeinde, zwei oder drei hohe Regierungsbeamte; sie begnügten sich mit den abgegriffensten Gemeinplätzen. Einige glichen müden Matronen, andere hatten die Allüre von Rosstäuschern; und Greise begleiteten ihre Frauen, deren Großväter sie leicht hätten sein können.

Madame Dambreuse empfing alle voller Anmut. Sobald man von einem Kranken sprach, runzelte sie mitfühlend die Stirn, und sie blickte fröhlich, wenn es um Bälle ging oder Abendgesellschaften. Bald werde sie darauf verzichten müssen, denn sie wolle eine Nichte ihres Mannes, ein Waisenkind, aus dem Pensionat zu sich nehmen. Ihre Aufopferung wurde gepriesen; darin erweise sich die wahre Familienmutter.

Frédéric beobachtete sie. Die matte Haut ihres Gesichts wirkte angespannt, eine Frische ohne Glanz, wie bei eingemachtem Obst. Ihr Haar jedoch, in Korkenzieherlocken à l'anglaise, war feiner als Seide, ihr Blick von strahlendem Azur, jede ihrer Bewegungen graziös. Ganz hinten auf der Causeuse sitzend, streichelte sie die roten Quasten eines japanischen Wandschirms, sicher wollte sie ihre Hände zur Geltung bringen, lange schmale Hände, etwas knochig, mit leicht aufgebogenen Fingerspitzen. Sie trug ein graues Moirékleid mit hochgeschlossener Korsage, wie eine Puritanerin.

Frédéric fragte, ob sie in diesem Jahr vielleicht nach La Fortelle komme. Madame Dambreuse wusste es nicht. Er verstand das recht gut: Nogent musste sie langweilen. Es erschienen immer mehr Besucher. Ein ständiges Kleidergeraschel auf dem Teppich; von den nur am Stuhlrand sitzenden Damen hörte man leises Kichern, sie redeten artig zwei, drei Wörter und verabschiedeten sich nach fünf Minuten mit ihren jungen Töchtern. Bald war es unmöglich, der Unterhaltung zu folgen, und Frédéric wollte sich eben zurückziehen, da sagte Madame Dambreuse:

»Jeden Mittwoch, nicht wahr, Monsieur Moreau?« und entschädigte ihn mit diesem einen Satz für ihre betonte Gleichgültigkeit.

Er war zufrieden. Dennoch atmete er auf der Straße kräftig durch; und weil er das Bedürfnis nach einer etwas weniger gekünstelten Umgebung verspürte, erinnerte sich Frédéric, dass er der Marschallin einen Besuch schuldete.

Die Tür zum Vorzimmer stand offen. Zwei Havaneser Bichons kamen angerannt. Eine Stimme rief:

»Delphine! Delphine! – Sind Sie es, Félix?«

Er blieb stehen, wo er war; die beiden Schoßhündchen kläfften weiter. Endlich erschien Rosanette, eingehüllt in eine Art Morgenrock aus weißem Musselin mit Spitzenbesatz, ihre nackten Füße steckten in Babuschen.

»Oh! Pardon, Monsieur! Ich hielt Sie für den Friseur. Eine Minute! bin gleich zurück!«

Und er blieb allein im Esszimmer.

Die Fensterläden waren geschlossen. Frédéric ließ seinen Blick schweifen und dachte an das lärmende Treiben neulich in der Nacht, da bemerkte er mitten auf dem Tisch einen Männerhut, einen alten Filzhut, verbeult, speckig, ekelhaft. Wem gehörte dieser Hut? Schamlos sein zerrissenes Futter zeigend, schien er zu sagen: »Ist mir doch egal! Ich bin der Herr!«

Die Marschallin kam zurück. Sie griff nach ihm, öffnete das Treibhaus, warf ihn dort hinein, schloss die Tür (gleichzeitig gingen andere Türen auf und wieder zu), und nachdem sie Frédéric durch die Küche gelotst hatte, führte sie ihn ins Ankleidekabinett.

Man sah augenblicklich, es war der umtriebigste Ort im Haus, sozusagen sein eigentlicher geistiger Mittelpunkt. Ein großblättrig gemusterter Perse-Stoff überzog die Wände, die Fauteuils und den breiten geschmeidigen Diwan; auf dem weißen Marmortisch standen in einigem Abstand voneinander zwei ausladende Waschschüsseln aus blauer Fayence; die Kristallglasplatten der Etageren darüber waren vollgestellt mit Fläschchen, Bürsten, Kämmen, Schminkstiften, Puderdosen; das Feuer verdoppelte sich in einem hohen Drehspiegel; ein Tuch hing aus der Badewanne, Mandel- und Benzoedüfte schwebten in der Luft.

»Sie müssen die Unordnung verzeihen! Heute abend diniere ich in der Stadt.«

Und als sie sich schwungvoll umdrehte, zertrat sie beinahe eins der Hündchen. Frédéric erklärte die beiden für hinreißend. Sie hob alle zwei in die Höhe und präsentierte ihm die schwarzen Schnauzen:

»Na, kommt schon, lächelt und küsst den Monsieur.«

Ein Mann in schmutzigem Gehrock mit Pelzkragen trat überraschend herein.

»Félix, mein Guter«, sagte sie, »nächsten Sonntag bekommen Sie Ihre Sache, ganz gewiss.«

Der Mann begann sie zu frisieren. Er berichtete Neuigkeiten von ihren Freundinnen: Madame de Rochegune, Madame de Saint-Florentin, Madame Lombard, alle waren sie adelig wie im Hôtel Dambreuse. Dann schwatzte er vom Theater; heute abend gebe man im Ambigu eine Extra-Vorstellung.

»Gehen Sie hin?«

»Sicher nicht! Ich bleib zu Hause.«

Delphine erschien. Sie wurde ausgeschimpft, denn sie hatte ohne Erlaubnis das Haus verlassen. Das Mädchen beteuerte, sie »komme vom Markt«.

»Na gut, dann bringen Sie Ihr Buch! – Sie gestatten doch?«

Während sie halblaut in dem Heft las, bekrittelte Rosanette jeden einzelnen Posten. Die Rechnung war falsch.

»Ich bekomme noch vier Sou!«

Delphine rückte sie heraus, und kaum war sie weggeschickt:

»Heilige Jungfrau! was für ein Elend mit diesen Leuten!«

Frédéric empörte die Nörgelei. Sie erinnerte ihn allzu sehr an die anderen und schuf zwischen den beiden Häusern eine Art missliche Gleichheit.

Delphine war zurückgekehrt, stellte sich neben die Marschallin und flüsterte ihr etwas ins Ohr.

»Nein! Ich will sie nicht sehen!«

Delphine kam noch einmal.

»Madame, sie lässt sich nicht abwimmeln.«

»Ach! wie blöd! Schmeiß sie raus!«

Im selben Augenblick trat eine schwarzgekleidete alte Dame durch die Tür. Frédéric verstand nichts, sah nichts; Rosanette war ihr ins Schlafzimmer entgegengestürmt.

Als sie wiederauftauchte, hatte sie rote Backen und setzte sich wortlos in einen der Fauteuils. Eine Träne rollte ihr über die Wange; dann wandte sie sich sanft an den jungen Mann:

»Wie heißen Sie mit Vornamen?«

»Frédéric.«

»Ah! Federico! Stört es Sie, wenn ich Sie so nenne?«

Und sie betrachtete ihn zärtlich, beinahe verliebt. Plötzlich ließ sie einen Freudenschrei hören, beim Anblick von Mademoiselle Vatnaz.

Die Künstlerin hatte keine Zeit zu verlieren, denn sie musste Punkt sechs ihrer Table d'hôte vorsitzen; und sie schnaufte, konnte nicht mehr. Zuerst zog sie aus ihrem Korb eine Uhrkette mitsamt einem Zettel, dann verschiedene Gegenstände, lauter Errungenschaften.

»Damit du's weißt, in der Rue Joubert gibt es wundervolle Handschuhe aus Veloursleder für sechsunddreißig Sou! Dein Färber braucht noch acht Tage. Wegen der Gipüre habe ich gesagt, du schaust noch mal vorbei. Bugneaux hat bereits die Anzahlung. Das ist alles, glaube ich? Du schuldest mir hundertfünfundachtzig Franc!«

Rosanette holte aus einer Schublade zehn Napoleondor. Keine der beiden hatte Kleingeld, Frédéric konnte aushelfen.

»Sie bekommen's wieder«, sagte die Vatnaz und steckte die fünfzehn Franc in ihre Handtasche. »Aber Sie, Sie sind ein böser Junge. Ich mag Sie nicht mehr, kein einziges Mal haben Sie neulich mit mir getanzt! – Ach! meine Liebste, am Quai Voltaire habe ich vor einem Laden ein Kästchen mit ausgestopften Kolibris entdeckt, zuckersüß. An deiner Stelle würde ich sie mir schenken. Schau! Wie findest du das?«

Und sie wedelte mit einem alten Stoffrest, rosa Seide, den hatte sie im Temple gekauft, um ein mittelalterliches Wams für Delmar zu schneidern.

»Er hat doch heute vorbeigeschaut?«

»Nein!«

»Seltsam!«

Und eine Minute später:

»Wohin gehst du am Abend?«

»Zu Alphonsine«, sagte Rosanette; das war nun bereits die dritte Version, wie sie den Abend zu verbringen gedachte.

Mademoiselle Vatnaz fragte weiter:

»Und der Alte vom Berge, gibt's was Neues?«

Aber durch ein energisches Zwinkern gebot ihr die Marschallin Schweigen; und sie begleitete Frédéric ins Vorzimmer, um zu erfahren, ob er demnächst Arnoux sehe.

»Bitten Sie ihn doch herzukommen; natürlich nicht vor seiner Gattin!«

Oben auf der Treppe lehnte ein Regenschirm an der Wand, daneben ein Paar Überschuhe.

»Die Galoschen der Vatnaz«, sagte Rosanette. »Was für ein Fuß, hm? Ganz schön stark, meine kleine Freundin!«

Und in melodramatischem Ton, mit rollendem R:

»Derrr ist nicht zu trrrauen!«

Kühn geworden durch diese Art von Geständnis, wollte Frédéric sie auf den Hals küssen. Sie sagte frostig:

»Nur zu! Kostet nichts!«

Beschwingt zog er von dannen, zweifelte keinen Augenblick, die Marschallin würde bald seine Mätresse. Ein Verlangen weckte das andere; und trotz des Grolls, den er gegen sie hegte, wollte er Madame Arnoux sehen.

Außerdem musste er ja Rosanettes Nachricht überbringen.

»Jetzt«, dachte er (denn es schlug sechs), »ist Arnoux sicher zu Hause.«

Er verschob den Besuch auf morgen.

Sie hatte die gleiche Haltung wie am ersten Tag und nähte ein Kinderhemd. Der kleine Junge zu ihren Füßen spielte mit Holztieren; ein Stückchen entfernt schrieb Mademoiselle Marthe.

Zuerst beglückwünschte er sie zu ihren Kindern. Sie antwortete ohne übertrieben mütterliche Dummheit.

Das Zimmer wirkte ruhig. Helle Sonne fiel durch die Scheiben, die Möbelkanten glänzten, und da Madame Arnoux am Fenster saß, durchdrang ein kräftiger Lichtstrahl, auf die Löckchen in ihrem Nacken scheinend, mit goldenem Schimmer ihre Bernsteinhaut. Da sagte er:

»Die junge Dame ist groß geworden in den drei Jahren! – Erinnern Sie sich, Mademoiselle, im Wagen haben Sie auf meinem Schoß geschlafen?« Marthe erinnerte sich nicht. »Eines Abends, bei der Rückfahrt von Saint-Cloud?«

Madame Arnoux' Blick wurde seltsam traurig. Wollte sie ihm jeden Hinweis auf ein gemeinsames Andenken verbieten?

Ihre schönen schwarzen Augen, deren Sklera leuchtete, bewegten sich sanft unter den schweren Lidern, und in der Tiefe ihrer Pupillen lag unendliche Güte. Von neuem packte ihn die Liebe, stärker denn je, unermesslich: seine Versunkenheit machte ihn ganz benommen, doch er konnte sie abschütteln. Wie sollte er sich zur Geltung bringen? mit welchen Mitteln? Und nach reiflicher Überlegung fand Frédéric nichts Besseres als das Geld. Er redete vom Wetter, es sei hier nicht so kalt wie in Le Havre.

»Waren Sie dort?«

»Ja, in einer … Familienangelegenheit … eine Erbschaft.«

»Ach! das freut mich aber«, erwiderte sie mit so aufrichtiger Anteilnahme, dass er gerührt war wie über einen großen Freundschaftsdienst.

Dann fragte sie, was er nun tun wolle, ein Mann müsse sich doch mit etwas befassen. Er erinnerte sich an seine Lüge und sagte, er hoffe, in den Staatsrat einzutreten, mit Hilfe von Monsieur Dambreuse, dem Abgeordneten.

»Sie kennen ihn vielleicht?«

»Bloß dem Namen nach.«

Dann ganz leise:

»*Er* hat Sie neulich mit auf den Ball genommen, nicht wahr?«

Frédéric schwieg.

»Mehr wollte ich nicht wissen, danke.«

Dann stellte sie ihm zwei, drei unaufdringliche Fragen über seine Familie und Heimatprovinz. Wie liebenswürdig von ihm, dass er so lange dort geblieben war, ohne sie alle zu vergessen.

»Aber … wie hätte ich das gekonnt?« erwiderte er. »Haben Sie daran gezweifelt?«

Madame Arnoux erhob sich.

»Ich glaube, Sie sind uns in guter und fester Zuneigung verbunden. Adieu … auf Wiedersehen!«

Und sie reichte ihm auf eine offenherzige und männliche Art die Hand. War das nicht eine Zusage, ein Versprechen? Frédéric fühlte sich überglücklich zu leben; er bezwang sich, um nicht zu singen, er musste sich Luft machen, großzügig sein und Almosen verschenken. Er blickte ringsum, ob er nicht irgendwem zu Hilfe eilen könnte. Kein Elender weit und breit; und seine Opferbereitschaft verpuffte, denn er war nicht der Mann, der Gelegenheiten in der Ferne sucht.

Dann entsann er sich seiner Freunde. Der erste, an den er dachte, war Hussonnet, der zweite Pellerin. Natürlich verlangte Dussardiers niedere Stellung Rücksichtnahme; und was Cisy betraf, so freute er sich, ihm ein wenig seinen Reichtum zu zeigen. So schrieb er an alle vier, sie sollten am nächsten Sonntag Punkt elf mit ihm seine neue Wohnung einweihen, und Deslauriers bekam den Auftrag, Sénécal mitzubringen.

Der Repetitor war aus seinem dritten Internat entlassen worden, denn er hatte sich den Preisverleihungen widersetzt, einer nach seinem Dafürhalten für die Gleichheit verderblichen Sitte. Er war jetzt bei einem Maschinenbauer und wohnte seit sechs Monaten nicht mehr zusammen mit Deslauriers.

Die Trennung hatte keinen geschmerzt. Sénécal empfing in letzter Zeit Männer in Kitteln, lauter Patrioten, lauter Werktätige, lauter anständige Leute, doch ihre Gesellschaft langweilte den Advokaten. Zudem missfielen ihm gewisse Ideen seines Freundes, selbst wenn sie als Kriegswaffen vortrefflich waren. Er schwieg dazu, aus Ehrgeiz, behandelte ihn schonend, um ihn zu lenken, denn er wartete voll Ungeduld auf einen großen Umsturz, und dabei wollte er sich eine Position schaffen, einen Platz erringen.

Sénécals Überzeugungen waren selbstloser. Jeden Abend, wenn er das Tagwerk vollbracht hatte, stieg er hinauf in seine Dachkammer und suchte in den Büchern nach Rechtfertigungen für seine Träume. Er hatte den *Gesellschaftsvertrag* mit Anmerkungen versehen. Er verschlang die *Revue Indépendante*. Er kannte Mably, Morelly, Fourier, Saint-Simon, Comte, Cabet, Louis Blanc, die ganze Karrenladung sozialistischer Schriftsteller, welche für die Menschheit Kasernenstandard fordern und sie gern im Lupanar zerstreuen möchten oder auf den Ladentisch zwingen; und aus der Mischung von alledem hatte er sich ein Ideal tugendhafter Demokratie geschaffen, mit dem doppelten Gesicht von Pachthof und Spinnerei, eine Art amerikanisches Lakedaimonien, wo der Einzelne nur lebte, um der Gesellschaft zu dienen, allmächtiger, absoluter, unfehlbarer und göttlicher als alle Dalai Lamas und Nebukadnezars. Er hatte keinen Zweifel an der baldigen Heraufkunft dieser Idee; und alles, was sich ihr entgegenzustellen schien, bekämpfte Sénécal verbissen mit den Beweisführungen eines Geometers und dem aufrichtigen Glauben eines Inquisitors. Adelstitel, Verdienstkreuze, Helmbüsche, livrierte Dienerschaften vor allem und sogar allzu klangvolle Reputationen waren ihm ein Ärgernis, – denn seine Studien ebenso sehr wie seine Leiden schürten Tag für Tag den unabdingbaren Hass auf jede wie auch immer geartete Auszeichnung oder Überlegenheit.

»Was bin ich diesem Herrn schuldig, dass ich ihm Höflichkeiten erweisen soll? Wenn er was von mir will, soll er kommen!«

Deslauriers schleppte ihn mit.

Sie fanden ihren Freund im Schlafzimmer. Stores und doppelte Vorhänge, venezianischer Spiegel, nichts fehlte; Frédéric in Samtjacke lag hingespreizt auf einer Bergere und rauchte Zigaretten aus türkischem Tabak.

Sénécal wurde grimmig, so wie Frömmler, die man auf liederliche Vergnügungen führt. Deslauriers überflog alles mit einem einzigen Blick; dann machte er einen tiefen Bückling:

»Euer Gnaden! meine untertänigste Hochachtung!«

Dussardier fiel ihm um den Hals.

»Sie sind jetzt also reich? Ach! wie gut, Himmeldonnerwetter, ist das gut!«

Cisy erschien mit Trauerflor am Hut. Seit dem Tod seiner Großmutter besaß er ein ansehnliches Vermögen, und ihm lag weniger daran, sich zu amüsieren, als sich von den andern zu unterscheiden, nicht zu sein wie irgendwer, kurzum, ihn verlangte nach »Cachet«. Das war sein Lieblingswort.

Es war inzwischen Mittag, und alle gähnten; Frédéric erwartete noch jemanden. Beim Namen Arnoux zog Pellerin ein Gesicht. Für ihn war er ein Renegat, seit seiner Abkehr von den Künsten.

»Es geht doch auch ohne ihn? finden Sie nicht?«

Alle bejahten.

Ein Diener in langen Gamaschen öffnete die Tür, und man erblickte das Esszimmer mit seiner hohen Sockelleiste aus goldverzierter Eiche und seinen beiden geschirrüberladenen Borden. Die Weinflaschen wärmten auf dem Ofen; die Klingen der neuen Messer funkelten neben den Austern; der milchige Ton der hauchdünnen Gläser hatte etwas sanft Verführerisches, und der Tisch verschwand unter Wildbret, Obst, erlesenen Dingen. Derlei Aufmerksamkeiten waren verlorene Liebesmüh für Sénécal.

Sofort verlangte er hausgemachtes Brot (möglichst

festes) und redete bei dieser Gelegenheit von den Morden in Buzançais und der Lebensmittelkrise.

Nichts von alledem wäre geschehen, würde man die Landwirtschaft besser schützen, nicht alles der Konkurrenz ausliefern, der Anarchie, dem erbärmlichen Grundsatz des »Laissez-faire, Laissez-passer«! So entstehe der Geldfeudalismus, schlimmer als der andre! Doch solle man auf der Hut sein! das Volk verliere am Ende die Geduld und könnte sich für seine Leiden an den Kapitaleignern rächen, entweder durch blutige Übergriffe oder durch Plünderung ihrer Palais.

Frédéric sah blitzartig eine Horde Männer mit nackten Armen hereinstürmen in den großen Salon von Madame Dambreuse und die Spiegel mit ihren Piken zertrümmern.

Sénécal sprach weiter: Der Arbeiter sei, der ungenügenden Löhne wegen, schlimmer dran als der Helot, der Neger und der Paria, zumal, wenn er Kinder hat.

»Soll er sich die vom Hals schaffen, durch Ersticken, wie es irgendein englischer Arzt rät, ein Abkömmling des Malthus?«

Und an Cisy gewandt:

»Werden wir gezwungen, die Ratschläge des infamen Malthus zu befolgen?«

Cisy, der weder von der Infamie wusste noch von der Existenz des Malthus, erwiderte, es werde doch viel Elend gelindert und die höheren Stände …

»Ah! die höheren Stände!«, höhnte der Sozialist. »Zunächst mal, es gibt keine höheren Stände; nur durch das Herz wird man erhöht! Wir wollen keine Almosen, verstehen Sie! sondern Gleichheit, gerechte Verteilung der Güter.«

Was er verlangte, war nichts anderes, als dass der Arbeiter Kapitalist werden könne, so, wie der Soldat Oberst. Die Zünfte hätten wenigstens, indem sie die Zahl der

Lehrlinge beschränkten, ein Überangebot von Werktätigen verhindert, und das Gefühl der Brüderlichkeit sei gestärkt worden durch Feste, durch Fahnen.

Hussonnet als Dichter vermisste die Fahnen; Pellerin desgleichen, diese Schwäche hatte er sich im Café Dagneaux zugezogen, wo er dem Geplauder von Phalansterianern lauschte. Er erklärte Fourier zu einem großen Mann.

»Also, bitte!« sagte Deslauriers. »Ein alter Esel! sieht im Zusammenbruch von Imperien die Auswirkung göttlicher Rache! Ganz wie der feine Herr Saint-Simon und seine Kirche, mit seinem Hass auf die Französische Revolution: ein Haufen Spaßvögel, die möchten uns gern wieder den Katholizismus unterjubeln!«

Monsieur de Cisy, der sich wohl Klarheit verschaffen oder in ein günstiges Licht setzen wollte, sagte behutsam:

»Diese beiden Gelehrten sind also nicht einer Meinung mit Voltaire?«

»Den überlass ich Ihnen!« erwiderte Sénécal.

»Wieso? Ich meinte …«

»Irrtum! der hatte nichts übrig für das Volk!«

Nun fiel das Gespräch zurück in die Niederungen jüngster Ereignisse: die spanischen Hochzeiten, die Geldverschleuderung in Rochefort, das neue Kapitel zu Saint-Denis, mit der Folge von Steuererhöhungen. Nach Sénécals Auffassung zahlte man freilich schon genug!

»Und wofür, Himmelherrgott? damit die Affen im Naturkundemuseum Paläste kriegen, auf unseren Plätzen funkelnde Generalstäbe paradieren oder die Bedienten im Schloss eine altväterische Etikette befolgen!«

»Ich habe in *La Mode* gelesen«, sagte Cisy, »an Sankt Ferdinand waren auf dem Tuilerienball alle als Chicards verkleidet.«

»Ist das nicht erbärmlich!« meinte der Sozialist, voll Abscheu die Schultern zuckend.

»Und das Museum in Versailles!« rief Pellerin. »Eine Katastrophe! Diese Dummköpfe haben einen Delacroix beschnitten und einen Gros angestückelt! Im Louvre haben sie alle Bilder so gut restauriert, abgeschabt und abgefingert, da ist in zehn Jahren vielleicht kein einziges mehr übrig. Und erst die Fehler im Katalog, ein Deutscher hat drüber ein Buch geschrieben. Ich sag's euch, wir sind das Gespött der Ausländer.«

»Ja, ganz Europa lacht über uns«, sagte Sénécal.

»Und nur weil die Kunst der Krone unterworfen ist.«

»Solange wir kein allgemeines Wahlrecht haben …«

»Ich bitte Sie!« Denn der Künstler, seit zwanzig Jahren bei allen Salons abgelehnt, zürnte der Staatsgewalt. »Ach! man soll uns in Ruhe lassen. Ich verlange gar nichts! nur müssten die Kammern über die Interessen der Kunst entscheiden. Es braucht einen Lehrstuhl für Ästhetik, und der Professor, ein Mann der Praxis und zugleich Philosoph, wird es schon fertigbringen, so hoffe ich, die Masse um sich zu scharen. – Sie täten gut daran, Hussonnet, in Ihrer Zeitung ein paar Worte darüber zu verlieren?«

»Sind die Zeitungen frei? sind wir es denn?« sagte Deslauriers aufgebracht. »Wenn man bedenkt, dass es bis zu achtundzwanzig Formalitäten erfordern kann, bloß um ein Bötchen auf den Fluss zu setzen, da geh ich doch lieber zu den Kannibalen! Die Regierung frisst uns auf! Alles gehört ihr, die Philosophie, das Recht, die Künste, die himmlische Luft; und Frankreich röchelt gelähmt unterm Stiefel des Gendarmen und der Soutane des Pfaffen.«

So verspritzte der künftige Mirabeau großzügig Galle. Endlich griff er zum Glas, erhob sich, und die Faust in die Hüfte gestemmt, mit loderndem Blick:

»Ich trinke auf die vollständige Zerstörung der herrschenden Ordnung, also von allem, was Privileg heißt, Monopol, Führung, Hierarchie, Obrigkeit, Staat!« Und mit lauterer Stimme: »Die ich entzweischlagen möchte wie das hier!« Und er schmetterte das schöne Stielglas auf den Tisch, sodass es zersprang in tausend Scherben.

Alle applaudierten, und Dussardier ganz besonders.

Der Anblick von Ungerechtigkeiten zerriss ihm das Herz. Er sorgte sich um Barbès; er gehörte zu jenen, die sich unter einen Wagen werfen, um gestürzten Pferden zu helfen. Sein Wissen beschränkte sich auf zwei Werke, das eine trug den Titel *Verbrechen der Könige*, das andere *Geheimnisse des Vatikans*. Er hatte dem Advokaten hingerissen gelauscht, mit offenem Mund. Schließlich konnte er nicht länger an sich halten:

»Ich, was ich Louis-Philippe vorwerfe, ist, dass er die Polen fallenlässt!«

»Moment mal!« sagte Hussonnet. »Erstens gibt es Polen gar nicht; das ist eine Erfindung von Lafayette! Die Polen stammen allesamt aus dem Faubourg Saint-Marceau, die echten sind nämlich mit Poniatowski ersoffen.« Kurzum, »in dieses Garn lasse er sich nicht mehr locken«, er sei »kuriert von alledem«! Das sei wie mit der Seeschlange, der Aufhebung des Edikts von Nantes und »dem alten Schwindel von der Bartholomäusnacht«!

Sénécal verteidigte die Polen nicht, sondern hielt sich an die letzten Worte des Literaten. Man habe die Päpste verleumdet, die im Grunde das Volk verteidigten, und er nannte die Liga »das Morgenrot der Demokratie, eine große egalitäre Bewegung gegen den Individualismus der Protestanten«.

Frédéric setzten diese Ideen ein wenig in Erstaunen. Sie langweilten vermutlich Cisy, denn er lenkte das Gespräch auf die lebenden Bilder am Gymnase, die derzeit so viele Zuschauer anlockten.

Sénécal grämte sich darob. Solche Darbietungen verdarben die Proletariertöchter; hinterher sah man sie prahlen mit schamlosem Luxus. Deshalb billigte er das Verhalten der bayerischen Studenten, die hatten Lola Montez beschimpft. Dem Beispiel Rousseaus folgend schätzte er die Frau eines Köhlers höher als die Mätresse eines Königs.

»Ihr lästert über Trüffel!« widersprach gravitätisch Hussonnet. Und ergriff die Verteidigung jener Damen, Rosanette zuliebe. Als er dann von ihrem Ball sprach und von Arnoux' Kostüm:

»Angeblich steht er auf tönernen Füßen?« sagte Pellerin.

Der Kunsthändler habe gerade einen Prozess hinter sich, wegen seiner Grundstücke in Belleville, und zur Zeit sei er an einer niederbretonischen Kaolinkompanie beteiligt, mit anderen Spaßvögeln seines Schlags.

Dussardier wusste mehr; denn sein Chef, Monsieur Moussinot, hatte über Arnoux Erkundigungen eingeholt, beim Bankier Oscar Lefebvre, dieser habe geantwortet, er halte ihn für wenig solide, denn er kenne einige seiner Wechselprolongationen.

Der Nachtisch war aufgegessen; man ging in den Salon, ganz mit gelbem Damast bespannt, wie bei der Marschallin, und im Stil Louis XVI.

Pellerin tadelte Frédéric, er hätte doch besser den neugriechischen Stil gewählt; Sénécal entzündete Streichhölzer an den Tapeten; Deslauriers machte nicht die kleinste Bemerkung. Er machte eine in der Bibliothek, nannte sie eine Kleinmädchenbibliothek. Die meisten zeitgenössischen Schreiberlinge waren vertreten. Es war unmöglich, über ihre Werke zu sprechen, denn Hussonnet gab sofort Anekdoten zum besten, kritisierte ihr Aussehen, ihren Lebenswandel, ihre Kleidung, pries Geister fünfzehnten Rangs, schmähte die erstklassigen und beklagte natürlich die moderne Dekadenz. Dieses oder jenes Dorfliedchen enthielt mehr Poesie als alle Lyriker des 19. Jahrhunderts; Balzac war überschätzt, Byron erledigt, Hugo verstand nichts vom Theater usw.

»Warum«, sagte Sénécal, »haben Sie keine Bücher unserer Arbeiterdichter?«

Und Monsieur de Cisy, der sich mit Literatur befasste, wunderte sich, denn auf Frédérics Tisch fehlten doch »einige dieser neuen Physiologien, Physiologie des Rauchers, des Anglers, des Zollbeamten«.

Sie ärgerten ihn schließlich so sehr, dass er sie am liebsten an den Schultern gepackt hätte und hinausbefördert. »Wie dumm von mir!« Und er nahm Dussardier beiseite und fragte, ob er ihm irgendwie behilflich sein könne.

Der gute Kerl war gerührt. Mit seiner Stelle als Kassier brauchte er nichts.

Dann führte Frédéric Deslauriers in sein Zimmer und holte aus dem Sekretär zweitausend Franc:

»Hier, mein Guter, steck das ein! Das ist der Rest von meinen alten Schulden.«

»Aber … und die Zeitung?« sagte der Advokat. »Ich habe Hussonnet davon erzählt, du weißt doch.«

Und als Frédéric antwortete, er sei »gerade etwas in Verlegenheit«, lächelte der andre hämisch.

Nach den Spirituosa trank man Bier, nach dem Bier Grogs; noch einmal wurde Pfeife geraucht. Endlich, abends um fünf, zogen alle von dannen; und sie gingen nebeneinander, wortlos, bis Dussardier schließlich sagte, Frédéric habe sie vorbildlich empfangen. Alle stimmten zu.

Hussonnet erklärte das Mittagessen für ein wenig zu schwer. Sénécal kritisierte die Seichtheit des Interieurs. Cisy war derselben Meinung. Es fehle schlicht und einfach das »Cachet«.

»Ich finde ja«, sagte Pellerin, »er hätte ein Bild bei mir in Auftrag geben können.«

Deslauriers schwieg, er hielt in der Hosentasche seine Geldscheine umklammert.

Frédéric blieb allein zurück. Er dachte an seine Freunde und fühlte zwischen ihnen und sich selbst etwas wie einen tiefen Graben voller Dunkelheit, der sie trennte. Immerhin hatte er ihnen die Hand geboten, und sie waren nicht eingegangen auf seine Offenherzigkeit.

Ihm fiel wieder ein, was Pellerin und Dussardier über Arnoux gesagt hatten. Das war eine Erfindung, eine Verleumdung wahrscheinlich? Doch warum? Und er sah vor sich Madame Arnoux, ruiniert, weinend, ihre Möbel verkaufend. Diese Vorstellung quälte ihn die ganze Nacht; am nächsten Tag machte er ihr seine Aufwartung.

Da er nicht wusste, wie er es anstellen sollte, ihr das Gehörte zu erzählen, fragte er im Konversationston, ob Arnoux immer noch seine Grundstücke in Belleville besitze.

»Ja, immer noch.«

»Er ist jetzt an einer Kaolinkompanie in der Bretagne beteiligt, glaube ich?«

»Das stimmt.«

»Seine Fabrik läuft doch sehr gut?«

»Hm … ich denke schon.«

Und da er zögerte:

»Was haben Sie denn? Sie machen mir Angst!«

Er berichtete von der Geschichte mit den Wechselprolongationen. Sie ließ den Kopf hängen und sagte:

»Ich hab's geahnt!«

Tatsächlich hatte Arnoux, in der Hoffnung auf eine gewinnbringende Spekulation, seine Grundstücke nicht veräußern wollen, hatte reichlich Anleihen aufgenommen und, als er keine Käufer fand, geglaubt, er könne die Sache wettmachen durch Gründung einer Manufaktur. Die Kosten waren schließlich höher als die Voranschläge. Mehr wusste sie nicht; er wich allen Fragen aus und versicherte ein ums andere Mal, »es laufe sehr gut«.

Frédéric suchte sie zu beruhigen. Vielleicht handelte es sich um vorübergehende Schwierigkeiten. Außerdem, sollte er etwas erfahren, dann werde er sie in Kenntnis setzen.

»O ja! tun Sie das?« sagte sie und faltete die Hände mit einer hinreißend flehentlichen Gebärde.

Er wäre ihr also möglicherweise hilfreich. Nun hatte er Zugang zu ihrem Dasein, ihrem Herzen!

Arnoux erschien.

»Ach! wie reizend, dass Sie mich zum Diner abholen!«

Frédéric verschlug es die Sprache.

Arnoux redete über Belanglosigkeiten, verkündete dann seiner Frau, er käme sehr spät nach Hause, wegen einer Verabredung mit Monsieur Oudry.

»Bei ihm?«

»Na, selbstverständlich bei ihm.«

Er gestand, während sie die Treppe hinabgingen, die Marschallin sei zufällig frei, und sie wollten sich ein vergnügliches Gelage gönnen, im Moulin Rouge; und da er stets jemand brauchte für seine Vertraulichkeiten, ließ er sich von Frédéric bis vor die Tür bringen.

Anstatt hineinzugehen, spazierte er auf dem Trottoir hin und her, die Fenster der zweiten Etage fest im Blick. Plötzlich gingen die Vorhänge auf.

»Ah! bravo! der alte Oudry ist weg. Guten Abend!«

Also wurde sie vom alten Oudry ausgehalten? Frédéric wusste nicht, was er denken sollte.

Von diesem Tag an war Arnoux noch herzlicher als zuvor; er lud ihn zum Essen bei seiner Mätresse, und bald verkehrte Frédéric gleichermaßen in allen beiden Häusern.

Das von Rosanette amüsierte ihn. Man kam des Abends, nach dem Club oder Theater; man trank eine Tasse Tee, spielte eine Partie Lotto; am Sonntag machte man Scharaden; Rosanette, ausgelassener als die andern, glänzte durch drollige Einfälle, lief auf allen vieren oder zog sich eine Zipfelmütze über. Wenn sie aus dem Fenster nach den Passanten schaute, trug sie einen Hut aus gekochtem Leder; sie rauchte Tschibuks, jodelte wie eine Tirolerin. Nachmittags schnipselte sie vor purer Langeweile Blumen aus einem Stück Perse, klebte sie eigenhändig auf die Fensterscheiben, bepinselte ihre zwei Hündchen mit Schminke, brannte Räucherwerk oder legte sich die Karten. Unfähig, irgendeiner Laune zu widerstehen, entflammte sie für ein Nippfigürchen, das sie gesehen hatte, tat kein Auge zu, lief hin, es zu erstehen, tauschte es gegen ein andres und verpfuschte Stoffe, verlor Schmuck, verschwendete Geld, hätte ihr Hemd verkauft für einen Proszeniumslogenplatz. Oft bat sie Frédéric um die Erklärung eines Wortes, das sie gelesen hatte, hörte jedoch nicht auf seine Antwort, denn sie sprang rasch zu einem anderen Gedanken, häufte Frage über Frage. Auf Heiterkeitsausbrüche folgten kindliche Wutanfälle; oder sie träumte, auf dem Boden sitzend, vor dem Feuer, mit hängendem Kopf und das Knie in beiden Händen, regloser als eine Natter im Winterschlaf. Unbekümmert kleidete sie sich in seiner Gegenwart, zog langsam ihre Seidenstrümpfe hoch, wusch sich das Gesicht mit viel spritzendem Wasser, den Leib gebogen wie eine fröstelnde Najade; und das Lachen ihrer weißen Zähne, das Funkeln ihrer Augen, ihre Schönheit, ihre Heiterkeit betörten Frédéric und kitzelten ihm die Nerven.

Besuchte er Madame Arnoux, so war sie fast immer beschäftigt, ihrem Bübchen das Lesen beizubringen, oder stand hinter Marthes Stuhl, die am Klavier ihre

Tonleitern übte; saß sie an einer Näharbeit, war es für ihn ein großes Glück, hin und wieder ihre Schere aufzuheben. All ihre Bewegungen waren von stiller Würde; ihre kleinen Hände schienen wie geschaffen, Almosen zu verteilen, Tränen zu trocknen; und ihre von Natur aus leicht gedämpfte Stimme hatte zärtliche Klangfarben und etwas von der Leichtigkeit einer Brise.

Sie begeisterte sich nicht für Literatur, doch ihr Geist verzauberte durch einfache und scharfsinnige Worte. Sie liebte Reisen, das Rauschen des Windes im Wald und spazierte gern mit bloßem Kopf durch den Regen. Frédéric lauschte verzückt diesen Dingen, meinte hier eine beginnende Hingabe zu erkennen.

Der Umgang mit den beiden Frauen war in seinem Leben wie zweierlei Musik: die eine tändelnd, beschwingt, unterhaltsam, die andere ernst und beinah religiös; und gemeinsam vibrierend, wurden sie immer lauter und vermischten sich allmählich; – denn sobald Madame Arnoux ihn bloß mit dem Finger streifte, erwachte gleich das Bild der anderen in seiner Begierde, auf dieser Seite nämlich lag das Glück nicht ganz so fern; – und regte sich in Rosanettes Gesellschaft sein Herz, dann erinnerte er augenblicklich seine große Liebe.

Diese Verwirrung wurde hervorgerufen durch Ähnlichkeiten zwischen den beiden Logis. Eines der Büfetts, die man einst am Boulevard Montmartre sehen konnte, zierte jetzt Rosanettes Esszimmer, das andere den Salon von Madame Arnoux. Beide Häuser hatten das gleiche Tafelservice, und auf den Bergeren lag sogar ein und dasselbe Samtkäppchen; außerdem wanderte eine Menge kleiner Geschenke, Wandschirme, Dosen, Fächer, zwischen Mätresse und Gattin hin und her, denn völlig ungeniert entzog Arnoux der einen, was er ihr geschenkt hatte, und verehrte es der andern.

Die Marschallin lachte mit Frédéric über seine schlechten Manieren. Eines Sonntags, nach dem Diner, führte sie ihn hinter die Tür und zeigte ihm in seinem Überrock eine Tüte voll Kuchen, die er gerade vom Tisch stibitzt hatte, wahrscheinlich um seine kleine Familie zu erfreuen. Monsieur Arnoux benutzte Tricks, die an Niedertracht grenzten. Es war ihm eine Pflicht, den Stadtzoll zu betrügen; er zahlte nie fürs Theater, drängelte sich mit einer Karte für den zweiten Rang stets in den ersten und erzählte, als wär's ein köstlicher Scherz, in der Badeanstalt pflege er in die Sammelbüchse des Burschen einen Hosenknopf zu stecken anstatt der Zehn-Sou-Münze, doch das hinderte die Marschallin keineswegs, ihn zu lieben.

Eines Tages freilich sagte sie über ihn:

»Ha! der bringt mich langsam auf die Palme! Mir reicht's! Mein Gott, was soll's, ich find auch einen anderen!«

Frédéric glaubte, »der andere« sei längst gefunden und heiße Monsieur Oudry.

»Na gut«, sagte Rosanette, »ist das so wichtig?«

Und mit Tränen in der Stimme:

»Ich verlange ja nicht viel, aber er will nicht, der Esel! Er will nicht! Seine Versprechungen dagegen, oh! das ist was anderes!«

Versprochen hatte er ihr sogar ein Viertel seiner Gewinne aus den grandiosen Kaolingruben; weit und breit kein Gewinn, und auch kein Kaschmirschal, mit dem er sie nun sechs Monate schon zum Narren hielt.

Frédéric überlegte sogleich, ihr einen zu schenken. Arnoux konnte das als Lektion verstehen und wäre dann beleidigt.

Und doch war er ein guter Kerl, das sagte auch seine eigene Frau. Aber so verrückt! Anstatt jeden Tag Leute zum Essen nach Hause zu bringen, führte er seine Bekannten jetzt ins Restaurant. Er kaufte völlig unnütze Dinge wie Goldketten, Stutzuhren, Haushaltsgegenstände. Madame Arnoux zeigte Frédéric auf dem Flur sogar einen riesigen Vorrat an Wärmflaschen, Fußwärmern und Samowaren. Endlich gestand sie ihm eines Tages ihre Befürchtung: Arnoux hatte ihr einen Wechsel zur Unterschrift vorgelegt, ausgestellt auf Monsieur Dambreuse.

Frédéric beharrte indessen auf seinen literarischen Plänen, gewissermaßen eine Frage der Ehre sich selbst gegenüber. Er wollte eine Geschichte der Ästhetik schreiben, als Fazit seiner Gespräche mit Pellerin, dann verschiedene Abschnitte der Französischen Revolution in Dramen gestalten und eine große Komödie verfassen, unter dem indirekten Einfluss von Deslauriers und Hussonnet. Inmitten seiner Arbeit trat häufig das Gesicht der einen oder der andern vor sein Auge; er kämpfte gegen das Verlangen, sie zu sehen, hielt aber nie lange stand; und er war noch trauriger, wenn er heimging von Madame Arnoux.

Eines Morgens, als er sich am Kamin seiner Melancholie hingab, trat Deslauriers herein. Sénécals hetzerische Reden hatten seinen Chef verschreckt, und wieder einmal war er mittellos.

»Und was soll ich da machen?« sagte Frédéric.

»Nichts! du hast kein Geld, ich weiß ja. Aber es bringt dich wohl in keine große Verlegenheit, wenn du ihm eine Stelle verschaffst, entweder bei Monsieur Dambreuse oder auch bei Arnoux?«

Der brauche doch gewiss Ingenieure in seinem Unternehmen? Frédéric hatte eine Erleuchtung: Sénécal könnte ihn von den Abwesenheiten des Ehemanns unterrichten, Briefe überbringen, ihm behilflich sein bei tausend guten Gelegenheiten. Von Mann zu Mann erweist man sich immer derlei Dienste. Außerdem würde er schon Wege finden, ihn zu benützen, ohne dass er etwas ahnte. Der Zufall schickte ihm einen Gehilfen, das war ein gutes Omen, er musste zugreifen; und Gleichgültigkeit mimend, antwortete er, die Sache sei vielleicht machbar und er wolle sich kümmern.

Er kümmerte sich auf der Stelle. Arnoux plagte sich redlich in seiner Fabrik. Er suchte nach dem Kupferrot der Chinesen; doch seine Farben verflüchtigten sich beim Brennen. Um bei den Fayencen Risse zu vermeiden, mischte er Kalk unter seinen Ton; doch die meisten Stücke zersprangen, bei der Unterglasurmalerei entstanden Bläschen, seine großen Tafeln waren gewellt; und weil er diese Enttäuschungen der schlechten Ausrüstung seiner Fabrik zuschrieb, wollte er sich andere Massemühlen bauen lassen, andere Trockenkammern. Frédéric erinnerte sich an einige dieser Dinge; und er ging zu ihm und verkündete, er habe einen sehr klugen Mann entdeckt, der fände gewiss sein famoses Rot. Arnoux tat zunächst einen Sprung, antwortete dann aber, nachdem er ihn angehört hatte, er brauche niemand.

Frédéric lobte überschwenglich die ungeheuren Kenntnisse Sénécals, Ingenieur, Chemiker und Buchhalter in einem, denn er sei ein Mathematiker ersten Ranges.

Der Fayencefabrikant war einverstanden, ihn zu treffen.

Die beiden zankten sich über die Entlohnung. Frédéric vermittelte, und am Ende der Woche hatte er's geschafft, die beiden schlossen einen Vertrag.

Das Werk aber befand sich in Creil, und so konnte Sénécal ihm nicht helfen. Diese ganz einfache Überlegung zerschlug seinen Mut wie ein Missgeschick.

Er dachte, je mehr Arnoux sich löse von seiner Frau, desto bessere Aussichten habe er bei ihr. Also begann er Rosanette unentwegt in den Himmel zu loben; er führte ihm alles Unrecht ihr gegenüber vor Augen, berichtete von den verhüllten Drohungen neulich, erwähnte sogar den Kaschmirschal und verschwieg nicht, dass sie ihn der Knausrigkeit bezichtigte.

Arnoux, gekränkt über dieses Wort (und auch sonst beunruhigt), brachte Rosanette den Kaschmirschal, schimpfte freilich, weil sie bei Frédéric geklagt hatte; als sie sagte, hundertmal habe sie ihn an sein Versprechen erinnert, behauptete er, sich nicht erinnern zu können, er sei allzu beschäftigt.

Am nächsten Tag machte ihr Frédéric einen Besuch. Obwohl es zwei war, lag die Marschallin noch im Bett; und bei ihr saß an einem Tischchen Delmar, eine Scheibe Gänsestopfleber verspeisend. Sie rief von weitem: »Ich hab ihn, ich hab ihn«, dann griff sie nach seinen Ohren und küsste ihn auf die Stirn, bedankte sich lebhaft, duzte ihn, wollte sogar, dass er sich hersetze auf ihr Bett. Ihre hübschen, zärtlichen Augen blitzten, ihr feuchter Mund lächelte, ihre zwei molligen Arme streckten sich ihm entgegen aus dem ärmellosen Hemd; und ab und zu spürte er durch den Batist die festen Rundungen ihres Körpers. Delmar rollte währenddessen mit den Augen.

»Oh, nicht doch, liebe Freundin, allerliebste Freundin!«

So war es auch die nächsten Male. Wenn Frédéric hereinkam, kletterte sie auf ihr Polster, damit er sie besser küssen konnte, nannte ihn einen Schatz, einen Liebling, steckte ihm eine Blume ins Knopfloch, zupfte an seiner Halsbinde; diese Possierlichkeiten mehrten sich stets im Beisein Delmars.

Waren das Avancen? Frédéric glaubte es. Durfte er einen Freund betrügen? Arnoux würde sich an seiner Stelle wohl kein bisschen genieren! und so hatte er nun wirklich das Recht, der Mätresse gegenüber nicht tugendsam zu bleiben, immerhin, mit seiner Frau war er's stets gewesen; denn er glaubte, dass er es war, oder vielmehr hätte es sich gerne weisgemacht, als Rechtfertigung für seine ungeheure Feigheit. Doch kam er sich albern vor und beschloss, mit der Marschallin nicht lange zu fackeln.

Eines Nachmittags, als sie gebückt vor ihrer Kommode stand, trat er näher und berührte sie auf eine so unzweideutig beredte Weise, dass sie mit rotglühendem Gesicht auffuhr. Er tat es gleich noch einmal; da brach sie in Tränen aus und sagte, sie sei zwar ein Unglücksgeschöpf, aber das wäre noch lange kein Grund, sie zu verachten.

Er wiederholte seine Versuche. Sie reagierte anders, scherzte jetzt immer. Er hielt es für schlau, im selben Ton zu antworten, und setzte noch eins drauf. Doch gab er sich allzu vergnügt, als dass sie ihn für aufrichtig hielt; und ihr kameradschaftlicher Umgang stand dem Aussprechen ernster Gefühle im Weg. Schließlich entfuhr ihr eines Tages, sie begnüge sich nicht mit den Überbleibseln einer andern.

»Welcher andern?«

»Na, geh doch zu deiner Madame Arnoux!«

Denn Frédéric sprach oft von ihr; Arnoux hatte die gleiche Manie; am Ende war sie es leid, ständig Lobgesänge auf diese Frau zu hören; und ihre Anschuldigung war eine Art Rache.

Frédéric nahm es ihr übel.

Zudem ärgerte sie ihn allmählich über die Maßen. Manchmal spielte sie die Erfahrene, redete schlecht über die Liebe, mit einem so zweiflerischen Lachen, dass es ihm in den Fingern juckte, sie zu ohrfeigen. Eine Viertelstunde später war die Liebe das einzige, was zählte auf der Welt, und die Arme vor der Brust kreuzend, als drücke sie jemand an sich, flüsterte sie: »Oh! ja, sie tut gut! so gut!«, mit leicht geschlossenen Lidern und halb ohnmächtig vor Wonne. Es war unmöglich, sie zu kennen oder etwa herauszufinden, ob sie Arnoux liebte, denn sie verspottete ihn und schien doch eifersüchtig. Genauso mit der Vatnaz, die sie eine Schurkin nannte, dann wieder ihre beste Freundin. Es lag schließlich auf ihrer ganzen Person und bis hinein in den hochgezwirbelten Haarknoten etwas Unbeschreibliches, das einer Herausforderung glich; – und er wollte sie haben, vor allem aus purer Lust, sie zu bezwingen und zu beherrschen.

Was tun? denn oft schickte sie ihn ohne große Umstände weg, erschien kurz zwischen Tür und Angel, bloß um zu wispern: »Ich bin beschäftigt; auf heut abend!«, oder er fand sie umringt von einem Dutzend Leute; und waren sie allein, man hätte auf eine Wette schwören wollen, so viele Hindernisse türmten sich aufeinander. Er lud sie zum Diner, stets lehnte sie ab; einmal war sie einverstanden, kam aber nicht.

Ein machiavellistischer Gedanke reifte in seinem Hirn.

Er kannte über Dussardier die Nörgeleien Pellerins ihn betreffend, und darum überlegte er, das Porträt der Marschallin in Auftrag zu geben, ein Porträt in Lebensgröße, für das viele Sitzungen nötig wären; er wollte bei keiner fehlen; die notorische Unpünktlichkeit des Künstlers würde ihre Tête-à-Têtes begünstigen. Er bewog also Rosanette, sich malen zu lassen, um ihr Gesicht dem teuren Arnoux zu verehren. Sie war einverstanden, denn sie sah sich bereits in der Mitte des Großen Salons, am Ehrenplatz, vor ihr eine Menschenmenge, und die Zeitungen würden davon berichten, mit einem Schlag wäre sie »eine Berühmtheit«.

Was Pellerin anging, so stürzte er sich gierig auf den Vorschlag. Das Porträt adelte ihn zum großen Mann, würde ein Meisterwerk.

Er ließ im Gedächtnis alle ihm bekannten großen

Porträts an sich vorüberziehen und entschied sich zuletzt für einen Tizian, in seiner Wirkung verstärkt durch Ausschmückungen à la Veronese. Er würde sein Bild also ohne künstliche Schatten ausführen, in prallem Licht, das Fleisch musste in einem einzigen Farbton leuchten und alles Beiwerk zum Funkeln bringen.

»Wenn ich ihr«, dachte er, »ein rosa Seidenkleid anzöge, mit einem orientalischen Burnus? Nein! viel zu ordinär, ein Burnus! oder wenn ich sie lieber in blauen Samt kleidete, vor einem grauen, sehr kräftigen Hintergrund? Man könnte ihr auch einen Kragen umlegen aus weißer Gipüre, mit einem schwarzen Fächer und dahinter ein scharlachroter Vorhang?«

Und als er so grübelte, wurde sein Unterfangen von Tag zu Tag großartiger, und er geriet darob in Verzückung.

Sein Herz klopfte heftig, als Rosanette, in Begleitung Frédérics, zur ersten Sitzung erschien. Er stellte sie auf eine Art Podest mitten im Raum; und während er über die Beleuchtung klagte und seinem alten Atelier nachjammerte, musste sie sich zuerst auf einen Sockel stützen, dann in einen Fauteuil setzen, und indem er abwechselnd mal zurücktrat und sich ihr wieder näherte, um mit einem Schnipser die Falten ihres Kleides zu korrigieren, betrachtete er sie durch halb zugekniffene Augen und zog Frédéric in knappen Worten zu Rate.

»Nein, so nicht!« rief er. »Ich bleibe bei meiner Idee! Ich mache Sie zur Venezianerin!«

Sie werde ein mohnrotes Samtkleid tragen, mit einem Gürtel aus Goldschmiedearbeit, und aus dem weiten hermelingefütterten Ärmel schaue ihr nackter Arm, der die Balustrade einer hinter ihr aufsteigenden Treppe berührt. Zu ihrer Linken rage eine hohe Säule hinauf zum Bildrand, einem architektonischen Rahmen in Bogenform. Darunter sehe man, leicht hingehaucht, beinah schwarze Orangenhaine, von denen ein blauer Himmel absteche mit weißen Wolkenstreifen. Auf dem mit einem Teppich bedeckten Baluster liege in einer silbernen Schale ein Blütenstrauß, ein Rosenkranz von Bernstein, ein Dolch und eine Schatulle aus altem vergilbten Elfenbein mit hervorquellenden Goldzechinen; ein paar davon, hier und dort zu Boden gefallen, bildeten sogar eine Spur gleißender Tupfer, das Auge hinführend zu ihrer Fußspitze, diese ruhe nämlich auf der vorletzten Stufe, in einer natürlichen Bewegung und mitten im Licht.

Er ging eine Bilderkiste holen, platzierte sie auf dem Podest, zum Ersatz für die Stufe; dann legte er als Requisiten auf einen Hocker, der die Balustrade vorstellte, seinen Malerkittel, einen Schild, eine Sardinenbüchse, eine Handvoll Federn, ein Messer, und nachdem er vor Rosanette ein Dutzend Gros Sous ausgestreut hatte, lud er sie ein zu ihrer Pose.

»Denken Sie, diese Dinge hier sind Reichtümer, prunkvolle Geschenke. Den Kopf ein bisschen nach rechts! Ausgezeichnet! Und jetzt nicht mehr rühren! Diese majestätische Haltung passt gut zu Ihrem Schönheitstypus.«

Sie trug ein Kleid mit Schottenkaro, dazu einen dicken Muff, und musste sich das Lachen verkneifen.

»Und in die Frisur schlingen wir eine Perlenschnur: das macht sich immer gut bei rotem Haar.«

Die Marschallin protestierte, sie habe kein rotes Haar.

»Lassen Sie doch! Das Rot der Maler ist nicht das Rot der Bürger!«

Er begann, die Aufteilung der Flächen zu skizzieren; und er war so beschäftigt mit den großen Künstlern der Renaissance, dass er von ihnen sprach. Eine Stunde lang träumte er laut von diesen herrlichen Existenzen, voller Genie, Ruhm und Pracht, von ihren triumphalen Einzügen in die Städte und den Festen im Fackelschein, inmitten halbnackter Frauen, so schön wie Göttinnen.

»Sie waren geschaffen, in jener Zeit zu leben. Ein Geschöpf Ihres Schlags verdiente einen Kirchenfürst!«

Rosanette fand seine Komplimente entzückend. Man vereinbarte den Tag für die nächste Sitzung; Frédéric übernahm es, die Requisiten mitzubringen.

Durch die Hitze des Ofens war Rosanette ein wenig benommen, darum gingen sie zu Fuß, über die Rue du Bac, und kamen an den Pont Royal.

Das Wetter war schön, herb und strahlend. Die Sonne ging langsam unter; ein paar Fensterscheiben in der Cité blitzten fernab wie goldene Schilder, während sich rechts hinten die Türme von Notre-Dame schwarz abzeichneten vor dem blauen Himmel, der am Horizont träge eintauchte in grauen Dunst. Wind blies; und da Rosanette erklärte, sie habe Hunger, gingen sie in die Pâtisserie anglaise.

Junge Frauen mit ihren Kindern aßen im Stehen an der Marmortheke, wo sich unter Glasglocken die Teller mit kleinen Kuchen drängten. Rosanette verschlang zwei Sahnetörtchen. Der Puderzucker malte ihr um die Mundwinkel einen Bart. Dann und wann zog sie, um sich abzuwischen, ihr Taschentuch aus dem Muff; und ihr Gesicht unter dem grünseidnen Kapotthütchen glich einer aufgeblühten Rose inmitten ihrer Blätter.

Sie machten sich wieder auf den Weg; in der Rue de la Paix blieb sie vor dem Laden eines Goldschmieds stehen und betrachtete ein Armband; Frédéric wollte es ihr schenken.

»Nein«, sagte sie, »behalte dein Geld.«

Diese Bemerkung kränkte ihn.

»Was hat denn unser Häschen? Sind wir traurig?«

Und weil das Gespräch nun wieder angeknüpft war, kam es wie gewöhnlich zu Liebesbeteuerungen.

»Du weißt doch, es ist unmöglich!«

»Warum?«

»Ach! darum …«

Sie schlenderten nebeneinander her, sie an seinem Arm, und die Volants ihres Kleides schlugen ihm gegen die Beine. Da kam ihm eine Winterdämmerung in den Sinn, als auf dem gleichen Trottoir Madame Arnoux neben ihm hergegangen war; und diese Erinnerung nahm ihn so gefangen, dass er Rosanette nicht mehr spürte und nicht mehr an sie dachte.

Sie schaute zerstreut geradeaus, ließ sich ein wenig ziehen wie ein faules Kind. Um diese Stunde kehrte man von Spazierfahrten heim, und Equipagen glitten in schnellem Trab übers trockene Pflaster. Pellerins Schmeicheleien huschten ihr wahrscheinlich durch den Kopf, sie seufzte.

»Ach! wie glücklich sind manche Frauen! Ich bin für einen reichen Mann geschaffen, wahrhaftig.«

Er antwortete grob:

»Sie haben doch einen!« Denn Monsieur Oudry galt als dreifacher Millionär.

Nichts wollte sie lieber als ihn loswerden.

»Was hindert Sie?«

Und er goss bitteren Spott über diesen alten Bürger mit seiner Perücke, bewies ihr, wie unwürdig eine solche Liaison war, sie müsse mit ihm brechen!

»Ja«, erwiderte die Marschallin, als rede sie mit sich selber. »Irgendwann werde ich das wohl tun!«

Frédéric entzückte diese Gleichgültigkeit. Sie ging langsamer, er glaubte, sie wäre müde. Doch wollte sie stur immer noch keinen Wagen, und sie verabschiedete ihn vor der Haustür, ein Kusshändchen werfend.

»Ach! wie schade! und dabei halten mich irgendwelche Einfaltspinsel für reich!«

Er war düsterer Stimmung, als er zu Hause ankam.

Hussonnet und Deslauriers erwarteten ihn.

Der Bohemien saß am Tisch und zeichnete Türkenköpfe, und der Advokat schlummerte in dreckigen Stiefeln auf dem Diwan.

»Ah! endlich!« rief er. »Was schaust du so wild! Kannst du mir mal zuhören?«

Seine Beliebtheit als Repetitor war im Schwinden, denn er fütterte seine Schüler mit Theorien, die sich ungünstig auswirkten auf ihre Prüfungen. Er hatte zwei- oder dreimal vor Gericht plädiert, hatte verloren, und jede neue Enttäuschung trieb ihn stärker zurück zu seinem alten Traum: eine Zeitung, wo er sich entfalten könnte, sich rächen, seine Galle ausspucken und seine Gedanken. Reichtum und Ruhm kämen dann von allein. In dieser Hoffnung hatte er den Bohemien umgarnt, denn Hussonnet besaß ja ein Blatt.

Im Augenblick druckte er es auf rosa Papier, erfand Enten, fabrizierte Rätsel, suchte Polemiken zu entfachen und wollte sogar (obwohl es an Räumlichkeiten fehlte) Konzerte veranstalten! Das Jahresabonnement »berechtigte zu einem Platz im vorderen Parkett in einem der großen Pariser Theater; darüber hinaus erbot sich die Geschäftsführung, den hochverehrten Fremden alle wünschenswerten Auskünfte künstlerischer und anderer Natur zu erteilen«. Der Drucker freilich drohte bereits, dem Vermieter schuldete man drei Raten, allerlei Bedrängnisse waren aufgetaucht; und Hussonnet hätte *L'Art* eingehen lassen, ohne die Ermahnungen des Advokaten, der ihm tagtäglich ins Gewissen redete. Er hatte ihn mitgebracht, um seinem Vorstoß mehr Gewicht zu verleihen.

»Wir kommen wegen der Zeitung«, sagte er.

»So, daran denkst du noch!« antwortete Frédéric zerstreut.

»Und ob ich daran denke!«

Und wieder erläuterte er seinen Plan. Durch Börsenberichte wollten sie Verbindungen zu Finanzleuten knüpfen und auf diesem Weg die nötigen hunderttausend Franc Kaution auftreiben. Damit das Blatt in eine politische Zeitung umgewandelt werden konnte, brauchte es jedoch vorab einen größeren Abnehmerkreis, und deshalb musste man sich zu einigen Ausgaben entschließen sowohl für Papier- wie auch für Druck- und Bürokosten, kurzum eine Summe von fünfzehntausend Franc.

»Ich habe kein Kapital«, sagte Frédéric.

»Und wir vielleicht!« meinte Deslauriers, die Arme vor der Brust verschränkend.

Frédéric, beleidigt durch diese Geste, erwiderte:

»Ist das meine Schuld? …«

»Ah! sehr gut! Und sie haben Holz in ihrem Kamin, Trüffel auf ihrem Tisch, ein gutes Bett, eine Bibliothek, einen Wagen, alle Annehmlichkeiten! Aber dass ein andrer zittert vor Kälte unterm Dach, für zwanzig Sou zu Abend isst, arbeitet wie ein Zuchthäusler und im Elend herumwatet, ist das ihre Schuld?«

Und er wiederholte: »Ist das ihre Schuld?«, mit einer ciceronianischen Ironie, die nach Justizpalast roch. Frédéric wollte etwas sagen.

»Außerdem, ich versteh schon, man hat Bedürfnisse … aristokratische; sicher … irgendeine Frau …«

»Und wenn schon? Bin ich nicht frei? …«

»Oh! völlig frei!«

Und nach kurzem Schweigen:

»Versprechungen sind ja so bequem!«

»Mein Gott! ich leugne sie nicht!« sagte Frédéric.

Der Advokat machte weiter:

»Im Collège schwört man Eide, wir werden eine Phalanx bilden, Balzacs *Dreizehn* nacheifern! Wenn man sich dann wiedersieht: Guten Abend, alter Junge, scher dich zum Teufel! Derjenige, der nämlich den anderen unterstützen könnte, behält sorgsam alles für sich allein.«

»Wie?«

»Ja, du hast uns nicht einmal bei den Dambreuses eingeführt!«

Frédéric betrachtete ihn; mit seinem schäbigen Gehrock, seiner trüb gewordenen Brille und seinem blassen Gesicht wirkte der Advokat so schulmeisterlich, dass er ein verächtliches Lächeln um die Lippen nicht unterdrücken konnte. Deslauriers sah es und errötete.

Er nahm schon seinen Hut und wollte gehen. Hussonnet, zutiefst beunruhigt, versuchte ihn durch flehende Blicke zu besänftigen, und als Frédéric ihm den Rücken kehrte:

»Also, mein Junge! Werden Sie mein Mäzen! Fördern Sie die Künste!«

Frédéric griff in einer jähen Anwandlung von Resignation nach einem Blatt Papier, kritzelte ein paar Zeilen und reichte es ihm. Das Gesicht des Bohemiens strahlte. Dann gab er den Brief weiter an Deslauriers:

»Leisten Sie Abbitte, Seigneur!«

Ihr Freund beschwor seinen Notar, ihm so schnell wie möglich fünfzehntausend Franc zu schicken.

»Ach! darin erkenne ich dich wieder!« sagte Deslauriers.

»Auf Kavaliersparole!« setzte der Bohemien hinzu, »Sie sind ein wackerer Kerl, man wird Sie in die Galerie der nützlichen Menschen aufnehmen!«

Der Advokat ergänzte:

»Du verlierst dabei gar nichts, die Spekulation ist ausgezeichnet.«

»Donnerwetter!« rief Hussonnet, »dafür leg ich meinen Kopf aufs Schafott.«

Und er verzapfte so viele Dummheiten und versprach so viele Wunder (an die er vielleicht glaubte), dass Frédéric nicht wusste, spottete er über die andern oder über sich selbst.

Am selben Abend erhielt er einen Brief von seiner Mutter.

Sie staunte, dass er noch nicht Minister war, und neckte ihn auch sonst ein bisschen. Dann erzählte sie von ihrer Gesundheit und ließ ihn wissen, Monsieur Roque komme jetzt bisweilen zu ihr. »Seit er Witwer ist, spricht nichts mehr dagegen, ihn zu empfangen. Louise hat sich sehr zu ihrem Vorteil verändert.« Und als Postskriptum: »Du berichtest mir nie von Deiner feinen Bekanntschaft, Monsieur Dambreuse; an Deiner Stelle würde ich sie nützen.«

Warum nicht? Seine geistigen Ambitionen hatte er aufgegeben, und sein Vermögen (das merkte er nun) war zu gering; denn hatte er einmal seine Schulden beglichen und den andern die zugesagte Summe ausgezahlt, schrumpften seine Einkünfte um wenigstens viertausend Franc! Außerdem spürte er das Bedürfnis, herauszukommen aus dieser Existenz, sich an irgendetwas zu klammern. Deshalb sagte er am nächsten Tag, als er bei Madame Arnoux dinierte, seine Mutter lasse ihm keine Ruhe, er müsse einen Beruf ergreifen.

»Ich hatte angenommen«, erwiderte sie, »Monsieur Dambreuse sollte Ihnen in den Staatsrat verhelfen? Das würde sehr gut für Sie passen.«

Sie wollte es also. Er gehorchte.

Der Bankier saß wie beim ersten Mal hinter seinem Schreibtisch und bat ihn mit einer Geste, er möge ein paar Minuten warten, denn ein Herr, den Rücken zur Tür, besprach mit ihm wichtige Dinge. Es ging um Steinkohle und einen geplanten Zusammenschluss zwischen verschiedenen Kompanien.

Die Porträts von General Foy und Louis Philippe hingen, aufeinander abgestimmt, zu beiden Seiten des Spiegels; Aktenfächer ragten vor der Wandtäfelung bis hinauf zur Decke, und dann standen da noch sechs Stühle mit Strohgeflecht, Monsieur Dambreuse brauchte für seine Geschäfte kein schöneres Logis; wie auch in düsteren Küchen große Festmahle zubereitet werden. Frédéric betrachtete vor allem zwei ungeheure, in den Ecken aufgestellte Geldschränke. Er fragte sich, wie viele Millionen hätten darin wohl Platz. Der Bankier öffnete einen, und die eiserne Tür drehte sich in den Angeln, zu sehen waren aber nur Hefte aus blauem Papier.

Endlich ging die Person an Frédéric vorbei. Es war der alte Oudry. Errötend grüßten sie einander, was Monsieur Dambreuse zu wundern schien. Darüber hinaus zeigte er sich sehr liebenswürdig. Nichts einfacher, als seinen jungen Freund dem Justizminister zu empfehlen. Man werde sich glücklich schätzen, ihn zu bekommen; und er beschloss seine Höflichkeiten mit der Einladung zu einer Abendgesellschaft, die er in ein paar Tagen gab.

Frédéric stieg gerade in sein Coupé, um sich dorthin zu begeben, da kam ein Billett der Marschallin. Im Schein der Laternen las er:

»Lieber, ich bin Ihrem Rat gefolgt. Eben habe ich meinen Osage verjagt. Ab morgen abend Freiheit! Was sagen Sie, bin ich nicht wacker.«

Mehr nicht! Das hieß doch, ihm den freien Platz anbieten. Er jauchzte einmal laut, stopfte das Billett in die Tasche und fuhr los.

Zwei berittene Munizipalgardisten standen auf der Straße. Eine Reihe Lampions brannte über den beiden Einfahrtstoren; und im Hof riefen Bedienstete, winkten die Wagen bis vor die Außentreppe unter das Glasdach. Dann verstummte der Lärm mit einem Schlag in der Vorhalle.

Hohe Bäume erfüllten das Treppenhaus; die Porzellankugeln verströmten ein Licht, das an den Wänden schillerte wie Moiré von weißem Satin. Frédéric stieg munter die Stufen hinauf. Ein Türsteher verkündete seinen Namen: Monsieur Dambreuse reichte ihm die Hand; fast im selben Augenblick erschien Madame Dambreuse.

Sie trug ein malvenblaues, spitzenbesetztes Kleid, ihr Haar lockiger als gewöhnlich und kein einziges Schmuckstück.

Sie klagte wegen seiner seltenen Besuche, fand einen Vorwand, etwas zu sagen. Die Gäste kamen; als Gruß warfen sie den Oberkörper ruckartig zur Seite oder verbeugten sich bis auf die Erde oder neigten nur kurz das Haupt; dann ging ein Ehepaar vorüber, eine Familie, und alle zerstreuten sich in dem bereits vollen Salon.

Unter dem Lüster, in der Mitte, trug ein riesiger Puff eine Jardiniere, aus der sich die Blumen über den Köpfen der im Kreis rundherum sitzenden Frauen wölbten wie Federbüsche, während andere auf den Bergeren Platz genommen hatten, in zwei geraden Reihen, symmetrisch unterbrochen von wuchtigen nacaratroten Samtvorhängen an den Fenstern und hohen Türöffnungen mit vergoldetem Sturz.

Die Schar der Männer auf dem Parkett, mit dem Hut in der Hand, bildete von weitem eine einzige schwarze Masse, in der hier und da die Bänder in den Knopflöchern rote Punkte setzten und die noch düsterer wirkte durch das eintönige Weiß der Halsbinden. Ausgenommen ein paar Jünglinge mit flaumig sprießendem Bart schienen alle sich zu langweilen; ein paar Dandys schaukelten mit verdrießlicher Miene auf ihren Absätzen. Grauköpfe, Perücken gab es viele; ab und zu glänzte irgendwo eine Glatze; und die Gesichter, rotglühend oder sehr bleich, offenbarten in ihrer Verwelktheit die Spur unendlicher Strapazen, – die Menschen hier gehörten in die Politik oder in die Geschäftswelt. Monsieur Dambreuse hatte auch verschiedene Wissenschaftler geladen, hohe Justizbeamte, zwei oder drei berühmte Ärzte, und mit bescheidener Haltung erwehrte er sich der Lobreden über den Abend und ebenso der Anspielungen auf seinen Reichtum.

Überall trippelte eine Dienerschaft mit breiten Goldtressen. Die großen mehrarmigen Wandleuchter sprühten wie Feuergarben vor den Tapeten; sie verdoppelten sich in den Spiegeln; und ganz hinten im Speisesaal, wo ein Jasminspalier prangte, glich das Büfett dem Hochaltar einer Kathedrale oder einer Ausstellung von Goldschmiedekunst, – mit all den Schüsseln, Glocken, Gedecken und Löffeln aus Silber und aus Vermeil, inmitten des facettierten Kristalls, das über die Fleischgerichte hinwegfunkelte in irisierenden Strahlen. Die drei anderen Salons quollen über von Kunstwerken: Landschaften großer Meister an den Wänden, Elfenbein und Porzellan ringsum auf den Tischen, Chinoiserien auf den Konsolen; Lackparavents spreizten sich vor den Fenstern, Kamelienbüsche reckten sich in den Kaminen; und eine anmutige Musik vibrierte in der Ferne, wie Bienengesumm.

Nur wenige Quadrillen hatten sich gebildet, und so nachlässig wie ihre Eskarpins über den Boden schleiften, entledigten die Tänzer sich offenbar einer Pflicht. Frédéric hörte Sätze wie:

»Waren Sie auf dem letzten Wohltätigkeitsfest im Hôtel Lambert, Mademoiselle?«

»Nein, Monsieur!«

»Das gibt hier gleich eine Hitze!«

»O ja! zum Ersticken!«

»Von wem ist diese Polka?«

»Ach Gott! ich weiß nicht, Madame!«

Und hinter ihm tuschelten in einer Fensternische drei alte Gecken obszöne Bemerkungen; andere plauderten über Eisenbahn, Freihandel; ein Sportsmann erzählte eine Jagdgeschichte; ein Legitimist und ein Orleanist debattierten.

Von Gruppe zu Gruppe schlendernd, kam er in den Salon der Spieler, wo er in einem Kreis gewichtiger Herrschaften Martinon erkannte, »nunmehr der Staatsanwaltschaft der Hauptstadt zugeteilt«.

Sein feistes, wächsernes Gesicht füllte angemessen seine Fraise, ein wahres Wunder, so akkurat geschnitten war das schwarze Haar; und ein Justemilieu wahrend zwischen der seinem Alter geschuldeten Eleganz und der Würde, die sein Beruf verlangte, klemmte er seinen Daumen mal in den Achselausschnitt nach Gepflogenheit der Stutzer, dann wieder schob er seinen Arm in die Weste nach Art der Doktrinäre. Obwohl er exzessiv glänzende Lackstiefel trug, hatte er sich die Schläfen rasiert, denn so bekam er eine Denkerstirn.

Nach ein paar kühl hingeworfenen Worten drehte er sich wieder zu seinem Winkelkonzil. Ein Haus- und Grundbesitzer sagte:

»Das ist eine Menschenklasse, die träumt vom Umsturz der Gesellschaft!«

»Sie fordern die Organisation der Arbeit!« ergänzte ein anderer. »Ist denn das zu fassen?«

»Was wollen Sie!« meinte ein dritter, »wenn man sieht, wie Monsieur de Genoude dem *Siècle* die Hand reicht.«

»Und selbst Konservative nennen sich fortschrittlich! Um uns was zu bescheren? die Republik! als ob die möglich wäre in Frankreich!«

Alle stellten fest, die Republik sei unmöglich in Frankreich.

»Gleichviel«, erklärte ein Herr sehr laut. »Man beschäftigt sich viel zu viel mit der Revolution; man veröffentlicht einen Haufen Geschichten, Bücher! …«

»Und darüber hinaus«, sagte Martinon, »gibt es vielleicht wichtigere Gegenstände zu erforschen.«

Ein Regierungstreuer wetterte über Theaterskandale:

»Also zum Beispiel dieses neue Drama, *Königin Margot*, das geht doch wahrhaftig zu weit! Wo ist die Notwendigkeit, uns von den Valois zu erzählen? All dies zeigt das Königtum in schlechtem Licht! Ganz wie Ihre Presse! Die Septembergesetze, da kann man sagen, was man will, sind viel zu milde! Ich für mein Teil hätte gern Standgerichte, um den Journalisten das Maul zu stopfen! Bei der kleinsten Frechheit, vor einen Kriegsrat geschleppt! und fertig!«

»Oh! Vorsicht, Monsieur, Vorsicht!« sagte ein Professor, »beschneiden Sie nicht unsere kostbaren Errungenschaften von 1830! achten wir unsere Freiheiten!«

Man müsse vielmehr dezentralisieren, den Überschuss der Städte auf das Land verteilen.

»Aber die sind doch vergiftet!« schrie ein Katholik. »Tut etwas, stärkt die Religion!«

Martinon beeilte sich und sagte:

»In der Tat, sie ist ein Zügel!«

Alles Übel liege in dem modernen Gelüst, sich über seine Klasse zu erheben, im Wunsch nach Luxus.

»Und doch«, gab ein Industrieller zu bedenken, »der Luxus fördert den Handel. Deshalb unterstütze ich den Duc de Nemours, der verlangt für seine Abendgesellschaften die Kniehose.«

»Monsieur Thiers ist in langen Hosen hingegangen. Kennen Sie sein Bonmot?«

»Ja, bezaubernd! Aber er entwickelt sich zum Demagogen, und seine Rede in der Frage der Unvereinbarkeiten war nicht ganz ohne Einfluss auf das Attentat vom 12. Mai.«

»Ach wo!«

»Tja! tja!«

Der Kreis musste sich ein wenig öffnen, um einen Diener mit einem Tablett durchzulassen, der in den Salon der Spieler zu gelangen suchte.

Unter dem grünen Lichtschirm der Kerzen lagen reihenweise Karten und Goldmünzen auf dem Tisch. Frédéric blieb stehen, verlor die fünfzehn Napoleondor, die er in der Tasche hatte, machte auf dem Absatz kehrt und stand auf der Schwelle des Boudoirs, in dem Madame Dambreuse verweilte.

Frauen füllten es ganz und gar, dicht nebeneinander, auf Sitzen ohne Rückenlehne. Die langen, bauschigen Röcke waren wie Wogen, aus denen ihre Taille hervortauchte, und ihre Brüste boten sich dem Blick im Ausschnitt der Korsage. Fast jede hatte einen Veilchenstrauß in der Hand. Der matte Farbton ihrer Handschuhe unterstrich das menschliche Weiß ihrer Arme; Fransen, Gräser hingen auf ihre Schultern, und manchmal, wenn sie aus irgendeinem Grund erschauderten, glaubte man, sie verlören jetzt gleich ihr Kleid. Die Wohlanständigkeit der Gesichter mäßigte freilich das Aufreizende der Garderobe; die eine oder andere zeigte sogar eine nahezu tierische Sanftmut, und diese Versammlung halbnackter Frauen erinnerte an einen Harem; dem jungen Mann kam ein noch derberer Vergleich in den Sinn. Tatsächlich saßen hier Schönheiten jeder Art: Engländerinnen mit Profilen wie aus einem Keepsake, eine Italienerin, deren schwarze Augen blitzten wie ein Vesuv, drei blaugewandete Schwestern, drei Normanninnen, frisch wie Apfelbäume im April, eine große Rothaarige mit einem Geschmeide aus Amethyst; – und das weiße Gefunkel der Diamanten, die als Aigretten in den Frisuren zitterten, die leuchtenden Sprenkel der Edelsteine auf den Busen und der sanfte Glanz der Perlen, die alle Gesichter umschmeichelten, vermischte sich mit dem Gleißen der Goldringe, mit den Spitzen, dem Puder, den

Federn, dem Zinnober der kleinen Münder, dem Perlmutt der Zähne. Der zur Kuppel gewölbte Plafond verlieh dem Boudoir die Form eines Körbchens; und ein Schwall parfümierter Luft entstieg dem Fächergewedel.

Frédéric, hinter ihnen auf Posten, das Monokel im Auge, fand nicht alle Schultern makellos; er dachte an die Marschallin, und das zähmte seine Versuchungen oder war immerhin ein Trost.

Er beobachtete indes Madame Dambreuse, und sie dünkte ihn bezaubernd, trotz ihres ein wenig breiten Mundes und der zu großen Nasenlöcher. Doch ihre Anmut hatte etwas Besonderes. Die Locken ihres Haars verrieten leidenschaftliche Wehmut, und ihre achatfarbene Stirn schien so manches zu bergen und zeugte von einem herrischen Wesen.

Sie hatte neben sich die Nichte ihres Mannes gesetzt, eine eher hässliche junge Person. Von Zeit zu Zeit erhob sie sich, um neu Eintreffende zu empfangen; und das anschwellende Murmeln der weiblichen Stimmen klang wie Vogelgegacker.

Es ging um tunesische Gesandte und ihre Tracht. Eine Dame hatte letzthin der Aufnahme eines neuen Mitglieds in die Akademie beigewohnt; eine andere sprach von Molières *Don Juan*, neulich erst aufgeführt am Théâtre-Français. Doch mit einem zwinkernden Blick auf die Nichte legte Madame Dambreuse einen Finger an den Mund, und ein Lächeln, das ihr entschlüpfte, widersprach dieser Strenge.

Plötzlich erschien Martinon, gegenüber, in der anderen Tür. Sie erhob sich. Er reichte ihr seinen Arm. Frédéric wollte sehen, wie er sein Getändel fortsetzen würde, ging zwischen den Spieltischen hindurch und folgte ihnen in den großen Salon; Madame Dambreuse ließ sogleich ihren Kavalier stehen und plauderte mit ihm ganz ungezwungen.

Sie verstand, dass er nicht spielte, nicht tanzte.

»In der Jugend ist man schwermütig!« Dann, den Ball mit einem einzigen Blick umfangend:

»Außerdem ist das alles nicht lustig! für gewisse Naturen wenigstens!«

Und sie verweilte vor der Reihe aus Fauteuils, schenkte hier und dort ein freundliches Wort, während Greise, die Binokel mit zwei Bügeln trugen, näher kamen und ihr den Hof machten. Einigen präsentierte sie Frédéric. Monsieur Dambreuse berührte ihn leicht am Ellbogen und führte ihn hinaus auf die Terrasse.

Er hatte den Minister gesehen. Die Sache war nicht einfach. Bevor man als Auditor im Staatsrat zugelassen werde, müsse man eine Prüfung ablegen; Frédéric, gepackt von unerklärlichem Selbstvertrauen, antwortete, er beherrsche den Stoff.

Der Finanzmann war nicht weiter überrascht, nach all den Lobreden, die Monsieur Roque auf ihn hielt.

Bei diesem Namen sah Frédéric die kleine Louise wieder vor sich, ihr Haus, ihr Zimmer; und er entsann sich ähnlicher Nächte, als er am Fenster stand und den vorbeirollenden Fuhrleuten nachhorchte. Die Erinnerung an seine Traurigkeit lenkte seine Gedanken zu Madame Arnoux; und er schwieg, während sie weiter auf der Terrasse hin und her gingen. Die Fenster standen als hohe rote Tafeln in der Finsternis; die Ballgeräusche wurden leiser; schon fuhren die ersten Wagen.

»Warum«, fragte nun Monsieur Dambreuse, »liegt Ihnen denn so viel am Staatsrat?«

Und er behauptete, im Ton eines Liberalen, öffentliche Ämter führten zu nichts, darin habe er Erfahrung; Geschäftemachen sei besser. Frédéric gab zu bedenken, das wäre doch schwer zu erlernen.

»Ach was! in kurzer Zeit mache ich Sie damit vertraut.«

Wollte er ihn an seinen Unternehmungen beteiligen?

Der junge Mann sah blitzartig ein riesiges Vermögen vor sich auftauchen.

»Gehen wir hinein«, sagte der Bankier. »Sie soupieren doch mit uns?«

Es war drei Uhr, alles ging. Im Speisesaal wartete ein gedeckter Tisch auf die engen Freunde.

Monsieur Dambreuse entdeckte Martinon, und neben seine Frau tretend, leise:

»Haben Sie ihn eingeladen?«

Sie erwiderte schroff:

»Ja, natürlich.«

Die Nichte war nicht da. Man trank sehr gut, man lachte sehr laut; und gewagte Scherze erregten keinen Anstoß, denn alle spürten jene Erleichterung, die auf allzu lange Steifheiten folgt. Nur Martinon zeigte sich ernst; er wollte keinen Champagnerwein trinken, aus vornehmer Zurückhaltung, ansonsten geschmeidig und überaus höflich, erkundigte er sich bei Monsieur Dambreuse, der engbrüstig war und über Atemnot klagte, mehrmals nach dem Befinden; dann wanderte sein blassblauer Blick zu Madame Dambreuse.

Sie ermunterte Frédéric zu sagen, welche der jungen Damen ihm gefiel. Keine sei ihm ins Auge gestochen, und außerdem bevorzuge er Frauen um die dreißig.

»Das ist vielleicht gar nicht dumm!« erwiderte sie.

Während alle schon ihre Gehpelze und Paletots anzogen, sagte ihm Monsieur Dambreuse:

»Schauen Sie an einem der nächsten Vormittage bei mir vorbei, dann reden wir!«

Am Fuß der Treppe entzündete sich Martinon eine Zigarre; und als er so daran saugte, bot er ein derart behäbiges Profil, dass seinem Gefährten der Satz entfuhr:

»Du hast wirklich einen Schädel!«

»Er hat schon mancher den ihren verdreht!« entgegnete der junge Justizbeamte, halb überzeugt, halb beleidigt.

Frédéric rekapitulierte beim Zubettgehen den Abend. Zunächst einmal war an seiner Toilette (er hatte sich mehrfach in den Spiegeln beobachtet), vom Schnitt seines Fracks bis zur Schleife auf den Eskarpins, nicht das geringste auszusetzen; er hatte mit namhaften Männern gesprochen, reiche Frauen aus der Nähe gesehen, Monsieur Dambreuse hatte sich äußerst zuvorkommend gezeigt und Madame Dambreuse beinah verführerisch. Er prüfte eins nach dem andern jedes ihrer Worte, jeden ihrer Blicke, tausend nicht analysierbare und dennoch vielsagende Dinge. Es wäre verteufelt schön, hätte er eine solche Mätresse! Was sprach dagegen? Er konnte es mit jedem anderen aufnehmen! Vielleicht war sie nicht allzu wählerisch? Da kam ihm Martinon wieder in den Sinn; und schon im Einschlafen, lächelte er mitleidig über den guten Kerl.

Es weckte ihn der Gedanke an die Marschallin; die Worte in ihrem Billett: »Ab morgen abend« waren doch ein Rendezvous für ebendiesen Tag. Er wartete bis neun und lief zu ihr.

Jemand ging vor ihm die Treppe hoch, schloss die Tür. Er zog an der Klingel; Delphine öffnete und versicherte, Madame sei nicht zu Hause.

Frédéric bettelte, flehte. Er habe ihr etwas sehr Wichtiges zu sagen, bloß ein einziges Wort. Schließlich hatte er mit dem Argument einer Hundert-Sou-Münze Erfolg, und das Mädchen ließ ihn allein im Vorzimmer.

Rosanette erschien. Sie war im Hemd, das Haar aufgelöst; und kopfschüttelnd bedeutete sie ihm von weitem mit beiden Armen, sie könne ihn nicht empfangen.

Frédéric stieg die Treppe hinab, langsam. Diese Laune übertraf jede andere. Er verstand gar nichts mehr.

An der Portiersloge trat ihm Mademoiselle Vatnaz in den Weg.

»Sie wurden eingelassen?«

»Nein!«

»Vor die Tür gesetzt?«

»Woher wissen Sie das?«

»Man sieht es! Nun kommen Sie schon! wir gehen! ich ersticke!«

Sie zog ihn hinaus auf die Straße. Sie rang nach Luft. Er spürte, wie ihr magerer Arm auf seinem zitterte. Plötzlich brach es aus ihr hervor:

»Oh! dieser Schuft!«

»Wer denn?«

»Er natürlich! er! Delmar!«

Diese Enthüllung demütigte Frédéric; er fragte:

»Sind Sie ganz sicher?«

»Wenn ich Ihnen sage, dass ich ihm gefolgt bin!« rief die Vatnaz; »ich habe gesehen, wie er hineinging! Begreifen Sie jetzt? Ich musste ja damit rechnen; ich selbst, in meiner Dummheit, habe ihn mitgenommen zu ihr. Wenn Sie wüssten, mein Gott! Ich hab ihn aufgelesen, ich hab ihn ernährt, ich hab ihn gekleidet; und all meine Vorsprachen bei den Zeitungen! Ich liebte ihn wie eine Mutter!« Dann mit höhnischem Gelächter: »Ha! der Herr braucht jetzt samtene Gewänder! davon verspricht er sich was, so ist's! Und sie! Wenn man bedenkt, die kannte ich noch als Weißnäherin! Ohne mich säße sie jetzt schon mehr als zwanzigmal im Dreck. Aber da stoß ich sie rein! o ja! Ich will, dass sie im Armenhaus krepiert! Alles wird man erfahren!«

Und wie einen Schwall Spülwasser, in dem Unrat treibt, kippte ihre Wut alle Schande der Rivalin Frédéric spritzend vor die Füße.

»Sie hat mit Jumillac geschlafen, mit Flacourt, mit dem kleinen Allard, mit Bertinaux, mit Saint-Valéry, dem pockennarbigen. Nein! mit dem andern! Es sind zwei Brüder, was soll's! Und immer wenn sie in Verlegenheit war, habe ich alles geregelt. Was ist für mich rausgesprungen? Sie ist so geizig! Außerdem, das müssen Sie zugeben, war es meinerseits ein nettes Entgegenkommen, mit ihr Umgang zu pflegen, denn schließlich sind wir nicht aus derselben Welt! Bin ich vielleicht eine Dirne? Verkaufe ich mich? Ganz zu schweigen, dass sie dumm ist wie Bohnenstroh! Sie schreibt Kategorie mit *th*. Übrigens passen die zwei gut zusammen; Gleich und Gleich gesellt sich gern, auch wenn er sich Künstler nennt und für ein Genie hält! Oh, mein Gott! besäße er nur ein bisschen Verstand, eine solche Gemeinheit hätte er nicht begangen! Man verlässt doch eine hochherzige Frau nicht für eine Schlampe! Im Grunde schert es mich keinen Deut. Er wird hässlich! Ich verabscheue ihn! Liefe er mir über den Weg, hören Sie, ins Gesicht würde ich ihm spucken.« Sie spuckte. »Ja, so viel wert ist er mir jetzt! Und Arnoux, hm? Ist das nicht erbärmlich? So oft hat er ihr verziehen! Unvorstellbar, wie viel Opfer er gebracht hat! Sie müsste ihm die Füße küssen! Er ist so großzügig, so gut!«

Frédéric tat es wohl zu hören, wie Delmar herabgezogen wurde in den Schmutz. Mit Arnoux hatte er sich arrangiert. Diese Niederträchtigkeit Rosanettes erschien ihm als etwas Abnormes, Ungerechtes; und angesteckt von der Erregung des alten Mädchens, empfand er für ihn schließlich so etwas wie Rührung. Plötzlich stand er vor seiner Tür; Mademoiselle Vatnaz hatte ihn, ohne dass er es merkte, den Faubourg Poissonnière hinuntergelotst.

»Da sind wir«, sagte sie. »Ich kann nicht hinaufgehen. Aber Sie, nichts hindert Sie?«

»Wozu?«

»Damit Sie ihm alles sagen, herrje!«

Frédéric, wie aus dem Schlaf geschreckt, begriff, zu welcher Gemeinheit sie ihn anstiftete.

»Nun?« drängte sie.

Er blickte hoch zur zweiten Etage. Madame Arnoux' Lampe brannte. Es hinderte ihn wirklich nichts, hinaufzugehen.

»Ich warte hier. Los!«

Dieser Befehl ernüchterte ihn vollends, und er sagte:

»Ich bleibe lange da oben. Es wäre besser, Sie fahren nach Hause. Ich besuche Sie morgen.«

»Nein, nein!« erwiderte die Vatnaz aufstampfend. »Packen Sie ihn! nehmen Sie ihn mit! er muss die zwei überraschen!«

»Aber Delmar ist dann längst fort!«

Sie ließ den Kopf hängen.

»Ja, da haben Sie vielleicht recht?«

Und wortlos blieb sie mitten auf der Straße, zwischen den Wagen; dann heftete sie auf ihn ihre Wildkatzenaugen:

»Ich kann mich auf Sie verlassen, stimmt's? Zwischen uns beiden ist das jetzt besiegelt! Machen Sie schon. Bis morgen!«

Als Frédéric über den Korridor ging, hörte er zwei Stimmen, die abwechselnd sprachen. Die von Madame Arnoux sagte:

»Lüg nicht! so lüg doch nicht!«

Er trat ein. Sie verstummten.

Arnoux ging auf und ab, und Madame saß auf dem kleinen Stuhl beim Feuer, ausnehmend blass, mit starrem Blick. Frédéric wollte sich schon zurückziehen. Arnoux ergriff seine Hand, glücklich über den unverhofften Beistand.

»Ich fürchte …«, sagte Frédéric.

»Bleiben Sie!« flüsterte Arnoux ihm ins Ohr.

Madame erklärte:

»Sie müssen nachsichtig sein, Monsieur Moreau! Das sind Dinge, die vorkommen in einer Ehe.«

»Nur weil man sie hineintut«, sagte Arnoux vergnügt. »Frauen haben manchmal so Grillen! Die hier zum Beispiel ist nicht boshaft. Nein, im Gegenteil! Und doch, seit einer Stunde hat sie ihren Spaß und piesackt mich mit einem Haufen Geschichten.«

»Sie stimmen alle!« erwiderte Madame Arnoux aufgeregt. »Du hast ihn schließlich gekauft.«

»Ich?«

»Ja, du höchstpersönlich! beim Perser!«

»Der Kaschmirschal!« dachte Frédéric.

Er fühlte sich schuldig und hatte Angst.

Sie fügte rasch noch hinzu:

»Es war im letzten Monat, an einem Samstag, dem 14.«

»Ach! genau an dem Tag war ich in Creil! Du siehst also.«

»Keineswegs! Wir waren nämlich zum Diner bei den Bertins, am 14.«

»Am 14.? …«, sagte Arnoux, die Augen verdrehend, als suche er nach einem Datum.

»Und der Kommis, der dich bedient hat, war blond!«

»Wie soll ich mich an den Kommis erinnern!«

»Er hat jedenfalls nach deinen Angaben die Adresse aufgeschrieben: 18, Rue de Laval.«

»Woher weißt du das?« sagte Arnoux verdutzt.

Sie zuckte die Achseln.

»Oh! das ist ganz einfach: ich wollte meinen Kaschmirschal ausbessern lassen, und ein Abteilungsleiter erklärte mir, genau so einen habe man eben an Madame Arnoux geschickt.«

»Was kann ich dafür, wenn's in derselben Straße noch eine Dame Arnoux gibt?«

»Ja! aber nicht Jacques Arnoux«, widersprach sie.

Nun begann er zu faseln, beteuerte seine Unschuld. Alles sei ein Missverständnis, ein Zufall, eines jener unerklärlichen Vorkommnisse, wie sie nun mal passieren. Man dürfe einen Menschen nicht gleich aufgrund eines bloßen Verdachts, einer vagen Spur verurteilen; und er nannte das Beispiel des unglücklichen Lesurques.

»Kurzum, ich versichere, du irrst dich. Willst du mein Ehrenwort?«

»Nicht nötig!«

»Warum?«

Sie schaute ihm in die Augen, ohne ein Wort; dann streckte sie die Hand aus, griff nach der silbernen Schatulle auf dem Kamin und reichte ihm eine auseinandergefaltete Rechnung.

Arnoux errötete bis über die Ohren, und ihm schwoll das verzerrte Gesicht.

»Nun?«

»Hm …«, erwiderte er langsam, »was soll das beweisen?«

»Ah!« sagte sie mit einem seltsamen Klang in der Stimme, voll Schmerz und Ironie. »Ah!«

Arnoux hielt das Blatt in Händen, drehte es hin und her, starrte wie gebannt, als stecke dort die Lösung eines großen Problems.

»Oh! ja, ja, ich erinnere mich«, sagte er schließlich. »Das war eine Besorgung. – Sie müssen's doch wissen, Frédéric?« Frédéric schwieg. »Eine Besorgung, im Auftrag … ja … des alten Oudry.«

»Und für wen?«

»Für seine Mätresse!«

»Für Ihre Mätresse!« rief Madame Arnoux, sich aufbäumend.

»Ich schwöre dir …«

»Nicht schon wieder! Ich weiß alles!«

»Ach! sehr schön! ich werde also ausspioniert!«

Sie entgegnete kühl:

»Verletzt das vielleicht Ihr Feingefühl?«

»Wenn du dich so ereiferst«, versetzte Arnoux, nach seinem Hut suchend, »und jedes vernünftige Wort unmöglich ist!«

Dann, mit einem Stoßseufzer:

»Heiraten Sie nie, mein armer Freund, nein, glauben Sie mir!«

Und er nahm Reißaus, brauchte dringend frische Luft.

Nun verbreitete sich große Stille; und alles im Raum wirkte regloser. Ein Lichtkreis über der Carcellampe erhellte den Plafond, während in den Ecken das Dunkel niedersank wie Schichten schwarzer Gazeschleier; man hörte das Ticktack der Stutzuhr, dazu Feuergeknister.

Madame Arnoux hatte sich wieder gesetzt, am andern Ende des Kamins, in den Fauteuil; sie biss sich auf die Lippen, vor Kälte zitternd; ihre beiden Hände hoben sich, ein Schluchzer brach hervor, sie weinte.

Er nahm sich den kleinen Stuhl; und mit schmeichelnder Stimme, so, wie man mit einem Kranken spricht:

»Seien Sie versichert, ich teile Ihren …«

Sie antwortete nicht. Doch ihre Grübelei laut fortsetzend:

»Ich lasse ihm alle Freiheit! Er musste nicht lügen!«

»Gewiss«, sagte Frédéric.

Womöglich sei das eine Folge seiner Gewohnheiten, er habe sich nichts dabei gedacht, und vielleicht in ernsteren Dingen …

»Was meinen Sie mit ernsteren Dingen?«

»Oh! nichts!«

Frédéric verneigte sich mit artigem Lächeln. Arnoux besitze immerhin manch gute Eigenschaft, er liebe seine Kinder.

»Ach! und er tut alles, sie zu ruinieren!«

Das liege an seinem allzu nachgiebigen Wesen, denn er sei doch ein guter Kerl.

Sie rief:

»Was soll das heißen, ein guter Kerl?«

So verteidigte er ihn auf nebelhafteste Weise, und während er sie bedauerte, freute er sich, frohlockte tief in der Seele. Aus Rache oder Bedürfnis nach Zärtlichkeit suchte sie wohl bald bei ihm Zuflucht. Seine Hoffnung, ins Maßlose gesteigert, beflügelte seine Liebe.

Nie zuvor war sie ihm so anziehend vorgekommen, so berückend schön. Von Zeit zu Zeit hob sich ihre Brust, wenn sie tief Atem holte; ihre zwei starren Augen schienen wie geweitet von einer inneren Schau, und ihr Mund blieb halb geschlossen, als wolle sie ihre Seele hergeben. Manchmal presste sie ihr Taschentuch fest darauf; gern wäre er dieses Stückchen Batist gewesen, von Tränen durchnässt. Unwillkürlich blickte er zu dem Bett, hinten im Alkoven, dachte an ihren Kopf, auf dem Kissen; und er sah alles so genau, dass er sich beherrschen musste, nicht die Arme um sie zu schlingen. Sie senkte die Lider, besänftigt, kraftlos. Nun rückte er näher, und über sie gebeugt studierte er begierig ihr Gesicht. Auf dem Flur hallten Stiefeltritte, das war der andre. Sie hörten ihn die Tür zu seinem Zimmer schließen. Frédéric fragte mit einer Kopfbewegung, ob er hinübergehen solle.

Auf dieselbe Weise antwortete sie: »Ja«; und dieser stumme Gedankenaustausch war wie eine Einwilligung, ein erster Schritt zum Ehebruch.

Arnoux knöpfte seinen Gehrock auf, wollte ins Bett.

»Und, wie geht's ihr?«

»Oh! besser!« sagte Frédéric. »Das wird sich legen!«

Doch Arnoux war zerknirscht.

»Sie kennen sie nicht! Neuerdings hat sie schwache Nerven! … Dieser Esel von einem Kommis! Das hat man davon, wenn man zu gut ist! Hätte ich bloß Rosanette nicht diesen verfluchten Schal geschenkt.«

»Bereuen Sie nichts! Dafür ist sie Ihnen unendlich dankbar!«

»Glauben Sie?«

Frédéric hegte keinen Zweifel. Der Beweis, sie hatte den alten Oudry vor die Tür gesetzt.

»Oh! armes Rehlein!«

Und im Überschwang seiner Gefühle wollte Arnoux zu ihr laufen.

»Das ist unnötig! ich komme von ihr. Sie ist krank!«

»Ein Grund mehr!«

Flink schlüpfte er in seinen Gehrock und griff schon nach dem Handleuchter. Frédéric verfluchte sich für seine Dummheit und setzte ihm auseinander, heute abend müsse er, anstandshalber, bei seiner Frau bleiben. Er könne sie nicht allein lassen, das wäre sehr unfein.

»Ganz ehrlich, Sie täten unrecht! Es hat keine Eile! Sie können morgen hingehen! Bitte! machen Sie's mir zuliebe.«

Arnoux stellte den Leuchter zurück und sagte, ihn umarmend:

»Sie sind gut, wirklich!«

III.

Nun begann für Frédéric ein erbärmliches Dasein. Er war der Parasit im Haus.

Fühlte jemand sich unwohl, kam er dreimal am Tag und fragte nach dem Befinden, ging zum Klavierstimmer, ersann tausend Aufmerksamkeiten; und mit zufriedener Miene ertrug er die Schmollereien von Mademoiselle Marthe und die Zärtlichkeiten des jungen Eugène, der ihm stets mit schmutzigen Fingern ins Gesicht langte. Er war zugegen bei den Diners, wenn Monsieur und Madame sich gegenübersaßen und kein Wort wechselten; oder Arnoux ärgerte seine Frau durch alberne Bemerkungen. Nach dem Essen spielte er im Zimmer mit seinem Sohn, versteckte sich hinter den Möbeln oder trug ihn auf dem Rücken, auf allen vieren, wie der Béarner. Endlich ging er; und sie kam sogleich auf das ewige Thema all ihrer Klagen: Arnoux.

Nicht seine Liederlichkeit empörte sie. Vielmehr schien sie in ihrem Stolz gekränkt und verriet ihren Abscheu vor diesem Mann ohne Feingefühl, ohne Würde, ohne Ehre.

»Vielleicht ist er ja verrückt!« sagte sie.

Frédéric entlockte ihr raffiniert Geständnisse. Bald kannte er ihr ganzes Leben.

Ihre Eltern waren Kleinbürger in Chartres. Eines Tages hatte Arnoux, am Flussufer zeichnend (damals sah er sich als Maler), sie entdeckt, als sie gerade aus der Kirche trat, und um ihre Hand angehalten; wegen seines Vermögens hatte man nicht gezögert. Überdies liebte er sie abgöttisch. Sie ergänzte:

»Mein Gott! er liebt mich noch! auf seine Weise!«

In den ersten Monaten reisten sie durch Italien.

Arnoux hatte trotz seiner Begeisterung für Landschaften und Meisterwerke nur gestöhnt über den Wein und veranstaltete kleine Picknicks mit Engländern, um sich zu zerstreuen. Ein paar gut weiterverkaufte Gemälde brachten ihn zum Kunsthandel. Dann war er für eine Fayencemanufaktur entflammt. Jetzt verlockten ihn andere Spekulationen: Und immer trivialer werdend, bekam er vulgäre und kostspielige Angewohnheiten. Sie hatte ihm weniger seine Laster vorzuwerfen als vielmehr sein ganzes Tun. Keine Änderung war in Sicht und ihr Unglück besiegelt.

Frédéric beteuerte, auch sein Leben sei verfehlt.

Er sei aber noch so jung. Warum verzweifeln? Und sie gab ihm gute Ratschläge: »Arbeiten Sie! heiraten Sie!« Er antwortete immer nur mit einem bitteren Lächeln; denn anstatt den wahren Grund für seinen Kummer zu nennen, heuchelte er einen anderen, einen erhabenen, spielte ein wenig den Antony, den Verfluchten, – und dieser Tonfall verfälschte übrigens seine Gedanken nicht ganz.

Das Handeln wird für manche Männer umso schwieriger, je größer das Begehren ist. Ihr Misstrauen gegen sich selbst steht ihnen im Weg, die Furcht, nicht zu gefallen, schreckt sie; tiefe Gefühle passen außerdem zu ehrbaren Frauen; sie haben Angst, durchschaut zu werden, und gehen mit niedergeschlagenen Augen durchs Leben.

Obwohl er Madame Arnoux besser kannte (vielleicht auch gerade deshalb), war er feiger als zuvor. Jeden Morgen schwor er sich, kühn zu sein. Unbezwingbare Scham hielt ihn zurück; und er konnte sich nach keinem Vorbild richten, denn diese hier war so ganz anders als alle übrigen. Durch die Kraft seiner Träume hatte er sie emporgehoben über alle menschlichen Schicksale. Er fühlte sich neben ihr unbedeutender auf Erden als die Seidenschnipsel, die herabfielen von ihrer Schere.

Dann wieder dachte er an ungeheuerliche, aberwitzige Dinge wie nächtliche Überfälle mit Betäubungsmitteln und Nachschlüsseln – alles erschien ihm leichter, als sich ihrer Verachtung zu stellen.

Außerdem bildeten die Kinder, die zwei Dienstmädchen, die Anordnung der Räume unüberwindliche Hindernisse. Also beschloss er, sie ganz für sich allein zu besitzen und mit ihr irgendwo weit weg zu leben, in tiefer Einsamkeit; er grübelte sogar, welcher See blau genug sei, welcher Strand lieblich genug, ob Spanien, die Schweiz oder der Orient; und mit Absicht die Tage wählend, an denen sie gereizter wirkte, sagte er, sie müsse aus alledem heraus, nach einem Weg suchen, und er sehe keinen andern als die Trennung. Doch aus Liebe zu ihren Kindern wollte sie niemals zu diesem äußersten Mittel greifen. So viel Tugend steigerte seine Hochachtung.

Seine Nachmittage verbrachte er damit, sich den Besuch vom Vortag in Erinnerung zu rufen und den vom Abend herbeizusehnen. Wenn er nicht gegen neun bei ihnen aß, bezog er Posten an der Straßenecke; und kaum hatte Arnoux die große Tür hinter sich geschlossen, lief Frédéric die beiden Stockwerke flink hinauf und fragte das Mädchen mit argloser Miene:

»Ist Monsieur zu Hause?«

Dann spielte er den Überraschten, weil er ihn nicht antraf.

Oft kam Arnoux unerwartet zurück. Dann musste er mit ihm in irgendein kleines Café in der Rue Sainte-Anne, wo Regimbart jetzt verkehrte.

Der Citoyen erhob zunächst gegen die Krone irgendeinen neuen Vorwurf. Dann plauderten sie, warfen einander freundschaftlich Beleidigungen an den Kopf; der

Fabrikant hielt Regimbart nämlich für einen hochbegabten Denker, und betrübt über so viel vergeudete Möglichkeiten, neckte er ihn wegen seiner Faulheit. Der Citoyen fand Arnoux herzensgut und phantasiereich, doch entschieden zu unmoralisch; und so behandelte er ihn ohne die kleinste Nachsicht, weigerte sich sogar, in seinem Haus zu dinieren, denn »Förmlichkeit war ihm ein Graus«.

Manchmal, mitten im Abschiednehmen, packte Arnoux ein Heißhunger. Er »musste« ein Omelette haben oder Bratkartoffeln; und weil es die Speisen im Lokal niemals gab, wurde nach ihnen geschickt. Man wartete. Regimbart ging nicht seiner Wege und aß schließlich murrend auch etwas.

Er war freilich genügsam, saß stundenlang vor ein und demselben halbvollen Glas. Die Vorsehung lenkte die Dinge nicht gemäß seinen Vorstellungen, darum wurde er langsam zum Hypochonder, wollte nicht einmal mehr die Zeitungen lesen und tobte, allein schon beim Namen England. Einmal schrie er, als ein Kellner ihn schlecht bediente:

»Erleben wir nicht schon genug Schmach durchs Ausland!«

Abgesehen von derlei Anfällen verhielt er sich wortkarg, brütete über »einem unfehlbaren Streich, der den ganzen Laden in die Luft jagt«.

Während er in seine Grübeleien versank, erzählte Arnoux mit eintöniger Stimme und leicht beschwipstem Blick unglaubliche Anekdoten, bei denen er stets geglänzt hatte, dank seiner Dreistigkeit; und Frédéric (vielleicht lag das an tiefgründigen Ähnlichkeiten) fühlte sich irgendwie zu ihm hingezogen. Er machte sich diese Schwäche zum Vorwurf, fand, er müsste ihn ganz im Gegenteil hassen.

Arnoux lamentierte wegen der Übellaunigkeit seiner

Frau, ihrem Starrsinn, den ungerechten Anschuldigungen. Früher sei sie nicht so gewesen.

»An Ihrer Stelle«, sagte Frédéric, »würde ich ihr eine Pension aussetzen und allein leben.«

Arnoux gab keine Antwort; doch wenig später begann er ein Lob auf sie anzustimmen. Sie war gut, fürsorglich, gescheit, tugendhaft; und dann ihre körperlichen Vorzüge beschreibend, geizte er nicht mit Enthüllungen, leichtsinnig wie ein Reisender, der im Gasthof mit seinen Schätzen prahlt.

Eine Katastrophe störte sein Gleichgewicht.

Er gehörte als Mitglied des Aufsichtsrats zu einer Kaolinkompanie. Da er allem, was man ihm sagte, Vertrauen schenkte, hatte er fehlerhafte Berichte unterzeichnet und, ohne Überprüfung, die vom Geschäftsführer in betrügerischer Absicht erstellte Jahresinventur gebilligt. Nun aber war die Kompanie pleite gegangen, und Arnoux, zivilrechtlich haftbar, war vor kurzem zusammen mit den andern verurteilt worden, Schadenersatz zu leisten, was für ihn einen Verlust von etwa dreißigtausend Franc ausmachte, erschwerend hinzu kam noch die Urteilsbegründung.

Frédéric erfuhr das aus der Zeitung und eilte schnurstracks in die Rue Paradis.

Er wurde in Madames Zimmer empfangen. Es war Frühstückszeit. Schalen mit Milchkaffee standen auf einem Tischchen beim Kamin. Schlappen lagen auf dem Teppich, Kleider auf den Fauteuils. Arnoux, in Unterhosen und Strickjacke, hatte rote Augen und zerrauftes Haar; der kleine Eugène greinte, denn er hatte Ziegenpeter, und nagte an einem Marmeladenbrot; seine Schwester aß in aller Ruhe; Madame Arnoux, blasser als sonst, bediente alle drei.

»Nun«, sagte Arnoux mit einem schweren Seufzer, »Sie wissen's schon!« Und als Frédéric durch eine Gebärde sein Mitgefühl bekundete: »Voilà! ich bin das Opfer meiner Vertrauensseligkeit!«

Dann schwieg er; und ihn ergriff so tiefe Niedergeschlagenheit, dass er sein Frühstück wegschob. Madame Arnoux hob achselzuckend die Augen. Er fuhr sich mit beiden Händen über die Stirn.

»Immerhin, mich trifft keine Schuld. Ich habe mir nichts vorzuwerfen. Es ist ein Unglück! Wir werden's überstehen! Ach herrje! was soll's!«

Und er biss in eine Brioche, den Bitten seiner Frau endlich nachgebend.

Am Abend wollte er allein mit ihr speisen, in einem Séparée der Maison d'or. Madame Arnoux wurde nicht klug aus dieser Herzensregung, fühlte sich sogar gekränkt, denn er behandelte sie wie eine Lorette – dabei war das vonseiten Arnoux' gewiss ein Liebesbeweis. Dann langweilte er sich und ging, Zerstreuung suchend, zur Marschallin.

Bisher hatte man ihm manches nachgesehen, wegen seines gutmütigen Charakters. Sein Prozess reihte ihn unter die Anrüchigen. Um sein Haus wurde es einsam.

Frédéric sah es als Ehrensache, sie noch häufiger zu besuchen. Er mietete eine Parterreloge im Théâtre-Italien, und dorthin ging er mit ihnen jede Woche. Doch waren sie an jenem Punkt, da in zerrütteten Ehen ein unbezwingbarer Überdruss auf die Zugeständnisse folgt, die man einander gemacht hat, und so ist das Leben unerträglich. Madame Arnoux beherrschte sich, um die Fassung zu wahren, Arnoux wurde zusehends düster; und der Anblick dieser zwei unglücklichen Menschen betrübte Frédéric.

Sie hatte ihm aufgetragen, denn er besaß ihr Vertrauen, Erkundigungen einzuziehen über seine Geschäfte. Er schämte sich jedoch, litt darunter, an seinem Tisch zu essen und zugleich seine Frau zu begehren. Trotzdem machte er weiter, gebrauchte als Ausrede, er müsse sie beschützen, eine Gelegenheit könne sich bieten, ihr nützlich zu sein.

Acht Tage nach dem Ball hatte er Monsieur Dambreuse einen Besuch abgestattet. Der Finanzmann hatte ihm zwanzig Aktien seines Steinkohleunternehmens angetragen; Frédéric war nicht wieder hingegangen. Deslauriers schrieb ihm Briefe; er ließ sie unbeantwortet. Pellerin hatte ihn aufgefordert, sich das Porträt anzusehen; er vertröstete ihn ein ums andere Mal. Nur bei Cisy war er nachgiebig, der bedrängte ihn, denn er wollte Rosanette kennenlernen.

Sie empfing ihn sehr freundlich, fiel ihm aber nicht um den Hals wie einst. Sein Begleiter war glücklich, dass er bei einer Verruchten Zutritt bekam und obendrein mit einem Schauspieler plaudern durfte; Delmar war bei ihr.

Ein Drama, in dem er einen Bauern gespielt hatte, der Ludwig XIV. die Leviten liest und 89 prophezeit, hatte ihm so viel Aufmerksamkeit verschafft, dass man ihm ständig die gleiche Rolle auf den Leib schrieb; und seine Aufgabe bestand nun darin, Monarchen aller Länder zu schmähen. Als englischer Bierbrauer schimpfte er auf Karl I.; als Student in Salamanca verfluchte er Philipp II.; oder als empfindsamer Vater empörte er sich über die Pompadour, das war am schönsten! Die Gassenjungen warteten, um ihn zu sehen, am Bühneneingang; und sein in den Pausen verkaufter Lebenslauf schilderte ihn als einen, der seine alte Mutter umsorgte, das Evangelium las, den Armen half, kurzum, in den Farben eines heiligen Vinzenz von Paul mit ein bisschen Brutus und Mirabeau. Man sagte: »Unser Delmar.« Er hatte eine Mission, er wurde zum Heiland.

All das faszinierte Rosanette; und sie hatte den alten

Oudry abserviert, ohne sich weiter den Kopf zu zerbrechen, denn sie war nicht geldgierig.

Arnoux, der sie kannte, hatte lange Zeit davon profitiert und sie ohne allzu große Unkosten ausgehalten; der gute Alte war dazugestoßen, und alle drei gingen einer offenen Aussprache sorgsam aus dem Weg. Dann hatte Arnoux in der Einbildung, sie habe den andern nur ihm zuliebe vor die Tür gesetzt, seine Zahlungen erhöht. Doch ihre Forderungen wiederholten sich mit unerklärlicher Häufigkeit, sie führte nämlich ein weniger kostspieliges Leben; sogar den Kaschmirschal hatte sie zuletzt verkauft, wollte sich angeblich alter Schulden entledigen; und er gab immer weiter, sie bezirzte ihn, nutzte ihn aus, gnadenlos. Und so regnete es Rechnungen, Stempelpapier ins Haus. Frédéric spürte, eine Krise lag in der Luft.

Eines Tages wollte er Madame Arnoux besuchen. Sie war ausgegangen. Monsieur arbeitete unten im Magazin.

Tatsächlich *beschwatzte* Arnoux inmitten seiner Chinavasen gerade ein junges Ehepaar, Bürger aus der Provinz. Er redete von Drehen und Abdrehen, von Craquelé und Glasur; die andern wollten nicht dumm dastehen, nickten also zustimmend und kauften.

Kaum waren die Kunden draußen, erzählte er, am Morgen habe es eine kleine Auseinandersetzung gegeben mit seiner Frau. Um Bemerkungen über die Ausgaben zuvorzukommen, habe er versichert, die Marschallin sei nicht mehr seine Mätresse.

»Ich habe sogar gesagt, sie wäre jetzt die Ihre.«

Frédéric war entrüstet; Vorwürfe indes konnten ihn verraten; er stammelte:

»Oh! das war ein Fehler, ein großer Fehler!«

»Was macht das schon?« sagte Arnoux. »Ist es eine Schande, als ihr Liebhaber zu gelten? Ich bin's ja wirklich! Wären Sie nicht geschmeichelt?«

Hatte sie geredet? War das eine Anspielung? Frédéric erwiderte rasch:

»Nein! auf keinen Fall! ganz im Gegenteil.«

»Also?«

»Ja, stimmt schon; es macht nichts.«

Arnoux fragte weiter:

»Warum sieht man Sie dort nicht mehr?«

Frédéric versprach, wiederzukommen.

»Ach! bevor ich's vergesse! Sie sollten … wenn das Gespräch auf Rosanette kommt … bei meiner Frau irgendetwas andeuten … ich weiß nicht was, Sie finden sicher etwas … dann ist sie überzeugt, dass Sie ihr Liebhaber sind. Ich ersuche Sie um diesen Gefallen, ja?«

Als Antwort schnitt der junge Mann bloß eine zweideutige Grimasse. Diese Verleumdung war sein Untergang. Noch am selben Abend ging er zu ihr und schwor, Arnoux' Behauptung sei falsch.

»Ist das wahr?«

Er wirkte aufrichtig; und als sie tief durchgeatmet hatte, sagte sie: »Ich glaube Ihnen«, mit einem schönen Lächeln; dann senkte sie den Kopf, und ohne ihn anzuschauen:

»Außerdem hat ja niemand ein Anrecht auf Sie!«

Sie erriet also nichts, und sie achtete ihn so gering, dachte nicht einmal, er könnte sie dermaßen lieben, dass er ihr treu war! Frédéric, der seine Versuche bei der anderen übersah, fand die Erlaubnis beleidigend.

Anschließend bat sie ihn, er möge doch hin und wieder »diese Frau« aufsuchen, um zu sehen, wie es mit der Sache stand.

Arnoux erschien, und fünf Minuten später wollte er ihn mitschleppen zu Rosanette.

Die Lage wurde unerträglich.

Abgelenkt wurde er durch einen Brief vom Notar, der versprach ihm für anderntags fünfzehntausend Franc;

und um seine Versäumnisse gegenüber Deslauriers wiedergutzumachen, überbrachte er ihm auf der Stelle die gute Nachricht.

Der Advokat wohnte in der Rue des Trois-Maries, im fünften Stock, auf einen Hof hinaus. Sein Arbeitszimmer, ein gekachelter und kalter kleiner Raum mit graulicher Papiertapete, besaß als wichtigsten Schmuck eine Goldmedaille, seine Auszeichnung beim Doktorat, eingelassen in einen Ebenholzrahmen, gleich neben dem Spiegel. Ein Bücherschrank aus Mahagoni enthielt hinter Glas etwa hundert Bände. Der Schreibtisch, überzogen mit Basane, thronte mitten im Raum. Vier alte grüne Samtfauteuils standen in den Ecken; und Späne loderten im Kamin, wo immer ein Reisigbündel zum Anzünden bereitlag, sobald es klingelte. Es war Sprechstundenzeit; der Advokat trug eine weiße Halsbinde.

Die Ankündigung der fünfzehntausend Franc (wahrscheinlich rechnete er nicht mehr mit ihnen) entlockte ihm vergnügtes Gekicher.

»Das ist schön, mein Guter, das ist schön, sehr schön!«

Er warf Holz ins Feuer, setzte sich wieder und redete sofort von der Zeitung. Als erstes müsse man Hussonnet loswerden.

»Dieser Kretin macht mich fertig! Und was die vertretene Meinung betrifft, so ist es meiner Überzeugung nach am vernünftigsten und am stärksten, wenn man gar keine hat.«

Frédéric schien verwundert.

»Ganz sicher! Es ist höchste Zeit, die Politik wissenschaftlich zu betreiben. Die Alten im 18. Jahrhundert standen gerade am Anfang, aber dann haben Rousseau und die Schreiberlinge Philanthropie, Poesie und anderen Unfug da reingebracht, zur großen Freude der Katholiken; übrigens ein natürliches Bündnis, denn die modernen Reformer (das kann ich beweisen) glauben alle an die Offenbarung. Doch wenn ihr Messen singt für Polen, wenn ihr an die Stelle des Gottes der Dominikaner, der ein Henker war, den Gott der Romantiker setzt, der ein Tapezierer ist, wenn ihr schließlich vom Absoluten keinen weiter gefassten Begriff habt als eure Ahnen, dann wird die Monarchie unter euren republikanischen Formen durchbrechen, und eure Jakobinermütze ist nichts weiter als ein Pfaffenkäppchen! Bloß ersetzt die Einzelhaft dann die Folter, die Beleidigung der Religion das Sakrileg, das europäische Konzert die Heilige Allianz; und in dieser schönen, allseits bewunderten Ordnung, zusammengestoppelt aus Ludwig-XIV.-Trümmern, Voltaire-Scherben, mit imperialem Verputz obendrüber und ein paar Brocken aus der englischen Verfassung, wird man sehen, wie Gemeinderäte den Bürgermeister sekkieren, Generalräte ihren Präfekten, die Kammern den König, die Presse die Staatsgewalt, das Verwaltungswesen alle und jeden! Aber die guten Seelen geraten in Verzückung über den Code civil, ein Werk, da kann man sagen, was man will, das erschaffen wurde aus einem engstirnigen, tyrannischen Geist; denn der Gesetzgeber wollte, anstatt sein Metier auszuüben, welches darin besteht, Gewohnheitsrecht zu regulieren, die Gesellschaft formen wie ein Lykurg. Warum hemmt das Gesetz den Familienvater in seinen testamentarischen Verfügungen? Warum erschwert es den Zwangsverkauf von Immobilien? Warum bestraft es Landstreicherei als Vergehen, wo die nicht mal als Verstoß gelten dürfte? Und da gibt es noch viel mehr! Ich kenne alles! darum werde ich einen kleinen Roman schreiben mit dem Titel *Geschichte der Idee von Gerechtigkeit*, der wird lustig! Aber ich hab furchtbaren Durst! und du?«

Er beugte sich aus dem Fenster und rief hinüber zum Portier, er möge Grogs holen aus dem Wirtshaus.

»Zusammengefasst, ich sehe drei Parteien … nein! drei Gruppen, – von denen interessiert mich keine: die besitzen, die nichts mehr besitzen und die nach Besitz trachten. Doch alle sind sich einig in der blöden Anbetung der Obrigkeit! Beispiele: Mably empfiehlt, man solle die Philosophen an der Veröffentlichung ihrer Lehren hindern; Monsieur Wronski, Mathematiker, nennt in seinem Sprachgebrauch die Zensur ›kritische Unterdrückung der spekulativen Spontaneität‹; Vater Enfantin segnet die Habsburger, weil sie ›über die Alpen hinweg eine schwere Hand ausgestreckt haben, um Italien niederzuhalten‹; Pierre Leroux will, dass man gezwungen wird, sich einen Redner anzuhören, und Louis Blanc neigt zu einer Staatsreligion, so versessen ist dieses Vasallenvolk auf eine Regierung! Doch keine einzige ist legitim, trotz ihrer ewigen Prinzipien. Weil *Prinzip* aber *Ursprung* bedeutet, muss man immer auf eine Revolution zurückgreifen, auf einen Gewaltakt, auf eine Übergangstat. So ist das Prinzip der unsrigen die staatliche Souveränität, gefasst in die parlamentarische Form, obwohl das Parlament davon nichts wissen will! Warum aber sollte die Volkssouveränität heiliger sein als das Gottesgnadentum? Alle beide sind Fiktion! Genug der Metaphysik, Schluss mit den Hirngespinsten! Wir brauchen keine Dogmen, damit unsere Straßen gekehrt werden. Man wird sagen, ich stelle die Gesellschaft auf den Kopf! Na und? was wäre daran schlimm? Sauber ist sie, deine Gesellschaft!«

Frédéric hätte ihm viel zu antworten gewusst. Weil er ihn aber von Sénécals Theorien weit entfernt sah, war er voller Nachsicht. Er begnügte sich mit dem Einwand, ein solches System mache sie doch bei allen verhasst.

»Im Gegenteil, wir werden jeder Partei einen Beweis für den Hass auf ihren Nachbarn geliefert haben, drum zählen sie dann alle auf uns. Auch du wirst dich ins Zeug legen und erlesene Kritik für uns schreiben!«

Die Gemeinplätze musste man angreifen, die Akademie, die École Normale, das Konservatorium, die Comédie-Française, alles, was nach Institution roch. Damit würden sie ihrer Zeitschrift eine einheitliche Doktrin geben. Und war die einmal gut eingeführt, sollte sie plötzlich als Tageszeitung erscheinen; danach konnte man einzelne Personen attackieren.

»Und alles wird Respekt haben vor uns, verlass dich drauf!«

Deslauriers war seinem alten Traum ganz nahe: Chefredakteur, also das unbeschreibliche Glück, die anderen zu kommandieren, in ihren Artikeln nach Belieben herumzufuhrwerken, die einen zu bestellen, die anderen abzulehnen. Seine Augen blitzten unter der Brille, er geriet in Erregung und kippte ein Gläschen nach dem anderen, gedankenlos.

»Du wirst einmal pro Woche ein Diner geben müssen. Das ist unumgänglich, selbst wenn es die Hälfte deiner Einkünfte verschlingt! Jeder wird hinkommen wollen, es ist ein Mittelpunkt für die anderen, ein Hebel für dich; und wenn wir die öffentliche Meinung von beiden Enden her bearbeiten, Literatur und Politik, du wirst sehen, nach sechs Monaten sind wir in Paris ganz oben.«

Frédéric spürte beim Zuhören ein Gefühl der Verjüngung, wie ein Mensch, der nach langem Aufenthalt in einem Raum plötzlich hinauskommt an die frische Luft. Die Begeisterung war ansteckend.

»Ja, ich war ein Faulpelz, ein Dummkopf, du hast recht!«

»Na endlich!« rief Deslauriers; »das ist mein alter Frédéric!«

Und ihm die Faust unters Kinn drückend:

»Oh! du hast mich gequält. Was soll's, ich liebe dich trotzdem.«

Sie standen voreinander und schauten sich gerührt in die Augen, und schon wollten sie sich umarmen.

Ein Frauenhäubchen erschien auf der Vorzimmerschwelle.

»Was führt dich her?« sagte Deslauriers.

Es war Mademoiselle Clémence, seine Mätresse.

Sie antwortete, zufällig an seinem Haus vorbeikommend habe sie dem Wunsch, ihn zu sehen, einfach nicht widerstehen können; und für einen kleinen gemeinsamen Imbiss hatte sie ihm Kuchen mitgebracht, den sie auf den Tisch stellte.

»Vorsicht, meine Papiere!« erwiderte der Advokat giftig. »Übrigens, ich verbiete dir jetzt zum dritten Mal, während meiner Sprechstunde zu kommen.«

Sie wollte ihn küssen.

»Lass doch! verschwinde! ab mit dir!«

Er stieß sie zurück, sie schluchzte laut.

»Ach! du ärgerst mich langsam!«

»Aber ich liebe dich doch!«

»Ich verlange nicht, dass man mich liebt, sondern dass man mir gehorcht!«

Bei diesem harten Wort versiegten die Tränen von Clémence. Sie trat ans Fenster und verharrte reglos, ihre Stirn an die Scheibe gepresst.

Ihre Haltung und ihr Schweigen reizten Deslauriers.

»Wenn du fertig bist, rufst du nach deiner Karosse, ja?«

Sie fuhr herum.

»Du schickst mich weg?«

»Richtig!«

Sie heftete ihre großen blauen Augen auf ihn, als letzte Bitte wahrscheinlich, schlug dann die Enden ihres Tartan übereinander, wartete noch eine Minute und ging.

»Du solltest sie zurückrufen«, sagte Frédéric.

»Ach was!«

Und weil er hinausmusste, verschwand Deslauriers in der Küche, sie war auch sein Ankleidekabinett. Auf den Steinfliesen standen neben einem Paar Stiefel die Überreste eines kargen Essens, und eine Matratze samt Decke lag zusammengerollt auf dem Boden in einer Ecke.

»Das beweist dir«, sagte er, »ich empfange nur selten Marquisen! Man kommt ganz gut ohne sie aus, pah! und ohne die anderen auch. Die nichts kosten, stehlen einem die Zeit; das ist Geld in anderer Form; und ich bin nicht reich! Außerdem sind sie alle so dumm! so dumm! Kannst du dich vielleicht mit einer Frau unterhalten?«

An der Ecke zum Pont-Neuf gingen sie auseinander.

»Also, abgemacht! du bringst mir die Sache morgen, sobald du sie hast.«

»Abgemacht!« sagte Frédéric.

Am nächsten Tag, kaum aufgewacht, bekam er mit der Post eine Bankanweisung über fünfzehntausend Franc.

Dieser Fetzen Papier war in seiner Vorstellung fünfzehn pralle Säcke voll Silber, und er sagte sich, mit einer solchen Summe könnte er: zunächst einmal seinen Wagen drei Jahre lang behalten, anstatt ihn zu verkaufen, was er demnächst wohl tun musste, oder sich zwei schöne tauschierte Rüstungen kaufen, die er am Quai Voltaire gesehen hatte, und noch eine Menge anderer Dinge, Gemälde, Bücher und wie viele Blumensträuße, Geschenke für Madame Arnoux! Kurzum, alles wäre besser, als so viel Geld mit dieser Zeitung aufs Spiel zu setzen, zu verlieren! Deslauriers erschien ihm anmaßend, seine Gefühllosigkeit am Vortag hatte ihn ernüchtert, und Frédéric schwelgte ganz in diesem Bedauern, da trat überraschend Arnoux herein, – der sich zu ihm auf den Bettrand setzte, schwerfällig, wie ein restlos Erschöpfter.

»Was ist denn passiert?«

»Ich bin erledigt.«

Er musste noch am selben Tag, in der Kanzlei von Maître Beauminet, Notar in der Rue Sainte-Anne, achtzehntausend Franc hinterlegen, geliehen von einem gewissen Vanneroy.

»Das ist eine unerklärliche Katastrophe! Ich hab doch eine Hypothek unterschrieben, das hätte ihn beschwichtigen müssen! Er droht mir aber mit einem Zahlungsbefehl, wenn er sein Geld nicht am Nachmittag erhält, heute nachmittag!«

»Und dann?«

»Dann, das ist ganz einfach! Er lässt mein Haus pfänden. Mit der ersten Bekanntmachung bin ich ruiniert, basta! Ach! könnte ich nur irgendwen finden, der mir den vermaledeiten Betrag vorschießt, er würde an Vanneroys Stelle treten, und ich wäre gerettet! Sie haben nicht zufällig so viel?«

Die Geldanweisung lag noch auf dem Nachttisch, neben einem Buch. Frédéric griff nach dem Band und legte ihn obendrauf, mit den Worten:

»Leider Gottes, nein, mein lieber Freund!«

Doch es fiel ihm schwer, Arnoux abzuweisen.

»Wirklich, Sie finden niemand, der bereit wäre …?«

»Niemand! und dabei habe ich in den nächsten acht Tagen Eingänge! Man schuldet mir an die … fünfzigtausend Franc, noch vor Monatsende!«

»Könnten Sie nicht Ihre Schuldner bitten, ein wenig früher zu zahlen …?«

»Ach, du meine Güte!«

»Aber Sie haben irgendwelche Wertpapiere, Wechsel?«

»Nichts!«

»Was tun?« sagte Frédéric.

»Das frage ich mich ebenfalls«, erwiderte Arnoux.

Er schwieg und ging im Zimmer auf und ab.

»Es ist ja nicht meinetwegen, Herrgott! sondern wegen meiner Kinder, meiner armen Frau!«

Dann, jedes Wort einzeln hervorstoßend:

»Gut … ich werde stark sein … alles einpacken … und anderswo mein Glück suchen … wo auch immer!«

»Unmöglich!« rief Frédéric.

Arnoux entgegnete ganz ruhig:

»Wie soll ich denn jetzt in Paris leben?«

Eine Zeitlang war es still.

Frédéric sagte schließlich:

»Wann würden Sie es denn zurückgeben, dieses Geld?«

Nicht, dass er es hatte; im Gegenteil! Aber nichts hinderte ihn, Freunde aufzusuchen, Schritte zu unternehmen. Und er läutete seinem Diener, er wollte sich ankleiden. Arnoux dankte ihm.

»Achtzehntausend Franc brauchen Sie, stimmt's?«

»Oh! ich bin schon mit sechzehntausend zufrieden! denn zweitausendfünfhundert, dreitausend kriege ich mit meinem Tafelsilber zusammen, vorausgesetzt, Vanneroy lässt mir Zeit bis morgen; und, wie gesagt, Sie können dem Geldgeber versichern, schwören, in acht Tagen, vielleicht sogar schon in fünf oder sechs, zahle ich alles zurück. Außerdem gibt es die Hypothek als Sicherheit. Er riskiert also nichts, verstehen Sie?«

Frédéric beteuerte, ja, er habe verstanden und mache sich sofort auf den Weg.

Er blieb zu Hause und verfluchte Deslauriers, denn er wollte sein Wort halten und zugleich Arnoux einen Dienst erweisen.

»Wenn ich mich an Monsieur Dambreuse wende? Doch unter welchem Vorwand um Geld bitten? Ich müsste ihm doch vielmehr welches bringen, für seine Steinkohleaktien! Ach! hol ihn der Kuckuck mit seinen Aktien! Ich schulde ihm nichts!«

Und Frédéric beglückwünschte sich zu seiner Unabhängigkeit, als habe er Monsieur Dambreuse eine Gefälligkeit abgeschlagen.

»Na gut«, sagte er sich nach einer Weile, »wenn ich hierbei schon einen Verlust erleide … denn mit fünfzehntausend Franc könnte ich eine Million verdienen! An der Börse sieht man das hin und wieder … Wenn ich also den einen sitzenlasse, bin ich dann nicht frei? … Übrigens, Deslauriers kann doch warten! – Nein, nein, das ist unanständig, los!«

Er schaute auf die Uhr.

»Ach! es eilt nicht! die Bank schließt erst um fünf!«

Und als er um halb fünf sein Geld in Empfang genommen hatte:

»Jetzt ist es sinnlos! Ich würde ihn nicht antreffen; ich gehe heute abend zu ihm!« So ließ er sich die Möglichkeit offen, seine Entscheidung rückgängig zu machen, denn im Gewissen setzt sich immer irgendetwas fest von den Spitzfindigkeiten, die man hineingießt; es bleibt ein Nachgeschmack, wie von billigem Schnaps.

Er schlenderte über die Boulevards und speiste allein im Restaurant. Dann hörte er einen Akt im Vaudeville, um sich abzulenken. Aber die Geldscheine drückten ihn, als hätte er sie gestohlen. Fast wünschte er, sie zu verlieren.

Als er nach Hause kam, erwartete ihn ein Brief, mit folgenden Worten:

»Was gibt es Neues?

Auch meine Frau ersucht Sie, lieber Freund, in der Hoffnung usw.

Ganz der Ihre.«

Und ein Namensschnörkel.

»Seine Frau! sie bittet mich!«

Im selben Augenblick erschien Arnoux, um zu hören, ob die benötigte Summe aufgetrieben war.

»Da, nehmen Sie!« sagte Frédéric.

Und vierundzwanzig Stunden später antwortete er Deslauriers:

»Ich habe nichts erhalten.«

Der Advokat kam drei Tage hintereinander. Er drängte ihn, dem Notar zu schreiben. Und erbot sich, nach Le Havre zu reisen.

»Nein! das ist sinnlos! ich fahre hin!«

Am Ende der Woche bat Frédéric den feinen Herrn Arnoux schüchtern um seine fünzehntausend Franc.

Arnoux vertröstete ihn auf den nächsten Tag, dann auf den übernächsten. Erst nach Einbruch der Dunkelheit wagte sich Frédéric hinaus, denn er fürchtete, Deslauriers könnte ihn ertappen.

Eines Abends prallte jemand an der Ecke Place de la Madeleine gegen ihn. Er war's.

»Ich hol sie gerade«, sagte er.

Und Deslauriers begleitete ihn bis vor die Tür eines Hauses im Faubourg Poissonnière.

»Warte auf mich!«

Er wartete. Endlich, nach dreiundvierzig Minuten, kam Frédéric mit Arnoux heraus und bedeutete ihm, sich zu gedulden. Der Fayencehändler und sein Begleiter marschierten Arm in Arm die Rue Hauteville hinauf, bogen dann in die Rue de Chabrol.

Die Nacht war tiefschwarz, mit lauen Windböen. Arnoux ging langsam, redete von den Verkaufsgalerien: eine Reihe überdachter Passagen, die vom Boulevard Saint-Denis zum Châtelet führen sollten, eine phantastische Spekulation, daran hätte er sich unglaublich gern beteiligt; von Zeit zu Zeit blieb er stehen, begutachtete durch ein Ladenfenster das Gesicht einer Grisette, dann schwadronierte er weiter.

Frédéric hörte die Schritte Deslauriers' hinter sich, wie Vorwürfe, wie Schläge, die auf sein Gewissen trommelten. Doch wagte er nicht, seine Forderung zu stellen, aus falscher Scham und aus Furcht, es wäre zwecklos. Der andere kam näher. Er fasste sich ein Herz.

Arnoux sagte ganz unbefangen, die ausstehenden Gelder seien nicht eingegangen, darum könne er die fünfzehntausend Franc vorläufig nicht erstatten.

»Die brauchen Sie doch nicht, denk ich mir?«

In diesem Augenblick machte sich Deslauriers an Frédéric heran und zog ihn beiseite:

»Sei ehrlich, hast du sie, ja oder nein?«

»Also, nein!« sagte Frédéric, »ich hab sie verloren!«

»Aha! und wobei?«

»Beim Spiel!«

Deslauriers erwiderte kein Wort, verbeugte sich tief und ging. Arnoux hatte die Gelegenheit ausgenützt und sich in einem Tabakladen eine Zigarre angesteckt. Er kam zurück und fragte, wer dieser junge Mann sei.

»Nichts! ein Freund!«

Dann, drei Minuten später, vor Rosanettes Tür:

»Kommen Sie doch mit rauf«, sagte Arnoux, »es wird ihr Freude machen, Sie zu sehen. Was sind Sie ungesellig in letzter Zeit.«

Eine Straßenlaterne gegenüber beleuchtete ihn; und mit seiner Zigarre zwischen den weißen Zähnen und seiner glücklichen Miene hatte er etwas Unerträgliches.

»Ach! übrigens, mein Notar war heute morgen bei dem Ihren wegen dieser Hypothekeneintragung. Meine Frau hat mich daran erinnert.«

»Eine Frau mit Köpfchen!« erwiderte Frédéric unwillkürlich.

»Das will ich meinen!«

Und wieder begann Arnoux mit seinem Lobgesang. Sie habe nicht ihresgleichen bei Verstand, Herz, Sparsamkeit; mit leiser Stimme, die Augen rollend, ergänzte er noch:

»Und dieser frauliche Körper!«

»Adieu!« sagte Frédéric.

Arnoux zuckte zusammen.

»Aha! warum?«

Und er musterte ihn mit halb ausgestreckter Hand, ganz verdutzt über die Wut in seinem Gesicht.

Frédéric entgegnete barsch:

»Adieu!«

Er lief die Rue de Bréda hinab wie ein rollender Stein, zornig auf Arnoux, schwor sich, ihn niemals wiederzusehen, und auch sie nicht, tieftraurig, verzweifelt. Anstatt des Bruchs, auf den er wartete, fing der andere nun an, zärtlich an ihr zu hängen, und zwar vollständig, von den Haarspitzen bis auf den Seelengrund. Die Vulgarität des Mannes erbitterte Frédéric. Ihm gehörte wohl alles, diesem Kerl! Auf der Türschwelle der Lorette stand er auch wieder; und der Schmerz über einen Bruch gesellte sich zur Wut über die eigene Ohnmacht. Darüber hinaus demütigte ihn die Redlichkeit Arnoux', der Sicherheiten bot für sein Geld, am liebsten hätte er ihn erwürgt; und über dem Kummer schwebte in seinem Gewissen, wie ein Nebel, das Gefühl seiner Feigheit gegenüber dem Freund. Tränen erstickten ihn.

Deslauriers stürmte die Rue des Martyrs hinunter, laut fluchend vor Empörung; denn sein Plan, einem gestürzten Obelisken gleich, dünkte ihn jetzt von ungeheurer Größe. Er fühlte sich bestohlen, wie nach einem großen Verlust. Seine Zuneigung für Frédéric war tot, und darüber empfand er Freude; es war eine Entschädigung! Ihn durchströmte Hass auf die Reichen. Er neigte mit einemmal zu Sénécals Überzeugungen und nahm sich vor, sie zu unterstützen.

Arnoux saß währenddessen bequem in einer Bergere am Feuer, schlürfte sein Tässchen Tee und hielt die Marschallin auf dem Schoß.

Frédéric ging nicht mehr zu ihnen; und da er sich ablenken wollte von seiner misslichen Leidenschaft, beschloss er, zum erstbesten Thema greifend, eine *Geschichte der Renaissance* zu verfassen. Bunt durcheinander stapelte er auf seinem Schreibtisch die Humanisten, die Philosophen und die Poeten; er besuchte das Kupferstichkabinett, um sich die Gravüren des Marcantonio anzuschauen; er mühte sich, Machiavelli zu verstehen. Allmählich besänftigte ihn die heitere Ruhe der Arbeit. Während er eintauchte in die Persönlichkeit der andern, vergaß er die eigene, was vielleicht der einzige Weg ist, nicht unter ihr zu leiden.

Eines Tages, als er sich in aller Ruhe Notizen machte, ging die Tür auf, und der Diener meldete Madame Arnoux.

Sie war es tatsächlich! allein? Keineswegs! an der Hand hielt sie den kleinen Eugène, hinter ihm sein Mädchen in weißer Schürze. Sie nahm Platz; und nachdem sie gehüstelt hatte:

»Es ist lange her, dass Sie zuletzt bei uns waren.«

Da Frédéric keine Entschuldigung einfiel, fügte sie noch hinzu:

»Sie handeln aus Feingefühl!«

Er antwortete:

»Wieso Feingefühl?«

»Was Sie für Arnoux getan haben!« sagte sie.

Frédéric gab mit einer Geste zu verstehen: »Was kümmert mich der! es war Ihretwegen!«

Sie schickte das Kind mit dem Mädchen zum Spielen in den Salon. Dann wechselten sie zwei, drei Worte über ihr Befinden, und die Unterhaltung erlahmte.

Sie trug ein braunes Seidenkleid, in der Farbe spanischen Weins, dazu einen schwarzen Samtpaletot mit Marderbesatz; dieser Pelz weckte das Verlangen, mit den Händen darüberzustreichen, und die zwei langen Strähnen ihres glattgescheitelten Haars verlockten die Lippen. Doch etwas beunruhigte sie, ihre Augen wanderten zur Tür:

»Es ist ein bisschen warm hier!«

Frédéric erriet die kluge Absicht ihres Blicks.

»Verzeihung! die beiden Flügel sind nur angelehnt.«

»Ach ja! richtig!«

Und sie lächelte, als wollte sie sagen: »Ich hab keine Angst.«

Nun fragte er unvermittelt, was sie denn herführe.

»Mein Mann«, erwiderte sie mit einiger Überwindung, »hat mich bewogen, Sie aufzusuchen, weil er selbst diesen Schritt nicht wagt.«

»Und warum?«

»Sie kennen Monsieur Dambreuse, nicht wahr?«

»Ja, ein wenig!«

»Ach so, ein wenig.«

Sie schwieg.

»Einerlei! reden Sie weiter.«

Nun erzählte sie, vor zwei Tagen habe Arnoux vier auf den Bankier ausgestellte Wechsel zu je tausend Franc nicht einlösen können, und diese waren auf seinen Wunsch hin von ihr unterschrieben. Es reute sie, das Vermögen ihrer Kinder zu gefährden. Doch alles sei besser als Schimpf und Schande; und wenn Monsieur Dambreuse die Klage zurückziehe, würde man ihn demnächst bezahlen, ganz gewiss; denn sie wolle ein kleines Haus verkaufen, das sie in Chartres besaß.

»Arme Frau!« murmelte Frédéric. »Ich werde hingehen! Sie können auf mich zählen.«

»Danke!«

Sie stand auf und wollte sich verabschieden.

»Oh! Sie haben doch keine Eile!«

Sie blieb stehen, betrachtete die vom Plafond hängende Sammlung mongolischer Pfeile, die Bibliothek, die Einbände, all das Schreibgerät; sie griff nach der Bronzeschale, in der die Federn lagen; ihre Absätze traten an verschiedenen Stellen auf den Teppich. Sie hatte Frédéric schon öfter besucht, doch immer nur mit Arnoux. Diesmal waren sie allein, – allein in seinem eigenen Haus; – ein außergewöhnliches Ereignis, fast schon ein Liebesglück.

Sie wollte sein Gärtchen sehen; er reichte ihr den Arm, um sein Besitztum vorzuführen, dreißig Fuß Grund, umfriedet von Häusern, geschmückt mit Sträuchern in den Ecken und einem Blumenbeet in der Mitte.

Es war in den ersten Apriltagen. Schon grünten die Blätter der Fliederbüsche, ein reiner Hauch zog durch die Luft, und kleine Vögel zwitscherten, sangen im Wechsel mit dem fernen Gehämmer eines Wagenschmieds.

Frédéric holte eine Kaminschaufel; und während sie nebeneinander einhergingen, baute der Junge auf dem Weg Sandhaufen.

Madame Arnoux glaubte nicht, er werde später einmal viel Phantasie besitzen, doch habe er ein liebevolles Wesen. Seine Schwester dagegen sei von Natur aus kalt, was sie zuweilen verletze.

»Das wird sich ändern«, sagte Frédéric. »Man darf niemals die Hoffnung aufgeben.«

Sie erwiderte:

»Man darf niemals die Hoffnung aufgeben!«

Diese unwillkürliche Wiederholung seines Satzes dünkte ihn wie eine Ermutigung; er pflückte eine Rose, die einzige im Garten.

»Erinnern Sie sich … an jenen Rosenstrauß, abends, im Wagen?«

Sie errötete leicht; und mit einem Anflug von spöttischem Mitleid:

»Ach! damals war ich so jung!«

»Und die hier«, fragte leise Frédéric, »geht es ihr genauso?«

Sie antwortete, den Stiel zwischen den Fingern drehend wie den Faden einer Spindel:

»Nein! die behalte ich!«

Sie winkte dem Mädchen, und es nahm das Kind auf den Arm; dann, vor der Tür, draußen auf der Straße, roch Madame Arnoux an der Blume, den Kopf zur Schulter neigend und mit einem Blick, süß wie ein Kuss.

Zurück in seinem Kabinett, betrachtete er den Fauteuil, in dem sie gesessen, und alle Gegenstände, die sie berührt hatte. Etwas von ihr umwehte ihn. Die Wärme ihrer Gegenwart war noch zu spüren.

»Sie ist also hierhergekommen!« sagte er sich.

Und ihn überströmten Wogen grenzenloser Zärtlichkeit.

Am nächsten Morgen um elf erschien er bei Monsieur Dambreuse. Man empfing ihn im Speisesaal. Der Bankier saß seiner Frau gegenüber beim Dejeuner. Neben ihr die Nichte und auf der andern Seite die Hauslehrerin, eine stark pockennarbige Engländerin.

Monsieur Dambreuse bat seinen jungen Freund, er möge sich zu ihnen setzen, und als dieser ablehnte:

»Was kann ich für Sie tun? Ich höre.«

Frédéric bekannte mit gespielter Gleichgültigkeit, er komme mit einem Ersuchen zugunsten eines gewissen Arnoux.

»So! so! der einstige Kunsthändler«, sagte der Bankier mit einem lautlosen Lachen, das sein Zahnfleisch entblößte. »Oudry bürgte ehedem für ihn; man hat sich überworfen.«

Und dann blätterte er in den Briefen und Zeitungen neben seinem Gedeck.

Zwei Diener servierten, ohne das kleinste Geräusch auf dem Parkett; und die Höhe des Raums, der drei gewirkte Portieren und zwei weiße Marmorspringbrunnen besaß, das Glänzen der Schüsselwärmer, die Anordnung der Horsd'œuvres und sogar die steifen Falten der Servietten, dieser ganze luxuriöse Wohlstand machte Frédéric den Gegensatz bewusst zu einem anderen Essen, bei Arnoux. Er getraute sich nicht, Monsieur Dambreuse zu unterbrechen.

Madame bemerkte seine Verlegenheit.

»Sehen Sie zuweilen unseren Freund Martinon?«

»Er kommt heute abend«, sagte lebhaft das junge Mädchen.

»Aha! das weißt du?« erwiderte ihre Tante und streifte sie mit einem kalten Blick.

Dann, als sich einer der Bedienten zu ihrem Ohr niederbeugte:

»Deine Schneiderin, mein Kind! … Miss Johnson!«

Und die Hauslehrerin verschwand gehorsam mit ihrem Schützling.

Monsieur Dambreuse, gestört durch das Stühlerücken, fragte, was los sei.

»Madame Regimbart ist da.«

»Ach! Regimbart! Den Namen kenne ich. Die Unterschrift ist mir irgendwo begegnet.«

Frédéric kam endlich auf die Angelegenheit zu sprechen; Arnoux verdiene Rücksicht; er wolle sogar, einzig in der Absicht, seine Verpflichtungen zu erfüllen, ein Haus seiner Frau verkaufen.

»Sie gilt als sehr hübsch«, sagte Madame Dambreuse.

Und der Bankier erkundigte sich gutmütig:

»Sie sind ein Freund … ein vertrauter?«

Eine klare Antwort vermeidend sagte Frédéric, er wäre ihm sehr dankbar, in Betracht ziehen zu wollen …

»Nun, wenn Ihnen so viel daran liegt, meinetwegen! warten wir also! Ich habe noch Zeit. Gehen wir hinunter in mein Büro?«

Das Essen war beendet; Madame Dambreuse verneigte sich ganz leicht, mit einem merkwürdigen Lächeln voll Höflichkeit und zugleich voll Ironie. Frédéric hatte keine Zeit, sich Gedanken zu machen, denn Monsieur Dambreuse, sobald sie allein waren:

»Sie haben Ihre Aktien nicht abgeholt.«

Und ohne auf eine Entschuldigung zu warten:

»Gut! gut! es ist recht und billig, wenn Sie die Sache näher kennenlernen wollen.«

Er bot ihm eine Zigarette an und begann.

Die *Allgemeine französische Steinkohlenunion* sei gegründet; man warte nur noch auf den Erlass. Allein die Tatsache des Zusammenschlusses senke die Kosten für Aufsicht und Arbeitskraft, erhöhe die Gewinne. Außerdem plane die Gesellschaft etwas Neues, nämlich die Arbeiter an ihrem Unternehmen zu beteiligen. Sie werde ihnen Häuser bauen, der Gesundheit zuträglichen Wohnraum; zu guter Letzt wolle sie Lieferant sein für ihre Arbeitnehmer, alles zum Selbstkostenpreis abgeben.

»Und dabei werden sie gewinnen, Monsieur; das ist wahrer Fortschritt; das heißt, siegreich antworten auf ein gewisses republikanisches Geschrei! Wir haben in unserem Verwaltungsrat (er wedelte mit dem Prospekt) einen Pair de France, einen Gelehrten vom Institut, einen hohen Pionieroffizier a. D., lauter bekannte Namen! Solche Elemente beruhigen ängstliche Kapitaleigner und sind Anreiz für kluge Kapitaleigner!« Die Kompanie könne mit Staatsaufträgen rechnen, ferner mit der Eisenbahn, mit der Dampfschifffahrt, den Hüttenbetrieben, Gaswerken, bürgerlichen Küchen. »Auf diese Weise heizen wir, beleuchten wir, dringen hinein bis ins Innere der bescheidensten Haushalte. Doch wie, werden Sie fragen, sichern wir den Absatz? Mit Hilfe von Schutzzöllen, mein werter Herr, und die wollen wir durchsetzen; das ist unsere Sache! Ich bin übrigens entschieden Prohibitionist! an erster Stelle kommt das Vaterland!«

Man habe ihn zum Direktor ernannt; doch fehle ihm die Zeit, sich um gewisse Einzelheiten zu kümmern, das Schriftliche unter anderem. »Ich bin ein wenig verkracht mit den Klassikern, nicht mehr ganz sattelfest! Ich bräuchte jemand … der meine Gedanken in Worte kleidet.« Und plötzlich: »Wollen Sie dieser Mann sein, mit dem Titel eines Generalsekretärs?«

Frédéric wusste nicht, was antworten.

»Nun, was hindert Sie?«

Seine Tätigkeit wäre darauf beschränkt, jedes Jahr einen Bericht zu verfassen für die Aktionäre. Er stünde tagtäglich in Verbindung mit den namhaftesten Männern von Paris. Als Vertreter der Kompanie gegenüber den Arbeitern würden diese ihn naturgemäß rasch verehren, was ihm späterhin erlaube, sich einen Platz zu verschaffen im Generalrat, im Abgeordnetenhaus.

Frédéric bekam Ohrensausen. Woher rührte dieses Wohlwollen? Er bedankte sich voller Überschwang.

Freilich dürfe er, sagte der Bankier, von niemand abhängig sein. Der beste Weg sei, Aktien zu erwerben, »im übrigen eine grandiose Anlage, denn Ihr Kapital garantiert Ihre Stellung und umgekehrt Ihre Stellung Ihr Kapital.«

»Wie hoch soll es denn ungefähr sein?« sagte Frédéric.

»Mein Gott! wie es Ihnen genehm ist; zwischen vierzig- und sechzigtausend Franc, schätze ich.«

Die Summe war so gering für Monsieur Dambreuse und seine Autorität so groß, dass sich der junge Mann auf der Stelle entschloss, einen Pachthof zu verkaufen. Er war einverstanden. Monsieur Dambreuse wollte in den nächsten Tagen ein Treffen festlegen und ihre Übereinkunft endgültig besprechen.

»Ich darf also Jacques Arnoux sagen …?«

»Alles, was Sie möchten! der arme Kerl! Alles, was Sie möchten!«

Frédéric schrieb an Arnoux, er könne unbesorgt sein, und ließ den Brief durch seinen Diener überbringen, dem man beschied:

»Sehr gut!«

Seine Fürsprache jedoch verdiente Besseres. Er rechnete mit einem Besuch, mit einem Brief zumindest. Er erhielt keinen Besuch. Und es kam kein Brief.

War das Vergesslichkeit von den beiden oder Absicht? Da Madame Arnoux ihn schon einmal aufgesucht hatte, was hinderte sie, es wieder zu tun? Diese Art von Andeutung, von Geständnis, das sie ihm gemacht hatte, war also nur eigennütziges Manöver? »Halten sie mich zum Narren? Ist sie Komplizin?« Etwas wie Scham hinderte ihn, seinem Verlangen zum Trotz, von neuem hinzugehen.

Eines Morgens (drei Wochen nach ihrer Unterredung) schrieb Monsieur Dambreuse, dass er ihn noch am selben Tag erwarte, in einer Stunde.

Unterwegs bedrängte ihn wieder der Gedanke an die Arnoux; und weil er keinen Grund fand für ihr Verhalten, überfiel ihn Angst, eine düstere Vorahnung. Um sich Klarheit zu verschaffen, winkte er einem Kabriolett und ließ sich in die Rue Paradis bringen.

Arnoux war verreist.

»Und Madame?«

»Auf dem Land, in der Fabrik!«

»Wann kommt Monsieur zurück?«

»Morgen, ganz gewiss!«

Er würde sie allein antreffen; der Augenblick war günstig. Etwas Gebieterisches rief in seinem Bewusstsein: »So fahr doch hin!«

Aber Monsieur Dambreuse? »Ach was, unwichtig! Ich sage, dass ich krank war.« Er lief zum Bahnhof; dann im

Waggon: »Vielleicht mach ich einen Fehler? Pah! was soll's!«

Rechts und links erstreckten sich grüne Ebenen; der Zug rollte; die Bahnwärterhäuschen glitten vorüber wie Kulissen, und der Qualm aus der Lokomotive ergoss seine dicken Flocken stets auf dieselbe Seite, wo sie eine Weile über dem Gras tanzten und schließlich verwehten.

Frédéric, allein auf seiner Bank, beobachtete das alles aus Langeweile, versunken in jene Trägheit, die übermäßiger Ungeduld entspringt. Kräne tauchten auf, Lagerhallen. Das war Creil.

Die Stadt, am Hang zweier niedriger Hügel erbaut (einer ist kahl und der andre von einem Wäldchen gekrönt), mit dem Turm ihrer Kirche, ihren ungleichen Häusern und ihrer Steinbrücke schien ihm etwas Heiteres zu besitzen, etwas Unaufdringliches und Gutmütiges. Eine große Zille trieb stromabwärts, auf dem gluckernden windgepeitschten Wasser; Hühner, am Fuß des Wegkreuzes, pickten im Stroh; eine Frau kam vorüber, mit nasser Wäsche auf dem Kopf.

Nach der Brücke stand er auf einer Insel, wo man rechter Hand die Ruinen einer Abtei sieht. Eine Mühle drehte sich, versperrte in ihrer ganzen Breite den zweiten Arm der Oise, über dem die Manufaktur thront. Die Größe dieses Bauwerks überraschte Frédéric gewaltig. Er empfand noch mehr Respekt vor Arnoux. Drei Schritte weiter bog er in ein Gässchen, es endete vor einem Gittertor.

Er war eingetreten. Die Concierge rief ihn zurück, schrie:

»Haben Sie eine Erlaubnis?«

»Wozu?«

»Für die Besichtigung der Anlage!«

Frédéric sagte in schroffem Ton, er wolle zu Monsieur Arnoux.

»Wer soll das sein, Monsieur Arnoux?«

»Na, der Direktor, der Hausherr, der Besitzer natürlich!«

»Nein, Monsieur, das hier ist die Fabrik der Herren Lebœuf und Milliet.«

Die gute Frau erlaubte sich wohl einen Scherz. Arbeiter kamen daher; er fragte zwei oder drei; die Antwort war immer dieselbe.

Frédéric verließ den Hof, taumelnd wie ein Betrunkener; und er machte einen so wirren Eindruck, dass ihn auf dem Pont de la Boucherie ein Pfeife rauchender Bürger fragte, ob er vielleicht etwas suche. Der Mann kannte Arnoux' Manufaktur. Sie lag in Montataire.

Frédéric erkundigte sich nach einem Wagen, die gab es nur am Bahnhof. Also ging er zurück. Eine klapprige Kalesche, vorgespannt ein alter Gaul, dessen fransiges Zaumzeug zwischen die Deichseln hing, stand an der Gepäckabfertigung, einsam und verlassen.

Ein Bürschchen machte sich erbötig, »Vater Pilon« aufzustöbern. Nach zehn Minuten kam er wieder; Vater Pilon saß beim Mittagessen. Frédéric riss die Geduld, er marschierte los. Die Schranke des Bahnübergangs war geschlossen. Er musste warten, bis zwei Züge durchgerattert waren. Endlich stürmte er hinaus aufs freie Land.

In dem eintönigen Grün glich es einem riesigen Billardtuch. Eisenschlacke war zu beiden Seiten der Landstraße aufgeschichtet, wie Schotterhaufen. Ein Stück weiter qualmten Fabrikschlote dicht nebeneinander. Vor ihm erhob sich auf einem runden Hügel ein kleines Schloss mit Türmchen, dazu der viereckige Glockenturm einer Kirche. Ein wenig unterhalb zogen lange Mauern unregelmäßige Linien zwischen die Bäume; und ganz unten machten sich die Dorfhäuser breit.

Sie sind eingeschossig, mit Treppen, drei Stufen hoch, aus Steinblöcken ohne Mörtel. Man hörte hin und wieder die Türklingel eines Krämers. Schwere Schritte stapften durch den schwarzen Schlamm, und feiner Regel fiel, zerschnitt mit tausend Strichen den fahlen Himmel.

Frédéric hielt sich in der Mitte des Straßenpflasters; dann stieß er linker Hand, am Eingang zu einem Weg, auf einen großen hölzernen Torbogen mit der Inschrift in Goldlettern: FAYENCEN.

Nicht grundlos hatte Jacques Arnoux die Nachbarschaft zu Creil gewählt; indem er seine Manufaktur in möglichst großer Nähe zur andern (schon lange renommierten) errichtete, kam es bei der Kundschaft zu einer für seine Interessen günstigen Verwechslung.

Das Hauptgebäude grenzte unmittelbar ans Ufer eines Flusses, der sich durch die Wiesen zieht. Das von einem Garten umgebene Herrenhaus besaß eine Freitreppe, die vier Tonvasen zierten, gespickt mit Kakteen. Berge weißer Erde trockneten unter Schuppen; andere lagen unter freiem Himmel; und mitten im Hof stand Sénécal, in seinem ewig blauen Überrock mit rotem Innenfutter.

Der ehemalige Repetitor reichte ihm seine kalte Hand.

»Sie wollen zum Chef? Der ist nicht da.«

Frédéric, aus der Fassung gebracht, erwiderte einfältig:

»Das wusste ich.« Verbesserte sich jedoch rasch: »Es geht um eine Angelegenheit, die Madame Arnoux betrifft. Kann sie mich empfangen?«

»Ach so! ich habe sie schon drei Tage nicht gesehen«, sagte Sénécal.

Und er begann mit einer Litanei von Klagen. Als er auf die Bedingungen des Fabrikanten eingegangen sei, habe er erwartet, in Paris zu bleiben, und nicht, er müsse sich auf dem Land vergraben, fern seiner Freunde, abgeschnitten von Zeitungen. Gleichviel! er habe das hingenommen! Doch Arnoux scheine sein Verdienst gar nicht zu merken. Zudem sei er borniert und rückständig, dumm wie kein Zweiter. Anstatt nach künstlerischer Weiterentwicklung zu trachten, hätte er lieber Feuerung mit Steinkohle und Gas eingeführt. Der feine Herr sei *am Untergehen*: Sénécal betonte das Wort. Kurzum, seine Tätigkeit missfiel ihm; und beinah hätte er Frédéric aufgefordert, sich für ihn zu verwenden, damit seine Bezüge erhöht würden.

»Keine Sorge!« sagte der andere.

Er begegnete niemandem auf der Treppe. Im ersten Stock schob er den Kopf in einen leeren Raum; es war der Salon. Er rief laut. Keine Antwort; sicher war die Köchin ausgegangen, das Dienstmädchen ebenfalls; schließlich öffnete er im zweiten Stock eine Tür. Madame Arnoux war allein, vor einem Spiegelschrank. Der Gürtel ihres halboffenen Hauskleids hing an den Hüften herab. Eine Hälfte ihres Haars fiel als schwarze Flut über die rechte Schulter; sie hatte beide Arme erhoben, mit einer Hand ihren Knoten haltend, während die andere eine Nadel feststeckte. Sie stieß einen Schrei aus und verschwand.

Dann kam sie tadellos gekleidet wieder. Ihre Gestalt, ihre Augen, das Rascheln ihres Kleides, alles verzückte ihn. Frédéric musste an sich halten, um sie nicht mit Küssen zu bedecken.

»Ich bitte um Verzeihung«, sagte sie, »ich konnte ja nicht …«

Er war so kühn, sie zu unterbrechen:

»Aber … Sie waren bezaubernd … vorhin.«

Offenbar fand sie das Kompliment ein wenig taktlos; denn ihre Wangen färbten sich rot. Er fürchtete, er habe sie beleidigt. Sie fragte:

»Welch glücklicher Zufall führt Sie hierher?«

Er wusste nicht, was antworten; und nach einem leisen Kichern, das ihm Zeit ließ zum Überlegen:

»Wenn ich es Ihnen sagte, würden Sie mir glauben?«

»Warum nicht?«

Frédéric erzählte, in der vergangenen Nacht habe er einen grässlichen Traum gehabt:

»Ich habe geträumt, Sie wären schwer erkrankt, dem Sterben nahe.«

»Oh! weder ich noch mein Mann sind jemals krank!«

»Geträumt habe ich nur von Ihnen«, sagte er.

Sie musterte ihn ganz ruhig.

»Träume gehen nicht immer in Erfüllung.«

Frédéric stammelte, suchte nach Worten und stürzte sich schließlich in einen endlosen Satz über Seelenverwandtschaft. Es gebe eine Kraft, die kann zwei Menschen, über Räume hinweg, in Verbindung bringen, ihnen mitteilen, was sie empfinden, und sie vereinigen.

Sie hörte zu, den Kopf gesenkt, und lächelte ihr schönes Lächeln. Er beobachtete sie aus dem Augenwinkel, voller Freude, und konnte seine Liebe freier aussprechen unter dem Deckmantel eines Gemeinplatzes. Sie machte ihm den Vorschlag, die Fabrik zu besichtigen; und da sie drängte, war er einverstanden.

Um ihn sogleich mit etwas Amüsantem zu unterhalten, zeigte sie ihm eine Art Museum, die Dekoration im Treppenhaus. Die an der Wand hängenden oder auf Brettchen gestellten Musterstücke zeugten von Arnoux' aufeinanderfolgenden Mühen und Schwärmereien. Nachdem er sich am Kupferrot der Chinesen versucht hatte, wollte er Majoliken machen, Faenza-Keramik, Etruskisches, Orientalisches, experimentierte mit einigen der später geglückten Weiterentwicklungen. Und darum sah man der Reihe nach üppige, mit Mandarinen bedeckte Vasen, Schalen in schillerndem Goldbraun, Töpfe, geschmückt mit arabischer Schrift, bauchige Krüge im Stil der Renaissance und große Teller mit zwei Figuren, gezeichnet wie mit dem Rötelstift, so zierlich und hingehaucht. Er mache jetzt Lettern für Ladenschilder, Weinetiketten; sein Verstand sei jedoch weder hochfliegend genug, um vorzudringen bis zur Kunst, noch bürgerlich genug, um ausschließlich den Profit anzustreben, sodass er niemand zufriedenstelle und sich ruiniere. Während beide diese Dinge betrachteten, erschien Mademoiselle Marthe.

»Kennst du ihn nicht mehr?« sagte ihre Mutter.

»Doch, doch!« erwiderte sie grüßend, während ihr klarer und argwöhnischer Blick, ihr Jungfrauenblick, zu flüstern schien: »Was hast du hier zu suchen?« Und sie ging die Stufen hinauf, den Kopf leicht weggedreht zur Schulter.

Madame Arnoux führte Frédéric auf den Hof, erklärte ihm dort ganz ernsthaft, wie man die Erden zerkleinert, wie man sie reinigt, wie man sie durchsiebt.

»Am wichtigsten ist die Mischung der Masse.«

Und sie geleitete ihn zu einer Halle, vollgestellt mit Bottichen, in denen sich eine vertikale Achse, bewehrt mit horizontalen Armen, um sich selber drehte. Frédéric bereute, dass er ihren Vorschlag nicht rundweg abgelehnt hatte.

»Das sind die Manschmühlen«, sagte sie.

Er fand das Wort grotesk und beinah ungehörig in ihrem Mund.

Breite Riemen liefen an der Decke von einem Ende zum andern, wickelten sich um Trommeln, und alles war in Bewegung, unaufhörlich, mathematisch, enervierend.

Sie gingen hinaus und kamen zu einer verwahrlosten Hütte, in der einstmals Gartengerät verwahrt wurde.

»Sie ist zu nichts mehr nutze«, sagte Madame Arnoux.

Er antwortete mit zitternder Stimme:

»Das Glück hat darin Platz!«

Das Dröhnen der Feuerpumpe verschluckte seine Worte, und sie betraten die Modellierstube.

Männer saßen an einem schmalen Tisch, legten auf eine Drehscheibe vor sich einen Masseklumpen; ihre linke Hand schabte im Innern, ihre rechte strich über die Außenfläche, und man sah Vasen emporwachsen wie sich entfaltende Blüten.

Madame Arnoux ließ Gussformen vorzeigen für schwierigere Stücke.

In einem anderen Raum schuf man Gewinde, Kehlungen, vorspringende Linien. Im Stockwerk darüber entfernte man Nähte und füllte mit Gips kleine Löcher, entstanden bei früheren Arbeitsgängen.

In den Nischen der Oberlichter, in Winkeln, mitten auf den Korridoren, überall standen Töpferwaren.

Frédéric begann sich zu langweilen.

»Vielleicht ermüdet Sie das?« sagte sie.

Aus Angst, sein Besuch könnte damit schon enden, heuchelte er ganz im Gegenteil große Begeisterung. Er bedauerte sogar, dass er sich nicht diesem Gewerbe verschrieben hatte.

Sie wirkte überrascht.

»Gewiss! ich hätte in Ihrer Nähe leben können!«

Und als er ihren Blick suchte, nahm Madame Arnoux, um ihm auszuweichen, von einer Konsole Massekügelchen, die von missglückten Ausbesserungen stammten, presste sie zu einem Fladen und drückte darauf ihre Hand.

»Darf ich das mitnehmen?« sagte Frédéric.

»Mein Gott, sind Sie ein Kindskopf!«

Er wollte antworten, Sénécal trat herein.

Der stellvertretende Direktor bemerkte noch in der Tür einen Verstoß gegen die Hausordnung. Die Werkstuben mussten jede Woche ausgefegt werden; es war Samstag, und weil die Arbeiter es versäumt hatten, erklärte Sénécal, sie müssten eine Stunde länger bleiben. »Pech für euch!«

Sie beugten sich über ihre Stücke, ohne Murren; man erriet den Zorn am keuchenden Atmen ihrer Brust. Sie waren übrigens nicht leicht zu befehligen, lauter Entlassene aus der großen Fabrik. Der Republikaner führte sie mit strenger Hand. Als Mann der Theorie würdigte er nur die Massen und zeigte sich unerbittlich gegen den Einzelnen.

Frédéric, dem seine Gegenwart lästig fiel, fragte Madame Arnoux leise, ob es nicht möglich wäre, die Öfen zu sehen. Sie gingen hinunter ins Erdgeschoss; und eben erklärte sie den Gebrauch der Brennkästen, da trat Sénécal, der ihnen gefolgt war, dazwischen.

Eigenmächtig übernahm er die Vorführung, verbreitete sich über die unterschiedlichen Kombustibilien, das Beladen des Ofens, die Pyroskope, die Brennherde, die Engoben, die Lüster und die Metalle, sparte nicht mit chemischem Fachvokabular, Chlorid, Sulfid, Borax, Karbonat. Frédéric begriff gar nichts und drehte sich alle Augenblick zu Madame Arnoux.

»Sie hören nicht zu«, sagte sie. »Monsieur Sénécal ist doch sehr verständlich. Er weiß all diese Dinge besser als ich.«

Der Mathematiker, geschmeichelt durch dieses Lob, machte den Vorschlag, den Auftrag der Farben zu zeigen. Frédéric befragte mit einem ängstlichen Blick Madame Arnoux. Sie verzog keine Miene, wollte offenbar weder mit ihm allein bleiben noch ihn verlassen. Er bot ihr den Arm.

»Nein! danke sehr! die Treppe ist zu eng!«

Und als sie oben waren, öffnete Sénécal die Tür zu einem Raum voller Frauen.

Sie hantierten mit Pinseln, Fläschchen, Schalen, Glasplatten. Den Sims entlang an der Wand lehnten Stiche;

feine Papierschnipsel flatterten umher; und ein gusseiserner Ofen verströmte ekelerregende Hitze, in die sich Terpentingeruch mischte.

Die Arbeiterinnen, fast alle, waren schäbig gekleidet. Eine jedoch stach ins Auge, sie trug ein Kopftuch aus Madras und lange Ohrgehänge. Schlank und gleichzeitig prall, hatte sie große schwarze Augen und die fleischigen Lippen einer Schwarzen. Ihr üppiger Busen wölbte sich unterm Hemd, das die Kordel ihres Rocks um die Taille zusammenhielt; einen Ellbogen auf die Werkbank gestützt, während der andre herabhing, blickte sie abwesend hinaus in die Landschaft. Neben ihr eine Weinflasche und Wurst.

Die Hausordnung untersagte das Essen in den Werkstuben, eine Maßregel für mehr Sauberkeit bei der Arbeit und mehr Gesundheit bei den Beschäftigten.

Sénécal, aus Pflichtgefühl oder despotischer Neigung, rief schon von weitem, auf einen gerahmten Anschlag deutend:

»He, Sie da aus Bordeaux! lesen Sie mal laut den Artikel 9.«

»Sonst noch was?«

»Sonst noch, Mademoiselle? Da zahlen Sie mir drei Franc Buße!«

Sie schaute ihm dreist ins Gesicht.

»Was juckt's mich? Der Chef wird sie schon aufheben, Ihre Buße, wenn er zurück ist. Ich pfeif auf Sie, guter Mann!«

Sénécal, der, Hände im Rücken, auf und ab marschierte wie ein Hilfslehrer in der Studierstube, begnügte sich mit einem Lächeln.

»Artikel 13, Ungehorsam, zehn Franc!«

Das Mädchen aus Bordeaux machte sich wieder an die Arbeit. Madame Arnoux sagte anstandshalber nichts, runzelte aber die Stirn. Frédéric murmelte:

»Oh! für einen Demokraten sind Sie reichlich streng!«

Der andre erwiderte in herrischem Ton:

»Demokratie ist nicht die Liederlichkeit des Individualismus. Sie ist gleicher Rang unterm Gesetz, Arbeitsteilung, Ordnung!«

»Sie vergessen die Menschlichkeit!« sagte Frédéric.

Madame Arnoux fasste nach seinem Arm; Sénécal, vielleicht beleidigt durch diese stillschweigende Zustimmung, schritt von dannen.

Frédéric empfand ungeheure Erleichterung. Seit dem Morgen suchte er nach einer Gelegenheit, sich zu erklären; nun war sie da. Madame Arnoux' spontane Regung schien Versprechungen zu enthalten; und er bat, als wolle er sich die Füße wärmen, sie in ihr Zimmer zu begleiten. Als er neben ihr saß, begann seine Verlegenheit; er fand keinen Anknüpfungspunkt. Zum Glück kam ihm Sénécal in den Sinn.

»Nichts ist alberner«, sagte er, »als diese Bestrafung.«

Madame Arnoux entgegnete:

»Es gibt unvermeidliche Härten.«

»Das sagen Sie? die Güte in Person! Oh! ich irre mich! denn zuweilen gefällt es Ihnen, andere zu quälen!«

»Rätsel verstehe ich nicht, lieber Freund.«

Und ihr nüchterner Blick, mehr noch als diese Worte, ließ ihn verstummen. Frédéric war entschlossen weiterzumachen. Ein Band Musset lag zufällig auf der Kommode. Er blätterte ein wenig, sprach dann von der Liebe, ihren Verzweiflungszuständen und ihren Gefühlsausbrüchen.

Das alles war, Madame Arnoux zufolge, frevlerisch oder erkünstelt.

Der junge Mann fühlte sich gekränkt durch diese Verneinung; um sie zu widerlegen, nannte er als Beweis die Selbstmorde, von denen man in den Zeitungen liest, rühmte die großen literarischen Urbilder, Phädra, Dido, Romeo, Des Grieux. Er rannte sich fest.

Das Feuer im Kamin brannte nicht mehr, der Regen schlug gegen die Fensterscheiben. Madame Arnoux saß reglos, die Hände auf den Armlehnen ihres Fauteuils; die Flügel ihres Häubchens hingen herab wie die Stirnbinden einer Sphinx; ihr reines Profil schimmerte blass inmitten der Finsternis.

Am liebsten hätte er sich ihr zu Füßen geworfen. Ein Knarren war auf dem Flur zu vernehmen, ihm fehlte der Mut.

Ihn hemmte zudem eine Art religiöser Scheu. Dieses Kleid, das mit dem Dunkel verschmolz, erschien ihm gewaltig, grenzenlos, nicht hochzukriegen; und gerade deswegen wuchs sein Begehren. Aber die Furcht, er könnte zu weit gehen und nicht weit genug, raubte ihm jede Urteilskraft.

»Wenn ich ihr missfalle«, dachte er, »soll sie mich fortschicken! Wenn sie mich will, soll sie mich ermutigen!«

Seufzend sagte er:

»Sie lassen also nicht gelten, dass man lieben kann … eine Frau lieben?«

Madame Arnoux erwiderte:

»Ist sie ledig, heiratet man sie; gehört sie einem andern, zieht man sich zurück.«

»Das Glück ist also unmöglich?«

»Nein! Doch findet man es niemals in der Lüge, in Unruhe und Gewissensqual.«

»Was zählt das! wenn es aufgewogen wird durch höchste Wonnen.«

»Der Versuch ist allzu teuer erkauft!«

Er wollte ihr mit Ironie zusetzen.

»Tugend ist also nichts weiter als Feigheit?«

»Sagen Sie lieber Hellsicht. Selbst denen, die ihre Pflicht oder die Religion vergessen, müsste der gesunde

Menschenverstand genügen. Egoismus ist ein solides Fundament für Sittsamkeit.«

»Ach! was haben Sie für bürgerliche Grundsätze!«

»Ich rühme mich nicht, eine vornehme Dame zu sein!«

In dem Augenblick kam der kleine Junge gelaufen.

»Mama, willst du mit uns essen?«

»Ja, sofort!«

Frédéric erhob sich; gleichzeitig erschien Marthe.

Er konnte sich nicht zum Gehen entschließen; und mit inständig flehendem Blick:

»Die Frauen, von denen Sie sprechen, sind also gefühllos?«

»Nein! aber taub, wenn es sein muss.«

Und sie stand sehr gerade auf der Schwelle zu ihrem Zimmer, die beiden Kinder an ihrer Seite. Er verneigte sich wortlos. Stumm erwiderte sie seinen Gruß.

Was er zunächst empfand, war maßloses Staunen. Diese Art, ihm die Nichtigkeit seiner Hoffnung klarzumachen, zerschmetterte ihn. Er fühlte sich verloren wie jemand, der, in einen tiefen Abgrund gestürzt, weiß, es kommt keine Hilfe und er muss sterben.

Und doch ging er voran, freilich ohne irgendetwas zu sehen, aufs Geratewohl; er stolperte über Steine; er verlief sich. Holzpantinen klapperten nah an seinem Ohr; es waren die Arbeiter, die aus der Gießerei kamen. Da fand er sich wieder zurecht.

Am Horizont zeichneten die Laternen der Eisenbahn eine Lichterkette. Als er hinkam, fuhr gerade ein Zug, er ließ sich hineinschubsen in einen Waggon und war sofort eingeschlafen.

Eine Stunde später, auf den Boulevards, rückte die Ausgelassenheit des abendlichen Paris seine Reise schlagartig in eine schon ferne Vergangenheit. Er wollte stark sein und erleichterte sein Herz, indem er Madame Arnoux mit Schimpfworten eindeckte:

»Sie ist eine dumme Kuh, eine Gans, ein kalter Fisch, vergiss sie!«

Zu Hause angelangt, fand er in seinem Kabinett einen achtseitigen Brief auf blauem Glanzpapier und mit den Initialen R. A.

Er begann mit freundschaftlichen Vorhaltungen:

»Was ist aus Ihnen geworden, mein Bester? Ich langweile mich.«

Die Schrift war so entsetzlich, dass Frédéric den ganzen Wust schon fallenlassen wollte, da entdeckte er ein Postskriptum:

»Ich rechne fest damit, dass Sie mich morgen zum Pferderennen begleiten.«

Was steckte hinter dieser Einladung? spielte ihm die Marschallin wieder einen Streich? Man hält doch einen Mann nicht zweimal einfach so zum Narren; und von Neugier gepackt, las er den Brief nun aufmerksam.

Frédéric entzifferte: »Missverständnis … den falschen Weg eingeschlagen … Enttäuschungen … Was sind wir für arme Kinder! … Gleich zwei Flüssen, die sich vereinigen! usw.«

Dieser Stil stand im Gegensatz zur üblichen Ausdrucksweise der Lorette. Welche Veränderung war da eingetreten?

Lange betrachtete er die Blätter in seiner Hand. Sie rochen nach Iris; und die Form der Buchstaben wie auch der unregelmäßige Zeilenabstand erinnerten an leicht in Unordnung geratene Kleidung, was ihn erregte.

»Warum soll ich nicht hingehen?« sagte er sich endlich. »Aber wenn Madame Arnoux davon erfährt? Ach! sie kann's ruhig erfahren! Umso besser! und vielleicht wird sie eifersüchtig! das wär meine Rache!«

IV.

Die Marschallin erwartete ihn ausgehbereit.

»Ist das aber nett!« sagte sie, ihn mit ihren hübschen Augen betrachtend, die zärtlich waren und heiter.

Nachdem die Schleife ihres Kapotthütchens gebunden war, setzte sie sich auf den Diwan und schwieg.

»Fahren wir?« sagte Frédéric.

Sie warf einen Blick auf die Uhr.

»O nein! nicht vor halb zwei«, als habe sie tief in sich selbst ihrer Unsicherheit diese Grenze gesetzt.

Als es endlich Zeit wurde:

»Gut, *andiamo, caro mio*!«

Und sie glättete ein letztes Mal ihr gescheiteltes Haar, ermahnte Delphine.

»Kommt Madame zum Abendessen?«

»Wozu? Wir essen irgendwo miteinander, im Café Anglais, wo Sie möchten!«

»Einverstanden!«

Ihre Hündchen sprangen kläffend um sie herum.

»Die können doch mit, oder?«

Frédéric trug sie eigenhändig zum Wagen. Es war eine Mietberline mit zwei Postpferden und einem Postillion; auf die Rückbank hatte er seinen Diener gesetzt. Die Marschallin schien zufrieden mit seinen Vorkehrungen; kaum hatte sie Platz genommen, fragte sie, ob er in letzter Zeit bei Arnoux gewesen sei.

»Nicht seit einem Monat«, sagte Frédéric.

»Ich hab ihn vorgestern getroffen, fast wäre er heute mitgekommen. Doch er hat allerhand Scherereien, schon wieder einen Prozess oder was weiß ich. Komischer Mensch!«

»Ja! sehr komisch!«

Gleichgültig erkundigte sich Frédéric:

»Ach, übrigens, sehen Sie immer noch … wie heißt er doch gleich? … dieser ehemalige Sänger … Delmar?«

Sie erwiderte schroff:

»Nein! damit ist Schluss.«

Also war der Bruch Gewissheit. Frédéric fasste Hoffnung.

Im Schritt fuhren sie durch das Bréda-Viertel; die Straßen waren des Sonntags wegen menschenleer, und hinter dem einen oder andern Fenster zeigte sich ein Bürgergesicht. Der Wagen rollte schneller; beim Knirschen der Räder drehten Passanten sich um, das Leder des aufgeklappten Verdecks glänzte, der Diener wölbte die Brust, und die beiden nebeneinanderhockenden Havaneser glichen zwei Hermelinmuffs auf Polstern. Frédéric überließ sich dem Rhythmus der schaukelnden Hängeriemen. Die Marschallin wandte lächelnd den Kopf nach rechts und nach links.

Ihr perlmuttgrauer Strohhut hatte einen schwarzen Spitzenbesatz. Die Kapuze ihres Burnus flatterte im Wind; und vor der Sonne schützte sie sich unter einem Schirmchen aus fliederblauem Satin, das nach oben spitz zulief wie eine Pagode.

»Was für süße kleine Finger!« sagte Frédéric und griff behutsam nach ihrer anderen Hand, der linken, geschmückt mit einem goldenen Gliederarmband. »Oh, niedlich; woher ist das?«

»Ach! das hab ich schon lange«, sagte die Marschallin.

Der junge Mann entgegnete nichts auf diese verlogene Antwort. Er wollte lieber »die Gelegenheit nutzen«. Und während er immer noch ihr Handgelenk hielt, presste er seine Lippen darauf, zwischen Handschuh und Manschette.

»Lassen Sie das, man kann uns sehen!«

»Pah! Macht doch nichts!«

Nach der Place de la Concorde bogen sie auf den Quai de la Conférence und den Quai de Billy, wo man eine Zeder sieht, in einem Garten. Rosanette glaubte, der Libanon liege in China; sie musste selbst über ihre Unwissenheit lachen und erbat sich von Frédéric Nachhilfe in Geographie. Dann ließen sie den Trocadéro rechts liegen, fuhren über den Pont d'Iéna und hielten schließlich mitten auf dem Champ de Mars, neben den anderen Wagen, die bereits im Hippodrom standen.

Auf den Rasenhügeln wimmelte dichtgedrängt das kleine Volk. Man sah Neugierige auf dem Balkon der Militärschule; und die zwei Pavillons außerhalb des Wiegeplatzes, die zwei Tribünen innerhalb seines abgesteckten Bereichs und eine dritte vor jener des Königs waren angefüllt von einer herausgeputzten Menge, die mit ihrer Haltung Respekt bewies vor dieser neuartigen Zerstreuung. Das Publikum der Pferderennen, erlesener in jener Zeit, hatte noch kein so gewöhnliches Aussehen; es war die Zeit der Hosenstege, Samtkragen und weißen Handschuhe. Die Frauen, in leuchtende Farben gewandet, trugen Kleider mit tiefsitzender Taille, und auf den ansteigenden Sitzreihen bildeten sie gleichsam große Blumenbeete, hier und da schwarz gesprenkelt von den dunklen Anzügen der Männer. Doch alle Blicke richteten sich auf den berühmten Algerier Bou-Maza, der unbewegt zwischen zwei Stabsoffizieren saß, auf einer der Sondertribünen. Die des Jockey-Clubs beherbergte ausschließlich gewichtige Männer.

Die größten Enthusiasten standen unten an der Bahn, vor einer doppelreihigen Absperrung aus Holzstangen mit Seilen dazwischen; im riesigen Oval, das diese Allee beschrieb, schwenkten die Verkäufer von Lakritzwasser ihre Ratschen, andere boten das Rennprogramm feil, wieder andere schrien für ihre Zigarren, allumfassendes

Stimmengewirr erfüllte die Luft; die Munizipalgardisten gingen hin und her; eine Glocke läutete auf einem mit Zahlen bedeckten Pfahl. Fünf Pferde erschienen, und alles strömte zu den Tribünen.

Dicke Wolken jedoch streiften mit ihren Spiralen die Wipfel der Ulmen gegenüber. Rosanette fürchtete Regen.

»Ich habe Paraplüs«, sagte Frédéric, »und alles, was man braucht, um sich gut zu unterhalten«, fügte er hinzu und öffnete den Wagenkasten, wo ein Korb stand voll mit Proviant.

»Bravo! wir verstehen uns!«

»Und bald noch etwas besser, ja?«

»Könnte sein!« meinte sie errötend.

Die Jockeys in Seidenjacken mühten sich, ihre Pferde in Reih und Glied zu bringen, und zügelten sie mit beiden Händen. Jemand senkte eine rote Fahne. Da beugten sich alle fünf über die Mähnen und sprengten davon. Sie blieben zunächst dichtgedrängt in einem einzigen Knäuel; bald zog es sich auseinander, zerriss; der mit gelber Jacke wäre in der ersten Runde beinah gestürzt; lang stand es unentschieden zwischen Filly und Tibi: dann ging Tom Pouce in Führung; doch Clubstick, der seit dem Start zurücklag, holte auf und wurde erster, schlug Sir Charles um zwei Längen; das war eine Überraschung; alles schrie; die Brettergerüste erzitterten unter dem Getrampel.

»Wir amüsieren uns!« sagte die Marschallin. »Ich liebe dich, mein Schatz!«

Frédéric zweifelte nicht länger an seinem Glück; dieses letzte Wort Rosanettes war die Bestätigung.

Hundert Schritt von ihm entfernt, in einem Kabriolett Mylord, erschien eine Dame. Sie beugte sich über den Wagenschlag, zuckte dann rasch zurück; das wiederholte sich mehrmals; Frédéric konnte ihr Gesicht nicht erkennen. Ihn beschlich ein Verdacht, er argwöhnte, es wäre Madame Arnoux. Ganz ausgeschlossen! Was sollte sie hier suchen? Er stieg aus dem Wagen, unter dem Vorwand, er wolle sich auf dem Wiegeplatz umschauen.

»Sie sind wenig galant!« sagte Rosanette.

Er hörte nicht auf sie und ging weiter. Der Mylord wendete und setzte sich in Trab.

Frédéric wurde im selben Augenblick von Cisy abgefangen.

»Guten Tag, Wertester! wie geht es Ihnen? Hussonnet ist dort drüben! Hören Sie doch!«

Frédéric versuchte sich loszumachen, um den Mylord einzuholen. Die Marschallin winkte ihn zurück. Cisy entdeckte sie und wollte ihr auf Teufel komm raus guten Tag sagen.

Seit die Trauerzeit für seine Großmutter zu Ende war, verwirklichte er sein Ideal, es gelang ihm, *Cachet zu haben.* Weste mit Schottenkaro, kurzer Frack, bauschige Schleife auf dem Eskarpin und Eintrittskarte im Hutband, nichts fehlte in der Tat an seinem »Chic«, wie er sich auszudrücken pflegte, dem Chic eines Anglomanen und Musketiers. Sogleich lamentierte er über den Champ de Mars, ein erbärmlicher Turf, erzählte dann von den Rennen in Chantilly und dem Jux, den man dort treibe, schwor, er könne zwölf Gläser Champagnerwein trinken während der zwölf Mitternachtsschläge, machte der Marschallin den Vorschlag zu wetten, streichelte sanft ihre zwei Bichons; und mit dem andern Ellbogen auf den Wagenschlag gestützt, verzapfte er weiter dummes Zeug, den Knauf seines Reitstöckchens im Mund, die Beine gespreizt, das Kreuz gestrafft. Frédéric neben ihm rauchte, bemüht, zu entdecken, was aus dem Mylord geworden war.

Als die Glocke läutete, verschwand Cisy, zu Rosanettes großer Freude, die sich sehr mit ihm langweilte, sagte sie.

Der zweite Durchgang bot nichts Besonderes, der dritte ebenso wenig, außer dass ein Mann auf einer Tragbahre weggeschafft wurde. Der vierte, bei dem acht Pferde um den Preis der Stadt kämpften, war interessanter.

Die Zuschauer der Tribünen kletterten auf die Bänke. Die andern, in den Wagen stehend, verfolgten mit dem Operngucker die Bewegung der Jockeys; man sah sie dahinflitzen als rote, gelbe, weiße und blaue Flecken über der langen Menschenmenge, die das Rund des Hippodroms säumte. Aus der Ferne wirkte ihre Geschwindigkeit nicht übertrieben; am andern Ende des Champ de Mars schienen sie sogar langsamer zu werden und strebten nur noch in einer Art Gleiten voran, wobei die Bäuche der Pferde die Erde berührten, ohne dass ihre gestreckten Beine sich krümmten. Doch schnell wieder zurückkommend, wurden sie größer; ihr Vorbeigaloppieren durchschnitt die Luft, der Boden zitterte, die Kiesel flogen; der Wind, der sich in den Jacken der Jockeys verfing, ließ sie knattern wie Segel; mit weit ausholenden Hieben peitschten sie ihre Tiere in Richtung auf den Pfahl, das Ziel. Man entfernte die Zahlen, eine einzelne wurde aufgezogen; und inmitten des Beifalls schleppte sich das siegreiche Pferd bis zum Abwieger, schweißtriefend, mit steifen Knien, hängendem Hals, während der Reiter, wie ein Sterbender in seinem Sattel, sich die Seiten hielt.

Ein Einspruch verzögerte den letzten Start. Die gelangweilte Menge zerstreute sich. Männer in Gruppen plauderten miteinander am Fuß der Tribünen. Die Reden waren locker; Frauen aus der vornehmen Welt gingen, empört über die Nachbarschaft der Loretten.

Es gab auch Zelebritäten der öffentlichen Bälle, Komödiantinnen vom Boulevardtheater; – und es waren nicht die Schönsten, die am meisten Aufmerksamkeit erhielten. Die alte Georgine Aubert, von einem Possenschreiber als Ludwig XI. der Prostitution tituliert, abscheulich geschminkt und von Zeit zu Zeit ein grunzendes Gelächter ausstoßend, lag hingestreckt in ihrer langen Kalesche, unter einer Palatine von Marder, wie mitten im Winter. Madame de Remoussot, durch ihren Prozess in Mode gekommen, thronte auf dem Kutschbock eines Breaks in Gesellschaft von Amerikanern; und Thérèse Bachelu, ätherisch wie eine gotische Jungfrau, füllte mit ihren zwölf Falbeln das Innere eines Escargots, der kein Spritzleder hatte, sondern eine Jardiniere voller Rosen. Die Marschallin war neidisch auf diese Berühmtheiten; um aufzufallen, gestikulierte sie mit einemmal wild und redete sehr laut.

Ein paar Gentlemen erkannten sie, winkten herüber. Sie erwiderte die Grüße und nannte Frédéric die Namen. Lauter Grafen, Vicomtes, Herzöge und Marquis; ihm schwoll die Brust, denn alle Augen zeugten von einer gewissen Achtung vor seinem Liebesglück.

Cisy wirkte nicht weniger selig in dem Kreis reifer Männer, die ihn umgaben. Sie lächelten von ihren Halsbinden herab, als hielten sie ihn zum Narren; endlich schüttelte er die Hand des ältesten und kam dann zur Marschallin.

Sie aß mit gespieltem Heißhunger eine Scheibe Gänsestopfleber; aus Gehorsam tat Frédéric es ihr gleich, eine Flasche Wein auf den Knien.

Der Mylord tauchte wieder auf, es war Madame Arnoux. Sie wurde entsetzlich blass.

»Gib mir Champagner!« sagte Rosanette.

Und sie hob ihr volles Glas so hoch wie möglich und schrie:

»He, da drüben! ihr ehrbaren Frauen, auf die Gemahlin meines Gönners, heda!«

Ringsum erscholl Gelächter, der Mylord verschwand.

Frédéric zupfte sie am Kleid, geriet fast schon in Zorn. Aber Cisy stand da, in der gleichen Haltung wie zuvor; und mit gestärktem Selbstvertrauen lud er Rosanette für den Abend zum Diner.

»Ausgeschlossen!« erwiderte sie. »Wir gehen zusammen ins Café Anglais.«

Frédéric blieb stumm, als habe er nichts gehört; und Cisy verließ die Marschallin mit enttäuschter Miene.

Während er, an den rechten Wagenschlag gelehnt, zu ihr sprach, war Hussonnet von der linken Seite herangekommen, und das Wort Café Anglais aufschnappend:

»Das ist ein hübsches Etablissement! wir könnten uns dort ein Häppchen genehmigen, hm?«

»Wenn Sie möchten«, sagte Frédéric, der, im Eck der Berline zusammengesackt, den Mylord am Horizont verschwinden sah und spürte, etwas Nichtwiedergutzumachendes war geschehen und er hatte seine große Liebe verloren. Und die andere war da, neben ihm, die leichte und fröhliche Liebe! Doch er war überdrüssig, voll widersprüchlicher Begierden, wusste nicht einmal mehr, was er wollte, spürte nur maßlose Traurigkeit und den Wunsch zu sterben.

Ein Gelärm von Stimmen und Schritten ließ ihn den Kopf heben; Gassenjungen kletterten über die Seile vor der Rennbahn, kamen sich die Tribünen anschauen; alles war im Aufbruch. Es fielen ein paar Regentropfen. Das Wagengedränge wurde schlimmer. Hussonnet war verlorengegangen.

»Na, umso besser!« sagte Frédéric.

»Man will lieber allein sein?« erwiderte die Marschallin, ihre Hand auf seine legend.

Da zog messing- und stahlblitzend ein prachtvoller vierspänniger Landauer an ihnen vorbei, gefahren à la Daumont, von zwei Jockeys in Samtjacken mit Goldfransen. Madame Dambreuse saß neben ihrem Mann,

Martinon auf der anderen Bank gegenüber; alle drei schauten verblüfft.

»Sie haben mich erkannt!« sagte sich Frédéric.

Rosanette wollte anhalten, um die Wagenkolonne besser zu sehen. Madame Arnoux konnte noch einmal auftauchen. Er befahl dem Postillion:

»Los! los! vorwärts!«

Und die Berline preschte in Richtung Champs-Élysées, inmitten der andern Gefährte, Kaleschen, Britschkas, Wurstwagen, Tandems, Tilburys, Dogcarts, Tapisièren mit Ledervorhängen, auf denen beschwipste Arbeiter sangen, Demifortünen, vorsichtig gelenkt von Familienvätern. In vollgestopften Victorias ließ da und dort ein Bursche, auf den Füßen der anderen sitzend, die Beine herausbaumeln. Große Coupés mit tuchbespannten Sitzen promenierten Matronen, die vor sich hin dösten; oder es flog ein herrlicher Stepper vorbei, eine Chaise davontragend, schlicht und schmuck wie der schwarze Frack eines Dandys. Allmählich begann es zu gießen. Regenschirme, Sonnenschirme, Mackintoshs wurden hervorgeholt; von weitem rief man hierhin und dorthin: »Guten Tag! – Geht's gut? – Ja! – Nein! – Bis später!« und die Gesichter huschten vorbei wie im chinesischen Schattenspiel. Frédéric und Rosanette sprachen nicht miteinander, versunken in eine Art Stumpfsinn angesichts all dieser sich unaufhörlich drehenden Räder.

Manchmal hielten die dichtgedrängten Wagenreihen plötzlich alle in mehreren Spuren. Dann stand man nebeneinander und begutachtete sich. Über die wappengeschmückten Beschläge fielen gleichgültige Blicke hinab aufs Gewühl; neiderfüllte Augen funkelten aus den Fiakern; verächtliches Lächeln antwortete auf stolz erhobene Köpfe; weit aufgerissene Münder verrieten blöde Bewunderung; und hier und dort machte ein Flaneur mitten auf der Straße plötzlich einen Satz rückwärts, um einem Reiter auszuweichen, der zwischen den Wagen hindurchgaloppierte und entkam. Dann setzte sich alles wieder in Bewegung; die Kutscher ließen die Zügel locker, senkten ihre Peitschen; die Pferde, lebhaft, ihre Kinnketten schüttelnd, verspritzten ringsherum Schaum; und die Kruppen und das feuchte Geschirr dampften im Wasserqualm, durchstrahlt von der untergehenden Sonne. Unterm Triumphbogen hindurchscheinend warf sie in Augenhöhe ein rötliches Licht, das die Naben der Räder, die Griffe der Wagenschläge, die Enden der Deichselstangen, die Ringe der Kammdeckel gleißen machte; und zu beiden Seiten der großen Avenue – gleich einem Fluss, auf dem Mähnen wogten, Kleider, Menschenköpfe – ragten triefende Bäume empor wie zwei grüne Mauern. Darüber zeigte sich stellenweise das Himmelsblau in zartem Satin.

Da erinnerte sich Frédéric der nun schon fernen Tage, als ihn nach dem unsagbaren Glück verlangte, in einem dieser Wagen zu sitzen, neben einer dieser Frauen. Ja, er besaß dieses Glück, und er war nicht froher darum.

Der Regen hatte aufgehört. Unter die Arkaden des Garde-Meubles geflüchtete Passanten machten sich wieder auf den Weg. Spaziergänger in der Rue Royale strebten Richtung Boulevard. Vor dem Außenministerium stand eine Reihe von Gaffern auf den Stufen.

Vor den Bains-Chinois fuhr die Berline wegen der Löcher im Pflaster nun langsam. Ein Mann in nussbraunem Überrock ging am Rande des Trottoirs. Dreck, der unter den Wagenfedern hervorspritzte, beschmutzte seinen Rücken. Der Mann drehte sich um, wütend. Frédéric wurde blass; er hatte Deslauriers erkannt.

An der Tür zum Café Anglais entließ er den Wagen. Rosanette war vorausgegangen, und er bezahlte den Postillion.

Er begegnete ihr auf der Treppe wieder, wo sie mit einem Herrn plauderte. Frédéric nahm ihren Arm. Doch in der Mitte des Korridors wurde sie von einem zweiten Monsieur aufgehalten.

»Geh nur!« sagte sie, »bin gleich für dich da!«

Allein betrat er das Séparée. Durch die zwei offenen Fenster sah man Leute in den Häusern gegenüber. Breite Wellenmuster schillerten auf dem Asphalt, der schon trocknete, und eine nah an der Brüstung stehende Magnolie erfüllte den Raum mit Wohlgeruch. Dieser Duft und diese Frische entspannten seine Nerven; er warf sich auf den roten Diwan, unterm Spiegel.

Die Marschallin erschien; und ihn auf die Stirn küssend:

»Haben wir Kummer, armes Häschen?«

»Kann sein!« antwortete er.

»Da bist du nicht allein!« Was so viel hieß wie: »Vergesse ein jeder den seinen in gemeinsamer Glückseligkeit!«

Dann nahm sie ein Blütenblatt zwischen die Lippen und reichte es Frédéric zum Wegpicken. Diese Bewegung, von Anmut und beinah lasziver Sanftheit, rührte Frédéric.

»Warum quälst du mich?« fragte er und dachte an Madame Arnoux.

»Ich, quälen?«

Und vor ihm stehend, musterte sie ihn mit zusammengekniffenen Wimpern, beide Hände auf den Schultern.

Seine ganze Tugend, sein ganzer Groll versank in bodenloser Feigheit.

Er sagte:

»Weil du mich ja doch nicht lieben willst!« und zog sie sich auf den Schoß.

Sie ließ ihn gewähren; mit beiden Armen umschlang

er ihre Taille; das Knistern ihres seidenen Kleids entflammte ihn.

»Wo sind sie?« fragte Hussonnets Stimme draußen im Korridor.

Schnell sprang die Marschallin auf und stellte sich ans andere Ende des Séparées, mit dem Rücken zur Tür.

Sie wollte Austern; und man setzte sich zu Tisch.

Hussonnet war nicht lustig. Weil er Tag für Tag über alle möglichen Dinge schrieb, viele Zeitungen las, sich viele Diskussionen anhörte und paradoxe Behauptungen aufstellte, um Eindruck zu schinden, hatte er zu guter Letzt sein Urteilsvermögen eingebüßt und blendete sich selbst mit seinen lahmen Knallfröschen. Die Ungelegenheiten eines ehemals lockeren, nun aber schwierigen Lebens hielten ihn ständig in Aufruhr; und seine Schwäche, die er sich nicht eingestehen wollte, machte ihn gehässig, sarkastisch. Im Zusammenhang mit *Ozaï*, einem neuen Ballett, wütete er gegen den Tanz, und im Zusammenhang mit dem Tanz, gegen die Oper; dann, im Zusammenhang mit der Oper, gegen die Italiener, die jetzt durch eine spanische Schauspieltruppe ersetzt waren, »als hätte man nicht genug von Kastilien!« Frédéric war verletzt in seiner romantischen Liebe zu Spanien; um das Gespräch zu beenden, erkundigte er sich nach dem Collège de France, aus dem man kürzlich Edgar Quinet und Mickiewicz ausgeschlossen hatte. Doch Hussonnet, ein Bewunderer von Monsieur de Maistre, erklärte sich für Autorität und Spiritualismus. Er zweifelte dagegen an bestens erwiesenen Tatsachen, leugnete die Geschichte und bestritt völlig unbestreitbare Dinge, sodass er schließlich beim Wort Geometrie ausrief: »Was für ein Witz, die Geometrie!« Das alles vermischt mit der Nachäffung von Schauspielern. Sainville insbesondere war sein Vorbild.

Dieses Geschwätz langweilte Frédéric zu Tode. Bei einer ungeduldigen Bewegung erwischte er mit dem Stiefel einen der Bischons unterm Tisch.

Beide kläfften auf abscheuliche Art.

»Man sollte die zwei nach Hause schaffen!« sagte er barsch.

Rosanette hatte in niemand Vertrauen.

Da wandte er sich an den Bohemien.

»Los, Hussonnet, opfern Sie sich!«

»Oh! ja, mein Kleiner! das wäre sehr liebenswürdig!«

Hussonnet ging, ohne sich bitten zu lassen.

Wie vergalt man ihm seine Gefälligkeit? Frédéric zerbrach sich nicht den Kopf. Er freute sich beinahe schon über das Tête-à-Tête, da kam ein Kellner herein.

»Madame, jemand fragt nach Ihnen!«

»Was! schon wieder?«

»Ich muss nachsehen!« sagte Rosanette.

Er lechzte nach ihr, brauchte sie. Ihr Verschwinden dünkte ihn Verrat, fast Rüpelei. Was wollte sie bloß? Reichte es nicht, dass sie Madame Arnoux beleidigt hatte? Ach, die konnte ihm gestohlen bleiben! Jetzt hasste er alle Frauen; und Tränen erstickten ihn, denn seine Liebe wurde verkannt und seine Lüsternheit enttäuscht.

Die Marschallin kam zurück und zeigte auf Cisy:

»Ich habe Monsieur eingeladen. Das war doch richtig, oder?

»Natürlich! gewiss!«

Mit gequältem Lächeln bedeutete Frédéric dem Edelmann, sich zu setzen.

Die Marschallin inspizierte nun die Speisekarte und verweilte bei bizarren Namen.

»Wollen wir nicht … ich denke … Turban vom Kaninchen à la Richelieu und Pudding à la d'Orléans?«

»Oh! bloß keinen d'Orléans!« rief Cisy, denn er war Legitimist und hielt das für ein Bonmot.

»Hätten Sie lieber Steinbutt à la Chambord?« fragte sie.

Diese Zuvorkommenheit missfiel Frédéric.

Die Marschallin entschied sich für ein schlichtes Tournedos, Krebse, Trüffeln, einen Ananassalat, Vanillesorbets.

»Danach sehen wir weiter. Gehen Sie nur. Ach! fast vergessen! Bringen Sie mir Wurst! aber ohne Knoblauch!«

Und sie nannte den Kellner »junger Mann«, klopfte mit dem Messer gegen ihr Glas, warf Brotkrumen an die Decke. Sie wollte auf der Stelle Burgunder.

»Den trinkt man nicht gleich am Anfang«, sagte Frédéric.

Das tue man bisweilen, meinte der Vicomte.

»Nein! nie!«

»Doch, doch, ich versichere Sie!«

»Ah! siehst du!«

Der Blick, mit dem sie diesen Satz begleitete, hieß: »Der ist ein reicher Mann, hör auf ihn!«

Indes öffnete sich alle naselang die Tür, die Kellner kreischten, und auf einem höllischen Klavier hämmerte jemand im Séparée nebenan einen Walzer. Dann brachten die Pferderennen das Gespräch aufs Reiten und die beiden rivalisierenden Systeme. Cisy verteidigte Baucher, Frédéric den Comte d'Aure, da zuckte Rosanette die Achseln.

»So lass doch, mein Gott! er kennt sich besser aus als du!«

Sie biss in einen Granatapfel, Ellbogen auf dem Tisch; die Kerzen des Kandelabers vor ihr flackerten im Luftzug; das weiße Licht durchdrang ihre Haut mit Perlmuttglanz, färbte ihre Lider rosa, ließ die Augen schimmern; das Rot der Frucht verschmolz mit dem Purpur ihrer Lippen, die zarten Nüstern bebten; und ihre ganze

Gestalt hatte etwas Unverschämtes, Trunkenes und Selbstvergessenes, das Frédéric erzürnte und dennoch sein Herz anfachte zu wilder Gier.

Dann fragte sie mit ruhiger Stimme, wem der große Landauer gehöre, mit Dienerschaft in Kastanienbraun.

»Der Gräfin Dambreuse«, erwiderte Cisy.

»Die sind sehr reich, stimmt's?«

»Oh! sehr reich! dabei ist Madame Dambreuse schlichtweg ein Fräulein Boutron, Tochter eines Präfekten, und hat nur ein mäßiges Vermögen.«

Ihr Mann dagegen habe mehrere Erbschaften in Aussicht, Cisy zählte sie herunter; er verkehre bei den Dambreuses, darum kenne er ihre Geschichte.

Frédéric, der ihn ärgern wollte, widersprach hartnäckig. Er behauptete, Madame Dambreuse heiße de Boutron, verbürgte sich für ihren Adel.

»Gleichviel! ich hätte gern ihre Equipage!« sagte die Marschallin, zurückgelehnt in den Fauteuil.

Und der ein wenig hochgerutschte Ärmel ihres Kleids enthüllte am linken Handgelenk ein mit drei Opalen besetztes Armband.

Frédéric entdeckte es.

»Aber, das ist ja …«

Alle drei musterten einander und wurden rot.

Die Tür öffnete sich leise einen Spalt, eine Hutkrempe erschien, dann Hussonnets Profil.

»Verzeihung, wenn ich störe, ihr Turteltäubchen!«

Doch er stand verdutzt, als er Cisy sah und dass Cisy seinen Platz eingenommen hatte.

Man brachte ein weiteres Gedeck; und da er ausgehungert war, fischte er aufs Geratewohl zwischen den Resten des Diners Fleisch aus einer Schüssel, Obst aus einem Korb, trank mit der einen Hand, bediente sich mit der andern und erzählte dabei von seinem Auftrag. Die beiden Wauwaus seien zu Hause. Nichts Neues im trauten Heim. Er habe die Köchin mit einem Soldaten erwischt, eine Lügengeschichte, ausgedacht einzig und allein, um zu beeindrucken.

Die Marschallin nahm ihr Kapotthütchen vom Kleiderhaken. Frédéric stürzte sich auf die Klingel und rief dem Kellner von weitem entgegen:

»Einen Wagen!«

»Ich hab meinen eigenen«, sagte der Vicomte.

»Aber, Monsieur!«

»So ist es, Monsieur!«

Und sie maßen einander, blass alle beide und mit zitternden Händen.

Schließlich griff die Marschallin nach Cisys Arm, und auf den schmausenden Bohemien zeigend:

»Kümmern Sie sich um ihn! der erstickt noch. Ich möchte nicht, dass er vor lauter Aufopferung für meine Köterchen stirbt!«

Die Tür fiel ins Schloss.

»Nun?« sagte Hussonnet.

»Was nun?«

»Ich glaubte ...«

»Was glaubten Sie?«

»Wollten Sie nicht ...?«

Er vollendete seinen Satz durch eine Gebärde.

»Nein! nie im Leben!«

Hussonnet fragte nicht weiter.

Er hatte, als er sich zum Essen einlud, einen Hintergedanken. Seine Zeitung, die nicht mehr *L'Art* hieß, sondern *Le Flambard*, mit dem Motto: »Kanoniere, an die Geschütze!«, florierte keineswegs, er wollte sie umwandeln in ein Wochenblatt, allein, ohne Deslauriers' Mitarbeit. Er redete wieder von dem alten Projekt und entwickelte seinen neuen Plan.

Frédéric, der wahrscheinlich nichts verstand, gab ausweichende Antwort. Hussonnet fischte sich mehrere

Zigarren vom Tisch, sagte: »Adieu, mein Guter« und verschwand.

Frédéric verlangte die Rechnung. Sie war lang; und der Kellner, Serviette unterm Arm, wartete auf sein Geld, da kam noch ein andrer, ein kreidebleicher Geselle, der Martinon ähnlich sah, und sagte:

»Bitte um Verzeihung, an der Kasse hat man vergessen, den Fiaker aufzuschreiben.«

»Welchen Fiaker?«

»Den vorhin dieser Herr genommen hat, für die Hündchen.«

Und das Gesicht des Kellners wurde immer länger, als bedaure er den armen jungen Mann. Frédéric hätte ihn am liebsten geohrfeigt. Als Trinkgeld gab er die zwanzig Franc, die er herausbekam.

»Danke, Euer Gnaden!« sagte, einen Bückling machend, der Mann mit Serviette.

Frédéric verbrachte den nächsten Tag in dumpfem Brüten über seiner Wut und seiner Demütigung. Er machte sich Vorwürfe, dass er Cisy keine Backpfeife verpasst hatte. Was die Marschallin anging, so schwor er, sie nie mehr wiederzusehen; es fehlte nicht an ebenso Schönen; und weil man Geld brauchte, um diese Frauen zu besitzen, wollte er mit dem Erlös aus seinem Pachthof an der Börse spekulieren, reich werden, mit seinem Luxus die Marschallin und alle Welt ausstechen. Als der Abend hereinbrach, wunderte er sich, denn er hatte gar nicht an Madame Arnoux gedacht.

»Umso besser! wozu auch?«

Am übernächsten Tag, früh um acht, erhielt er Besuch von Pellerin. Er begann mit Artigkeiten über das Mobiliar, Schmeicheleien. Dann, plötzlich:

»Sie waren beim Rennen, am Sonntag?«

»Ja, leider!«

Nun wetterte der Maler gegen die Anatomie der englischen Pferde, rühmte die Pferde Géricaults, die Pferde des Parthenon. »Rosanette war bei Ihnen?« Und geschickt begann er sie zu loben.

Frédérics Reserviertheit brachte ihn aus der Fassung. Er wusste nicht, wie er auf das Porträt kommen sollte.

Anfangs hatte er beabsichtigt, einen Tizian zu malen. Doch allmählich hatte ihn das reiche Kolorit seines Modells verzaubert; und beherzt hatte er losgelegt, Farbtupfer auf Farbtupfer gesetzt und Licht auf Licht. Rosanette war zunächst begeistert; ihre Rendezvous mit Delmar hatten die Sitzungen unterbrochen und Pellerin alle Zeit gegeben, sich blenden zu lassen. Dann war die Bewunderung abgeflaut, und er hatte sich gefragt, mangelte es seinem Werk nicht an Größe? Er hatte sich noch einmal die Tizians angeschaut, begriff den Unterschied, erkannte seinen Fehler; und er war darangegangen, einfach nur seine Konturen zu überarbeiten. Anschließend hatte er sich bemüht, sie zu verwischen und dadurch die Töne des Kopfes und der Hintergründe in ihnen aufzulösen, in ihnen zu verschmelzen; und die Gestalt hatte an Konsistenz gewonnen, die Schatten an Kraft; alles wirkte fester. Schließlich war die Marschallin wiedergekommen. Sie hatte sich sogar Einwände erlaubt; der Künstler blieb natürlich standhaft. Nach heftigen Wutausbrüchen gegen ihre Dummheit hatte er sich gesagt, dass sie recht haben mochte. Damit begann die Zeit der Zweifel, des hin und her schwankenden Grübelns, von dem man Magenkrämpfe bekommt, schlaflose Nächte, Fieber, Ekel vor sich selbst; er hatte den Mut aufgebracht, Änderungen vorzunehmen, freilich ohne Lust und Liebe und mit dem Gefühl, seine Arbeit sei schlecht.

Er klagte nur, dass er im Salon abgelehnt worden war, machte dann Frédéric den Vorwurf, er sei nicht einmal gekommen, sich das Porträt der Marschallin anzusehen.

»Was schert mich die Marschallin!«

Eine solche Erklärung machte ihm Mut.

»Halten Sie's für möglich, jetzt will es diese Gans nicht mehr?«

Was er nicht sagte, er hatte tausend Écu von ihr verlangt. Nun kümmerte es aber die Marschallin herzlich wenig, wer bezahlen würde, und da sie Arnoux lieber Dringlicheres entlockte, hatte sie ihm kein Wort gesagt.

»Na, und Arnoux?« meinte Frédéric.

Sie hatte Pellerin an ihn verwiesen. Der ehemalige Kunsthändler konnte nichts anfangen mit dem Porträt.

»Er behauptet, das sei Rosanettes Sache.«

»In der Tat, so ist es.«

»Was! sie schickt mich zu Ihnen!« entgegnete Pellerin.

Hätte er an die Großartigkeit seines Werks geglaubt, wäre ihm vielleicht nicht eingefallen, es zu veräußern. Doch eine Summe (und zwar eine beachtliche) konnte die Kritik Lügen strafen, ihn selbst bestärken. Frédéric, um ihn loszuwerden, fragte höflich nach seinen Konditionen.

Der überspannte Betrag empörte ihn, er antwortete:

»Nein! o nein!«

»Sie sind doch ihr Liebhaber, und Sie haben mir den Auftrag erteilt!«

»Ich war der Vermittler, wenn Sie erlauben!«

»Aber ich will doch nicht drauf sitzenbleiben!«

Der Künstler ereiferte sich.

»Ah! ich hielt Sie nicht für so raffgierig.«

»Und ich Sie nicht für so knauserig. Gehorsamster Diener!«

Kaum war er draußen, erschien Sénécal.

Aufgestört zuckte Frédéric zusammen.

»Was gibt's?«

Sénécal erzählte seine Geschichte.

»Samstag gegen neun hat Madame Arnoux einen Brief erhalten, der sie nach Paris rief; zufällig war niemand da, der nach Creil gehen und einen Wagen holen konnte, darum kam ihr in den Sinn, mich selbst hinzuschicken. Ich habe mich geweigert, denn das gehört nicht zu meinen Aufgaben. Gestern früh platzt Arnoux in die Fabrik. Die aus Bordeaux hat sich beklagt. Ich weiß nicht, was zwischen ihnen läuft, doch er hat vor allen andern ihre Buße aufgehoben. Wir hatten einen scharfen Wortwechsel. Kurzum, er hat mich entlassen, und da bin ich!«

Dann, jedes Wort betonend:

»Übrigens, ich bereue nichts, ich habe meine Pflicht getan. Egal, es ist nur Ihretwegen.«

»Wie bitte?« rief Frédéric, der fürchtete, Sénécal habe ihn durchschaut.

Sénécal hatte gar nichts durchschaut, denn er fuhr fort:

»Das heißt, ohne Sie hätte ich vielleicht etwas Besseres gefunden.«

Frédéric überkam eine Art Schuldgefühl.

»Womit kann ich Ihnen jetzt dienlich sein?«

Sénécal verlangte irgendeine Arbeit, eine Stelle.

»Das ist für Sie ein Leichtes. Sie kennen so viele Leute, Monsieur Dambreuse unter andern, hat Deslauriers mir gesagt.«

Diese Erinnerung an Deslauriers war seinem Freund unangenehm. Ihm behagte es nicht, die Dambreuses wiederzusehen, nach der Begegnung auf dem Champ de Mars.

»Ich bin nicht vertraut genug mit dem Haus, um jemand zu empfehlen.«

Der Demokrat nahm diese Ablehnung stoisch hin, und nach kurzem Schweigen:

»Schuld an allem, da bin ich sicher, ist die aus Bordeaux und auch Ihre Madame Arnoux.«

Dieses *Ihre* erstickte in Frédérics Herz den letzten Rest

von gutem Willen. Aus Feingefühl jedoch griff er nach dem Schlüssel zu seinem Sekretär.

Sénécal war schneller.

»Danke!«

Dann, seine Nöte vergessend, sprach er von den Angelegenheiten des Vaterlandes, den zum Namenstag des Königs großzügig verliehenen Kreuzen der Ehrenlegion, einem Wechsel im Kabinett, den Affären Drouillard und Bénier, Skandalen der Zeit, wetterte gegen die Bürger und prophezeite eine Revolution.

Ein japanischer Kris an der Wand fesselte seinen Blick. Er nahm ihn herunter, prüfte seinen Griff, warf ihn dann mit angeekelter Miene aufs Kanapee.

»Nun denn, adieu! Ich muss zu Notre-Dame-de-Lorette.«

»Aha! warum?«

»Heute ist die Gedenkmesse für Godefroy Cavaignac. Der ist bei der Arbeit gestorben! Noch ist nicht alles verloren … Wer weiß?«

Und Sénécal reichte ihm die Hand, mannhaft.

»Wir sehen uns vielleicht nie wieder! Adieu!«

Dieses zweimal wiederholte Adieu, seine gerunzelte Stirn beim Betrachten des Dolches, vor allem seine Schicksalsergebenheit und feierliche Miene stimmten Frédéric nachdenklich, doch bald war alles vergessen.

In derselben Woche schickte ihm sein Notar aus Le Havre den Erlös des Pachthofs, einhundertvierundsiebzigtausend Franc. Er machte zwei Hälften, legte die erste in Staatspapieren an und trug die zweite zu einem Makler, um sie an der Börse einzusetzen.

Er speiste in den modischen Wirtshäusern, ging in alle Theater und suchte sich zu zerstreuen, da schickte ihm Hussonnet einen Brief, in dem er gutgelaunt erzählte, die Marschallin habe Cisy bereits am Tag nach dem Rennen vor die Tür gesetzt. Frédéric freute sich, ohne lang zu überlegen, warum der Bohemien von diesem Abenteuer berichtete.

Der Zufall wollte es, dass er Cisy drei Tage später begegnete. Der Edelmann bewahrte Haltung und lud ihn sogar zum Diner für den kommenden Mittwoch.

Frédéric erhielt am Morgen des selbigen Tages eine amtliche Mitteilung, in der Monsieur Charles-Jean-Baptiste Oudry ihn wissen ließ, er habe laut Gerichtsurteil eine in Belleville gelegene Besitzung erworben, welche dem Herrn Jacques Arnoux gehörte, und sei bereit, den Verkaufspreis von zweihundertdreiundzwanzigtausend Franc zu entrichten. Doch ging aus demselben Schriftstück hervor, dass die Summe der Hypotheken, mit denen die Liegenschaft belastet war, den Kaufpreis überstieg, und somit blieb Frédérics Schuldforderung restlos verloren.

Alles Übel kam daher, dass eine Hypothekeneintragung nicht fristgerecht verlängert worden war. Arnoux hatte sich darum kümmern wollen, es dann aber vergessen. Frédéric ereiferte sich, und als sein Zorn verrauchte:

»Na, gut … was soll's? wenn ihn das retten kann, umso besser! mich bringt es nicht um! Schwamm drüber!«

Doch während er in seinem Papierkram auf dem Tisch herumwühlte, fiel ihm Hussonnets Brief in die Finger, und er bemerkte ein Postskriptum, das war ihm beim ersten Mal nicht aufgefallen. Der Bohemien wollte bloß fünftausend Franc, um die Zeitungssache in Gang zu bringen.

»Ach! der soll mir vom Hals bleiben!«

Und er schickte ein knappes Billett mit einer schroffen Absage. Danach kleidete er sich an und ging in die Maison d'Or.

Cisy unternahm die Vorstellung seiner Gäste, beginnend mit dem ehrwürdigsten, einem dicken weißhaarigen Herrn:

»Marquis Gilbert des Aulnays, mein Patenonkel. Monsieur Anselme de Forchambeaux«, sagte er anschließend (das war ein junger Mann, blond und schmächtig, bereits ein Glatzkopf); dann auf einen Vierzigjährigen von schlichtem Äußeren deutend: »Joseph Boffreu, mein Cousin; und das ist mein ehemaliger Lehrer, Monsieur Vezou«, eine Gestalt, halb Fuhrknecht, halb Seminarist, mit dickem Backenbart und langem Gehrock, unten zugeknöpft durch einen einzigen Knopf, sodass sich ein Schalkragen bildete über der Brust.

Cisy erwartete noch jemand anders, den Baron de Comaing, »der vielleicht kommen wird, sicher ist es nicht«. Er ging jeden Augenblick hinaus, wirkte besorgt; endlich, um acht, wechselte man in einen herrlich erleuchteten und für die paar Gäste viel zu geräumigen Saal. Cisy hatte ihn des Pomps halber gewählt, ganz bewusst.

Ein Tafelaufsatz aus Vermeil voller Blumen und Obst stand in der Mitte des Tischs, dazu lauter Silberschüsseln, nach alter französischer Sitte; Schalen mit Gepökeltem und Gewürztem bildeten ringsum einen Saum; Krüge voll rosenfarbnen, eisgekühlten Weins erhoben sich in regelmäßigen Abständen; fünf Gläser unterschiedlicher Größe standen aufgereiht vor jedem Teller, dazu noch Dinge, deren Gebrauch man nicht kannte, tausenderlei raffiniertes Essgerät; – und es gab, allein für den ersten Gang: Störkopf in Champagnersoße, York-Schinken in Tokay, gratinierte Krammetsvögel, gebratene Wachteln, eine Blätterteigpastete samt Béchamel, ein Ragout vom Rothuhn und, zu alledem an beiden Tischenden, Kartoffelscheibchen, daruntergemischt waren Trüffeln. Ein Lüster und Girandolen erhellten das mit rotem Damast bespannte Gemach. Vier Diener in schwarzem Frack standen hinter den saffianledernen Fauteuils. Dieser Anblick entlockte allen Gästen Ausrufe der Bewunderung, dem Präzeptor ganz besonders.

»Meine Güte, unser Amphitryon hat wahre Tollheiten begangen! Das ist zu schön!«

»Das?« sagte der Vicomte de Cisy, »ich bitte Sie!«

Und schon beim ersten Löffel:

»Nun! mein alter des Aulnays, haben Sie sich im Palais-Royal *Père et Portier* angesehen?«

»Du weißt doch, ich habe keine Zeit!« erwiderte der Marquis.

Seine Vormittage waren ausgefüllt mit Unterrichtsstunden über Baumzucht, seine Abende mit dem landwirtschaftlichen Verein und alle seine Nachmittage mit Studien in Fabriken für Ackerbearbeitungsgerät. Drei Viertel des Jahres lebte er in der Saintonge, deshalb nutzte er seine Reisen in die Hauptstadt, um sich weiterzubilden; und sein breitkrempiger Hut, der auf einer Konsole lag, steckte voll mit Broschüren.

Doch Cisy merkte, dass Monsieur de Forchambeaux den Wein ausschlug:

»So trinken Sie doch, sapperlot! Ein bisschen Verwegenheit bei Ihrem letzten Junggesellenmahl!«

Nach diesem Wort verneigten sich alle, man beglückwünschte ihn.

»Und die junge Dame«, sagte der Präzeptor, »ist gewiss bezaubernd?«

»Weiß Gott!« rief Cisy. »Aber gleichviel, er macht einen Fehler; Heiraten ist albern!«

»Du redest zu leichtfertig, lieber Freund«, entgegnete Monsieur des Aulnays, während ihm eine Träne in die Augen rollte bei der Erinnerung an seine Verblichene.

Und Forchambeaux wiederholte grinsend mehrmals hintereinander:

»Sie erwischt es schon auch noch, Sie erwischt's auch noch!«

Cisy erhob Einspruch. Er vergnüge sich lieber, »huldige der Régence«. Er wollte Savate lernen und die

Spelunken in der Cité aufsuchen, wie Fürst Rodolphe in *Die Geheimnisse von Paris*, zog einen Nasenwärmer aus der Tasche, rüffelte die Diener, trank maßlos; und damit alle eine hohe Meinung von ihm hätten, mäkelte er über jedes Gericht. Sogar die Trüffeln schickte er zurück, und der Präzeptor, der sich an ihnen gütlich tat, sagte aus Kriecherei:

»Nicht zu vergleichen mit den Schneenockerln Ihrer Frau Großmama!«

Dann plauderte er wieder mit seinem Tischnachbarn, dem Agronomen, der im Leben auf dem Land viele Vorteile sah, und sei es nur, seine Töchter im Sinn für das Einfache erziehen zu können. Der Präzeptor zollte seinen Ideen Beifall und katzbuckelte, denn er unterstellte ihm Einfluss auf seinen Schüler, dessen Sachwalter zu sein er sich im stillen wünschte.

Frédéric war voll Widerwillen gegen Cisy hergekommen; seine Dummheit hatte ihn entwaffnet. Seine Bewegungen aber, sein Gesicht, seine ganze Person erinnerten ihn an das Diner im Café Anglais und reizten ihn immer mehr; und er hörte die abschätzigen Bemerkungen, die Cousin Joseph halblaut machte, ein guter Kerl ohne Vermögen, Jagdliebhaber und Stipendiat. Cisy nannte ihn scherzend ein paarmal »Dieb«; dann plötzlich:

»Ah! der Baron!«

Herein trat ein Bursche um die dreißig, etwas Grobes in der Physiognomie, etwas Geschmeidiges in den Gliedmaßen, Hut schief überm Ohr und Blume im Knopfloch. Er war das Vorbild des Vicomte. Dieser war überglücklich, ihn hier zu haben; und da ihn seine Gegenwart aufstachelte, versuchte er sich sogar an einem Wortspiel und sagte, als ein Coq de Bruyère auf den Tisch kam:

»Das ist der beste von La Bruyères Charakteren!«

Hierauf stellte er Monsieur de Comaing unzählige Fragen über Personen, die keiner der Anwesenden kannte; dann, als ob ihm plötzlich etwas einfalle:

»Sagen Sie! haben Sie an mich gedacht?«

Der andere zuckte die Achseln.

»Sie sind nicht alt genug, mein Kleiner! Unmöglich!«

Cisy hatte ihn um Protektion gebeten bei der Aufnahme in seinen Klub. Aber der Baron spürte wohl Erbarmen mit seiner Eigenliebe:

»Ach! fast hätt ich's vergessen! Herzlichen Glückwunsch zu Ihrer Wette, mein Bester!«

»Welche Wette?«

»Na, die vom Rennen, dass Sie noch am selben Abend bei dieser Dame landen.«

Frédéric spürte etwas wie einen Peitschenhieb. Er war auf der Stelle beschwichtigt durch Cisys verlegenes Gesicht.

Tatsächlich hatte es die Marschallin schon tags darauf gereut, als nämlich Arnoux erschienen war, ihr wichtigster Liebhaber, ihr Mann, ausgerechnet an diesem Morgen. Die beiden hatten dem Vicomte zu verstehen gegeben, er »störe«, und ihn dann kurzerhand hinausgeworfen.

Er tat, als begreife er nicht. Der Baron insistierte:

»Was treibt sie denn, die gute Rose? … hat sie immer noch so hübsche Beine?« und bewies durch diese Anmerkung, dass er sie bis ins Detail kannte.

Frédéric verdross diese Entdeckung.

»Kein Grund zu erröten«, meinte der Baron; »da kommt man doch auf seine Kosten.«

Cisy schnalzte mit der Zunge.

»Pah! So lala!«

»Ach was!«

»Mein Gott, ja! Erstens finde ich an ihr nichts Besonderes, und zweitens, von der Sorte kann man so viele auflesen, wie man will, denn immerhin … sie ist käuflich!«

»Nicht für jedermann!« entgegnete Frédéric giftig.

»Er hält sich für was Besseres!« erwiderte Cisy, »so ein Jux!«

Darauf lachte der ganze Tisch.

Frédéric klopfte das Herz zum Ersticken. Er stürzte rasch nacheinander zwei Glas Wasser hinunter.

Der Baron jedoch hatte Rosanette in angenehmer Erinnerung.

»Ist sie noch immer mit einem gewissen Arnoux zusammen?«

»Keine Ahnung«, sagte Cisy. »Ich kenne den Herrn nicht!«

Dennoch gab er zu verstehen, es handle sich um eine Art Betrüger.

»Erlauben Sie!« rief Frédéric.

»Doch, die Sache steht fest! Er hatte sogar einen Prozess!«

»Das ist nicht wahr!«

Frédéric verteidigte jetzt Arnoux. Er bürgte für seine Rechtschaffenheit, glaubte sich schließlich selbst, erfand Zahlen, Beweise. Der Vicomte, voller Rachsucht und überdies noch benebelt, versteifte sich auf seine Behauptungen, sodass Frédéric würdevoll sagte:

»Wollen Sie mich beleidigen, Monsieur?«

Und er musterte ihn mit einem Blick, so glühend wie seine Zigarre.

»Oh! keineswegs! ich würde sogar einräumen, dass er etwas sehr Gutes hat: seine Frau.«

»Die kennen Sie?«

»Weiß Gott! Sophie Arnoux, sowas kennt doch jeder!«

»Wie bitte?«

Cisy, der aufgestanden war, wiederholte stotternd:

»So was kennt doch jeder!«

»Halten Sie den Mund! Mit solchen Frauen haben Sie gar keinen Umgang!«

»Und darauf bin ich stolz!«

Frédéric schleuderte ihm seinen Teller ins Gesicht.

Er sauste wie ein Blitz über den Tisch, brachte zwei Flaschen zu Fall, schlug eine Dessertschale kaputt, zersprang am Tafelaufsatz in drei Stücke und traf den Vicomte am Bauch.

Alles sprang auf, um ihn festzuhalten. Er sträubte sich, brüllte, wie gepackt von Tobsucht; Monsieur des Aulnays sagte in einem fort:

»Beruhigen Sie sich! bitte! mein lieber Junge!«

»Aber das ist doch entsetzlich!« zeterte der Präzeptor.

Forchambeaux, aschgrau wie die Pflaumen, zitterte; Joseph lachte schallend; die Kellner wischten den Wein, lasen die Scherben vom Boden; und der Baron schloss das Fenster, vielleicht hörte man den Radau, trotz der rumpelnden Wagen, ja bis auf den Boulevard.

Als der Teller geschleudert wurde, hatten alle durcheinandergeredet, und so war es unmöglich, die Ursache für diese Beleidigung herauszufinden: Lag es an Arnoux, an Madame Arnoux, an Rosanette oder irgendwem sonst. Fest stand nur Frédérics unerhörte Grobheit; er weigerte sich klipp und klar und äußerte nicht das leiseste Bedauern.

Monsieur des Aulnays suchte ihn zu besänftigen, Cousin Joseph, der Präzeptor, sogar Forchambeaux. Der Baron stärkte indessen Cisy, der, von einer Nervenschwäche überwältigt, Tränen vergoss. Frédéric dagegen wurde immer wütender; und das wäre wohl bis zum Tagesanbruch so weitergegangen, hätte der Baron nicht, um der Sache ein Ende zu machen, gesagt:

»Der Vicomte, Monsieur, schickt Ihnen morgen seine Sekundanten.«

»Ihre Uhrzeit?«

»Um zwölf, wenn ich bitten darf.«

»Bestens, Monsieur.«

Einmal auf der Straße, holte Frédéric tief Luft. Zu lange schon bezwang er sein Herz. Endlich hatte er es zufriedengestellt; er verspürte etwas wie stolze Männlichkeit, einen Überfluss innerer Kräfte, die ihn berauschten. Er brauchte zwei Sekundanten. Als erstes dachte er an Regimbart; und sogleich machte er sich auf den Weg zu einer Kneipe in der Rue Saint-Denis. Die Auslage war verrammelt. Aber Licht brannte in einem Fensterchen über der Tür. Sie ging auf, und beim Eintreten bückte er sich tief unters Wetterdach.

Eine Talgkerze auf dem Tresen erhellte den leeren Raum. Alle Hocker waren, Beine nach oben, auf die Tische gestellt. Wirt und Wirtin mitsamt dem Kellner aßen im Winkel neben der Küche; – und Regimbart, Hut auf dem Kopf, teilte ihr Mahl und war sogar dem Kellner im Weg, denn dieser musste sich bei jedem Bissen ein wenig zur Seite drehen. Nachdem Frédéric in knappen Worten von der Sache erzählt hatte, bat er um seinen Beistand. Der Citoyen antwortete zunächst gar nichts; er rollte die Augen, schien nachzudenken, lief mehrmals durch den Raum und sagte schließlich:

»Ja, gern!«

Und ein mörderisches Grinsen strahlte über sein Antlitz, als er hörte, der Gegner sei von Adel.

»Wir werden ihm den Marsch blasen, seien Sie unbesorgt! Als erstes … auf Degen …«

»Aber vielleicht«, gab Frédéric zu bedenken, »habe ich nicht das Recht …«

»Ich sage Ihnen, wählen Sie unbedingt den Degen!« erwiderte grob der Citoyen. »Können Sie fechten?«

»Ein bisschen!«

»Aha! ein bisschen! so sind sie alle! und dabei versessen auf Angriff! Was beweist das schon, der Fechtsaal?

Hören Sie: immer schön auf Distanz bleiben, verschanzen Sie sich hinter dem kreisenden Degen, und zurückweichen! zurückweichen! Das ist erlaubt! Machen Sie ihn müde! Dann einen Ausfall, beherzt! Und vor allem keine Finten, keine Manöver à la La Fougère! nein! einfach nur eins-zwei, Degagieren. So, sehen Sie? man dreht das Handgelenk, wie um ein Schloss aufzusperren. – Vater Vauthier, geben Sie mir Ihren Stock! Ach! das hier tut's auch.«

Er packte den Stab, der zum Gasanzünden diente, rundete den linken Arm, beugte den rechten und führte Stöße gegen die Wand. Er stampfte mit dem Fuß, geriet immer mehr in Hitze, tat, als komme er in Schwierigkeiten, schrie: »Hab ich dich, na? hab ich dich?« und sein riesiger Schatten fiel auf die Mauer, mitsamt dem Hut, der scheinbar die Decke berührte. Der Schankwirt sagte von Zeit zu Zeit: »Bravo! sehr gut!« Seine Gattin bewunderte ihn gleichfalls, wenn auch sehr aufgeregt; und Théodore, ein alter Soldat, war vor Erstaunen baff und sowieso ein Verehrer des Monsieur Regimbart.

Am nächsten Tag frühmorgens lief Frédéric zum Geschäft von Dussardier. Nach einer Reihe von Zimmern, alle voller Stoffe, in Fächer sortiert oder quer über Tische gebreitet, während hier und dort Schals auf Holzständern hingen, sah er ihn, umgeben von Registrierbüchern, in einer Art Gitterkäfig am Pult stehen und schreiben. Der gute Kerl verließ auf der Stelle seine Arbeit.

Die Sekundanten erschienen vor zwölf. Frédéric wollte aus Taktgefühl der Verhandlung nicht beiwohnen.

Der Baron und Monsieur Joseph erklärten, sie wären mit der schlichtesten Entschuldigung zufrieden. Doch Regimbart, der aus Prinzip niemals nachgab und Wert darauf legte, Arnoux' Ehre zu verteidigen (Frédéric hatte ihm von nichts anderem erzählt), forderte, dass sich der Vicomte entschuldige. Monsieur de Comaing war empört über solche Anmaßung. Der Citoyen wollte nicht davon ablassen. Da jeder Vergleich unmöglich war, würde man sich also schlagen.

Es entstanden weitere Schwierigkeiten; denn von Rechts wegen oblag die Wahl der Waffen Cisy, dem Beleidigten. Doch Regimbart behauptete, der Vicomte werde durch die Herausforderung zum Beleidiger. Seine Sekundanten protestierten, eine Backpfeife sei unbestritten die schlimmste Beleidigung. Der Citoyen erging sich in Haarspalterei, ein Stoß sei keine Backpfeife. Endlich beschloss man, das Urteil von Militärpersonen einzuholen; und die vier Sekundanten machten sich auf den Weg, zwecks Befragung von Offizieren in irgendeiner Kaserne.

Sie hielten vor der am Quai d'Orsay, Monsieur de Comaing wandte sich an zwei Rittmeister und erläuterte den Streitfall.

Die Rittmeister verstanden rein gar nichts, denn der Citoyen verwirrte durch Zwischenbemerkungen alles. Kurzum, sie rieten den Herren, ein Protokoll zu schreiben; danach fassten sie gern einen Beschluss. Also begab man sich in ein Café; und um die Dinge diskreter zu handhaben, bezeichnete man Cisy mit einem H und Frédéric mit einem K.

Dann kehrten sie zurück in die Kaserne. Die Offiziere waren ausgegangen. Sie kamen wieder und erklärten, selbstredend liege die Wahl der Waffen bei Monsieur H. Alle marschierten zu Cisy. Regimbart und Dussardier blieben draußen auf dem Trottoir.

Kaum hatte der Vicomte dieses Ergebnis vernommen, packte ihn so große Aufregung, dass man es ihm mehrmals wiederholen musste; und als Monsieur de Comaing auf die Forderungen Regimbarts zu sprechen kam, murmelte er »doch, doch«, in seinem Innersten nicht weit davon entfernt einzulenken. Dann sank er in einen Fauteuil und erklärte, er werde sich nicht schlagen.

»Was, wie bitte?« sagte der Baron.

Nun verfiel Cisy in ein wirres Gebrabbel. Er wolle sich auf Tromblon schlagen, aus allernächster Nähe, mit einem einzigen Pistol.

»Oder man tut Arsen in ein Glas und lässt das Los bestimmen. Das wird mitunter gemacht; ich hab's gelesen!«

Der Baron, von Natur aus wenig duldsam, schnauzte:

»Die Herren warten auf Ihre Antwort. Das wird langsam unziemlich! Was wählen Sie? also! Degen?«

Der Vicomte gab sein »Ja« mit einem Kopfnicken; und das Renkontre wurde für den nächsten Tag festgelegt, an der Porte Maillot, Punkt sieben.

Dussardier musste zurück an seine Geschäfte, und so ging Regimbart und setzte Frédéric in Kenntnis.

Man hatte ihn den ganzen Tag ohne Nachricht gelassen; seine Ungeduld war inzwischen unerträglich.

»Umso besser!« rief er.

Der Citoyen war zufrieden mit seiner Haltung.

»Man verlangte Entschuldigungen von uns, halten Sie's für möglich? Nichts Großartiges, bloß ein Wort! Aber ich hab sie hübsch zum Teufel geschickt! Wie es sich gehört, nicht wahr?«

»Gewiss«, sagte Frédéric und dachte, er hätte sich wohl besser einen anderen Sekundanten ausgesucht.

Dann, als er allein war, wiederholte er laut, mehrere Male:

»Ich werde mich schlagen. Sowas, ich werde mich schlagen! Komisch!«

Und weil er im Zimmer auf und ab ging, kam er an seinem Spiegel vorbei und entdeckte, er war bleich.

»Habe ich etwa Angst?«

Entsetzliche Bangigkeit überfiel ihn bei dem Gedanken, er könnte dann Angst haben, auf dem Platz.

»Und wenn ich sterbe? Mein Vater ist auf gleiche Weise ums Leben gekommen. Ja, ich werde sterben!«

Und plötzlich sah er seine Mutter in Schwarz; zusammenhanglose Bilder zogen ihm durch den Kopf. Seine eigene Feigheit trieb ihn zur Weißglut. Ihn packte ein Paroxysmus von Heldenmut, gieriger Blutdurst. Ein Bataillon hätte ihn nicht zum Rückzug gebracht. Als das Fieber abflaute, fühlte er sich, zu seiner Freude, felsenfest. Um sich abzulenken, ging er in die Oper, man gab ein Ballett. Er lauschte der Musik, beäugte die Tänzerinnen und trank ein Glas Punsch in der Pause. Doch als er nach Hause kam, beschlich ihn beim Anblick seines Kabinetts, seiner Möbel, wo er sich vielleicht zum letzten Mal aufhielt, eine Schwäche.

Er ging hinab in den Garten. Die Sterne funkelten; er blickte empor. Der Gedanke, sich für eine Frau zu schlagen, erhöhte ihn in seinen Augen, adelte ihn. Dann legte er sich ruhig schlafen.

Ganz anders war es bei Cisy. Nach dem Abschied des Barons hatte sich Joseph bemüht, ihn aufzumuntern, und weil der Vicomte gleichgültig blieb:

»Also, mein Guter, wenn du lieber Abstand nimmst, geh ich hin und sag Bescheid.«

Cisy wagte nicht »ja, sicher« zu antworten, doch er verübelte seinem Cousin, dass er ihm diesen Gefallen nicht still und heimlich erwies.

Er wünschte sich, Frédéric möge in der Nacht an einem Schlaganfall sterben oder es käme zu einem Aufruhr, sodass am nächsten Tag genug Barrikaden alle Wege zum Bois de Boulogne versperrten, oder irgendein Geschehen hindere einen der Sekundanten am Erscheinen; denn ohne Sekundanten müsste das Duell ausfallen. Er war versucht, mit einem Expresszug weit weg zu entweichen. Er bedauerte, dass er nichts verstand von Medizin, sonst hätte er etwas einnehmen können, das sein Leben zwar nicht in Gefahr brachte, aber seinen Tod vorspiegelte. Zuletzt sehnte er sich gar nach einer schweren Krankheit.

Um Rat zu erhalten, Beistand, schickte er nach Monsieur des Aulnays. Der vortreffliche Mann war heimgefahren in die Saintonge, nach einer Depesche, die ihn von der Unpässlichkeit einer seiner Töchter unterrichtete. Das dünkte Cisy ein böses Omen. Zum Glück kam Monsieur Vezou, sein Präzeptor. Ihm konnte er sein Herz ausschütten.

»Was tun, mein Gott! was tun?«

»Ich an Ihrer Stelle, Herr Graf, würde einen Lastenträger aus den Markthallen anheuern, der ihm eine Abreibung verpasst.«

»Da weiß er doch gleich, wer dahintersteckt!« erwiderte Cisy.

Und von Zeit zu Zeit stöhnte er laut; dann:

»Hat man überhaupt das Recht, sich zu duellieren?«

»Ein Überbleibsel der Barbarei! Was wollen Sie!«

Aus Gefälligkeit blieb der Pädagoge ungebeten zum Diner. Sein Schüler aß nichts und verspürte nach dem Mahl das Bedürfnis, Luft zu schnappen.

Er sagte, als sie an einer Kirche vorbeikamen:

»Und wenn wir hineinschauten … einfach so?«

Monsieur Vezou wollte nichts lieber und bot ihm sogar Weihwasser.

Es war der Marienmonat, Blumen schmückten den Altar, Stimmen sangen, die Orgel spielte. Doch er konnte nicht beten, das Gepränge der Religion erinnerte ihn an Begräbnisse; und er hörte etwas wie das Summen eines *De profundis*.

»Gehn wir! Ich fühle mich nicht wohl!«

Sie verbrachten die ganze Nacht beim Kartenspiel.

Der Vicomte bemühte sich zu verlieren, um so das Unglück zu bannen, was Monsieur Vezou ausnutzte. Endlich, im Morgengrauen, war Cisy so erschöpft, dass er über dem grünen Teppich zusammensank, und er fiel in einen Schlaf voll quälender Träume.

Besteht Mut freilich darin, seine Schwäche niederringen zu wollen, dann war der Vicomte mutig; beim Anblick seiner Sekundanten, die ihn abholen kamen, straffte er sich mit aller Kraft, denn die Eitelkeit sagte ihm, ein Rückzug wäre sein Ruin. Monsieur de Comaing beglückwünschte ihn zu seiner gesunden Miene.

Doch unterwegs inkommodierten ihn das Geschaukel des Fiakers und die Wärme der Morgensonne. Seine Energie war verraucht. Er merkte nicht einmal mehr, wo sie waren.

Der Baron machte sich den Spaß, seine Furcht zu schüren, indem er von einer »Leiche« sprach und wie man sie heimlich zurückschaffe in die Stadt. Joseph bot Paroli; beide fanden die Angelegenheit lächerlich und waren überzeugt, alles würde sich einrenken.

Cisy hielt den Kopf gesenkt auf die Brust; er hob ihn vorsichtig und bemerkte, man habe keinen Arzt dabei.

»Das ist überflüssig«, sagte der Baron.

»Besteht also keine Gefahr?«

Joseph erwiderte mit tiefer Stimme:

»Hoffen wir's!«

Und keiner im Wagen sagte mehr ein Wort.

Zehn nach sieben erreichten sie die Porte Maillot. Frédéric und seine Sekundanten warteten bereits, alle drei in Schwarz. Regimbart trug, an Stelle der Halsbinde, einen Rosshaarkragen wie ein Muschkote; auch hatte er bei sich eine Art langen Geigenkasten, vorgesehen für derlei Abenteuer. Man grüßte kühl. Dann marschierte alles in den Bois de Boulogne, über die Route de Madrid, auf der Suche nach einem geeigneten Platz.

Regimbart sagte zu Frédéric, der zwischen ihm und Dussardier ging:

»Na, wie steht's mit dem Schiss? Wenn Sie irgendwas brauchen, keine Hemmungen, ich kenn das! Die Angst gehört zum Menschen.«

Dann, ganz leise:

»Rauchen Sie nicht, das macht schlaff!«

Frédéric warf seine Zigarre weg, die ihn genierte, und ging festen Schritts voran. Der Vicomte kam hinterher, gestützt auf die Arme seiner beiden Sekundanten.

Es begegneten ihnen nur wenige Passanten. Der Himmel war blau, und man hörte dann und wann Kaninchen hüpfen. Hinter einer Wegbiegung plauderten eine Frau im Kopftuch aus Madras und ein Mann im Kittel, und auf der großen Allee unter den Kastanien führten Diener in Leinwandjacken ihre Pferde aus. Cisy gedachte jener glücklichen Tage, da er, auf seinem Fuchs und Monokel im Auge, neben Kaleschen dahinsprengte; diese Erinnerungen steigerten seine Beklommenheit; unerträglicher Durst brannte in ihm; das Gesurr der Fliegen verschmolz mit dem Pochen in seinen Adern; seine Füße versanken im Sand; ihm war, als ginge er seit unendlicher Zeit.

Die Sekundanten durchforschten mit dem Blick, ohne anzuhalten, die beiden Seiten der Straße. Man beriet, sollte man zur Croix Catelan gehen oder unter die Mauern von Bagatelle? Schließlich bog man nach rechts; und man hielt auf einer schachbrettartigen Pflanzung, zwischen Kiefern.

Der Ort wurde so gewählt, dass beide Seiten ein gleichmäßig ebenes Gelände hatten. Man kennzeichnete die Punkte, wo die Gegner sich postieren sollten. Dann öffnete Regimbart seinen Kasten. Er enthielt, auf einem Polster aus roter Basane, vier bezaubernde Degen mit Hohlkehle und filigran gearbeitetem Griff. Ein durchs

Laub dringender Lichtstrahl fiel darauf; und Cisy war, als blitzten sie gleich silbernen Vipern auf einer Blutlache.

Der Citoyen demonstrierte, sie waren alle gleich lang; er nahm den dritten für sich selbst, um die Duellanten notfalls zu trennen. Monsieur de Comaing hatte einen Stock. Es herrschte Schweigen. Man musterte einander. Alle Gesichter hatten etwas Verstörtes oder Grausames.

Frédéric hatte den Gehrock abgelegt und die Weste. Joseph half Cisy, desgleichen zu tun; als seine Halsbinde aufgeknüpft war, erblickte man ein geweihtes Medaillon. Da musste Regimbart mitleidig lächeln.

Nun suchte Monsieur de Comaing (um Frédéric noch einen Augenblick der Besinnung zu lassen) allerlei Hürden aufzubauen. Er verlangte das Recht, einen Handschuh zu tragen, den Degen seines Gegners mit der Linken zu ergreifen; Regimbart, der es eilig hatte, verweigerte nichts. Zuletzt wandte sich der Baron an Frédéric:

»Alles liegt bei Ihnen, Monsieur! Es ist niemals unehrenhaft, Fehler einzugestehen.«

Dussardier nickte zustimmend. Der Citoyen war empört.

»Glauben Sie, wir sind hier zum Gänserupfen, Teufel? … Stellung!«

Die Gegner standen sich gegenüber, ihre Sekundanten zu beiden Seiten. Laut gab er das Zeichen:

»Los!«

Cisy wurde entsetzlich blass. Seine Klinge zitterte an der Spitze wie eine Reitpeitsche. Sein Kopf sackte nach hinten, die Arme spreizten sich, er fiel auf den Rücken, ohnmächtig. Joseph stellte ihn wieder auf die Beine; und während er ihm ein Riechfläschchen unter die Nase drückte, schüttelte er ihn kräftig. Der Vicomte öffnete die Augen, stürzte sich dann plötzlich wie ein Rasender auf seinen Degen. Frédéric hatte seinen nicht losgelassen; und er wartete, mit starrem Blick, erhobener Hand.

»Halt, halt!« schrie eine Stimme, die von der Straße herkam, vermischt mit dem Hufschlag eines galoppierenden Pferdes; und das Verdeck eines Kabrioletts brach durchs Geäst! Ein Mann, aus dem Fenster gebeugt, schwenkte ein Taschentuch und schrie immer weiter: »Halt, halt!«

Monsieur de Comaing, im Glauben, die Polizei wolle einschreiten, hob seinen Stock.

»Schluss! der Vicomte blutet!«

»Ich?« sagte Cisy.

Tatsächlich hatte er sich beim Sturz den Daumen der linken Hand aufgeschürft.

»Aber nur vom Umfallen«, ergänzte der Citoyen.

Der Baron tat, als habe er nichts gehört.

Arnoux war aus dem Kabriolett gesprungen.

»Ich komme zu spät! Nein! Gott sei Dank!«

Er umschlang Frédéric mit beiden Armen, drückte ihn, bedeckte sein Gesicht mit Küssen.

»Ich kenne den Grund; Sie wollten Ihren alten Freund verteidigen! Wie brav von Ihnen, wie brav! Das werde ich niemals vergessen! Wie gut Sie sind! Ach, mein lieber Junge!«

Er betrachtete ihn und vergoss Tränen, kicherte dabei vor Glück. Der Baron drehte sich zu Joseph.

»Ich glaube, wir sind überflüssig bei diesem kleinen Familienfest. Es ist erledigt, nicht wahr, meine Herren? – Vicomte, legen Sie den Arm in die Schlinge; hier, mein Halstuch. Dann, mit herrischer Geste: Und jetzt! kein Groll mehr! Wie es sich geziemt!«

Die beiden Duellanten reichten einander lasch die Hand. Der Vicomte, Monsieur de Comaing und Joseph verschwanden in eine Richtung, Frédéric schlenderte nach der andern, mit seinen Freunden.

Das Restaurant Madrid war nicht weit, und so machte Arnoux den Vorschlag, hinüberzugehen auf ein Glas Bier.

»Wir könnten sogar was essen«, sagte Regimbart.

Weil Dussardier jedoch keine Zeit hatte, begnügten sie sich mit einer Erfrischung im Garten. Alle schwelgten in jener Seligkeit, die einem glücklichen Ende folgt. Der Citoyen freilich war verstimmt, denn man hatte das Duell im günstigen Augenblick abgebrochen.

Arnoux hatte über einen gewissen Compain davon erfahren, einen Freund Regimbarts; und in einer plötzlichen Gefühlsregung war er herbeigeeilt, um es zu verhindern, denn außerdem hielt er sich für die Ursache. Er bat Frédéric, Näheres zu berichten. Frédéric, gerührt über die Beweise seiner Zuneigung, hatte Skrupel, ihn weiter zu bestärken in seiner Einbildung:

»Bitte, kein Wort mehr darüber!«

Arnoux fand diese Zurückhaltung feinfühlig. Dann wechselte er mit seinem üblichen Leichtsinn zu anderen Dingen:

»Was gibt's Neues, Citoyen?«

Und nun redeten sie über Wechsel, Fälligkeiten. Um bequemer tuscheln zu können, setzten sie sich sogar abseits, an einen anderen Tisch.

Frédéric verstand die Worte: »Sie unterschreiben mir doch … – Ja! aber Sie, natürlich … – Ich hab's zuletzt für dreihundert ausgehandelt! – Hübsche Provision, muss man schon sagen!« Kurzum, es war klar, Arnoux trieb mit dem Citoyen allerhand krumme Sachen.

Frédéric überlegte, ob er ihn an seine fünfzehntausend Franc erinnern sollte. Doch was er eben getan hatte, verbot selbst den leisesten Vorwurf. Außerdem fühlte er sich müde. Der Ort war nicht geeignet. Er verschob es auf einen andern Tag.

Arnoux, im Schatten eines Ligusters, rauchte mit fröhlicher Miene. Er blickte hoch zu den Türen der Séparées, die auf den Garten hinausgingen, und sagte, früher einmal sei er oft hierhergekommen.

»Nicht allein, vermutlich«, erwiderte der Citoyen.

»Weiß Gott!«

»Was sind Sie doch für ein Liederjan! ein verheirateter Mann!«

»Na, und Sie erst!« entgegnete Arnoux; und mit nachsichtigem Lächeln: »Ich bin sogar sicher, der Halunke hier besitzt irgendwo ein Zimmer, wo er kleine Mädchen empfängt.«

Der Citoyen gestand durch ein leichtes Heben der Augenbrauen. Nun verhandelten die beiden Herrn über ihre Geschmäcker: Arnoux hatte jetzt eine Vorliebe für die Jugend, die Arbeiterinnen; Regimbart verabscheute »Zierpüppchen« und hielt sich vor allem ans Konkrete. Der Fayencehändler zog den Schluss, Frauen dürfe man nicht ernst nehmen.

»Und doch liebt er die Seine!« dachte Frédéric auf dem Heimweg; und er betrachtete ihn als ehrlosen Mann. Er verübelte ihm dieses Duell, als habe er soeben für ihn sein Leben aufs Spiel gesetzt.

Aber Dussardier war er dankbar für seine Ergebenheit; der Kommis machte ihm bald, auf sein Drängen hin, jeden Tag einen Besuch.

Frédéric lieh ihm Bücher: Thiers, Dulaure, Barante, die *Girondisten* von Lamartine. Der gute Kerl lauschte andächtig und nahm seine Ansichten entgegen wie die eines Lehrmeisters.

Er kam eines Abends ganz verstört.

Am Morgen war er auf dem Boulevard mit einem atemlos rennenden Mann zusammengestoßen; und weil der ihn als Freund Sénécals erkannt hatte, sagte er:

»Sie haben ihn geschnappt, ich muss weg!«

Vollkommen richtig. Dussardier hatte den Tag mit Nachforschungen verbracht. Sénécal saß hinter Schloss und Riegel, unter dem Vorwurf eines politischen Attentats.

Sohn eines Vorarbeiters, in Lyon geboren und mit einem früheren Anhänger von Chalier als Lehrer, war er sofort nach seiner Ankunft in Paris der Société des Familles beigetreten; seine Gewohnheiten waren bekannt; die Polizei überwachte ihn. Er hatte bei der Geschichte vom Mai 1839 mitgekämpft und hielt sich seither im Hintergrund, wurde jedoch zusehends überspannter, bewunderte Alibaud, verflocht seine Anklagen gegen die Gesellschaft mit denen des Volkes gegen die Monarchie und erwachte jeden Morgen in der Hoffnung auf eine Revolution, die binnen vierzehn Tagen oder einem Monat die Welt veränderte. Angewidert von der Laschheit seiner Brüder, erbittert über die Verzögerungen, die seinen Träumen im Weg standen, und am Vaterland verzweifelnd, beteiligte er sich als Chemiker am Brandbombenkomplott; und man hatte ihn beim Transport von Pulver erwischt, das er auf dem Montmartre ausprobieren wollte, letzter Versuch, die Republik zu errichten.

Dussardier liebte sie um keinen Deut weniger, denn sie bedeutete, so glaubte er, Befreiung und Glück für alle. Eines Tages – als er fünfzehn war – hatte er in der Rue Transnonain vor dem Laden eines Krämers Soldaten gesehen, die Bajonette rot von Blut, und Haare klebten an ihren Gewehrkolben; seit jener Zeit grollte er der Regierung als schlimmster Verkörperung des Unrechts. Er warf Totschläger und Gendarmen mehr oder weniger in einen Topf; ein Spitzel taugte in seinen Augen so viel wie ein Vatermörder. Alles Übel dieser Erde schob er naiv auf die Staatsgewalt; er hasste sie mit einem tiefsitzenden, allgegenwärtigen Hass, und der erfüllte sein ganzes Herz, schärfte seine Empfindsamkeit. Sénécals Deklamationen hatten ihn betört. Ob er nun schuldig sein mochte oder nicht und sein Versuch abscheulich, einerlei! Er war ein Opfer der Obrigkeit, da musste man ihm beistehen.

»Die Pairs verurteilen ihn ganz gewiss! Dann wird er in einem Zellenwagen fortgeschafft wie ein Galeerensträfling und auf den Mont-Saint-Michel gesperrt, wo die Regierung sie alle zu Tode quält! Austen ist verrückt geworden! Steuben hat sich umgebracht! Als Barbès in ein Kerkerloch überführt wurde, hat man ihn an den Beinen gezerrt, an den Haaren! Auf dem Leib sind sie ihm herumgetrampelt, und sein Kopf schlug auf jede Stufe, die ganze Treppe runter. So eine Schändlichkeit, diese Schurken!«

Zornige Schluchzer erstickten ihn, und er lief im Zimmer umher, wie geplagt von großer Angst.

»Wir müssen doch was unternehmen! Also! ich weiß nicht! Versuchen wir, ihn zu befreien, ja? Wenn er ins Luxembourg geführt wird, können wir uns im Flur auf die Bewachung stürzen! Ein Dutzend entschlossener Männer kommt überall durch.«

In seinen Augen loderte ein solches Feuer, dass Frédéric erschrak.

Sénécal dünkte ihn größer als bisher gemeint. Er dachte an seine Entbehrungen, sein asketisches Leben; ohne Dussardiers Leidenschaft für ihn zu empfinden, spürte er dennoch Bewunderung, wie jeder Mensch sie einem abnötigt, der sich aufopfert für eine Idee. Er sagte sich, hätte er ihm geholfen, dann wäre es mit Sénécal nicht so weit gekommen; und die beiden Freunde suchten mühsam nach irgendeinem Weg, ihn zu retten.

Es gelang ihnen nicht, bis zu ihm vorzudringen.

Frédéric forschte in den Zeitungen nach seinem Schicksal und verkehrte drei Wochen lang in Lesekabinetten.

Eines Tages fielen ihm mehrere Nummern des *Flambard* in die Hände. Im Leitartikel wurde stets ein berühmter Mann fertiggemacht. Anschließend kamen Neuigkeiten aus der feinen Welt, Klatsch. Dann wurde über das Odéon gespottet, über Carpentras, die Fischzucht und zum Tode Verurteilte, sofern es welche gab. Das Verschwinden eines Dampfschiffes lieferte ein Jahr lang Stoff für Witzeleien. In der dritten Spalte machte eine Kunstrubrik, in Form von Anekdoten oder Ratschlägen, Reklame für Schneider, vermischt mit Berichten über Abendgesellschaften, Ankündigungen einer Versteigerung, Buchbesprechungen, wobei ein Gedichtband gleich behandelt wurde wie ein Paar Stiefel. Der einzig ernsthafte Teil war die Kritik der kleinen Theater, bei der man auf zwei oder drei Direktoren einprügelte; und die Bedeutung der Kunst wurde angerufen, wenn es um die Bühnendekoration im Funambules ging oder eine Liebende im Délassements.

Frédéric wollte das ganze Zeug gerade zurücklegen, da fiel sein Blick auf einen Artikel mit der Überschrift: *Ein Täubchen zwischen drei Früchtchen.* Es war die Geschichte seines Duells, erzählt in frech schlüpfrigem Stil. Mühelos erkannte er sich, denn er wurde durch folgenden, mehrfach wiederkehrenden Spruch verspottet: »Ein junger Mann vom Collège in Sens ohne Sinn und Verstand.« Man zeichnete ihn sogar als armen Teufel aus der Provinz, als obskuren Tölpel, der Umgang suche mit vornehmen Herren. Der Vicomte hingegen schnitt gut ab, zunächst beim Souper, wo er sich gewaltsam Zutritt verschaffte, hernach bei der Wette, denn er entführte das Fräulein, und zuletzt auf dem Platz, wo er sich edelmännisch verhielt. Frédérics Schneid wurde nicht ausdrücklich geleugnet, doch man ließ durchblicken, ein Mittelsmann, der *Gönner* in Person, sei gerade noch rechtzeitig aufgetaucht. Das ganze schloss mit einem Satz voll zweideutiger Hinterlist:

»Woher kommt ihre Herzinnigkeit? Ein Rätsel! und,

wie Basilio sagt, wer zum Teufel ist hier der Betrogene?«

Ganz ohne Zweifel war das Hussonnets Rache an Frédéric, wegen der verweigerten fünftausend Franc.

Was tun? Wenn er Genugtuung forderte, würde der Bohemien seine Unschuld beteuern, und er selbst gewann dabei nichts. Das Beste war, die Sache wortlos hinunterzuschlucken. Niemand las schließlich den *Flambard*.

Beim Verlassen des Lesekabinetts sah er Menschen vor dem Laden eines Kunsthändlers. Alle betrachteten ein Frauenporträt, ganz unten eine Zeile in schwarzen Lettern: »Mademoiselle Rose-Annette Bron, Eigentum von Monsieur Frédéric Moreau aus Nogent.«

Sie war es wirklich – mehr oder weniger –, von vorne gesehen, mit entblößtem Busen, offenem Haar, und in den Händen hielt sie einen roten Samtbeutel, während von hinten ein Pfau seinen Schnabel über ihre Schulter reckte, die Wand verhüllend mit seinen großen Federn wie ein Fächer.

Pellerin hatte diese Zurschaustellung veranstaltet, weil er Frédéric zum Zahlen zwingen wollte, überzeugt, er sei berühmt und ganz Paris werde sich zu seinen Gunsten echauffieren und mit diesem Quark befassen.

War es eine Verschwörung? Hatten der Maler und der Journalist ihren Coup miteinander ausgeheckt?

Sein Duell hatte nichts abgewendet. Er wurde zum Gespött, alles machte sich über ihn lustig.

Drei Tage später, Ende Juni, waren die Nord-Aktien um fünfzehn Franc gestiegen, und da er im letzten Monat zweitausend Stück gekauft hatte, betrug sein Gewinn nun dreißigtausend Franc. Diese Liebkosung durch Fortuna gab ihm neues Selbstvertrauen. Er sagte sich, dass er niemand brauchte, dass all seine Unannehmlichkeiten von seiner Schüchternheit herrührten, von seinem Zaudern. Es wäre gut gewesen, hätte er mit der Marschallin rücksichtslos angebändelt, Hussonnet gleich am ersten Tag abgewiesen, sich mit Pellerin nicht eingelassen; und um zu zeigen, dass ihm nichts peinlich war, begab er sich zu Madame Dambreuse, an einem ihrer gewöhnlichen Abende.

Mitten im Vorzimmer drehte sich der gleichzeitig eingetroffene Martinon zu ihm.

»Was, du kommst hierher?« und er wirkte überrascht, ja sogar verstimmt, ihn zu sehen.

»Warum nicht?«

Und noch über die Ursache einer solchen Begrüßung sinnierend, betrat Frédéric den Salon.

Das Licht war schwach, trotz der in den Ecken aufgestellten Lampen; denn die drei weit geöffneten Fenster erhoben sich parallel zu drei großen Vierecken voll schwarzem Schatten. Jardinieren unter den Bildern füllten bis in Augenhöhe den freien Raum an den Wänden; und eine silberne Teekanne mit Samowar verdoppelte sich ganz hinten im Spiegel. Maßvolles Stimmengewirr säuselte. Man hörte Eskarpins auf dem Teppich knarzen.

Er gewahrte schwarze Fräcke, dann einen runden Tisch, erhellt von einem großen Lampenschirm, sieben oder acht Frauen in sommerlicher Toilette und ein Stück weiter Madame Dambreuse im Schaukelstuhl. Ihr fliederblaues Taftkleid hatte Schlitzärmel, aus denen Musselinbäusche quollen, und der schmeichelnde Ton des Stoffes harmonierte mit der Farbe ihres Haars; sie saß ein wenig nach hinten gelehnt, die Fußspitze auf einem Kissen, – unbewegt wie ein Kunstwerk voll zarter Anmut, eine Blume von erlesener Zucht.

Monsieur Dambreuse und ein weißhaariger Greis spazierten von einem Ende des Salons zum andern. Manch einer plauderte, hier und dort auf der Kante kleiner Diwane sitzend; die übrigen standen, bildeten einen Kreis in der Mitte.

Sie unterhielten sich über Abstimmungen, Änderungsanträge, Zusatzanträge, die Rede von Monsieur Grandin, die Entgegnung von Monsieur Benoist. Die dritte Partei ging entschieden zu weit! Die linke Mitte sollte sich etwas gründlicher besinnen auf ihre Ursprünge! Das Kabinett wirkte schwer angeschlagen! Beruhigend immerhin, es war kein Nachfolger in Sicht. Mit einem Wort, die Lage glich ganz und gar der von 1834.

Da Frédéric solche Dinge langweilten, näherte er sich den Frauen. Martinon stand bei ihnen, den Hut unterm Arm, das Gesicht im Halbprofil und so schicklich, dass er aussah wie Sèvresporzellan. Er griff nach einer *Revue des Deux Mondes*, die zwischen einer *Nachfolge Christi* und einem *Gothaischen Hofkalender* auf dem Tisch herumlag, und urteilte von oben herab über einen berühmten Dichter, sagte, er besuche die Vorträge von Saint-François, klagte über seinen Kehlkopf, schluckte von Zeit zu Zeit eine Hustenpastille; und parlierte dennoch über Musik, gab den Leichtsinnigen. Mademoiselle Cécile, die Nichte von Monsieur Dambreuse, die sich ein Paar Manschetten stickte, schaute mit ihren blassblauen Augen verstohlen zu ihm; und der Hauslehrerin mit Sattelnase, Miss Johnson, fiel darob ihr Kanevas aus der Hand; alle beide schienen tief im Innersten zu rufen:

»Ist der schön!«

Madame Dambreuse wandte sich zu ihm.

»Holen Sie mir doch meinen Fächer, er liegt auf der Konsole, da drüben. Nein, falsch, der andere!«

Sie erhob sich; und da er schon zurückkam, trafen sie einander mitten im Salon, von Angesicht zu Angesicht; sie sagte ihm ein paar Worte in scharfem Ton, Vorwürfe sicherlich, nach ihrem hochmütigen Gesichtsausdruck zu urteilen; Martinon versuchte zu lächeln; dann begab er sich hinüber zum Konzil der ernsten Männer. Madame Dambreuse kehrte zurück an ihren Platz, und sich über die Armlehne ihres Stuhls beugend, sagte sie zu Frédéric:

»Ich habe vorgestern jemand gesehen, der von Ihnen sprach, Monsieur de Cisy; Sie kennen ihn doch?«

»Ja … ein wenig.«

Plötzlich rief Madame Dambreuse:

»Herzogin, ach! so ein Glück!«

Und sie ging zur Tür, einer kleinen alten Dame entgegen, die ein karmeliterbraunes Taftkleid trug und ein Häubchen aus Gipüre mit langen Flügeln. Als Tochter eines Exilgefährten des Comte d'Artois und Witwe eines kaiserlichen Marschalls, der 1830 zum Pair de France erhoben wurde, war sie dem alten Hof verbunden wie auch dem neuen und konnte viel erreichen. Die im Stehen Plaudernden traten zur Seite, widmeten sich dann wieder ihrem Gespräch.

Jetzt drehte es sich um den Pauperismus, und der wurde, diesen Herren zufolge, in allen Darstellungen stark übertrieben.

»Und doch«, hielt Martinon dagegen, »es gibt das Elend, wir müssen es uns eingestehen! Abhilfe schaffen kann freilich weder die Wissenschaft noch die Staatsgewalt. Das ist ein rein individuelles Problem. Wenn die niedrigen Klassen sich von ihren Lastern befreien, dann werden sie auch ihre Bedürfnisse los. Lebte das Volk moralischer, wäre es weniger arm!«

Nach Monsieur Dambreuse konnte man nichts Gutes erreichen ohne einen Überfluss an Kapital. Der einzig mögliche Weg also war, »wie es übrigens auch die Saint-Simonisten wollten (mein Gott, sie hatten ihre gute Seite! lasst uns gerecht sein gegen alle), die Sache des Fortschritts jenen anzuvertrauen, ja, sage ich, jenen anzuvertrauen, die imstande sind, das öffentliche Vermögen zu mehren«. Unmerklich kam man zu den großen Industriebetrieben, den Eisenbahnen, zur Steinkohle. Und sich an Frédéric wendend sagte Monsieur Dambreuse ganz leise:

»Sie sind nicht gekommen, wegen unseres Geschäfts.«

Frédéric führte eine Krankheit ins Feld; weil er die Ausrede jedoch für allzu dumm hielt:

»Außerdem brauchte ich mein Geld.«

»Um einen Wagen zu kaufen?« bemerkte Madame Dambreuse, die mit einer Tasse Tee in der Hand an ihm vorbeiging; und sie musterte ihn einen Augenblick, den Kopf leicht zur Schulter gedreht.

Sie hielt ihn für Rosanettes Liebhaber; die Anspielung war eindeutig. Frédéric hatte sogar den Eindruck, alle Damen beobachteten ihn von weitem, tuschelten. Um besser zu sehen, was sie dachten, näherte er sich noch einmal.

Auf der anderen Tischseite blätterte Martinon neben Mademoiselle Cécile in einem Album. Es enthielt Lithographien spanischer Trachten. Laut las er die Bildunterschriften: »Frau aus Sevilla – Gärtner aus Valencia – Andalusischer Picador«; und einmal, auf der Seite ganz nach unten blickend, sagte er im selben Atemzug:

»Jacques Arnoux, Verleger. – Ein Freund von dir, oder?«

»Richtig«, erwiderte Frédéric, gekränkt durch seine Miene.

Madame Dambreuse bemerkte:

»In der Tat, Sie sind doch eines Morgens hier gewesen … wegen … einem Haus, glaube ich? ja, einem Haus, das seiner Frau gehörte.« (Das hieß: »Sie ist Ihre Mätresse.«)

Er wurde rot bis über beide Ohren; und Monsieur Dambreuse, der im selben Augenblick dazukam, ergänzte:

»Sie schienen sogar lebhaft Anteil zu nehmen an den beiden.«

Diese letzten Worte brachten Frédéric völlig aus der Fassung. Seine Verstörtheit, die man ihm ansah, wie er meinte, würde die Verdächtigungen wohl nur bestätigen, da sagte Monsieur Dambreuse aus nächster Nähe und in ernstem Ton:

»Sie machen doch keine Geschäfte miteinander?«

Er verneinte durch heftiges Kopfschütteln, begriff aber nicht die Absicht des Kapitalisten, der ihm einen Rat geben wollte.

Am liebsten wäre er verschwunden. Die Angst, feige zu wirken, hielt ihn zurück. Ein Diener trug die Teetassen hinaus; Madame Dambreuse plauderte mit einem Diplomaten in blauem Frack; zwei junge Mädchen steckten die Köpfe zusammen, zeigten sich einen Ring; die anderen, im Halbkreis auf Fauteuils, bewegten sachte ihre weißen Gesichter, umrahmt von schwarzem oder blondem Haar; niemand achtete mehr auf ihn. Frédéric machte kehrt; und nach ein paar längeren Zickzacklinien hatte er beinahe die Tür erreicht, da entdeckte er im Vorbeigehen auf einer Konsole zwischen einer chinesischen Vase und dem Getäfel eine zusammengefaltete Zeitung. Er zog sie ein wenig hervor und las die Worte: *Le Flambard.*

Wer hatte sie mitgebracht? Cisy! Kein andrer natürlich! Aber was zählte das schon! Sie würden dem Artikel Glauben schenken, und vielleicht taten es ja alle bereits. Warum diese Verbissenheit? Ihn umgab leiser Spott. Er fühlte sich wie verloren in der Wüste. Doch Martinons Stimme erklang:

»Apropos Arnoux, ich habe unter den Beschuldigten in der Brandbombenaffäre den Namen eines seiner Angestellten gelesen, Sénécal. Ist das unser Sénécal?«

»In Person«, sagte Frédéric.

Martinon wiederholte, schrie laut:

»Was, unser Sénécal! unser Sénécal!«

Nun wurde er ausgefragt über das Komplott; dank seiner Stellung bei der Staatsanwaltschaft verfüge er doch sicher über Einblicke.

Er gestand, keine zu haben. Darüber hinaus kenne er den Wicht nur flüchtig, habe ihn allenfalls zwei-, dreimal gesehen; er halte ihn zuletzt für einen ganz üblen Schelm! Frédéric rief empört:

»Keineswegs! er ist ein sehr anständiger Bursche!«

»Aber Monsieur«, sagte ein Haus- und Grundbesitzer, »man ist nicht anständig, wenn man konspiriert!«

Die meisten anwesenden Männer hatten wenigstens vier Regierungen gedient; und sie hätten Frankreich oder das ganze Menschengeschlecht verkauft, um ihr Vermögen zu schützen, sich eine Malaise, eine Unannehmlichkeit zu ersparen oder sogar aus schierer Niedertracht, instinktiver Anbetung der Macht. Alle erklärten politische Verbrechen für unentschuldbar. Eher müsse man solche verzeihen, die reiner Not entsprangen! Und man versäumte nicht, das ewiggleiche Beispiel anzuführen vom Familienvater, der das ewiggleiche Stück Brot stahl, beim ewiggleichen Bäcker.

Ein Verwaltungsbeamter rief sogar:

»Ich, Monsieur, erführe ich, dass mein Bruder konspiriert, ich würde ihn denunzieren!«

Frédéric berief sich auf das Widerstandsrecht; und da ihm ein paar Phrasen einfielen, die ihm Deslauriers gesagt hatte, nannte er Desolmes, Blackstone, die Bill of Rights in England und den Artikel 2 der Verfassung von 91. Kraft dieses Rechts habe man sogar die Absetzung Napoleons verkündet; es sei 1830 anerkannt worden, festgeschrieben am Anfang der Charta.

»Übrigens, wenn der Souverän vertragsbrüchig wird, will das Recht, dass man ihn stürzt.«

»Das ist ja abscheulich!« rief die Gattin eines Präfekten.

Alle andern Frauen schwiegen, in vagem Entsetzen, als hörten sie bereits die Kugeln pfeifen. Madame Dambreuse wiegte sich in ihrem Schaukelstuhl und lauschte ihm lächelnd.

Ein Industrieller, ehemaliger Carbonaro, versuchte zu beweisen, dass die d'Orléans eine feine Familie seien; zweifellos, es gab Missstände …

»Na also?«

»Aber sagen darf man es nicht, mein werter Herr! wenn Sie wüssten, wie sehr das Zetermordio der Opposition den Geschäften schadet!«

»Was kümmern mich die Geschäfte!« entgegnete Frédéric.

Ihn erbitterte die Verkommenheit dieser Alten; und mitgerissen von einer Kühnheit, die zuweilen den Schüchternsten befällt, attackierte er die Finanzleute, die Abgeordneten, die Regierung, den König, verteidigte die Araber, verzapfte viel dummes Zeug. Manche ermunterten ihn spöttelnd: »Los, nur zu! weiter so!«, während andere brummten: »Teufel! diese Exaltiertheit!« Endlich hielt er es für angebracht, sich zurückzuziehen; und er war schon im Gehen, da sagte Monsieur Dambreuse, auf den Sekretärsposten anspielend:

»Noch ist nichts entschieden! Aber machen Sie schnell!«

Und Madame Dambreuse:

»Auf bald, nicht wahr?«

Frédéric hielt die Abschiedsworte der beiden für eine letzte Verhöhnung. Er war fest entschlossen, das Haus nie wieder zu betreten, mit all diesen Leuten nicht mehr zu verkehren. Er glaubte, sie beleidigt zu haben, wusste aber nicht, welch üppigen Vorrat an Gleichgültigkeit die vornehme Welt besitzt! Die Frauen vor allem empörten ihn. Keine einzige hatte ihm beigestanden, nicht einmal mit dem Blick. Er nahm ihnen übel, dass er sie nicht erschüttert hatte. Und Madame Dambreuse, er fand, sie habe etwas Schmachtendes und zugleich Kaltes, darum brachte man sie nicht so leicht auf eine Formel. Hatte sie einen Liebhaber? Was für einen Liebhaber? War es der Diplomat oder jemand anders? Martinon vielleicht? Unmöglich! Dennoch empfand er etwas wie Eifersucht auf ihn und gegen sie eine unerklärliche Feindseligkeit.

Dussardier, der wie jeden Abend gekommen war, erwartete ihn. Frédérics Herz war übervoll; er schüttete es aus, und seine Klagen, wenn auch nebelhaft und schwer verständlich, betrübten den guten Kommis; er jammerte sogar übers Alleinsein. Dussardier zögerte kurz und machte den Vorschlag, Deslauriers aufzusuchen.

Frédéric überkam beim Namen des Advokaten das ungeheure Bedürfnis nach einem Wiedersehen. Seine geistige Vereinsamung war schlimm und Dussardiers Gesellschaft unzureichend. Er überließ es ihm, alles nach seinem Dafürhalten zu arrangieren.

Deslauriers spürte seit ihrem Zerwürfnis gleichfalls einen Verlust in seinem Leben. Umstandslos billigte er die freundschaftliche Annäherung.

Die beiden umarmten einander, plauderten dann über belanglose Dinge.

Deslauriers' Zurückhaltung rührte Frédéric; und um eine Art Wiedergutmachung zu leisten, beichtete er ihm tags darauf die Einbuße von fünfzehntausend Franc, ohne zu sagen, dass diese fünfzehntausend Franc ursprünglich ihm zugedacht waren. Gleichwohl zweifelte der Advokat nicht daran. Dieses Missgeschick, das ihm recht gab in seinen Vorurteilen gegen Arnoux, entschärfte vollends seinen Groll, und er verlor kein Wort über das alte Versprechen.

Frédéric, durch sein Schweigen getäuscht, glaubte, er habe es vergessen. Ein paar Tage später fragte er, ob es keine Möglichkeit gebe, wieder an sein Geld zu kommen.

Man könne die früheren Hypotheken anfechten, Arnoux als Trughändler verklagen, am Wohnsitz gerichtlich vorgehen gegen die Frau.

»Nein! nein! nicht gegen sie«, rief Frédéric; und den Fragen des ehemaligen Kanzlisten nachgebend, gestand er die Wahrheit.

Deslauriers war überzeugt, er sage sie nicht ganz und gar, sicher aus Feingefühl. Dieser Vertrauensmangel kränkte ihn.

Sie waren jedoch so eng befreundet wie einst und hatten an ihrem Beisammensein derart viel Freude, dass Dussardiers Gegenwart störte. Unter dem Vorwand anderweitiger Verabredungen gelang es ihnen mit der Zeit, ihn loszuwerden. Es gibt Menschen, deren Aufgabe unter den andern einzig darin besteht, als Vermittler zu dienen; man lässt sie hinter sich wie Brücken und geht weiter.

Frédéric verbarg nichts vor seinem alten Freund. Er berichtete über das Steinkohlegeschäft mitsamt dem Angebot von Monsieur Dambreuse. Der Advokat wurde nachdenklich.

»Merkwürdig! Auf diesen Posten gehört jemand, der sich gut auskennt in Rechtsfragen!«

»Aber du könntest mir helfen«, erwiderte Frédéric.

»Ja …, hm …, weiß Gott! natürlich.«

In derselben Woche zeigte er ihm einen Brief seiner Mutter.

Madame Moreau bekannte, ihr Urteil über Monsieur Roque sei falsch gewesen, er habe für sein Verhalten zufriedenstellende Erklärungen geliefert. Dann sprach sie von seinem Vermögen und der Möglichkeit einer späteren Heirat mit Louise.

»Das wäre vielleicht gar nicht dumm!« sagte Deslauriers.

Frédéric wies den Gedanken weit von sich; Vater Roque sei außerdem ein alter Filou. Das mache nichts, meinte der Advokat.

Ende Juli ließ eine unerklärliche Baisse die Nord-Aktien fallen. Frédéric hatte die seinen nicht verkauft; er verlor mit einem Schlag sechzigtausend Franc. Seine Einkünfte waren spürbar geschmolzen. Er musste entweder seine Ausgaben einschränken oder sich um eine Stellung bemühen oder vorteilhaft heiraten.

Da sprach Deslauriers von Mademoiselle Roque. Nichts hindere ihn, sich die Dinge ein wenig aus der Nähe anzuschauen. Frédéric sei ein wenig abgespannt; die Provinz und das Elternhaus würden ihm Erholung verschaffen. Er fuhr los.

Der Anblick der Straßen von Nogent, die er im Mondschein hinaufging, versetzte ihn zurück in alte Erinnerungen; und er spürte eine Art Beklemmung, wie jemand, der heimkehrt nach langer Reise.

Bei seiner Mutter erwarteten ihn sämtliche Freunde von einst: die Herren Gamblin, Heudras und Chambrion, die Familie Lebrun, »die Fräulein Auger«; zudem Vater Roque und, Madame Moreau gegenüber an einem Spieltisch, Mademoiselle Louise. Sie war jetzt eine Frau. Mit einem Schrei sprang sie in die Höhe. Alles geriet in Aufregung. Sie war reglos stehen geblieben; und die vier silbernen Armleuchter auf dem Tisch unterstrichen ihre Blässe. Als sie wieder zu spielen begann, zitterte ihre Hand. Diese Ergriffenheit schmeichelte Frédéric über die Maßen, denn sein Stolz kränkelte; er sagte sich: »Du wirst mich lieben!«, und Rache nehmend für all den Verdruss, den er dort hinuntergeschluckt hatte, begann er den Pariser zu spielen, den Löwen, gab Neuigkeiten von den Theatern zum besten, erzählte Anekdoten aus der feinen Welt, die er irgendwelchen Blättchen entlieh, kurzum, er beeindruckte seine Landsleute.

Am nächsten Morgen verbreitete sich Madame Moreau über die Vorzüge von Louise; dann folgte eine Aufzählung der Wälder, Pachthöfe, die ihr gehören würden. Monsieur Roques Vermögen war stattlich.

Er hatte es erwirtschaftet, indem er für Monsieur Dambreuse Anlagen tätigte; denn er verlieh an Personen, die gute hypothekarische Sicherheiten boten, was ihm wiederum erlaubte, Aufschläge zu verlangen oder Provisionen. Das Kapital war dank reger Überwachung nie in Gefahr. Außerdem schreckte Vater Roque niemals vor einer Pfändung zurück; dann kaufte er zu niedrigem Preis die mit einer Hypothek belasteten Güter, und weil Monsieur Dambreuse seine Gelder eingehen sah, fand er die Geschäfte bestens erledigt.

Diese außer-legale Manipulation machte ihn abhängig von seinem Verwalter. Er konnte ihm nichts ausschlagen. Auf sein Drängen hin hatte er Frédéric so freundlich empfangen.

Tatsächlich nährte Vater Roque tief in der Seele einen ehrgeizigen Plan. Er wollte seine Tochter zur Gräfin machen; und um das zu erreichen, ohne das Glück seines Kindes aufs Spiel zu setzen, kannte er keinen besseren jungen Mann als den hier.

Durch die Protektion von Monsieur Dambreuse würde man ihm den Titel seines Großvaters zurückgeben, denn Madame Moreau war die Tochter eines Grafen de Fouvens, verwandt übrigens mit den ältesten Familien der Champagne, den Lavernades, den d'Étrignys. Was die Moreaus betraf, so erwähnte eine gotische Inschrift bei den Mühlen in Villeneuve-l'Archevêque einen Jacob Moreau, der sie 1596 wiederaufgebaut hatte; und das Grab seines Sohnes Pierre Moreau, königlicher Oberstallmeister unter Ludwig XIV., erblickte man in der Kapelle Saint-Nicolas.

So viel Ehrbarkeit bestrickte Monsieur Roque, Sohn eines früheren Dieners. Sollte die Grafenkrone ausbleiben, würde er sich mit etwas anderem trösten; denn Frédéric konnte Abgeordneter werden, sobald Monsieur Dambreuse die Pairswürde hatte, und ihm dann hilfreich sein bei Geschäften, ihm Lieferungen verschaffen und Konzessionen. Der junge Mann gefiel ihm, ganz persönlich. Kurzum, er wollte ihn zum Schwiegersohn, weil er seit langem besessen war von dieser Idee, und es wurde nur schlimmer.

Jetzt war er ein fleißiger Kirchgänger; – und er hatte Madame Moreau herumgekriegt, besonders mit der Hoffnung auf den Titel. Sie hatte sich freilich gehütet vor einer endgültigen Antwort.

Und so galt Frédéric acht Tage später, ohne dass irgendein Versprechen erfolgt wäre, als »der Zukünftige« von Mademoiselle Louise; und Vater Roque, wenig sittenstreng, ließ die beiden mitunter allein.

V.

Deslauriers hatte von Frédéric eine Abschrift der Urkunde über die Forderungsabtretung mitgenommen, samt einer ordnungsgemäßen Vollmacht, die ihm unbeschränkte Handlungsfreiheit erteilte; als er jedoch die fünf Stockwerke hinaufgestiegen war und allein dasaß in seinem jämmerlichen Arbeitszimmer, auf dem mit Basane überzogenen Fauteuil, wurde ihm übel beim Anblick des Stempelpapiers.

Er hatte diese Dinge satt, und auch die Restaurants für zweiunddreißig Sou, die Fahrten im Omnibus, seine Armut, seine Plackerei. Er griff wieder zu den Papieren; andere lagen daneben; Prospekte der Steinkohlegesellschaft mitsamt einer Liste der Bergwerke und genauen Angaben zu ihrer Größe, denn Frédéric hatte ihm alles überlassen, um seine Meinung zu hören.

Ihm kam eine Idee: Er konnte bei Monsieur Dambreuse vorsprechen und sich um den Sekretärsposten bewerben. Dieser Posten war natürlich gebunden an den Kauf einer gewissen Stückzahl von Aktien. Er musste den Irrsinn seines Vorhabens einsehen und sagte sich:

»Oh! nein! das wäre unrecht.«

Nun überlegte er, wie er vorgehen sollte, um die fünfzehntausend Franc einzutreiben. Eine solche Summe war für Frédéric nichts! Hätte jedoch er selbst sie gehabt, was für ein Ansporn. Und der ehemalige Kanzlist war empört über das große Vermögen des anderen.

»Es wird von ihm ganz erbärmlich eingesetzt. Er ist ein Egoist. Ah! was scheren mich seine fünfzehntausend Franc!«

Warum hatte er sie hergeliehen? Nur für Madame Arnoux' schöne Augen. Sie war seine Mätresse! Deslauriers hegte keinen Zweifel. »Noch eine Sache, für die Geld nützlich ist!« Ihn durchströmten hasserfüllte Gedanken.

Dann kam ihm Frédérics ganze Erscheinung in den Sinn. Sie hatte immer einen fast weiblichen Reiz auf ihn ausgeübt; und gleich darauf bewunderte er ihn für einen Erfolg, zu dem er selbst, wie er sich eingestand, unfähig war.

Aber ist nicht der Wille die Hauptkraft jeder Unternehmung? und da man durch ihn alles bezwingt …

»Ach! das wäre komisch!«

Doch schämte er sich dieser Hinterlist, und eine Minute später:

»Pah! hab ich Angst?«

Madame Arnoux hatte sich (weil er immerzu von ihr hörte) seiner Phantasie als etwas ganz Außergewöhnliches eingeprägt. Die Beharrlichkeit dieser Liebe ärgerte ihn wie ein Problem. Seine etwas theatralische Strenge verdross ihn jetzt. Außerdem betörte die Frau von Welt (oder was er dafür hielt) den Advokaten als Sinnbild und Inbegriff tausend unbekannter Lüste. Arm, begehrte er den Luxus in seiner offensichtlichsten Gestalt.

»Was soll's, wenn es ihn verstimmt, selber schuld! Er hat sich mir gegenüber viel zu schlecht benommen, als dass ich Rücksicht nehmen müsste! Nichts beweist mir, dass sie seine Mätresse ist! Er hat es abgestritten. Also bin ich frei!«

Das Verlangen, diesen Vorstoß zu wagen, ließ ihn nicht mehr los. Was er wollte, war ein Erproben seiner Kräfte; – und so wichste er eines Tages plötzlich eigenhändig seine Stiefel, kaufte weiße Handschuhe und machte sich auf den Weg, an Frédérics Stelle tretend und beinah in der Einbildung, er zu sein, aufgrund eines seltsamen geistigen Wandels, in dem Rache lag und zugleich Sympathie, Nachahmung und Dreistigkeit.

Er ließ sich als »Doktor Deslauriers« melden.

Madame Arnoux war überrascht, denn sie hatte nach keinem Arzt geschickt.

»Oh! bitte tausendmal um Entschuldigung! Doktor der Rechte. Ich vertrete die Interessen von Monsieur Moreau.«

Der Name brachte sie offenbar in Verwirrung.

»Umso besser!« dachte der ehemalige Kanzlist; »wenn sie ihn gewollt hat, wird sie auch mich wollen!« Und er machte sich Mut durch den Gemeinplatz, dass es leichter ist einen Liebhaber auszustechen als einen Ehemann.

Er habe das Vergnügen gehabt, ihr einmal im Justizpalast zu begegnen; er nannte sogar das Datum. Ein so gutes Gedächtnis verwunderte Madame Arnoux. In zuckersüßem Ton sprach er weiter:

»Sie hatten bereits damals … Schwierigkeiten … in Ihren Geschäften!«

Sie gab keine Antwort; also war es richtig.

Er begann über dieses und jenes zu plaudern, ihre Wohnung, die Fabrik; als er dann neben dem Spiegel Bildmedaillons erblickte:

»Ach! gewiss doch Familienporträts?«

Er bemerkte das einer alten Frau, Madame Arnoux' Mutter.

»Eine treffliche Person, wie es scheint, südländischer Typ.«

Und auf den Einwand, sie stamme aus Chartres:

»Chartres! reizende Stadt!«

Er pries die Kathedrale und die Pasteten; dann, auf das Porträt zurückkommend, fand er Ähnlichkeiten mit Madame Arnoux und sagte auf Umwegen Schmeicheleien. Sie nahm keinen Anstoß. Er fasste Zutrauen und sagte, er kenne Arnoux schon lang.

»Er ist ein guter Kerl! der sich freilich auf Dinge einlässt! Bei dieser Hypothek zum Beispiel, wie kann man nur eine solche Torheit …«

»Ja, ich weiß«, sagte sie schulterzuckend.

Dieses unwillkürliche Zeichen der Verachtung ermunterte Deslauriers fortzufahren.

»Seine Kaolingeschichte, das wissen Sie vielleicht nicht, hätte beinah ein sehr böses Ende genommen, und auch sein Ruf …«

Ein Stirnrunzeln ließ ihn verstummen.

Auf Allgemeinheiten ausweichend beklagte er nun die armen Frauen, deren Männer das Geld verludern …

»Aber es gehört ihm, Monsieur; ich besitze gar nichts!«

Gleichviel! Man wisse ja nie … Eine Person mit Erfahrung sei bestimmt von Nutzen. Er offerierte Ergebenheit, rühmte seine eigenen Verdienste; und er blickte ihr gerade ins Gesicht, durch seine spiegelnde Brille.

Leichte Benommenheit erfasste sie; dann plötzlich:

»Kommen wir zur Sache, bitte!«

Er zeigte die Unterlagen.

»Das hier ist Frédérics Vollmacht. Mit einem solchen Schriftstück in Händen eines Gerichtsvollziehers, der einen Zahlungsbefehl ausstellt, nichts einfacher als das: innerhalb von vierundzwanzig Stunden …« (Sie blieb gefasst, er änderte seine Taktik.) »Ich verstehe übrigens nicht, was ihn dazu treibt, diese Summe einzufordern; denn schließlich braucht er sie gar nicht!«

»Wie! Monsieur Moreau war überaus gütig …«

»Oh! natürlich!«

Und jetzt sang Deslauriers sein Loblied, begann aber zugleich, ihn ganz vorsichtig schlechtzumachen, nannte ihn vergesslich, ichbezogen, geizig.

»Ich glaubte, Sie wären sein Freund, Monsieur!«

»Das hindert mich nicht, seine Fehler zu sehen. So zeigt er sich wenig erkenntlich … wie soll ich sagen? für Sympathie …«

Madame Arnoux blätterte in dem dicken Bündel. Sie unterbrach ihn, weil sie ein Wort erklärt haben wollte.

Er beugte sich über ihre Schulter und kam so nahe heran, dass er ihre Wange streifte. Sie errötete; diese Röte entflammte Deslauriers; gierig küsste er ihre Hand.

»Was tun Sie, Monsieur!«

Aufrecht vor der Wand, zwang sie ihn zur Reglosigkeit mit ihren großen schwarzen Augen voll Zorn.

»So hören Sie doch! Ich liebe Sie!«

Sie lachte hellauf, ein schrilles Lachen, entmutigend, grausam. Deslauriers spürte, dass Wut ihn erstickte. Er nahm sich zusammen; und mit der Miene eines Gnade erflehenden Besiegten:

»Ah! Sie handeln falsch! Ich, ja, ich würde nicht hingehen wie er …«

»Von wem sprechen Sie?«

»Von Frédéric!«

»Ach! Monsieur Moreau kümmert mich wenig, das habe ich schon gesagt!«

»Oh! Verzeihung! … Verzeihung!«

Dann, mit schneidender Stimme, seine Sätze in die Länge ziehend:

»Ich glaubte sogar, Sie würden hinreichend Anteil nehmen an seiner Person und mit Freude erfahren …«

Sie wurde sehr blass. Der ehemalige Kanzlist ergänzte:

»Er heiratet demnächst!«

»Er!«

»In einem Monat allerhöchstens, Mademoiselle Roque, die Tochter des Verwalters von Monsieur Dambreuse. Er ist sogar eigens deshalb nach Nogent gereist.«

Sie griff sich ans Herz, wie getroffen von einem schweren Schlag; doch gleich darauf zog sie an der Klingel. Deslauriers wartete nicht, bis er vor die Tür gesetzt wurde. Als sie sich umdrehte, war er verschwunden.

Madame Arnoux rang ein wenig nach Atem. Sie trat ans Fenster, schöpfte Luft.

Auf dem Trottoir der anderen Straßenseite vernagelte ein Packer in Hemdsärmeln eine Kiste. Fiaker rollten vorbei. Sie schloss das Fenster und setzte sich hin. Die hohen Nachbarhäuser verdeckten die Sonne, kaltes Licht fiel in den Raum. Ihre Kinder waren ausgegangen, nichts rührte sich. Es war wie eine unendliche Verlassenheit.

»Er heiratet demnächst! ist das möglich!«

Und sie befiel ein nervöses Zittern.

»Was ist das? liebe ich ihn?«

Doch plötzlich:

»Ja, sicher, ich liebe ihn! … ich liebe ihn!«

Ihr war, als fiele sie hinab in etwas Tiefes, das kein Ende nahm. Die Uhr schlug drei. Sie lauschte dem ausklingenden Hall. Und sie blieb sitzen auf der Fauteuilkante, mit starrem Blick, immer weiter lächelnd.

Am selben Nachmittag, im selben Augenblick spazierten Frédéric und Louise durch den Garten, den Monsieur Roque an der Inselspitze besaß. Die alte Catherine überwachte sie von weitem; sie gingen nebeneinander, und Frédéric sagte:

»Wissen Sie noch, als ich Sie mitnahm übers Land?«

»Wie gut waren Sie damals zu mir!« antwortete sie. »Sie halfen mir Sandkuchen backen, meine Gießkanne füllen, schwangen mich auf der Schaukel durch die Luft!«

»All Ihre Puppen mit den Namen von Königinnen oder Marquisen, was ist aus ihnen geworden?«

»Mein Gott, ich weiß es nicht!«

»Und Ihr Mops Moricaud?«

»Der ist ertrunken, armer Liebling!«

»Und der *Don Quijote*, dessen Gravüren wir miteinander ausmalten?«

»Den habe ich noch!«

Er rief ihr den Tag ihrer Erstkommunion ins Gedächtnis, wie entzückend sie gewesen sei beim Vespergottesdienst, mit ihrem weißen Schleier und der langen Kerze, als die Mädchen alle um den Chor schritten und die Glocke läutete.

Diese Erinnerungen hatten offenbar wenig Reiz für Mademoiselle Roque; sie wusste nichts zu sagen; und eine Minute später:

»Sie Böser! kein einziges Mal haben Sie von sich hören lassen!«

Frédéric gab seine zahlreichen Arbeiten zu bedenken.

»Was tun Sie?«

Die Frage machte ihn verlegen, dann sagte er jedoch, er studiere Politik.

»Aha!«

Und ohne weiterzufragen:

»Das beschäftigt Sie, aber ich! …«

Nun erzählte sie von der Eintönigkeit ihres Daseins, niemand, den sie sehen könne, nicht das kleinste Vergnügen, die kleinste Zerstreuung! Sie wäre gern ausgeritten.

»Der Vikar behauptet, es schicke sich nicht für ein junges Mädchen; so etwas Dummes, diese Schicklichkeit! Früher durfte ich tun, was ich wollte; und jetzt, nichts!«

»Ihr Vater liebt Sie doch!«

»Ja; aber …«

Sie seufzte laut, was so viel hieß wie: »Ich brauche mehr zu meinem Glück.«

Dann herrschte Schweigen. Sie hörten nur das Knirschen des Sandes unter ihren Füßen und den rauschenden Wasserfall; denn die Seine teilt sich oberhalb von Nogent in zwei Arme. Der eine, der die Mühlen antreibt, ergießt an dieser Stelle seine überreichen Fluten, um sich dann weiter unten wieder zu vereinen mit dem natürlichen Lauf; und wenn man von den Brücken herkommt, sieht man rechts am andern Ufer eine Rasenböschung, ganz oben ein weißes Haus. Linker Hand, auf der Wiese, ziehen Pappeln sich dahin, und den Horizont gegenüber begrenzt eine Biegung des Flusses; er war spiegelglatt; und große Insekten glitten über das stille Wasser. Schilf und Binsen säumen es in ungleichmäßigen Büscheln; allerlei hier angesiedelte Pflanzen leuchteten in goldenen Knospen, ließen gelbe Trauben hängen, reckten amarantne Blütenrispen empor, versprühten aufs Geratewohl grüne Raketen. In einer seichten Bucht schwammen Seerosen; und eine Reihe alter Weiden, unter denen sich Wolfsfallen verbargen, war auf dieser Inselseite der einzige Schutz für den Garten.

Herüben im Inneren umschlossen vier Mauern mit Schieferhauben die Gemüsebeete, und die frisch umgegrabene Erde bildete braune Flecken. Die Glasstürze über den Melonen funkelten einer hinterm anderen auf dem schmalen Streifen; die Artischocken, die Bohnen, der Spinat, die Möhren und die Tomaten folgten einander, bis hin zu einem Spargelfeld, das aussah wie ein Federwäldchen.

Dieses ganze Grundstück war einstmals in der Zeit des Direktoriums eine sogenannte *Folie*. Die Bäume waren seither unendlich gewachsen. Klematis rankte in der Buchenallee, die Wege waren überzogen von Moos, allerorts wucherte Dorngestrüpp. Stümpfe von Gipsstatuen zerbröckelten im Unkraut. Beim Gehen verfing man sich in den Überresten irgendeines Drahtgeflechts. Vom Pavillon standen nur mehr zwei Zimmer des Erdgeschosses mit Fetzen blauer Papiertapete. Vor der Fassade erstreckte sich eine Pergola in italienischem Stil, auf Backsteinpfeilern, darüber hölzernes Gitterwerk, umschlungen von Weinreben.

Hier herein kamen die beiden, und weil das Licht durch die unregelmäßigen Löcher im grünen Laub fiel, beobachtete Frédéric, während er von der Seite her zu Louise sprach, den Schatten der Blätter auf ihrem Gesicht.

Im Knoten ihres roten Haars steckte die Nadel mit einer Glaskugel am Ende, eine Smaragdimitation; und sie trug zu ihrer Trauerkleidung (so naiv war ihr schlechter Geschmack) mit rosa Atlas besetzte Strohpantöffelchen, eine vulgäre Wunderlichkeit, wohl gekauft auf irgendeinem Jahrmarkt.

Sie fielen ihm ins Auge, und er machte ein ironisches Kompliment.

»Verspotten Sie mich nicht!« erwiderte sie.

Dann, seine ganze Gestalt prüfend, vom grauen Filzhut bis zu den seidenen Socken:

»Was sind Sie schmuck!«

Hierauf bat sie, er möge ihr Werke zum Lesen empfehlen. Er nannte mehrere; und sie sagte:

»Oh! was sind Sie gelehrt!«

Als kleines Mädchen war sie in einer kindlichen Liebe entbrannt, so rein wie eine Religion und zugleich so leidenschaftlich wie ein Verlangen. Er war ihr Kamerad gewesen, ihr Bruder, ihr Lehrer, hatte ihren Verstand ergötzt, ihr Herz zum Pochen gebracht und ungewollt tief in ihr Innerstes eine verborgene und beständige Trunkenheit gegossen. Dann hatte er sie verlassen, mitten in einer tragischen Krise, denn ihre Mutter war eben gestorben, und der eine Gram verschmolz mit dem andern. Die Abwesenheit hatte ihn verklärt in ihrer Erinnerung; er kehrte zurück mit einer Art Heiligenschein, und sie überließ sich arglos dem Glück, ihn zu sehen.

Zum ersten Mal im Leben fühlte Frédéric sich geliebt; und dieses neue Vergnügen, das nicht hinausging über den Bereich angenehmer Gefühle, schwellte ihm die Brust, sodass er beide Arme ausbreitete und den Kopf in den Nacken warf.

Gerade zog eine dicke Wolke über den Himmel.

»Sie treibt nach Paris«, sagte Louise; »Sie würden ihr wohl gern folgen?«

»Ich? warum?«

»Wer weiß?«

Und ihn musternd mit forschendem Blick:

»Vielleicht haben Sie dort …« (sie suchte nach dem Wort) »eine Neigung.«

»Ach! ich hab keine Neigung!«

»Wirklich nicht?«

»O nein, Mademoiselle, wirklich nicht!«

In weniger als einem Jahr hatte sich mit dem jungen Mädchen ein ungeheurer Wandel vollzogen, der Frédéric verblüffte. Nach kurzem Schweigen sagte er:

»Wir sollten uns duzen, wie früher; einverstanden?«

»Nein.«

»Warum?«

»Darum!«

Er ließ nicht locker. Sie antwortete, mit gesenktem Kopf:

»Ich trau mich nicht!«

Sie waren ans Ende des Gartens gekommen, auf dem Gestade des Livon. Aus Kinderei ließ Frédéric einen Kiesel übers Wasser hüpfen. Sie befahl ihm, sich zu setzen. Er gehorchte; dann, den Wasserfall betrachtend:

»Das ist wie der Niagara!«

Er begann über ferne Landstriche zu sprechen und über große Reisen. Der Gedanke, eine zu unternehmen, begeisterte sie. Nichts hätte ihr Angst gemacht, weder Löwen noch Sturm.

Nebeneinandersitzend häuften sie Sand in ihre Hände, ließen ihn plaudernd durch die Finger rieseln; – und der laue Wind, der von den Ebenen herwehte, trug

Schwaden voll Lavendelduft bis zu ihnen, dazu den Geruch von Teer, der einem Boot hinter der Schleuse entströmte. Die Sonne brannte auf die Kaskade; die grünlichen Blöcke der kleinen Mauer, wo das Wasser floss, schimmerten wie unter einem sich immerfort abrollenden silbrigen Gazeschleier. Ein langer Gischtstreifen sprudelte rhythmisch am Fuße. Alles zusammen bildete ein Brodeln, ein Strudeln, tausend gegenläufige Strömungen, die schließlich verschmolzen zu einer einzigen klaren Fläche.

Louise murmelte, sie beneide die Fische um ihr Leben.

»Es muss so weich sein, wenn man sich nach Herzenslust darin wälzt, sich überall gestreichelt fühlt.«

Und sie zappelte mit sinnlich anschmiegsamen Bewegungen.

Doch eine Stimme rief:

»Wo bist du?«

»Ihre Kinderfrau ruft nach Ihnen«, sagte Frédéric.

»Schon gut! schon gut!«

Louise rührte sich nicht vom Fleck.

»Sie wird bestimmt böse«, meinte Frédéric.

»Das ist mir gleich! und außerdem ...« Mademoiselle Roque gab durch eine Geste zu verstehen, sie habe die Alte in der Hand.

Sie erhob sich dennoch, klagte dann über Kopfschmerzen. Und als sie an einem großen Schuppen vorbeikamen, in dem Reisigbündel lagen:

»Wenn wir uns da unterstellten, zum *Verschlupf*.«

Er tat, als verstehe er dieses Patois-Wort nicht, und neckte sie sogar wegen ihres Akzents. Langsam kniffen sich ihre Mundwinkel zusammen, sie biss sich auf die Lippen; schmollend ging sie ihrer Wege.

Frédéric kam hinterher, schwor, er habe ihr nicht weh tun wollen und er liebe sie sehr.

»Ist das wahr?« rief sie und betrachtete ihn mit einem Lächeln, das ihr ganzes, ein wenig sommersprossiges Gesicht überstrahlte.

Er konnte dieser Kühnheit des Gefühls, der Frische ihrer Jugend nicht widerstehen und meinte:

»Warum sollte ich dich belügen? … du zweifelst daran … hm?«, den linken Arm um ihre Taille schlingend.

Ein Schrei, süß wie ein Gurren entrang sich ihrer Kehle; ihr Kopf sank in den Nacken, sie wurde ohnmächtig, er umfing sie. Und die Bedenken seiner Wohlanständigkeit waren unnötig; angesichts dieser sich darbietenden Jungfrau packte ihn Angst. Behutsam half er ihr dann, ein paar Schritte zu tun. Er hatte aufgehört, sie mit Worten zu streicheln, und da er nur noch Belangloses sagen wollte, redete er über Personen aus der Gesellschaft in Nogent.

Plötzlich stieß sie ihn zurück, und in bitterem Ton:

»Du hättest nicht den Mut, mich mitzunehmen!«

Er stand unbewegt, mit fassungsloser Miene. Sie brach in Tränen aus und presste ihren Kopf an seine Brust:

»Kann ich denn ohne dich leben!«

Er versuchte sie zu beruhigen. Sie legte ihm beide Hände auf die Schulter, um ihm besser ins Gesicht schauen zu können, ihr grüner Blick, feucht und beinah grausam, bohrte sich in seinen:

»Wärst du gerne mein Mann?«

»Aber …« erwiderte Frédéric, nach einer Antwort suchend. »Gewiss … Nichts will ich lieber.«

In diesem Augenblick erschien Monsieur Roques Mütze hinter einem Fliederstrauch.

Er nahm seinen »jungen Freund« mit auf eine kleine, zweitägige Reise ins Umland, durch seine Besitzungen; und als Frédéric zurückkam, lagen bei seiner Mutter drei Briefe.

Der erste war ein Billett von Monsieur Dambreuse,

der ihn für vergangenen Dienstag einlud zum Diner. Aus welchem Grund diese Zuvorkommenheit? Hatte man ihm seine Narretei also verziehen?

Der zweite war von Rosanette. Sie dankte ihm, denn er habe sein Leben für sie aufs Spiel gesetzt; Frédéric begriff zunächst nicht, was sie meinte; endlich, nach vielen Umschweifen, erflehte sie von ihm, seine Freundschaft anrufend, seinem Feingefühl vertrauend, auf beiden Knien, sagte sie, in Anbetracht dringender Not und so, wie man um Brot bittet, eine kleine Hilfe von fünfhundert Franc. Er beschloss augenblicklich, sie ihr zu gewähren.

Der dritte Brief, von Deslauriers, drehte sich um die Forderungsabtretung und war lang, unverständlich. Der Advokat hatte noch keine Entscheidung gefällt. Er riet ihm, sich nicht herzubemühen: »Es ist unnötig, dass Du zurückkommst!« und betonte das sogar mit seltsamem Nachdruck.

Frédéric erging sich in allerlei Mutmaßungen, und er bekam Lust hinzufahren; die Anmaßung, ihm sein Verhalten vorzuschreiben, empörte ihn.

Zudem fühlte er allmählich Sehnsucht nach dem Boulevard; auch bedrängte ihn seine Mutter derart, umschlich ihn Monsieur Roque so geschickt und liebte ihn Mademoiselle Louise so unbändig, dass er nicht länger bleiben konnte, ohne sich zu erklären. Er musste nachdenken, aus der Ferne konnte er die Dinge besser einschätzen.

Um seine Reise zu begründen, erfand Frédéric eine Geschichte; und als er abfuhr, sagte er allen und glaubte es selbst, er komme bald wieder.

VI.

Die Rückkehr nach Paris bereitete ihm kein Vergnügen; es war Abend, Ende August, der Boulevard wirkte leer, die wenigen Passanten hatten mürrische Gesichter, hier und dort rauchte ein Asphaltkessel, an vielen Häusern waren die Fensterläden ganz geschlossen; er kam heim; Staub lag auf den Tapeten; und als er alleine aß, durchrieselte Frédéric ein merkwürdiges Gefühl der Verlassenheit; jetzt dachte er an Mademoiselle Roque.

Die Vorstellung zu heiraten dünkte ihn nicht mehr ungeheuer. Sie würden reisen, nach Italien fahren, in den Orient! Und er sah sie auf einer Anhöhe stehen, eine Landschaft betrachtend, oder auf seinen Arm gestützt in einer florentinischen Galerie, vor den Gemälden verweilend. Was für eine Freude wäre es mitzuerleben, wie dieses gute kleine Geschöpf sich im Umgang mit den Herrlichkeiten von Kunst und Natur entfaltet! Ihrem Milieu entronnen, wäre sie in kurzer Zeit eine bezaubernde Gefährtin. Zudem reizte ihn Monsieur Roques Vermögen. Sich davon leiten zu lassen widerstrebte ihm freilich als Schwäche, als Entwürdigung.

Doch er war fest entschlossen, sein Leben (wie auch immer) zu ändern, also sein Herz nicht mehr an fruchtlose Leidenschaften zu verlieren, und er zögerte sogar vor der Erfüllung des Auftrags, den Louise ihm mitgegeben hatte. Er sollte nämlich für sie bei Arnoux zwei große polychrome Statuetten kaufen, die Neger vorstellten, genau solche wie in der Präfektur von Troyes. Sie kannte das Namenszeichen des Herstellers, wollte keinen andern. Frédéric hatte Angst, wenn er wieder *zu ihnen* ginge, verfiel er womöglich erneut seiner alten Liebe.

Diese Überlegungen beschäftigten ihn den ganzen Abend; und eben wollte er sich zu Bett begeben, da trat eine Frau herein.

»Ich bin's«, sagte lachend Mademoiselle Vatnaz. »Rosanette schickt mich.«

Sie hatten sich also versöhnt?

»Mein Gott, ja! Ich bin kein schlechter Mensch, das wissen Sie doch. Im übrigen, das arme Mädchen … Es führt zu weit, wenn ich Ihnen alles erzähle.«

Kurzum, die Marschallin wollte ihn sehen, sie wartete auf Antwort, denn ihr Brief war von Paris weitergewandert nach Nogent; Mademoiselle Vatnaz wusste nicht, was er enthielt. Nun erkundigte sich Frédéric nach der Marschallin.

Sie war jetzt mit einem sehr reichen Mann *zusammen*, einem Russen, Fürst Tzernoukoff, der sie beim Rennen auf dem Champ de Mars gesehen hatte, vergangenen Sommer.

»Es gibt drei Wagen, Reitpferd, livrierte Dienerschaft, Groom in englischem Schick, Landhaus, Loge im Théâtre-Italien, dazu noch einen Haufen anderer Dinge. Voilà, mein Lieber.«

Und die Vatnaz, als hätte sie von diesem Vermögensumschwung profitiert, wirkte heiterer, ganz und gar glücklich. Sie zog ihre Handschuhe aus und inspizierte im Zimmer die Möbel und Nippsachen. Sie nannte die exakten Preise, wie ein Trödler. Hätte er doch ihren Rat eingeholt, dann wäre er billiger ausgestiegen; und sie beglückwünschte ihn zu seinem guten Geschmack:

»Ah! sehr niedlich, ausgesprochen gut! Nur Sie kommen auf solche Einfälle.«

Dann, am Kopfende des Alkovens eine Tür entdeckend:

»Da hinaus verschwinden also die kleinen Frauen?«

Und freundschaftlich fasste sie ihn am Kinn. Ihn

schauderte bei der Berührung durch ihre langen, mageren und doch zarten Hände. Sie trug um die Gelenke eine Spitzenborte und an der Korsage ihres grünen Kleids Posamenten wie ein Husar. Ihr schwarzer Tüllhut mit heruntergebogener Krempe verdeckte ein wenig die Stirn; darunter blitzten ihre Augen; Patschuliduft entströmte dem gescheitelten Haar; die auf einem Tischchen stehende Carcellampe erleuchtete sie von unten wie im Theater das Rampenlicht und betonte ihren Kiefer; – und plötzlich, vor dieser hässlichen Frau, deren Leib etwas hatte von der Geschmeidigkeit eines Panthers, spürte Frédéric maßlose Begierde, ein Verlangen voll viehischer Wollust.

Mit öliger Stimme sagte sie, aus ihrem Geldbeutel drei Zettelchen kramend:

»Das hier müssen Sie mir abnehmen!«

Es waren drei Plätze einer Benefizvorstellung für Delmar.

»Was! der?«

»Allerdings!«

Mademoiselle Vatnaz gestand ohne weitere Erklärung, sie vergöttere ihn mehr denn je. Der Komödiant zählte, sofern man ihr Glauben schenken durfte, endgültig zu den »Größen der Zeit«. Und er verkörperte nicht diese oder jene Figur, sondern schlechthin den Genius Frankreichs, das Volk! Er hatte »die Seele eines Menschenfreunds; er begriff das heilige Amt der Kunst!« Um sich von diesen Lobgesängen zu befreien, gab Frédéric ihr das Geld für die drei Plätze.

»Unnötig, dort ein Wort darüber zu verlieren! – Mein Gott, wie spät ist es schon! Ich muss gehen. Ach! fast hätte ich die Adresse vergessen: Rue Grange-Batelière Nr. 14.«

Und schon auf der Schwelle:

»Adieu, geliebter Mann!«

»Geliebt von wem?« fragte sich Frédéric. »Was für eine merkwürdige Person!«

Und nun erinnerte er sich wieder, dass Dussardier eines Tages über sie gesagt hatte: »Oh! die taugt nicht viel!«, als wäre es eine Anspielung auf wenig ehrenhafte Geschichten.

Am nächsten Tag machte er sich auf den Weg zur Marschallin. Sie wohnte in einem neuen Haus, dessen Markisen über die Straße auskragten. Auf jedem Treppenabsatz hing an der Wand ein Spiegel, eine ländlich anmutende Jardiniere vor den Fenstern, die Stufen bedeckte ein Läufer aus Leinwand; und wenn man von draußen kam, war der kühle Flur erquickend.

Es öffnete ein männlicher Diener, ein Domestik in roter Weste. Im Entree, auf der Bank, warteten eine Frau und zwei Männer, gewiss Lieferanten, wie im Vorzimmer eines Ministers. Links, durch die halboffene Tür zum Speisesaal, sah man leere Flaschen auf den Anrichten, Servietten über den Stuhllehnen; und parallel dazu erstreckte sich eine Galerie, in der goldfarbene Stangen ein Rosenspalier trugen. Unten auf dem Hof schrubbten zwei Burschen mit nackten Armen einen Landauer. Ihre Stimmen drangen bis herauf, dazwischen immer wieder das Geräusch eines Striegels, der gegen einen Stein geklopft wird.

Der Diener kam zurück. »Madame sei bereit, Monsieur zu empfangen«; und er durchschritt mit ihm ein zweites Entree, einen mit gelber Brokatelle bespannten großen Salon, in den Ecken gedrehte Fransen, die an der Decke zusammenliefen und wirkten, als seien sie fortgesetzt im kordelförmigen Rankenwerk des Lüsters. Man hatte letzte Nacht offenbar gefeiert. Zigarrenasche lag noch auf den Konsolen.

Endlich betrat er eine Art Boudoir, im gedämpften Licht von bunten Fensterscheiben. Holzgeschnitzte

Kleeblätter zierten die Sopraporten; hinter einer Balustrade bildeten drei purpurne Matratzen einen Diwan, und darauf lag der Schlauch einer Nargileh aus Platin. Der Kamin hatte anstelle eines Spiegels eine pyramidenförmige Etagere, die auf ihren Stufen eine Sammlung von Wunderlichkeiten darbot: alte silberne Taschenuhren, böhmische Kristallkelche, juwelenbesetzte Spangen, Jadeknöpfe, Emaillen, Magots, eine kleine byzantinische Madonna mit einem Umhang aus Vermeil; und all das verschmolz in goldenem Dämmer mit der bläulichen Farbe des Teppichs, dem Perlmuttglanz der Hocker, dem falben Ton der braunen lederüberzogenen Wände. In den Ecken, auf kleinen Sockeln, standen bronzene Vasen, deren Blumenbüsche die Luft beschwerten.

Rosanette erschien, gekleidet in eine Jacke aus rosa Atlas mit einer Hose aus weißem Kaschmir, einer Halskette aus Piastern und einem roten Käppchen, um das sich ein Jasminzweig schlang.

Frédéric zuckte überrascht zusammen; dann sagte er, er bringe »die bewusste Sache«, und reichte ihr den Geldschein.

Sie musterte ihn verwundert; und da er den Geldschein immer noch in der Hand hielt und nicht wusste, wohin damit:

»So nehmen Sie ihn doch!«

Sie griff danach; als sie ihn auf den Diwan geworfen hatte:

»Sehr freundlich von Ihnen!«

Es sei für ein Grundstück in Bellevue, das sie in jährlichen Raten bezahle. Solche Ungeniertheit kränkte Frédéric. Ach was, umso besser, das rächte ihn für die Vergangenheit.

»Setzen Sie sich!« sagte sie. »Hierher, ein bisschen näher.« Und in würdevollem Ton: »Als erstes muss ich

Ihnen danken, mein Lieber, Sie haben für mich Ihr Leben aufs Spiel gesetzt.«

»Oh! nicht der Rede wert!«

»Wie bitte! das ist doch wunderschön!«

Und die Marschallin bezeugte ihm eine peinliche Dankbarkeit; denn sie musste annehmen, er habe sich ausschließlich für Arnoux geschlagen, der in dieser Einbildung lebte und gewiss der Versuchung erlegen war, davon zu reden.

»Vielleicht macht sie sich über mich lustig«, dachte Frédéric.

Er hatte hier nichts mehr zu suchen, und eine Verabredung vorschützend, erhob er sich.

»O nein! Bleiben Sie!«

Er setzte sich wieder und machte Komplimente über ihre Aufmachung.

Sie antwortete mit bedrückter Miene:

»Der Fürst sieht mich am liebsten so! Und geraucht wird dieses Dingsda!« erklärte Rosanette, auf die Nargileh deutend. »Wollen wir probieren? ja?«

Feuer wurde gebracht; als der Tombak sich nur mühsam entzündete, stampfte sie vor Ungeduld. Dann versank sie in Wehmut; und sie lag reglos auf dem Diwan, ein Kissen unter der Achsel, den Körper ein wenig gekrümmt, ein Knie angewinkelt, das andere Bein weit ausgestreckt. Die lange rote Saffianschlange, die sich am Boden ringelte, war um ihren Arm gerollt. Sie hielt das bernsteinerne Mundstück an die Lippen und schaute durch das Rauchgekringel, das sie umhüllte, blinzelnd auf Frédéric. Der Atem aus ihrer Brust brachte das Wasser zum Gluckern, und sie murmelte von Zeit zu Zeit:

»Der arme Schatz! der arme Liebling!«

Er suchte nach einem netten Gesprächsstoff; da kam ihm die Vatnaz in den Sinn.

Er sagte, sie habe auf ihn sehr elegant gewirkt.

»Weiß Gott!« erwiderte die Marschallin. »Die kann wirklich von Glück reden, dass sie mich hat!« – und kein Wort mehr, so viel Vorsicht lag in ihrer beider Äußerungen.

Alle zwei spürten eine Gezwungenheit, eine Hemmung. Tatsächlich hatte das Duell, dessen Ursache Rosanette zu sein glaubte, ihrer Eigenliebe geschmeichelt. Dann war sie höchst überrascht, dass er nicht herbeigeeilt kam und Vorteil schlagen wollte aus seiner Tat; und um ihn zur Rückkehr zu nötigen, hatte sie die Sache mit den fünfhundert Franc erdacht. Warum nur verlangte Frédéric als Gegenleistung nicht ein wenig Zärtlichkeit! Diese Art von Raffinement erregte ihr Staunen, und in einer plötzlichen Gefühlsregung sagte sie:

»Wollen Sie uns nicht ins Seebad begleiten?«

»Was heißt *uns*?«

»Mich und mein Vögelchen; ich könnte Sie für meinen Cousin ausgeben, wie in alten Komödien.«

»Besten Dank!«

»Dann mieten Sie doch was in unserer Nähe.«

Der Gedanke, sich vor einem reichen Mann zu verstecken, hatte etwas Demütigendes.

»Nein! ausgeschlossen.«

»Wie Sie wollen!«

Rosanette drehte sich weg, eine Träne im Aug. Frédéric sah es; und um ihr seine Anteilnahme zu bekunden, sagte er nun, er sei glücklich, sie endlich in ausgezeichneten Verhältnissen zu sehen.

Sie zuckte die Schultern. Was bereitete ihr denn Kummer? Wurde sie vielleicht nicht geliebt?

»Ach! mich liebt man immer!«

Und dann:

»Fragt sich nur wie!«

Mit der Klage, »sie ersticke vor Hitze«, entledigte sich die Marschallin ihrer Jacke; nur noch ein Seidenhemd auf dem Leib, neigte sie den Kopf zur Schulter, schaute aufreizend wie eine Sklavin.

Ein Mann von weniger kühlem Egoismus hätte nicht darüber nachgedacht, es könnte plötzlich der Vicomte, Monsieur de Comaing oder irgendein anderer auftauchen. Doch Frédéric war allzu oft auf diese Blicke hereingefallen, als dass er sich einer neuen Demütigung ausgesetzt hätte.

Sie wollte etwas erfahren über seinen Umgang, seine Amüsements; sie erkundigte sich sogar nach seinen Geschäften und erbot sich, ihm Geld zu leihen, falls er welches brauche. Frédéric konnte nicht mehr, er nahm seinen Hut.

»Nun, meine Liebe, dann viel Vergnügen am Strand; auf Wiedersehen!«

Sie machte große Augen; gleich danach in schroffem Ton:

»Auf Wiedersehen!«

Er schritt noch einmal durch den gelben Salon und durch das zweite Entree. Auf dem Tisch, zwischen einer Schale voller Visitenkarten und einer Schreibgarnitur, stand eine ziselierte silberne Schatulle. Die von Madame Arnoux! Er war gerührt, und zugleich ergriff ihn etwas wie Zorn über eine Entweihung. Am liebsten hätte er sie angefasst, geöffnet. Er bekam Angst, jemand könnte ihn sehen, und verschwand.

Frédéric war tapfer. Er ging nicht wieder zu Arnoux.

Er schickte seinen Diener die zwei Neger kaufen, nachdem er ihm alle nötigen Anweisungen erteilt hatte; und die Kiste ging noch am selben Abend nach Nogent. Am nächsten Tag, als er unterwegs war zu Deslauriers, stand an der Ecke Rue Vivienne und Boulevard plötzlich Madame Arnoux vor ihm, von Angesicht zu Angesicht.

In einer ersten Regung wichen alle beide zurück;

dann erschien das gleiche Lächeln auf ihren Lippen, und sie traten näher. Eine Minute sagte keiner etwas.

Die Sonne umspielte sie; – und ihr ovales Gesicht, ihre langen Augenbrauen, ihr schwarzer Spitzenschal, eng um die Schultern geschmiegt, ihr Kleid aus taubenblauer Seide, der Veilchenstrauß an ihrem Kapotthütchen, alles dünkte ihn von seltener Pracht. Unendliche Sanftheit entströmte ihren schönen Augen; und stotternd, aufs Geratewohl, die erstbesten Worte:

»Wie ist Monsieur Arnoux' Befinden?« sagte Frédéric.

»Ich danke Ihnen!«

»Und das Ihrer Kinder?«

»Es geht ihnen sehr gut!«

»Ah! … ah! … – Was haben wir für ein schönes Wetter, nicht?«

»Herrlich, ja!«

»Machen Sie Besorgungen?«

»Ja!«

Und mit einer leichten Neigung des Kopfes:

»Adieu!«

Sie hatte ihm nicht die Hand gereicht, hatte nicht ein einziges liebevolles Wort gesagt, hatte ihn nicht einmal eingeladen, sie zu besuchen, und trotzdem! er hätte diese Begegnung nicht hergegeben für das allerschönste Abenteuer; und er genoss ihre Süße noch im Weitergehen.

Deslauriers, überrascht, ihn zu sehen, verbarg seinen Missmut, – denn aus Sturheit nährte er noch leise Hoffnung bezüglich Madame Arnoux; und er hatte Frédéric geschrieben, er möge ruhig noch in Nogent bleiben, damit er selbst freier war in seinen Manövern.

Freilich sagte er, dass er bei ihr vorgesprochen habe, um zu erfahren, ob ihr Ehevertrag eine Gütergemeinschaft festlege; dann hätte man nämlich Rechtsmittel einlegen können gegen die Frau; »und sie hat ein komisches Gesicht gemacht, als ich ihr von deiner Heirat erzählte«.

»Ach! was für ein Märchen!«

»Es musste sein, zum Beweis, dass du deine Kapitalien brauchst! Eine gleichgültige Person wäre nicht beinahe in Ohnmacht gefallen, so wie sie.«

»Wirklich?« rief Frédéric.

»Aha! mein Bürschchen, du verrätst dich! Sei ehrlich, na!«

Ungeheure Schwäche befiel Madame Arnoux' Anbeter.

»Nein, nein! … ich versichere dir! … mein Ehrenwort!«

Dieses lahme Leugnen überzeugte Deslauriers endgültig. Er machte ihm Komplimente. Er fragte nach »Details«. Frédéric nannte keine und widerstand sogar der Versuchung, welche zu erdichten.

Was die Hypothek anlangte, so gebot er ihm, nichts zu unternehmen, abzuwarten. Deslauriers fand, er begehe einen Fehler, und wurde in seinen Vorhaltungen sogar grob.

Er war übrigens mürrischer, feindseliger und reizbarer denn je. In einem Jahr, sollte sich das Glück nicht wenden, würde er nach Amerika verschwinden oder schösse sich eine Kugel durch den Kopf. Mit einem Wort, er schien so aufgebracht gegen alles und von derart bedingungslosem Radikalismus, dass Frédéric nicht anders konnte und rief:

»Jetzt bist du wie Sénécal.«

Deslauriers berichtete ihm daraufhin, er sei aus Sainte-Pélagie entlassen, offenbar habe die Voruntersuchung nicht ausreichend Beweise geliefert für eine Anklage.

Aus Freude über diese Freilassung wollte Dussardier »einen Punsch ausgeben« und bat Frédéric, »mit von der Partie zu sein«, warnte ihn freilich, er werde Hussonnet begegnen, dieser habe sich gegen Sénécal hochanständig verhalten.

Tatsächlich hatte sich der *Flambard* um ein Maklerbüro erweitert, auf dessen Prospekten zu lesen war: »Weinkontor – Anzeigenvermittlung – Inkasso- und Auskunftsagentur usw.« Der Bohemien fürchtete aber, sein Gewerbefleiß könnte seinem literarischen Ansehen schaden, und er hatte den Mathematiker als Buchhalter eingestellt. Wenn auch nur ein kümmerlicher Posten, so wäre Sénécal ohne ihn doch verhungert. Da Frédéric den guten Kommis nicht betrüben wollte, akzeptierte er seine Einladung.

Dussardier hatte drei Tage zuvor eigenhändig die roten Steinfliesen in seiner Dachkammer gebohnert, den Fauteuil ausgeklopft und den Kamin abgestaubt, auf dem unter einer Glasglocke eine alabasterne Stutzuhr zu sehen war, zwischen einem Stalaktit und einer Kokosnuss. Da seine zwei Kerzenständer und sein Wachsstock nicht ausreichten, hatte er sich vom Concierge zwei Armleuchter geborgt; und diese fünf Lichtquellen strahlten auf der Kommode, bedeckt mit drei Servietten, so fanden Makronen, Kekse, eine Brioche und zwölf Flaschen Bier geziemender Platz. Gegenüber, an der Wand mit gelber Papiertapete, enthielt ein kleiner Bücherschrank aus Mahagoni die *Fabeln* von Lachambeaudie, *Die Geheimnisse von Paris*, den *Napoleon* von Norvins – und mitten im Alkoven lächelte aus einem Palisanderrahmen das Gesicht von Béranger!

Die Gäste waren (außer Deslauriers und Sénécal) ein frischgebackener Apotheker, der nicht über die nötigen Mittel verfügte, sich selbständig zu machen; ein junger Mann aus *seiner* Firma, ein Weinvertreter, ein Architekt und ein im Versicherungswesen beschäftigter Herr. Regimbart hatte nicht kommen können. Man vermisste ihn.

Sie empfingen Frédéric mit großen Sympathiebekundungen, denn über Dussardier wussten alle von seiner Rede bei Monsieur Dambreuse. Sénécal bot ihm einfach nur mit würdiger Miene die Hand.

Er stand am Kamin. Die anderen lauschten, sitzend und die Pfeife im Mund, wie er über das allgemeine Wahlrecht schwadronierte, das zum Sieg der Demokratie führen musste, zur Anwendung der Grundsätze des Evangeliums. Überdies sei der Augenblick nahe; die Reformbanketts mehrten sich in den Provinzen; Piemont, Neapel, Toskana …

»Das ist richtig«, fiel ihm Deslauriers messerscharf ins Wort, »so kann es nicht weitergehen!«

Und er begann die Lage zu schildern.

Wir hätten Holland geopfert, um von England die Anerkennung Louis-Philippes zu erwirken; und dieses famose englische Bündnis, das sei nun ruiniert dank der spanischen Hochzeiten! In der Schweiz verteidige Monsieur Guizot, im Schlepptau des Österreichers, die Verträge von 1815. Preußen mit seinem Zollverein halte uns Ungelegenheiten bereit. Die Orientfrage sei nach wie vor in der Schwebe.

»Nur weil Großfürst Konstantin Geschenke an Monsieur d'Aumale schickt, ist das noch lange kein Grund, Russland zu trauen. Was die Innenpolitik angeht, noch nie hat man so viel Blindheit gesehen, so viel Dummheit! Selbst ihre Mehrheit hält nicht mehr zusammen! Kurzum, wo man hinschaut, ist, nach dem bekannten Wort, nichts! nichts! nichts! Und bei so viel Schimpf und Schande«, verkündete der Advokat, beide Fäuste in die Hüften gestemmt, »erklären sie sich für zufrieden!«

Diese Anspielung auf ein berühmtes Votum erntete Beifall. Dussardier entkorkte eine Flasche Bier; der Schaum spritzte auf die Vorhänge, das kümmerte ihn nicht; er stopfte die Pfeifen, schnitt die Brioche in

Stücke, reichte sie herum, lief mehrmals hinunter, um nachzusehen, ob der Punsch endlich kam; es dauerte nicht lang, und man geriet in Erregung, denn alle hegten gegen die Staatsgewalt die gleiche Wut. Sie war unbändig, ohne jede andere Ursache als Hass auf die Ungerechtigkeit; und sie vermischten begründete Anklagen mit allerdümmsten Vorwürfen.

Der Apotheker jammerte über den erbärmlichen Zustand unserer Flotte. Der Versicherungsmakler konnte die zwei Wachposten von Marschall Soult nicht ertragen. Deslauriers wetterte gegen die Jesuiten, die sich unlängst in Lille niedergelassen hatten, ganz öffentlich. Sénécal verabscheute Monsieur Cousin noch weit mehr; denn der Eklektizismus, weil er Gewissheit aus Vernunft abzuleiten lehrt, fördere den Egoismus, zerstöre die Solidarität; der Weinvertreter, wenig bewandert auf diesen Gebieten, bemerkte laut, er vergesse manch andere Niedertracht:

»Der königliche Wagen auf der Nordbahn soll achtzigtausend Franc kosten! Wer bezahlt das?«

»Ja, wer bezahlt das?« wiederholte der Handelsangestellte so grimmig, als habe man ihm das Geld aus der Tasche gezogen.

Es folgten Nörgeleien gegen die Börsenhaie und die Korruption der Beamten. Man müsse weiter oben ansetzen, meinte Sénécal, und zuallererst die Fürsten anschuldigen, denn sie belebten von neuem die Gebräuche der Régence.

»Hat man nicht letzthin die Freunde des Duc de Montpensier aus Vincennes heimkommen sehen, offensichtlich betrunken, und da störten sie mit ihren Gesängen die Arbeiter im Faubourg Saint-Antoine?«

»Man hat sogar geschrien: ›Nieder mit den Dieben!‹« sagte der Apotheker. »Ich war dabei, ich habe geschrien!«

»Umso besser! das Volk erwacht endlich seit dem Teste-Cubières-Prozess.«

»Mir hat der Prozess wehgetan«, sagte Dussardier, »das entehrt einen alten Soldaten!«

»Wissen Sie«, fuhr Sénécal fort, »was bei der Duchesse de Praslin entdeckt wurde …?«

Doch ein Fußtritt öffnete die Tür. Hussonnet erschien.

»Seid mir gegrüßt, erlauchte Herren!« sagte er und setzte sich aufs Bett.

Es fiel keine Anspielung auf seinen Artikel, den er übrigens bereute, denn die Marschallin hatte ihn kräftig getadelt.

Eben hatte er im Theater von Dumas den *Chevalier de Maison-Rouge* gesehen und »fand das öde«.

Ein solches Urteil überraschte die Demokraten, – denn durch seine Orientierung, seine Szenerie vielmehr, schmeichelte dieses Drama ihren Leidenschaften. Sie erhoben Einspruch. Um der Sache ein Ende zu machen, fragte Sénécal, ob das Stück der Demokratie diene.

»Ja … vielleicht; aber ein Stil ist das …«

»Na, dann ist es doch gut; was soll der Stil? es zählt nur die Idee!«

Und ohne dass er Frédéric zu Wort kommen ließ:

»Ich erläuterte also, dass in der Praslin-Affäre …« Hussonnet unterbrach ihn.

»Ach! schon wieder die alte Leier! Wie mich das anödet!«

»Und andre ebenfalls!« erwiderte Deslauriers. »Nicht weniger als fünf Zeitungen hat man ihretwegen beschlagnahmt! Hören Sie doch nur.«

Und er zückte sein Notizbuch, las:

»›Wir haben seit Errichtung der besten aller Republiken zwölfhundertneunundzwanzig Presseprozesse erduldet, mit folgendem Ergebnis für die Schriftsteller: dreitausendeinhunderteinundvierzig Jahre Gefängnis, dazu die unbedeutende Summe von sieben Millionen einhundertzehntausendfünfhundert Franc Strafe.‹ Hübsch, was?«

Alles lachte höhnisch-bitter. Frédéric, aufgewühlt wie die anderen, erklärte:

»*La Démocratie pacifique* hat einen Prozess wegen ihres Fortsetzungsromans mit dem Titel *La Part des Femmes*.«

»Also bitte!« sagte Hussonnet. »Wenn man uns auch noch unsern Anteil an den Frauen verbietet!«

»Aber was ist nicht verboten?« rief Deslauriers. »Es ist verboten, im Luxembourg zu rauchen, verboten, einen Lobgesang auf Pius IX. zu singen!«

»Und das Bankett der Typographen ist untersagt!« sprach eine dumpfe Stimme.

Es war der Architekt, verborgen im Dunkel des Alkovens und bis zu diesem Zeitpunkt stumm. Er fügte noch hinzu, in der letzten Woche sei ein gewisser Rouget verurteilt worden, wegen Majestätsbeleidigung.

»Rouget ist angebrannt«, sagte Hussonnet.

Dieser Witz erschien Sénécal so ungehörig, dass er ihm vorwarf, er verteidige »den Taschenspieler aus dem Hôtel de Ville, den Freund des Verräters Dumouriez«.

»Ich? im Gegenteil!«

Er halte Louis-Philippe für ein Abziehbild, einen Nationalgardisten, die übelste Krämerseele und Schlafmütze weit und breit! Und die Hand auf dem Herzen, betete der Bohemien die sakramentalen Phrasen herunter: »Es ist uns immer wieder eine Freude … Der polnische Volkscharakter wird nicht untergehen … Unsere großen Bauvorhaben schreiten voran … Gebt mir Geld für meine kleine Familie …« Alle lachten sehr, erklärten ihn zu einem köstlichen, geistsprühenden Kerl: die Stimmung wurde noch ausgelassener beim Anblick der Schale Punsch, die ein Schankwirt brachte.

Die Flammen von Alkohol und Kerzen erhitzten rasch den Raum; und das Licht aus der Kammer fiel über den Hof, erleuchtete gegenüber den Rand eines Dachs mit seinem Schornstein, der schwarz emporragte, vor der Nacht. Sie redeten sehr laut, alle durcheinander; ihre Gehröcke hatten sie abgelegt; sie rumpelten gegen die Möbel, klirrten mit den Gläsern.

Hussonnet rief:

»Holt feine Damen herauf, es braucht mehr Tour de Nesle, mehr Lokalfarbe und Rembrandtlicht, potztausend!«

Und der Apotheker, der ewig schon den Punsch umrührte, intonierte aus voller Brust:

»Ich hab im Stall zwei Ochsen stehn,
Zwei Ochsen groß und weiß …«

Sénécal legte ihm die Hand auf den Mund, er mochte keine Unordnung; und die Mieter erschienen an ihren Fenstern, wunderten sich über den ungewöhnlichen Radau in Dussardiers Wohnung.

Der gute Kerl war glücklich und sagte, das erinnere ihn an ihre kleinen Zusammenkünfte einst, am Quai Napoléon; freilich fehle der eine oder andre, wie etwa Pellerin …

»Auf den können wir verzichten …«, meinte Frédéric.

Und Deslauriers erkundigte sich nach Martinon.

»Was treibt er denn, der interessante Herr?«

Sogleich versprühte Frédéric alles Übelwollen, das er ihm entgegenbrachte, kritisierte seinen Verstand, seinen Charakter, seine falsche Eleganz, den Mann insgesamt. Ein Musterbeispiel für den emporgekommenen Bauern! Die neue Aristokratie, das Bürgertum, könne es nicht aufnehmen mit der alten, dem Adel. Das behauptete er; und die Demokraten nickten beifällig, – als hätte er der einen angehört und sie Umgang gepflogen mit der anderen. Man war begeistert von ihm. Der Apotheker verglich ihn sogar mit Monsieur d'Alton-Shée, denn der, obwohl Pair de France, verteidigte die Sache des Volkes.

Allmählich war es Zeit zum Aufbruch. Alle verabschiedeten sich voneinander mit kräftigem Händedruck; Dussardier begleitete aus Anhänglichkeit Frédéric und Deslauriers. Sobald sie auf der Straße standen, schien der Advokat zu überlegen, und nach kurzem Schweigen:

»Du bist ihm also sehr böse, unserm Pellerin?«

Frédéric machte kein Hehl aus seinem Groll.

Der Maler habe besagtes Bild mittlerweile aus dem Schaufenster entfernt. Man dürfe sich nicht verzanken wegen einer Lappalie! Wozu sich einen Feind machen?

»Er hat sich von einer Anwandlung schlechter Laune hinreißen lassen, verzeihlich bei einem Mann, der keinen roten Heller besitzt. Du kannst sowas nicht verstehen!«

Und als Deslauriers zu sich hinaufgegangen war, bearbeitete der Kommis Frédéric; er legte ihm sogar nahe, das Porträt zu kaufen. Tatsächlich hatte Pellerin die Hoffnung aufgegeben, ihn einschüchtern zu können, und die zwei umgarnt, damit er, wenigstens ihnen zuliebe, das Ding nehme.

Deslauriers kam erneut darauf zu sprechen, ließ nicht locker. Die Forderung des Künstlers sei angemessen.

»Ich bin sicher, für etwa fünfhundert Franc …«

»Ach! gib sie ihm! hier, da sind sie!« sagte Frédéric.

Am selben Abend kam das Bild. Es dünkte ihn noch scheußlicher als beim ersten Mal. Halbtöne und Schatten waren bleiern unter den allzu vielen Retuschen, und sie wirkten wie nachgedunkelt im Vergleich zu den

Lichtflecken, die, hier und dort immer noch strahlend, aus dem ganzen hervorstachen.

Frédéric hielt sich schadlos für die gezahlte Summe und machte es voll Bitterkeit schlecht. Deslauriers glaubte ihm aufs Wort und lobte sein Verhalten, denn er hegte noch immer den Ehrgeiz, eine Phalanx zu bilden, deren Haupt er wäre; manche Menschen freuen sich, wenn sie ihre Freunde zu Dingen veranlassen, die ihnen zuwider sind.

Indessen war Frédéric nicht wieder zu den Dambreuses gegangen. Ihm fehlte es an Kapital. Das hätte endlose Erklärungen verlangt; er zögerte mit der Entscheidung. Vielleicht hatte er recht? Nichts war heutzutage sicher, das Steinkohlegeschäft so wenig wie irgendein anderes; diese Welt musste er aufgeben; schließlich konnte ihn Deslauriers von dem Unternehmen abbringen. Vor lauter Hass wurde er tugendhaft; und außerdem sah er Frédéric lieber im Mittelmaß. Auf diese Weise blieben sie einander ebenbürtig und standen in tieferem Einklang.

Der Auftrag für Mademoiselle Roque war sehr schlecht ausgeführt worden. Ihr Vater schrieb ihm, lieferte die genauesten Erklärungen dazu und schloss seinen Brief mit dem Scherz: »Auf die Gefahr hin, dass Sie schuften müssen wie ein Neger.«

Frédéric blieb nichts andres übrig, er musste wieder zu Arnoux. Er stieg hinauf ins Magazin und sah niemand. Das Handelshaus stand vor der Pleite, und die Angestellten waren ebenso nachlässig wie ihr Chef.

Er ging die große, mit Fayencen beladene Etagere entlang, die von einem Ende zum andern mitten durch den Raum verlief; dann, hinten vor dem Ladentisch angekommen, trat er fester auf, um gehört zu werden.

Die Portiere hob sich, und Madame Arnoux erschien.

»Was, Sie hier! Sie!«

»Ja«, stammelte sie leicht verwirrt. »Ich suchte …«

Er bemerkte ihr Taschentuch neben dem Schreibpult und erriet, dass sie heruntergekommen war zu ihrem Mann, um sich Gewissheit zu verschaffen, womöglich eine Besorgnis aufzuklären.

»Aber … Sie brauchen vielleicht etwas?« sagte sie.

»Nur eine Kleinigkeit, Madame.«

»Diese Kommis sind unausstehlich! sie verschwinden ständig.«

Man dürfe sie nicht tadeln. Im Gegenteil, er sei glücklich über den Zufall.

Sie musterte ihn ironisch.

»Na, und diese Heirat?«

»Welche Heirat?«

»Ihre!«

»Meine? Nie im Leben!«

Sie zuckte ungläubig die Achseln.

»Und wenn es doch passiert? Man flüchtet sich ins Mittelmäßige, aus Verzweiflung über das Schöne, von dem man träumte!«

»Nicht alle Ihre Träume waren so … arglos!«

»Was wollen Sie damit sagen?«

»Wenn Sie zum Rennen fahren mit … gewissen Personen!«

Er verfluchte die Marschallin. Da kam ihm etwas in den Sinn.

»Aber Sie selbst haben mich doch einmal gebeten, bei ihr zu verkehren, wegen Arnoux!«

Kopfschüttelnd erwiderte sie:

»Und Sie nutzen die Gelegenheit und amüsieren sich.«

»Mein Gott! vergessen wir doch all diese Albernheiten!«

»Es ist ja nur, weil Sie demnächst heiraten!«

Und sie hielt den Atem an und biss sich auf die Lippe.

Da rief er:

»Wenn ich Ihnen doch sage, nein! Können Sie glauben, ich, mit meinem Bedürfnis nach Intelligenz, meinen Gewohnheiten, ich verkrieche mich in der Provinz und spiele Karten, beaufsichtige Maurer und laufe in Holzpantinen herum! Wozu denn? Man hat Ihnen erzählt, sie ist reich, stimmt's? Ach! was schert mich das Geld! Soll ich etwa, nachdem ich das Schönste, Lieblichste, Zauberhafteste ersehnt habe, eine Art Paradies in menschlicher Gestalt, und wenn ich es endlich gefunden habe, dieses Ideal, wenn dies Bild mir alle anderen verdeckt …«

Und ihren Kopf mit beiden Händen umfassend, begann er, sie auf die Augenlider zu küssen, und sagte immer wieder:

»Nein! nein! nein! niemals werde ich heiraten! niemals! niemals!«

Sie ließ diese Zärtlichkeit geschehen, starr vor Überraschung und Entzücken.

Die Tür vom Magazin zur Treppe fiel ins Schloss. Sie tat einen Sprung; und sie verharrte mit ausgestreckter Hand, als gebiete sie ihm Schweigen. Schritte kamen näher. Dann sagte jemand draußen:

»Ist Madame da?«

»Treten Sie ein!«

Madame Arnoux hatte ihren Ellbogen auf den Ladentisch gestützt und drehte in aller Ruhe eine Feder zwischen den Fingern, als der Buchhalter die Portiere zur Seite schlug.

Frédéric erhob sich.

»Madame, ich habe die Ehre, mich zu empfehlen. Das Service wird doch fertig sein? ich kann darauf zählen?«

Sie antwortete nichts. Aber das stumme Einverständnis entflammte ihr Gesicht mit aller Röte des Ehebruchs.

Am nächsten Tag ging er wieder zu ihr, er wurde empfangen; und um seinen Vorteil weiter auszubauen, begann Frédéric, unverzüglich, ohne Umschweife, sich für die Begegnung auf dem Champ de Mars zu rechtfertigen. Allein der Zufall habe ihn dort mit dieser Frau zusammengeführt. Einmal angenommen, sie wäre hübsch (was nicht stimme), wie könnte sie auch nur eine Minute lang seine Gedanken fesseln, wo er doch eine andere liebte!

»Das wissen Sie genau, ich habe es Ihnen gesagt.«

Madame Arnoux blickte zu Boden.

»Ich bedaure, dass Sie es mir gesagt haben.«

»Warum?«

»Jetzt gebieten die einfachsten Anstandsregeln, dass ich Sie nicht mehr sehe!«

Er beteuerte die Unschuld seiner Liebe. Die Vergangenheit bürge ihr doch für die Zukunft; er habe den festen Vorsatz, ihr Leben nicht zu stören, sie nicht zu verwirren mit seinen Klagen.

»Gestern freilich, da ist mir das Herz übergeflossen.«

»Wir dürfen nicht mehr an diesen Augenblick denken, lieber Freund!«

Und doch, was wäre dabei schon Schlimmes, wenn zwei arme Menschen ihre Traurigkeit vereinen?

»Denn Sie sind auch nicht glücklich! Oh, ich kenne Sie, niemand stillt Ihr Bedürfnis nach Zuneigung, nach Hingabe; ich werde alles tun, was Sie wollen! Ich werde Sie nicht in Ihrer Ehre verletzen! … ich schwöre es.«

Und er ließ sich auf die Knie fallen, wider Willen, zusammensinkend unter einer allzu schweren inneren Last.

»Stehen Sie auf!« sagte sie, »ich will es!«

Und sie erklärte ihm gebieterisch, wenn er nicht gehorche, würde er sie niemals wiedersehen.

»Ah! das können Sie nicht tun!« erwiderte Frédéric.

»Was soll ich anfangen auf der Welt? Die andern mühen sich um Besitz, Ruhm, Macht! Ich dagegen habe keine Stellung, Sie sind meine ausschließliche Sorge, mein ganzes Vermögen, das Ziel, der Mittelpunkt meines Daseins, meiner Gedanken. Ich kann ohne Sie ebenso wenig leben wie ohne die Luft des Himmels! Spüren Sie denn nicht, wie meine Seele hinstrebt zu der Ihren, und dass beide sich vereinen müssen, und dass ich daran sterbe?«

Madame Arnoux begann an allen Gliedern zu zittern.

»Oh! gehen Sie! bitte!«

Ihr verstörter Gesichtsausdruck ließ ihn innehalten. Dann machte er einen Schritt. Doch sie wich zurück, die Hände faltend.

»Lassen Sie mich! um Himmels willen, ich bitte Sie!«

Und Frédéric liebte sie so sehr, dass er ging.

Gleich danach packte ihn Zorn auf sich selbst, er schalt sich einen Trottel, und vierundzwanzig Stunden später kam er wieder.

Madame war nicht da. Er stand auf dem Treppenabsatz, betäubt von Wut und Empörung. Arnoux erschien und berichtete, seine Frau sei am Morgen aufgebrochen nach einem kleinen Landhaus, das sie in Auteuil mieteten, denn das andere in Saint-Cloud gehöre ihnen nicht mehr.

»Wieder eine von ihren Grillen! Na, wenn's ihr in den Kram passt! und mir übrigens auch; umso besser! Essen wir heute abend miteinander?«

Frédéric berief sich auf eine dringliche Angelegenheit, dann eilte er nach Auteuil.

Madame Arnoux entschlüpfte ein Freudenschrei. Im Nu verflog sein ganzer Groll.

Er sprach nicht von seiner Liebe. Um ihr größeres Vertrauen einzuflößen, übertrieb er sogar seine Zurückhaltung; und als er fragte, ob er wiederkommen dürfe, antwortete sie: »Ja, natürlich« und reichte ihm die Hand, zog sie aber fast im selben Augenblick zurück.

Frédéric machte nun öfter Besuche. Er versprach dem Kutscher üppige Trinkgelder. Doch seine Ungeduld über die Langsamkeit des Pferdes ließ ihn häufig aussteigen; dann kletterte er, ganz außer Atem, in einen Omnibus; und wie verächtlich musterte er die Gesichter der vor ihm Sitzenden, denn die fuhren nicht zu ihr!

Ihr Haus erkannte er von weitem an einem riesigen Geißblatt, das nur auf einer Seite die Dachschindeln überwucherte; es war eine Art Schweizer Chalet, rot gestrichen, mit Außenbalkon. Im Garten standen drei alte Kastanien und in der Mitte, auf einer kleinen Erhebung, ein Sonnenschirm aus Stroh, getragen von einem Baumstamm. Unter den Schieferhauben der Mauern hing hier und da eine schlecht befestigte, dicke Weinrebe wie ein verrottetes Tau. Die schwer zu ziehende Torglocke machte ein langanhaltendes Gebimmel, und es dauerte immer, bis irgendwer kam. Jedesmal spürte er Beklemmung, eine unbestimmte Angst.

Dann hörte er auf dem Sand die Pantoffeln des Mädchens klackern; oder Madame Arnoux selbst erschien. Er trat eines Tages von hinten zu ihr, als sie vor dem Rasen kauerte, Veilchen pflückend.

Die Launenhaftigkeit ihrer Tochter hatte sie gezwungen, diese ins Kloster zu geben. Ihr Junge verbrachte den Nachmittag in der Schule. Arnoux saß stundenlang beim Mittagessen im Palais-Royal, mit Regimbart und Freund Compain. Kein Störenfried konnte sie überraschen.

Stillschweigend galt, dass sie einander nicht angehören durften. Diese Übereinkunft schützte sie vor der Gefahr und erleichterte Vertraulichkeiten.

Sie erzählte von ihrem Leben einst in Chartres, bei der Mutter; ihrer Frömmigkeit mit zwölf; ihrer anschließenden Leidenschaft für Musik, als sie bis spätabends sang, in ihrem kleinen Zimmer, von dem aus sah man die Stadtmauern. Er berichtete ihr von seinen Melancholien im Collège und von dem Antlitz einer Frau, das strahlend an seinem poetischen Himmel stand, ganz deutlich, und darum hatte er sie bei ihrer ersten Begegnung sogleich erkannt.

Diese Reden umfassten für gewöhnlich nur die Jahre ihrer Bekanntschaft. Er rief ihr belanglose Kleinigkeiten in Erinnerung, die Farbe ihres Kleides zu dieser oder jener Zeit, wer eines Tages unerwartet aufgetaucht war oder was sie ein andermal gesagt hatte; und sie antwortete verwundert:

»Ja, ich erinnere mich!«

In ihren Neigungen, ihren Urteilen waren sie einig. Oft rief der eine, der dem andern zuhörte:

»Ich genauso!«

Und der andre erwiderte seinerseits:

»Ich genauso!«

Dann folgten endlose Klagen über die Vorsehung:

»Warum hat der Himmel nicht gewollt! Wären wir einander begegnet! …«

»Ach! wäre ich doch jünger gewesen!« seufzte sie.

»Nein! ich ein wenig älter.«

Und sie ersannen sich ein Leben, gewidmet ausschließlich der Liebe, reich genug, um größte Einsamkeit auszufüllen, alle Freuden übertreffend, allen Nöten trotzend, wo die Stunden verflogen in einem steten Sich-dem-andern-Anvertrauen, und es hätte etwas so Strahlendes und Edles hervorgebracht wie das Flimmern der Gestirne.

Fast immer waren sie im Freien, oben auf der Treppe; Baumwipfel, schon gelb vom Herbst, buckelten vor ihnen ungleichmäßig, bis an den Rand des fahlen Himmels; oder sie gingen die Allee hinunter zu einem Pavillon, dort stand als einziges Möbel ein Kanapee aus grauer Leinwand. Schwarze Punkte fleckten den Spiegel, die Wände verströmten Modergeruch; – und hier verweilten sie, redeten von sich selbst, von den anderen, von irgendwas, voller Entzücken. Manchmal spannten die Sonnenstrahlen, durch die Jalousie fallend, von der Decke bis auf den Kachelboden so etwas wie die Saiten einer Lyra, Staubkörner wirbelten in diesen Streifen von Licht. Es machte ihr Spaß, mit der Hand dazwischenzufahren; – Frédéric griff nach ihr; und er betrachtete das Geflecht der Adern, die Feinporigkeit der Haut, die Form der Finger. Jeder einzelne war für ihn mehr als ein Ding, fast schon eine Person.

Sie gab ihm ihre Handschuhe, in der Woche darauf ihr Taschentuch. Sie nannte ihn »Frédéric«, er nannte sie »Marie«, diesen Namen vergötternd, wie geschaffen, sagte er, um geseufzt zu werden in der Ekstase, und zugleich berge er in sich Weihrauchwolken und Rosenteppiche.

Schließlich bestimmten sie im voraus seine Besuchstage; und wie zufällig aus dem Haus gehend, kam sie ihm auf der Landstraße entgegen.

Sie tat nichts, um seine Liebe anzustacheln, verloren in jene Unbekümmertheit, die dazugehört zum großen Glück. Den ganzen Herbst über trug sie ein Hauskleid aus brauner Seide, eingefasst mit gleichfarbigem Samt, ein weites Gewand, das zur Weichheit ihrer Bewegungen passte und zu den ernsten Gesichtszügen. Überdies stand sie nun kurz vor dem August ihres Frauenlebens, einer Zeit des Nachdenkens und zugleich der Zärtlichkeit, da die einsetzende Reife den Blick durchfärbt mit einer tieferen Glut, wenn Herzensstärke sich verbindet mit Lebenserfahrung und am Ende seiner Entfaltung der vollständige Mensch überströmt von Reichtümern in der Harmonie seiner Schönheit. Nie hatte sie größere

Sanftmut ausgestrahlt, größere Milde. In der Gewissheit, nicht zu straucheln, ergab sie sich einem Gefühl, das ihr ein Anrecht schien, errungen durch all ihren Kummer. Es war außerdem so wohltuend und so neu! Was für ein Abgrund zwischen Arnoux' Rüpelhaftigkeit und der Verehrung Frédérics!

Er zitterte, durch ein Wort alles zu verlieren, was er gewonnen glaubte, und sagte sich, eine Gelegenheit kann man erneut packen, eine Dummheit aber macht man nie wieder gut. Geben sollte sie sich, er wollte sie nicht nehmen. Die Gewissheit ihrer Liebe ergötzte ihn wie ein Vorgeschmack aufs Besitzen, und der Zauber ihres Wesens verwirrte ihm zudem das Herz mehr als die Sinne. Es war eine unbestimmte Seligkeit, ein tiefer Rausch, und darüber vergaß er sogar die Möglichkeit des vollkommenen Glücks. War er fern von ihr, verzehrte ihn wilde Gier.

Bald gab es in ihren Zwiegesprächen lange, stumme Pausen. Manchmal ließ eine Art sexuelle Scham sie voreinander erröten. Alle Vorsicht, ihre Liebe zu verbergen, offenbarte sie nur; je stärker sie wurde, desto beherrschter war ihr Verhalten. Durch dieses ständige Lügen schärfte sich ihre Empfindsamkeit. Sie atmeten genüsslich den Duft feuchten Laubs, sie litten unter dem Ostwind, sie verspürten grundlosen Missmut, düstere Ahnungen; das Geräusch von Schritten, ein Knarren im Getäfel versetzte sie in Schreck, als wären sie schuldig; sie fühlten sich an einen Abgrund gedrängt; um sie herum herrschte Gewitterstimmung; und entschlüpften Frédéric Klagen, machte sie sich Vorwürfe.

»Ja! ich handle unrecht! ich bin ja wie eine Kokette! Kommen Sie nicht mehr!«

Dann wiederholte er die immergleichen Schwüre, – und jedesmal lauschte sie mit Freuden.

Madame Arnoux' Rückkehr nach Paris und das Neujahrsdurcheinander unterbrachen für eine Weile die Zusammenkünfte. Als er wieder zu ihr kam, hatte sein Benehmen etwas Forscheres. Sie lief jeden Augenblick hinaus, um Anweisungen zu erteilen, und empfing seinen Bitten zum Trotz alle Bürger, die Besuche machten. Dann erging man sich in Unterhaltungen über Léotade, Monsieur Guizot, den Papst, den Aufstand in Palermo und das Bankett im 12. Arrondissement, das Anlass zur Besorgnis gab. Frédéric machte sich Luft und schimpfte auf die Staatsgewalt; denn er wünschte sich, wie Deslauriers, einen allgemeinen Umsturz, so verbittert war er jetzt. Madame Arnoux ihrerseits verfiel in Trübsinn.

Ihr Mann, verschwenderisch mit Närrischkeiten, unterhielt eine Arbeiterin der Manufaktur, ebenjene aus Bordeaux. Madame Arnoux selbst verriet es Frédéric. Dies wollte er als Argument nutzen, »weil man sie ja betrog«.

»Oh! das kann mich nicht anfechten!« sagte sie.

Ihm war, als festige diese Erklärung endgültig ihre gegenseitige Vertrautheit. Beargwöhnte ihn Arnoux?

»Nein! jetzt nicht!«

Sie erzählte, eines Abends habe er sie beide im Tête-à-Tête zurückgelassen, sei dann wiedergekommen, habe an der Tür gelauscht, und da sie über Belanglosigkeiten redeten, lebe er seither in völliger Sicherheit.

»Mit Recht, nicht wahr?« sagte Frédéric bitter.

»Ja, natürlich!«

Sie hätte besser daran getan, ein solches Wort nicht auszusprechen.

Eines Tages war sie nicht zu Hause, als er um die gewohnte Stunde kam. Das dünkte ihn wie ein Verrat.

Sodann kränkte es ihn, dass die mitgebrachten Blumen immer nur in einem Wasserglas landeten.

»Wohin sollen sie denn sonst?«

»Oh! nicht dahin! Ach was, da ist ihnen weniger kalt als an Ihrem Herzen.«

Wenig später machte er ihr Vorhaltungen, denn sie war am Abend zuvor im Théâtre-Italien gewesen, ohne es ihn wissen zu lassen. Andere hatten sie gesehen, bewundert, vielleicht geliebt; Frédéric klammerte sich an diese Verdächtigungen, einzig und allein, um sie zu tadeln, sie zu quälen; denn er begann sie zu hassen, und darum sollte sie zumindest einen Teil miterdulden von seinem Leid!

Eines Nachmittags (gegen Mitte Februar) fand er sie in großer Aufregung. Eugène klagte über Halsschmerzen. Der Arzt hatte freilich gesagt, es sei nichts Ernstes, eine starke Erkältung, die Grippe. Frédéric wunderte sich über den wie trunkenen Zustand des Kindes. Dennoch beruhigte er die Mutter, nannte als Beispiel mehrere Buben im gleichen Alter, die hätten vor kurzem ähnliche Erkrankungen gehabt und sich schnell wieder erholt.

»Wirklich?«

»Ja, ja, ganz sicher!«

»Oh! was sind Sie gut!«

Und sie ergriff seine Hand. Er drückte sie fest in der seinen.

»Oh! lassen Sie los.«

»Was macht das schon, Sie reichen sie nur dem Tröster! … In solchen Dingen schenken Sie mir Glauben und zweifeln an mir … sobald ich von meiner Liebe spreche!«

»Ich zweifle nicht daran, mein armer Freund!«

»Warum dieses Misstrauen, als wäre ich ein Schuft, zu allem fähig! …«

»Oh! nein! …«

»Hätte ich nur einen Beweis! …«

»Was für einen Beweis?«

»Einen, den man dem erstbesten gibt, den Sie auch mir schon gewährt haben.«

Und er erinnerte daran, wie sie einmal miteinander ausgegangen waren, in der Winterdämmerung, bei nebligem Wetter. Das alles lag nun schon weit zurück! Was hinderte sie daran, sich an seinem Arm zu zeigen, vor aller Welt, ohne Furcht ihrerseits, ohne Hintergedanken seinerseits, und im ganzen Umkreis kein Störenfried?

»Gut!« sagte sie, mit so kühner Entschlossenheit, dass es Frédéric zunächst die Sprache verschlug.

Dann erklärte er lebhaft:

»Darf ich Sie an der Ecke Rue Tronchet und Rue de la Ferme erwarten?«

»Mein Gott! lieber Freund …«, stammelte Madame Arnoux.

Ohne ihr Zeit zum Überlegen zu lassen, setzte er hinzu:

»Nächsten Dienstag, denke ich?«

»Dienstag?«

»Ja, zwischen zwei und drei!«

»Ich komme!«

Und sie verbarg das Gesicht, in einer schamhaften Regung. Frédéric berührte mit den Lippen ihren Nacken.

»Oh! das ist unrecht«, sagte sie. »Gleich werde ich's bereuen.«

Er wich zurück, fürchtete den bei Frauen üblichen Wankelmut. Dann, auf der Schwelle, murmelte er sanft, als sei die Sache fest abgemacht:

»Bis Dienstag!«

Ihre schönen Augen blickten zu Boden, taktvoll und gefasst.

Frédéric hatte einen Plan.

Er hoffte, dank Regen oder Sonne könne er sie dazu bringen, unter einem Torbogen innezuhalten, und einmal unterm Torbogen, träte sie auch ins Haus. Schwierig war nur, ein geeignetes zu finden.

Also machte er sich auf die Suche, und etwa in der Mitte der Rue Tronchet las er von weitem ein Schild: *Möblierte Wohnungen.*

Der Hausbursche, seine Absicht erratend, zeigte ihm sogleich im Zwischengeschoss ein Zimmer und ein Kabinett mit zwei Ausgängen. Frédéric mietete es für einen Monat und zahlte im voraus.

Dann ging er in drei Geschäfte, die ausgefallensten Parfümeriewaren kaufen; er beschaffte ein Stück falscher Gipüre, um die abscheuliche Tagesdecke aus roter Baumwolle auszutauschen, er entschied sich für ein Paar blauer Atlaspantöffelchen; einzig die Befürchtung, er könnte vulgär erscheinen, mäßigte ihn bei seinen Besorgungen; mit ihnen kam er zurück; – und andächtiger als jemand, der einen Altar schmückt, verrückte er die Möbel, drapierte eigenhändig die Vorhänge, stellte Heidekraut auf den Kamin, Veilchen auf die Kommode; am liebsten hätte er das ganze Zimmer vergoldet. »Morgen schon«, sagte er sich, »ja, morgen! ich träume nicht.« Und er spürte sein Herz wild pochen, im Fieberwahn seiner Hoffnung; dann, nachdem alles vorbereitet war, verwahrte er den Schlüssel in seiner Tasche, als flöge das Glück, das hier schlummerte, sonst auf und davon.

Ein Brief seiner Mutter erwartete ihn zu Hause.

»Warum das lange Fernbleiben? Dein Verhalten wirkt mit der Zeit lächerlich. Ich verstehe, dass Du anfangs, in einem gewissen Maße, unschlüssig warst vor dieser Verbindung; doch überleg es Dir gut!«

Und sie nannte die Dinge beim Namen: fünfundvierzigtausend Livre Jahreseinkommen. Überdies »werde geredet«; und Monsieur Roque warte auf eine endgültige Antwort. Was die junge Frau anging, sie sei wahrhaftig in einer misslichen Lage. »Sie liebt Dich sehr.«

Frédéric warf den Brief beiseite, ohne ihn fertigzulesen, und öffnete einen anderen, ein Billett von Deslauriers.

»Alter Junge,

die *Birne* ist reif. Deinem Versprechen gemäß zählen wir auf Dich. Wir treffen uns morgen, in aller Früh, Place du Panthéon. Komm ins Café Soufflot. Ich muss vor der Kundgebung mit Dir reden.«

»Oh! ihre Kundgebungen kenne ich. Besten Dank! ich hab ein angenehmeres Rendezvous.«

Und am nächsten Tag, bereits um elf, war Frédéric unterwegs. Er wollte einen letzten Blick auf die Vorbereitungen werfen; denn, wer weiß, vielleicht war sie durch irgendeinen Zufall früher da? Als er aus der Rue Tronchet bog, hörte er hinter der Madeleine lautes Geschrei; er ging weiter; und links am andern Ende des Platzes sah er Leute in Arbeitskitteln und Bürger.

Tatsächlich hatte ein in den Zeitungen veröffentlichtes Manifest die Subskribenten des Reformbanketts an diesen Ort gerufen. Das Kabinett hatte fast unverzüglich eine Bekanntmachung anschlagen lassen, die es verbot. Am Vorabend war durch die parlamentarische Opposition alles abgesagt worden; aber die Patrioten, die nichts wussten von diesem Beschluss der Anführer, waren zum Treffpunkt gekommen, im Schlepptau eine stattliche Zahl Neugieriger. Eine Abordnung der Hochschulen hatte sich eben erst zu Odilon Barrot begeben. Jetzt war sie im Außenministerium; und man wusste nicht, würde das Bankett stattfinden, die Regierung ihre Drohung wahrmachen, die Nationalgardisten einschreiten. Man grollte den Abgeordneten wie der Staatsgewalt. Die Menge wurde immer größer, da erscholl durch die Lüfte plötzlich der Refrain der *Marseillaise.*

Es war die anrückende Studentenkolonne. Sie marschierten im Schritt, in Zweierreihe, in geordnetem Zug, mit zornigem Gesicht, mit bloßer Hand, und alles schrie in regelmäßigen Abständen:

»Es lebe die Reform! Nieder mit Guizot!«

Frédérics Freunde waren dabei, natürlich. Gleich hätten sie ihn entdeckt und mitgerissen. Rasch flüchtete er in die Rue de l'Arcade.

Als die Studenten zweimal die Madeleine umrundet hatten, zogen sie hinunter zur Place de la Concorde. Dort war großer Auflauf; und die dichtgedrängte Menge glich aus der Ferne einem schwarzen, wogenden Ährenfeld.

Im selben Augenblick formierten sich Liniensoldaten zum Angriff, links von der Kirche.

Die Gruppen blieben jedoch stehen. Um Schluss zu machen, packten Polizisten in Zivil die Aufmüpfigsten und führten sie mit roher Gewalt aufs Revier. Frédéric blieb trotz seiner Empörung stumm; man hätte ihn mit den andern festnehmen können, und er hätte Madame Arnoux verpasst.

Kurz darauf erschienen die Helme der Munizipalgardisten. Sie schlugen um sich; mit flachem Säbel. Ein Pferd stürzte; man eilte zu Hilfe; und kaum saß der Reiter wieder im Sattel, ergriff alles die Flucht.

Nun herrschte auf einmal Stille. Der feine Regen, von dem der Asphalt glänzte, hatte aufgehört. Wolken trieben, träge hinweggefegt vom Westwind.

Frédéric streifte durch die Rue Tronchet, blickte vor und hinter sich.

Endlich schlug es zwei.

»Ah! jetzt ist es so weit!« dachte er, »sie geht aus dem Haus, sie kommt näher«; und eine Minute später: »Sie könnte schon längst hier sein.« Bis drei suchte er sich zu beschwichtigen. »Nein, sie kommt nicht zu spät; ein bisschen Geduld!«

Um die Zeit totzuschlagen, inspizierte er die wenigen

Läden: ein Buchhändler, ein Sattler, ein Geschäft für Trauerkleidung. Bald kannte er alle Werktitel, alle Geschirre, alle Stoffe. Die Kaufleute sahen ihn stetig auf und ab schlendern, darüber waren sie anfangs verwundert, dann erschrocken, und sie verrammelten ihre Auslagen.

Sicher war sie verhindert und litt genauso wie er. Gleich aber, was für eine Freude! – Denn sie würde kommen, ganz gewiss! »Sie hat es mir ja versprochen!« Doch ihn beschlich unerträgliche Angst.

Einer sinnlosen Anwandlung folgend, ging er zurück ins Hotel, als hätte sie dort sein können. Im selben Augenblick erschien sie vielleicht auf der Straße. Er rannte hinaus. Niemand! Und wieder stromerte er übers Trottoir.

Er musterte die Ritzen zwischen den Pflastersteinen, die Mäuler der Dachrinnen, die Straßenlaternen, die Nummern über den Türen. Die winzigsten Dinge wurden ihm Gefährten oder vielmehr ironische Zuschauer; und die ebenmäßigen Hausfassaden wirkten unerbittlich. Ihn schmerzten die kalten Füße. Er fühlte sich zerfließen vor Niedergeschlagenheit. Der Widerhall seiner Schritte zermarterte ihm das Hirn.

Als er sah, dass seine Uhr vier zeigte, befiel ihn leichter Schwindel, Entsetzen. Er versuchte sich Verse vorzusagen, irgendetwas auszurechnen, eine Geschichte zu erfinden. Unmöglich! Ihn verfolgte das Bild von Madame Arnoux. Er wollte ihr entgegenlaufen. Doch welchen Weg einschlagen, um sie nicht zu verfehlen?

Er wandte sich an einen Boten, drückte ihm fünf Franc in die Hand mit dem Auftrag, er solle in die Rue Paradis gehen, zu Jacques Arnoux, und sich beim Portier erkundigen, »ob Madame zu Hause sei«. Dann postierte er sich an der Ecke Rue de la Ferme und Rue Tronchet, sodass er beide gleichzeitig überschaute. Am Ende des

Blickfelds glitten verschwommen Massen über den Boulevard. Zuweilen konnte er den Helmbusch eines Dragoners ausmachen, den Hut einer Frau; und er quälte seine Augen, um sie zu erkennen. Ein zerlumptes Kind, das ein Murmeltier in einer Kiste vorführte, bettelte lächelnd um ein Almosen.

Der Mann in Samtjacke kam zurück. »Der Portier habe nicht gesehen, dass sie wegging.« Was mochte sie aufhalten? Wäre sie krank, so hätte jemand etwas gesagt! Ein Besuch? Nichts leichter, als ihn abzuweisen. Er schlug sich gegen die Stirn.

»Ach, bin ich dumm! Es liegt am Aufruhr!« Diese naheliegende Erklärung tröstete ihn. Dann plötzlich: »Aber in ihrem Viertel ist es ruhig.« Und ihn durchbohrte ein grässlicher Zweifel. »Wenn sie nicht kommt? wenn ihr Versprechen nur ein leeres Wort war, um mich loszuwerden? Nein! nein!« Was sie verhinderte, war sicher ein außergewöhnlicher Zufall, eines jener Ereignisse, die jede Voraussicht durchkreuzen. In diesem Fall hätte sie geschrieben. Und er schickte den Hotelburschen zu sich nach Hause, in die Rue Rumfort, fragen sollte er nach einem Brief.

Kein Brief war abgegeben worden. Ihn beruhigte das Ausbleiben einer Nachricht.

Die Anzahl der Münzen, die ihm zufällig in die Hand kamen, die Physiognomie der Passanten, die Farbe der Pferde deutete er als Vorzeichen; und war das Omen ungünstig, bemühte er sich, nicht daran zu glauben. In seinen Wutausbrüchen gegen Madame Arnoux beschimpfte er sie halblaut. Dann wieder fühlte er sich schwach, nah einer Ohnmacht, und plötzlich flackerte neue Hoffnung. Sie würde auftauchen. Sie war da, hinter ihm. Er wandte den Kopf: nichts! Einmal erblickte er, rund dreißig Schritt entfernt, eine Frau von gleichem Wuchs, in gleichem Kleid. Er lief zu ihr; sie war es nicht!

Es wurde fünf! halb sechs! sechs! Die Gaslaternen entflammten. Madame Arnoux war nicht gekommen.

In der vergangenen Nacht hatte ihr geträumt, sie stehe schon lange auf dem Trottoir in der Rue Tronchet. Sie wartete dort auf etwas Unbestimmtes, gleichwohl Bedeutsames, und ohne zu wissen warum, fürchtete sie, irgendwer könnte sie bemerken. Doch ein verflixter kleiner Hund hatte es auf sie abgesehen, biss in den Saum ihres Kleides. Hartnäckig näherte er sich immer wieder und bellte jedesmal lauter. Madame Arnoux erwachte. Das Hundegebell ging weiter. Sie lauschte. Es kam aus dem Zimmer ihres Sohnes. Barfuß stürzte sie hinüber. Der Kleine hustete. Seine Hände waren glühend heiß, das Gesicht rot und die Stimme seltsam heiser. Seine Atemnot verschlimmerte sich von Minute zu Minute. Sie blieb bis Tagesanbruch, über seine Decke gebeugt, ihn beobachtend.

Um acht war der Tambour der Nationalgarde da und meldete Monsieur Arnoux, dass ihn seine Kameraden erwarteten. Er kleidete sich rasch und ging mit dem Versprechen, sogleich bei ihrem Arzt, Monsieur Colot, vorbeizuschauen. Um zehn, als Monsieur Colot noch immer nicht gekommen war, schickte Madame Arnoux ihr Stubenmädchen. Der Doktor war aufs Land verreist und der junge Mann, der ihn vertrat, irgendwo unterwegs.

Eugène hielt den Kopf zur Seite, auf der Polsterrolle, runzelte nur immerzu die Stirn, blähte die Nasenflügel; sein armseliges Gesichtchen war schon bleicher als die Laken; und aus seinem Kehlkopf drang ein Pfeifen, bei jedem Atemholen, das immer kürzer wurde, trockener und nahezu metallisch. Sein Husten glich dem Geräusch jener barbarischen Mechanismen, dank deren Hündchen aus Pappe kläffen.

Madame Arnoux packte Entsetzen. Sie stürzte sich auf die Klingelschnüre, rief um Hilfe, schrie:

»Ein Arzt! ein Arzt!«

Zehn Minuten später erschien ein alter Herr in weißer Halsbinde und mit wohlgestutztem grauen Backenbart. Er stellte viele Fragen über Gewohnheiten, Alter und Temperament des jungen Patienten, untersuchte dann seinen Rachen, legte den Kopf an seinen Rücken und schrieb ein Rezept. Die gelassene Miene des Mannes war abscheulich. Er roch wie einbalsamiert. Am liebsten hätte sie ihn geschlagen. Er sagte, im Laufe des Abends komme er noch einmal.

Kurz darauf begannen wieder die schrecklichen Hustenanfälle. Manchmal fuhr der Kleine plötzlich in die Höhe. Krampfartige Bewegungen erschütterten die Muskeln seiner Brust, und der Bauch höhlte sich bei jedem Einatmen, als müsste er fast ersticken nach einem schnellen Lauf. Dann sank er hintüber, den Kopf zurückgebogen und den Mund weit aufgerissen. Mit unendlicher Behutsamkeit versuchte Madame Arnoux ihm den Inhalt der Arzneifläschchen einzuflößen, Brechwurzelsirup, eine Mixtur aus Kermes. Doch er stieß den Löffel zurück, stöhnte mit schwacher Stimme. Es klang, als flüstere er seine Worte.

Von Zeit zu Zeit las sie das Rezept noch einmal. Die Anmerkungen auf dem Formular ängstigten sie. Vielleicht hatte der Apotheker sich geirrt! Ihre Hilflosigkeit ließ sie verzweifeln. Monsieur Colots Schüler kam.

Er war ein junger Mann von bescheidenem Auftreten, neu im Metier, und verhehlte nicht, welchen Eindruck die Sache ihm machte. Zunächst blieb er unentschlossen, aus Angst, sich zu blamieren, endlich verschrieb er Umschläge mit Eisstückchen. Es dauerte lang, bis man Eis auftrieb. Die Blase mit den Stückchen platzte. Das Hemd musste gewechselt werden. Dieses ganze Durcheinander führte zu einem neuen, noch schlimmeren Anfall.

Der Kleine riss sich die Tücher vom Hals, als wolle er sich von der Last befreien, die ihn würgte, und er zerkratzte die Wand, krallte sich an die Vorhänge seines Lagers, suchte nach einem Halt zum Atmen. Sein Gesicht war jetzt bläulich, und sein ganzer Körper, gebadet in kalten Schweiß, schien abzumagern. Sein verstörter Blick hing von Grauen erfüllt an der Mutter. Er schlang die Arme um ihren Hals, klammerte sich verzweifelt an sie; und ihr Schluchzen unterdrückend, stammelte sie zärtliche Worte:

»Ja, mein Liebling, mein Engel, mein Schatz!«

Dann kamen Augenblicke der Beruhigung.

Sie holte Spielsachen, einen Hampelmann, einen Bildband und legte alles auf sein Bett, um ihn abzulenken. Sie versuchte sogar zu singen.

Sie begann mit einem Lied, das sie ihm früher vorsummte, wenn sie ihn beim Wickeln schaukelte, hier auf demselben bestickten Stühlchen. Doch er bebte am ganzen Körper, gleich einer Woge unter Windstößen; die Augäpfel quollen hervor; sie glaubte, dass er starb, und kehrte ihm den Rücken, um es nicht mitanzusehen.

Wenig später hatte sie die Kraft hinzuschauen. Er lebte noch. Eine Stunde folgte auf die andere, bleiern, trostlos, zäh dahinschleichend, zum Verzweifeln; und sie zählte die Minuten nur noch im Fortschreiten dieser Agonie. Die Erschütterungen in seiner Brust schleuderten ihn nach vorn, als wollten sie ihn zerreißen; zuletzt erbrach er etwas Merkwürdiges, wie ein Röhrchen aus Pergament. Was war das? Sie meinte, er habe ein Stück seiner Eingeweide ausgespien. Doch er atmete, ausgiebig, regelmäßig. Dieses scheinbare Wohlbefinden schreckte sie mehr als alles andere; sie saß wie versteinert, mit hängenden Armen, stierem Blick, da trat Monsieur Colot herein. Das Kind war seiner Ansicht nach gerettet.

Zuerst begriff sie nicht und ließ sich den Satz wiederholen. War das nicht bloß eine bei Ärzten übliche Trostfloskel? Der Doktor verabschiedete sich mit gelassener Miene. Ihr war, als hätten sich die Stricke, die ihr Herz einschnürten, mit einemmal gelöst.

»Gerettet! Ist das möglich!«

Plötzlich stand ihr Frédérics Bild klar und unerbittlich vor Augen. Das war ein Fingerzeig der Vorsehung. Jedoch der Herr in seiner Barmherzigkeit hatte sie nicht allzu hart strafen wollen! Wie müsste sie später einmal büßen, wenn sie festhielt an dieser Liebe! Sicher würde man den Sohn ihretwegen verhöhnen; und Madame Arnoux sah ihn als jungen Mann, in einem Duell verwundet, auf einer Bahre nach Hause gebracht, sterbend. Mit einem Satz stürzte sie zu dem Stühlchen; und mit aller Kraft, ihre Seele emporschwingend, brachte sie Gott, wie ein Sühneopfer, das Geschenk ihrer ersten Leidenschaft, ihrer einzigen Schwäche.

Frédéric war nach Hause gegangen. Er saß in seinem Fauteuil, hatte nicht einmal die Kraft, sie zu verwünschen. Eine Art Schlaf übermannte ihn; und in seinem Alptraum hörte er den Regen fallen, verfangen im Glauben, er stehe immer noch dort, auf dem Trottoir.

Am nächsten Tag schickte er in einer letzten Schwachheit nochmals einen Boten zu Madame Arnoux.

Entweder erledigte der Savoyarde seinen Auftrag nicht oder sie hatte allzu viel zu sagen und konnte sich nicht mit ein paar Worten erklären, die gleiche Antwort wurde überbracht. Die Unverschämtheit ging zu weit. Ihn packte wütender Stolz. Er schwor sich, nie mehr auch nur das leiseste Begehren zu empfinden; und wie Laub, das ein Wirbelsturm hinwegfegt, so verflog seine Liebe. Er empfand Erleichterung, stoische Freude, dann ein Bedürfnis nach Gewalt; und auf gut Glück lief er los, durch die Straßen.

Männer aus den Faubourgs zogen vorbei, bewaffnet mit Gewehren, alten Säbeln, einige trugen Jakobinermützen, und alles sang die *Marseillaise* oder die *Girondins.* Da und dort hastete ein Nationalgardist zu seinem Rathaus. Trommeln schallten in der Ferne. An der Porte Saint-Martin wurde gekämpft. In der Luft lag etwas Keckes und Kriegerisches. Frédéric ging immer weiter. Die Erregtheit der großen Stadt stimmte ihn vergnügt.

Unweit des Frascati fiel sein Blick auf die Fenster der Marschallin; ihm kam ein närrischer Gedanke, ein jungenhafter Impuls. Er überquerte den Boulevard.

Eben wurde das Einfahrtstor geschlossen; und Delphine, das Stubenmädchen, im Begriff, darauf mit Kohle »Waffen abgegeben« zu malen, sagte quirlig:

»Ah! Madame ist in einer schönen Verfassung! Heute morgen hat sie ihren Groom fortgejagt, weil er sie beschimpfte. Sie glaubt, man wird überall plündern! Sie krepiert vor Angst! noch dazu ist Monsieur verschwunden!«

»Was für ein Monsieur?«

»Der Fürst!«

Frédéric trat ins Boudoir. Die Marschallin erschien, im Unterrock, mit losem Haar, verstört.

»Ah! danke, du kommst mich retten! schon zum zweiten Mal! und du verlangst dafür nie einen Lohn!«

»Bitte tausendmal um Vergebung!« sagte Frédéric und fasste sie mit beiden Händen um die Taille.

»Wie? was machst du?« stotterte die Marschallin, überrascht und zugleich belustigt durch dieses Benehmen.

Er antwortete:

»Ich gehe nach der Mode, ich reformiere mich.«

Sie ließ sich auf den Diwan werfen und lachte immer weiter, unter seinen Küssen.

Den Nachmittag verbrachten sie am Fenster, beobachteten das Volk auf der Straße. Dann führte er sie zum

Diner in die Trois-Frères-Provençaux. Das Essen war lang, köstlich. Sie schlenderten zu Fuß nach Hause, denn es gab keinen Wagen.

Als die Nachricht vom Kabinettswechsel kam, hatte Paris sich verändert. Überall herrschte Jubel; Spaziergänger waren unterwegs, und Lampions in jedem Stockwerk erleuchteten alles wie am helllichten Tag. Die Soldaten kehrten langsam zurück in ihre Kasernen, erschöpft, mit traurigen Gesichtern. Man grüßte sie, rief: »Es lebe die Linie!« Stumm marschierten sie weiter. Bei der Nationalgarde hingegen schwangen die Offiziere, rot vor Begeisterung, ihre Säbel und brüllten: »Es lebe die Reform!«, und dieses Wort brachte die zwei Verliebten jedesmal zum Lachen. Frédéric scherzte, war sehr vergnügt.

Über die Rue Duphot erreichten sie die Boulevards. Vor den Häusern aufgehängte Papierlaternen bildeten Lichtergirlanden. Ein schemenhaftes Gewusel wogte darunter; mitten in diesem Halbdunkel blitzte hier und dort das Weiß eines Bajonetts. Es erhob sich lautes Stimmengewirr. Die Menge war viel zu dicht gedrängt, ein gerader Heimweg unmöglich; und sie bogen in die Rue Caumartin, als plötzlich hinter ihnen ein Geräusch losbrach wie das Knistern eines riesigen Stücks Seide, das man entzweireißt. Es waren die Schüsse auf dem Boulevard des Capucines.

»Ah! die gerben ein paar Bürgern das Fell«, sagte Frédéric seelenruhig, es gibt nämlich Umstände, da sind dem friedfertigsten Mann die andern so gleichgültig, dass er ohne Herzklopfen zuschauen könnte, wie das ganze Menschengeschlecht zugrunde geht.

Die Marschallin, an seinen Arm geklammert, klapperte mit den Zähnen. Sie erklärte sich außerstande, noch zwanzig Schritte zu tun. Da führte er sie, in einem Raffinement des Hasses, weil er Madame Arnoux in seiner Seele noch tiefer verletzen wollte, zum Hotel an der Rue Tronchet, in das für die andre bereitete Logis.

Die Blumen waren nicht verwelkt. Die Gipüre spreizte sich auf dem Bett. Aus dem Schrank holte er die Pantöffelchen. Rosanette fand diese Aufmerksamkeiten höchst delikat.

Gegen eins weckte sie ein fernes Grollen; sie sah, dass er schluchzte, den Kopf ins Kissen gewühlt.

»Was hast du denn, mein Allerliebster?«

»Es ist das maßlose Glück«, sagte Frédéric. »Ich hab mich zu lang nach dir gesehnt.«

DRITTER TEIL

I.

Knatternde Schüsse rissen ihn jäh aus dem Schlaf; und Rosanettes inständigen Bitten zum Trotz wollte Frédéric unbedingt sehen, was vor sich ging. Er marschierte in Richtung Champs-Élysées, von dort war die Salve gekommen. An der Ecke Rue Saint-Honoré begegneten ihm Männer in Arbeitskitteln, sie riefen:

»Nein! nicht da lang! zum Palais-Royal!«

Frédéric folgte ihnen. Man hatte das Gitter vor der Assomption niedergerissen. Ein Stück weiter bemerkte er drei Pflastersteine mitten auf der Fahrbahn, sicher eine entstehende Barrikade, zudem Flaschenscherben und Rollen Eisendraht, um die Kavallerie aufzuhalten; da stürzte aus der Gasse plötzlich ein hochgewachsener bleicher Jüngling, sein schwarzes Haar flatterte über den Schultern in ihrem buntgetupften Trikot. Er hielt ein langes Soldatengewehr und rannte auf den Spitzen seiner Pantoffeln, mit der Miene eines Schlafwandlers und flink wie ein Tiger. Dann und wann hörte man einen Knall.

Am Vorabend war beim Anblick des Karrens mit fünf Leichen, aufgelesen am Boulevard des Capucines, die Stimmung im Volk umgeschlagen; und während in den Tuilerien die Adjutanten ein und aus gingen und Monsieur Molé, der ein neues Kabinett bilden wollte, nicht wiederkam und Monsieur Thiers versuchte, ein andres zusammenzustellen, und der König feilschte, zauderte, dann Bugeaud den Oberbefehl übertrug, bloß um ihn an dessen Ausübung zu hindern, organisierte sich, wie gelenkt durch einen einzigen Arm, der Aufstand mit ungeheurer Wucht. Männer von wahnwitziger Wortgewalt redeten an den Straßenecken zur Menge; andere läuteten in den Kirchen aus Leibeskräften Sturm; man goss Blei, man rollte Patronen; die Bäume an den Boulevards, die Pissoirs, die Bänke, die Gitter, die Gaslaternen, alles wurde niedergerissen, umgestürzt; Paris war am Morgen voll von Barrikaden. Der Widerstand dauerte nicht lang; überall trat die Nationalgarde dazwischen; – sodass um acht Uhr das Volk, im Guten oder mit Gewalt, fünf Kasernen in seinen Besitz gebracht hatte, fast alle Rathäuser, die sichersten strategischen Punkte. Von ganz allein, ohne Beben, schwand die Monarchie in raschem Zerfall; und man stürmte den Wachposten im Château-d'Eau, um fünfzig Gefangene zu befreien, aber die waren nicht dort.

Frédéric machte notgedrungen halt am Zugang zum Platz. Ihn füllten bewaffnete Gruppen. Kompanien der Linie hielten die Rue Saint-Thomas und die Rue Fromanteau besetzt. Eine mächtige Barrikade versperrte die Rue de Valois. Der auf ihrem Kamm wabernde Rauch öffnete sich ein wenig, Männer liefen wild gestikulierend umher, sie verschwanden; dann hörte man erneut Schüsse. Der Posten erwiderte sie, ohne dass man im Inneren jemand sah; die Fenster, geschützt durch Eichenläden, waren mit Schießscharten ausgestattet; und das Bauwerk mit seinen zwei Etagen, seinen zwei Flügeln, seinem Brunnen im ersten Stock und seiner kleinen Tür in der Mitte sprenkelte sich allmählich mit weißen Flecken, unter den einschlagenden Kugeln. Die Außentreppe mit den drei Stufen blieb leer.

Neben Frédéric zankten sich ein Mann mit griechischer Mütze und Patronentasche über der Strickjacke und eine Frau mit Kopftuch aus Madras. Sie sagte:

»Komm doch zurück! komm zurück!«

»Lass mich in Frieden!« erwiderte der Gatte. »Du kannst die Loge ebenso gut allein hüten. Citoyens, ich frage euch, ist das gerecht? Überall hab ich meine Pflicht getan, im Jahr 1830, dann 32, 34, 39! Heute wird gekämpft! Ich muss mitkämpfen! – Verschwinde!«

Und die Portiersfrau beugte sich am Ende seinen Vorhaltungen und denen eines Nationalgardisten neben ihnen, ein Vierzigjähriger, dessen gutmütiges Gesicht eine blonde Fraise zierte. Er lud seine Waffe und feuerte, während er mit Frédéric inmitten des Aufruhrs so seelenruhig plauderte wie ein Gärtner zwischen seinen Beeten. Ein junger Bursche in grober Leinwandschürze tat ihm schön, um Zündhütchen zu ergattern, denn er wollte sein Gewehr benutzen, eine stolze Jagdbüchse, die »ein Monsieur« ihm gegeben hatte.

»Nimm dir was, da, in meinem Rücken«, sagte der Bürger, »und dann verdufte! sonst wirst du noch erschossen!«

Die Tamboure trommelten zum Angriff. Schrilles Geschrei ertönte, frohlockende Hurras. Ein ständiges Wogen trieb die Menge hierhin und dorthin. Frédéric, eingekeilt zwischen zwei gewaltige Massen, rührte sich nicht, fasziniert und aufs höchste ergötzt. Die Verwundeten, die zu Boden stürzten, die Toten, die dalagen, wirkten nicht wie echte Verwundete, wie echte Tote. Ihm war, als verfolge er ein Theaterstück.

Inmitten des Gewirbels, über den Köpfen, sah man einen Greis im schwarzen Frack auf einem weißen Pferd mit Samtsattel. In der Hand hielt er einen grünen Zweig, in der andern ein Papier, und beides schwenkte er hartnäckig. Zuletzt verlor er die Hoffnung, Gehör zu finden, und zog davon.

Die Linientruppe war verschwunden, und so verteidigten die Munizipalgardisten den Posten nun allein. Ein Schwall Unerschrockener stürmte die Außentreppe; sie fielen, andere kamen; und die Tür, erschüttert vom Stoß der Eisenstangen, dröhnte; die Munizipalgardisten hielten stand. Doch eine mit Heu vollgestopfte Kalesche, die brannte wie eine riesige Fackel, wurde vor die Mauern gezogen. Schnell brachte man Reisigbündel, Stroh, ein Fass Spiritus. Das Feuer kroch die Steine empor; das Gebäude begann überall zu qualmen wie eine Solfatare; und hohe Flammen züngelten ganz oben, zwischen den Balustern der Terrasse, mit schrillem Gezisch. Der erste Stock des Palais-Royal hatte sich mit Nationalgardisten gefüllt. Von allen Fenstern am Platz wurde geschossen; die Kugeln pfiffen; das Wasser des geborstenen Brunnens vermengte sich mit dem Blut, bildete Pfützen auf der Erde; man rutschte im Schlamm, auf Kleidern, Tschakos, Waffen; Frédéric spürte unter seinem Fuß etwas Weiches; es war die Hand eines Schutzmanns im grauen Kapuzenmantel, lang hingestreckt, das Gesicht im Rinnsal. In immer neuen Scharen drängte das Volk herbei, schob die Kämpfer gegen den Posten. Mehr und mehr Schüsse krachten. Die Weinhändler hatten geöffnet; von Zeit zu Zeit ging man eine Pfeife rauchen, trank einen Schoppen, dann wurde weitergekämpft. Ein verlaufener Hund jaulte. Alles lachte.

Frédéric kam ins Wanken beim Zusammenprall mit einem Mann, der, eine Kugel im Kreuz, röchelnd gegen seine Schulter fiel. Dieser Treffer, der vielleicht ihm gegolten hatte, machte ihn wütend; und schon stürzte er vorwärts, da hielt ein Nationalgardist ihn auf.

»Überflüssig! der König ist weg. Ach! wenn Sie mir nicht glauben, gehen Sie doch nachschauen!«

Diese Versicherung beruhigte Frédéric. Die Place du Carrousel wirkte friedlich. Das Hôtel de Nantes stand einsam wie eh und je; und die Häuser dahinter, die Kuppel des Louvre gegenüber, die lange Holzgalerie rechts und die Brache, die sich hinschlängelte bis zu den Krambuden der Händler, waren wie eingetaucht ins Grau der Luft, wo fernes Gemurmel zu verschmelzen schien mit dem Nebel, – während am andern Ende des Platzes grelles Morgenlicht durch eine Wolkenlücke auf die Fassade der Tuilerien fiel und alle Fenster aufleuchteten in hellem Weiß. Unweit des Triumphbogens lag ein totes Pferd. Hinterm Gitter plauderten Gruppen von fünf, sechs Personen. Die Tore zum Schloss standen offen; die Bediensteten auf der Schwelle wehrten niemand den Zutritt.

Unten, in einem kleinen Saal, war Milchkaffee in Schalen serviert. Ein paar Vorwitzige setzten sich scherzend zu Tisch; die andern blieben stehen, unter ihnen ein Droschkenkutscher. Er packte mit beiden Händen ein Glas voll Kristallzucker, warf einen ängstlichen Blick nach rechts und nach links und machte sich gierig ans Essen, die Nase tief in der Öffnung. Am Fuß der großen Treppe schrieb ein Mann seinen Namen in ein Register. Frédéric erkannte ihn von hinten.

»Sieh an, Hussonnet!«

»Natürlich«, erwiderte der Bohemien. »Ich führe mich ein bei Hofe. Das ist doch ein gelungener Spaß, hä?«

»Gehen wir rauf?«

Und sie gelangten in den Saal der Marschälle. Die Porträts dieser Erlauchten, ausgenommen das von Bugeaud mit einem Loch im Bauch, waren alle unversehrt. Sie standen auf ihre Säbel gestützt, eine Kanonenlafette hinter sich und in furchteinflößender Pose, die sich schlecht vertrug mit der augenblicklichen Lage. Eine mächtige Stutzuhr zeigte zwanzig nach eins.

Plötzlich erklang die *Marseillaise*. Hussonnet und Frédéric beugten sich übers Geländer. Es war das Volk. Die Treppe kam es hochgestürmt, schüttelte in schwindelerregenden Wellen bloße Köpfe, Helme, Jakobinermützen, Bajonette und Schultern so wild, dass Menschen untergingen in dieser wimmelnden Masse, die immer weiter anstieg wie ein Fluss, zurückgestaut von einer Äquinoktialflut, unter anhaltendem Getose, mit unbezwinglicher Macht. Oben strömte sie auseinander, und der Gesang verebbte.

Man hörte nur noch das Trappeln all der Schuhe, mit dem Gluckern der Stimmen. Die harmlose Menge begnügte sich mit Schauen. Doch hin und wieder stieß ein allzu beengter Ellbogen durch eine Glasscheibe; oder eine Vase, eine Statuette rollte von ihrer Konsole zu Boden. Das Getäfel barst unter dem Druck. Alle Gesichter waren rot, auf ihnen Schweiß in dicken Tropfen; Hussonnet bemerkte:

»Die Helden riechen nicht gut!«

»Ach! sind Sie enervierend«, antwortete Frédéric.

Und wider Willen vorwärtsgeschoben, betraten sie ein Gemach, an dessen Decke sich ein roter Samtbaldachin spannte. Auf dem Thron darunter saß ein schwarzbärtiger Proletarier, das Hemd offen, vergnügt und blöde grinsend wie ein Magot. Andre erklommen das Podest und setzten sich auf seinen Platz.

»Was für ein Mythos!« sagte Hussonnet. »Das Volk ist Herrscher!«

Der Sessel wurde von ausgestreckten Armen hochgehoben und schaukelte durch den ganzen Saal.

»Sapperlot! der schunkelt! Das Staatsschiff wird hin und her geworfen auf stürmischer See! Es tänzelt! es tänzelt!«

Man hatte ihn zu einem Fenster geschleppt, und schon flog er unter lautem Gepfeife hinaus.

»Armer Alter!« sagte Hussonnet, als er ihn hinabfallen sah in den Garten, wo er flugs aufgesammelt wurde, dann spazierengetragen bis zur Bastille und verbrannt.

Jetzt kam eine wahnwitzige Freude zum Ausbruch, als sei anstelle des Throns eine Zukunft unbegrenzten Glücks aufgetaucht; und das Volk, weniger aus Rachsucht als vielmehr, um seine Inbesitznahme zu bekräftigen, zertrümmerte, zerfetzte die Spiegel und die Vorhänge, die Lüster, die Armleuchter, die Tische, die Stühle, die Hocker, sämtliche Möbel, bis hin zu Alben mit Zeichnungen, bis hin zu Stickereikörbchen. Man hatte gesiegt, da musste man sich doch amüsieren! Der Pöbel putzte sich spöttisch mit Spitzen und Kaschmirschals. Goldfransen ringelten sich um die Ärmel von Arbeitskitteln, Hüte mit Straußenfedern zierten die Köpfe von Schmieden, Bänder der Ehrenlegion wurden zu Gürteln für Prostituierte. Ein jeder huldigte seiner Laune; die einen tanzten, andre tranken. Im Schlafzimmer der Königin glättete eine Frau ihr Haar mit Pomade; hinter einem Paravent spielten zwei Fanatiker Karten; Hussonnet zeigte Frédéric einen Kerl, der auf einen Balkon gestützt seinen Nasenwärmer rauchte; und der Taumel steigerte sich im endlosen Geklirr von zerschlagenem Porzellan und von Kristallscherben, die beim Aufprall klangen wie Schalen einer Glasharmonika.

Dann verfinsterte sich das Toben. In obszöner Neugier wurden alle Kabinette, alle Winkel durchstöbert, alle Schubladen aufgezogen. Galeerensträflinge steckten ihre Arme tief in die Betten der Prinzessinnen und wälzten sich darauf, zum Trost, denn lieber hätten sie diese vergewaltigt. Andre, mit schurkischeren Gesichtern, streiften lautlos umher, auf der Suche nach etwas zum Stehlen; aber die Menge war viel zu groß. Durch die Türöffnungen sah man in der Flucht von Gemächern nur die dunkle Masse des Volkes zwischen den Goldverzierungen, unter einer Wolke von Staub. Alle Brustkörbe rangen nach Luft; die Hitze wurde immer drückender; die beiden Freunde hatten Angst zu ersticken und gingen weg.

Im Vorzimmer, auf einem Berg Kleider, stand eine

Straßendirne als Freiheitsstatue – reglos, mit weit aufgerissenen Augen, schrecklich.

Draußen machten sie kaum drei Schritte, da kam ein Trupp Munizipalgardisten in Kapuzenmänteln heran und grüßte, die Polizeimützen lüpfend und zugleich die schon etwas kahlen Schädel entblößend, mit tiefer Verbeugung das Volk. Bei diesem Beweis der Ehrerbietung plusterten sich die zerlumpten Sieger. Auch Hussonnet und Frédéric erwehrten sich nur schwer eines gewissen Vergnügens.

Feuereifer beseelte sie. Wieder gingen sie zum Palais-Royal. Vor der Rue Fromanteau lagen Soldatenleichen übereinandergeworfen auf Stroh. Ungerührt schritten sie vorbei, waren sogar stolz auf ihre Haltung.

Das Palais quoll über von Menschen. Im Innenhof loderten sieben Scheiterhaufen. Aus den Fenstern flogen Klaviere, Kommoden und Stutzuhren. Feuerspritzen spien Wasser bis auf die Dächer. Taugenichtse versuchten mit ihren Säbeln Schläuche durchzuhauen. Frédéric wollte einen Polytechniker zum Einschreiten bewegen. Der Polytechniker begriff gar nichts, wirkte sowieso dumm. Ringsherum, in den beiden Galerien, schwelgte der Mob, Herr über die Keller, in einem ungeheuren Fress- und Saufgelage. Der Wein floss in Strömen, tränkte die Füße, die Strolche soffen aus Flaschenböden, grölten und torkelten.

»Weg hier«, sagte Hussonnet, »mir graust vor diesem Volk.«

Entlang der ganzen Galerie d'Orléans lagen Verwundete auf Matratzen am Boden, zugedeckt mit purpurnen Vorhängen; und Kleinbürgerinnen aus dem Viertel brachten ihnen Fleischbrühe, saubere Lappen.

»Egal!« sagte Frédéric, »ich finde das Volk erhaben.«

Die große Vorhalle war angefüllt von einem Gewusel tobsüchtiger Menschen; Männer wollten in die oberen

Stockwerke, um alles restlos kleinzuschlagen; Nationalgardisten auf den Stufen mühten sich, sie aufzuhalten. Der Kühnste war ein Jäger, barhaupt, mit struppigem Haar, das Lederzeug in Fetzen. Sein Hemd bauschte sich zwischen Hose und Rock, und erbittert focht er inmitten der andern. Hussonnet, der einen scharfen Blick hatte, erkannte von weitem Arnoux.

Dann gingen sie in den Tuileriengarten, um freier zu atmen. Sie setzten sich auf eine Bank; und ein paar Minuten verharrten sie mit geschlossenen Lidern, benommen und ohne Kraft zum Reden. Die Passanten um sie herum sprachen miteinander. Die Herzogin von Orléans war zur Regentin ernannt; alles war vorbei; und man spürte jene Art Wohlbehagen, die auf rasche Lösungen folgt, aber nun erschienen an jedem Dachfenster des Schlosses Dienstboten, die ihre Livreeröcke zerrissen. Sie warfen alles hinab in den Garten, als Zeichen, dass sie abschworen. Das Volk buhte. Sie verschwanden.

Die Aufmerksamkeit von Frédéric und Hussonnet wurde abgelenkt durch einen großen Kerl, der flink zwischen den Bäumen dahinschritt, ein Gewehr auf der Schulter. Ein Patronengürtel umschloss in der Taille seinen roten Kittel, unter seiner Mütze hatte er ein Tuch um die Stirn gewickelt. Er wandte den Kopf. Es war Dussardier; und sich in ihre Arme werfend:

»Ach! so ein Glück, ihr lieben, alten Freunde!« Mehr brachte er nicht hervor, zu sehr schnaubte er vor Seligkeit und Erschöpfung.

Seit achtundvierzig Stunden war er auf den Beinen. Er hatte mitgearbeitet bei den Barrikaden im Quartier Latin, gekämpft in der Rue Rambuteau, drei Dragoner gerettet, war mit der Kolonne Dunoyer in die Tuilerien eingerückt, anschließend zur Abgeordnetenkammer gezogen, dann zum Hôtel de Ville.

»Daher komm ich gerade! alles ist gut! das Volk triumphiert! Arbeiter und Bürger umarmen sich! ah! wenn ihr wüsstet, was ich gesehen habe! was für anständige Leute! ist das schön!«

Und ohne zu bemerken, dass sie keine Waffen trugen:

»Ich war sicher, dass ich euch hier treffe! Eine Weile ging's hart auf hart, na, egal!«

Ein Blutstropfen rann ihm über die Wange, und auf die Fragen der beiden andern:

»Oh! nichts! Kratzer von einem Bajonett!«

»Sie müssen sich verbinden lassen!«

»Ph! ich bin robust! was macht das schon? Die Republik ist ausgerufen! jetzt werden wir glücklich! Journalisten haben sich vorhin neben mir unterhalten und gesagt, wir werden Polen befreien und Italien! Keine Könige mehr, versteht ihr! Der ganze Erdball frei! der ganze Erdball frei!«

Und den Horizont mit einem einzigen Blick umfassend, breitete er im Triumph die Arme. Doch eine lange Reihe von Männern lief die Terrasse am Flussufer entlang.

»Ach! sapperlot! fast hätt ich's vergessen! Die Forts sind besetzt. Ich muss da hin! adieu!«

Er drehte sich noch einmal zu ihnen und rief, sein Gewehr schwenkend:

»Es lebe die Republik!«

Aus den Kaminen des Schlosses quollen dicke schwarze Rauchwirbel mit fliegenden Funken. Das Glockengeläut in der Ferne klang wie verstörtes Blöken. Rechts und links, überall feuerten die Sieger mit ihren Waffen. Frédéric, wenn auch kein Krieger, spürte sein wallendes gallisches Blut. Der Magnetismus der begeisterten Menge hatte ihn eingefangen. Wollüstig schnupperte er die gewittrige Luft voll Pulverduft; und doch schauderte ihn unter den Strahlen einer unermesslichen Liebe, einer höheren und allumfassenden Rührung, als schlage das Herz der gesamten Menschheit in seiner Brust.

Hussonnet sagte gähnend:

»Es ist wohl an der Zeit, dass ich die Massen unterrichte!«

Frédéric ging mit in sein Korrespondenzbüro an der Place de la Bourse; und dort verfasste er für die Zeitung von Troyes in lyrischem Stil einen Bericht über die Ereignisse, ein wahres Meisterstück – das er mit Namen zeichnete. Anschließend dinierten sie miteinander in einer Taverne. Hussonnet war nachdenklich; die Extravaganzen der Revolution überboten die seinen.

Nach dem Kaffee, als sie zum Hôtel de Ville gingen, um Neues zu erfahren, hatte seine Lausbubennatur wieder die Oberhand. Er kletterte wie eine Gemse auf Barrikaden und antwortete den Wachposten mit patriotischen Späßchen.

Sie hörten, wie im Fackelschein die provisorische Regierung ausgerufen wurde. Endlich, um Mitternacht, kam Frédéric völlig zerschlagen nach Haus.

»Na«, sagte er zu seinem Diener, der ihm beim Auskleiden half, »bist du zufrieden?«

»Ja, gewiss, Monsieur! Was ich aber nicht mag, ist dieses Volk im Gleichschritt!«

Am nächsten Morgen beim Erwachen dachte Frédéric an Deslauriers. Er eilte zu ihm. Der Advokat war soeben abgereist, man hatte ihn zum Kommissar in der Provinz ernannt. Am Vorabend war er bis zu Ledru-Rollin vorgedrungen, hatte ihn im Namen der Hochschüler bedrängt und ertrotzte von ihm schließlich eine Stelle, eine Mission. Übrigens, sagte der Portier, wolle er nächste Woche schreiben und seine Adresse bekanntgeben.

Hierauf begab sich Frédéric zur Marschallin. Sie empfing ihn giftig, zürnte, dass er sie alleingelassen hatte. Ihr Groll verflog, als er wiederholt versicherte, nun herrsche

Frieden. Alles sei ruhig, es bestehe kein Grund zu Angst; er küsste sie; und sie erklärte sich für die Republik – wie bereits Seine Exzellenz der Erzbischof von Paris, und wie es mit bewundernswert flinkem Eifer noch andre tun sollten: die hohen Justizbeamten, der Staatsrat, das Institut, die Marschälle von Frankreich, Changarnier, Monsieur de Falloux, alle Bonapartisten, alle Legitimisten und eine erkleckliche Anzahl von Orleanisten.

Der Sturz der Monarchie war so rasch gekommen, dass nach der ersten Verblüffung die Bürger sich wunderten, noch am Leben zu sein. Die umstandslose Hinrichtung von ein paar Dieben, erschossen ohne Urteilsspruch, empfanden sie als sehr gerecht. Man sagte sich einen Monat lang immer wieder den Satz Lamartines über die rote Fahne, »die bloß den Champ de Mars umrundet hatte, während die Trikolore« usw.; und alle stellten sich unter ihren Schutz, denn jede Partei sah von den drei Farben nur die ihre – und schwor sich, sobald sie die stärkste war, die andern zwei abzureißen.

Weil die Geschäfte ruhten, trieben Unruhe und Gafflust alle Welt aus dem Haus. Die Nachlässigkeit der Kleidung verwischte die Standesunterschiede, der Hass versteckte sich, die Hoffnungen wurden zur Schau gestellt, die Menge war voll Sanftmut. Der Stolz auf ein errungenes Recht leuchtete aus allen Gesichtern. Es herrschte Karnevalsfröhlichkeit, Feldlagerkumpanei; nichts war vergnüglicher als der Anblick von Paris in den ersten Tagen.

Frédéric reichte der Marschallin seinen Arm; und sie schlenderten miteinander durch die Straßen. Sie ergötzte sich an der Rosette, die alle Knopflöcher zierte, an den Flaggen, die aus allen Fenstern hingen, an den bunten Plakaten, die auf den Mauern klebten, und warf hier und dort ein paar Münzen in die Sammelbüchsen für Verwundete, die auf einem Stuhl standen, mitten auf der Fahrbahn. Dann blieb sie stehen vor den Karikaturen, die Louis-Philippe als Zuckerbäcker darstellten, als Gaukler, als Hund, als Blutegel. Aber Caussidières Männer, mit ihren Säbeln und Schärpen, erschreckten sie ein wenig. Anderswo pflanzte man einen Freiheitsbaum. Die Herren Kleriker beteiligten sich an der Zeremonie, segneten die Republik, im Geleit von goldbetressten Dienern; und die Masse fand das ausgezeichnet. Das häufigste Schauspiel waren Abordnungen von weiß der Teufel was, die vors Hôtel de Ville zogen und irgendwelche Forderungen stellten, – denn jedes Handwerk, jedes Gewerbe erwartete von der Regierung das endgültige Ende seiner Not. Der eine oder andere freilich ging auch hin, um ihr Ratschläge zu geben oder sie zu beglückwünschen oder einfach nur einen kleinen Besuch abzustatten und zu sehen, wie die Maschine lief.

Gegen Mitte März, als er eines Tages den Pont d'Arcole überquerte, weil er für Rosanette eine Besorgung im Quartier Latin zu machen hatte, sah Frédéric eine Kolonne von Gestalten daherkommen, mit seltsamen Hüten, langen Bärten. Vorneweg und trommelschlagend marschierte ein Schwarzer, ein ehemaliges Ateliermodell, und der Mann mit dem Banner, auf dem die Inschrift »Kunstmaler« im Winde flatterte, war niemand anders als Pellerin.

Er gab Frédéric ein Zeichen, auf ihn zu warten, war dann fünf Minuten später zurück, denn er hatte Zeit, die Regierung empfing nämlich gerade die Steinmetze. Er wollte mit seinen Kollegen die Schaffung eines Kunstforums verlangen, eine Art Börse, wo man über Belange der Ästhetik stritt; erhabene Werke entstünden, denn die Werktätigen könnten ihr Genie vereinen. Paris wäre bald überzogen von riesigen Bauwerken, er wollte sie schmücken; er hatte sogar schon mit einer Figur der Republik begonnen. Einer von seinen Kameraden kam ihn holen, denn ihnen war die Abordnung der Geflügelhändler auf den Fersen.

»Dieser Stumpfsinn!« brummte eine Stimme in der Menge. »Immer nur Possen! Nichts Starkes!«

Es war Regimbart. Er grüßte Frédéric nicht, sondern nutzte die Gelegenheit, seine Verbitterung auszukippen.

Der Citoyen verbrachte seine Tage durch die Straßen streunend, wobei er an seinem Schnurrbart zupfte, die Augen rollte, schauerliche Neuigkeiten aufsog und weitererzählte; und immer sagte er nur zwei Sätze: »Obacht, man wird uns überrollen!« oder: »Sackerment! da wird die Republik kassiert!« Er war mit allem unzufrieden, und insbesondere hatten wir unsere natürlichen Grenzen nicht zurückerobert. Allein beim Namen Lamartine zuckte er die Achseln. Er fand Ledru-Rollin »der Aufgabe nicht gewachsen«, hieß Dupont (de l'Eure) einen alten Trottel; Albert einen Schwachkopf; Louis Blanc einen Utopisten; Blanqui einen äußerst gefährlichen Mann; und als Frédéric fragte, was man hätte tun sollen, antwortete er, seinen Arm so fest drückend, dass er ihn fast zerquetschte:

»Den Rhein erobern, sag ich Ihnen, den Rhein erobern! zum Teufel!«

Dann wetterte er gegen die Reaktion.

Sie ließ nun ihre Maske fallen. Die Plünderung der Schlösser in Neuilly und Suresnes, das Feuer in Les Batignolles, die Unruhen in Lyon, alle Ausschreitungen, alle Klagen, das wurde jetzt übertrieben und obendrauf gesetzt das Rundschreiben von Ledru-Rollin, der Zwangskurs der Banknoten, die auf sechzig Franc gefallene Staatsanleihe, und zuletzt, als ärgste Ungerechtigkeit, als letzter Schlag, als Gipfel des Grauens die Fünfundvierzig-Centime-Steuer! – Und über all das hinaus gab es auch noch den Sozialismus! Obwohl man diese Theorien, so neu wie das Gänsespiel, seit vierzig Jahren hinreichend erörtert hatte und Bibliotheken damit füllen konnte, erschreckten sie die Bürger wie ein Meteoritenhagel; und man war empört, aufgrund jenes Hasses, den die Heraufkunft jeder Idee auslöst, allein weil es eine Idee ist, Abscheu, aus dem sie später ihren Ruhm herleitet und der bewirkt, dass ihre Gegner stets tiefer stehen als sie selbst, so mittelmäßig sie auch sein mag.

Nun stieg das Eigentum in der allgemeinen Hochachtung auf die Stufe der Religion und verschmolz mit Gott. Jeder Angriff darauf galt als Frevel, nahezu als Menschenfresserei. Trotz der humansten Gesetzgebung, die es je gegeben hatte, zeigte sich wieder das Gespenst von 93, und das Messer der Guillotine bebte in allen Silben des Wortes Republik; – was niemand daran hinderte, sie wegen ihrer Schwäche zu verachten. Frankreich, das keinen Herrn mehr spürte, begann vor Kopflosigkeit zu schreien wie ein Blinder ohne Stock, wie ein Balg, das sein Kindermädchen verliert.

Am schlimmsten von allen Franzosen zitterte Monsieur Dambreuse. Der neue Stand der Dinge bedrohte sein Vermögen, prellte jedoch vor allem seine Erfahrung. Ein so gutes System, ein so weiser König! war das möglich! Die Welt stürzte ein! Gleich am nächsten Tag entließ er drei Diener, verkaufte seine Pferde, erwarb, um auf die Straße zu gehen, einen Schlapphut, überlegte sogar, sich den Bart wachsen zu lassen; und niedergeschmettert saß er zu Hause, weidete sich verbittert an den Zeitungen, die seinen eigenen Ansichten am feindlichsten gegenüberstanden, und war inzwischen so trübsinnig, dass nicht einmal die Scherze über Flocons Pfeife ihn zum Schmunzeln brachten.

Als Stütze der letzten Regierung fürchtete er Racheakte des Volkes an seinen Besitzungen in der Champagne, da fiel ihm Frédérics Geschreibsel in die Hände. Nun meinte er, sein junger Freund wäre eine sehr einflussreiche Persönlichkeit und könnte, wenn schon nicht unmittelbar nützen, ihn doch wenigstens verteidigen; und so sprach eines Morgens Monsieur Dambreuse bei ihm vor, begleitet von Martinon.

Dieser Besuch bezwecke nur, sagte er, ihn ein wenig zu sehen und zu plaudern. Alles in allem freue er sich über die Ereignisse und übernehme von Herzen gern »unseren erhabenen Wahlspruch: *Freiheit, Gleichheit, Brüderlichkeit*, denn im Grunde war ich stets Republikaner«. Wenn er unter dem andern Regime seine Stimme dem Kabinett gab, dann einzig und allein, um einen unausweichlichen Sturz zu beschleunigen. Er ereiferte sich sogar über Monsieur Guizot, »der uns ganz schön in die Patsche gebracht hat, zugegeben«! Dagegen bewundere er überaus Lamartine, der habe sich »großartig verhalten, bei meiner Ehre, als er da mit der roten Fahne …«.

»Ja! ich weiß«, sagte Frédéric.

Hierauf erklärte er seine Sympathie für die Arbeiter.

»Schließlich sind wir alle mehr oder weniger Arbeiter!« Und er trieb die Unparteilichkeit so weit, dass er anerkannte, Proudhon besitze Logik. »Oh! große Logik! Teufel auch!« Mit der Gelassenheit eines überlegenen Geistes plauderte er dann über die Gemäldeausstellung, wo er Pellerins Bild gesehen hatte. Er fand es originell, gelungen.

Martinon unterstrich all diese Worte durch zustimmende Bemerkungen; auch er dachte, man müsse »sich der Republik beherzt anschließen«, und redete von seinem pflügenden Vater, spielte den Bauern, den Mann aus dem Volk. Bald kam das Gespräch auf die Wahlen zur Nationalversammlung und auf die Kandidaten im Bezirk La Fortelle. Der Oppositionskandidat habe keinerlei Aussicht.

»Sie sollten seinen Platz einnehmen!« sagte Monsieur Dambreuse. Frédéric protestierte.

»Ha! warum nicht?« Denn er würde die Stimmen der Ultras erhalten, aufgrund seiner persönlichen Überzeugungen, die der Konservativen, wegen seiner Familie. »Und vielleicht auch«, fügte der Bankier lächelnd hinzu, »ein wenig durch meinen Einfluss.«

Frédéric hielt dagegen, er wisse nicht, wie man so etwas anfing. Nichts einfacher als das, man lasse sich den Patrioten im Departement Aube durch einen Hauptstadtklub empfehlen. Wichtig sei, nicht irgendein Glaubensbekenntnis vorzutragen, wie man es tagein, tagaus erlebe, sondern die ernsthafte Darstellung von Grundsätzen.

»Bringen Sie mir das; ich weiß, was vor Ort ankommt! Und Sie könnten, sage ich noch einmal, der Gegend große Dienste erweisen, uns allen, mir selbst.«

In Zeiten wie diesen müsse man einander helfen, und sollte Frédéric irgendetwas brauchen, er oder seine Freunde …

»Oh! besten Dank, mein werter Herr!«

»Auf Gegenleistung, versteht sich!«

Der Bankier war eine ehrliche Haut, so viel stand fest.

Frédéric konnte nicht anders, als nachzudenken über seinen Rat; und alsbald verdrehte ihm eine Art Schwindel den Kopf.

Die großen Gestalten des Konvents zogen an seinem Auge vorüber. Ihm schien, anbrechen müsse ein herrliches Morgenrot. Rom, Wien, Berlin waren in Aufruhr, die Österreicher aus Venedig verjagt; ganz Europa brodelte. Es war Zeit, sich hineinzustürzen in die Bewegung, sie vielleicht zu beschleunigen; und zudem verlockte ihn die Amtstracht, die angeblich jeder Abgeordnete dann trug. Schon sah er sich in Weste mit Revers und dreifarbiger Schärpe; und dieses Jucken, dieses Hirngespinst wurde so stark, dass er sich Dussardier anvertraute.

Die Begeisterung des guten Kerls erlahmte nicht.

»Gewiss, natürlich! Sie müssen antreten!«

Frédéric zog dennoch Deslauriers zu Rate. Die schwachsinnige Opposition, die dem Kommissar in seiner Provinz Fesseln anlegte, hatte seinen Liberalismus befördert. Er schickte ihm auf der Stelle stürmischen Zuspruch.

Doch Frédéric spürte ein Bedürfnis nach Zustimmung von noch mehr Leuten; und so verriet er die Sache Rosanette an einem Tag, da Mademoiselle Vatnaz zugegen war.

Sie war eine jener Pariser Junggesellinnen, die, nachdem sie ihre Stunden gegeben oder versucht haben, kleine Zeichnungen zu verkaufen, armselige Manuskripte unterzubringen, jeden Abend wieder nach Hause kommen mit Dreck an den Röcken, ihr Essen zubereiten, es allein verzehren, und dann träumen sie, die Füße auf einer wärmenden Kohlenpfanne, im Schein einer schmutzigen Lampe von Liebe, von einer Familie, einem Heim, Reichtum, von allem, was ihnen fehlt. Darum begrüßte sie wie viele andere in der Revolution die Heraufkunft der Rache; – und sie trieb hemmungslos sozialistische Propaganda.

Die Befreiung der Proletarier war, nach Ansicht der Vatnaz, nur möglich über die Befreiung der Frau. Sie wollte ihre Zulassung zu allen Arbeitsplätzen, die Feststellung der Vaterschaft, ein neues Gesetzbuch, die Abschaffung oder wenigstens »eine vernünftigere Regelung der Ehe«. Jede Französin wäre dann verpflichtet, einen Franzosen zu heiraten oder einen Greis bei sich aufzunehmen. Ammen und Hebammen würden vom Staat bezahlte Beamtinnen; es müsste eine Jury geben, die Werke von Frauen examiniert, eigene Verlage für Frauen, eine Polytechnische Hochschule für Frauen, eine Nationalgarde für Frauen, alles für Frauen! Und weil die Regierung ihre Rechte nicht anerkennen wolle, mussten sie die Gewalt mit Gewalt besiegen. Zehntausend Citoyennes mit guten Gewehren brächten das Hôtel de Ville gewiss zum Zittern.

Frédérics Kandidatur dünkte sie günstig für ihre eigenen Vorstellungen. Sie ermutigte ihn, zeigte ihm den Ruhm am Horizont. Rosanette freute sich, einen Mann zu haben, der in der Abgeordnetenkammer sprechen würde.

»Und du bekommst dann vielleicht einen guten Posten.«

Frédéric, ein Mann mit allen Schwächen, ließ sich anstecken vom allgemeinen Wahn. Er schrieb eine Rede und zeigte sie Monsieur Dambreuse.

Als die große Tür geräuschvoll ins Schloss fiel, öffnete sich hinter einem Fenster der Vorhang einen Spalt; kurz sah er eine Frau. Er hatte nicht die Zeit, sie zu erkennen; doch im Vorzimmer ließ ein Gemälde ihn stutzen, das Gemälde Pellerins, auf einen Stuhl gestellt, offenbar vorläufig.

Eine Darstellung der Republik oder des Fortschritts oder der Zivilisation, in Gestalt Jesu Christi, eine Lokomotive steuernd, die durch einen Urwald fährt. Nachdem er es eine Minute betrachtet hatte, rief Frédéric:

»So eine Niedertracht!«

»Nicht wahr, hm?« sagte Monsieur Dambreuse, der bei diesem Wort aufgetaucht war und sich einbildete, es gelte nicht der Malerei, sondern der im Gemälde verherrlichten Doktrin. Im selben Augenblick erschien Martinon. Sie gingen ins Kabinett; und Frédéric zog gerade ein Papier aus der Tasche, da fragte die plötzlich eintretende Mademoiselle Cécile mit unschuldiger Miene:

»Ist meine Tante hier?«

»Du weißt doch, dass sie nicht hier ist«, erwiderte der Bankier. »Gleichviel! fühlen Sie sich ganz wie zu Hause, Mademoiselle.«

»Ah! danke! ich geh schon.«

Kaum war sie draußen, suchte Martinon ostentativ nach seinem Taschentuch.

»Ich habe es in meinem Überrock vergessen, entschuldigen Sie mich!«

»Gut!« sagte Monsieur Dambreuse.

Ganz offensichtlich ließ er sich nicht täuschen von dem Manöver und beförderte es wohl sogar. Warum? Doch alsbald kam Martinon zurück, und Frédéric begann mit seiner Rede. Schon bei der zweiten Seite, wo das Übergewicht finanzieller Interessen als Schande bezeichnet wurde, verzog der Bankier das Gesicht. Dann, die Reformen ansprechend, verlangte Frédéric Handelsfreiheit.

»Was …? erlauben Sie mal!«

Der andere hörte nicht und las weiter. Er forderte die Besteuerung der Staatsanleihe, Steuerprogression, einen europäischen Staatenbund sowie Volksbildung, möglichst weit gehende Förderung der Schönen Künste.

»Wenn das Land Männern wie Delacroix oder Hugo hunderttausend Franc Ehrensold aussetzte, wäre daran etwas schlecht?«

Das ganze endete auf Ratschläge an die oberen Klassen.

»Spart nicht, ihr Reichen! gebt! gebt!«

Er verstummte, blieb aber stehen. Seine beiden Zuhörer saßen da und sagten kein Wort; Martinon hatte die Augen weit aufgerissen, Monsieur Dambreuse war totenbleich. Endlich, seine Erregung hinter einem säuerlichen Lächeln verbergend:

»Vortrefflich, Ihre Rede!« Und er lobte überschwenglich die Form, so musste er nichts sagen zum Inhalt.

Diese Schärfe vonseiten eines harmlosen jungen Mannes erschreckte ihn, vor allem als Symptom. Martinon suchte ihn zu beruhigen. Die konservative Partei mache demnächst ihre Schlappe wett; aus mehreren Städten habe man die Kommissare der provisorischen Regierung verjagt: die Wahlen seien festgesetzt auf den 23. April, es bleibe noch Zeit; kurzum, Monsieur Dambreuse müsse selbst im Departement Aube antreten; und fortan ließ Martinon ihn nicht mehr allein, wurde sein Sekretär und umhegte ihn mit der Fürsorge eines Sohnes.

Frédéric erschien höchst selbstzufrieden bei Rosanette. Delmar war auch da und verkündete, er kandidiere »unumstößlich« bei den Wahlen im Departement Seine. Auf einem Plakat, mit dem er sich »ans Volk« wandte, das er duzte, rühmte sich der Schauspieler, »er« verstehe es, denn er habe sich zu seinem Heil »kreuzigen lassen von der Kunst«, darum wäre er nun auch seine Inkarnation, sein Ideal; – und tatsächlich glaubte er auf die Massen einen ungeheuren Einfluss zu haben, sodass er später in einem Ministerialbüro sogar anbot, ganz allein einen Aufruhr niederzuringen; und was die Mittel betraf, die er einsetzen wollte, gab er folgende Antwort:

»Keine Angst! Ich zeige ihnen meinen Kopf!«

Um ihn zu kränken, vermeldete Frédéric seine eigene Kandidatur. Da sein zukünftiger Kollege ja die Provinz anstrebte, erklärte der Mime sich zu seinem Diener und machte das Angebot, ihn durch die Klubs zu lotsen.

Sie besuchten alle oder fast alle, die roten und die blauen, die wutschnaubenden und die friedlichen, die puritanischen, die zotigen, die mystischen und die versoffenen, die, wo man den Tod der Könige dekretierte, die, wo man Betrügereien der Krämer anprangerte; und überall dasselbe, die Mieter verfluchten die Hausbesitzer, der Arbeitskittel klagte über den Frack, und die Reichen verschworen sich gegen die Armen. Manche wollten Entschädigungen als einstige Märtyrer der Polizei, andere erflehten etwas Geld, um Erfindungen zu lancieren, oder es gab Pläne für Phalansterien, Projekte für kantonale Warenhäuser, Systeme für allumfassende Glückseligkeit; – dann hier und dort ein Geistesblitz in diesen Wolken der Dummheit, Bonmots, so überraschend wie Kotspritzer, ein Rechtsanspruch, formuliert durch einen Fluch, und Blüten der Redekunst auf den Lippen eines Rohlings mit nichts als einem Säbelgehänge über der Brust ohne Hemd. Zuweilen auch zeigte sich ein Herr, Aristokrat von demütiger Haltung, plebejische Dinge sagend, und die Hände hatte er sich nicht gewaschen, damit sie schwielig wirkten. Ein Patriot erkannte ihn, die Tugendreichsten schimpften; und er ging, die Seele voll Wut. Man musste, um gesunden Menschenverstand vorzutäuschen, immer die Advokaten verunglimpfen und so oft wie möglich Wendungen auftischen wie: »seinen Stein beitragen zum Bauwerk – soziales Problem – Werkstatt«.

Delmar versäumte keine Gelegenheit, das Wort zu ergreifen; und wenn er nichts mehr zu sagen wusste, war sein letztes Hilfsmittel, sich aufzupflanzen, eine Faust in die Hüfte gestemmt, die andere Hand in die Weste geschoben, und sich jäh ins Profil zu drehen, damit sein Kopf richtig zur Geltung kam. Dann erscholl Beifallgeklatsche, das von Mademoiselle Vatnaz, ganz hinten im Saal.

Trotz der Schwäche aller Redner wagte Frédéric keinen Versuch. Diese Leute dünkten ihn zu ungebildet oder zu feindselig.

Dussardier machte sich jedoch auf die Suche und meldete, es gebe in der Rue Saint-Jacques einen Klub namens *Le Club de l'Intelligence*. Eine solche Bezeichnung ließ hoffen. Außerdem wollte er Freunde mitbringen.

Es waren die nämlichen, die er zu seinem Punsch geladen hatte: der Buchhalter, der Weinvertreter, der Architekt; sogar Pellerin war gekommen, vielleicht käme

Hussonnet; und auf dem Trottoir vor der Tür stand Regimbart mit zwei Gesellen, einer war sein treuer Compain, ein leicht gedrungener Kerl, pockennarbig, mit roten Augen; und der zweite eine Art Menschenaffe, ungeheuer behaart, von ihm wusste er nur, er war »ein Patriot aus Barcelona«.

Sie gingen durch einen langen Korridor, wurden dann in einen großen Raum geführt, offenbar für einen Tischler gedacht, und die frischen Wände rochen nach Gips. Vier parallel aufgehängte Öllampen verbreiteten unangenehmes Licht. Auf dem Podium, ganz hinten, stand ein Schreibtisch mit einer Glocke, an seinem Fuß ein Tisch, der die Rednertribüne vorstellte, und links und rechts davon zwei andere, niedrigere für die Protokollführer. Das Publikum auf den Sitzbänken wurde gebildet von alten Farbenklecksern, Hilfslehrern, ungedruckten Literaten. Hinter diesen Reihen aus Überröcken mit speckigen Kragen sah man hier und da die Haube einer Frau oder den Kittel eines Arbeiters. Der hintere Teil des Saals war sogar voll mit Arbeitern, hergekommen wahrscheinlich, um die Zeit totzuschlagen, oder irgendein Redner hatte sie angeschleppt zum Applaudieren.

Frédéric setzte sich vorsorglich zwischen Dussardier und Regimbart, der, kaum hatte er Platz genommen, beide Hände auf seinen Spazierstock legte, das Kinn auf die beiden Hände und die Lider zuklappte, während am anderen Ende des Saals Delmar hochaufgerichtet die Versammlung überragte.

Am Schreibtisch des Vorsitzenden erschien Sénécal.

Diese Überraschung, hatte der gute Kommis sich gesagt, mache Frédéric sicherlich Freude. Sie verstimmte ihn.

Die Menge bezeugte ihrem Vorsitzenden große Achtung. Er gehörte zu jenen, die am 25. Februar die sofortige Organisation der Arbeit gefordert hatten; am nächsten Tag, im Prado, hatte er sich dafür ausgesprochen, das Hôtel de Ville zu stürmen; und da sich nun jeder nach einem Vorbild richtete, der eine kopierte Saint-Just, der andre Danton, wieder ein andrer Marat, versuchte er Blanqui zu ähneln, der seinerseits Robespierre nachahmte. Durch seine schwarzen Handschuhe und sein Haar im Bürstenschnitt wirkte er streng, höchst anständig.

Er eröffnete die Sitzung mit der Erklärung der Menschen- und Bürgerrechte, dem üblichen Glaubensbekenntnis. Dann intonierte eine kräftige Stimme *Les Souvenirs du Peuple* von Béranger.

Andere Stimmen erhoben sich:

»Nein! nein! das nicht!«

»*La Casquette*!« brüllten jetzt ganz hinten die Patrioten.

Und im Chor sangen sie das Gedicht des Tages:

»Hut ab vor meiner Mütze,
beugt vorm Arbeiter das Knie!«

Auf ein Wort des Vorsitzenden verstummte das Publikum. Einer der Protokollführer begann mit der Durchsicht von Briefen.

»Junge Leute vermelden, dass sie jeden Abend vor dem Panthéon eine Nummer der *Assemblée nationale* verbrennen, und sie ermutigen alle Patrioten, ihrem Beispiel zu folgen.«

»Bravo! angenommen!« antwortete die Menge.

»Der Citoyen Jean-Jacques Langreneux, Schriftsetzer, Rue Dauphine, möchte, dass ein Denkmal errichtet wird zum Gedenken an die Märtyrer des Thermidor.«

»Michel-Évariste-Népomucène Vincent, vormals Professor, äußert den Wunsch, die europäische Demokratie möge sich einer Einheitssprache befleißigen. Man könnte eine tote Sprache nehmen, beispielsweise ein verbessertes Latein.«

»Nein! nicht Latein!« rief der Architekt.

»Warum nicht?« entgegnete ein Hilfslehrer.

Und die beiden Herren eröffneten eine Diskussion, in die sich andre einmischten, wobei jeder mit seinem Einwurf beeindrucken wollte, und rasch wurde sie so ermüdend, dass viele gingen.

Doch ein kleiner Greis, unter seiner bemerkenswert hohen Stirn eine grüne Brille, verlangte das Wort für eine dringliche Mitteilung.

Es war ein Memorandum über die Verteilung der Steuern. Zahlen folgten auf Zahlen, es nahm kein Ende! Die Ungeduld äußerte sich zunächst in Gemurmel, Gesprächen; nichts brachte ihn aus der Ruhe. Dann wurde gepfiffen, man rief »Azor«; Sénécal rügte die Zuhörerschaft; der Redner machte weiter wie eine Maschine. Um ihn anzuhalten, musste jemand nach seinem Ellbogen fassen. Der gute Mann schien aus einem Traum zu erwachen, und gelassen seine Brille hochschiebend:

»Verzeihung! Citoyens! Verzeihung! Ich geh schon! bitte tausendmal um Vergebung!«

Der Misserfolg dieses Vortrags verunsicherte Frédéric. Er hatte seine Rede in der Tasche, doch besser gewesen wäre eine aus dem Stegreif.

Endlich verkündete der Vorsitzende, nun komme man zur Hauptsache, der Wahlfrage. Man ziehe keineswegs die großen republikanischen Listen in Zweifel. Dennoch habe der *Club de l'Intelligence*, wie jeder andere auch, das Recht, eine eigene aufzustellen, »ob es den Herren Paschas im Hôtel de Ville passt oder nicht«, und jene Citoyens, die ein Volksmandat anstrebten, könnten ihre Ansprüche darlegen.

»Gehen Sie doch endlich!« sagte Dussardier.

Ein Mann in Soutane, mit Kraushaar und quirliger

Miene, hatte bereits die Hand erhoben. Hastig nuschelnd erklärte er, sein Name sei Ducretot, Priester und Agronom; Autor eines Werks mit dem Titel *Über Düngemittel.* Man verwies ihn an einen Gartenbauverein.

Dann erklomm ein Patriot in Arbeitskittel die Rednertribüne. Er war Plebejer, breitschultrig, dickes, überaus sanftes Gesicht und langes schwarzes Haar. Er ließ einen fast wollüstigen Blick über die Versammlung schweifen, warf seinen Kopf in den Nacken und schließlich, die Arme ausbreitend:

»Ihr habt Ducretot abgewiesen, o meine Brüder! und ihr habt gut daran getan, doch geschah es nicht aus Religionslosigkeit, denn wir alle sind religiös.«

Manche lauschten mit offenen Mündern, strahlend wie Katechumenen, in verzückter Hingabe.

»Auch nicht, weil er Priester ist, denn auch wir sind Priester! Der Arbeiter ist Priester, wie es der Begründer des Sozialismus war, unser aller Herr, Jesus Christus!«

Der Augenblick sei gekommen, das Reich Gottes einzuleiten! Das Evangelium führe geradewegs zu 89! Nach der Abschaffung der Sklaverei die Abschaffung des Proletariats. Einst gab es das Zeitalter des Hasses, nun beginne das Zeitalter der Liebe.

»Das Christentum ist Schlussstein und Fundament des neuen Gebäudes …«

»Halten Sie uns zum Narren?« rief der Weinvertreter. »Wer hat mir einen solchen Pfaffenknecht beschert!«

Diese Unterbrechung erregte großes Ärgernis. Fast alle kletterten auf die Bänke und brüllten mit gereckter Faust »Atheist! Aristokrat! Schurke!«, während die Glocke des Vorsitzenden in einem fort bimmelte und die Schreie »Ruhe! Ruhe!« lauter wurden. Doch unverzagt und außerdem gestärkt durch »drei Kaffees«, die er vor seinem Kommen getrunken hatte, schlug er sich inmitten der anderen.

»Was, ich! ein Aristokrat? na sowas!«

Als er sich endlich rechtfertigen durfte, erklärte er, mit den Priestern werde man niemals in Frieden auskommen, und da vorhin die Rede gewesen sei von Einsparungen, so wär's doch eine gewaltige, wenn man die Kirchen abschaffe, die heiligen Ziborien und zuletzt alle Konfessionen.

Jemand erhob den Einwand, er gehe ein bisschen weit.

»Ja! ich gehe weit! Aber wenn ein Schiff in den Sturm gerät …«

Ohne das Ende des Vergleichs abzuwarten, erwiderte ihm ein andrer:

»Gut! aber das heißt, mit einem Schlag niederreißen, wie ein Maurer ohne Verstand …«

»Sie verhöhnen die Maurer!« kreischte ein gipsbestäubter Citoyen; und starrköpfig festhaltend an dem Glauben, man habe ihn beleidigt, spie er Flüche, wollte sich prügeln, verkrallte sich in seine Bank. Es brauchte drei Männer, um ihn hinauszuwerfen.

Der Arbeiter jedoch stand immer noch auf der Tribüne. Die beiden Protokollführer ermahnten ihn, herunterzukommen. Er protestierte gegen die Zurückstellung, die er erleide.

»Ihr könnt mich nicht hindern zu rufen: Ewige Liebe unserm teuren Frankreich! ewige Liebe auch der Republik!«

»Citoyens!« sagte nun Compain, »Citoyens!«

Und nachdem er oft genug »Citoyens« gesagt und ein wenig Ruhe erwirkt hatte, stützte er seine zwei roten Hände, gleich Armstümpfen, auf die Tribüne, beugte sich weit vor, kniff die Augen zusammen:

»Ich glaube, es braucht eine größere Verbreitung des Kalbskopfes.«

Alles schwieg, offenbar hatte man sich verhört.

»Jawohl! des Kalbskopfes!«

Auf einen Schlag lachten dreihundert Kehlen. Die Zimmerdecke bebte. Angesichts all dieser freudeverzerrten Gesichter machte Compain ein paar Schritte rückwärts. In zornigem Ton wiederholte er:

»Wie! den Kalbskopf kennt ihr nicht!«

Es war ein Rasen, ein Toben. Man hielt sich den Bauch. Einige fielen sogar zu Boden, unter die Bänke. Compain, der es nicht länger ertrug, flüchtete zu Regimbart und wollte ihn mit sich hinausziehen.

»Nein! ich bleibe bis zum Schluss!« sagte der Citoyen.

Diese Antwort drängte Frédéric zu einer Entscheidung; und während er rechts und links nach seinen Freunden spähte, die ihm beistehen sollten, entdeckte er vor sich Pellerin auf der Tribüne. Der Künstler behandelte die Menge von oben herab.

»Ich würde zu gerne wissen, wo ist der Kandidat der Kunst bei alledem? Ich habe ein Bild gemalt ...«

»Was scheren uns Bilder!« sagte grob ein hagerer Mann mit rotfleckigen Wangen.

Pellerin protestierte gegen die Unterbrechung.

Der andre aber in tragischem Ton:

»Hätte die Regierung nicht längst durch einen Erlass die Prostitution abschaffen müssen und das Elend?«

Und weil diese Worte ihm sogleich die Gunst des Volkes einbrachten, wetterte er nun gegen die Verderbtheit der Großstädte.

»Schmach und Schande! Man müsste die Bürger beim Verlassen der Maison d'Or abfischen und ihnen ins Gesicht spucken! Würde die Regierung wenigstens nicht die Unzucht fördern! Aber die Angestellten beim Stadtzoll benehmen sich gegen unsere Töchter und Schwestern mit einer Frechheit ...«

Eine Stimme erschallte von weit hinten:

»Der ist ja ulkig!«

»Raus!«

»Mit unseren Abgaben finanzieren sie nur die Libertinage! Zum Beispiel die hohen Bezüge der Schauspieler …«

»Lasst mich!« schrie Delmar.

Er sprang auf die Tribüne, schob alle beiseite, warf sich in Pose; dann erklärte er, so platte Anschuldigungen müsse er missbilligen, und verbreitete sich über die zivilisatorische Aufgabe des Komödianten. Das Theater sei nun einmal die Heimstatt der Volksbildung, darum plädiere er für die Reform des Theaters; und vor allem, keine Direktoren mehr, keine Privilegien!

»Ja! überhaupt keine!«

Der Auftritt des Schauspielers erhitzte die Masse, und es hagelte subversive Anträge.

»Keine Akademien mehr! kein Institut!«

»Keine Delegationen!«

»Kein Baccalaureat!«

»Nieder mit den akademischen Graden!«

»Behalten wir sie«, sagte Sénécal, »jedoch verliehen durch allgemeine Abstimmung, durch das Volk, den einzig wahren Richter!«

Am dringlichsten sei freilich nicht das. Zuerst müsse man die Köpfe der Reichen gleichmachen! Und er malte sie unter ihren vergoldeten Zimmerdecken, sich im Verbrechen suhlend, während die Armen in ihren Löchern, gekrümmt vor Hunger, jede Tugend pflegten. Der Beifall wurde so laut, dass er innehielt. Ein paar Minuten stand er da, mit geschlossenen Lidern, zurückgeworfenem Kopf und als wiege er sich in diesem Zorn, den er entfachte.

Dann sprach er weiter, auf dogmatische Art, in Sätzen so zwingend wie Gesetze. Der Staat müsse Bank- und Versicherungswesen in seine Gewalt bringen. Die Erberei werde abgeschafft. Man wolle einen Sozialfonds für die Werktätigen. Noch viele andere Maßnahmen seien erforderlich in der Zukunft. Diese hier reichten fürs erste; und auf die Wahlen zurückkommend:

»Wir brauchen lautere Citoyens, ganz und gar neue Männer! Möchte jemand antreten?«

Frédéric stand auf. Von seinen Freunden kam beifälliges Raunen. Doch Sénécal machte ein Gesicht wie Fouquier-Tinville und fragte ihn sogleich nach Name, Vorname, Vergangenheit, Lebensweise und Lebenswandel.

Frédéric antwortete kurzgefasst und biss sich auf die Lippen. Sénécal wollte wissen, ob jemand einen Hinderungsgrund sehe für diese Kandidatur.

»Nein! nein!«

Er jedoch sah einen. Alle beugten sich vor und spitzten die Ohren. Der Citoyen und Bewerber habe eine gewisse zugesagte Summe für eine demokratische Neugründung, eine Zeitung, nicht ausgehändigt. Zudem habe er am 22. Februar, obschon hinreichend benachrichtigt, beim Treffen auf der Place du Panthéon gefehlt.

»Ich schwöre, er war in den Tuilerien!« rief Dussardier.

»Können Sie schwören, Sie haben ihn beim Panthéon gesehen?«

Dussardier senkte den Kopf; Frédéric schwieg; seine schockierten Freunde schauten besorgt.

»Gibt es wenigstens«, fragte Sénécal weiter, »einen Patrioten, der für Ihre Prinzipien bürgt?«

»Ich!« sagte Dussardier.

»Oh! das genügt nicht! ein andrer!«

Frédéric wandte sich zu Pellerin. Der Künstler antwortete mit ausufernder Gestik, die sagte:

»Ach! mein Lieber, die haben mich abgewiesen! zum Teufel! was soll ich tun!«

Da stieß Frédéric mit dem Ellbogen Regimbart.

»Ja! richtig! höchste Zeit, ich geh schon!«

Und Regimbart erklomm das Podium; dann auf den Spanier deutend, der ihm gefolgt war:

»Gestatten Sie mir, Citoyens, ich möchte einen Patrioten aus Barcelona vorstellen!«

Der Patriot machte eine tiefe Verbeugung, rollte wie ein Automat die silbernen Augen, und mit der Hand auf dem Herzen:

»Ciudadanos! mucho aprecio el honor que me dispensáis, y si grande es vuestra bondad mayor es vuestra atención.«

»Ich verlange das Wort!« schrie Frédéric.

»Desde que se proclamó la constitución de Cádiz, ese pacto fundamental de las libertades españolas, hasta la última revolución, nuestra patria cuenta numerosos y heroicos mártires.«

Frédéric kämpfte noch einmal um Gehör:

»Aber, Citoyens! …«

Der Spanier redete weiter:

»El martes próximo tendrá lugar en la iglesia de la Magdelena un servicio fúnebre.«

»Das ist doch absurd! keiner versteht ein Wort!«

Diese Bemerkung erboste die Menge.

»Raus! raus!«

»Wer? ich?« fragte Frédéric.

»Sie in Person!« sagte Sénécal hoheitsvoll. »Gehen Sie!«

Er stand auf und ging; die Stimme des Iberers verfolgte ihn:

»Y todos los Españoles desearían ver allí reunidas las deputaciones de los clubs y de la milicia nacional. Une oración fúnebre en honor de la libertad española y del mundo entero, será pronunciada por un miembro del clero de Paris en la sala Bonne-Nouvelle. Honor al pueblo francés, que llamaría yo el primero pueblo del mundo, si no fuese ciudadano de otra nación.«

»Aristo!« kreischte ein faustreckender Strolch, während Frédéric empört hinausstürmte auf den Hof.

Er machte sich seinen Opferwillen zum Vorwurf, ohne zu bedenken, dass die gegen ihn erhobenen Anschuldigungen im Grunde genommen richtig waren. Was für eine unselige Idee, diese Kandidatur! Nein, was für Esel, was für Hohlköpfe! Er verglich sich mit diesen Männern, und ihre Dummheit war Balsam für seinen verletzten Stolz.

Dann verspürte er das Bedürfnis, Rosanette zu sehen. Nach so viel Hässlichkeit und Emphase wäre ihr nettes Persönchen eine Erholung. Sie wusste, an diesem Abend sollte er in einem Klub auftreten. Doch als er kam, stellte sie nicht die kleinste Frage.

Sie saß am Feuer, trennte das Futter aus einem Kleid. Ihn überraschte solche Näharbeit.

»Oh? was machst du?«

»Das siehst du doch«, sagte sie barsch, »ich flicke meine Lumpen! Schuld ist deine Republik!«

»Warum meine Republik?«

»Ist es vielleicht meine?«

Und sie begann ihm alles vorzuwerfen, was seit zwei Monaten in Frankreich geschah, beschuldigte ihn, er habe an der Revolution teilgenommen, sei verantwortlich für ihren Ruin und dass die Reichen wegzogen aus Paris, und sie selbst sterbe später einmal im Armenhaus.

»Du hast leicht reden mit deinen Einkünften! Allerdings, wenn das so weitergeht, hast du sie nicht mehr lang, deine Einkünfte.«

»Gut möglich«, sagte Frédéric, »die Opferwilligsten werden immer verkannt; und hätte man nicht sein Gewissen, die Tölpel, mit denen man sich einlässt, verleideten einem die Selbstlosigkeit!«

Rosanette musterte ihn mit zusammengekniffenen Lidern.

»Hm? Wie? Was für Selbstlosigkeit? Monsieur hatte offenbar keinen Erfolg? Umso besser! das ist dir wohl eine Lehre, patriotische Geschenke zu machen. Oh! lüg nicht! Ich weiß, du hast ihnen dreihundert Franc gegeben, denn sie lässt sich aushalten, deine Republik! Na schön, vergnüg dich mit ihr, mein Lieber!«

Unter dieser Lawine von Dummheiten stürzte Frédéric von dem einen Fiasko in eine noch schlimmere Enttäuschung.

Er verzog sich nach hinten ins Zimmer. Sie kam nach.

»Hör mal! überleg ein bisschen! In einem Land ganz so wie in einem Haus braucht es einen Herrn; sonst macht sich jeder ein Körberlgeld. Erstens weiß alle Welt, Ledru-Rollin steckt bis über die Ohren in Schulden! Was Lamartine angeht, sag mir, warum versteht ausgerechnet ein Dichter was von Politik? Ah! du kannst den Kopf schütteln, so viel du willst, und dich für schlauer halten als alle andern, es stimmt trotzdem! Aber du krittelst immer nur rum; mit dir kommt man nie zu Wort! Zum Beispiel Fournier-Fontaine, vom Kaufhaus Saint-Roch: Weißt du, wie viel Verbindlichkeiten er hat? Achthunderttausend Franc! Und Gomer, der Packer von gegenüber, noch so ein Republikaner, der hat immer die Feuerzange auf dem Kopf seiner Frau zerschlagen und trinkt so viel Absinth, der landet demnächst in einer Anstalt. So sind sie alle, die Republikaner! Eine 25-Prozent-Republik! O ja! du kannst stolz sein!«

Frédéric ging. Die Beschränktheit dieses Mädchens, die sich plötzlich in pöbelhafter Sprache offenbarte, war ihm zuwider. Beinah fühlte er sich wieder als Patriot.

Rosanettes Laune wurde immer schlechter. Mademoiselle Vatnaz ärgerte sie mit ihrer Begeisterung. Überzeugt von ihrer Mission, schwadronierte und predigte sie wie besessen, und stärker auf diesem Gebiet als ihre Freundin, überschüttete sie diese mit Argumenten.

Eines Tages erschien sie, völlig empört über Hussonnet, der sich einen Schabernack erlaubt hatte, im Klub der Frauen. Rosanette begrüßte dieses Verhalten, erklärte sogar, sie wolle Männerkleider anziehen und »denen allen gründlich den Marsch blasen und sie auspeitschen«. In dem Augenblick kam Frédéric herein.

»Du begleitest mich doch, oder?«

Und trotz seiner Anwesenheit zankten sie sich, die eine spielte die Bürgerin, die andre die Philosophin.

Frauen waren, nach Meinung Rosanettes, ausschließlich für die Liebe geboren oder für die Aufzucht der Kinder, für die Haushaltsführung.

Mademoiselle Vatnaz zufolge gehörte der Frau ihr Platz im Staate. Einstmals hätten die Gallierinnen Gesetze gemacht, die Angelsächsinnen ebenfalls, die Gattinnen der Huronen dem Rat angehört. Das zivilisatorische Werk sei ein gemeinsames. Alle Frauen müssten daran mitwirken und endlich den Egoismus ersetzen durch Brüderlichkeit, den Individualismus durch Gemeinschaft, die Zersplitterung durch die große Kultur.

»Ach, wie schön! du verstehst neuerdings was von Kultur!«

»Warum nicht? Außerdem geht es um die Menschheit, um ihre Zukunft!«

»Kümmere dich lieber um deine!«

»Das ist meine Sache!«

Sie gerieten in Harnisch. Frédéric wollte vermitteln. Die Vatnaz ereiferte sich und verteidigte zuletzt sogar den Kommunismus.

»So eine Dummheit!« sagte Rosanette. »Lässt sich das jemals verwirklichen?«

Die andere nannte zum Beweis die Essener, die Böhmischen Brüder, die Jesuiten in Paraguay, die Familie Pingons, unweit von Thiers in der Auvergne; und da sie wild gestikulierte, verfing sich ihre Uhrkette in der Unmenge von Berlocken, an einem hängenden Goldschäfchen.

Auf einmal wurde Rosanette entsetzlich blass.

Mademoiselle Vatnaz suchte immer noch ihren Klunker zu befreien.

»Mach dir keine Mühe«, sagte Rosanette; »jetzt kenn ich deine politischen Ansichten.«

»Was?« fragte die Vatnaz, rot angelaufen wie eine Jungfrau.

»Oh! oh! du verstehst mich schon!«

Frédéric verstand nichts. Zwischen die beiden war offensichtlich etwas Wichtigeres und Persönlicheres getreten als der Sozialismus.

»Und wenn's so wäre?« entgegnete die Vatnaz, forsch sich aufrichtend. »Es ist geborgt, meine Liebe, Schuld gegen Schuld!«

»Weiß Gott! ich leugne meine nicht! wegen ein paar tausend Franc, feine Geschichte! Ich borge wenigstens; ich bestehle niemand!«

Mademoiselle Vatnaz lachte gezwungen.

»Oh! dafür leg ich meine Hand ins Feuer.«

»Pass auf! Die ist dürr und könnte brennen.«

Das alte Mädchen hob die rechte Hand, und sie ihr vors Gesicht haltend:

»Ein paar von deinen Freunden finden sie ganz nach ihrem Geschmack!«

»Andalusier wahrscheinlich? als Kastagnetten!«

»Weibsstück!«

Die Marschallin machte einen ehrerbietigen Diener:

»Wie reizend von Ihnen!«

Mademoiselle Vatnaz erwiderte nichts. Schweißperlen standen ihr auf der Stirn. Ihre Augen starrten auf den Teppich. Sie rang nach Luft. Endlich ging sie zur Tür, und diese mit einem Knall zuschlagend:

»Guten Abend! Sie hören von mir!«

»Mit Vergnügen!« sagte Rosanette.

Die Selbstbeherrschung hatte sie erschöpft. Sie fiel auf den Diwan, zitternd, Schimpfwörter stammelnd, weinend. Quälte sie etwa die Drohung der Vatnaz? Ach, nein! das scherte sie nicht! Alles in allem, möglicherweise schuldete die andre ihr Geld! Es war das Goldschäfchen, ein Geschenk; und inmitten der Tränen entschlüpfte ihr der Name Delmar. Sie liebte also den Mimen!

»Warum hat sie mich dann genommen?« fragte sich Frédéric. »Wieso ist er wieder aufgetaucht? Was zwingt sie, mich zu behalten? Was bedeutet das alles?«

Rosanette schluchzte leise vor sich hin. Sie lag immer noch am Diwanrand, auf der Seite, die rechte Wange in beide Hände geschmiegt, – und wirkte so zart, arglos und verletzt, dass er zu ihr trat und sie behutsam auf die Stirn küsste.

Nun beteuerte sie ihre Anhänglichkeit; der Fürst sei verschwunden, sie wären frei. Nur befinde sie sich gerade etwas … in Verlegenheit. »Du hast ja selbst gesehen, neulich, da musste ich mein altes Futter verwenden.« Keine Equipagen mehr! Und das sei nicht alles; der Tapezierer drohte, die Schlafzimmermöbel abzuholen und die vom großen Salon. Sie wisse nicht ein noch aus.

Frédéric war zu antworten versucht: »Mach dir keine Sorgen! ich zahle!« Aber vielleicht log die Dame. Aus Erfahrung war er inzwischen klug. Er begnügte sich mit tröstenden Worten.

Rosanettes Befürchtungen waren nicht grundlos; sie musste die Möbel zurückgeben, die schöne Wohnung in der Rue Drouot verlassen. Sie nahm sich eine andere, am Boulevard Poissonnière, im vierten Stock. Die Wunderlichkeiten aus ihrem früheren Boudoir genügten und verliehen den drei Räumen ein schmuckes Aussehen. Es gab chinesische Stores, ein Sonnensegel auf der Terrasse, im Salon einen Teppich aus zweiter Hand, fast wie neu, dazu Puffs aus rosa Seide. Frédéric hatte großzügig beigesteuert zu diesen Neuerwerbungen; er war glücklich wie ein Frischvermählter, der endlich sein eigenes Heim besitzt, seine eigene Frau; und weil er sich dort sehr wohl fühlte, kam er fast jeden Abend zum Schlafen.

Eines Morgens, als er aus dem Vorzimmer trat, erblickte er im dritten Stock den Tschako eines die Treppe heraufkommenden Nationalgardisten. Wo der wohl hinwollte? Frédéric wartete. Der Mann kam immer näher, den Kopf leicht gesenkt. Er hob die Augen. Es war der feine Herr Arnoux. Die Lage war eindeutig. Sie erröteten beide gleichzeitig, von derselben Verlegenheit erfasst.

Arnoux fand als erster einen Ausweg.

»Es geht ihr besser, stimmt's?« als sei Rosanette krank und er gekommen, sich nach ihrem Befinden zu erkundigen.

Frédéric nutzte dieses Angebot.

»Ja, sicher! Wenigstens hat ihr Mädchen das gesagt«, und wollte damit zu verstehen geben, man habe ihn nicht empfangen.

Dann standen sie sich gegenüber, beide unentschlossen und einander beobachtend. Jeder wartete, ob der andre ging. Auch diesmal entschied Arnoux die Frage.

»Ach, was! ich komme später wieder! Wo wollten Sie hin? Ich begleite Sie!«

Und als sie auf der Straße waren, plauderte er so ungezwungen wie eh und je. Er war wohl von Natur aus nicht eifersüchtig oder viel zu gutmütig, um sich aufzuregen.

Außerdem machte er sich Sorgen um das Vaterland. Seine Uniform trug er jetzt Tag und Nacht. Am 29. März hatte er die Büros von *La Presse* verteidigt. Als die Kammer gestürmt wurde, glänzte er durch seinen Mut, und er war Teilnehmer am Bankett zu Ehren der Nationalgarde von Amiens.

Hussonnet, stets mit ihm zugleich im Dienst, machte sich mehr als irgendwer sonst seine Feldflasche und seine Zigarren zunutze; doch von seinem Wesen her respektlos, widersprach er ihm gern und höhnte über den schlampigen Stil der Erlasse, die Beratungen im Luxembourg, die Vesuvierinnen, die Tiroler, über alles, bis hin zum Landwirtschaftswagen, gezogen von Pferden anstatt von Ochsen und begleitet von hässlichen jungen Mädchen. Arnoux dagegen verteidigte die Staatsgewalt und träumte von einem Zusammenschluss der Parteien. Seine Geschäfte freilich nahmen eine schlimme Wendung. Es kümmerte ihn nur mäßig.

Das Verhältnis zwischen Frédéric und der Marschallin hatte ihn keineswegs betrübt; denn diese Entdeckung erlaubte ihm (vor seinem Gewissen), den Unterhalt zu streichen, den er ihr seit dem Verschwinden des Fürsten wieder zahlte. Er berief sich auf die schwierigen Umstände, jammerte sehr, und Rosanette war großzügig. Nun betrachtete sich Monsieur Arnoux als der Herzensgeliebte, – was ihn in seiner Selbstachtung hob und zugleich verjüngte. Er bezweifelte nicht, dass Frédéric die Marschallin aushielt, darum war er überzeugt, »einen tollen Streich zu spielen«, suchte vor ihm sein Tun zu verbergen und räumte das Feld, wenn sie einander begegneten.

Dieses Teilenmüssen kränkte Frédéric; und die Höflichkeiten seines Rivalen waren ihm allzu weit getriebener Spott. Doch wäre er böse geworden, er hätte sich jeder Möglichkeit einer Rückkehr zu der anderen beraubt, außerdem war es der einzige Weg, von ihr zu hören. Der Fayencehändler erinnerte wie gewöhnlich, oder vielleicht aus Bosheit, in Gesprächen gerne an sie und fragte sogar, warum er sie denn nicht mehr besuche.

Nachdem Frédéric alle Ausreden erschöpft hatte, versicherte er, mehrmals sei er bei Madame Arnoux gewesen, jedoch umsonst. Arnoux überzeugte das, denn oft zeigte er sich ihr gegenüber verwundert über das Ausbleiben des gemeinsamen Freundes; und sie antwortete stets, sie habe den Besuch verpasst; sodass die eine Lüge die andere nicht bloßstellte, sondern bestätigte.

Die Sanftmut des jungen Mannes und das Vergnügen, ihn an der Nase herumzuführen, bewirkten, dass Arnoux ihn noch lieber mochte. Er trieb die Zwanglosigkeit bis an die äußersten Grenzen, nicht aus Geringschätzung, sondern aus Vertrauen. Eines Tages schrieb er ihm, ein dringendes Geschäft rufe ihn für vierundzwanzig Stunden in die Provinz; er bat ihn, an seiner Stelle Wache zu schieben. Frédéric wagte nicht, ihm das abzuschlagen, und begab sich zum Posten am Carrousel.

Er musste die Gesellschaft der Nationalgardisten ertragen! und mit Ausnahme eines Reinigers, ein Spaßvogel, der ungeheuerlich soff, dünkten sie ihn alle dümmer als ihre Patronentasche. Die Unterhaltung drehte sich hauptsächlich um das Lederzeug, nunmehr ersetzt durch das Koppel. Andere schimpften auf die Nationalwerkstätten. Einer sagte: »Wo soll das hinführen?« Der Angeredete erwiderte, die Augen aufreißend wie am Rande eines Abgrunds: »Wo soll das hinführen?« Da rief ein etwas Forscherer: »So geht das nicht weiter! Schluss damit!« Ein und dasselbe Gerede wiederholte sich bis zum Abend, Frédéric langweilte sich zu Tode.

Seine Überraschung war groß, als er um elf Arnoux auftauchen sah, der sogleich sagte, er komme herbeigeeilt, um ihn abzulösen, denn sein Geschäft sei erledigt.

Er hatte aber gar kein Geschäft. Alles war eine Erfindung, um vierundzwanzig Stunden allein mit Rosanette zu verbringen. Allerdings hatte sich der wackre Arnoux überschätzt, und so spürte er in seiner Erschöpfung einen Gewissensbiss. Er wollte sich bei Frédéric bedanken und lud ihn zum Souper.

»Besten Dank! ich hab keinen Hunger! ich will nur ins Bett!«

»Ein Grund mehr, dass wir morgen früh miteinander essen! Was sind Sie nur für ein Weichling! Jetzt können Sie nicht nach Hause! Es ist zu spät! Das wäre gefährlich!«

Frédéric gab wieder einmal nach. Arnoux, den niemand zurückerwartet hatte, wurde von seinen Waffenbrüdern gehätschelt, ganz besonders vom Reiniger. Alle liebten ihn; und er war ein so gutmütiger Kerl, dass er Hussonnet vermisste. Doch er musste die Augen zumachen, wenigstens eine Minute.

»Kommen Sie hier neben mich«, sagte er zu Frédéric, während er sich auf dem Feldbett ausstreckte, ohne sein Lederzeug abzulegen.

Aus Angst vor einem Alarm, den Vorschriften zum Trotz, behielt er sogar sein Gewehr; lallte dann ein paar Worte: »Mein Liebling! mein kleiner Engel!« und sank in tiefen Schlaf.

Wer noch redete, verstummte; und bald herrschte auf dem Posten tiefe Stille. Frédéric, von Flöhen geplagt, schaute sich um. Auf halber Höhe der gelbgestrichenen Mauer war ein langes Brett, wo die Tornister eine Reihe kleiner Höcker bildeten, darunter lehnten die bleigrauen Gewehre aufrecht nebeneinander; Geschnarch war zu hören, ausgestoßen von den Nationalgardisten, deren Bäuche sich undeutlich abzeichneten im Dunkel. Eine leere Flasche und Teller standen auf dem Ofen. Drei Strohstühle umgaben den Tisch, darauf ausgestreut ein Kartenspiel. Eine Trommel, mitten auf der Bank, ließ ihren Traggurt herabhängen. Ein warmer Wind kam durch die Tür und brachte die Öllampe zum Rauchen. Arnoux schlief mit ausgebreiteten Armen; und da sein Gewehr mit dem Kolben nach unten ein wenig schief neben ihm lag, zeigte die Mündung des Laufs geradewegs unter die Achsel. Frédéric bemerkte es und erschrak.

»Nein, nein! Unfug! es gibt nichts zu befürchten. Aber würde er sterben …«

Und sogleich zogen Bilder endlos an ihm vorüber. Er sah sich mit ihr, nachts, im Postwagen; dann unweit eines Flusses an einem Sommerabend, und beim Schein der Lampe in ihrem gemeinsamen Heim. Er befasste sich sogar mit häuslichen Berechnungen und Planungen, sah es bereits zum Greifen nah, sein Glück; – und damit es Wirklichkeit wurde, musste sich bloß der Gewehrhahn bewegen! Man konnte mit der Zehenspitze anstoßen; der Schuss ginge los, ein Zufall, weiter nichts!

Frédéric verweilte bei dieser Vorstellung wie ein Dramatiker, der ein Stück schreibt. Plötzlich war ihm, als müsse sie jetzt gleich zur Tat führen und er wäre daran beteiligt, wollte es gern; da packte ihn große Angst. Inmitten all dieser Bangigkeit verspürte er eine Lust und sank immer tiefer hinein, fühlte mit Grauen seine Skrupel schwinden; in der Raserei seines Traums verblasste die restliche Welt; und das alleinige Bewusstsein von sich selbst war ein unerträglicher Druck auf der Brust.

»Trinken wir einen Weißwein?« sagte der eben erwachte Reiniger.

Arnoux sprang auf die Beine; und als der Weißwein getrunken war, wollte er Frédérics Wache übernehmen.

Danach führte er ihn zum Essen in die Rue de Chartres, zu Parly; und da er wieder zu Kräften kommen musste, bestellte er sich zwei Fleischgerichte, einen Hummer, ein Omelette mit Rum, einen Salat usw., das alles begossen mit einem Sauternes 1819, einem 42er Romanée, nicht eingerechnet der Champagner zum Dessert und die Spirituosa.

Frédéric hinderte ihn an gar nichts. Er war befangen, als könnte der andre auf seinem Gesicht die Spur seiner Gedanken entdecken.

Die Ellbogen auf den Tischrand gestützt und weit vorgebeugt, erzählte Arnoux, ihn mit seinem Blick belästigend, von phantastischen Plänen.

Er wollte alle Dämme der Nordbahn pachten und dort Kartoffeln pflanzen oder auf den Boulevards ein Riesendefilee veranstalten, und alle »Berühmtheiten der Zeit« müssten dabei sein. Er würde alle Fenster vermieten, was bei einem Durchschnittspreis von drei Franc einen hübschen Gewinn abwarf. Kurzum, er träumte von dem großen Glückstreffer durch Hamstern. Und doch war er Moralist, rügte Ausschweifung und Liederlichkeit, sprach von seinem »armen Vater« und erforschte jeden Abend, wie er sagte, sein Gewissen, bevor er seine Seele Gott empfahl.

»Ein bisschen Curaçao, hä?«

»Wie Sie möchten.«

Und die Republik, da würde sich schon alles einrenken; mit einem Wort, er war der glücklichste Mann auf Erden; und sich vergessend, rühmte er Rosanettes Vorzüge, verglich sie gar mit seiner Frau. Das war etwas ganz anderes! So schöne Schenkel gab's nur einmal!

»Auf Ihr Wohl!«

Frédéric erhob sein Glas. Aus Freundlichkeit hatte er ein wenig zu viel getrunken; außerdem blendete ihn die Sonne; und als sie miteinander die Rue Vivienne hinaufschlenderten, berührten sich ihre Epauletten brüderlich.

Wieder zu Hause, schlief Frédéric bis sieben. Dann begab er sich zur Marschallin. Sie war mit irgendwem ausgegangen. Mit Arnoux vielleicht? Da er nicht wusste, was er anfangen sollte, spazierte er weiter auf dem Boulevard, kam jedoch nicht hinaus über die Porte Saint-Martin, so dicht war das Menschengewühl.

Die allgemeine Not hatte viele Arbeiter sich selbst überlassen; und sie kamen jeden Abend hierher, vermutlich zu einer Art Truppenschau und in Erwartung eines Zeichens. Dem Gesetz gegen Zusammenrottungen zum Hohn, mehrten sich diese *Klubs der Verzweiflung* in erschreckender Weise; und viele Bürger gesellten sich tagtäglich dazu, aus Trotz, aus Mode.

Plötzlich entdeckte Frédéric drei Schritt entfernt Monsieur Dambreuse mit Martinon; er drehte den Kopf in eine andere Richtung, denn Monsieur Dambreuse hatte sich zum Volksvertreter ernennen lassen, und er grollte deswegen. Der Kapitalist aber rief nach ihm.

»Auf ein Wort, werter Herr! Ich schulde Ihnen eine Erklärung.«

»Ich verlange keine.«

»So hören Sie doch bitte!«

Es war keineswegs seine Schuld. Man hatte ihn gebeten, sozusagen gezwungen. Martinon bestätigte sogleich seine Worte: eine Abordnung aus Nogent habe ihn aufgesucht.

»Übrigens glaubte ich alle Freiheit zu haben, nachdem ...«

Auf dem Trottoir vorwärtsdrängende Menschen zwangen Monsieur Dambreuse, beiseitezutreten. Einen Augenblick später war er zurück, im Gespräch mit Martinon:

»Da haben Sie mir einen wahren Dienst erwiesen! Es soll Sie nicht reuen ...«

Alle drei stellten sich vor ein Ladengeschäft, um bequemer plaudern zu können.

Von Zeit zu Zeit hörte man Geschrei: »Es lebe Napoleon! Es lebe Barbès! Nieder mit Marie!« Die unübersehbare Menge redete sehr laut; – und all diese Stimmen, von den Hauswänden zurückgeworfen, klangen wie das fortwährende Wellengeplätscher in einem Hafen. Hin und wieder verstummten sie, dann ertönte die *Marseillaise*. Unter den Toreinfahrten boten geheimnisvolle Männer Stockdegen zum Verkauf. Manchmal gingen zwei Kerle aneinander vorbei, zwinkerten mit den Augen und entfernten sich rasch. Gruppen von Gaffern versperrten die Trottoirs; eine undurchdringliche Masse wogte auf dem Straßenpflaster. Ganze Trupps von Polizisten, die aus Seitengassen kamen, verschwanden in ihr, kaum waren sie hineingeraten. Rote Fähnchen hier und dort erinnerten an Flammen; die Kutscher gestikulierten wild von ihren Böcken herab, dann machten sie kehrt. Es war ein Hin und Her, ein höchst amüsantes Schauspiel.

»Wie hätte das alles«, sagte Martinon, »Mademoiselle Cécile gefallen!«

»Meine Frau, das wissen Sie doch, sieht es nicht gern, wenn meine Nichte uns begleitet«, erwiderte lächelnd Monsieur Dambreuse.

Er war nicht wiederzuerkennen. Seit drei Monaten schrie er: »Es lebe die Republik!« und hatte sogar für die Verbannung der d'Orléans gestimmt. Aber die Zugeständnisse mussten ein Ende nehmen. Er war so erbittert, dass er einen Totschläger in der Tasche mit sich herumtrug.

Auch Martinon besaß einen. Seit die hohen Justizbeamten nicht mehr unabsetzbar waren, hatte er sich von der Staatsanwaltschaft zurückgezogen, und jetzt übertraf er Monsieur Dambreuse an Wut.

Der Bankier hasste im besonderen Lamartine (denn der hatte Ledru-Rollin unterstützt) und dazu noch Pierre Leroux, Proudhon, Considérant, Lamennais, all die Hitzköpfe, all die Sozialisten.

»Was wollen sie denn noch? Man hat den Stadtzoll auf Fleisch abgeschafft und die Schuldhaft; jetzt prüft man den Plan für eine Hypothekenbank; neulich war es eine

Nationalbank! und dann fünf Millionen im Budget für die Arbeiter! Zum Glück ist das jetzt vorbei, dank Monsieur de Falloux. Gute Reise! die sollen verschwinden!«

Tatsächlich hatte der Minister für Öffentliche Bauvorhaben, der nicht wusste, wie er die hundertdreißigtausend Männer in den Nationalwerkstätten ernähren sollte, an ebendiesem Tag einen Erlass unterzeichnet, der alle Staatsbürger zwischen achtzehn und zwanzig aufforderte, entweder als Soldaten Dienst zu tun oder in die Provinz zu gehen und dort die Erde umzugraben.

Diese Alternative empörte sie, überzeugt, man wolle die Republik zerstören. Ein Leben fern der Hauptstadt machte ihnen Kummer wie eine Verbannung; sie sahen sich an Fieber dahinsiechen, in trostlosen Gegenden. Vielen übrigens, an feinere Arbeit gewöhnt, schien der Ackerbau eine Erniedrigung; kurzum, das ganze war ein Köder, nichts als Spott, die Leugnung aller Versprechen. Leisteten sie Widerstand, würde man Gewalt anwenden; daran zweifelten sie nicht und trafen Vorkehrung, ihr entgegenzutreten.

Gegen neun Uhr strömten die Menschenansammlungen, die sich auf der Place de la Bastille und der Place du Châtelet gebildet hatten, in Richtung Boulevard. Von der Porte Saint-Denis bis zur Porte Saint-Martin herrschte ein einziges riesiges Gewimmel, eine kompakte Masse, dunkelblau, beinahe schwarz. Die Männer, die man hervortauchen sah, hatten glühende Augen, fahle Haut, vom Hunger ausgezehrte, vom Unrecht aufgewühlte Gesichter. Doch es türmten sich Wolken; und weil der Gewitterhimmel die elektrische Spannung der Menge noch steigerte, wirbelte sie um sich selbst, unentschlossen, mit mächtigem Gewoge; und man spürte in ihren Tiefen eine ungeheure Kraft und etwas wie die Energie eines Elements. Dann begann alles zu singen: »Lampions! Lampions!« Einige Fenster wurden nicht hell; Steine flogen in die Scheiben. Monsieur Dambreuse hielt es für ratsam zu verschwinden. Die beiden jungen Männer begleiteten ihn nach Haus.

Ihm schwante großes Unheil. Das Volk konnte ein weiteres Mal die Kammer stürmen; und bei der Gelegenheit erzählte er, wie er am 15. Mai gestorben wäre ohne die aufopfernde Hilfe eines Nationalgardisten.

»Aber das war ja Ihr Freund, fast hätt ich's vergessen! Ihr Freund, der Fayencenhersteller, Jacques Arnoux!« Während des Aufruhrs drohten die Leute ihn zu ersticken; dieser wackere Citoyen habe ihn in die Arme genommen und weggebracht. Seither war eine Art Verbindung entstanden. »Demnächst einmal sollten wir miteinander dinieren, und da Sie ihn öfter sehen, bestellen Sie doch, wie sehr ich ihn mag. Ein trefflicher Mann, verleumdet, wenn Sie mich fragen; und geistreich ist er, dieser Schelm! Meine Empfehlung, noch einmal! und schönen guten Abend! ...«

Frédéric ging, nachdem er sich von Monsieur Dambreuse verabschiedet hatte, wieder zur Marschallin; und sagte mit finsterer Miene, sie müsse sich entscheiden zwischen ihm und Arnoux. Sie erwiderte sanftmütig, sie verstehe kein Wort von »derlei Getratsche«, liebe Arnoux nicht, hänge an ihm kein bisschen. Frédéric hatte große Lust, Paris zu verlassen. Sie widersetzte sich dieser Laune nicht, und gleich am nächsten Tag fuhren sie nach Fontainebleau.

Das Hotel, in dem sie abstiegen, unterschied sich von den andern durch einen plätschernden Springbrunnen in der Mitte des Hofs. Die Türen der Zimmer öffneten sich auf einen Gang wie in Klöstern. Ihres war groß, eingerichtet mit guten Möbeln, kattunbespannt und ruhig, dank der wenigen Gäste. An den Häusern entlang schlenderten müßige Bürger; unter ihren Fenstern spielten ein wenig später, als der Tag sich neigte, Kinder auf der

Straße eine Runde Barrenlauf; – und diese Stille, nach dem Lärm von Paris, hatte für die beiden etwas Überraschendes, Besänftigendes.

Früh am Morgen gingen sie das Schloss besichtigen. Gleich hinter dem Gittertor, erblickten sie seine ganze Fassade, mit den fünf Pavillons samt Spitzdächern und der Treppe in Hufeisenform am Ende des Hofes, den rechts und links zwei niedrigere Gebäudetrakte säumen. Flechten auf dem Pflaster verschwimmen von weitem mit dem falben Ton des Backsteins; und der ganze Palast, rostrot wie eine alte Rüstung, hatte etwas königlich Abgeklärtes, eine Art militärische und traurige Größe.

Endlich erschien ein Diener mit dem Schlüsselbund. Er zeigte ihnen zunächst die Gemächer der Königinnen, die Betkapelle des Papstes, die Galerie von Franz I., den kleinen Mahagonitisch, an dem der Kaiser seine Abdankung unterzeichnete, und in einem der Räume, welche die einstige Galerie der Hirsche unterteilten, jene Stelle, wo Christina einst Monaldeschi ermorden ließ. Rosanette lauschte aufmerksam der Geschichte, dann, sich zu Frédéric drehend:

»Sicher aus Eifersucht? Nimm dich in acht!«

Anschließend gingen sie durch den Ratssaal, den Saal der Garde, den Thronsaal, den Salon Ludwigs XIII. Die hohen Fenster ohne Vorhänge verbreiteten weißes Licht; Staub trübte leicht die Griffe der Drehriegel, die Messingfüße der Konsolen; Tücher aus grober Leinwand verhüllten die Sessel; man sah über den Türen Jagdszenen aus der Zeit Ludwigs XV. und hier und dort Tapisserien, die Götter des Olymp darstellend, Psyche oder die Schlachten Alexanders.

Wenn sie an einem der Spiegel vorbeikam, blieb Rosanette eine Minute stehen und strich über ihr gescheiteltes Haar.

Nach dem Donjon-Hof und der Saint-Saturnin-Kapelle gelangten sie in den Festsaal.

Sie waren geblendet vom Glanz der Decke, unterteilt in achteckige Kassetten, mit Gold und Silber verziert, feiner gearbeitet als ein Schmuckstück, und vom Überfluss der Gemälde, die alle Wände bedecken, vom riesigen Kamin, auf dem Halbmonde und Köcher das Wappen Frankreichs umrahmen, bis hin zur Tribüne der Musiker, die am anderen Ende die ganze Saalbreite einnimmt. Die zehn Bogenfenster standen weit offen; die Sonne brachte die Gemälde zum Leuchten, der blaue Himmel dehnte bis ins Unendliche das Ultramarin der Wölbungen; und aus den Tiefen der Wälder, deren luftige Wipfel den Horizont erfüllten, schien ein Echo herüberzudringen von den Halalis, geblasen in elfenbeinerne Hörner, und von den mythologischen Balletten, die unter dem Laubwerk Prinzessinnen und adlige Herren zusammenführten, verkleidet als Nymphen und Waldgötter, – eine Zeit arglosen Wissensdrangs, stürmischer Leidenschaft und prunkvoller Kunst, da als höchstes Ziel galt, die Welt in einen Hesperidentraum zu entführen, und die Mätressen der Könige verschmolzen mit den Gestirnen. Die Schönste unter diesen Berühmtheiten hatte sich, rechter Hand, als Jägerin Diana malen lassen und sogar als Diana der Unterwelt, wahrscheinlich um ihre Macht zu bekunden, bis über das Grab hinaus. All diese Symbole bestätigen ihren Ruhm; und es bleibt etwas von ihr, eine unscharfe Stimme, eine Ausstrahlung, die immer weiter anhält.

Frédéric überfiel eine rückwirkende und unaussprechliche Lüsternheit. Um sich abzulenken von seinem Verlangen, betrachtete er Rosanette zärtlich und fragte, ob sie nicht gern diese Frau hätte sein wollen.

»Welche Frau?«

»Diane de Poitiers!«

Er wiederholte:

»Diane de Poitiers, die Mätresse Heinrichs II.«

Sie ließ ein kurzes »Ah!« vernehmen. Das war alles.

Ihr Schweigen bewies deutlich, sie hatte keine Ahnung, verstand nichts, deshalb sagte er aus Freundlichkeit:

»Du langweilst dich vielleicht?«

»Nein, nein, im Gegenteil!«

Und mit erhobenem Kinn, während ihr Blick geistesabwesend umherschweifte, tat Rosanette die Bemerkung:

»Das weckt Erinnerungen!«

Dennoch verriet ihre Miene ein Bemühen, den Willen zur Ehrfurcht; und weil dieser ernsthafte Ausdruck sie hübscher machte, hatte Frédéric Nachsicht.

Der Karpfenteich amüsierte sie mehr. Eine Viertelstunde lang warf sie Brotstückchen ins Wasser, um die Fische springen zu sehen.

Frédéric hatte sich neben sie gesetzt, unter die Linden. Er dachte an all die Persönlichkeiten, die hier ein und aus gegangen waren, Karl V., die Valois, Heinrich IV., Peter der Große, Jean-Jacques Rousseau und »die weinenden Schönen in den Erster-Rang-Logen«, Voltaire, Napoleon, Pius VII., Louis-Philippe; er fühlte sich umgeben, in Berührung mit diesen lärmenden Toten; ein solches Durcheinander von Bildern machte ihn ganz benommen, obwohl er ihm einen gewissen Reiz abgewann.

Schließlich gingen sie hinunter zum Parterre.

Es ist ein weitläufiges Rechteck, das auf einen einzigen Blick alles offenbart, seine breiten gelben Wege, seine Rasenbeete, seine Buchsbaumbänder, seine Taxuspyramiden, sein niedriges Grün und seine schmalen Rabatten, wo vereinzelte Blumen Flecken bilden auf der grauen Erde. Am Ende des Gartens entfaltet sich ein

Park, in seiner ganzen Ausdehnung durchzogen von einem Kanal.

Königliche Residenzen besitzen eine eigenartige Melancholie, und das liegt wohl an ihren für die kleine Zahl der Gäste allzu mächtigen Ausmaßen, an der Stille, die einen dort überrascht nach so viel Fanfarengeschmetter, an ihrem reglosen Prunk, durch sein Alter Zeuge für die Vergänglichkeit der Dynastien, für den ewigen Jammer aller Dinge; – und diese Ausdünstung der Jahrhunderte, betäubend und schauerlich wie der Geruch einer Mumie, spüren selbst naive Geschöpfe. Rosanette gähnte maßlos. Sie kehrten zurück ins Hotel.

Nach dem Mittagessen brachte man ihnen einen offenen Wagen. Sie verließen Fontainebleau über ein großes Rondell, fuhren dann im Schritt die Sandstraße hinauf zu einem niedrigen Kieferngehölz. Die Bäume wurden größer; und der Kutscher sagte von Zeit zu Zeit: »Da drüben die Siamesischen Zwillinge, der Pharamond, der Königsstrauß ...«, vergaß keinen der berühmten Orte, hielt manchmal sogar, damit man sie bewundern konnte.

Sie kamen in den Hochwald bei Franchard. Der Wagen glitt wie ein Schlitten über das Gras; Tauben, die man nicht sah, gurrten; plötzlich war da ein Kellner; und sie hielten vor dem Eingang zu einem Garten, wo runde Tische standen. Dann gingen sie, die Mauern einer verfallenen Abtei links liegenlassend, über große Felsblöcke und erreichten bald das Ende der Schlucht.

Sie ist auf einer Seite bedeckt von einer Mischung aus Sandstein und Wacholdergesträuch, während auf der andern das beinah kahle Gelände zum Talboden hin abfällt, wo mitten durch die Farbe des Heidekrauts ein Pfad seine blasse Linie zieht; und ganz in der Ferne erblickt man einen Gipfel in der Form eines stumpfen Kegels, mit dem Turm eines Telegraphen dahinter.

Eine halbe Stunde später machten sie sich noch einmal zu Fuß auf den Weg, um die Höhen von Aspremont zu erklimmen.

Der Pfad verläuft im Zickzack zwischen gedrungenen Kiefern, unter Felsen mit kantigem Profil; dieser ganze Teil des Waldes hat etwas Gedämpftes, ein wenig Unberührtes und Andächtiges. Man denkt an die Einsiedler, Gefährten der großen Hirsche mit feurigem Kreuz zwischen den Stangen ihres Geweihs, die mit väterlichem Lächeln die vor ihren Höhlen knienden guten Könige Frankreichs empfingen. Harzgeruch erfüllte die warme Luft, Wurzeln dicht überm Boden liefen kreuz und quer wie Adern. Rosanette stolperte, war verzweifelt, hätte am liebsten geweint.

Doch ganz oben besserte sich ihre Laune, denn sie entdeckte unter einem Dach aus Zweigen eine Art Schankwirtschaft, wo man Holzschnitzereien verkauft. Sie trank eine Flasche Limonade, kaufte sich einen Stock aus Stechpalme; und ohne einen Blick für die Landschaft, die man von der Hochfläche überschaut, betrat sie die Räuberhöhle, hinter einem fackeltragenden Knirps.

Der Wagen erwartete sie in Le Bas-Bréau.

Ein Maler in blauem Kittel arbeitete am Fuß einer Eiche, seinen Farbkasten auf den Knien. Er hob den Kopf und sah ihnen hinterher.

Mitten auf der Anhöhe von Chailly entlud sich plötzlich eine Wolke, und sie mussten das Verdeck zuklappen. Fast im selben Augenblick war der Regen vorbei; und das Straßenpflaster glänzte unter der Sonne, als sie wieder in das Städtchen hineinfuhren.

Frisch angekommene Reisende erzählten, in Paris wüte eine blutige Schlacht. Rosanette und ihr Geliebter waren nicht überrascht. Dann verschwanden alle, das Hotel war von neuem friedlich, das Gaslicht erlosch, und sie wurden in den Schlaf gewiegt vom Gemurmel des Springbrunnens im Hof.

Am nächsten Tag besuchten sie die Wolfsschlucht, den Feenteich, den Langen Fels, die Marlotte; am übernächsten Tag machten sie weiter, auf gut Glück, wie es dem Kutscher gefiel, ohne zu fragen, wo sie waren, und oft übersahen sie sogar die bekannten Orte.

So wohl fühlten sie sich in ihrem alten Landauer, niedrig wie ein Sofa und bezogen mit verblichner gestreifter Leinwand! Die Gräben voller Gestrüpp flogen an ihren Augen vorüber, in sanfter und steter Bewegung. Weiße Strahlen drangen wie Pfeile durchs hohe Farnkraut; zuweilen lag ein nicht mehr benutzter Weg in gerader Linie vor ihnen; und Gräser wiegten sich träge hier und dort. In der Mitte von Gabelungen breitete ein Kreuz seine vier Arme; anderswo neigten sich Pfosten wie abgestorbene Bäume, und kleine gewundene Pfade, die sich unter Blättern verloren, machten Lust, ihnen zu folgen; im selben Augenblick drehte das Pferd, sie fuhren hinein, man versank im Schlamm; ein Stück weiter war Moos gewachsen am Rand der tiefen Radspur.

Sie wähnten sich weit entfernt von den andern, ganz allein. Doch plötzlich kam ein Wildhüter vorüber mit seinem Gewehr oder ein Schwarm zerlumpter Frauen, lange Reisigbündel auf dem Rücken.

Sobald der Wagen hielt, verbreitete sich allumfassende Stille; man hörte einzig das Schnauben des Pferds an der Deichsel, dazu einen Vogelruf, ganz schwach, immer wieder.

Das Licht, an manchen Stellen den Waldsaum erleuchtend, beließ die Tiefen im Dunkel; oder im Vordergrund abgedämpft durch eine Art Dämmer, verbreitete es in der Ferne violette Dunstschleier, eine weiße Helligkeit. In der Mitte des Tages, wenn die Sonne lotrecht herabfiel, sprenkelte sie das ausladende Grün, hängte silbrige Tropfen an die Spitzen der Zweige, streifte den Rasen mit smaragdenen Bahnen, streute goldene Tupfer auf das welke Laub; warf man den Kopf in den Nacken, sah man den Himmel zwischen den Wipfeln der Bäume. Manche, von gigantischer Höhe, wirkten wie Patriarchen und Kaiser, oder sie berührten sich an der Spitze, bildeten mit ihren langen Stämmen so etwas wie einen Triumphbogen; andere wiederum, von unten her schräg emporgewachsen, glichen Säulen kurz vorm Umfallen.

Diese Masse dicker senkrechter Linien öffnete sich ab und zu einen Spalt. Dann entrollten sich ungeheure grüne Fluten in unregelmäßigen Buckeln bis auf den Talgrund, dort schoben sich die Kuppen anderer Hügel hinein, die, goldgelbe Ebenen überragend, sich irgendwo verloren in dunstiger Blässe.

Seite an Seite auf einer Anhöhe stehend, den Wind einatmend, spürten sie etwas wie den Stolz eines freieren Lebens in ihre Seelen dringen, und zugleich einen Überfluss an Kraft, eine grundlose Freude.

Die Vielfalt der Bäume war ein abwechslungsreiches Schauspiel. Die Buchen mit weißer und glatter Rinde vereinten ihre Kronen; Eschen beugten träge ihr blaugrünes Gezweig; im Jungholz der Hainbuchen sträubten sich bronzeartige Stechpalmen; dann kam eine Reihe schlanker Birken, in wehmütiger Haltung geneigt; und die Kiefern, symmetrisch wie Orgelpfeifen, sich wiegend in einem fort, schienen zu singen. Es gab riesige, zerfurchte Eichen, die sich wanden, sich reckten vom Boden, einander umschlangen und standfest auf ihren Stämmen, Leibern gleich, mit nackten Armen verzweifelte Rufe ausstießen, grimmige Drohungen, wie eine Titanenschar, erstarrt in ihrer Wut. Etwas noch Beklemmenderes, eine fiebrige Wehmut schwebte über den Teichen, deren glatte Wasserfläche sich abzeichnete zwischen Dorngestrüpp; die Flechten am Ufer, wohin die

Wölfe zum Trinken kommen, sind schwefelgelb, versengt wie von Hexenschritten; und das unausgesetzte Gequak der Frösche antwortet dem Krächzen kreisender Krähen. Dann fuhren sie durch eintönige Lichtungen, hier und dort mit Lassreidel bepflanzt. Eisengehämmer erdröhnte, eine Vielzahl wuchtiger Schläge: Am Hang eines Hügels bearbeitete ein Trupp Steinbrecher den Fels. Die Blöcke wurden immer zahlreicher und füllten schließlich die ganze Landschaft, würfelig wie Häuser, flach wie Grabplatten, sich stützend, überhängend, bunt durcheinander gleich den unkenntlichen und grauenerregenden Trümmern einer untergegangenen Stadt. Doch gerade die Raserei ihres Chaos lässt eher an Vulkane denken, an Sintfluten, an große unbekannte Kataklysmen. Frédéric sagte, sie wären hier seit Anbeginn der Welt und würden bleiben bis an ihr Ende; Rosanette wandte den Kopf, behauptete, »das mache sie noch ganz verrückt«, und ging Heidekraut pflücken. Die kleinen violetten Blüten, dicht aneinandergedrängt, bildeten unregelmäßige Flecken, und die darunter wegbröckelnde Erde nähte gleichsam schwarze Fransen an den Saum aus glimmerig glitzerndem Sand.

An einem Tag kamen sie auf halbe Höhe eines Hügels ganz aus Sand. Seine Oberfläche, von Fußspuren unberührt, war gestreift mit symmetrischen Wellen; hier und dort, wie Vorgebirge über dem ausgetrockneten Bett eines Ozeans, erhoben sich Felsblöcke, dunkel an Tiergestalten mahnend, Schildkröten mit vorgerecktem Kopf, robbende Seehunde, Nilpferde und Bären. Niemand. Kein Laut. Die Sandwüste, beschienen von der Sonne, war blendend; – und plötzlich, im Lichtgeflimmer, war es, als bewegten sich die Tiere. Schnell machten die beiden kehrt, flohen vor dem Schwindelgefühl, beinah erschrocken.

Der Ernst des Waldes wirkte ansteckend; und sie verbrachten Stunden im Schweigen, ganz dem Schaukeln des Wagens hingegeben, wie benommen von stiller Trunkenheit. Den Arm um ihre Taille gelegt, lauschte er dem Geplauder, während die Vögel zwitscherten, und beobachtete fast mit ein und demselben Blick die schwarzen Trauben ihres Kapotthütchens und die Beeren der Wacholdersträuche, die Falten ihres Schleiers, die Schnörkel der Wolken; und wenn er sich zu ihr beugte, mischte sich die Frische ihrer Haut mit dem kräftigen Waldesduft. Sie hatten an allem ihr Vergnügen; sie zeigten einander, als etwas Besonderes, die zwischen den Büschen hängenden Marienfäden, volle Wasserlöcher im Gestein, das Eichhörnchen auf einem Ast, zwei flatternde Schmetterlinge, die ihnen folgten; oder nur zwanzig Schritt entfernt, unter den Bäumen, da spazierte friedlich eine Hindin in edler und sanfter Haltung, daneben ihr Kalb. Rosanette wäre ihm gern nachgelaufen und hätte es geküsst.

Einmal hatte sie große Angst, als ein Mann plötzlich auftauchte, ihr drei Vipern in einer Schachtel zeigte. Entsetzt klammerte sie sich an Frédéric; – es machte ihn glücklich, dass sie schwach war und er sich stark genug fühlte, sie zu beschützen.

Am selben Abend aßen sie in einem Gasthof an der Seine. Der Tisch stand beim Fenster, Rosanette saß ihm gegenüber; und er betrachtete ihr zartes weißes Näschen, ihre gekräuselten Lippen, ihre hellen Augen, ihr kastanienbraunes gescheiteltes Haar, das sich füllig bauschte, ihr hübsches ovales Gesicht. Das Kleid aus naturbeigem Foulard umschmiegte eng ihre leicht abfallenden Schultern; und ihre beiden Hände mit den schlicht einfarbigen Manschetten schnitten Stückchen, füllten die Gläser, glitten über das Tischtuch. Man servierte ihnen ein Huhn, das alle viere von sich streckte, eine Matelote vom Aal in irdener Schüssel, herben Wein, viel zu hartes Brot, schartige Messer. Das alles erhöhte nur ihr Vergnügen, die Illusion. Fast wähnten sie sich auf einer Reise, nach Italien, in ihren Flitterwochen.

Vor dem Aufbruch machten sie noch einen Spaziergang am Ufer.

Der Himmel, zartblau, gewölbt wie eine Kuppel, ruhte am Horizont auf den Zacken der Wälder. Gegenüber, jenseits der Wiese, stand ein Kirchturm in einem Dorf; und etwas weiter, linker Hand, bildete das Dach eines Hauses einen roten Fleck über dem Fluss, der reglos wirkte in der ganzen Länge seiner Schlangenlinie. Binsen neigten sich jedoch, und das Wasser rüttelte leicht an Stangen, die in Ufernähe eingerammt waren und Netze trugen; eine Weidenreuse, zwei oder drei alte Kähne waren noch da. Neben dem Gasthof zog ein Mädchen mit Strohhut Eimer aus dem Brunnen; – jedesmal, wenn sie heraufkamen, lauschte Frédéric mit unbeschreiblicher Wonne dem Knirschen der Kette.

Er zweifelte nicht, dass er nun selig war bis ans Ende seiner Tage, so natürlich schien ihm sein Glück, so untrennbar von seinem Leben und der Gestalt dieser Frau. Er verspürte das Bedürfnis, ihr Zärtlichkeiten zu sagen. Sie antwortete mit freundlichen Worten, mit einem Klaps auf die Schulter, mit Gekose, so unverhofft, dass es ihn bezauberte. Er entdeckte schließlich an ihr eine ganz neue Schönheit, vielleicht nur ein Widerschein der Dinge ringsum, es sei denn, sie wäre unter deren geheimen Wirkkräften erst aufgeblüht.

Wenn sie irgendwo ruhten auf freier Flur, legte er den Kopf in ihren Schoß, beschattet von ihrem Sonnenschirm; – oder sie verharrten, im Grase auf dem Bauch liegend, einander gegenüber, sich betrachtend, tief in die Augen blickend, jeder voll Durst nach dem andern, ihn zugleich wieder stillend, und dann sprachen sie, die Lider halb geschlossen, kein Wort.

Manchmal hörten sie aus weiter Ferne Trommelwirbel. Der Generalmarsch wurde in den Dörfern geschlagen und rief zur Verteidigung von Paris.

»Ach! so! der Aufruhr!« sagte Frédéric voll verächtlichem Mitleid, denn die ganze Erregung dünkte ihn kläglich neben ihrer Liebe und der ewigen Natur.

Und sie unterhielten sich über alles und nichts, über Dinge, die beide haargenau wussten, über Menschen, die sie nicht interessierten, über tausend Albernheiten. Sie plauderte von ihrem Stubenmädchen und ihrem Friseur. Eines Tages vergaß sie sich und sagte ihr Alter: neunundzwanzig; sie wurde alt.

Mehrmals verriet sie, ohne es zu wollen, Einzelheiten über sich selbst. Sie war »Ladenfräulein« gewesen, hatte eine Reise nach England gemacht, eine Weile Schauspielunterricht genommen; all das bruchstückhaft, und er konnte sich kein Ganzes zusammenreimen. Sie erzählte noch mehr, eines Tages, als sie unter einer Platane saßen, neben einem Anger. Unten, am Straßenrand, hütete ein kleines Mädchen, barfuß im Staub, eine grasende Kuh. Sobald es sie erblickte, kam es angelaufen um ein Almosen; und mit einer Hand das zerlumpte Röckchen haltend, kratzte es mit der andern sein schwarzes Haar, das wie eine Perücke à la Ludwig XIV. den sonnengebräunten Kopf umrahmte, mit wunderschön leuchtenden Augen.

»Die wird einmal sehr hübsch«, sagte Frédéric.

»Ein Glück, wenn sie keine Mutter hat!« erwiderte Rosanette.

»Was? wieso?«

»Natürlich; hätte es meine nicht gegeben …«

Sie seufzte und begann von ihrer Kindheit zu reden. Ihre Eltern waren Seidenweber in La Croix-Rousse. Sie half als Lehrmädchen ihrem Vater. Der arme Mann konnte schuften, so viel er wollte, seine Frau beschimpfte ihn und verkaufte alles, ging saufen. Rosanette sah ihr Zimmer mit den Webstühlen, der Länge nach an den Fenstern, den Eintopf auf dem Herd, das mahagonibraun gestrichene Bett, einen Schrank gegenüber und den dunklen Hängeboden, wo sie geschlafen hatte, bis sie fünfzehn war. Schließlich war ein Herr gekommen, ein feister Mensch, das Gesicht gelblich-wächsern, frömmlerisches Getue, schwarz gekleidet. Ihre Mutter und er hatten eine Unterredung, und drei Tage später … Rosanette verstummte, und mit einem Blick voll Schamlosigkeit und Verbitterung:

»Das war's!«

Und dann, als Antwort auf eine Geste Frédérics:

»Er war verheiratet (im eignen Haus hätte er befürchtet, sein Ansehen aufs Spiel zu setzen), darum führte man mich ins Séparée eines Restaurants, und man hatte mir gesagt, ich würde glücklich sein, bekäme ein schönes Geschenk.

Gleich in der Tür war das erste, was mir auffiel, ein Kandelaber aus Vermeil, auf einem Tisch mit zwei Gedecken. Ein Spiegel am Plafond zeigte sie noch einmal, und durch die blauseidene Wandbespannung wirkte der ganze Raum wie ein Alkoven. Ich war überrumpelt. Du verstehst, ein armes Geschöpf, hatte nie irgendwas gesehen! Meinem ganzen Staunen zum Trotz bekam ich Angst. Am liebsten wär ich weggelaufen. Aber ich bin geblieben.

Die einzige Sitzgelegenheit war ein Diwan neben dem Tisch. Weich hat er unter mir nachgegeben; das Luftloch der Heizung im Teppich blies auf mich seinen heißen Atem, und ich saß da, ohne etwas anzurühren. Der Kellner, der noch immer herumstand, ermahnte mich zu essen. Er hat mir sofort ein großes Glas Wein eingeschenkt; mir drehte sich alles im Kopf, ich wollte das Fenster öffnen, er sagte: ›Nein, Mademoiselle, das ist verboten.‹ Und er ließ mich allein. Der Tisch war vollgestellt mit einem Haufen Dinge, die ich nicht kannte. Nichts hat mir geschmeckt. Also habe ich mich auf ein Glas mit Eingemachtem gestürzt, und ich wartete immer weiter. Ich weiß nicht, was ihn aufhielt. Es war sehr spät, wenigstens Mitternacht, ich konnte nicht mehr vor lauter Müdigkeit; als ich eins der Kissen beiseiteschob, um mich bequemer auszustrecken, stieß meine Hand gegen eine Art Album, ein Heft; es waren obszöne Bilder … Ich schlief darüber, als er kam.«

Sie ließ den Kopf hängen und blieb nachdenklich.

Die Blätter um sie herum wisperten, in einem Gewirr von Gras wiegte sich ein hoher Fingerhut, das Licht ergoss sich gleich einer Welle über den Rasen; und die Stille wurde in kurzen Abständen unterbrochen vom Rupfen der Kuh, die man nicht mehr sah.

Rosanette blickte auf einen Punkt am Boden, drei Schritte vor ihr; starr, mit bebenden Nasenflügeln, geistesabwesend. Frédéric griff nach ihrer Hand.

»Was hast du gelitten, mein armer Liebling!«

»Ja«, sagte sie, »mehr als du glaubst! … Dass ich sogar Schluss machen wollte; sie haben mich rausgefischt.«

»Wie?«

»Ach! vergessen wir's! … Ich liebe dich, ich bin glücklich! küss mich.« Und sie zupfte einen nach dem andern die Disteldornen vom Saum ihres Kleides.

Frédéric dachte vor allem an das, was sie nicht gesagt hatte. Wie entkam sie nach und nach dem Elend? Welchem Liebhaber verdankte sie ihre Erziehung? Wie hatte ihr Leben ausgesehen bis zu jenem Tag, als er das erste Mal bei ihr war? Ihr letztes Geständnis verbot weitere Fragen. Er wollte bloß wissen, wie sie Arnoux kennengelernt hatte.

»Durch die Vatnaz.«

»Also warst du's, die ich eines Tages gesehen habe, im Palais-Royal, mit den beiden?«

Er nannte das genaue Datum. Rosanette überlegte angestrengt.

»Ja, richtig! … Es ging mir nicht gut, damals!«

Doch Arnoux habe sich vortrefflich benommen. Frédéric hegte keinen Zweifel; freilich sei ihr gemeinsamer Freund ein seltsamer Kauz, voller Fehler; sorgfältig rief er alle in Erinnerung. Sie gab ihm recht.

»Was soll's! … Man muss ihn dennoch lieben, den Hallodri!«

»Auch jetzt noch?« sagte Frédéric.

Sie errötete leicht, halb lachend, halb böse.

»Ach wo! Das ist eine alte Geschichte. Ich verheimliche dir nichts. Und selbst wenn es so wäre, mit ihm, das ist was anderes! Übrigens finde ich, du bist gar nicht nett gegen dein Opfer.«

»Mein Opfer?«

Rosanette fasste ihn unterm Kinn.

»Na, sicher!«

Und lispelnd, wie Ammen gern reden:

»Sind nich immer brav gewesen! Sind ins Bettchen mit seiner Frau!«

»Ich! nie im Leben!«

Rosanette lächelte. Er war gekränkt über ihr Lächeln, ein Beweis von Gleichgültigkeit, meinte er. Doch sie drängte sanft und mit einem jener Blicke, die um eine Lüge betteln:

»Stimmt das?«

»Natürlich!«

Frédéric schwor auf seine Ehre, niemals habe er an Madame Arnoux gedacht, er sei viel zu verliebt gewesen in eine andere.

»In wen denn?«

»Na, in Sie, meine Schönste!«

»Ach, mach dich nicht lustig! Du ärgerst mich!«

Er hielt es für klüger, sich eine Geschichte auszudenken, eine Leidenschaft. Er fand ausführliche Details. Diese Person hatte ihm noch dazu sehr wehgetan.

»Du hast wirklich kein Glück!« sagte Rosanette.

»Oh! oh! vielleicht doch!« und wollte damit ein paar Liebesaffären andeuten, um von sich selbst eine bessere Meinung zu geben, genauso wie Rosanette nicht all ihre Galane beichtete, damit er sie mehr achte; – denn auch bei den innigsten Geständnissen gibt es stets Einschränkungen, aus falscher Scham, Feingefühl, Mitleid. Man entdeckt beim andern oder in sich selbst Abgründe oder Sümpfe, die einen am Weitergehen hindern; man spürt zudem, dass man nicht verstanden würde; es ist schwierig, was auch immer akkurat auszudrücken; darum sind vollkommene Verbindungen so selten.

Die arme Marschallin hatte nie eine bessere erlebt. Oft, wenn sie Frédéric anschaute, stiegen ihr Tränen ins Auge, dann hob sie den Blick oder ließ ihn in die Ferne schweifen, als habe sie ein strahlendes Morgenrot entdeckt, die Verheißung grenzenloser Seligkeit. Endlich gestand sie eines Tages, sie ließe gern eine Messe lesen, »damit es unsrer Liebe Glück bringt«.

Warum also hatte sie ihm so lang widerstanden? Sie wusste es selber nicht. Er stellte die Frage immer wieder; und sie antwortete, ihn umarmend:

»Ich hatte Angst, ich könnte dich allzu sehr lieben, mein Schatz!«

Am Sonntagmorgen entdeckte Frédéric in der Zeitung, auf einer Liste mit Verwundeten, den Namen Dussardier. Ihm entfuhr ein Schrei, und Rosanette das Blatt zeigend, verkündete er, er müsse unverzüglich abreisen.

»Wozu?«

»Um ihn zu sehen, ihn zu pflegen!«

»Du lässt mich doch hoffentlich nicht allein?«

»Komm mit.«

»Was! ich soll mich in dieses Gerangel stürzen! Schönen Dank!«

»Aber ich kann doch nicht ...«

»Ta ta ta! Als gäb's in den Spitälern nicht genug Krankenwärter! Und außerdem, warum hat der sich da eingemischt? Jeder für sich!«

Er war empört über diesen Egoismus; und er machte sich Vorwürfe, weil er nicht dort bei den anderen war. So viel Gleichgültigkeit gegenüber dem Unglück des Vaterlands hatte etwas Kleingeistiges, Bürgerliches. Seine Liebe drückte ihn plötzlich wie ein Verbrechen. Eine Stunde lang schmollten sie miteinander.

Dann bat sie ihn abzuwarten, sich nicht in Gefahr zu bringen.

»Und wenn du umkommst!«

»Ha! dann hätte ich nur meine Pflicht getan!«

Rosanette tobte. Seine oberste Pflicht bestehe darin, sie zu lieben. Wahrscheinlich habe er genug von ihr! Das sei doch gegen den gesunden Menschenverstand! So ein Unfug, mein Gott!

Frédéric klingelte und bat um die Rechnung. Doch war es nicht leicht, zurück nach Paris zu gelangen. Der Wagen des Eildienstes Leloir war soeben abgerauscht, die Lecomte'schen Berlinen verkehrten gar nicht, die Diligence aus dem Bourbonnais würde erst spätnachts durchkommen und womöglich voll sein; niemand wusste Genaues. Als er viel Zeit verloren hatte mit diesen Erkundigungen, fiel ihm ein, es blieb noch die Post. Der Postmeister weigerte sich, Pferde zu stellen, denn Frédéric hatte keinen Pass. Schließlich mietete er eine Kalesche (dieselbe, in der sie umherkutschiert waren), und gegen fünf hielten sie vor dem Hôtel du Commerce in Melun.

Der Marktplatz war übersät mit Gewehrpyramiden.

Der Präfekt hatte den Nationalgardisten verboten, gen Paris vorzurücken. Wer nicht aus seinem Departement stammte, wollte losziehen. Alles schrie. Im Gasthof herrschte Getümmel.

Rosanette erklärte von Angst gepackt, sie fahre nicht weiter, und flehte noch einmal, er möge doch bleiben. Der Gastwirt und seine Frau unterstützten sie. Ein Biedermann, der beim Essen saß, griff ein, behauptete, die Schlacht sei binnen kurzem vorüber; außerdem gehe es jetzt um die Pflicht. Da vergoss die Marschallin noch mehr Tränen. Frédéric hatte genug. Er gab ihr seine Barschaft, umarmte sie rasch und verschwand.

In Corbeil angekommen, erfuhr er am Bahnhof, die Aufständischen hätten in gewissen Abständen die Gleise versperrt, und der Kutscher weigerte sich, ihn noch weiter zu befördern; seine Pferde, sagte er, seien »erledigt«.

Durch seine Fürsprache immerhin kam Frédéric zu einem schlechten Kabriolett, das ihn für die Summe von sechzig Franc, Trinkgeld nicht eingerechnet, bis an die Zollschranke bringen wollte, zur Porte d'Italie. Doch hundert Schritt vor der Zollschranke hieß sein Wagenlenker ihn aussteigen und machte kehrt. Frédéric marschierte auf der Landstraße, da fällte ein Wachposten plötzlich das Bajonett. Vier Männer ergriffen ihn, brüllten:

»Da ist einer! Aufgepasst! Durchsucht ihn! Halunke! Spitzbub!«

Und seine Verdutztheit war so groß, dass er sich auf den Posten der Zollschranke bringen ließ, an ebenjenem Rondell, wo die Boulevards des Gobelins und de l'Hôpital und die Rues Godefroy und Mouffetard zusammenlaufen.

Vier Barrikaden bildeten am Ende der vier Straßen riesige Halden aus Pflastersteinen; Fackeln knisterten hier und dort; trotz des aufgewirbelten Staubs konnte er Liniensoldaten und Nationalgardisten erkennen, alle mit schwarzen Gesichtern, zerlumpt, verstört. Eben erst hatten sie den Platz eingenommen, etliche Männer erschossen; ihre Wut brodelte noch. Frédéric sagte, aus Fontainebleau komme er einem verwundeten Freund zu Hilfe, der wohne in der Rue de Bellefond; niemand wollte ihm glauben; man inspizierte seine Hände, man schnüffelte sogar an seinem Ohr, um sich zu vergewissern, ob er nach Pulver roch.

Doch weil er immer nur dasselbe wiederholte, überzeugte er schließlich einen Hauptmann, und der befahl zwei Füsilieren, ihn auf den Posten am Jardin des Plantes zu führen.

Sie gingen über den Boulevard de l'Hôpital. Dort pfiff kräftiger Wind. Der machte ihn munter.

Dann bogen sie in die Rue du Marché-aux-Chevaux. Der Jardin des Plantes, rechter Hand, bildete eine große schwarze Masse; währenddessen loderte zur Linken die ganze Fassade der Pitié mit ihren hell erleuchteten Fenstern wie eine Feuersbrunst, und Schatten huschten geschwind über die Scheiben.

Die beiden Männer Frédérics gingen weg. Ein andrer begleitete ihn bis zur Polytechnischen Hochschule.

Die Rue Saint-Victor war stockfinster, keine Gaslaterne, kein Licht in irgendeinem Haus. Alle zehn Minuten hörte man:

»Wachposten! seid auf der Hut!« Und dieser Ruf, hinaus in die Stille, dröhnte wie das Holpern eines Steins, der in den Abgrund stürzt.

Hin und wieder nahte sich das Stapfen schwerer Schritte. Es war eine Patrouille von wenigstens hundert Mann; Geflüster, eisernes Geklirr drang aus dieser wirren Masse; und in rhythmischen Wogen dahinziehend, verschwand sie im Dunkel.

In der Mitte aller Kreuzungen stand ein Dragoner

zu Pferd, reglos. Von Zeit zu Zeit flog eine Stafette in gestrecktem Galopp vorüber, dann herrschte wiederum Stille. Rollende Kanonen erzeugten in der Ferne auf dem Pflaster ein dumpfes und gewaltiges Grollen; das Herz verkrampfte sich bei diesen Geräuschen, so anders als alle üblichen Geräusche. Sie schienen die Stille sogar zu vergrößern, die tief war, vollkommen, – eine schwarze Stille. Männer in weißen Kitteln traten zu den Soldaten, sagten ein Wort und verflüchtigten sich wie Gespenster.

Der Posten in der Polytechnischen Hochschule quoll über von Menschen. Frauen belagerten die Schwelle, wollten ihren Sohn sehen oder ihren Mann. Man verwies sie ans Panthéon, denn das fungierte als Leichenschauhaus, – und man hörte nicht auf Frédéric. Er blieb hartnäckig, schwor, sein Freund Dussardier erwarte ihn, liege im Sterben. Endlich gab man ihm einen Gefreiten, der ihn hinaufbringen sollte zur Rue Saint-Jacques, ins Rathaus des 12. Arrondissements.

Die Place du Panthéon war voller Soldaten, ausgestreckt auf Stroh. Langsam wurde es Tag. Die Lagerfeuer erloschen.

Der Aufstand hatte in diesem Viertel gewaltige Spuren hinterlassen. Der Straßenboden war von einem Ende zum andern ungleichmäßig zerbeult. Auf den zerstörten Barrikaden lagen noch Omnibusse, Gasrohre, Wagenräder; kleine schwarze Pfützen hier und dort waren wohl Blut. Geschosse hatten die Häuser durchlöchert, und ihr Gebälk zeigte sich unter dem abgesplitterten Gips. Jalousien, an einem Nagel hängend, flatterten wie Lumpen. Treppen waren eingestürzt, Türen gingen ins Leere. Man erblickte das Innere von Zimmern mit zerfetzten Tapeten; empfindliche Dinge hatten manchmal darin überlebt. Frédéric sah eine Stutzuhr, die Stange eines Papageis, Gravüren.

Als er das Rathaus betrat, schwatzten die Nationalgardisten gerade ausschweifend über die Getöteten, Bréa und Négrier, den Volksvertreter Charbonnel und den Erzbischof von Paris. Es hieß, der Duc d'Aumale sei in Boulogne gelandet, Barbès aus Vincennes entflohen, die Artillerie rücke aus Bourges heran und aus der Provinz kämen Hilfstruppen. Gegen drei Uhr brachte jemand gute Nachrichten; Unterhändler des Aufruhrs seien beim Präsidenten der Nationalversammlung.

Da freute man sich; und weil er noch zwölf Franc hatte, orderte Frédéric zwölf Flaschen Wein, in der Hoffnung, er könne damit seine Freilassung beschleunigen. Plötzlich glaubte man Schüsse zu hören. Die Zecherei wurde unterbrochen; man musterte den Unbekannten mit misstrauischem Blick; vielleicht war er ja Heinrich V.

Um keine Verantwortung zu übernehmen, führten sie ihn zum Rathaus des 11. Arrondissements und ließen ihn vor neun Uhr morgens nicht wieder fort.

Er rannte bis zum Quai Voltaire. In einem offenen Fenster weinte ein Greis in Hemdsärmeln, die Augen erhoben zum Himmel. Friedlich floss die Seine. Der Himmel war tiefblau; in den Bäumen der Tuilerien zwitscherten die Vögel.

Frédéric überquerte eben das Carrousel, da wurde eine Bahre vorbeigetragen. Der Posten präsentierte sogleich das Gewehr, und der Offizier sagte, die Hand an seinen Tschako legend: »Ehre dem glücklosen Heldenmut!« Dieses Wort war beinah zur Pflicht geworden; wer immer es aussprach, wirkte feierlich gerührt. Eine Schar zorniger Menschen begleitete die Bahre und schrie:

»Wir rächen euch! wir rächen euch!«

Wagen fuhren auf dem Boulevard, und Frauen vor den Türen zupften Scharpie. Der Aufruhr jedoch war niedergeschlagen, mehr oder weniger; das verkündete eine vorhin erst bekanntgemachte Proklamation Cavaignacs. Im oberen Teil der Rue Vivienne erschien ein Trupp Mobilgardisten. Da verfielen die Bürger in Jubelgeschrei; sie lüpften die Hüte, klatschten, tanzten, wollten sie umarmen, ihnen etwas zu trinken spendieren, – und Damen warfen allseits Blumen vom Balkon.

Endlich, um zehn, als die Kanone donnerte, zum Sturm auf den Faubourg Saint-Antoine, gelangte Frédéric zu Dussardier. Er fand ihn in seiner Dachkammer, ausgestreckt auf dem Rücken und schlafend. Aus dem Nebenzimmer kam leisen Schritts eine Frau, Mademoiselle Vatnaz.

Sie führte Frédéric beiseite und erzählte ihm, wie es zu Dussardiers Verletzung gekommen war.

Am Samstag, auf einer Barrikade in der Rue Lafayette, schrie ein mit der Trikolore umhüllter Gassenjunge den Nationalgardisten ins Gesicht: »Wollt ihr auf eure Brüder schießen!« Als sie weiter vorrückten, hatte Dussardier sein Gewehr weggeworfen, die andern beiseitegedrängt, einen Sprung auf die Barrikade getan, den Aufständischen mit einem Tritt niedergestreckt und ihm die Fahne entrissen. Man hatte ihn unter den Trümmern gefunden, den Oberschenkel durchbohrt von einer Kupferpatrone. Die Wunde mussten sie aufschneiden, das Geschoss entfernen. Mademoiselle Vatnaz war noch am selben Abend hergekommen und ließ ihn seither nicht allein.

Mit Umsicht richtete sie alles Nötige für die Verbände, half ihm beim Trinken, erriet seinen leisesten Wunsch, lief hin und her, leichter als eine Fliege, und betrachtete ihn mit zärtlichem Blick.

Frédéric kam zwei Wochen lang unfehlbar jeden Morgen; eines Tages, als er die Aufopferung der Vatnaz ansprach, zuckte Dussardier die Schultern.

»Nein! Das ist Eigennutz!«

»Glaubst du?«

Er antwortete: »Ich bin sicher!«, gab jedoch keine weitere Erklärung.

Sie überhäufte ihn mit Aufmerksamkeiten, brachte ihm sogar alle Zeitungen, die seine edle Tat rühmten. Diese Huldigungen waren ihm offenbar lästig. Er gestand Frédéric sogar seine Gewissensnot.

Vielleicht hätte er auf der anderen Seite stehen müssen, bei den Arbeitskitteln; denn schließlich hatte man ihnen vieles versprochen und nichts gehalten. Ihre Bezwinger hassten die Republik; und zudem sei man sehr hart mit ihnen verfahren! Sie hatten unrecht, gewiss, aber nicht ganz und gar; und den guten Kerl plagte die Vorstellung, er habe womöglich wider die Gerechtigkeit gekämpft.

Sénécal, eingesperrt in den Tuilerien, unter der Terrasse am Flussufer, wusste nichts von derlei Ängsten.

Sie waren da, neunhundert Mann, zusammengepfercht im Dreck, alles durcheinander, schwarz von Pulver und getrocknetem Blut, vom Fieber geschüttelt, schreiend vor Wut; und liegen blieb, wer gestorben war zwischen den andern. Manchmal, beim plötzlichen Knall eines Schusses, glaubten sie, man werde sie alle füsilieren; dann drückten sie sich gegen die Mauern, fielen bald zurück auf ihren Platz, so betäubt vom Schmerz, dass sie meinten, sie lebten in einem Alptraum, in einer schaurigen Halluzination. Die vom Gewölbe hängende Lampe glich einem Blutfleck; und es tanzten kleine Flammen, grün und gelb, hervorgebracht von den Ausdünstungen des Kellers. Aus Furcht vor Seuchen wurde eine Kommission bestellt. Schon auf den ersten Stufen prallte der Vorsitzende zurück, abgeschreckt vom Gestank der Exkremente und Leichen. Wenn die Gefangenen sich einem Fensterloch näherten, stießen die wachhabenden Nationalgardisten – damit sie nicht an den Gittern rüttelten – mit ihren Bajonetten blindlings in den Haufen.

Sie waren durchweg gnadenlos. Wer nicht gekämpft hatte, wollte sich hervortun. Es war ein Exzess der Angst. Man rächte sich für die Zeitungen, die Klubs, die Zusammenrottungen, die Doktrinen, kurzum für alles, was seit drei Monaten Unmut erregte; und Sieg hin oder her trat die Gleichheit (wie zur Strafe ihrer Verteidiger und zum Hohn ihrer Feinde) triumphierend ans Licht, eine Gleichheit roher Bestien, ein und dasselbe Maß der blutrünstigen Schandtat; denn der Fanatismus des Eigennutzes hielt dem Rasen der Not die Waage, die Aristokratie wütete wie das Lumpenpack, und die Zipfelmütze benahm sich nicht weniger scheußlich als die Jakobinermütze. Die öffentliche Vernunft war erschüttert wie nach großen Umwälzungen der Natur. Geistreiche Leute blieben verblödet für den Rest ihres Lebens.

Vater Roque war sehr tapfer geworden, beinahe kühn. Am 26. mit den Truppen aus Nogent nach Paris gekommen, schloss er sich, anstatt mit ihnen wieder heimzukehren, der Nationalgarde an, die in den Tuilerien lagerte; und er war hochzufrieden, dass man ihn als Wachposten vor der Terrasse am Flussufer aufstellte. Hier wenigstens hatte er sie unter sich, diese Halunken! Er frohlockte über ihre Niederlage, ihre Erniedrigung und konnte nicht anders, als sie zu beschimpfen.

Einer von ihnen, ein Jüngling mit langem blonden Haar, presste das Gesicht an die Gitterstäbe und bettelte um Brot. Monsieur Roque gebot ihm zu schweigen. Aber der junge Mann wiederholte mit flehender Stimme:

»Brot!«

»Hab ich denn welches?«

Andre Gefangene erschienen am Fensterloch, mit ihren struppigen Bärten, ihren funkelnden Augen, drängelnd und brüllend:

»Brot!«

Vater Roque war empört über die Missachtung seiner

Autorität. Um ihnen Angst einzujagen, zielte er auf sie; und von der Menschenflut, die ihn erstickte, emporgehoben bis ans Gewölbe, schrie der junge Mann noch einmal mit zurückgeworfenem Kopf:

»Brot!«

»Da hast du's!« sagte Vater Roque und schoss.

Man hörte ein ungeheures Gebrüll, dann nichts. Am Rand des Holzzubers klebte noch etwas Weißes.

Danach ging Monsieur Roque seiner Wege; denn er besaß in der Rue Saint-Martin ein Haus, dort hatte er sich ein Absteigequartier eingerichtet; und die durch den Aufruhr an der Fassade des Gebäudes verursachten Schäden hatten nicht wenig beigetragen zu seiner Wut. Als er es nun wiedersah, war ihm, als habe er das Ungemach überschätzt. Seine Tat von gerade eben besänftigte ihn wie eine Wiedergutmachung.

Seine Tochter höchstpersönlich öffnete die Tür. Sie sagte gleich, sein allzu langes Ausbleiben habe sie beunruhigt; sie habe ein Unglück befürchtet, eine Verwundung. Dieser Beweis kindlicher Liebe rührte Vater Roque. Er wunderte sich nur, dass sie ohne Catherine hergereist sei.

»Ich habe sie losgeschickt, eine Besorgung machen«, antwortete Louise.

Und sie erkundigte sich nach seinem Befinden, nach diesem und jenem; dann fragte sie mit gleichgültiger Miene, ob er nicht zufällig Frédéric begegnet war.

»Nein! nicht im mindesten!«

Nur seinetwegen hatte sie die Fahrt unternommen.

Auf dem Flur erklangen Schritte.

»Oh! entschuldige …«

Und sie verschwand.

Catherine hatte Frédéric nirgends gefunden. Er war seit mehreren Tagen abwesend, und sein enger Freund, Monsieur Deslauriers, wohnte jetzt in der Provinz.

Zitternd kam Louise zurück, unfähig zu sprechen. Sie musste sich an den Möbeln festhalten.

»Was hast du? was hast du denn?« rief ihr Vater.

Sie bedeutete ihm, es sei nichts, und mit großer Willensanstrengung fasste sie sich wieder.

Der Traiteur von gegenüber brachte die Suppe. Doch Vater Roque hatte allzu viel Aufregung erlebt. »Es drückte ihm schwer auf den Magen«, und beim Nachtisch überkam ihn eine Art Ohnmacht. Schnell rief man einen Arzt, der ein Tränklein verschrieb. Als er dann in seinem Bett lag, verlangte Monsieur Roque so viele Decken wie möglich, zum Schwitzen. Er ächzte, er wimmerte.

»Danke, meine gute Catherine! – Küss deinen armen Vater, mein Täubchen! Ach! diese Revolutionen!«

Und als seine Tochter ihn schalt, er habe sich aus lauter Sorge um sie krank gemacht, erwiderte er:

»Ja! du hast recht! Aber ich kann mir nicht helfen! ich bin viel zu weichherzig!«

II.

Madame Dambreuse saß in ihrem Boudoir, zwischen ihrer Nichte und Miss Johnson, und lauschte Monsieur Roque, der seine militärischen Strapazen schilderte.

Sie biss sich auf die Lippen, schien zu leiden.

»Oh! nichts Schlimmes! es vergeht gleich!«

Und mit liebenswerter Miene:

»Zum Diner erwarten wir einen Bekannten von Ihnen, Monsieur Moreau.«

Louise fuhr zusammen.

»Darüber hinaus nur ein paar Freunde des Hauses, Alfred de Cisy unter andern!«

Und sie lobte seine Umgangsformen, sein Äußeres und ganz besonders seinen Lebenswandel.

Madame Dambreuse log weniger, als sie glaubte; der Vicomte träumte von Heirat. Er hatte es Martinon gesagt, mit dem Zusatz, er sei überzeugt, er gefalle Mademoiselle Cécile und ihre Familie gebe ihm bestimmt eine Zusage.

Um ein solches Geständnis zu wagen, besaß er wohl vorteilhafte Auskünfte über die Mitgift. Nun hegte zwar Martinon den Verdacht, Cécile sei die natürliche Tochter von Monsieur Dambreuse; und wahrscheinlich wäre es überaus klug gewesen, auf gut Glück um ihre Hand zu bitten. Solche Kühnheit barg freilich Gefahren; deshalb hatte Martinon in seinem Verhalten bislang darauf geachtet, sich nicht zu kompromittieren; zudem wusste er nicht, wie er die Tante loswerden sollte. Cisys Erklärung gab den Ausschlag; und er hatte beim Bankier seinen Antrag vorgebracht, der sah kein Hindernis und hatte soeben Madame Dambreuse unterrichtet.

Cisy erschien. Sie erhob sich, sagte:

»Sie vergessen uns … Cécile, shake hands!«

Im selben Augenblick kam Frédéric.

»Ach! sehen wir Sie endlich wieder!« rief Vater Roque. »Dreimal bin ich diese Woche mit Louise bei Ihnen gewesen!«

Frédéric war den beiden mit Bedacht ausgewichen. Er führte ins Feld, er verbringe all seine Tage am Bett eines verwundeten Kameraden. Lange schon hielten ihn darüber hinaus eine Unmenge von Dingen in Atem; und er erfand Geschichten. Zum Glück kamen die Gäste: als erster Monsieur Paul de Grémonville, der Diplomat, flüchtig gesehen auf dem Ball; dann Fumichon, der Industrielle, seine konservative Anhänglichkeit hatte ihn eines Abends empört; es folgte die alte Duchesse de Montreuil-Nantua.

Doch im Vorzimmer wurden zwei Stimmen laut.

»Ich bin mir ganz sicher«, sagte die eine.

»Hochverehrte schöne Dame! hochverehrte schöne Dame!« entgegnete die andere, »bitte, beruhigen Sie sich!«

Es waren Monsieur de Nonancourt, ein alter Beau, der aussah wie in Cold Cream mumifiziert, und Madame de Larsillois, die Gattin eines Präfekten von Louis-Philippe. Sie zitterte entsetzlich, denn sie hatte soeben auf der Drehorgel eine Polka gehört, das Signal zwischen Aufständischen. Viele Bürger hatten Einbildungen dieser Art; man glaubte, Männer in den Katakomben wollten den Faubourg Saint-Germain in die Luft sprengen; Geräusche drangen aus den Kellern; vor den Fenstern geschah Verdächtiges.

Alle mühten sich jedoch, Madame de Larsillois zu beschwichtigen. Die Ordnung sei wiederhergestellt. Nichts mehr zu fürchten. »Cavaignac hat uns gerettet!« Als hätten die Greuel des Aufstands nicht längst gereicht, übertrieb man sie. Es habe dreiundzwanzigtausend Zuchthäusler gegeben auf seiten der Sozialisten – mindestens!

Man hegte keinerlei Zweifel an den vergifteten Lebensmitteln, den zwischen zwei Brettern durchgesägten Mobilgardisten und den Inschriften auf Fahnen, die zum Plündern aufriefen, zum Brandstiften.

»Und zu noch etwas anderm!« ergänzte die vormalige Präfektin.

»Oh! meine Teure!« sagte schamhaft Madame Dambreuse mit einem Blick auf die drei jungen Mädchen.

Monsieur Dambreuse kam mit Martinon aus seinem Kabinett. Sie drehte den Kopf in eine andere Richtung und erwiderte den Gruß des gerade eintretenden Pellerin. Der Künstler betrachtete ängstlich die Wände. Der Bankier nahm ihn beiseite und machte ihm klar, er habe sein revolutionäres Gemälde vorläufig verstecken müssen.

»Gewiss!« sagte Pellerin, denn sein Misserfolg im *Club de l'Intelligence* hatte seine Ansichten verändert.

Monsieur Dambreuse bedeutete ihm sehr höflich, es gebe demnächst Aufträge für andere Werke.

»Doch verzeihen Sie … – ach! lieber Freund! wie schön!«

Arnoux und Madame Arnoux standen vor Frédéric.

Er fühlte etwas wie Schwindel. Rosanette hatte ihn den ganzen Nachmittag über geärgert mit ihrer Bewunderung für Soldaten; und die alte Liebe erwachte.

Der Haushofmeister meldete Madame, es sei aufgetragen. Mit einem Blick befahl sie dem Vicomte, Céciles Arm zu nehmen, sagte leise zu Martinon: »Schuft!«, und man ging in den Speisesaal.

Unter den grünen Blättern einer Ananas lag mitten auf dem Tisch eine Dorade, das Maul einem Rehviertel entgegengestreckt und mit dem Schwanz eine Krebspyramide streifend. Feigen, riesige Kirschen, Birnen und Weintrauben (Erstlinge aus Pariser Anbau) türmten sich zu Bergen, in Körbchen aus Meißner Porzellan; ein Blütenstrauß gesellte sich hier und dort zum hellen Tafelsilber; die vor den Fenstern herabgelassenen weißseidenen Stores erfüllten den Raum mit sanftem Licht; erfrischt wurde er durch zwei Springbrunnen, in denen Eisstücke schwammen; und es servierten hochgewachsene Diener in Kniehosen. Das alles wirkte nach der Aufregung der vergangenen Tage noch angenehmer. Man übte sich wieder im Genuss von Dingen, die zu verlieren man befürchtet hatte; und Nonancourt brachte das allgemeine Gefühl mit den Worten zum Ausdruck:

»Ach! hoffen wir, die Herren Republikaner lassen uns dinieren!«

»Ihrer Brüderlichkeit zum Trotz!« ergänzte geistreich Vater Roque.

Diese zwei Ehrenmänner saßen links und rechts von Madame Dambreuse, die ihren Gatten vor sich hatte, zwischen Madame de Larsillois, flankiert vom Diplomaten, und der alten Duchesse mit Fumichon an ihrer Seite. Dann kamen der Maler, der Fayencehändler, Mademoiselle Louise; und dank Martinon, der ihm seinen Platz geklaut hatte, um in Céciles Nähe zu sein, saß Frédéric neben Madame Arnoux.

Sie trug ein Kleid aus schwarzem Barège, einen Goldreif am Handgelenk und, wie am ersten Tag, als er bei ihr gespeist hatte, etwas Rotes im Haar, einen Fuchsienzweig, der sich um ihren Knoten ringelte. Er konnte nicht anders und sagte:

»Lange haben wir uns nicht gesehen!«

»Ah!« erwiderte sie kühl.

Er sprach weiter, mit einer Sanftheit in der Stimme, die das Ungehörige seiner Frage milderte:

»Haben Sie zuweilen an mich gedacht?«

»Warum sollte ich?«

Die Worte kränkten Frédéric.

»Vielleicht haben Sie im Grunde ja recht.«

Doch es reute ihn schnell, und er schwor, kein Tag sei verstrichen, ohne dass ihn die Erinnerung an sie heimgesucht habe.

»Ich glaube Ihnen kein Wort, Monsieur.«

»Aber Sie wissen doch, dass ich Sie liebe!«

Madame Arnoux gab keine Antwort.

»Sie wissen, dass ich Sie liebe!«

Sie schwieg weiter.

»Ach was, scher dich zum Teufel!« sagte sich Frédéric.

Und aufblickend entdeckte er am anderen Tischende Mademoiselle Roque.

Sie fand es offenbar apart, sich ganz in Grün zu kleiden, nur biss diese Farbe sich ganz scheußlich mit ihrem roten Haar. Die Schnalle ihres Gürtels saß zu hoch, der Spitzenkragen verkürzte den Hals; diese dürftige Eleganz hatte wahrscheinlich beigetragen zu Frédérics kühlem Verhalten. Sie beobachtete ihn von weitem, voll Neugier; und Arnoux neben ihr konnte noch so viele Schmeicheleien hersagen, er entlockte ihr keine drei Worte, sodass er es aufgab, Eindruck zu schinden, und der Unterhaltung lauschte. Die drehte sich gerade um die Ananaspürees im Luxembourg.

Louis Blanc besaß Fumichon zufolge ein Palais in der Rue Saint-Dominique und weigerte sich, an Arbeiter zu vermieten.

»Was ich seltsam finde«, sagte Nonancourt, »ist Ledru-Rollin, er geht in den Krondomänen auf Jagd!«

»Er schuldet einem Goldschmied zwanzigtausend Franc!« verkündete Cisy; »und es heißt sogar …«

Madame Dambreuse unterbrach ihn.

»Ach! wie garstig, sich über Politik zu echauffieren!

Ein junger Mann, pfui! Kümmern Sie sich lieber um Ihre Tischnachbarin!«

Anschließend wetterten die ernsthaften Leute gegen die Zeitungen.

Arnoux verteidigte sie; Frédéric mischte sich ein, nannte sie Geschäftsunternehmen wie andere auch. Ihre Schreiberlinge seien im allgemeinen Hohlköpfe oder Witzbolde; er tat, als kenne er sie, und bekämpfte mit Sarkasmen die noble Gesinnung seines Freundes. Madame Arnoux begriff nicht, dass es Rache war gegen sie.

Währenddessen zermarterte sich der Vicomte das Hirn, um Mademoiselle Cécile zu erobern. Zuerst prahlte er mit seinem Künstlergeschmack, indem er die Form der Karaffen und die Gravur der Messer bemäkelte. Dann sprach er von seinem Pferdestall, seinem Schneider und seinem Hemdenmacher; schließlich wagte er sich an das Kapitel Religion und schaffte es, durchblicken zu lassen, dass er allen seinen Pflichten nachkomme.

Martinon machte es geschickter. In eintönigem Redefluss und sie immerfort anblickend, rühmte er ihr Vogelprofil, ihr stumpfblondes Haar, ihre zu kurzen Hände. Das hässliche Mädchen genoss dieses Süßholzgeraspel.

Niemand konnte davon etwas hören, denn alle redeten sehr laut. Monsieur Roque wollte »eine eiserne Faust«, um Frankreich zu regieren. Nonancourt bedauerte sogar die Abschaffung des politischen Schafotts. Man hätte all diese Spitzbuben scharenweise umbringen müssen!

»Außerdem sind das Feiglinge!« sagte Fumichon. »Wo ist da der Heldenmut, wenn man sich hinter Barrikaden verschanzt!«

»Apropos, erzählen Sie uns doch von Dussardier!« sagte Monsieur Dambreuse an Frédéric gewandt.

Der gute Kommis war jetzt ein Held wie Sallesse, die Brüder Jeanson, das Frauenzimmer Péquillet usw.

Ohne sich lang bitten zu lassen, gab Frédéric die Geschichte seines Freundes zum besten; das verlieh auch ihm einen gewissen Glanz.

Es folgte daraus ganz selbstverständlich, dass von dieser oder jener mutigen Tat erzählt wurde. Nach Ansicht des Diplomaten war es nicht schwer, dem Tod die Stirn zu bieten, bester Beweis all jene, die sich duellieren.

»Das bestätigt uns sicher der Vicomte«, sagte Martinon.

Der Vicomte wurde puterrot.

Die Gäste blickten auf ihn; und Louise, verwunderter als die andern, murmelte:

»Was soll das heißen?«

»Er ist *umgekippt* vor Frédéric«, erwiderte sehr leise Arnoux.

»Wissen Sie etwas, Mademoiselle?« fragte sogleich Nonancourt; und ihre Antwort gab er weiter an Madame Dambreuse, die, sich ein wenig vorbeugend, Frédéric zu mustern begann.

Martinon wartete nicht, bis Cécile fragte. Er verriet ihr, diese Geschichte betreffe eine unaussprechliche Person. Das junge Mädchen rückte ein wenig auf dem Stuhl zurück, wie um die Nähe dieses Libertins zu fliehen.

Die Unterhaltung kam wieder in Gang. Große Bordeaux-Weine wurden gereicht, die Stimmung belebte sich; Pellerin grollte der Revolution wegen des nun endgültig verlorenen spanischen Museums. Das betrübe ihn am meisten, als Maler. Bei diesem Wort wandte sich Monsieur Roque an ihn.

»Sind Sie nicht der Schöpfer eines sehr bemerkenswerten Bildes?«

»Gut möglich! Was für eins?«

»Es zeigt eine Dame in einem … mein Gott! … etwas … legeren Aufzug, mit einem Geldbeutel und dahinter einem Pfau.«

Nun erglühte Frédéric tiefrot. Pellerin tat, als höre er nichts.

»Aber das ist doch von Ihnen! Denn Ihr Name steht unten geschrieben, und eine Zeile auf dem Rahmen besagt, es sei Eigentum von Monsieur Moreau.«

Als Vater Roque und seine Tochter einmal bei ihm zu Hause warteten, hatten sie das Porträt der Marschallin gesehen. Der gute Mann hatte es sogar für »ein uraltes Bild« gehalten.

»Nein!« sagte Pellerin grob, »es ist das Porträt einer Frau.«

Martinon setzte hinzu:

»Einer höchst lebendigen Frau! Nicht wahr, Cisy?«

»Ah! keine Ahnung!«

»Ich dachte, Sie wären mit ihr bekannt. Aber wenn es Ihnen unangenehm ist, bitte tausendmal um Verzeihung!«

Cisy schlug die Augen nieder und bewies durch seine Verlegenheit, dass er wohl eine klägliche Rolle gespielt hatte bei diesem Porträt. Was Frédéric anging, so war das Modell ganz gewiss seine Mätresse. Solche Überzeugungen entstehen im Nu, und die Gesichter der Anwesenden verrieten es deutlich.

»Was für ein Lügner!« sagte sich Madame Arnoux.

»Darum also hat er mich verlassen!« dachte Louise.

Frédéric fürchtete, die beiden Geschichten könnten ihm schaden; und als man im Garten war, machte er Martinon Vorwürfe.

Mademoiselle Céciles Verehrer lachte ihm schallend ins Gesicht.

»Na! überhaupt nicht! das wird dir nützen! Weiter so!«

Was sollte das heißen? Außerdem, warum dieses Wohlwollen, so im Widerspruch zu seinen Gepflogenheiten?

Ohne irgendetwas zu erklären, ging er nach hinten, wo die Damen saßen. Die Männer standen, und Pellerin in der Mitte verbreitete Ideen. Am besten für die Künste wäre eine richtig verstandene Monarchie. Vor den modernen Zeiten grause ihm, »und sei's auch nur wegen der Nationalgarde«, er sehne sich zurück nach dem Mittelalter, Ludwig XIV.; Monsieur Roque beglückwünschte ihn zu seinen Ansichten, gestand sogar, das werfe alle seine Vorurteile gegen Künstler über den Haufen. Doch ging er gleich darauf weg, angelockt von der Stimme Fumichons. Arnoux versuchte darzulegen, dass es zwei Sozialismen gibt, einen guten und einen schlechten. Der Industrielle wollte keinen Unterschied erkennen, ihn schwindelte vor Wut allein schon beim Wort Eigentum.

»Das ist naturgegebenes Recht! Kinder hängen an ihrem Spielzeug; alle Völker sind meiner Meinung, alle Tiere; selbst der Löwe, könnte er sprechen, würde sich zum Eigentümer erklären. Ich zum Beispiel, meine Herren, habe angefangen mit fünfzehntausend Franc Kapital! Dreißig Jahre lang, müssen Sie wissen, bin ich regelmäßig aufgestanden, morgens um vier! Es hat mich eine Teufelsmühe gekostet, mein Vermögen zu schaffen! Und jetzt will man mir einreden, ich bin nicht Herr darüber, mein Geld ist nicht mein Geld, Eigentum ist Diebstahl!«

»Aber Proudhon …«

»Lassen Sie mich zufrieden mit Ihrem Proudhon! Wenn er hier wäre, ich glaube, ich würde ihn erwürgen!«

Er hätte ihn erwürgt. Nach den Spirituosa vor allem, da geriet Fumichon außer Rand und Band; sein apoplektisches Gesicht drohte zu explodieren wie eine Granate.

»Guten Tag, Arnoux«, sagte Hussonnet, der schwungvoll über den Rasen spaziert kam.

Er brachte Monsieur Dambreuse den ersten Druckbogen einer Broschüre mit dem Titel *Die Hydra*, der Bohemien verfocht nämlich die Interessen eines Zirkels von Reaktionären, und als solchen präsentierte ihn der Bankier seinen Gästen.

Hussonnet erheiterte sie, indem er zunächst behauptete, die Talghändler bezahlten dreihundertzweiundneunzig Gassenjungen, damit diese jeden Abend »Lampions! Lampions!« schrien, dann, indem er Witze riss über die Grundsätze von 89, die Befreiung der Neger, die Redner der Linken; obendrein spielte er noch *Prudhomme auf einer Barrikade*, vielleicht aus törichtem Neid auf diese Bürger, die gut gespeist hatten. Die Attacke gefiel nur mäßig. Alle machten lange Gesichter.

Außerdem war jetzt nicht der richtige Augenblick für Scherze; Nonancourt sagte das, an den Tod von Monsignore Affre erinnernd und an General Bréa. Ständig erinnerte man daran; berief sich auf die beiden. Monsieur Roque erklärte das Hinscheiden des Erzbischofs »zum Erhabensten schlechthin«; Fumichon verlieh dem Soldaten die Märtyrerkrone; und statt einfach nur diese zwei Morde zu beklagen, debattierte man, welcher nun größere Empörung hervorrufen müsse. Eine zweite Parallele kam gleich danach, Lamoricière und Cavaignac, wobei Monsieur Dambreuse Cavaignac rühmte und Nonancourt Lamoricière. Keiner von der Tischgesellschaft, außer Arnoux, hatte die beiden am Werk gesehen. Alle fällten nichtsdestoweniger über ihre Taten ein unwiderrufliches Urteil. Frédéric hatte sich für unzuständig erklärt und bekannte, er habe nicht zu den Waffen gegriffen. Der Diplomat und Monsieur Dambreuse nickten beifällig in seine Richtung. Nämlich den Aufruhr bekämpft zu haben hieß, man hatte die Republik verteidigt. Das Ergebnis, wenn auch günstig, festigte sie; und jetzt, da man die Besiegten vom Hals hatte, wollte man auch die Sieger loswerden.

Kaum im Garten, hatte sich Madame Dambreuse Cisy geschnappt und ihn ausgescholten wegen seiner Ungeschicklichkeit; als Martinon auftauchte, schickte sie ihn fort und erfragte dann von ihrem künftigen Neffen den Grund für seine Spötteleien über den Vicomte.

»Es gibt keinen.«

»Und das alles wie zum Ruhme von Monsieur Moreau! Was steckt dahinter?«

»Nichts. Frédéric ist ein reizender Junge. Ich mag ihn sehr.«

»Und ich erst! Er soll herkommen! Holen Sie ihn!«

Nach zwei, drei banalen Sätzen begann sie vorsichtig ihre Gäste herabzusetzen, womit sie ihn höher stellte. Er versäumte nicht, ein wenig die anderen Frauen zu schmähen, ein geschicktes Mittel, ihr Komplimente zu sagen. Doch von Zeit zu Zeit ließ sie ihn stehen, es war Empfangsabend, Damen erschienen; dann kam sie zurück an ihren Platz, und die ganz zufällige Anordnung der Sessel ermöglichte, dass niemand sie hörte.

Sie gab sich liebenswert, ernst, melancholisch und vernünftig. Die Sorgen des Alltags bekümmerten sie nur mäßig, es gab eine ganze Reihe nicht so kurzlebiger Gefühle. Sie klagte über jene Dichter, die das Wahre entstellen, dann hob sie die Augen zum Himmel und fragte ihn nach dem Namen eines Sterns.

Man hatte in die Bäume zwei, drei chinesische Papierlaternen gehängt; der Wind bewegte sie, bunte Streifen flackerten auf ihrem weißen Kleid. Sie saß wie gewöhnlich, leicht zurückgelehnt in ihrem Fauteuil, vor sich einen Schemel; man sah die Spitze eines schwarzen Atlasschuhs; und Madame Dambreuse entfuhr hin und wieder ein lauteres Wort, manchmal sogar ein Lachen.

Diese Koketterien drangen nicht bis zu Martinon, ganz beschäftigt mit Cécile; doch sie erreichten die kleine Roque, die mit Madame Arnoux plauderte. Denn die war die einzige unter diesen Frauen, deren Verhalten ihr nicht herablassend schien. Sie hatte sich zu ihr gesetzt; dann, im Bedürfnis, ihr Herz auszuschütten:

»Wie gut er doch spricht, Frédéric Moreau?«

»Kennen Sie ihn?«

»Oh! schon lange! Wir sind Nachbarn, er hat mit mir gespielt, als ich ganz klein war.«

Madame Arnoux warf einen langen Blick auf sie, der besagte:

»Sie lieben ihn doch wohl nicht?«

Die Augen des jungen Mädchens erwiderten ganz unbeirrt: »Doch!«

»Sie sehen ihn also oft?«

»O nein! nur wenn er zu seiner Mutter kommt. Seit zehn Monaten ist er nicht gekommen! Obwohl er versprochen hatte, er wird zuverlässiger.«

»Man darf den Männern ihre Versprechungen nicht allzu sehr glauben, mein Kind.«

»Mich hat er aber nicht getäuscht!«

»Wie andere!«

Louise fröstelte: »Hat er vielleicht auch der da irgendwas versprochen?« Und ihr Gesicht verzerrte sich vor Misstrauen und Hass.

Fast bekam Madame Arnoux Angst; gern hätte sie ihr Wort zurückgenommen. Dann schwiegen alle beide.

Da Frédéric gegenüber saß, auf einem Klappstuhl, betrachteten sie ihn, die eine diskret aus den Augenwinkeln, die andre unverhohlen, mit offenem Mund, sodass Madame Dambreuse zu ihm sagte:

»Drehen Sie sich ein wenig, die kann Sie sonst nicht sehen!«

»Wer?«

»Na, die Tochter von Monsieur Roque!«

Und sie neckte ihn mit der Liebe dieser jungen Provinzlerin. Er wehrte sich, lachte gezwungen.

»Unvorstellbar! ich bitte Sie! so ein hässliches Entlein!«

Und doch verspürte er eine ungeheuer eitle Zufriedenheit. Ihm kam der andere Abend in den Sinn, als er, das Herz voller Demütigungen, weggegangen war; und er atmete befreit; er fühlte sich in seinem angestammten Milieu, beinah in seinem Reich, als gehörte ihm dies alles, eingeschlossen das Hôtel Dambreuse. Die Damen bildeten einen Halbkreis um ihn und lauschten; um sich hervorzutun, plädierte er für die Wiedereinführung der Ehescheidung, die so einfach sein sollte, dass man unbegrenzt auseinandergehen und sich wieder zusammentun konnte, sooft man wollte. Sie protestierten; andere tuschelten; kleine Ausrufe waren zu hören im Dunkel, am Fuß der mit Osterluzei überrankten Mauer. Es klang wie das Gackern fröhlicher Hühner; und er entwickelte seine Theorie mit jenem Aplomb, den das Bewusstsein vom Erfolg verleiht. Ein Diener brachte ein mit Eis beladenes Tablett in die Laube. Die Herren traten näher. Sie sprachen von den Verhaftungen.

Nun rächte Frédéric sich am Vicomte und machte ihm weis, man werde ihn vielleicht als Legitimisten verfolgen. Der andre hielt dagegen, er habe sich nicht fortgerührt aus seinem Zimmer; sein Gegner häufte Ungemach auf Ungemach; selbst die Herren Dambreuse und de Grémonville waren amüsiert. Dann machten sie Frédéric Komplimente und bedauerten zugleich, dass er seine Fähigkeiten nicht einsetze zum Verteidigen der Ordnung; und ihr Händedruck war herzlich; er konnte nunmehr auf sie zählen. Als zu guter Letzt alles aufbrach, verneigte sich der Vicomte sehr tief vor Cécile.

»Mademoiselle, ich habe die Ehre, Ihnen einen guten Abend zu wünschen.«

Sie antwortete schroff:

»Guten Abend!« Doch Martinon schenkte sie ein Lächeln.

Vater Roque, der sein Gespräch mit Arnoux fortsetzen wollte, machte das Angebot, ihn zu begleiten, »ebenso wie Madame«, sie hätten denselben Weg. Louise und Frédéric gingen vorneweg. Sie hatte ihn untergehakt; und als sie ein Stück entfernt war von den andern:

»Ach! endlich! endlich! Was hab ich gelitten den ganzen Abend! Wie sind diese Frauen böse! So von oben herab!«

Er wollte sie verteidigen.

»Vor allem hättest du mit mir reden können, als du kamst, seit einem Jahr warst du nicht zu Hause!«

»Es ist noch kein Jahr«, sagte Frédéric, glücklich, sie in diesem Punkt verbessern zu können und anderem auszuweichen.

»Meinetwegen! Mir ist die Zeit eben lang geworden! Aber während dieses grässlichen Diners konnte man glauben, du schämst dich meiner! Ach! ich verstehe, mir fehlt das gewisse Etwas, um zu gefallen, wie sie.«

»Du irrst dich«, sagte Frédéric.

»Wirklich! Schwöre mir, dass du keine von ihnen liebst?«

Er schwor.

»Und du liebst nur mich allein?«

»Weiß Gott!«

Diese Versicherung stimmte sie heiter. Gern hätte sie sich verirrt in den Straßen, um die ganze Nacht so mit ihm weiterzuschlendern.

»Ich war dort so in Angst und Sorge! Alles redete nur von Barrikaden! Ich sah dich auf den Rücken fallen, blutüberströmt! Deine Mutter lag im Bett, mit ihrem Rheuma. Sie wusste von nichts. Und ich musste still sein! Ich hab's nicht länger ausgehalten! Also bin ich los mit Catherine.«

Und sie erzählte von ihrem Aufbruch, von der ganzen Reise, und was sie ihrem Vater vorgelogen hatte.

»Er bringt mich in zwei Tagen wieder zurück. Komm morgen abend, wie zufällig, und nutz die Gelegenheit, um meine Hand anzuhalten.«

Nie hatte Frédéric der Gedanke ans Heiraten ferner gelegen. Darüber hinaus dünkte ihn Mademoiselle Roque ein höchst lächerliches Persönchen. Was für ein Unterschied zu einer Frau wie Madame Dambreuse! Vor ihm lag eine ganz andere Zukunft! Das schien ihm heute gewiss; folglich war es auch nicht der richtige Zeitpunkt, sich aus einer jähen Herzensregung einzulassen auf einen Entschluss von solcher Wichtigkeit. Jetzt hieß es nüchtern sein; – und außerdem hatte er Madame Arnoux wiedergesehen. Doch Louises Aufrichtigkeit machte ihn verlegen. Er antwortete:

»Hast du dir das gut überlegt?«

»Was!« rief sie, starr vor Befremden und Empörung.

Er sagte, in diesen Zeiten zu heiraten wäre eine Narrheit.

»Du willst mich also nicht?«

»Ach, du verstehst mich nicht!«

Und er stürzte sich in ein wirres Gerede, um ihr begreiflich zu machen, dass höhere Erwägungen ihn zurückhielten, er sei überlastet mit Geschäften, sogar sein Vermögen stehe auf dem Spiel (Louise entkräftete alles mit einem knappen Wort), und zuletzt sprächen die politischen Umstände dagegen. Also sei es am vernünftigsten, sich eine Weile zu gedulden. Die Dinge kämen sicher ins Lot; das hoffe er zumindest; und da er keine Gründe mehr fand, tat er so, als erinnere er sich urplötzlich, dass er bereits seit zwei Stunden bei Dussardier sein müsste.

Nachdem er sich verabschiedet hatte, bog er in die Rue Hauteville, ging einmal ums Gymnase, kehrte zurück auf den Boulevard und rannte die vier Treppen hinauf zu Rosanette.

Monsieur und Madame Arnoux trennten sich von Vater Roque und seiner Tochter an der Ecke Rue Saint-Denis. Wortlos gingen sie nach Hause; er war erschöpft vom vielen Geschwatze, und sie verspürte große Müdigkeit; sie lehnte sich sogar an seine Schulter. Er war der einzige Mann, der an diesem ganzen Abend redliche Gefühle gezeigt hatte. Sie empfand für ihn große Nachsicht. Indessen hegte er ein wenig Groll gegen Frédéric.

»Hast du seine Miene gesehen, als von dem Porträt die Rede war? Als ich dir sagte, er ist ihr Geliebter? Du wolltest mir nicht glauben!«

»O ja! ich hatte unrecht!«

Arnoux, froh über seinen Triumph, ließ nicht locker.

»Ich wette sogar, er hat uns vorhin stehenlassen, weil er zu ihr wollte! Er ist jetzt bei ihr, na! Er verbringt dort die Nacht.«

Madame Arnoux zog ihre Kapuze tief ins Gesicht.

»Du zitterst ja!«

»Mir ist kalt«, erwiderte sie.

Kaum war ihr Vater eingeschlafen, ging Louise in Catherines Zimmer und rüttelte sie an der Schulter:

»Steh auf! … schnell! schneller! und hol mir einen Fiaker.«

Catherine antwortete, um diese Zeit gebe es keinen.

»Dann musst du mich hinbringen!«

»Wohin?«

»Zu Frédéric!«

»Unmöglich! Weswegen?«

Sie müsse mit ihm sprechen. Das könne nicht warten. Sie wolle ihn sofort sehen.

»Wo denken Sie hin? So mitten in der Nacht bei jemand auftauchen! Außerdem schläft er jetzt doch!«

»Ich wecke ihn!«

»Aber das schickt sich nicht für ein Fräulein!«

»Ich bin kein Fräulein! Ich bin seine Frau! Ich liebe ihn! Los, nimm deinen Schal.«

Catherine, neben ihrem Bett stehend, überlegte. Schließlich sagte sie:

»Nein! ich will nicht!«

»Na gut, bleib hier! Ich gehe!«

Louise glitt wie eine Natter hinaus auf die Treppe. Catherine stürzte hinterher, erreichte sie auf dem Trottoir. Ihre Vorhaltungen waren zwecklos; und sie folgte ihr, während sie noch das Jäckchen zuschnürte. Der Weg schien ihr unendlich lang. Sie klagte über ihre alten Beine.

»Und ich, ich hab kein Feuer unterm Arsch, zum Kuckuck!«

Dann übermannte sie Rührung:

»Armes Herzchen! Nur deine Catau is immer da, siehst du!«

Von Zeit zu Zeit packten sie wieder Bedenken.

»Ah! da verwickeln Sie mich in was Schönes! Wenn Ihr Vater aufwacht! Heiliger Herrgott! Solang nur kein Unglück geschieht!«

Vor dem Théâtre des Variétés wurden sie von einer Patrouille der Nationalgarde aufgehalten. Louise sagte sogleich, sie müsse mit ihrem Dienstmädchen in die Rue Rumfort, sie bräuchten einen Arzt. Man ließ sie weitergehen.

An der Ecke zur Place de la Madeleine trafen sie auf eine zweite Patrouille, und als Louise dieselbe Erklärung gegeben hatte, erwiderte einer der Citoyens:

»Ist's eine Neunmonatskrankheit, mein Kätzchen?«

»Gougibaud!« rief der Hauptmann, »keine Zoten in der Truppe! – Bitte, meine Damen!«

Der Ermahnung zum Trotz ging es weiter mit den Sticheleien:

»Viel Spaß!«

»Meine Empfehlung an den Herrn Doktor!«

»Hütet euch vor dem Wolf!«

»Die witzeln gern«, bemerkte Catherine laut. »Sind halt jung!«

Endlich kamen sie zu Frédérics Haus. Louise zog mehrmals kräftig an der Klingel, die Tür öffnete sich einen Spaltbreit, und der Concierge antwortete auf ihre Frage:

»Nein!«

»Sicher schläft er schon?«

»Ich sage Ihnen doch: nein! Seit bald drei Monaten schläft er nicht daheim!«

Und das Fensterchen an der Loge fiel scharf herab, wie eine Guillotine. Sie standen im Dunkeln, unter dem Gewölbe. Eine zornige Stimme rief:

»Geht endlich!«

Die Tür öffnete sich wieder; sie traten hinaus.

Louise musste sich auf einen Prellstein setzen; und sie weinte, den Kopf in beiden Händen, hemmungslos, aus tiefstem Herzen. Der Morgen graute, Karren holperten vorüber.

Catherine brachte sie nach Hause, stützte sie, küsste sie, sagte ihr allerlei Tröstliches, aus eigner Erfahrung geschöpft. Man dürfe sich nicht so grämen um einen Liebsten. Einer verloren, andre gefunden!

III.

Kaum war Rosanettes Begeisterung für die Mobilgardisten abgeflaut, wurde sie bezaubernder als je zuvor, und Frédéric machte es sich allmählich zur Gewohnheit, ganz bei ihr zu leben.

Das Beste vom Tag war der Morgen auf ihrer Terrasse. Im Batisthemd und barfuß in Pantöffelchen lief sie umher, putzte den Käfig ihrer Kanarienvögel, gab ihren Goldfischen Wasser und gärtnerte mit einer Kaminschaufel in dem Kasten voll Erde, aus dem Kapuzinerkresse an Gitterwerk emporrankte und die Mauer schmückte. Dann beobachteten sie gemeinsam, auf ihren Balkon gestützt, die Wagen, die Passanten; und man wärmte sich in der Sonne, machte Pläne für den Abend. Er ging allerhöchstens für zwei Stunden aus dem Haus; hernach besuchten sie irgendein Theater, saßen in der Proszeniumsloge; und Rosanette, einen großen Blumenstrauß in der Hand, lauschte den Instrumenten, Frédéric aber, zu ihrem Ohr gebeugt, sagte lustige oder schmeichlerische Dinge. Ein anderes Mal nahmen sie eine Kalesche und ließen sich in den Bois de Boulogne kutschieren; lang fuhren sie spazieren, bis spät in die Nacht. Schließlich kehrten sie über den Triumphbogen und die breite Avenue zurück, die frische Luft schnuppernd, über ihren Köpfen die Sterne, und so weit das Auge reichte, alle Gaslaternen in Reih und Glied wie eine doppelt leuchtende Perlenschnur.

Frédéric wartete immer auf sie, bevor sie ausgingen; sie brauchte viel Zeit, arrangierte die zwei Bänder ihres Kapotthütchens unterm Kinn; und sie schenkte sich immer selbst noch ein Lächeln vor ihrem Spiegelschrank.

Dann nahm sie seinen Arm und zwang ihn, sich mit ihr zu betrachten:

»Wir passen gut zusammen, wir beide, so nebeneinander! Ach! armer Liebling, ich könnte dich fressen!«

Er war jetzt ihr Ding, ihr Eigentum. Davon lag auf ihrem Gesicht ein beständiges Strahlen, zugleich wirkte sie schmachtender in den Bewegungen, rundlicher in den Formen; und ohne dass er hätte sagen können warum, fand er sie irgendwie verändert.

Eines Tages erzählte sie ihm als sehr wichtige Neuigkeit, der feine Herr Arnoux eröffne jetzt gerade ein Weißwarengeschäft, für eine ehemalige Arbeiterin seiner Fabrik; er komme jeden Abend dorthin, »gebe viel Geld aus, erst letzte Woche habe er ihr eine Einrichtung aus Palisander geschenkt«.

»Woher weißt du das?« sagte Frédéric.

»Oh! da bin ich mir sicher!«

Delphine hatte, auf ihren Befehl, Erkundigungen eingeholt. Also liebte sie doch Arnoux, sonst hätte er sie nicht so sehr beschäftigt! Er antwortete bloß:

»Was schert's dich?«

Rosanette überraschte die Frage offenbar.

»Der Lump schuldet mir Geld! Ist es nicht widerlich, dass er Bettelweiber aushält!«

Und mit einem Ausdruck voll frohlockendem Hass:

»Übrigens hält sie ihn ganz schön zum Narren! Sie hat noch drei andre Galane. Recht so! und ausnehmen soll sie ihn bis auf den letzten Heller, mich freut's!«

Arnoux ließ sich tatsächlich von der aus Bordeaux schröpfen, mit der Sanftmut greiser Verliebtheit.

Seine Manufaktur lief nicht mehr; der Gesamtzustand seiner Geschäfte war erbärmlich; sodass er, um sie wieder in Gang zu bringen, zunächst daran dachte, ein Café mit Gesang zu gründen, in dem nur patriotische Lieder gesungen würden; hätte ihm der Minister eine

Subvention bewilligt, wäre dieses Lokal Heimstatt der Propaganda geworden und zugleich Einnahmequelle. Die Führung der Staatsgewalt hatte nun aber gewechselt, und so wurde nichts daraus. Jetzt träumte er von einer Fabrik für militärische Hutwaren. Ihm fehlte das Kapital für den Anfang.

Nicht viel glücklicher war er in seinem Hausstand. Madame Arnoux behandelte ihn weniger sanft, manchmal sogar etwas ruppig. Marthe hielt immer zum Vater. Das schürte den Unfrieden, und das Familienleben wurde unerträglich. Oft ging er schon morgens weg, verbrachte seinen Tag mit langen Laufereien, um Ablenkung zu finden, aß dann in einem Landgasthof zu Abend und grübelte vor sich hin.

Frédérics immer noch anhaltendes Fernbleiben störte seine Gewohnheiten. Darum erschien er eines Nachmittags, bat inständig, er möge doch wie ehedem zu Besuch kommen, und erhielt eine Zusage.

Frédéric wagte sich nicht wieder zu Madame Arnoux. Ihm war, als habe er sie verraten. Aber dieses Verhalten war feig. Er fand keine Ausreden. Irgendwann musste es sein! und eines Abends machte er sich auf den Weg.

Regen fiel, und er war eben in die Passage Jouffroy getreten, da näherte sich ihm unterm Licht der Auslagen ein dicker kleiner Mann mit Mütze. Frédéric erkannte ohne große Mühe Compain, jenen Redner, dessen Vorschlag im Klub so großes Gelächter hervorgerufen hatte. Er stützte sich auf den Arm eines Kerls, ausstaffiert mit einer roten Zuavenkappe, die Oberlippe sehr lang, die Gesichtsfarbe gelb wie eine Orange, am Kinn ein spitzes Bärtchen, und der musterte ihn aus großen, vor Bewunderung triefenden Augen.

Compain war offenbar stolz auf ihn, denn er sagte:

»Darf ich Ihnen diesen Burschen hier vorstellen! Er

ist Schuster, ein Freund von mir, Patriot! Gehn wir was trinken?«

Als Frédéric dankend ablehnte, wetterte er sogleich gegen den Antrag Rateau, ein Manöver der Aristokraten. Um Schluss zu machen mit denen, helfe nur ein neues 93! Dann erkundigte er sich nach Regimbart und ein paar anderen, alle genauso vortrefflich wie zum Beispiel Masselin, Sanson, Lecornu, Maréchal und ein gewisser Deslauriers, verwickelt in die Geschichte mit den unlängst in Troyes abgefangenen Karabinern.

Das alles war neu für Frédéric. Compain wusste auch nichts Genaueres. Er verabschiedete sich mit den Worten:

»Auf bald, nicht wahr, Sie sind doch mit dabei?«

»Wobei?«

»Beim Kalbskopf!«

»Was für ein Kalbskopf?«

»Ach! Sie Spaßvogel!« erwiderte Compain und puffte ihn in den Bauch.

Und die zwei Terroristen verschwanden in einem Café.

Zehn Minuten später dachte Frédéric nicht mehr an Deslauriers. Er stand auf dem Trottoir der Rue Paradis, vor einem Haus; und er sah oben im zweiten Stock, hinter Vorhängen, den Schein einer Lampe.

Endlich stieg er die Treppe hinauf.

»Ist Arnoux da?«

Das Stubenmädchen antwortete:

»Nein! aber kommen Sie trotzdem herein.«

Und sofort eine Tür aufreißend:

»Madame, hier ist Monsieur Moreau!«

Sie stand auf, blasser als ihr Spitzenkragen. Sie zitterte.

»Was verschafft mir die Ehre … eines so … überraschenden Besuchs?«

»Nichts! Die Lust, alte Freunde wiederzusehen!«

Und während er sich setzte:

»Wie geht's dem guten Arnoux?«

»Bestens! Er ist unterwegs.«

»Ach! verstehe! immer noch seine alten Abendgewohnheiten; ein bisschen Zerstreuung!«

»Warum nicht? Nach einem Tag mit Rechnereien muss der Kopf sich erholen!«

Sie pries ihren Mann sogar als besonders fleißig. Dieses Lob ärgerte Frédéric; und auf ein Stück schwarzes Tuch mit blauem Besatz in ihrem Schoß deutend:

»Was machen Sie da?«

»Eine Jacke, die ändere ich für meine Tochter.«

»Ach ja, die sehe ich gar nicht, wo ist sie denn?«

»In einem Pensionat«, erwiderte Madame Arnoux.

Tränen schossen ihr ins Auge; sie kämpfte dagegen, indem sie eifrig weiternähte. Er griff, um Fassung bemüht, nach einer Nummer der *Illustration*, auf dem Tisch neben ihr.

»Die Karikaturen von Cham sind sehr witzig, nicht wahr?«

»Ja.«

Dann verfielen sie in Schweigen.

Ein Windstoß rüttelte plötzlich an den Fensterscheiben.

»Was für ein Wetter!« sagte Frédéric.

»Allerdings, wie freundlich von Ihnen, dass Sie bei diesem furchtbaren Regen gekommen sind.«

»Oh! mich kümmert das nicht! Ich bin nicht wie so manche, die er wohl davon abhält, zu ihren Verabredungen zu gehen!«

»Was für Verabredungen?« fragte sie arglos.

»Erinnern Sie sich nicht?«

Ein Schauer durchfuhr sie, und sie senkte den Kopf.

Er legte ihr sachte die Hand auf den Arm.

»Ich versichere Ihnen, Sie haben mir sehr weh getan!«

Sie erwiderte, mit etwas Klagendem in der Stimme:

»Aber ich hatte doch Angst um mein Kind!«

Und sie erzählte von der Krankheit des kleinen Eugène und all den Sorgen jenes Tages.

»Danke! danke! Ich zweifle nicht länger! Ich liebe Sie wie eh und je!«

»O nein! das ist nicht wahr!«

»Warum?«

Sie musterte ihn kühl.

»Sie vergessen die andre! Mit der Sie zum Rennen fahren! Die Frau, deren Porträt Sie besitzen, Ihre Geliebte!«

»Nun, ja!« rief Frédéric. »Ich leugne nichts! Ich bin ein Schuft! hören Sie!«

Wenn er sie genommen hatte, dann nur aus Verzweiflung, so, wie man Selbstmord begeht. Übrigens habe er sie sehr unglücklich gemacht, um sich an ihr zu rächen für seine eigene Schande. »Was für eine Qual! Verstehen Sie das nicht?«

Madame Arnoux drehte ihr schönes Gesicht, ihm die Hand reichend; und beide schlossen die Augen, versunken in Trunkenheit, gleich einem sanften, nie endenden Wiegen. Dann betrachteten sie einander lang, von Angesicht zu Angesicht, nah beisammen.

»Konnten Sie wirklich glauben, ich liebte Sie nicht mehr?«

Sie antwortete mit einer leisen Stimme voll Zärtlichkeit:

»Nein! trotz allem spürte ich tief in meinem Herzen, dies sei unmöglich und eines Tages müsse das Trennende zwischen uns schwinden!«

»Auch mir ging es so! und immer hatte ich ein entsetzliches Verlangen, Sie wiederzusehen!«

»Einmal«, sagte sie, »im Palais-Royal, da bin ich an Ihnen vorübergegangen!«

»Tatsächlich?«

Und er sagte ihr, wie glücklich es ihn gemacht habe, sie bei den Dambreuses anzutreffen.

»Doch wie habe ich Sie an jenem Abend verabscheut, beim Nachhausegehen!«

»Armer Junge!«

»Mein Leben ist so traurig!«

»Und meines erst! … Wären es nur die Kümmernisse, die Sorgen, die Demütigungen, alles, was ich als Gattin und Mutter erdulde, da wir nun einmal sterben müssen, ich würde nicht klagen; das Schlimmste ist meine Einsamkeit, niemand …«

»Aber ich bin da!«

»Oh! ja!«

Mit einem liebevollen Schluchzen war sie aufgesprungen. Ihre Arme öffneten sich; und stehend umarmten sie einander, in einem langen Kuss.

Ein Knarzen auf dem Parkett war zu hören. Eine Frau stand neben ihnen, Rosanette. Madame Arnoux hatte sie erkannt; ihre Augen, weit aufgerissen, starrten voll Staunen und Entrüstung. Endlich sagte Rosanette:

»Ich möchte mit Monsieur Arnoux sprechen, geschäftlich.«

»Er ist nicht da, Sie sehen's doch.«

»Ach! stimmt!« erwiderte die Marschallin, »Ihr Mädchen hatte also recht! Bitte tausendmal um Verzeihung!«

Und sich zu Frédéric drehend:

»Hier also steckst du?«

Dieses Duzen, in ihrer Gegenwart, ließ Madame Arnoux erröten wie eine Ohrfeige mitten ins Gesicht.

»Er ist nicht da, noch einmal!«

Da sagte die Marschallin, hierhin und dorthin blickend, ganz ruhig:

»Gehen wir? Ich hab einen Fiaker, unten.«

Er tat, als höre er nicht.

»Jetzt komm schon!«

»Oh! ja! das trifft sich gut! Los! los!« sagte Madame Arnoux.

Die beiden gingen. Sie beugte sich übers Geländer, um ihnen nachzuschauen; und ein schrilles, durchdringendes Lachen fiel vom oberen Treppenabsatz auf sie herab. Frédéric stieß Rosanette in den Fiaker, setzte sich gegenüber und sagte auf dem ganzen Weg kein einziges Wort.

Die Niedertracht, die als Schmach auf ihn zurückfiel, hatte er ganz allein verursacht. Er spürte die Schande einer ungeheuren Demütigung und zugleich die Trauer um sein Glück; jetzt, da es zum Greifen nahe war, hatte er's unwiderruflich verloren! – und zwar durch die Schuld von der da, dieser Dirne, dieser Hure! Am liebsten hätte er sie erwürgt; er rang nach Atem. Zu Hause angekommen, warf er den Hut auf ein Möbel, riss sich die Halsbinde herunter.

»Ah! da hast du was Feines angestellt, gib's zu!«

Sie pflanzte sich stolz vor ihm auf.

»Na, und? Was ist dabei?«

»Wie? Du spionierst mir nach?«

»Bin ich vielleicht schuld? Warum vergnügst du dich auch mit ehrbaren Frauen?«

»Egal! Ich will nicht, dass du sie beleidigst.«

»Womit habe ich sie beleidigt?«

Er wusste keine Antwort; und noch hasserfüllter:

»Aber damals, auf dem Champ de Mars …«

»Ach! lass uns zufrieden mit deinen Verflossenen!«

»Weibsstück!«

Er hob die Faust.

»Bring mich nicht um! Ich bin schwanger!«

Frédéric wich zurück.

»Du lügst!«

»Schau mich doch an!«

Sie griff nach einem Leuchter, hielt ihn vors Gesicht:

»Verstehst du etwas davon?«

Kleine gelbe Flecken verunzierten ihre seltsam gedunsene Haut. Frédéric konnte die Tatsachen nicht leugnen. Er trat zum Fenster, öffnete, ging ein paar Schritte auf und ab, ließ sich am Ende in einen Fauteuil fallen.

Dieses Ereignis war ein Unglück, das zunächst einmal den Bruch zwischen ihnen hinausschob, – und dann warf es all seine Pläne durcheinander. Zudem, die Vorstellung, Vater zu werden, erschien ihm grotesk, unmöglich. Aber warum? Wenn, statt der Marschallin …? Und er versank in so tiefe Grübelei, dass er eine Art Halluzination hatte. Er sah hier auf dem Teppich, vor dem Kamin, ein kleines Mädchen. Es glich Madame Arnoux und ein bisschen auch ihm selbst; – brünett und hellhäutig, mit schwarzen Augen, sehr dichten Brauen, einer rosa Schleife im lockigen Haar! (Oh! wie hätte er sie geliebt!) Und er glaubte ihre Stimme zu hören: »Papa! Papa!«

Rosanette hatte sich ausgekleidet, trat näher, entdeckte eine Träne an seinen Lidern und küsste ihn mit großem Ernst auf die Stirn. Er erhob sich, sagte:

»Weiß Gott! Das Balg wird nicht umgebracht!«

Nun plauderte sie munter drauflos. Es werde ein Junge, natürlich! Und Frédéric müsse er heißen. Gleich wolle sie mit der Ausstattung beginnen; – und als er sie so glücklich sah, überkam ihn Mitleid. Jetzt, da er keinen Zorn mehr verspürte, wollte er wissen, was sie denn vorhin angetrieben hatte.

Nun, Mademoiselle Vatnaz habe ihr, eben am heutigen Tag, einen seit langem protestierten Wechsel geschickt; sie sei hinübergeeilt zu Arnoux, um Geld zu bekommen.

»Ich hätte dir welches gegeben!« sagte Frédéric.

»Es war einfacher, mir dort zu holen, was mir gehört, und der andern ihre tausend Franc zu geben.«

»Ist das wenigstens alles, was du ihr schuldest?«

Sie antwortete:

»Sicher.«

Am nächsten Tag, abends um neun (diese Uhrzeit hatte der Portier angegeben), begab sich Frédéric zu Mademoiselle Vatnaz.

Im Vorzimmer stieß er gegen aufgestapelte Möbel. Doch Stimmengewirr und Musik wiesen ihm den Weg. Er öffnete eine Tür und platzte mitten in einen *Rout*. Aufrecht vor dem Klavier, das ein Fräulein mit Brille spielte, rezitierte Delmar, ernst wie ein Prälat, ein menschenfreundliches Gedicht gegen die Prostitution; und seine tiefe Stimme grollte, untermalt von den angeschlagenen Akkorden. Eine Reihe Frauen saß an der Wand, unterschiedslos in dunkle Farben gekleidet, ohne Hemdkragen oder Manschetten. Fünf, sechs Männer, allesamt Denker, hockten hier und dort auf Stühlen. In einem Fauteuil lehnte ein alter Fabeldichter, eine Ruine; – und der beißende Geruch zweier Lampen vermischte sich mit dem Duft der Schokolade, in den zahlreichen Schalen auf dem Spieltisch.

Mademoiselle Vatnaz, eine orientalische Schärpe um die Hüften, posierte an einer Ecke des Kamins. Dussardier stand am anderen Ende, ihr gegenüber; er wirkte ob der ganzen Situation ein wenig verlegen. Außerdem war er eingeschüchtert durch dieses Künstlermilieu.

Hatte die Vatnaz Schluss gemacht mit Delmar? eher nicht. Doch schien sie eifersüchtig zu wachen über den guten Kommis; und als Frédéric sie um eine kurze Unterredung bat, gab sie ihm Zeichen, mit ihnen ins Schlafzimmer zu kommen. Nachdem die tausend Franc hingeblättert waren, verlangte sie außerdem noch Zinsen.

»Nicht der Rede wert«, sagte Dussardier.

»Halt den Mund!«

Die Feigheit eines so tapferen Mannes war Frédéric ein Trost, als Rechtfertigung seiner eigenen. Er brachte den Wechsel nach Hause und sprach nie wieder von dem Auftritt bei Madame Arnoux. Doch von nun an stachen ihm alle Fehler der Marschallin ins Auge.

Sie hatte einen hoffnungslos schlechten Geschmack, war unfassbar faul, dumm wie eine Wilde, hielt deshalb Doktor Desrogis für eine Berühmtheit; und sie war stolz, ihn und seine Gattin zu empfangen, denn das waren »verheiratete Leute«. Sie schulmeisterte auf pedantische Weise in allen Dingen des Lebens Mademoiselle Irma, ein armes kleines Geschöpf mit kleiner Stimme, deren Gönner ein »sehr feiner« Herr war, ein vormaliger Zollbeamter, der Kartenkunststücke beherrschte; Rosanette nannte ihn »mein Dickerchen«. Genauso wenig ausstehen konnte Frédéric den ständigen Gebrauch dämlicher Ausdrücke wie: »So ein Quatsch! Nach Chaillot! Man hat nie herausgefunden usw.«; und stur entstaubte sie jeden Morgen ihre Nippsachen mit einem Paar alter weißer Handschuhe! Ihn empörte vor allem ihr Benehmen gegen das Dienstmädchen, – deren Lohn dauernd im Rückstand war und die ihr sogar noch Geld lieh. An den Tagen, da sie abrechneten, zankten sie wie zwei Fischweiber, dann versöhnten sie sich unter Umarmungen. Die Zweisamkeit wurde trübselig. Es war für ihn eine Erlösung, als die Abende bei Madame Dambreuse wieder begannen.

Die amüsierte ihn wenigstens! Sie wusste von allen Intrigen in der vornehmen Welt, jedem Botschafterwechsel, dem Personal der Schneiderinnen; und wenn ihr Gemeinplätze entschlüpften, dann in einer so gebräuchlichen Floskel, dass ihr Satz als Höflichkeit durchgehen konnte oder als Ironie. Man musste sie inmitten von zwanzig plaudernden Personen erleben, niemand übersehend, die erwünschten Antworten hervorlockend, den gefährlichen ausweichend! Ganz einfache Dinge, von ihr erzählt, schienen Vertraulichkeiten; ihr leisestes Lächeln verleitete zur Träumerei; ihr Charme schließlich, genauso wie der erlesene Duft, den sie für gewöhnlich trug, war vielschichtig und rätselhaft. Frédéric spürte in ihrer Gesellschaft jedesmal die Freude einer Entdeckung; und doch fand er sie stets in der gleichen inneren Heiterkeit, wie das Spiegeln klarer Wasser. Warum nur war ihr Benehmen gegen die Nichte so kühl? Mitunter warf sie sogar seltsame Blicke auf sie.

Als von Heirat die Rede gewesen war, hatte sie Monsieur Dambreuse die Gesundheit des »teuren Kindes« entgegengehalten und es sogleich ins Thermalbad Balaruc entführt. Nach der Rückkehr waren neue Vorwände aufgetaucht: der junge Mann habe keine Stellung, die große Liebe wirke nicht ernst, man riskiere nichts, wenn man noch warte. Martinon hatte geantwortet, er könne warten. Sein Verhalten war bewundernswert. Er rühmte Frédéric. Er tat mehr: Er instruierte ihn, wie man Madame Dambreuse gefallen könne, ließ sogar durchblicken, er kenne, über die Nichte, die Gefühle der Tante.

Und Monsieur Dambreuse, weit entfernt, Eifersucht zu zeigen, begegnete seinem jungen Freund mit Hochachtung, erbat von ihm Rat in verschiedenen Dingen, war sogar besorgt um seine Zukunft, und eines Tages, als die Rede auf Vater Roque kam, sagte er ihm mit listiger Miene ins Ohr:

»Das haben Sie gut gemacht.«

Und Cécile, Miss Johnson, die Dienstboten, der Portier, kein einziger, der ihn nicht reizend behandelt hätte in diesem Haus. Er kam jeden Abend, ließ Rosanette allein. Ihre künftige Mutterschaft machte sie ernster, sogar ein bisschen traurig, als hätten Sorgen sie geplagt. Auf alle Fragen erwiderte sie:

»Du irrst dich! Mir geht es gut!«

Es waren fünf Wechsel, die sie einst unterschrieben hatte; und weil sie nach Rückzahlung des ersten Frédéric nichts zu sagen wagte, hatte sie noch einmal Arnoux aufgesucht, und versprochen hatte der ihr, und zwar schriftlich, ein Drittel seiner Gewinne aus der Gasbeleuchtung der Städte im Languedoc (ein glänzendes Unterfangen!), ihr zugleich aber eingeschärft, sie dürfe sich dieses Briefes nicht vor der Aktionärsversammlung bedienen; die Versammlung wurde von einer Woche auf die andere verschoben.

Die Marschallin jedoch brauchte Geld. Eher wäre sie gestorben, als dass sie Frédéric bat. Von ihm wollte sie keines. Das hätte ihre Liebe beschädigt. Wohl bestritt er die Unkosten für den Haushalt; doch ein kleiner, monatweise gemieteter Wagen und andere Opfer, die unentbehrlich waren, seit er bei den Dambreuses verkehrte, hinderten ihn, mehr zu tun für seine Mätresse. Zwei- oder dreimal, als er zu ungewohnter Zeit nach Hause kam, meinte er, er sehe irgendwelche Männerrücken blitzartig verschwinden; und sie ging häufig weg, ohne sagen zu wollen, wohin. Frédéric versuchte nicht, den Dingen auf den Grund zu kommen. Demnächst träfe er eine endgültige Entscheidung. Er träumte von einem anderen Leben, einem amüsanteren und vornehmeren. Dieses Ideal machte ihn nachsichtig gegen das Hôtel Dambreuse.

Es war eine heimelige Zweigstelle der Rue de Poitiers. Er traf hier den großen Monsieur A., den berühmten B., den tiefsinnigen C., den wortgewaltigen Z., den überragenden Y., die alten Köpfe der linken Mitte, die Paladine der Rechten, die Burggrafen des Justemilieu, die ewigen Hampelmänner der Komödie. Ihn verblüffte ihre jämmerliche Ausdrucksweise, ihre Kleinkariertheit, ihre Rachsucht, ihre Verlogenheit, – all diese Leute hatten für die Verfassung gestimmt und mühten sich nun, sie kaputtzuschlagen; – und sie waren sehr umtriebig, brachten Manifeste in Umlauf, Pamphlete, Biographien; die von Hussonnet über Fumichon war ein Meisterwerk. Nonancourt kümmerte sich um die Propaganda auf dem Land, Monsieur de Grémonville bearbeitete den Klerus, Martinon sammelte junge Bürgerliche. Jeder wirkte seinen Fähigkeiten entsprechend, sogar Cisy. Er dachte nun den lieben langen Tag an ernsthafte Dinge und erledigte im Kabriolett Wege für die Partei.

Monsieur Dambreuse zeigte, einem Barometer gleich, stets den neuesten Stimmungswandel. Man konnte nicht von Lamartine sprechen, ohne dass er den Ausspruch eines Mannes aus dem Volk zitierte: »Weg mit der Leier«. Cavaignac war in seinen Augen nur noch ein Verräter. Der Präsident, den er drei Monate lang bewundert hatte, fiel allmählich in seiner Achtung (er fand, ihm fehle die »nötige Tatkraft«); und da er stets einen Retter brauchte, gehörte seit der Affäre im Conservatoire seine Dankbarkeit Changarnier: »Gott sei Dank, Changarnier … Hoffen wir, dass Changarnier … Oh! nichts zu befürchten, solange Changarnier …«

Man pries vor allem Thiers für sein Buch gegen den Sozialismus, in dem er sich ebenso sehr als Denker wie als Schriftsteller erwies. Man lachte ungeheuer über Pierre Leroux, weil er in der Kammer Textstellen von Philosophen zitierte. Man riss Witze über den Schwanz der Phalansterianer. Man ging die *Foire aux Idées* beklatschen; und man verglich die Autoren mit Aristophanes. Frédéric ging hin wie alle andern.

Das politische Geschwätz und das gute Essen lähmten sein Anstandsgefühl. So mittelmäßig ihm die Leute auch schienen, er war stolz, sie zu kennen, und in seinem Innern sehnte er sich nach bürgerlicher Achtung. Eine

Geliebte wie Madame Dambreuse würde ihm Ansehen verschaffen.

Er tat fortan alles Nötige.

Er lief ihr beim Spaziergang über den Weg, versäumte nicht, sie in ihrer Theaterloge zu begrüßen; und da er wusste, wann sie zur Kirche ging, bezog er Posten hinter einem Pfeiler, in melancholischer Pose. Für Hinweise auf irgendwelche Raritäten, Auskünfte über ein Konzert, geborgte Bücher oder Zeitschriften gab es ein ständiges Hin und Her kleiner Billette. Neben seinem abendlichen Besuch machte er zuweilen noch einen zweiten, gegen Ende des Tages; und seine Vorfreude steigerte sich, schritt er nacheinander durch das große Tor, dann durch den Hof, durch das Vorzimmer, durch die beiden Salons; endlich gelangte er in ihr Boudoir, verschwiegen wie ein Grab, wohlig warm wie ein Alkoven, wo man gegen gepolsterte Möbel stieß, zwischen allerlei Gegenständen hier und dort: Kommödchen, Wandschirme, Schalen und Tabletts aus Lack, aus Schildpatt, aus Elfenbein, aus Malachit, kostbarer, häufig erneuerter Krimskrams. Es gab auch schlichte Dinge: drei Steine aus Étretat, die als Briefbeschwerer dienten, eine friesische Haube, aufgehängt an einem chinesischen Paravent; alles stimmte jedoch harmonisch zusammen; und es beeindruckte sogar die Erhabenheit des Ganzen, was vielleicht an der Höhe des Plafonds lag, am Prunk der Portieren und an den langen, die vergoldeten Beine der Stühlchen umflatternden Seidenfransen.

Sie saß fast immer auf einer kleinen Causeuse, neben der Jardiniere, die eine Fensternische schmückte. Auf der Kante eines dicken Puffs mit Rollen hockend, sagte er ihr möglichst treffende Komplimente; und sie betrachtete ihn, den Kopf leicht zur Seite geneigt, mit lächelndem Mund.

Er las ihr Gedichte, seine ganze Seele hineinlegend,

um sie zu erschüttern und selbst bewundert zu werden. Sie unterbrach ihn mit einer abschätzigen Bemerkung oder einem praktischen Hinweis; und ihre Plauderei kam immer wieder auf den ewiggleichen Punkt, die Liebe! Sie fragten sich, was diese hervorrief, ob Frauen sie tiefer empfanden als Männer, welche Unterschiede es gab zwischen beiden. Frédéric suchte seine Meinung auszudrücken und dabei alles Derbe zu meiden, aber auch Schalheit. Daraus wurde eine Art Wettkampf, der zuweilen anregend war, dann wieder langweilig.

Er spürte an ihrer Seite nicht die Verzückung seines ganzen Wesens, die ihn zu Madame Arnoux hinzog, auch nicht die fröhliche Närrischkeit, in die Rosanette ihn anfangs versetzte. Doch begehrte er sie als etwas Ungewöhnliches und Heikles, denn sie war adelig, denn sie war reich, denn sie war fromm, und er meinte, sie besitze gewiss ein Zartgefühl, erlesen wie ihre Spitzen, mit Amuletten auf der Haut und Schamesröte in der Verworfenheit.

Er bediente sich der alten Liebe. Er erzählte ihr, als würde sie ihn dazu inspirieren, alles, was er dank Madame Arnoux einst empfunden hatte, seine Sehnsüchte, seine Ängste, seine Träume. Sie nahm es auf wie jemand, der solche Dinge gewöhnt ist, und ohne ihn ausdrücklich zurückzuweisen, gewährte sie nichts; sodass es ihm genauso wenig gelang, sie zu verführen, wie Martinon, sich zu verheiraten. Um den Verehrer ihrer Nichte aus dem Feld zu schlagen, beschuldigte sie ihn, er sei erpicht auf das Geld, und bat ihren Mann sogar, ihn auf die Probe zu stellen. Monsieur Dambreuse erklärte also dem jungen Mann, Cécile habe, als Waise armer Eltern, keinerlei »Aussicht« noch Mitgift.

Martinon, der ihm einfach nicht glaubte oder sich zu weit vorgewagt hatte, um sein Wort noch zurückzunehmen, oder aus einer jener törichten Dickschädligkeiten, die Geniestreiche sind, antwortete, sein Erbe, fünfzehntausend Franc Jahreseinkommen, würde ihnen genügen. Diese unerwartete Selbstlosigkeit rührte den Bankier. Er versprach ihm die Bürgschaft für eine Steuereinnehmerstelle und gab die Zusage, ihm den Posten zu beschaffen; und im Mai 1850 heiratete Martinon Mademoiselle Cécile. Es gab keinen Ball. Die jungen Leute reisten noch am selben Abend nach Italien. Frédéric machte am nächsten Tag Madame Dambreuse seine Aufwartung. Sie dünkte ihn blasser als sonst. Sie widersprach ihm erbittert bei zwei oder drei belanglosen Themen. Im übrigen waren alle Männer Egoisten.

Es gebe immerhin aufopferungsbereite, und sei's nur er selbst.

»Ach was! wie die andern!«

Ihre Lider waren rot; sie weinte. Dann, sich zu einem Lächeln zwingend:

»Verzeihen Sie! Ich habe unrecht! Ein trauriger Gedanke hat mich überfallen!«

Er verstand gar nichts.

»Gleichviel! sie ist weniger stark, als ich glaubte«, sagte er sich.

Sie läutete nach einem Glas Wasser, trank einen Schluck, schickte es zurück, beklagte sich dann, wie abscheulich sie bedient werde. Um sie aufzuheitern, erbot er sich als Domestik, behauptete, er wäre imstande, Teller aufzutragen, Möbel abzustauben, vornehmen Besuch zu melden, kurzum, Kammerdiener zu sein oder vielmehr Edelknabe, obgleich völlig aus der Mode. Wie gern säße er hinten auf ihrem Wagen, hätte einen Hut mit Hahnenfedern.

»Und würdevoll schritte ich zu Fuß hinter Ihnen her, auf dem Arm ein Hündchen!«

»Sie sind lustig«, sagte Madame Dambreuse.

Sei es nicht eine Torheit, erklärte er weiter, alles so

ernst zu betrachten? Es gebe schon genug Elend, man müsse nicht noch mehr erfinden. Nichts verdiene quälenden Schmerz. Madame Dambreuse hob die Brauen, wie in zaghafter Zustimmung.

Dieser Gleichklang der Gefühle ermutigte Frédéric zu mehr Kühnheit. Seine früheren Irrtümer verhalfen ihm nun zu Scharfsinn. Er sagte:

»Unsere Vorfahren lebten besser. Warum nicht dem Trieb nachgeben, der uns verleitet?« Die Liebe sei schließlich keine so wichtige Sache.

»Aber was Sie da sagen, ist unmoralisch!«

Sie hatte sich wieder auf die Causeuse gestreckt. Er setzte sich an den Rand, zu ihren Füßen.

»Sehen Sie denn nicht, dass ich lüge! Um Frauen zu gefallen, muss man den Leichtsinn eines Narren vorgaukeln oder tragödische Raserei! Die verlachen uns, wenn wir ganz einfach sagen, dass wir sie lieben! Ich halte diese Hyperbeln, an denen sie ihren Spaß haben, für eine Entweihung der wahren Liebe; am Ende weiß man nicht mehr, wie man sie ausdrücken soll, zumal jenen gegenüber … die … Geist besitzen.«

Sie musterte ihn aus halb geschlossenen Lidern. Er senkte die Stimme, beugte sich zu ihrem Gesicht.

»Ja! Sie machen mir Angst! Ich beleidige Sie vielleicht? … Verzeihung! … Das alles wollte ich gar nicht sagen! Ich kann nichts dafür! Sie sind so schön!«

Madame Dambreuse schloss die Augen, und er war überrascht von der Leichtigkeit seines Siegs. Die hohen Bäume im Garten, die träge rauschten, wurden still. Reglose Wolken durchzogen den Himmel mit langen roten Streifen, und es war, als befände sich alles auf der Welt in der Schwebe. Da kamen ihm ähnliche Abende, mit gleichem Schweigen, dunkel in den Sinn. Wo war das gewesen? …

Er kniete nieder, nahm ihre Hand und schwor ewige

Liebe. Dann, als er schon ging, winkte sie ihn zurück und sagte ganz leise:

»Kommen Sie zum Diner! Wir sind allein!«

Frédéric schien, als er die Treppe hinabstieg, er sei plötzlich ein andrer Mann, ihn umhülle die stark duftende Wärme eines Treibhauses, er betrete endgültig die höhere Welt aristokratischer Ehebrüche und großer Intrigen. Um in ihr den ersten Platz einzunehmen, brauchte man nur eine Frau wie diese hier. Zweifellos machtgierig und tatendurstig und verheiratet mit einem mittelmäßigen Mann, dem sie in höchstem Grade genutzt hatte, sehnte sie sich nach einem Starken, den sie führen konnte? Nichts war nunmehr unmöglich! Er fühlte sich fähig, zweihundert Meilen zu reiten, nächtelang durchzuarbeiten, ohne Müdigkeit; sein Herz quoll über vor Stolz.

Auf dem Trottoir vor ihm ging ein Mann, um die Schultern ein alter Überrock, mit hängendem Kopf und so unendlich niedergedrückt, dass Frédéric sich umdrehte, weil er ihn sehen wollte. Der andre hob sein Gesicht. Es war Deslauriers. Er zögerte. Frédéric fiel ihm um den Hals.

»Ach! mein guter Alter! Wie! du bist's!«

Und er schleppte ihn zu sich nach Haus, stellte viele Fragen auf einmal.

Der vormalige Kommissar Ledru-Rollins erzählte zuerst, was ihm alles widerfahren war. Da er den Konservativen Brüderlichkeit predigte und den Sozialisten Achtung vor dem Gesetz, hatten die einen auf ihn geschossen, die andern einen Strick gebracht, um ihn aufzuknüpfen. Nach dem Juni war er rüde abgesetzt worden. Er hatte sich in ein Komplott verwickelt, mit den beschlagnahmten Waffen in Troyes. Man hatte ihn wieder laufenlassen, aus Mangel an Beweisen. Dann schickte ihn das Aktionskomitee nach London, wo er sich auf einem Bankett mit seinen Brüdern in die Haare geriet. Zurück in Paris …

»Warum bist du nicht zu mir gekommen?«

»Du warst nie da! Dein Schweizer tat geheimnisvoll, ich wusste nicht, was ich davon halten sollte; und außerdem wollte ich nicht als Geschlagener hier auftauchen.«

Er hatte an die Türen der Demokratie geklopft, sich erboten, ihr mit seiner Feder zu dienen, mit seinen Worten, mit seinem Handeln; überall hatte man ihn abgewiesen; man misstraute ihm; und er hatte seine Uhr verkauft, seine Bibliothek, seine Wäsche.

»Besser man krepiert auf den Hulken von Belle-Isle, mit Sénécal!«

Frédéric, der gerade seine Halsbinde richtete, schien diese Nachricht nicht sonderlich zu erschüttern.

»Ach! er ist deportiert, der gute Sénécal?«

Deslauriers erwiderte, während sein Blick neidvoll über die Wände schweifte:

» Nicht jeder hat dein Glück!«

»Entschuldige bitte«, sagte Frédéric, ohne die Anspielung wahrzunehmen, »aber ich diniere in der Stadt. Du bekommst hier zu essen; bestell dir, was du magst! Leg dich ruhig in mein Bett.«

Angesichts einer so ungetrübten Herzlichkeit schwand Deslauriers' Verbitterung.

»In dein Bett? Aber … das wird dich genieren!«

»Nein, nein! Ich hab noch andre!«

»Aha! sehr gut«, erwiderte der Advokat lachend. »Wo dinierst du denn?«

»Bei Madame Dambreuse.«

»Könnte es … zufällig sein … dass sie …?«

»Du bist zu neugierig«, sagte Frédéric mit einem Lächeln, das die Vermutung bestätigte.

Dann, nach einem Blick auf die Stutzuhr, setzte er sich wieder.

»So ist das nun mal! und man darf die Hoffnung nicht aufgeben, du alter Verteidiger des Volkes!«

»Allmächtiger! das sollen andre erledigen!«

Der Advokat hasste die Arbeiter, denn er hatte unter ihnen gelitten in seiner Provinz, einem Steinkohlerevier. Jeder Förderschacht hatte eine provisorische Regierung ernannt, die ihm Befehle erteilte.

»Übrigens war ihr Verhalten überall reizend: in Lyon, in Lille, in Le Havre, in Paris! Denn nach Vorbild der Fabrikanten, die ausländische Erzeugnisse verbannt sehen möchten, fordern diese Herren, dass man englische, deutsche, belgische und savoyardische Arbeitskräfte des Landes verweist! Und was ihre Intelligenz angeht, wozu hat denn unter der Restauration ihr famoses Zunftwesen genützt? 1830 sind sie in die Nationalgarde eingetreten und hatten nicht einmal den gesunden Menschenverstand, sich dort die Oberhand zu sichern! Sind nicht, gleich nach 48, die Handwerksgilden wiederaufgetaucht mit eigenen Bannern! Sie verlangten sogar eigene Volksvertreter, und die sollten nur für sie sprechen! So wie die Abgeordneten der Zuckerrübe sich nur um die Zuckerrübe kümmern! – Ach! ich hab sie satt, diese Früchtchen, die nacheinander ihren Kotau machen vor dem Schafott Robespierres, den Stiefeln des Kaisers, dem Regenschirm Louis-Philippes, Gesindel, ewig auf dem Bauch vor jedem, wirft der ihm nur Brot ins Maul! Immer zetert man gegen Talleyrands und Mirabeaus Bestechlichkeit; aber der Bote von unten verkauft das Vaterland doch für fünfzig Centime, verspräche man, seinen Gang mit drei Franc zu entlohnen! Ach! was für ein Fehler! Hätten wir nur Europa an allen vier Ecken angezündet!«

Frédéric entgegnete:

»Der Funke hat gefehlt! Ihr wart einfach nur Kleinbürger, und die besten von euch Schulmeister! Die Arbeiter freilich, die können sich beklagen; denn ausgenommen das von der Zivilliste abgezweigte Milliönchen, das ihr ihnen mit schnödester Kriecherei zugestanden habt, wurden sie mit nichts als Phrasen abgespeist! Das Dienstbuch bleibt in der Hand des Arbeitgebers, und der Lohnempfänger ist (selbst vor der Justiz) seinem Herrn nach wie vor unterlegen, denn keiner glaubt seinem Wort. Kurzum, die Republik dünkt mich alt. Wer weiß? Der Fortschritt ist vielleicht nur durch eine Aristokratie zu verwirklichen oder durch einen Mann? Der Anstoß kommt immer von oben! Das Volk ist unmündig, was man auch behauptet!«

»Vielleicht hast du recht«, sagte Deslauriers.

Frédéric zufolge wünschte die große Masse der Bürger nichts sehnlicher als Ruhe (er hatte im Hôtel Dambreuse zugelernt), und die Chancen standen gut für die Konservativen. Dieser Partei fehlte es freilich an neuen Männern.

»Wenn du antreten würdest, ich bin sicher …«

Er sprach nicht zu Ende. Deslauriers verstand, fuhr sich mit beiden Händen über die Stirn; dann plötzlich:

»Und du? Nichts hindert dich? Warum solltest du nicht Abgeordneter werden?« – Infolge einer Doppelwahl sei im Departement Aube eine Kandidatur frei. Monsieur Dambreuse, bei den Parlamentswahlen wiedergewählt, gehöre zu einem anderen Bezirk. »Soll ich mich kümmern?« Er kenne viele Schankwirte, Lehrer, Ärzte, Kanzleischreiber und ihre Vorgesetzten. »Außerdem, den Bauern kannst du weismachen, was du willst!«

Frédéric spürte seinen Ehrgeiz neu entflammen.

Deslauriers sagte noch:

»Du solltest mir eine Stelle in Paris besorgen.«

»Oh! das wird nicht schwer sein, über Monsieur Dambreuse.«

»Da wir von Steinkohle sprachen«, fragte nun der Advokat, »wie steht es mit seiner großen Gesellschaft? Eine Beschäftigung dieser Art könnte ich gebrauchen! – ich wäre ihnen nützlich und bewahre mir zugleich meine Unabhängigkeit.«

Frédéric gelobte, innerhalb der nächsten drei Tage werde er ihn mitnehmen zum Bankier.

Sein Essen im Tête-à-Tête mit Madame Dambreuse war köstlich. Sie lächelte ihm gegenüber, auf der anderen Tischseite, hinter einem Körbchen voll Blumen, im Schein der Hängelampe; und weil das Fenster offenstand, sah man die Sterne. Sie redeten wenig, gewiss auf der Hut vor sich selbst; doch sobald die Diener den Rücken kehrten, konnten sie einander einen flüchtigen Kuss zuwerfen. Er sprach von seiner Idee einer Kandidatur. Das begrüßte sie, erbot sich sogar, Monsieur Dambreuse dafür zu gewinnen.

Am Abend machten ein paar Freunde ihre Aufwartung, um sie zu beglückwünschen und sie zu bedauern: Sie müsse sich doch sehr grämen, weil die Nichte ihr fehle? Wie klug übrigens von den Jungvermählten, sogleich zu verreisen; später kämen die Sorgen, die Kinder! Italien entspreche freilich nicht der Vorstellung, die man so habe. Gleichviel, die zwei seien ja im Alter der Illusionen! und die Flitterwochen verschönten alles! Die letzten, die blieben, waren Monsieur de Grémonville und Frédéric. Der Diplomat wollte nicht gehen. Endlich, um Mitternacht, stand er auf. Madame Dambreuse bedeutete Frédéric, er solle sich ebenfalls verabschieden, und dankte ihm für diesen Gehorsam mit einem Händedruck, süßer als alles übrige.

Der Marschallin entfuhr ein Freudenschrei, als sie ihn sah. Sie wartete seit fünf Uhr. Er nannte als Ausrede einen unaufschiebbaren Schritt zu Deslauriers' Nutzen. Sein Gesicht hatte etwas Triumphales, ein Strahlen, das Rosanette betörte.

»Vielleicht liegt es an deinem schwarzen Frack, der steht dir gut; aber ich finde, noch nie warst du so schön! Was bist du schön!«

In einem Anfall von Zärtlichkeit schwor sie sich aus tiefstem Herzen, nie mehr einem andern anzugehören, möge kommen, was wolle, und müsste sie verrecken im Elend!

Ihre hübschen feuchten Augen blitzten mit so mächtiger Leidenschaft, dass Frédéric sie herabzog auf seinen Schoß, und er dachte: »Was bin ich doch für ein Lump!« und gratulierte sich zu seiner Niedertracht.

IV.

Monsieur Dambreuse überlegte, als Deslauriers bei ihm vorsprach, sein großes Steinkohlegeschäft wiederzubeleben. Dieser Zusammenschluss aller Kompanien in einer einzigen war jedoch schlecht angeschrieben; man wetterte gegen das Monopol, als bräuchte man für derartige Betriebe nicht ungeheure Kapitalmengen!

Deslauriers, der eigens das Werk von Gobet und die Artikel von Monsieur Chappe im *Journal des Mines* gelesen hatte, kannte die Frage in- und auswendig. Er bewies, das Gesetz von 1810 begründe zugunsten des Konzessionärs ein unumstößliches Recht. Übrigens könne man dem Unternehmen einen demokratischen Anstrich geben: die Steinkohlefusionen zu verhindern sei ein Anschlag auf das Verbandsprinzip.

Monsieur Dambreuse überließ ihm vertrauliche Unterlagen, damit er ein Memorandum verfasse. Bezüglich der Honorierung seiner Arbeit machte er Versprechungen, die so großartig waren wie diffus.

Deslauriers kam wieder zu Frédéric und berichtete von der Unterredung. Außerdem habe er Madame Dambreuse gesehen, unten an der Treppe, als er ging.

»Mein Kompliment, alle Achtung!«

Dann sprachen sie über die Wahl. Da müsse man sich was ausdenken.

Drei Tage später erschien Deslauriers mit einem für die Zeitungen bestimmten Schriftsatz, einem persönlichen Brief, in dem Monsieur Dambreuse die Kandidatur ihres Freundes begrüßte. Unterstützt von einem Konservativen und befürwortet von einem Roten, musste sie gelingen. Wieso setzte der Kapitalist seinen Namen unter ein solches Machwerk? Der Advokat war aus eigenem Antrieb, ohne die kleinste Befangenheit, zu Madame Dambreuse gegangen, um es ihr zu zeigen, und sie hatte es für sehr gut befunden und sich um alles übrige gekümmert.

Dieser Schritt überraschte Frédéric. Doch hieß er ihn gut; und weil Deslauriers mit Monsieur Roque in Verbindung treten würde, erklärte er ihm sein Verhältnis zu Louise.

»Sag ihnen, was immer du willst, dass meine Geschäfte verworren sind; ich will Ordnung schaffen; sie ist jung genug und kann warten!«

Deslauriers begab sich auf Reisen; und Frédéric hielt sich für einen sehr starken Mann. Im übrigen empfand er Zufriedenheit, tiefe Genugtuung. Seine Freude, eine reiche Frau zu besitzen, wurde durch keine Widrigkeit getrübt; das Gefühl harmonierte mit dem Milieu. Sein Leben bestand nun aus lauter Annehmlichkeiten.

Die erlesenste war vielleicht, Madame Dambreuse zu beobachten, unter Leuten, in ihrem Salon. Die Schicklichkeit ihrer Umgangsformen ließ ihn von anderen Posen träumen; während sie in kühlem Ton plauderte, erinnerte er sich an gestammelte Liebesworte; jede Achtungsbezeigung vor ihrer Tugend entzückte ihn wie eine ihm geltende Huldigung; und manchmal bekam er Lust zu rufen: »Aber ich kenne sie besser als ihr! Sie gehört mir!«

Bald schon galt ihre Liaison als etwas Selbstverständliches, Anerkanntes. Madame Dambreuse schleppte Frédéric den ganzen Winter durch die vornehme Welt.

Er kam fast immer vor ihr; und er sah sie eintreten, mit nacktem Arm, Fächer in der Hand, Perlen im Haar. Sie zögerte auf der Schwelle (der Türsturz umgab sie wie ein Rahmen), und sie wirkte ein klein wenig unentschlossen, blinzelte, schaute, ob er da war. Sie nahm ihn in ihrem Wagen mit nach Hause; der Regen schlug gegen die Klappfenster; die Passanten quälten sich wie Schatten durch den Schlamm; und eng aneinandergeschmiegt sahen sie das alles undeutlich, mit leiser Verachtung. Unter wechselnden Vorwänden blieb er noch eine gute Stunde in ihrem Zimmer.

Aus Langeweile vor allem hatte Madame Dambreuse nachgegeben. Aber dieser letzte Versuch durfte nicht umsonst sein. Sie wollte eine große Liebe, sie überhäufte ihn mit immer mehr Schmeicheleien und Zärtlichkeiten.

Sie übersandte ihm Blumen; sie bestickte ihm einen Stuhl; sie verehrte ihm ein Zigarrenetui, eine Schreibgarnitur, tausend kleine Dinge für den täglichen Gebrauch, damit er nichts tun konnte, ohne an sie erinnert zu werden. Diese Aufmerksamkeiten bezauberten ihn zunächst und dünkten ihn bald nichts Besonderes.

Sie stieg in einen Fiaker, schickte ihn weg am Eingang einer Passage, kam am anderen Ende heraus; an den Hauswänden entlangschleichend, einen doppelten Schleier vorm Gesicht, gelangte sie dann in die Straße, wo Frédéric auf Posten stand, er nahm rasch ihren Arm und führte sie in sein Haus. Seine beiden Diener gingen spazieren, der Portier machte Besorgungen; sie warf ängstliche Blicke ringsum; nichts zu befürchten! und ihr entfuhr ein Seufzer, wie einem Verbannten, der seine Heimat wiedersieht. Das Glück machte die beiden kühner. Ihre Treffen wurden häufiger. Eines Abends erschien sie sogar plötzlich in großer Balltoilette. Diese Überraschungen konnten gefährlich werden; er tadelte sie wegen ihrer Unvorsichtigkeit; sie missfiel ihm außerdem. Ihre dekolletierte Korsage entblößte allzu sehr die magere Brust.

Nun erkannte er, was er sich nie eingestanden hatte, die Enttäuschung der Sinne. Dennoch heuchelte er glühende Leidenschaft; um sie zu empfinden, musste er freilich das Bild Rosanettes heraufbeschwören oder das von Madame Arnoux.

Dieser Schwund der Männlichkeit ließ ihm den Kopf völlig frei, und mehr denn je strebte er nach einer hohen Stellung in der Gesellschaft. Da er nun einmal diesen Steigbügel hatte, wollte er ihn auch benutzen.

Gegen Mitte Januar trat eines Morgens Sénécal in sein Arbeitskabinett; und antwortete auf seinen staunenden Ausruf, er sei Deslauriers' Sekretär. Er überbrachte ihm sogar einen Brief. Darin standen gute Nachrichten, allerdings wurde auch seine Saumseligkeit gerügt; er müsse unbedingt kommen.

Der künftige Abgeordnete versprach, er mache sich am übernächsten Tag auf den Weg.

Sénécal äußerte keine Meinung über diese Kandidatur. Er redete von sich selbst und den Zuständen im Land.

So beklagenswert diese auch seien, ihn freuten sie; denn man schreite dem Kommunismus entgegen. Zunächst einmal führe die Verwaltung ganz von alleine dorthin, denn jeden Tag würden mehr Dinge von der Regierung gelenkt. Was das Eigentum anging, die Verfassung von 48 habe es, trotz ihrer Schwächen, nicht geschont; im Namen des Gemeinwohls könne sich der Staat nunmehr aneignen, was ihm genehm erscheine. Sénécal erklärte sich für die autoritäre Gewalt; und Frédéric erkannte in diesen Reden die Zuspitzung seiner eigenen Worte gegenüber Deslauriers. Der Republikaner wetterte sogar gegen die Unzulänglichkeit der Massen.

»Robespierre brachte, weil er für das Recht der wenigen eintrat, Ludwig XVI. vor den Nationalkonvent und rettete das Volk. Der Zweck rechtfertigt die Dinge. Die Diktatur ist manchmal unumgänglich. Es lebe die Tyrannei, vorausgesetzt, der Tyrann bewirkt das Gute!«

Ihre Diskussion dauerte lang, und als er aufbrach, gestand Sénécal (das war vielleicht der Grund seines Besuchs), Deslauriers ärgere sich allmählich über das Schweigen von Monsieur Dambreuse.

Doch Monsieur Dambreuse war krank. Frédéric sah ihn jeden Tag, denn als Freund des Hauses hatte er Zutritt.

Die Entlassung von General Changarnier hatte den Kapitalisten maßlos erregt. Noch am selben Abend verspürte er große Hitze in der Brust, dazu eine Beklemmung, sodass er nicht liegen konnte. Blutegel verschafften sofortige Linderung. Der trockene Husten verschwand, die Atmung wurde ruhiger; und acht Tage später sagte er, eine Fleischbrühe schlürfend:

»Ah! mir geht's besser! Aber fast hätte ich die große Reise angetreten!«

»Nicht ohne mich!« rief Madame Dambreuse, damit bekundend, sie hätte ihn nicht überlebt.

Anstatt zu antworten, bedachte er sie und ihren Geliebten mit einem seltsamen Lächeln, darin lag Resignation, Nachsicht, Ironie und sogar etwas wie ein Witz, ein beinah lustiger Hintergedanke.

Frédéric wollte nach Nogent fahren, Madame Dambreuse widersetzte sich; und er packte seine Koffer aus und wieder ein, je nach Stand der Krankheit.

Plötzlich spuckte Monsieur Dambreuse ausgiebig Blut. Die hinzugezogenen »Leuchten der Wissenschaft« wussten sich keinen Rat. Seine Beine schwollen, und die Schwäche nahm zu. Er hatte mehrmals den Wunsch geäußert, Cécile zu sehen, die am anderen Ende Frankreichs weilte, zusammen mit ihrem Mann, der seit einem Monat zum Steuereinnehmer ernannt war. Er befahl ausdrücklich, sie kommen zu lassen. Madame Dambreuse schrieb drei Briefe und zeigte sie ihm.

Nicht einmal der Nonne vertrauend, ließ sie ihn keine Sekunde allein, ging nicht mehr zu Bett. Die Besucher, die sich beim Concierge einschrieben, erkundigten sich nach ihr voll Bewunderung; und die Passanten waren von Ehrfurcht ergriffen angesichts der großen Menge Stroh auf der Straße, unter den Fenstern.

Am 12. Februar, um fünf Uhr, kam eine schreckliche Hämoptysis zum Ausbruch. Der Arzt, der bei ihm wachte, verwies auf die Gefahr. Rasch lief man zu einem Priester.

Während Monsieur Dambreuse beichtete, schaute Madame neugierig von weitem. Danach legte der junge Doktor ein Zugpflaster und wartete.

Das Licht der Lampen, abgeschirmt von den Möbeln, erhellte ungleichmäßig das Zimmer. Frédéric und Madame Dambreuse, am Fußende des Lagers, beobachteten den Sterbenden. In einer Fensternische redeten Priester und Arzt halblaut miteinander; die geistliche Schwester kniete, Gebete murmelnd.

Endlich ein Röcheln. Die Hände wurden kalt, das Gesicht langsam fahl. Manchmal tat er plötzlich einen tiefen Atemzug; es wurden weniger; zwei, drei undeutliche Worte kamen aus seinem Mund; er schnaufte kurz und verdrehte zugleich die Augen, und der Kopf fiel zur Seite, ins Kissen.

Alle verharrten eine Minute lang reglos.

Madame Dambreuse trat näher; und ohne Überwindung, mit der Schlichtheit der Pflicht, schloss sie ihm die Augen.

Dann öffnete sie weit die Arme, sich krümmend wie im Krampf unterdrückter Verzweiflung, und verließ, auf Arzt und Nonne gestützt, den Raum. Eine Viertelstunde später ging Frédéric hinauf in ihr Zimmer.

Es roch nach unbestimmbaren Düften, die all den erlesenen Dingen entströmten. Mitten auf dem Bett lag ausgebreitet ein schwarzes Kleid, das abstach von der rosafarbenen Tagesdecke.

Madame Dambreuse stand am Kamin. Ohne ihr große Trauer zu unterstellen, meinte er doch, sie sei gewiss ein wenig betrübt; und in mitleidigem Ton:

»Du leidest?«

»Ich? Nein, gar nicht.«

Als sie sich umdrehte, erblickte sie das Kleid, betrachtete es prüfend; dann sagte sie, er solle sich keinen Zwang antun.

»Rauch, wenn du möchtest! Du bist in meinen vier Wänden!«

Und mit einem tiefen Seufzer:

»Ah! heilige Jungfrau! was für eine Erlösung!«

Frédéric wunderte sich über diesen Ausruf. Er entgegnete, ihr die Hand küssend:

»Wir hatten doch alle Freiheit!«

Diese Anspielung auf ihre ungehinderte Liebe schien Madame Dambreuse zu verletzen.

»Ha! du weißt nicht, was ich ihm für Dienste erwiesen, noch, welche Ängste ich durchgestanden habe!«

»Wie?«

»Natürlich! Konnte ich mich in Sicherheit wiegen, mit ständig dieser Bastardin um mich, ein Kind, das er nach fünf Ehejahren ins Haus brachte und das ihn, ohne mich, ganz gewiss zu irgendeiner Torheit verleitet hätte?«

Nun erklärte sie ihm die Verhältnisse. Sie hatten bei der Heirat Gütertrennung vereinbart. Ihr Erbe betrug dreihunderttausend Franc. Monsieur Dambreuse hatte ihr vertraglich, für den Fall des Überlebens, fünfzehntausend Livre Jahreseinkommen zugesichert sowie das Stadtpalais als Eigentum. Doch wenig später hatte er ein Testament gemacht, in dem er ihr sein gesamtes Vermögen überschrieb; und sie schätzte es, soweit man das zum jetzigen Zeitpunkt wissen konnte, auf über drei Millionen.

Frédéric machte große Augen.

»Die Mühe hat sich doch gelohnt, hm? Ich habe übrigens dazu beigetragen! Nur mein Besitztum wollte ich verteidigen; Cécile hätte mir alles genommen, zu Unrecht.«

»Warum hat sie ihren Vater nicht noch mal besucht?« sagte Frédéric.

Auf diese Frage hin musterte ihn Madame Dambreuse, dann schroff:

»Was weiß ich! Aus Herzlosigkeit wahrscheinlich! Oh! ich kenn sie! Darum bekommt sie von mir auch keinen Heller!«

Sie falle niemandem zur Last, wenigstens seit ihrer Heirat.

»Ha! ihre Heirat!« sagte höhnisch Madame Dambreuse.

Und es reue sie, diese dumme Gans viel zu gut behandelt zu haben, die sei neidisch, eigennützig, verlogen. »Alle Fehler ihres Vaters!« Und sie beschimpfte ihn immer gröber. Falsch wie kein Zweiter, erbarmungslos noch dazu, hart wie ein Stein, »ein schlechter Mensch, ein schlechter Mensch!«

Selbst den klügsten Leuten unterlaufen Fehler. Madame Dambreuse hatte soeben einen begangen, durch diesen überschäumenden Hass. Frédéric, ihr gegenüber, auf einer Bergere, war nachdenklich, empört.

Sie erhob sich, glitt geschmeidig auf seinen Schoß.

»Du allein bist gut! Nur dich liebe ich!«

Während sie ihn anblickte, wurde ihr Herz weich, eine nervöse Regung trieb ihr Tränen in die Augen, und sie flüsterte:

»Willst du mich heiraten?«

Er glaubte zuerst, er habe sich verhört. Dieser Reichtum machte ihn ganz benommen. Sie wiederholte lauter:

»Willst du mich heiraten?«

Endlich sagte er lächelnd:

»Kannst du daran zweifeln?«

Dann überfiel ihn Scham, und als eine Art Wiedergutmachung für den Verstorbenen erbot er sich, bei ihm zu wachen. Diese fromme Anwandlung aber war ihm peinlich, und so ergänzte er in lockerem Ton:

»Das wäre vielleicht schicklicher.«

»Ja, vielleicht schon«, sagte sie, »wegen der Dienstboten!«

Man hatte das Bett ganz aus dem Alkoven geräumt. Die Nonne war am Fußende; und am Kopfende stand ein Priester, ein anderer, ein großer hagerer Mann, mit einem spanischen und fanatischen Gesicht. Auf dem Nachttisch, über den eine weiße Decke gebreitet war, brannten drei Wachskerzen.

Frédéric nahm sich einen Stuhl und betrachtete den Toten.

Sein Gesicht war gelb wie Stroh; ein bisschen blutiger Schaum klebte in den Mundwinkeln. Er hatte ein Tuch um den Schädel gebunden, eine Strickweste und auf der Brust ein silbernes Kruzifix, zwischen den gekreuzten Armen.

Es war zu Ende, dieses Dasein voll geschäftigem Treiben! Wie oft hatte er irgendwelche Ämter aufgesucht, Zahlen untereinandergeschrieben, krumme Sachen gedreht, sich Berichte angehört! Wie viel Schwindelei, Gelächel, Bücklinge! Denn er hatte Napoleon zugejubelt, den Kosaken, Ludwig XVIII., 1830, den Arbeitern, jedem Regime, er liebte die Staatsgewalt mit solcher Inbrunst, er hätte noch dafür bezahlt, sich zu verkaufen.

Doch hinterließ er das Gut in La Fortelle, drei Manufakturen in der Picardie, den Wald bei Crancé im Departement Yonne, ein Gehöft in der Nähe von Orléans, ein beträchtliches Mobiliarvermögen.

Frédéric rekapitulierte seinen Besitz; und das alles sollte ihm gehören! Er dachte zunächst einmal daran, »was die Leute wohl sagen würden«, an ein Geschenk für seine Mutter, an seine zukünftigen Pferdegespanne, an einen alten Kutscher seiner Familie, den er zum Concierge machen wollte. Die Livree wäre natürlich nicht mehr dieselbe. Er konnte den großen Salon als Arbeitskabinett nutzen. Nichts sprach dagegen, wenn man drei Wände einriss, im zweiten Stock eine Gemäldegalerie einzurichten. Vielleicht war es möglich, unten ein türkisches Bad anzulegen. Und das Büro von Monsieur Dambreuse, ein unfreundlicher Raum, wozu mochte der wohl dienen?

Der Priester, der sich eben geschneuzt hatte, oder die geistliche Schwester, die im Feuer stocherte, riss ihn jäh aus diesen Phantasien. Aber die Wirklichkeit bestätigte sie; der Leichnam war immer noch da. Seine Lider hatten sich wieder geöffnet; und die Pupillen, obwohl eingehüllt in schleimiges Dunkel, blickten rätselhaft, unerträglich. Frédéric meinte, er sehe darin etwas wie ein über ihn gefälltes Urteil, und beinah spürte er Gewissensbisse, denn nie hatte er Grund gehabt, über diesen Mann zu klagen, der im Gegenteil … »Ach was! ein alter Schuft!« und er betrachtete ihn aus größerer Nähe, um sich zu stärken, und rief insgeheim:

»Na und? Hab ich dich umgebracht?«

Indessen las der Priester in seinem Brevier; die Nonne döste reglos; die Dochte der drei Wachskerzen wurden länger.

Man hörte zwei Stunden lang das dumpfe Geratter der Karren auf ihrem Weg zu den Markthallen. Die

Fensterscheiben färbten sich weiß, ein Fiaker rollte vorbei, dann trappelte eine Schar Eselinnen übers Pflaster, und Hammerschläge, Rufe fliegender Händler, Trompetenschall; alles verschmolz in der gewaltigen Stimme des erwachenden Paris.

Frédéric übernahm die Laufereien. Als erstes begab er sich aufs Rathaus, um das Ableben zu melden; dann, als der Amtsarzt den Totenschein ausgestellt hatte, kam er zurück aufs Rathaus, um zu sagen, welchen Friedhof die Familie gewählt habe, und sich mit dem Kontor des Bestattungsinstituts ins Einvernehmen zu setzen.

Der Angestellte unterbreitete ihm eine Skizze und eine Broschüre, das eine erläuterte die verschiedenen Beerdigungsklassen, das andere die Ausstattung in allen Einzelheiten. Wünsche man einen Wagen mit Zierleiste oder einen Wagen mit Panaschen, die Pferde mit geflochtener Mähne, die Diener mit Aigretten, Initialen oder ein Wappen, Trauerleuchten, einen Mann zum Tragen der Ehreninsignien, und wie viele Droschken? Frédéric war großzügig; Madame Dambreuse legte Wert darauf, an nichts zu sparen.

Dann ging er in die Kirche.

Der Vikar für die Leichenzüge tadelte zuallererst die Ausbeuterei des Bestattungsinstituts; der Träger für die Ehreninsignien sei nun wirklich überflüssig; viele Kerzen taugten mehr! Man einigte sich auf eine stille Messe, untermalt mit Musik. Frédéric zeichnete die Übereinkunft, mit Solidarverpflichtung, alle Kosten zu tragen.

Anschließend musste er ins Hôtel de Ville, wegen des Ankaufs einer Grabstelle. Ein Feld von zwei Metern Länge mal einem Meter Breite kostete fünfhundert Franc. Eine Konzession auf fünfzig Jahre oder für immer?

»Oh! für immer!« sagte Frédéric.

Er nahm die Sache ernst, gab sich Mühe. Im Hof

des Hôtel Dambreuse erwartete ihn ein Steinmetz mit Kostenvoranschlägen und Entwürfen für griechische, ägyptische, maurische Grabmäler; der Hausarchitekt hatte sich jedoch bereits mit Madame beraten; und auf dem Tisch im Vorzimmer lagen allerhand Reklamezettel über die Reinigung von Matratzen, die Desinfektion von Zimmern, diverse Einbalsamierungsverfahren.

Nach seinem Diner begab er sich noch einmal zum Schneider, wegen der Trauerkleidung für die Dienerschaft; und dann blieb ihm noch ein letzter Weg, er hatte nämlich Biberfellhandschuhe bestellt, und angebracht waren Handschuhe aus Flockseide.

Als er am nächsten Tag um zehn hinkam, füllte sich der große Salon mit Menschen, und fast alle sagten, mit melancholischer Miene einander grüßend:

»Dabei hab ich ihn noch vor einem Monat gesehen! Mein Gott! So wird's uns allen ergehen!«

»Ja; hoffen wir, so spät wie möglich!«

Dann kicherte man zufrieden, und es entspannen sich sogar dem Anlass vollkommen fremde Gespräche. Endlich sprach der Zeremonienmeister in schwarzem Frack à la française und Kniehose, mit Mantel, weißer Trauermanschette, Degen an der Seite und Dreispitz unterm Arm, sich verbeugend die üblichen Worte:

»Meine Herrschaften, wenn es Ihnen beliebt.« Man ging.

Es war Blumenmarkt auf der Place de la Madeleine. Das Wetter zeigte sich klar und mild; ein leichter Wind rüttelte an den Leinwandbuden und blähte die Ränder des gewaltigen schwarzen Tuchs vor dem Portal. Das Wappen von Monsieur Dambreuse in einem Samtviereck prangte dort dreimal. Es zeigte *auf schwarzem Grund einen goldnen linken Arm, mit geballter Faust im Silberhandschuh*, dazu die Grafenkrone und den Wahlspruch: *Auf allen Wegen.*

Die Träger hievten den schweren Sarg bis oben auf die Treppe, und man ging hinein.

Die sechs Kapellen, das Halbrund und die Stühle waren schwarz verhangen. Der Katafalk am Fuß des Chors bildete mit seinen hohen Kerzen ein einziges gelbes Lichtermeer. An beiden Ecken brannten Spiritusflammen auf Kandelabern.

Die Angesehensten nahmen im Sanktuarium Platz, die anderen im Kirchenschiff; und die Messe begann.

Ein paar wenige ausgenommen, war bei allen die religiöse Unwissenheit so tief, dass der Zeremonienmeister ihnen hin und wieder ein Zeichen gab, wenn sie aufstehen mussten, niederknien, sich wieder setzen. Die Orgel und zwei Kontrabässe wechselten sich ab mit den Stimmen; in den Pausen hörte man das Gemurmel des Priesters am Altar; dann folgten wieder Musik und Gesang.

Mattes Licht fiel von den drei Kuppeln; aber durchs offene Tor flutete waagerecht etwas wie ein Strom weißer Helligkeit und streifte all die entblößten Köpfe; und in der Luft, auf halber Höhe des Hauptschiffs, schwebte ein Dämmer, durchdrungen vom Glanz des Goldes, das die Rippen der Gewölbezwickel zierte und das Blattwerk der Kapitelle.

Frédéric lauschte zum Zeitvertreib dem *Dies irae*; er beobachtete die Anwesenden, gab sich Mühe, die viel zu hohen Malereien zu erkennen, Darstellungen vom Leben der Magdalena. Glücklicherweise setzte sich Pellerin neben ihn und begann sofort mit einem langen Vortrag über Fresken. Die Glocke bimmelte. Man verließ die Kirche.

Der Leichenwagen, geschmückt mit herabhängenden Draperien und hohen Federbüschen, bewegte sich in Richtung Père-Lachaise, gezogen von vier Rappen, die Mähnen geflochten, auf den Köpfen Panasche und bis zu den Hufen eingehüllt in weite silberbestickte

Schabracken. Der Kutscher in Reitstiefeln trug einen Dreispitz mit langem wallenden Kreppflor. Die Kordeln des Bahrtuchs hielten vier Männer: ein Quästor der Abgeordnetenkammer, ein Mitglied des Generalrats im Departement Aube, ein Delegierter der Steinkohlenunion – und Fumichon, als Freund. Die Kalesche des Verstorbenen und zwölf Droschken folgten. Die Trauergäste dahinter füllten die Mitte des Boulevards.

Um sich das alles anzuschauen, blieben die Passanten stehen; Frauen, ihren Balg im Arm, kletterten auf Stühle; und Leute, die in den Cafés ihre Schoppen tranken, erschienen an den Fenstern, ein Billardqueue in der Hand.

Der Weg war lang; und wie bei Festgelagen – wo man anfangs zurückhaltend ist, später dann redselig – lockerte sich das allgemeine Verhalten. Gesprochen wurde nur noch über die Ablehnung der Zulage für den Präsidenten durch die Kammer. Monsieur Piscatory habe sich allzu bissig geäußert, Montalembert »großartig, wie immer«, und die Herren Chambolle, Pidoux, Creton, kurzum die ganze Kommission hätte sich vielleicht besser dem Urteil der Herren Quantin-Bauchard und Dufour angeschlossen.

Diese Unterhaltungen setzten sich noch fort durch die Rue de la Roquette, die gesäumt ist von Läden, in denen man nichts anderes sieht als Ketten aus buntem Glas und schwarze Medaillons voll goldener Ornamente und Buchstaben, – wodurch sie aussehen wie Tropfsteinhöhlen und Fayencegeschäfte. Doch vor dem Friedhofstor war augenblicklich alles still.

Die Gräber erhoben sich zwischen den Bäumen, abgebrochene Säulen, Pyramiden, Tempel, Dolmen, Obelisken, etruskische Gewölbe mit bronzenen Türen. In manchen sah man eine Art Trauerboudoir, mit rustikalen Fauteuils und Klappstühlen. Spinnweben hingen wie Lumpen von den Kettchen der Steinkrüge; und

Staub bedeckte die Sträuße mit Atlasschleifen und die Kruzifixe. Überall, zwischen den Balustern, auf den Grabmälern, Immortellenkränze und Kerzenleuchter, Vasen, Blumen, mit Goldbuchstaben verzierte schwarze Scheiben, Gipsstatuen: Knäblein und Mägdelein oder Engelein, an Messingdrähten in der Luft schwebend; einige haben sogar ein Zinkdach über dem Kopf. Endlose Schnüre aus gesponnenem Glas, schwarz, weiß und azurblau, hingen von den Stelen bis ganz auf die Steinplatten, sich krümmend und windend wie Boas. Die Sonne schien darauf, brachte sie zum Funkeln zwischen den schwarzen Holzkreuzen – und der Leichenwagen rollte auf den breiten Wegen, gepflastert wie die Straßen einer Stadt. Hin und wieder knarzten die Radachsen. Kniende Frauen, das Kleid gebreitet ins Gras, redeten leise mit den Toten. Weißliche Rauchspiralen stiegen aus dem Grün der Eiben. Es waren liegengelassene Weihgaben, Abfall, der verbrannt wurde.

Das Grab von Monsieur Dambreuse lag in der Nachbarschaft von Manuel und Benjamin Constant. Das Gelände mündet an dieser Stelle in einen steilen Hang. Man hat grüne Baumwipfel zu Füßen; ein Stück weiter Schlote von Feuerpumpen, dann die ganze große Stadt.

Frédéric konnte die Landschaft bewundern, während der Ansprachen.

Die erste wurde im Namen der Abgeordnetenkammer gehalten, die zweite im Namen des Generalrats aus dem Departement Aube, die dritte im Namen der Steinkohlegesellschaft des Departements Saône-et-Loire, die vierte im Namen der Landwirtschaftsgesellschaft des Departements Yonne; und dann kam noch eine, im Namen einer Philanthropischen Gesellschaft. Endlich, als man schon gehen wollte, begann ein Unbekannter eine sechste Ansprache zu verlesen, im Namen der Altertumskundlichen Gesellschaft von Amiens.

Und alle nutzten die Gelegenheit, um gegen den Sozialismus zu wettern, dem Monsieur Dambreuse zum Opfer gefallen war. Das Bild der Anarchie und seine eigene Aufopferung zugunsten der Ordnung hatten sein Leben verkürzt. Man rühmte sein Wissen, seine Rechtschaffenheit, seine Generosität und sogar sein Schweigen als Volksvertreter, denn auch wenn er kein Redner war, so besaß er doch jene handfesten Eigenschaften, welche tausendmal besser usw., garniert mit all den Worten, die man so sagen muss: »Viel zu frühes Ende – ewiges Angedenken – die andere Heimat – adieu, o nein, auf ein Wiedersehen!«

Es fiel Erde, vermischt mit Steinen; und dann ward seiner nicht mehr Erwähnung getan auf der Welt.

Man schwatzte noch ein bisschen von ihm beim Hinuntergehen, am Friedhof; und man tat sich keinen Zwang, ihn zu taxieren. Hussonnet, der über das Begräbnis in den Zeitungen berichten sollte, resümierte sogar witzelnd alle Ansprachen; – denn schließlich war der gute Dambreuse einer der obersten *Schmierer* des letzten Regimes. Die Trauerdroschken brachten die Bürger dann wieder zu ihren Geschäften, die Zeremonie hatte nicht allzu lange gedauert; darüber war man froh.

Frédéric ging müde nach Haus.

Als er am nächsten Tag ins Hôtel Dambreuse kam, sagte man ihm, Madame arbeite unten, im Büro. Die Aktenordner, die Schubladen waren achtlos herausgerissen, die Rechnungsbücher links und rechts hingeworfen; ein Papierbündel mit der Aufschrift »Uneinbringliche Forderungen« lag am Boden; er stolperte fast und nahm es in die Hand. Madame Dambreuse war nicht zu sehen, versunken im großen Fauteuil.

»Na sowas? Wo sind Sie denn? was ist los?«

Sie sprang hoch.

»Was los ist? Ich bin ruiniert, ruiniert! hörst du?«

Monsieur Adolphe Langlois, der Notar, hatte sie in seine Kanzlei gebeten und ihr ein Testament eröffnet, geschrieben von ihrem Mann, vor der Hochzeit. Er vermachte alles Cécile; und das andere Testament war verschollen. Frédéric wurde sehr blass. Bestimmt habe sie nicht gut genug gesucht?

»Schau doch!« sagte Madame Dambreuse, ringsherum deutend.

Die beiden Geldschränke klafften, mit Axthieben erbrochen, und sie hatte das Schreibpult durchwühlt, die Ablagen gefilzt, die Fußmatten ausgeschüttelt, da stürzte sie plötzlich mit einem spitzen Schrei in eine Ecke, wo sie ein Kästchen mit Messingschloss erblickt hatte; sie öffnete, nichts!

»Ah! dieser Schuft! Und ich habe ihn mit solcher Aufopferung gepflegt!«

Dann schluchzte sie hemmungslos.

»Vielleicht ist es woanders?« sagte Frédéric.

»Nein! es war hier! in diesem Geldschrank. Ich habe es neulich erst gesehen! Es ist verbrannt! ich bin mir sicher!«

Eines Tages, zu Beginn seiner Krankheit, sei Monsieur Dambreuse hinuntergegangen, um Unterschriften zu leisten.

»Da hat er's getan!«

Und zerschmettert sank sie auf einen Stuhl. Eine trauernde Mutter kann nicht jammervoller neben einer leeren Wiege sitzen als Madame Dambreuse vor den gähnenden Geldschränken. Kurzum, ihr Schmerz schien – trotz der Niedrigkeit des Beweggrundes – so tief, dass er sie zu trösten suchte und sagte, im Grunde stürze sie ja nicht ins Elend.

»Doch, ins Elend, denn ich kann dir kein großes Vermögen bieten!«

Sie habe nur noch dreißigtausend Livre Jahreseinkommen, abgesehen vom Stadtpalais, das einen Wert von achtzehn, vielleicht zwanzig besitze.

Obwohl das für Frédéric Überfluss bedeutete, fühlte er sich dennoch enttäuscht. Vorbei seine Träume und das ganze große Leben, das er geführt hätte! Die Ehre zwang ihn, Madame Dambreuse zu heiraten. Er überlegte eine Minute; dann, in zärtlichem Ton:

»Ich habe immer noch dich!«

Sie warf sich in seine Arme; und er drückte sie an die Brust, mit einer Ergriffenheit, in der ein wenig Bewunderung lag für sich selbst. Madame Dambreuse, deren Tränen versiegt waren, hob das Gesicht, strahlend vor Glück, und nahm seine Hand:

»Ach! ich habe nie an dir gezweifelt! Ich wusste es!«

Diese Sicherheit im voraus, betreffend eine Sache, die er als edle Tat ansah, missfiel dem jungen Mann.

Dann führte sie ihn auf ihr Zimmer, und sie schmiedeten Pläne. Frédéric müsse nun daran denken, sich eine Position zu verschaffen. Sie gab ihm sogar, in Hinsicht auf seine Kandidatur, vortreffliche Ratschläge.

Der wichtigste Punkt wäre, zwei, drei Sätze über Volkswirtschaft zu wissen. Er müsse sich ein Fachgebiet zulegen, wie zum Beispiel die Gestüte, etliche Gutachten abfassen über eine Frage von lokaler Bedeutung, stets über Postämter oder Tabakläden verfügen, eine Unmenge kleiner Gefälligkeiten erweisen. Monsieur Dambreuse war darin ein wahrer Meister. So habe er einmal auf dem Land seinen mit Freunden vollbesetzten Kremser vor der Bude eines Flickschusters anhalten lassen, habe für seine Gäste zwölf Paar Schuhe gekauft und für sich selbst grässliche Stiefel – die trug er dann sogar heldenhaft vierzehn Tage lang. Diese Anekdote stimmte die beiden heiter. Sie erzählte noch andere, mit frischer Anmut, Jugend und Witz.

Sie billigte seinen Einfall, unverzüglich nach Nogent

zu reisen. Ihr Abschied war zärtlich; dann, auf der Schwelle, flüsterte sie noch einmal:

»Du liebst mich, nicht wahr?«

»Immer und ewig!« antwortete er.

Ein Bote erwartete ihn zu Hause, mit der knappen bleistiftgeschriebenen Nachricht, Rosanette stehe vor der Niederkunft.

Er war so beschäftigt gewesen seit einigen Tagen, und da war's ihm entfallen. Sie hatte sich in einem besonderen Heim einquartiert, in Chaillot.

Frédéric nahm einen Fiaker und fuhr los.

An der Ecke Rue de Marbeuf las er auf einer Tafel in großen Buchstaben: »Kranken- und Entbindungsanstalt, geführt von Madame Alessandri, erstklassige Hebamme, vormals Schülerin der Gebärklinik, Verfasserin mehrerer Werke usw.« In der Straßenmitte dann, an der Tür, einer kleinen, mickerigen Tür, wiederholte ein Schild (ohne das Wort Entbindung): »Krankenanstalt von Madame Alessandri«, samt all ihren Qualifikationen.

Frédéric tat einen Schlag mit dem Türklopfer.

Ein Stubenmädchen, das aussah wie ein Kammerkätzchen, führte ihn in den Salon, ausgestattet mit Mahagonitisch, granatroten Plüschfauteuils und einer Stutzuhr unter Glasglocke.

Fast im selben Augenblick erschien Madame. Sie war eine große Brünette um die vierzig, mit schmaler Taille, schönen Augen, Umgangsformen. Sie unterrichtete Frédéric von der glücklichen Niederkunft der Mutter und brachte ihn zu ihr ins Zimmer.

Rosanette begann unsagbar zu lächeln; und wie überwältigt von Fluten der Liebe, die sie erstickten, sagte sie leise:

»Ein Junge, da, da!« und deutete auf eine Wiege neben dem Bett.

Er schob die Vorhänge beiseite und entdeckte zwischen all der Wäsche etwas Gelblichrotes, ganz Verhutzeltes, das übel roch und quäkte.

»Gib ihm einen Kuss!«

Er antwortete, um seinen Ekel zu verbergen:

»Ich habe Angst, ihm wehzutun?«

»Nein! nein!«

Also küsste er mit spitzen Lippen sein Kind.

»Er sieht dir so ähnlich!«

Und sie schlang ihre beiden schwachen Arme um seinen Hals, mit einem Gefühlsausbruch, wie er ihn noch nie erlebt hatte.

Ihm kam Madame Dambreuse in den Sinn. Er warf es sich als Abscheulichkeit vor, dieses arme Geschöpf hier zu betrügen, das in der ganzen Aufrichtigkeit seines Wesens liebte und litt. Mehrere Tage hindurch leistete er ihr Gesellschaft bis zum Abend.

Sie war glücklich in diesem verschwiegenen Haus; die Fensterläden an der Fassade blieben sogar immer geschlossen; ihr Zimmer, mit hellem Perse bespannt, ging auf einen großen Garten; Madame Alessandri, deren einziger Fehler es war, hochberühmte Ärzte als ihre engen Freunde auszugeben, überhäufte sie mit Aufmerksamkeit; ihre Gefährtinnen, meist junge Damen aus der Provinz, langweilten sich sehr, denn niemand kam sie besuchen; Rosanette merkte, sie wurde beneidet, und sagte es Frédéric voller Stolz. Freilich musste man leise sprechen; die Wände waren dünn, und alles spitzte die Ohren, dem ständigen Klaviergeklimper zum Trotz.

Er wollte sich endlich auf den Weg machen nach Nogent, da kam ein Brief von Deslauriers.

Zwei neue Kandidaten seien auf den Plan getreten, ein Konservativer und ein Roter; ein dritter, wer auch immer, habe keinerlei Aussicht. Schuld sei nur Frédéric; er habe den günstigsten Augenblick verpasst, hätte früher kommen müssen, etwas unternehmen. »Nicht einmal auf der Landwirtschaftsausstellung hast Du Dich sehen lassen!« Der Advokat tadelte, er habe keine Beziehungen im Zeitungswesen. »Ach! hättest Du damals meine Ratschläge befolgt! Hätten wir doch nur unser eigenes Blatt!« Darauf ritt er herum. Außerdem würden viele Leute, die für ihn gestimmt hätten, aus Achtung vor Monsieur Dambreuse, ihm jetzt den Rücken kehren. Deslauriers war einer von ihnen. Da er von dem Kapitalisten nichts mehr zu erwarten hatte, ließ er seinen Schützling fallen.

Frédéric trug den Brief zu Madame Dambreuse.

»Du bist also gar nicht in Nogent gewesen?« sagte sie.

»Warum?«

»Ich habe Deslauriers gesehen, vor drei Tagen.«

Nachdem er vom Tod ihres Mannes erfahren hatte, war der Advokat vorbeigekommen, um ihr Steinkohleunterlagen zurückzubringen und seine Dienste als Sachwalter anzubieten. Das verwunderte Frédéric; und was trieb sein Freund eigentlich dort?

Madame Dambreuse wollte wissen, womit er seine Zeit ausgefüllt habe seit ihrem Abschied.

»Ich war krank«, antwortete er.

»Du hättest mir wenigstens Bescheid geben können.«

»Oh! es war nicht der Rede wert«, zudem habe er eine Unmenge von Laufereien gehabt, Verabredungen, Besuche.

Von nun an führte er ein Doppelleben, schlief gewissenhaft bei der Marschallin, verbrachte den Nachmittag bei Madame Dambreuse, und so blieb ihm gerade einmal, in der Mitte des Tages, eine Stunde Freiheit.

Das Kind war auf dem Land, in Andilly. Sie besuchten es jede Woche.

Das Haus der Amme lag im oberen Dorfteil, ganz hinten in einem kleinen Hof so dunkel wie ein Brunnenschacht, überall Stroh auf der Erde, Hühner da und dort, ein Gemüsekarren unterm Schuppen. Rosanette küsste als erstes wie besessen ihr Würmchen; und von einer Art Raserei gepackt, rannte sie hin und her, versuchte die Ziege zu melken, aß vom großen Brotlaib, schnupperte den stinkenden Mist, wollte ein bisschen davon in ihr Taschentuch geben.

Dann machten sie große Spaziergänge; sie lief in jede Gärtnerei, riss über die Mauern hängende Fliederzweige ab, schrie: »Hü, Langohr!«, wenn Esel ein Wägelchen zogen, blieb stehen und spähte durchs Gittertor in die schönen Gärten; oder die Amme nahm das Kind, man legte es in den Schatten unter einen Nussbaum; und die zwei Frauen plapperten stundenlang unerträglich dummes Zeug.

Frédéric, neben ihnen, betrachtete die Weinfelder auf den Hängen, dazwischen hier und da eine Baumkrone, die staubigen Pfade gleich gräulichen Bändern, die Häuser wie versprengte weiße und rote Flecken im Grün; und manchmal zeichnete der Qualm einer Lokomotive waagerecht am Fuß der laubbedeckten Hügel etwas wie eine riesige Straußenfeder, deren duftige Spitze davonflog.

Dann fiel sein Blick wieder auf seinen Sohn. Er dachte ihn sich als junger Mann, er wollte ihn zu seinem Gefährten machen; aber vielleicht würde aus ihm nur ein Dummkopf, ein Unglücksrabe ganz gewiss. Die Illegalität seiner Geburt würde ihn immer knechten; es wäre besser gewesen für ihn, nicht auf die Welt zu kommen, und Frédéric murmelte: »Armes Kind!«, das Herz erfüllt von einer unbegreiflichen Trauer.

Oft verpassten sie den letzten Zug. Dann schalt ihn Madame Dambreuse wegen seiner Unpünktlichkeit. Er rettete sich in irgendeine Geschichte.

Auch für Rosanette musste er welche erfinden. Sie

verstand nicht, womit er all seine Abende zubrachte; und schickte man ihm eine Nachricht, war er nie zu Haus! Eines Tages, als er per Zufall da war, erschienen beide fast gleichzeitig. Er beförderte die Marschallin hinaus und versteckte Madame Dambreuse unter dem Vorwand, seine Mutter komme gleich zu Besuch.

Bald machten ihm diese Lügen Spaß; er wiederholte bei der einen den Schwur, den er eben der andern geleistet hatte, schickte ihnen ähnliche Blumensträuße, schrieb ihnen zur selben Zeit, stellte dann Vergleiche an zwischen den beiden; – eine dritte war ständig zugegen in seinen Gedanken. Die Unmöglichkeit, sie zu besitzen, rechtfertigte ihm seine Perfidien; die wiederum schürten das Vergnügen, weil Abwechslung hineinkam; und je öfter er ganz gleich welche von beiden betrog, desto mehr liebte sie ihn, als hätten ihre Leidenschaften sich gegenseitig angestachelt und als wollte jede, in einer Art Wettstreit, dass er die andre vergaß.

»Bewundere meine Vertrauensseligkeit!« sagte eines Tages Madame Dambreuse und faltete ein Blatt auseinander, in dem man ihr kundtat, Monsieur Moreau lebe in wilder Ehe mit einer gewissen Rose Bron.

»Ist das zufällig die junge Dame vom Rennen?«

»So ein Unsinn!« entgegnete er. »Lass mich sehen.«

Der Brief, geschrieben in römischen Buchstaben, war nicht unterzeichnet. Madame Dambreuse hatte diese Mätresse anfangs geduldet, denn sie deckte ihren Ehebruch. Weil jedoch ihre Liebe wuchs, hatte sie eine Trennung verlangt, was Frédéric zufolge längst geschehen war; und am Ende seiner Beteuerungen erwiderte sie mit leicht zusammengekniffenen Augen, in denen ein Blick funkelte wie eine Dolchspitze unter Musselin:

»Na, und die andere?«

»Welche andere?«

»Die Frau des Fayencefabrikanten!«

Er hob verächtlich die Schultern. Sie drängte nicht weiter.

Doch einen Monat später, als sie von Ehre sprachen und Anständigkeit, und er die seine herausstrich (vorsichtshalber nur beiläufig), sagte sie:

»Es stimmt, du bist ehrlich, du gehst nicht mehr hin.«

Frédéric, der an die Marschallin dachte, stotterte:

»Wohin?«

»Zu Madame Arnoux.«

Er bat sie, ihm zu gestehen, woher diese Auskunft stammte. Von ihrer zweiten Schneiderin, Madame Regimbart.

Sie kannte also sein Leben, und von ihrem wusste er nichts!

Immerhin entdeckte er in ihrem Ankleidekabinett die Miniatur eines Herrn mit langem Schnurrbart: War das derselbe, über den man ihm seinerzeit eine dunkle Selbstmordgeschichte erzählt hatte? Doch unmöglich, mehr herauszubekommen! Und schließlich, wozu auch? Das Herz der Frauen ist wie ein Geheimschränkchen voll verschachtelter Schubladen; man plagt sich, man bricht sich die Fingernägel, und man findet zuhinterst irgendeine vertrocknete Blume, ein bisschen Staub – oder Leere! Und vielleicht fürchtete er auch, er könnte zu viel erfahren.

Sie zwang ihn, Einladungen auszuschlagen, bei denen sie nicht mitgehen konnte, hielt ihn fest an ihrer Seite, hatte Angst, ihn zu verlieren; und diesem von Tag zu Tag engeren Verhältnis zum Trotz gähnten plötzlich Abgründe zwischen ihnen, bei ganz belanglosen Dingen, der Beurteilung einer Person, eines Kunstwerks.

Sie hatte eine Art, Klavier zu spielen, die tadellos war und hart. Ihr Spiritualismus (Madame Dambreuse glaubte an Seelenwanderung zu den Sternen) hinderte sie nicht, ihre Kasse auf bewundernswerte Weise zu führen. Sie war herablassend zu ihren Leuten; ihre Augen blieben trocken vor den Lumpen der Armen. Ein argloser Egoismus offenbarte sich in ihren alltäglichen Sprüchen: »Macht mir doch nichts aus! Ich wäre schön dumm! Hab ich das nötig?« sowie in tausend kleinen Dingen, undurchschaubar, hässlich. Sie hätte an Türen gelauscht; sicher belog sie ihren Beichtvater. Aus Herrschsucht wollte sie, dass Frédéric sie am Sonntag zur Kirche begleitete. Er gehorchte und trug das Buch.

Der Verlust ihrer Erbschaft hatte sie stark verändert. Die Spuren eines Kummers, den alle dem Tod von Monsieur Dambreuse zuschrieben, machte sie interessant; und wie zuvor empfing sie viele Gäste. Seit Frédérics Wahlschlappe strebte sie für alle beide nach einer Gesandtschaft in Deutschland; deshalb musste man sich als erstes den herrschenden Ideen unterwerfen.

Die einen wünschten sich das Kaiserreich, andere das Haus Orléans, wieder andere den Comte de Chambord; doch alle waren sich einig in der Notwendigkeit, rasch zu dezentralisieren, und verschiedene Möglichkeiten wurden vorgeschlagen, wie etwa: Paris durch eine Unmenge großer Straßen aufteilen und Dörfer errichten, den Sitz der Regierung nach Versailles verlegen, die Hochschulen in Bourges ansiedeln; die Bibliotheken abschaffen, alles den Divisionsgenerälen anvertrauen; – und man schwärmte fürs Land, weil der Analphabet von Natur aus mehr gesunden Menschenverstand besaß als die andern! Der Hass gedieh: Hass auf die Volksschullehrer und die Weinhändler, auf die Oberprima, auf den Geschichtsunterricht, auf die Romane, die roten Westen, die langen Bärte, auf jede Unabhängigkeit, jede individuelle Äußerung; denn man musste »das Autoritätsprinzip wieder stärken«, ganz gleich, in wessen Namen diese Autorität ausgeübt wurde, woher sie kam, wenn es nur

Gewalt war, Autorität! Die Konservativen redeten jetzt wie Sénécal. Frédéric verstand nichts mehr; und er hörte bei seiner altgedienten Mätresse dasselbe Geschwätz, aufgetischt von denselben Männern!

Die Salons der Halbweltdamen (ihre Bedeutung stammt aus jener Zeit) waren neutrales Terrain, wo Reaktionäre verschiedener Lager einander trafen. Hussonnet, der mit Vorliebe die neuesten Berühmtheiten schmähte (gut zur Restauration der Ordnung), verleitete Rosanette, ihren Empfangsabend haben zu wollen wie jede andere auch; er würde darüber berichten; und zunächst brachte er einen ernstzunehmenden Mann, Fumichon; dann erschienen Nonancourt, Monsieur de Grémonville, der feine Herr de Larsillois, vormals Präfekt, und Cisy, nunmehr Agronom, Niederbretone und mehr denn je guter Christ.

Es kamen darüber hinaus einstige Liebhaber der Marschallin, wie der Baron de Comaing, der Comte Jumillac und ein paar andere; ihr dreistes Benehmen verletzte Frédéric.

Um sich als Hausherr zu behaupten, verbesserte er den Lebensstil. Man nahm sich einen Groom, zog in eine andere Wohnung und kaufte neue Möbel. Diese Ausgaben waren nützlich, um das Missverhältnis zwischen der Heirat und seinem Vermögen zu kaschieren. Drum schmolz es erschreckend; – und Rosanette verstand von alledem nichts!

Als deklassierte Bürgerin liebte sie die Häuslichkeit, ein kleines friedliches Heim. Dennoch war sie froh, »einen Tag« zu haben; sagte: »diese Frauen da«, wenn sie von ihresgleichen sprach; wollte »eine Dame von Welt« sein, hielt sich dafür. Sie bat ihn, nicht mehr im Salon zu rauchen, versuchte, ihn zum Einhalten der Fasttage zu bringen, eine Frage des guten Tons.

Sie verleugnete kurzum ihre Rolle, denn sie wurde

ernst und zeigte vor dem Schlafengehen sogar immer ein bisschen Melancholie, ganz so, wie vor der Tür eines Wirtshauses Zypressen herumstehen.

Er entdeckte den Grund: Sie träumte von Heirat, – sie auch! Frédéric fasste es nicht. Andrerseits erinnerte er sich an ihren Auftritt bei Madame Arnoux, und er war überdies nachtragend, weil sie ihm so lang widerstanden hatte.

Dennoch gab er sich Mühe herauszufinden, wer ihre Liebhaber gewesen waren. Sie bestritt alle. Ihn beschlich etwas wie Eifersucht. Er ärgerte sich über Geschenke, die sie erhalten hatte, die sie erhielt; – und je mehr ihr eigentliches Wesen ihn enervierte, desto stärker zog ihn zu ihr eine wilde und tierische Sinnenlust, Trugbilder einer Minute mit einem Ende in Hass.

Ihre Worte, ihre Stimme, ihr Lächeln, alles missfiel ihm zuletzt, ihre Blicke vor allem, diese ewig klaren und dummen Augen einer Frau. Manchmal war er so wütend, dass er ohne die kleinste Regung hätte mitansehen können, wie sie starb. Doch wie ein Zerwürfnis herbeiführen? Sie war zum Verzweifeln sanft.

Unerwartet kam Deslauriers und erklärte seinen Aufenthalt in Nogent mit Verhandlungen über eine Anwaltskanzlei. Frédéric war glücklich ihn wiederzusehen; immerhin, er war jemand! Er machte ihn zum Dritten in ihrer Gemeinschaft. Der Advokat dinierte bei ihnen, von Zeit zu Zeit, und wenn kleine Zwistigkeiten auftauchten, schlug er sich stets auf Rosanettes Seite, sodass Frédéric einmal sagte:

»Na! dann schlaf mit ihr, wenn's dir Spaß macht!« So sehr wünschte er einen Zufall herbei, der sie ihm vom Hals schaffte.

Gegen Mitte Juni erhielt sie einen Zahlungsbefehl, in dem Maître Athanase Gautherot, Gerichtsvollzieher, sie aufforderte, viertausend Franc zu begleichen, die sie dem

Fräulein Clémence Vatnaz schuldete; andernfalls werde sie am nächsten Tag gepfändet.

Tatsächlich war von den vier einst unterschriebenen Wechseln nur ein einziger zurückgezahlt; – was sie an Geld seither in Händen gehabt, war draufgegangen für andre Bedürfnisse.

Sie lief zu Arnoux. Er wohne im Faubourg Saint-Germain, der Portier wusste keine Straße. Sie suchte verschiedene Freunde auf, erreichte keinen und kam verzweifelt wieder nach Haus. Sie sagte Frédéric nichts davon, aus Angst, diese neue Geschichte könnte ihrer Heirat schaden.

Am nächsten Morgen erschien Maître Athanase Gautherot, flankiert von zwei Gehilfen, der eine bleich, mit Frettchenfratze, neidzerfressener Miene, der andre trug einen Wechselkragen und straff gespannte Hosenstege, dazu einen schwarzen Taftfingerling am Zeigefinger; – und alle beide ekelhaft schmutzig, mit speckigem Kragen, zu kurzen Rockärmeln.

Ihr Chef, ganz im Gegenteil ein sehr stattlicher Mann, entschuldigte sich zunächst wegen seiner misslichen Aufgabe, musterte aber gleichzeitig die Wohnung »voll hübscher Dinge, mein Wort!« Und ergänzte: »Abgesehen von denen, die man nicht pfänden darf.« Auf einen Wink von ihm verschwanden die zwei Büttel.

Nun wurden seine Komplimente aufdringlicher. War es denn möglich, dass eine so … bezaubernde Person keinen zuverlässigen Freund hatte? Eine Zwangsversteigerung sei ein wahres Unglück! Davon erhole man sich nie wieder. Er versuchte ihr Angst zu machen; dann, als er sah, dass sie ganz durcheinander war, verfiel er plötzlich in einen gönnerhaften Ton. Er kenne die Welt, er habe zu tun gehabt mit all diesen Damen; und während er sie aufzählte, begutachtete er die Bilder an der Wand. Es waren alte Gemälde des guten Arnoux, Skizzen von

Sombaz, Aquarelle von Burieu, drei Landschaften von Dittmer. Natürlich kannte Rosanette ihren Wert nicht. Maître Gautherot wandte sich zu ihr:

»Also! Damit Sie sehen, dass ich ein guter Kerl bin, ein Vorschlag: überlassen Sie mir diese Dittmers! und ich zahle alles. Einverstanden?«

In diesem Augenblick erschien Frédéric, den Delphine im Vorzimmer unterrichtet und der eben die beiden Handlanger gesehen hatte, mit Hut auf dem Kopf und grimmiger Miene. Maître Gautherot gewann seine Würde zurück, und da die Tür noch offenstand:

»Los, meine Herren, schreiben Sie! Im zweiten Raum, also: ein Eichentisch mit zwei Ausziehplatten, zwei Anrichten …«

Frédéric unterbrach ihn und fragte, ob es keine Möglichkeit gebe, die Pfändung zu verhindern.

»Oh! selbstverständlich! Wer hat die Möbel bezahlt?«

»Ich.«

»Gut, dann machen Sie einen Herausgabeanspruch geltend; damit gewinnen Sie immerhin Zeit.«

Maître Gautherot erledigte rasch seine Schreiberei und notierte im Protokoll eine einstweilige Verfügung gegen Mademoiselle Bron, dann ging er.

Frédéric äußerte nicht den leisesten Vorwurf. Er betrachtete die von den Schuhen der Handlanger auf dem Teppich hinterlassene Dreckspur; und wie zu sich selbst:

»Jetzt müssen wir Geld auftreiben!«

»Ach! mein Gott, was bin ich dumm!« sagte die Marschallin.

Sie kramte in einer Schublade, zog einen Brief hervor und machte sich flink auf den Weg zur Gesellschaft für Gasbeleuchtung im Languedoc, um sich ihre Aktien übertragen zu lassen.

Eine Stunde später war sie zurück. Die Papiere waren verkauft, an jemand anders! Der Kommis hatte mit

Blick auf ihren Brief, auf Arnoux' schriftliches Versprechen, geantwortet: »Dieses Dokument macht Sie keineswegs zur Eigentümerin. Die Gesellschaft kennt das nicht.« Kurzum, er hatte sie hinauskomplimentiert, sie rang nach Atem; und Frédéric müsse augenblicklich zu Arnoux, um die Sache aufzuklären.

Doch Arnoux würde vielleicht glauben, er komme, um hinterrücks die fünfzehntausend Franc seiner verlorenen Hypothek einzutreiben; zudem dünkte ihn eine Forderung diesem Mann gegenüber, dem einstigen Liebhaber seiner Mätresse, eine Schande. Sich für einen Mittelweg entscheidend, holte er sich im Hôtel Dambreuse die Adresse von Madame Regimbart, schickte einen Boten zu ihr und erfuhr so, welches Café der Citoyen jetzt unsicher machte.

Es war ein kleines Café an der Place de la Bastille, wo er den ganzen Tag hockte, in der Ecke rechts hinten, so reglos, als gehöre er zur Einrichtung.

Nachdem er sich nach und nach durch Tässchen, Grog, Bischof, Glühwein und sogar gewässerten Rotwein probiert hatte, war er nun wieder beim Bier; und ließ im Halbstundentakt das Wort »Bock!« fallen, denn er hatte seine Mitteilungen auf das Allernotwendigste reduziert. Frédéric wollte wissen, ob er zuweilen Arnoux sehe.

»Nein.«

»Und warum nicht?«

»Ein Schwachkopf!«

Vielleicht hatte die Politik sie auseinandergebracht, und Frédéric hielt es für ratsam, nach Compain zu fragen.

»Dieser Trottel!« sagte Regimbart.

»Wie bitte?«

»Sein Kalbskopf!«

»Ach! sagen Sie, was soll das mit diesem Kalbskopf!«

Regimbart lächelte mitleidig.

»Dummheiten!«

Nach einer langen Pause sagte Frédéric:

»Er ist also umgezogen?«

»Wer?«

»Arnoux!«

»Ja: Rue de Fleurus!«

»Welche Nummer?«

»Verkehr ich etwa mit Jesuiten?«

»Wieso Jesuiten?«

Der Citoyen erwiderte zornig:

»Mit dem Geld eines Patrioten, den er durch mich kennengelernt hat, eröffnet dieses Schwein einen Rosenkranzladen!«

»Unmöglich!«

»Gehen Sie doch hin!«

Es stimmte; Arnoux, geschwächt durch einen Schlaganfall, war fromm geworden; übrigens »besaß er immer schon einen frommen Kern«, und (mit der ihm eignen Mischung aus Profitgier und Treuherzigkeit) um Seelenheil und Vermögen bekümmert, hatte er sich dem Devotionalienhandel zugewandt.

Frédéric fiel es nicht schwer, das Geschäft zu finden, auf dessen Schild zu lesen stand: »*Aux arts gothiques* – Wiederbelebung des Glaubens – Kirchenschmuck – Polychrome Skulptur – Weihrauch der Heiligen Drei Könige usw. usf.«

In den zwei Ecken der Auslage prangten zwei Holzstatuen, bunt bemalt in Gold, Zinnober und Azur; ein heiliger Johannes der Täufer mit Lammfell und eine heilige Genoveva, Rosen in der Schürze und einen Spinnrocken unterm Arm; dann Gruppen aus Gips: eine Nonne, ein kleines Mädchen belehrend, eine Mutter auf Knien neben einem Bettchen, drei Schüler vor dem Tisch des Herrn. Am hübschesten war eine Art Chalet, das Innere der Krippe darstellend, mit Esel, Ochse und dem Jesuskind auf Stroh, auf richtigem Stroh. In den Etageren sah man von oben bis unten Dutzende Medaillons, Rosenkränze aller Art, Weihwasserkessel in Muschelform und Porträts kirchlicher Berühmtheiten, unter denen Monsignore Affre und unser Heiliger Vater hervorstachen, lächelnd alle zwei.

Arnoux an seinem Ladentisch döste mit hängendem Kopf. Er war außerordentlich gealtert, hatte um die Schläfen herum sogar einen Kranz rötlicher Pusteln, und darüber lag der Abglanz goldener Kreuze, beschienen von der untergehenden Sonne.

Frédéric wurde angesichts dieses Verfalls von Traurigkeit übermannt. Aus Hilfsbereitschaft gegenüber der Marschallin nahm er sich jedoch zusammen und ging weiter; hinten im Laden erschien Madame Arnoux; da machte er kehrt.

»Ich habe ihn nicht gefunden«, sagte er beim Nachhausekommen.

Und obwohl er dagegenhielt, er werde auf der Stelle seinem Notar in Le Havre um Geld schreiben, ereiferte sich Rosanette. Noch nie habe sie einen so schwachen, so weichlichen Mann gesehen; während sie tausend Entbehrungen litt, ließen die andern sich's wohlsein.

Frédéric dachte an die arme Madame Arnoux, vor Augen die jämmerliche Mittelmäßigkeit ihres Heims. Er hatte sich an den Sekretär gesetzt; und da Rosanettes giftige Stimme weiterkreischte:

»Ach! Himmelherrgott, sei still!«

»Was, du verteidigst die auch noch?«

»Ja, tu ich!« rief er, »denn woher kommt deine Verbissenheit?«

»Und du, warum willst du nicht, dass sie zahlen? Du hast Angst, deine Verflossene könnte sich grämen, gib's zu!«

Am liebsten hätte er sie mit der Stutzuhr erschlagen; ihm fehlten die Worte. Er schwieg. Im Zimmer auf und ab gehend, fuhr Rosanette fort:

»Ich werde ihm einen Prozess anhängen, deinem Arnoux. Oh! ich brauche dich nicht!« Und die Lippen zusammenkneifend: »Ich hole mir Rat.«

Drei Tage später kam Delphine hereingestürmt.

»Madame, Madame, draußen steht ein Mann mit einem Leimtopf, der macht mir Angst.«

Rosanette ging in die Küche und sah einen Taugenichts, das Gesicht stark pockennarbig, ein Arm gelähmt, im Dreiviertelrausch herumbrabbelnd.

Das war der Zettelankleber von Maître Gautherot. Der Einspruch gegen die Pfändung war abgewiesen, darum folgte logischerweise die Versteigerung.

Für seine Mühe, die Treppe heraufgestiegen zu sein, verlangte er als erstes ein Gläschen; – dann bettelte er um eine andre Vergünstigung, nämlich Theaterkarten, denn er hielt Madame für eine Schauspielerin. Hernach zwinkerte er eine Weile ganz unverständlich; am Schluss erklärte er, für vierzig Sou würde er die Ecken abreißen von dem bereits unten an der Tür angeschlagenen Zettel. Rosanette war darauf namentlich genannt, diese ungewöhnliche Härte zeigte allen Hass der Vatnaz.

Sie war früher einmal empfindsam gewesen und hatte sich sogar, in einer Herzensnot, an Béranger gewandt, von ihm Ratschläge erbeten. Doch in den Stürmen des Lebens war sie verbittert, hatte nacheinander Klavierstunden gegeben, eine Table d'hôte geführt, für Modezeitungen geschrieben, Zimmer untervermietet, mit Spitzen geschachert in der Welt leichter Frauen, – wo ihre Verbindungen es erlaubten, vielen Leuten gefällig zu sein, darunter Arnoux. Zuvor war sie in einem Handelshaus angestellt.

Dort musste sie die Arbeiterinnen auszahlen; und es

gab für jede von ihnen zwei Lohnbücher, von denen eines immer in ihren Händen blieb. Dussardier, der aus Freundlichkeit das Buch einer gewissen Hortense Baslin führte, erschien eines Tages an der Kasse, als Mademoiselle Vatnaz gerade die Abrechnung für dieses Mädchen vorlegte, 1682 Franc, die ihr der Kassier aushändigte. Nun hatte aber Dussardier am Vorabend nur 1082 Franc ins Lohnbuch der Baslin eingetragen. Unter irgendeinem Vorwand verlangte er es zurück; danach wollte er diese Diebstahlgeschichte einfach begraben und sagte ihr, es sei verlorengegangen. Die Arbeiterin erzählte seine Lüge arglos Mademoiselle Vatnaz; diese brauchte Gewissheit und fragte darum mit unbefangener Miene den guten Kommis. Er begnügte sich mit der Antwort: »Ich hab's verbrannt«; das war alles. Sie verließ das Haus wenig später, ohne an die Vernichtung des Lohnbuchs zu glauben, vielmehr in der Einbildung, Dussardier wolle es behalten.

Bei der Nachricht von seiner Verwundung war sie zu ihm gelaufen, in der Absicht, es sich zu holen. Da sie trotz peinlichster Durchsuchungen nichts gefunden hatte, wurde sie von Achtung und bald schon von Liebe erfasst zu diesem Burschen, der so anständig war, so sanft, so heldenhaft und so stark! Ein solches Liebesglück in ihrem Alter war etwas Unverhofftes. Sie stürzte sich darauf mit der Gier einer Menschenfresserin; – und hatte darüber die Literatur fallengelassen, den Sozialismus, »die tröstlichen Lehren und hochherzigen Utopien«, ihre Vorträge über die *Entsubalternisierung der Frau*, alles, sogar Delmar; zuletzt machte sie Dussardier den Vorschlag, sich durch Heirat zu verbinden.

Obwohl sie seine Mätresse war, liebte er sie keineswegs. Im übrigen hatte er ihren Diebstahl nicht vergessen. Außerdem war sie zu reich. Er wies sie zurück. Nun sagte sie ihm weinend, welche Träume sie gehegt habe:

mit ihm gemeinsam ein Konfektionsgeschäft. Sie besitze das nötige Anfangskapital, zu dem nächste Woche noch viertausend Franc hinzukämen; und sie erzählte von ihren gerichtlichen Schritten gegen die Marschallin.

Dussardier bekümmerte dies alles, seines Freundes wegen. Er dachte an das Zigarrenetui, das er auf der Wache bekommen hatte, die Abende am Quai Napoléon, so viele schöne Plauderstunden, geborgte Bücher, tausend Gefälligkeiten Frédérics. Er bat die Vatnaz, ihre Klage zurückzuziehen.

Sie höhnte über seine Gutmütigkeit und zeigte gegen Rosanette einen unbegreiflichen Hass; sie wünschte sich den Reichtum sogar nur, um diese später mit ihrer Karosse auszustechen.

Diese abgründige Bosheit erschreckte Dussardier; und als der Versteigerungstag endgültig feststand, ging er fort.

Gleich am nächsten Morgen erschien er bei Frédéric in großer Verlegenheit.

»Ich muss Sie um Entschuldigung bitten.«

»Weshalb denn?«

»Sie halten mich gewiss für undankbar, denn sie ist doch meine …« Er stotterte. »Oh! ich seh sie nie wieder, ich will nicht ihr Komplize sein!« Und da ihn der andre ganz verwundert ansah: »Werden nicht in drei Tagen die Möbel Ihrer Mätresse versteigert?«

»Wer hat Ihnen das gesagt?«

»Sie selbst, die Vatnaz! Aber ich fürchte, ich beleidige Sie vielleicht …«

»Unmöglich, mein lieber Freund!«

»Ach, ja! Sie sind so gut!«

Und er reichte ihm taktvoll eine kleine Brieftasche aus Basane.

Es waren viertausend Franc, seine gesamten Ersparnisse.

»Wie! Oh! nein! … – nein! …«

»Ich wusste ja, dass ich Sie kränke«, erwiderte Dussardier mit einer Träne im Augenwinkel.

Frédéric drückte ihm die Hand; und der gute Bursche drängte mit kläglicher Stimme:

»Nehmen Sie doch! Machen Sie mir die Freude! Ich bin so verzweifelt! Ist denn nicht alles vorbei? – Als die Revolution kam, glaubte ich, wir würden glücklich. Wissen Sie noch, wie schön es war! wir atmeten frei! Heute sind wir tiefer gefallen denn je.«

Und zu Boden starrend:

»Jetzt machen sie unsrer Republik den Garaus, so wie der anderen, der römischen! und das arme Venedig, das arme Polen, das arme Ungarn! Was für Schandtaten! Zuerst haben sie die Freiheitsbäume gefällt, dann das Wahlrecht eingeschränkt, die Klubs geschlossen, die Zensur wiedereingeführt und die Schule den Pfaffen ausgeliefert, fehlt nur noch die Inquisition. Warum nicht? Ein paar Konservative wünschen uns die Kosaken an den Hals! Die Zeitungen werden verurteilt, wenn sie gegen die Todesstrafe schreiben, Paris strotzt von Bajonetten, in sechzehn Departements ist der Belagerungszustand verhängt; – und die Amnestie haben sie ein weiteres Mal abgelehnt!«

Er fasste sich mit beiden Händen an die Stirn; dann die Arme ausbreitend, wie in höchster Bedrängnis:

»Wenn wir uns nur bemühten! Wenn wir's alle ehrlich meinten, man könnte doch miteinander auskommen! Aber es soll nicht sein! Die Arbeiter taugen nicht mehr als die Bürger, sehen Sie! In Elbeuf haben die sich unlängst geweigert, bei einem Brand Hilfe zu leisten. Irgendwelche Halunken schimpfen Barbès einen Aristokraten! Damit alle das Volk auslachen, wollen sie Nadaud für die Präsidentschaft nominieren, einen Maurer, ich bitte Sie! Und es gibt keinen Ausweg! keine Abhilfe!

Alle sind gegen uns! – Ich hab nie was Schlechtes getan; und doch liegt es mir schwer auf dem Magen. Ich werde noch verrückt, wenn das so weitergeht. Am besten wär, dass einer mich umbringt. Ich sag Ihnen, ich brauche mein Geld nicht! Sie geben es mir wieder, herrje! ich leih's Ihnen!«

Frédéric, gezwungen durch die Notlage, nahm schließlich die viertausend Franc. So hatten sie vonseiten der Vatnaz nichts mehr zu befürchten.

Doch Rosanette verlor bald schon ihren Prozess gegen Arnoux und wollte, aus Dickköpfigkeit, Berufung einlegen.

Deslauriers versuchte ihr bis zur Erschöpfung begreiflich zu machen, dass Arnoux' Versprechen weder eine Schenkung darstellte noch eine vorschriftsgemäße Übertragung; sie hörte nicht einmal, fand das Gesetz ungerecht; sie war eine Frau, nur deshalb unterstützten die Männer sich gegenseitig! Zuletzt folgte sie jedoch seinem Ratschlag.

Er benahm sich im Haus so ungeniert, dass er mehrmals Sénécal zum Essen mitbrachte. Diese Dreistigkeit missfiel Frédéric, der ihm Geld vorstreckte, ihn sogar von seinem Schneider einkleiden ließ; und der Advokat schenkte seine alten Gehröcke dem Sozialisten, bei dem niemand wusste, wovon er seinen Lebensunterhalt bestritt.

Er wäre jedoch gern Rosanette nützlich gewesen. Eines Tages, als sie ihm zwölf Aktien der Kaolinkompanie zeigte (jenes Unternehmen, für das Arnoux zu dreißigtausend Franc verurteilt worden war), sagte er:

»Aber das ist faul! das ist grandios!«

Sie hatte das Recht, ihn auf Tilgung ihrer Forderungen zu verklagen. Sie werde erstens nachweisen, er sei solidarisch verpflichtet, die gesamten Passiva der Kompanie zu bezahlen, zweitens, er habe persönliche Schulden als Kollektivschulden ausgegeben, und zuletzt, er habe mehrere Effekten der Gesellschaft veruntreut.

»Das alles macht ihn des betrügerischen Bankrotts schuldig, gemäß Artikel 586 und 587 Handelsgesetzbuch; und wir lassen ihn hochgehen, darauf können Sie sich verlassen, mein Püppchen.«

Rosanette fiel ihm um den Hals. Er empfahl sie am nächsten Tag seinem ehemaligen Chef, denn er könne sich nicht persönlich um den Prozess kümmern, eine dringende Angelegenheit rufe ihn nach Nogent; Sénécal werde ihm notfalls schreiben.

Seine Verhandlungen über den Ankauf einer Kanzlei waren ein Vorwand. Er verbrachte seine Zeit bei Monsieur Roque, wo er zunächst nicht nur Loblieder anstimmte auf den gemeinsamen Freund, sondern diesen auch so gut wie möglich nachahmte in Auftreten und Redeweise; – dadurch erwarb er Louises Zutrauen, wogegen er das ihres Vaters gewann, indem er über Ledru-Rollin herzog.

Wenn Frédéric sich nicht blicken ließ, dann, weil er in der vornehmen Welt verkehrte; und schrittweise erzählte ihnen Deslauriers, dass er jemanden liebe, dass er ein Kind habe, dass er ein Geschöpf aushalte.

Louises Verzweiflung war unermesslich, Madame Moreaus Empörung um nichts kleiner. Sie sah ihren Sohn hinabgezogen auf den Grund eines dunklen Strudels, war verletzt in ihrem Glauben an die Schicklichkeit, empfand etwas wie persönliche Entehrung, und da veränderte sich plötzlich ihr Charakter. Auf Fragen zu Frédéric antwortete sie mit spöttischer Miene:

»Es geht ihm gut, sehr gut.«

Sie wusste von seiner Heirat mit Madame Dambreuse.

Der Zeitpunkt stand fest; und er überlegte sogar, wie er Rosanette die Sache beibringen sollte.

Um die Herbstmitte gewann diese ihren Prozess in Sachen der Kaolinaktien. Frédéric erfuhr davon, als er vor ihrer Tür Sénécal begegnete, der eben von der Verhandlung kam.

Monsieur Arnoux war aller Betrügereien für mitschuldig befunden worden; und der vormalige Repetitor schien sich dermaßen zu freuen, dass Frédéric ihn am Weitergehen hinderte und versicherte, er wolle Rosanette die Nachricht selbst überbringen. Mit ärgerlichem Gesicht ging er zu ihr.

»So, jetzt bist du zufrieden!«

Ohne diese Worte überhaupt zu hören:

»Schau doch!«

Und sie zeigte auf ihr Kind, das beim Feuer in einer Wiege lag. Sie hatte es am Morgen bei der Amme so elend vorgefunden, dass sie es mit nach Paris nahm.

Seine Gliedmaßen waren entsetzlich abgemagert und die Lippen übersät mit weißen Punkten, die im Mund aussahen wie geronnene Milchklümpchen.

»Was hat der Arzt gesagt?«

»Ach! der Arzt! Er behauptet, die Reise habe alles verschlimmert, seine ich weiß nicht mehr, irgendein Name auf *itis* … also, er hat Soor. Kennst du das?«

Frédéric erwiderte ohne Zögern: »Natürlich«, und das sei nichts Ernstes.

Doch im Verlauf des Abends erschreckte ihn das kraftlose Aussehen des Kleinen und die Vermehrung dieser weißlichen Flecken, die Schimmel ähnelten, als schwinde das Leben bereits aus diesem armen Körperchen und hinterlasse nur eine Materie, aus der Vegetation wucherte. Seine Hände waren kalt; er konnte jetzt nicht mehr trinken; und die Amme, eine neue, die der Portier aufs Geratewohl in einem Vermittlungsbüro gefunden hatte, sagte immer wieder:

»Mit dem steht's schlecht, sehr schlecht.«

Rosanette wachte bei ihm die ganze Nacht.

Am Morgen holte sie Frédéric.

»Komm doch schauen. Er rührt sich nicht mehr.«

Tatsächlich, er war tot. Sie nahm ihn, schüttelte ihn, drückte ihn an sich und rief ihn mit den zärtlichsten Namen, bedeckte ihn mit Küssen und Schluchzern, drehte sich verzweifelt im Kreis, raufte sich die Haare, schrie; – und sank auf den Rand des Diwans, wo sie mit offenem Mund sitzen blieb, während ein Tränenstrom aus ihren starren Augen floss. Dann verfiel sie in eine Art Betäubung, und alles in der Wohnung wurde still. Die Möbel waren umgestürzt. Zwei, drei Handtücher lagen herum. Es schlug sechs. Das Nachtlicht erlosch.

Frédéric, auf all das niederblickend, glaubte fast, er träume. Sein Herz verkrampfte sich angstvoll. Ihm war, als sei dieser Tod nur ein Anfang und dahinter lauere ein viel größeres Unglück, das demnächst hereinbrach.

Plötzlich sagte Rosanette mit weicher Stimme:

»Wir behalten ihn doch, oder?«

Sie wollte ihn einbalsamieren lassen. Gute Gründe sprachen dagegen. Der triftigste, laut Frédéric, die Sache sei bei so kleinen Kindern undurchführbar. Ein Porträt wäre besser. Ihr gefiel diese Idee. Er schrieb ein paar Worte an Pellerin, und Delphine überbrachte sie eilends.

Pellerin erschien auf der Stelle, wollte durch diesen Eifer jede Erinnerung an sein Verhalten auslöschen. Er sagte zuerst:

»Armer kleiner Engel! Ach! mein Gott, so ein Unglück!«

Nach und nach freilich (der Künstler in ihm gewann die Oberhand) erklärte er, man könne nichts anfangen mit diesen schwärzlichen Augen, diesem aschgrauen Gesicht, das sei ein richtiges Stillleben, es bräuchte sehr viel Talent; und er brummte:

»Oh! nicht so einfach, nicht so einfach!«

»Wenn's ihm nur ähnlich sieht«, hielt Rosanette dagegen.

»Ha! was schert mich Ähnlichkeit! Nieder mit dem Realismus! Malen muss man den Geist! Lassen Sie mich! Ich versuche mir vorzustellen, wie er wohl einmal war.«

Er grübelte, die Stirn in der linken Hand, den Ellbogen in der rechten; dann plötzlich:

»Ah! eine Idee! ein Pastell! Mit farbigen Halbtönen, gleichmäßig aufgetragen, fast ohne Schattierung, da kann man die Formen schön herausarbeiten, bloß an den Rändern.«

Er schickte das Stubenmädchen seinen Malkasten holen; dann, mit einem Stuhl unter den Füßen und einem zweiten neben sich, skizzierte er zunächst grobe Umrisse, so seelenruhig, als arbeite er nach einem Gipsabguss. Er rühmte die Johannesknaben des Correggio, die Infantin in Rosa des Velázquez, die milchigen Fleischtöne von Reynolds, die Eleganz eines Lawrence und vor allem das Kind mit langem Haar auf dem Schoß von Lady Gower.

»Übrigens, gibt es etwas Süßeres als diese kleinen Schelme! Der Inbegriff des Erhabenen (Raffael beweist es mit seinen Madonnen), das ist vielleicht eine Mutter mit ihrem Kind?«

Rosanette, von Tränen erstickt, lief hinaus; und sogleich sagte Pellerin:

»Na, und Arnoux! … Sie wissen, was los ist?«

»Nein! Was?«

»So musste es ja kommen!«

»Was ist denn passiert?«

»Er ist jetzt vielleicht schon … Verzeihung!«

Der Künstler erhob sich, um den Kopf des kleinen Leichnams höher zu legen.

»Sie sagten …?« insistierte Frédéric.

Und Pellerin, die Augen zusammenkneifend, um besser Maß nehmen zu können:

»Ich sagte, unser Freund Arnoux ist jetzt vielleicht schon eingelocht!«

Dann in zufriedenem Ton:

»Schauen Sie mal! Trifft's das?«

»Ja, sehr gut! Aber Arnoux?«

Pellerin legte seinen Stift beiseite.

»Soviel ich verstanden habe, wird er von einem gewissen Mignot belangt, einem Vertrauten Regimbarts, ein sauberer Kerl, was? Dieser Trottel! Stellen Sie sich vor, eines Tages …«

»He! es geht nicht um Regimbart!«

»Richtig. Also, Arnoux sollte bis gestern abend zwölftausend Franc auftreiben, andernfalls ist er geliefert.«

»Oh! das ist vielleicht übertrieben«, sagte Frédéric.

»Kein bisschen! Die Sache wirkte schlimm, sehr schlimm!«

Rosanette erschien im selben Augenblick, mit roten Flecken unter den Lidern, glühend wie Schminktüpfel. Sie stellte sich neben das Blatt und schaute. Pellerin gab zu verstehen, dass er ihretwegen nicht weiterrede. Doch Frédéric, ohne darauf zu achten:

»Aber ich kann einfach nicht glauben …«

»Ich sag Ihnen doch, ich hab ihn gestern getroffen«, erwiderte der Künstler, »abends um sieben, in der Rue Jacob. Er hatte sogar seinen Pass eingesteckt, vorsorglich; und er sprach davon, dass er sich in Le Havre einschifft, mit Kind und Kegel.«

»Was? Mit seiner Frau?«

»Natürlich! Er ist ein viel zu guter Familienvater, er kann nicht allein leben.«

»Und das ist ganz sicher? …«

»Herrje! Wo soll er denn zwölftausend Franc auftreiben?«

Frédéric ging zwei-, dreimal durchs Zimmer. Er schnaubte, biss sich auf die Lippen, griff dann nach seinem Hut.

»Wo gehst du hin?« sagte Rosanette.

Er gab keine Antwort und verschwand.

V.

Er brauchte zwölftausend Franc, oder er sah Madame Arnoux nie wieder; und bis jetzt hatte er sich eine unerschütterliche Hoffnung bewahrt. War sie nicht etwas wie die Substanz seines Herzens, der eigentliche Kern seines Lebens? Ein paar Minuten lang stand er taumelnd auf dem Trottoir, sich in Angst verzehrend, und doch glücklich, weil er nicht mehr bei der anderen war.

Woher Geld nehmen? Frédéric wusste aus eigener Erfahrung, wie schwer es ist, rasch welches zu beschaffen, um welchen Preis auch immer. Eine einzige Person konnte ihm helfen, Madame Dambreuse. Sie hatte in ihrem Sekretär immer etliche Banknoten. Er ging zu ihr; und in forschem Ton:

»Kannst du mir zwölftausend Franc leihen?«

»Wozu?«

Es gehe um das Geheimnis eines anderen. Sie wollte es erfahren. Er blieb stur. Beide versteiften sich. Schließlich erklärte sie, sie werde nichts hergeben, bevor sie nicht wisse, zu welchem Zweck. Frédéric wurde puterrot. Einer von seinen Kameraden habe einen Diebstahl begangen. Die Summe müsse noch heute zurückgezahlt werden.

»Wie heißt er? Sein Name? Sag schon, sein Name?«

»Dussardier!«

Und er warf sich vor ihr auf die Knie, flehte, sie möge nichts weitererzählen.

»Wofür hältst du mich?« erwiderte Madame Dambreuse. »Man könnte glauben, du bist der Schuldige. Hör auf mit deinem tragischen Getue! Hier, da hast du sie, und wohl bekomm's ihm!«

Er lief zu Arnoux. Der Händler war nicht in seinem Laden. Doch er wohnte noch immer in der Rue Paradis, denn er besaß zwei Domizile.

In der Rue Paradis schwor der Portier, Monsieur Arnoux sei schon einen ganzen Tag abwesend; was Madame betreffe, so wisse er nicht; und nachdem Frédéric die Treppe hochgeschossen war wie ein Pfeil, hielt er das Ohr ans Schlüsselloch. Endlich wurde geöffnet. Madame sei mit Monsieur aufgebrochen. Das Mädchen hatte keine Ahnung, wann sie zurückkommen wollten; ihr Lohn sei ausgezahlt; sie selbst im Begriff zu gehen.

Plötzlich vernahm er das Knarzen einer Tür.

»Aber da ist doch wer?«

»Oh! nein, Monsieur! Das war der Wind!«

Daraufhin verabschiedete er sich. Gleichviel, dieses überstürzte Verschwinden hatte etwas Unbegreifliches.

Regimbart war ein Vertrauter Mignots, vielleicht konnte der ihn aufklären? Und Frédéric ließ sich zu ihm fahren, nach Montmartre, in die Rue de l'Empereur.

Sein Haus flankierte ein Gärtchen, umschlossen von Gitterstäben, mit Eisenplatten beschlagen. Eine Treppe aus drei Stufen verschönerte die weiße Fassade; und wenn man auf dem Trottoir vorüberging, blickte man in die beiden Zimmer des Erdgeschosses, das erste war ein Salon, mit Kleidern überall auf den Möbeln, und das zweite die Werkstatt, dort saßen Madame Regimbarts Arbeiterinnen.

Alle waren überzeugt, Monsieur sei mit wichtigen Geschäften zugange, mit wichtigen Beziehungen, ein vollkommen einzigartiger Mensch. Wenn er über den Flur kam, auf dem Kopf seinen Hut mit hochgeschlagener Krempe, dazu sein langes ernstes Gesicht und sein grüner Gehrock, unterbrachen sie ihre Näherei. Übrigens versäumte er nie, ihnen ein paar aufmunternde Worte zu sagen, irgendeine Höflichkeit in Form eines

Sinnspruchs; – und später, in ihrem eigenen Hausstand, waren sie unglücklich, denn sie hatten ihn als Wunschbild bewahrt.

Doch keine liebte ihn so wie Madame Regimbart, eine kleine intelligente Person, die ihn mit ihrem Handwerk ernährte.

Kaum nannte Monsieur Moreau seinen Namen, eilte sie herbei, um ihn zu empfangen, denn sie wusste von den Dienstboten, wie er zu Madame Dambreuse stand. Ihr Mann sei »in diesem Augenblick heimgekommen«; und während er ihr folgte, bewunderte Frédéric die Ordentlichkeit in den Räumen und wie viel Wachstuch es überall gab. Dann wartete er einige Minuten in einer Art Büro, in das sich der Citoyen zum Denken zurückzog.

Seine Begrüßung war weniger ruppig als sonst.

Er erzählte Arnoux' Geschichte. Der vormalige Fayencenhersteller hatte Mignot eingewickelt, einen Patrioten, Besitzer von hundert Aktien des *Siècle*, indem er ihm nachwies, man müsse aus demokratischer Sicht Leitung und Redaktion der Zeitung auswechseln; unter dem Vorwand, seinem Standpunkt in der nächsten Aktionärsversammlung zum Sieg zu verhelfen, hatte er ihm fünfzig Aktien abverlangt und versprochen, er werde sie weitergeben an zuverlässige Freunde, die sein Votum unterstützten; Mignot müsse keinerlei Verantwortung übernehmen, sich mit niemand überwerfen; dann, sobald der Erfolg sich eingestellt habe, werde er ihm in der Geschäftsführung einen guten Posten beschaffen, zu mindestens fünf- bis sechstausend Franc. Die Aktien wurden ausgehändigt. Doch Arnoux hatte sie sogleich verkauft; und mit dem Geld war er Teilhaber eines Devotionalienhändlers geworden. Daraufhin Beschwerden vonseiten Mignots, Hinhaltemanöver vonseiten Arnoux'; schließlich hatte ihm der Patriot mit einer Betrugsklage gedroht, sollte er die Wertpapiere nicht zurückerstatten, oder die entsprechende Summe: fünfzigtausend Franc.

Frédéric wirkte verzweifelt.

»Das ist nicht alles«, sagte der Citoyen. »Mignot ist ein anständiger Mensch, er wollte sich mit einem Viertel begnügen. Neuerliche Versprechungen des anderen, neuerliche Possen natürlich. Kurzum, vorgestern früh hat Mignot ihn aufgefordert, binnen vierundzwanzig Stunden, unbeschadet des restlichen Betrags, zwölftausend Franc zu erstatten.«

»Aber ich hab sie!« sagte Frédéric.

Der Citoyen drehte sich langsam zu ihm:

»Witzbold!«

»Wie bitte! Sie stecken in meiner Tasche. Ich wollte sie überbringen.«

»Sie legen sich ja ganz schön ins Zeug! Donnerwetter! Allerdings ist es zu spät; die Klage ist eingereicht und Arnoux abgehauen.«

»Allein?«

»Nein! mit seiner Frau. Jemand hat sie gesehen, an der Gare du Havre.«

Frédéric wurde entsetzlich blass. Madame Regimbart glaubte, er falle gleich in Ohnmacht. Er riss sich zusammen und hatte sogar die Kraft zu zwei, drei Fragen über das Abenteuer. Regimbart betrübte die Sache, das alles schade im Grunde genommen der Demokratie. Arnoux habe es immer an Lebensart gefehlt und an Ordnung.

»Ein Bruder Leichtfuß! Gelebt hat er immer in Saus und Braus! Die Weiber haben ihn ruiniert! Er tut mir nicht leid, aber seine arme Frau!« Der Citoyen bewunderte nämlich tugendhafte Frauen und hielt große Stücke auf Madame Arnoux. »Sie hat ganz schön viel durchgemacht!«

Frédéric war ihm dankbar für diese Sympathie; und

als habe er ihm einen Gefallen erwiesen, drückte er ihm überschwenglich die Hand.

»Hast du alle nötigen Wege erledigt?« sagte Rosanette, als er wiederkam.

Er hatte nicht die Kraft, antwortete er, und sei aufs Geratewohl durch die Straßen geirrt, um Ablenkung zu finden.

Um acht gingen sie ins Esszimmer; doch sie saßen einander stumm gegenüber, ließen von Zeit zu Zeit einen langen Seufzer vernehmen und schickten ihre Teller zurück. Frédéric trank Schnaps. Er fühlte sich ganz vernichtet, niedergedrückt, zerstört, spürte nichts mehr, nur ungeheure Müdigkeit.

Sie ging und holte das Porträt. Rot, Gelb, Grün und Indigo bissen sich in grellen Klecksen und machten daraus etwas Abstoßendes, beinah Lächerliches.

Überdies war der kleine Tote inzwischen unkenntlich. Der bläulichrote Ton seiner Lippen betonte das Weiß seiner Haut; die Nasenflügel waren noch schmaler, die Augen noch eingefallener; und sein Kopf ruhte auf einem blauen Taftkissen, zwischen Kamelienblüten, Herbstrosen und Veilchen; das war dem Stubenmädchen eingefallen; so hatten sie ihn hingebungsvoll miteinander zurechtgemacht. Auf dem Kamin, den eine Decke aus Gipüre verhüllte, standen Vermeilleuchter und dazwischen Sträußchen von geweihtem Buchs; an den Ecken, in den beiden Vasen, brannte orientalisches Räucherwerk; alles zusammen bildete mit der Wiege eine Art Stationsaltar; und Frédéric erinnerte sich an seine Totenwache bei Monsieur Dambreuse.

Alle Viertelstunden etwa zog Rosanette die Vorhänge auseinander und betrachtete ihr Kind. Sie sah es, in ein paar Monaten, wenn es seine ersten Schritte gemacht hätte, dann auf dem Collège, mitten im Hof, Barrenlauf spielend; dann, mit zwanzig, als junger Mann; und alle diese Bilder, die sie erschuf, waren ebenso viele Söhne, die sie verlor, – denn der maßlose Schmerz machte sie zur vielfachen Mutter.

Frédéric, reglos im andern Fauteuil, dachte an Madame Arnoux.

Sie saß wahrscheinlich in der Eisenbahn, das Gesicht am Fenster eines Waggons, und blickte hinaus in die Landschaft, die hinter ihr, gen Paris, entschwand, oder auf dem Deck eines Dampfers, wie damals, bei ihrer ersten Begegnung; aber der hier fuhr endlos weiter, in Länder, aus denen sie nie mehr zurückkehren würde. Dann sah er sie im Zimmer eines Gasthofs, mit Koffern am Boden, einer zerfetzten Papiertapete, und an der Tür rüttelte der Wind. Danach? was wurde aus ihr? Lehrerin, Gesellschaftsdame, Stubenmädchen vielleicht? Ausgeliefert war sie allen Zufällen des Elends. Diese Ungewissheit über ihr Schicksal quälte ihn. Er hätte sich ihrer Flucht in den Weg stellen müssen oder ihr hinterherreisen. War er nicht ihr wahrer Gatte? Und bei dem Gedanken, dass er sie niemals wiederfinden werde, dass es aus war und vorbei, dass sie verloren war, unwiderruflich, spürte er etwas wie einen Riss durch sein ganzes Wesen; und jetzt flossen die seit dem Morgen angesammelten Tränen.

Rosanette bemerkte es.

»Ach! du weinst wie ich! Bist du traurig?«

»Ja! ja! bin ich! …«

Er drückte sie ans Herz, und beide schluchzten, eng umschlungen.

Madame Dambreuse weinte ebenfalls, sie lag in ihrem Bett, auf dem Bauch, den Kopf in die Hände vergraben.

Olympe Regimbart, die am Abend zur Anprobe ihres ersten farbigen Kleides vorbeigekommen war, hatte von Frédérics Besuch erzählt und dass er zwölftausend Franc bereithielt, für Monsieur Arnoux.

Also brauchte er dieses Geld, ihr Geld, nur um die Flucht der anderen zu verhindern, eine Mätresse zu erhalten!

Zuerst bekam sie einen Wutanfall; und sie hatte beschlossen, ihn wegzujagen wie einen Lakai. Reichlich Tränen beruhigten sie. Besser war es, sie verbarg alles, sagte kein Wort.

Frédéric brachte am nächsten Tag die zwölftausend Franc zurück.

Sie bat ihn, das Geld zu behalten, im Notfall, für seinen Freund, und sie fragte ausführlich nach diesem Herrn. Was hatte ihn bloß zu einem solchen Vertrauensbruch getrieben? Eine Frau, zweifellos! Die Frauen verleiten einen zu jeder Schandtat.

Der spöttische Ton verunsicherte Frédéric. Er machte sich Gewissensbisse wegen seiner Verleumdung. Doch was ihn beruhigte, Madame Dambreuse kannte auf keinen Fall die Wahrheit.

Allerdings zeigte sie eine gewisse Hartnäckigkeit; denn am übernächsten Tag erkundigte sie sich wieder nach seinem lieben Freund, und dann nach einem andern, Deslauriers.

»Ist das ein zuverlässiger und kluger Mann?«

Frédéric rühmte ihn.

»Bitten Sie ihn, dass er an einem der nächsten Vormittage bei mir vorbeikommt; ich möchte seinen Rat einholen in einer Angelegenheit.«

Sie hatte eine Rolle alter Papiere gefunden, die ordnungsgemäß protestierte Wechsel von Arnoux enthielten, und unterschrieben waren sie von Madame Arnoux. Ihretwegen war er einmal bei Monsieur Dambreuse mitten ins Dejeuner geplatzt; und obwohl der Kapitalist nicht auf Eintreibung bestand, so hatte er gleichwohl vom Handelsgericht ein Urteil erwirkt, und zwar nicht nur gegen Arnoux, sondern auch gegen seine Frau, die nichts davon wusste, denn ihr Mann hatte es nicht für zuträglich gehalten, sie in Kenntnis zu setzen.

Das war doch eine Waffe! Madame Dambreuse hegte keinen Zweifel. Ihr Notar aber riet womöglich zum Verzicht; jemand Unbekanntes war ihr lieber; und sie erinnerte sich an diesen langen Lulatsch mit dem unverschämten Gesicht, der ihr seine Dienste angetragen hatte.

Frédéric überbrachte arglos ihre Nachricht.

Der Advokat war hocherfreut, mit einer so feinen Dame in Beziehung zu treten.

Er eilte zu ihr.

Sie ließ ihn wissen, ihre Nichte sei die Erbin, ein Grund mehr, diese Schuldforderungen zu veräußern, welche sie auszahlen werde, denn ihr liege daran, das Ehepaar Martinon mit größtem Entgegenkommen zu behandeln.

Deslauriers begriff, hier steckte etwas Mysteriöses dahinter; grübelnd betrachtete er die Wechsel. Madame Arnoux' Name, von ihr selbst geschrieben, führte sie ihm leibhaftig vor Augen und auch die Schmach, die er erlitten hatte. Da eine Rache sich bot, warum nicht zugreifen?

Er riet also Madame Dambreuse, die uneinbringlichen Schuldforderungen, die zur Erbmasse gehörten, versteigern zu lassen. Ein Strohmann werde sie unterderhand kaufen und einklagen. Er übernehme es, diesen Mann aufzutreiben.

Gegen Ende November, als er durch Madame Arnoux' Straße kam, hob Frédéric die Augen zu den Fenstern und erblickte an der Tür einen Anschlag, auf dem in großen Buchstaben stand:

»Versteigerung eines wertvollen Mobiliars, darunter Küchengeschirr, Tisch- und Leibwäsche, Hemden, Spitzen, Unterröcke, Hosen, französische und indische Kaschmirschals, Érard-Klavier, zwei eichene Renaissance-Büfetts, venezianische Spiegel, chinesische und japanische Töpferwaren.«

»Das ist ihr Mobiliar!« sagte sich Frédéric; und der Portier bestätigte den Verdacht.

Wer versteigern ließ, das wusste er nicht. Aber vielleicht könne der Auktionator, Maître Berthelmot, Aufschluss geben.

Der Ministerialbeamte wollte zunächst auf keinen Fall sagen, welcher Gläubiger die Versteigerung betrieb. Frédéric ließ nicht locker. Es war ein gewisser Sénécal, Geschäftsmakler; und Maître Berthelmot ging so weit mit dem Entgegenkommen, dass er ihm sein Anzeigenblatt *Petites Affiches* lieh.

Als Frédéric bei Rosanette eintraf, warf er es offen auf den Tisch.

»Lies das!«

»Na, und?« sagte sie mit einem derart sanftmütigen Gesicht, dass es ihn empörte.

»Ah! spiel getrost die Unschuldige!«

»Ich versteh nicht.«

»Steckst du hinter der Versteigerung bei Madame Arnoux?«

Sie las die Anzeige noch einmal.

»Wo steht ihr Name?«

»Ha! es ist ihr Mobiliar! Das weißt du besser als ich!«

»Was hab ich damit zu tun?« sagte Rosanette achselzuckend.

»Was du damit zu tun hast? Na, du rächst dich, ganz einfach! Es ist die Fortsetzung deiner Nachstellerei! Hast du deine Beleidigungen nicht so weit getrieben, bei ihr zu Hause aufzutauchen! Du, ein liederliches Nichts. Bei der untadeligsten Frau, der bezauberndsten und allerbesten! Warum willst du sie so hartnäckig zugrunde richten?«

»Du irrst dich, ich schwör's dir!«

»Ach was! Als hättest nicht du Sénécal vorgeschoben!«

»So ein Unsinn!«

Nun packte ihn der Zorn.

»Du lügst! du lügst, Miststück! Du bist eifersüchtig! Du besitzt einen Urteilsspruch gegen ihren Mann! Sénécal war schon einmal befasst mit deinen Geschichten! Er verabscheut Arnoux, dein Hass und seiner ergänzen sich. Ich hab seine Freude gesehen, als du deinen Kaolin-Prozess gewonnen hast. Willst du das etwa abstreiten?«

»Ich gebe dir mein Wort ...«

»Oh! dein Wort kenne ich!«

Und Frédéric rief ihr alle Liebhaber in Erinnerung, mit Namen und ausführlichen Details. Rosanette wich kreidebleich zurück.

»Das wundert dich! Du hast geglaubt, ich sei blind, weil ich beide Augen zudrückte. Heute reicht es mir! Man stirbt nicht an den Treulosigkeiten einer Frau deines Schlags. Werden sie allzu abscheulich, geht man seiner Wege; es wäre erniedrigend, wollte man das vergelten!«

Sie rang die Hände.

»Mein Gott, was hat ihn denn so verändert?«

»Niemand als du selbst!«

»Und das alles wegen Madame Arnoux! ...« rief Rosanette weinend.

Er entgegnete frostig:

»Ich habe immer nur sie geliebt!«

Bei dieser Gemeinheit versiegten ihre Tränen.

»Das beweist deinen guten Geschmack! Eine Person reifen Alters, mit einem Teint wie Lakritze, üppiger Taille, Augen so groß wie Kellerlöcher und auch genau so leer! Wenn dir das gefällt, geh doch zu ihr!«

»Darauf habe ich gewartet! Danke!«

Rosanette stand wie angewurzelt, sprachlos über diesen ungeheuerlichen Auftritt. Sie ließ ihn sogar die Tür zuschlagen; dann war sie mit einem Satz im Vorzimmer, und ihn mit den Armen umschlingend:

»Du bist ja verrückt! du bist verrückt! das ist Unsinn! ich liebe dich!« Sie bettelte: »Mein Gott, im Namen unseres Kindchens!«

»Gib zu, du hast das ausgeheckt!« sagte Frédéric.

Sie beteuerte noch einmal ihre Unschuld.

»Du willst es nicht zugeben?«

»Nein!«

»Dann, adieu! und zwar für immer!«

»Hör doch!«

Frédéric drehte sich um.

»Würdest du mich besser kennen, dann wüsstest du, mein Entschluss ist unwiderruflich!«

»Oh! oh! du kommst schon wieder!«

»Nie im Leben!«

Und die Tür fiel krachend ins Schloss.

Rosanette schrieb an Deslauriers, sie brauche ihn auf der Stelle.

Er kam fünf Tage später, eines Abends; und als sie von dem Bruch erzählt hatte:

»Sonst nichts! Schönes Unglück!«

Sie hatte zunächst geglaubt, er bringe ihr Frédéric vielleicht zurück; doch jetzt war alles verloren. Durch seinen Portier erfuhr sie von der bevorstehenden Heirat mit Madame Dambreuse.

Deslauriers las ihr die Leviten, zeigte sich sogar vergnügt, witzig; und da es spät geworden war, bat er um die Erlaubnis, die Nacht auf einem Fauteuil verbringen zu dürfen. Am nächsten Morgen fuhr er zurück nach Nogent, mit dem Hinweis, er wisse nicht, wann sie sich wiedersehen würden; demnächst gebe es vielleicht eine große Veränderung in seinem Leben.

Zwei Stunden nach seiner Rückkehr war die Stadt in

Aufruhr. Es hieß, Frédéric heirate Madame Dambreuse. Als die drei Fräulein Auger es am Ende nicht mehr aushielten, liefen sie zu Madame Moreau, und diese bestätigte die Neuigkeit voller Stolz. Vater Roque grämte sich krank. Louise hatte sich eingeschlossen. Es ging das Gerücht, sie sei nun verrückt.

Doch Frédéric konnte seinen Trübsinn nicht verbergen. Wohl um ihn abzulenken, war Madame Dambreuse noch fürsorglicher. Jeden Nachmittag fuhr sie in ihrem Wagen mit ihm spazieren; und einmal, als sie über die Place de la Bourse kamen, hatte sie den Einfall, ins Auktionshaus zu gehen, nur zum Spaß.

Es war der 1. Dezember, genau der Tag, an dem Madame Arnoux' Hausrat versteigert werden sollte. Er entsann sich noch des Datums und bekundete seinen Widerwillen, indem er diesen Ort unerträglich nannte, wegen der vielen Leute und des Lärms. Sie wollte bloß einen Blick hineinwerfen. Das Coupé hielt. Was blieb ihm übrig, er folgte ihr.

Man sah im Hof Waschtische ohne Becken, Holzgestelle von Fauteuils, alte Körbe, Porzellanscherben, leere Flaschen, Matratzen; und Männer in Kitteln oder schmutzigen Gehröcken, ganz grau vor Staub, die Gesichter niederträchtig, ein paar mit Leinwandsäcken über der Schulter, plauderten in verschiedenen Gruppen oder riefen wild durcheinander.

Frédéric erhob Einwände gegen das Weitergehen.

»Ach was!«

Und sie stiegen die Treppe hinauf.

Im ersten Saal rechts studierten Herren, einen Katalog in der Hand, die Gemälde; in einem anderen wurde eine Sammlung chinesischer Waffen versteigert. Madame Dambreuse wollte hinunter. Sie schaute auf die Nummern über den Türen und führte ihn bis ans Ende des Flurs, zu einem Raum voller Menschen.

Sogleich erkannte er die zwei Etageren aus dem *Art industriel*, ihr Nähtischchen, all ihre Möbel! Ganz hinten gestapelt, der Größe nach, bildeten sie eine riesige Halde vom Fußboden bis zu den Fenstern; und auf den anderen Seiten des Zimmers hingen die Teppiche und die Vorhänge an der Wand. Darunter waren Sitzreihen, auf denen alte Männer vor sich hin dösten. Zur Linken thronte eine Art Ladentisch, und der Auktionator in weißer Halsbinde schwang behutsam einen kleinen Hammer. Ein junger Mann neben ihm schrieb; und etwas tiefer stand ein vierschrötiger Kerl, halb Geschäftsreisender, halb Kontremarken-Händler, der die Möbel zur Versteigerung ausrief. Drei Burschen brachten sie zu einem Tisch, den, in einer Reihe sitzend, Trödler und Wiederverkäuferinnen säumten. Hinter ihnen kamen und gingen die Leute.

Als Frédéric eintrat, wurden gerade die Unterröcke, die Fichus, die Taschentücher und sogar die Hemden von Hand zu Hand gereicht, inspiziert; manchmal warf sie jemand von weitem, und etwas Weißes flog plötzlich durch die Luft. Anschließend versteigerte man ihre Kleider, dann einen ihrer Hüte, dessen geknickte Feder herabhing, dann ihre Pelze, dann drei Paar Stiefelchen; – und die Aufteilung dieser Reliquien, in denen er dunkel die Formen ihrer Glieder ahnte, dünkte ihn eine Greueltat, als hätte er mitansehen müssen, wie Raben ihren Leichnam zerfetzen. Der Dunst im Saal, verpestet vom Atem der Menge, bereitete ihm Übelkeit. Madame Dambreuse reichte ihm ihr Riechfläschchen; sie unterhalte sich bestens, sagte sie.

Nun folgten die Schlafzimmermöbel.

Maître Berthelmot nannte einen Preis. Der Ausrufer wiederholte ihn sogleich lauter; und die drei Möbelpacker warteten seelenruhig, bis der Hammer fiel, und trugen den Gegenstand in einen Nebenraum. So verschwanden nacheinander der große blaue Teppich mit den ausgestreuten Kamelien, den ihre zierlichen Füße berührten, wenn sie ihm entgegenkam, die kleine gestickte Bergere, auf der er ihr stets gegenübersaß, wenn sie allein waren; die beiden Kaminschirme, deren Elfenbein weicher schimmerte, weil ihre Hände darüber gestrichen hatten; ein samtenes Nähkissen, das noch voller Nadeln steckte. Ihm war, als gingen Stücke seines Herzens dahin mit diesen Dingen; und die Eintönigkeit der immergleichen Stimmen, der immergleichen Bewegungen machte ihn benommen vor Müdigkeit, er verfiel in eine unheimliche Starre, eine Auflösung.

Seidengeknister drang an sein Ohr; Rosanette streifte ihn.

Sie hatte durch Frédéric selbst von dieser Versteigerung erfahren. Kaum hatte sich ihr Kummer gelegt, kam sie auf den Gedanken, sie könnte daraus Vorteil ziehen. Sie erschien, um sich das anzuschauen, in einem Westchen aus weißem Atlas mit Perlenknöpfen, dazu ein Kleid mit Falbeln, enganliegende Handschuhe, Siegermiene.

Er wurde bleich vor Zorn. Sie musterte die Frau in seiner Begleitung.

Madame Dambreuse hatte sie wiedererkannt; und eine Minute lang maßen sich die beiden von oben bis unten, mit peinlicher Sorgfalt, um den Fehler zu entdecken, den Makel, – denn die eine war vielleicht neidisch auf die Jugend der anderen und diese verdrossen über den unendlich sicheren Geschmack, die aristokratische Schlichtheit ihrer Rivalin.

Schließlich wandte Madame Dambreuse den Kopf mit einem Lächeln von unsagbarem Dünkel.

Der Ausrufer hatte ein Klavier aufgeklappt, – ihr Klavier! Im Stehen spielte er mit der rechten Hand eine Tonleiter und bot das Instrument für zwölfhundert Franc feil, ging hinunter auf tausend, auf achthundert, auf siebenhundert.

Madame Dambreuse spottete gutgelaunt über den Klimperkasten.

Man stellte vor die Trödler eine kleine Schatulle mit Medaillons, Ecken und Schließen aus Silber, das nämliche, das er beim ersten Diner in der Rue de Choiseul gesehen hatte, das hinterher bei Rosanette gewesen war und dann zu Madame Arnoux zurückgekehrt; oft fiel darauf sein Blick während ihrer Gespräche; sie war mit seinen teuersten Erinnerungen verknüpft, und seine Seele zerfloss vor Rührung, da sagte Madame Dambreuse plötzlich:

»Ah! die kaufe ich.«

»Es ist aber nichts Besonderes«, erwiderte er.

Sie hingegen fand das Stück sehr hübsch; und der Ausrufer rühmte die feine Arbeit.

»Ein Kleinod der Renaissance! Achthundert Franc, meine Herrschaften! Fast ganz aus Silber! Mit ein bisschen Schlämmkreide glänzt das wieder!«

Und da sie durch die Menge drängte:

»Was für eine bizarre Idee!« sagte Frédéric.

»Ärgert Sie das?«

»Nein! Aber was soll man anfangen mit diesem Nippzeug?«

»Wer weiß? vielleicht Liebesbriefe hineintun!«

Ihr Blick machte die Anspielung überdeutlich.

»Ein Grund mehr, den Toten nicht ihre Geheimnisse zu rauben.«

»Für so tot hielt ich sie gar nicht.«

Vernehmlich setzte sie hinzu: »Achthundertachtzig Franc!«

»Was Sie da tun, ist nicht schön«, murmelte Frédéric.

Sie lachte.

»Ach, teure Freundin, ich bitte Sie zum ersten Mal um einen Gefallen.«

»Ach, Sie werden kein angenehmer Ehemann sein, wissen Sie das?«

Jemand hatte soeben mehr geboten; sie hob die Hand:

»Neunhundert Franc!«

»Neunhundert Franc!« wiederholte Maître Berthelmot.

»Neunhundertzehn ... fünfzehn ... zwanzig ... dreißig!« kreischte der Ausrufer, und sein Blick schweifte mit ruckartigem Kopfnicken über die Anwesenden.

»Beweisen Sie mir, dass meine Frau vernünftig ist«, sagte Frédéric.

Er zog sie sachte zur Tür.

Der Auktionator machte weiter.

»Nun, meine Herrschaften, nun, neunhundertdreißig! Gibt es ein höheres Angebot als neunhundertdreißig?«

Madame Dambreuse, die auf der Türschwelle angekommen war, blieb stehen; und mit lauter Stimme:

»Tausend Franc!«

Das Publikum erstarrte, schwieg.

»Tausend Franc, meine Herrschaften, tausend Franc! Keiner bietet mehr! wirklich nicht? tausend Franc! zugeschlagen!«

Der elfenbeinerne Hammer sauste nieder.

Sie reichte ihre Karte, man brachte die Schatulle. Und diese verschwand in ihrem Muff.

Frédéric schnitt eisige Kälte durchs Herz.

Madame Dambreuse hatte seinen Arm nicht losgelassen; und sie wagte nicht, ihm ins Gesicht zu blicken, bis draußen auf der Straße, wo ihr Wagen sie erwartete.

Sie warf sich hinein wie ein Dieb auf der Flucht, und als sie saß, drehte sie sich zu Frédéric. Er hatte seinen Hut in der Hand.

»Sie steigen nicht ein?«

»Nein, Madame!«

Und mit einer kühlen Verneigung schloss er den Wagenschlag, gab dem Kutscher ein Zeichen zum Losfahren.

Zuerst verspürte er ein Gefühl der Freude und wiedergewonnenen Freiheit. Er war stolz, er hatte Madame Arnoux gerächt, indem er ihr ein Vermögen opferte; dann staunte er über seine Tat, und ihn befiel völlige Zerschlagenheit.

Am nächsten Morgen erfuhr er von seinem Diener die Neuigkeiten. Der Belagerungszustand war verhängt, die Nationalversammlung aufgelöst und ein Teil der Volksvertreter in Mazas. Die öffentlichen Angelegenheiten ließen ihn gleichgültig, zu sehr war er mit seinen eigenen beschäftigt.

Er schrieb an Lieferanten, um verschiedene Bestellungen im Zusammenhang mit seiner Heirat rückgängig zu machen, die ihm jetzt vorkam wie eine etwas schimpfliche Spekulation; und er verabscheute Madame Dambreuse, denn ihretwegen hätte er beinah eine Niedertracht begangen. Er vergaß darüber die Marschallin, sorgte sich nicht einmal um Madame Arnoux, – nur an sich selbst denkend, an sich allein, – verloren in den Trümmern seiner Träume, krank, erfüllt von Schmerz und Mutlosigkeit; und aus Hass gegen das künstliche Milieu, unter dem er so gelitten hatte, sehnte er sich nach frischem Gras, Ruhe in der Provinz, einem schläfrigen Leben im Schatten des heimatlichen Dachs und dazu arglose Herzen. Am Mittwochabend endlich verließ er das Haus.

Menschengruppen standen überall auf dem Boulevard. Hin und wieder trieb eine Patrouille sie auseinander; danach bildeten sie sich von neuem. Man redete ganz offen, man rief der Truppe Witze und Beschimpfungen hinterher, weiter nichts.

»Was! wird gar nicht gekämpft?« sagte Frédéric zu einem Arbeiter.

Der Mann im Kittel antwortete:

»So blöd sind wir nicht, uns umbringen lassen für die Bürger! Solln doch sehen, was wird!«

Und den Vorstadtbewohner scheel anblickend brummte ein Herr:

»Sozialistengesindel! Könnte man das nur ausrotten!«

Frédéric begriff nichts von so viel Groll und Dummheit. Das alles steigerte nur seinen Ekel vor Paris; und am übernächsten Tag fuhr er mit dem ersten Zug nach Nogent.

Die Häuser verschwanden bald, das Land wurde breiter. Allein in seinem Waggon und die Füße auf der Sitzbank, grübelte er über die Ereignisse der letzten Tage, seine ganze Vergangenheit. Louise ging ihm durch den Sinn.

»Die liebte mich wenigstens! Es war ein Fehler, nicht nach diesem Glück zu greifen … Pah! vergessen wir's!«

Dann, fünf Minuten später:

»Wer kann schon wissen? … später mal, warum nicht?«

Seine Träumerei, wie seine Augen, verlor sich in fernen Horizonten.

»Sie war naiv, eine Bäuerin, fast eine Wilde, aber so gut!«

Nah und näher kam er Nogent, lieb und lieber mochte er sie. Als er durchs Weideland bei Sourdun rollte, sah er sie wie einst unter den Pappeln, Binsen schneidend am Saum der Wassertümpel; das Ziel war erreicht, er stieg aus.

Dann stützte er sich auf das Brückengeländer, um die Insel zu sehen und den Garten, wo sie umherspaziert waren an einem sonnigen Tag; – und weil die Benommenheit durch Reise und frische Luft, die Schwäche, die er nach den jüngsten Aufregungen noch verspürte, eine Art Überspanntheit bewirkten, sagte er sich:

»Vielleicht ist sie ja ausgegangen; mag sein, dass ich ihr zufällig begegne!«

Die Glocke von Saint-Laurent bimmelte; und auf dem Platz vor der Kirche stand eine Ansammlung von Armen, dazwischen eine Kalesche, die einzige in der Gegend (sie diente für Hochzeiten), da erschienen unterm Portal in einem Schwall von Bürgern mit weißen Halsbinden plötzlich zwei Frischvermählte.

Er glaubte an eine Sinnestäuschung. Nein! Sie war es wirklich, Louise! – unter einem weißen Schleier, der von ihrem roten Haar herabfiel bis zu den Fersen; und er war es wirklich, Deslauriers! – in einem silberbestickten blauen Frack, der Amtstracht eines Präfekten. Warum nur?

Frédéric versteckte sich hinter einer Hausecke und ließ die Gesellschaft vorbei.

Beschämt, geschlagen, vernichtet ging er zur Eisenbahn und kehrte zurück nach Paris.

Der Kutscher seines Fiakers versicherte, Barrikaden seien errichtet vom Château-d'Eau bis zum Gymnase, und fuhr über den Faubourg Saint-Martin. An der Ecke Rue de Provence stieg Frédéric aus, er wollte zu den Boulevards.

Es war fünf Uhr, leichter Regen fiel. Bürger standen auf dem Trottoir unweit der Oper. Die Häuser gegenüber waren verschlossen. Niemand an den Fenstern. Auf der ganzen Breite des Boulevards preschten Dragoner in gestrecktem Galopp, über ihre Pferde gebeugt, die Säbel blank; und ihre Helmbüsche, und ihre weiten hinter ihnen aufwehenden weißen Mäntel leuchteten vor dem Licht der Gaslaternen, die nebelverhangen im Winde flackerten. Die Menge gaffte, stumm, entsetzt.

Zwischen den Angriffen der Kavallerie erschienen

Schwärme von Schutzmännern, um die Masse zurückzudrängen in die Straßen.

Doch auf den Stufen des Tortoni stand ein Mann – Dussardier –, von weitem erkennbar an seinem hohen Wuchs, reglos wie eine Karyatide.

Einer der Polizisten ganz vorn, den Dreispitz tief in der Stirn, drohte ihm mit dem Degen.

Da tat der andre einen Schritt und rief:

»Es lebe die Republik!«

Er fiel auf den Rücken, mit ausgebreiteten Armen.

Ein Schrei des Grauens hob sich aus der Menge. Der Polizist warf einen Blick in die Runde; und Frédéric, ganz starr, erkannte Sénécal.

VI.

Er reiste.

Er durchlebte die Melancholie der Dampfschiffe, das fröstelnde Erwachen unterm Zelt, den Rausch vor Landschaften und Ruinen, die Bitternis zerrissener Sympathie.

Er kam zurück.

Er verkehrte in der vornehmen Welt, und er hatte noch die eine oder andere Liebe. Durch die stete Erinnerung an die erste schmeckten sie freilich alle schal; und zudem war die Leidenschaft des Begehrens, der eigentliche Kern des Empfindens dahin. Sein geistiger Ehrgeiz hatte auch nachgelassen. Jahre verstrichen; und er ertrug den Müßiggang seines Verstands und die Trägheit seines Herzens.

Gegen Ende März 1867, bei Einbruch der Nacht, er saß allein in seinem Arbeitskabinett, trat eine Frau herein.

»Madame Arnoux!«

»Frédéric!«

Und sie ergriff seine Hände, zog ihn sanft zum Fenster, und ihn betrachtend, sagte sie immer wieder:

»Er ist es! Ja, er ist es!«

Im Halbdunkel des Dämmers sah er nur ihre Augen unter dem schwarzen Spitzenschleier, der ihr Gesicht verbarg. Nachdem sie eine kleine Brieftasche aus granatrotem Samt auf den Kaminsims gelegt hatte, setzte sie sich. Alle beide verharrten, ohne ein Wort sagen zu können, lächelten nur.

Endlich stellte er ihr eine Menge Fragen über sie und ihren Mann.

Sie wohnten im hintersten Winkel der Bretagne, um sparsam zu leben und ihre Schulden abzuzahlen. Arnoux, fast immer krank, glich jetzt einem Greis. Ihre Tochter war in Bordeaux verheiratet und ihr Sohn bei seiner Garnison in Mostaganem. Dann hob sie den Kopf:

»Aber ich sehe Sie wieder! Ich bin glücklich!«

Ihn drängte zu sagen, bei der Nachricht von ihrem Unheil sei er damals zu ihnen geeilt.

»Ich wusste es!«

»Woher?«

Sie hatte ihn im Hof gesehen und sich versteckt.

»Warum?«

Mit bebender Stimme und langen Pausen zwischen den Worten:

»Ich hatte Angst! Ja … Angst vor Ihnen … vor mir!«

Bei diesem Geständnis durchlief ihn lustvolles Erschauern. Sein Herz klopfte bis zum Hals. Sie sagte:

»Verzeihen Sie, dass ich nicht eher gekommen bin.« Und auf die kleine granatrote Brieftasche mit goldenen Palmblättern deutend: »Ich habe das eigens für Sie gestickt. Darin ist der Betrag, für den die Grundstücke in Belleville bürgen sollten.«

Frédéric dankte ihr für das Geschenk, tadelte sie aber wegen des Aufwands.

»Nein! Deswegen bin ich nicht gekommen! Mir lag viel an diesem Besuch, anschließend fahre ich wieder … dorthin.«

Und sie erzählte von dem Ort, wo sie wohnte.

Es war ein niedriges Haus, eingeschossig, mit einem Garten voll riesiger Buchsbäume und einer doppelten Kastanienallee, der sich hinanzog bis ganz auf den Hügel, und von dort oben erblickt man das Meer.

»Hier setze ich mich auf eine Bank, ich nenne sie: Frédérics Bank.«

Dann betrachtete sie die Möbel, die Nippsachen, die

Bilder, begierig, um sie mitzunehmen in ihrem Gedächtnis. Das Porträt der Marschallin war halb verdeckt von einem Vorhang. Aber die Gold- und Weißtöne, die aus dem Dunkel hervorstachen, wirkten anziehend.

»Ich kenne diese Frau, scheint mir?«

»Unmöglich!« sagte Frédéric. »Das ist ein altes italienisches Gemälde.«

Sie verriet ihm, sie würde gern an seinem Arm durch die Straßen spazieren.

Sie gingen hinaus.

Das Licht aus den Läden beschien zuweilen ihr blasses Profil; dann war es wieder in Finsternis gehüllt; und umgeben von Wagen, Menschengewühl und Lärm schlenderten sie dahin, ohne sich ablenken zu lassen voneinander, ohne irgendetwas zu hören, wie zwei, die gemeinsam übers Land wandern, auf einem Bett aus dürrem Laub.

Sie erzählten sich von früheren Tagen, den Diners zur Zeit des *Art industriel*, den Schrullen Arnoux', wie er an den Spitzen seines Wechselkragens zupfte, sich Pomade auf den Schnurrbart schmierte, und noch von andern Dingen, die vertraulicher waren und tiefgründiger. Mit welcher Verzückung hatte er gelauscht, als er sie zum ersten Mal singen hörte! Wie schön sie war, an ihrem Namenstag in Saint-Cloud! Er erinnerte sie an den kleinen Garten in Auteuil, Abende im Theater, eine Begegnung auf dem Boulevard, frühere Dienstboten, ihre Schwarze.

Sie staunte über sein Gedächtnis. Dennoch sagte sie:

»Manchmal kommen Ihre Worte mir in den Sinn wie ein fernes Echo, wie der vom Wind herangewehte Klang einer Glocke; und mir ist, als wären Sie da, wenn ich in Büchern etwas lese über die Liebe.«

»Alles, was man dort als übertrieben tadelt, habe ich um Ihretwillen empfunden«, sagte Frédéric. »Ich verstehe einen Werther, den Lottes Brotscheiben nicht vergraulen.«

»Lieber armer Freund!«

Sie seufzte; und nach längerem Schweigen:

»Gleichviel, wir haben uns sehr geliebt.«

»Freilich ohne einander zu gehören!«

»Das ist vielleicht besser so«, erwiderte sie.

»Nein! nein! Wie glücklich wären wir gewesen!«

»Oh! das glaube ich, mit einer Liebe wie der Ihren!«

Und stark war sie wohl auch, denn sie habe eine so lange Trennung überdauert!

Frédéric fragte, woher sie das wisse.

»Eines Abends haben Sie mir das Handgelenk geküsst, zwischen Handschuh und Manschette. Ich habe mir gesagt: ›Ja, er liebt mich! … er liebt mich!‹ Ich hatte jedoch Angst, mir Gewissheit zu verschaffen. Ihr Takt war so bezaubernd, dass ich ihn genoss wie eine ungewollte und stete Huldigung.«

Er bereue nichts. Für seinen Schmerz von einst sei er entschädigt.

Als sie zurückkamen, setzte Madame Arnoux ihren Hut ab. Die auf einer Konsole stehende Lampe beleuchtete ihr weißes Haar. Es war wie ein Schlag vor die Brust.

Um die Enttäuschung zu verbergen, setzte er sich ihr zu Füßen auf den Boden, und ihre Hände ergreifend, sagte er Zärtlichkeiten.

»Ihre Gestalt, Ihre kleinsten Bewegungen dünkten mich in dieser Welt von außermenschlicher Bedeutung. Mein Herz, wie Staub, wirbelte hinter Ihren Schritten. Sie wirkten auf mich wie heller Mondschein in einer Sommernacht, alles ist Wohlgeruch, sanfte Schatten, Weiß, Unendlichkeit; und die Wonnen des Fleisches und der Seele waren für mich enthalten in Ihrem Namen, den ich mir immer wieder vorsagte und auf meinen Lippen zu küssen versuchte. Nichts weiter erträumte ich.

Nur Madame Arnoux, so, wie Sie waren, mit den zwei Kindern, zärtlich, ernst, blendend schön und gütig! Dieses Bild löschte alle andern. Dachte ich überhaupt daran! denn immerzu hatte ich tief in mir die Musik Ihrer Stimme und den Glanz Ihrer Augen!«

Hingerissen lauschte sie dieser Verehrung für die Frau, die sie nicht mehr war. Frédéric, der sich an den eigenen Worten berauschte, glaubte schließlich, was er sagte. Madame Arnoux, den Rücken zum Licht gewandt, neigte sich über ihn. Er spürte auf seiner Stirn ihren streichelnden Atem, durch den Stoff hindurch eine leichte Berührung mit ihrem ganzen Körper. Ihre Hände umschlangen sich fester; die Spitze ihres Stiefelchens schaute ein wenig unterm Kleid hervor, und er sagte, halb ohnmächtig:

»Der Anblick Ihres Fußes betört mich.«

Eine schamhafte Regung ließ sie aufspringen. Dann, steif und mit der seltsamen Stimme einer Schlafwandlerin:

»In meinem Alter! er! Frédéric! … Keine Frau ist jemals so geliebt worden wie ich! Nein, nein! wozu jung sein? Was kümmert's mich! ich verachte sie alle, die hierher kommen!«

»Oh! es kommen keine!« erwiderte er beflissen.

Ihr Gesicht strahlte, und sie wollte wissen, ob er heiraten werde.

Er schwor, das tue er nicht.

»Ganz sicher? warum nicht?«

»Ihretwegen«, sagte Frédéric und schloss sie in die Arme.

So verweilte sie, den Oberkörper zurückgebogen, mit leicht geöffnetem Mund, nach oben gerichtetem Blick. Plötzlich stieß sie ihn mit verzweifelter Miene zurück; und da er flehte, sie möge ihm antworten, sagte sie mit gesenktem Kopf:

»Ich hätte Sie gern glücklich gemacht.«

In Frédéric keimte der Verdacht, Madame Arnoux sei gekommen, um sich ihm hinzugeben; und ihn packte ein Begehren, stärker denn je, rasend, wild. Doch er spürte etwas Unsagbares, Abscheu und wie das Grauen vor einem Inzest. Eine andere Furcht hielt ihn zurück, die vor seinem späteren Überdruss. Außerdem, was für Ungelegenheiten wären die Folge! – und aus Vorsicht und zugleich, weil er sein Ideal nicht beschädigen wollte, wandte er ihr den Rücken und drehte sich eine Zigarette.

Sie musterte ihn voll Bewunderung.

»Wie feinfühlend Sie sind! Das können nur Sie! Das können nur Sie!«

Es schlug elf.

»Schon!« sagte sie; »Viertel nach gehe ich.«

Sie setzte sich wieder; doch sie behielt die Stutzuhr im Auge, und er ging rauchend auf und ab. Beide wussten einander nichts mehr zu sagen. Es gibt einen Augenblick im Auseinandergehen, da ist die geliebte Person schon nicht mehr bei uns.

Endlich, als der Zeiger fünfundzwanzig Minuten überschritten hatte, nahm sie ihren Hut an den Bändern, langsam.

»Adieu, mein Freund, mein lieber Freund! Ich werde Sie nie wiedersehen! Das war mein letztes Wagnis als Frau. Meine Seele wird Sie nicht verlassen. Möge aller Segen des Himmels auf Ihnen ruhen!«

Und sie küsste ihn auf die Stirn wie eine Mutter.

Doch offenbar suchte sie nach etwas und bat ihn um eine Schere.

Sie löste ihren Kamm; und herab fiel all das weiße Haar.

Sie schnitt sich an der Wurzel eine lange Strähne ab, ohne jede Rücksicht.

»Behalten Sie das! Adieu!«

Als sie draußen war, öffnete Frédéric sein Fenster. Madame Arnoux, auf dem Trottoir, winkte einem vorbeikommenden Fiaker. Sie stieg ein. Der Wagen verschwand.

Und das war alles.

VII.

Zu Beginn dieses Winters plauderten Frédéric und Deslauriers am Kamin, aufs neue versöhnt durch das Schicksal ihres Naturells, das sie immer wieder zueinander führte und in Liebe verband.

Der eine berichtete kurzgefasst von seinem Zerwürfnis mit Madame Dambreuse, die in zweiter Ehe einen Engländer geheiratet hatte.

Der andre, ohne zu sagen, wie er die Hochzeit mit Mademoiselle Roque eingefädelt hatte, erzählte, seine Frau sei eines schönen Tages mit einem Sänger durchgebrannt. Um sich ein wenig reinzuwaschen von der Lächerlichkeit, hatte er in der Präfektur durch regierungsfreundlichen Übereifer seinem Ruf geschadet. Er wurde entlassen. Anschließend war er Leiter der Kolonisation in Algerien, Sekretär eines Paschas, Herausgeber einer Zeitung, Anzeigenvermittler, zuletzt Angestellter in der Rechtsabteilung einer Industriegesellschaft.

Was Frédéric betraf, so hatte er zwei Drittel seines Vermögens aufgezehrt und lebte nun als Kleinbürger.

Dann erkundigten sie sich gegenseitig nach ihren Freunden.

Martinon war jetzt Senator.

Hussonnet bekleidete eine hohe Position, so hatte er alle Theater und die gesamte Presse unter seinem Einfluss.

Cisy, in der Religion versumpft und Vater von acht Kindern, bewohnte das Schloss seiner Ahnen.

Pellerin war, nach seiner Begeisterung für den Fourierismus, die Homöopathie, das Tischrücken, die gotische Kunst und die humanitäre Malerei, inzwischen Photograph; und auf allen Mauern in Paris sah man ihn abgebildet in einem schwarzen Frack, mit winzigem Körper und Riesenkopf.

»Und dein Intimus, Sénécal?« fragte Frédéric.

»Verschwunden! Keine Ahnung! Und bei dir, deine große Leidenschaft, Madame Arnoux?«

»Sie ist wohl in Rom bei ihrem Sohn, Oberleutnant im Jägerregiment.«

»Und ihr Mann?«

»Im vorigen Jahr gestorben.«

»Ach!« sagte der Advokat.

Dann, sich an die Stirn schlagend:

»Apropos, neulich bin ich in einem Laden der guten Marschallin begegnet, an der Hand einen kleinen Jungen, den hat sie adoptiert. Sie ist die Witwe eines gewissen Monsieur Oudry und jetzt sehr dick, enorm. Was für ein Niedergang! Dabei hatte sie einst eine so schlanke Taille.«

Deslauriers verheimlichte nicht, dass er ihre Verzweiflung ausgenutzt hatte, um sich mit eigenen Augen davon zu überzeugen.

»Wie du's mir übrigens erlaubt hattest.«

Dieses Geständnis war ein Ausgleich für das Stillschweigen über seinen Versuch bei Madame Arnoux. Frédéric hätte ihn verziehen, er war ja nicht geglückt.

Obwohl die Enthüllung ihn etwas wurmte, lachte er nach außen hin; und der Gedanke an die Marschallin brachte ihn auf die Vatnaz.

Deslauriers hatte sie nie mehr gesehen, ebenso wie viele andere, die zu Arnoux kamen; allerdings erinnerte er sich bestens an Regimbart.

»Lebt der noch?«

»Ein bisschen! Regelmäßig jeden Abend streunt er von der Rue de Grammont bis zur Rue Montmartre vor den Cafés, hinfällig, krumm, erledigt, ein Gespenst.«

»Na, und Compain?«

Frédéric entfuhr ein Freudenschrei, und er bat den vormaligen Beauftragten der provisorischen Regierung, er möge ihm das Geheimnis des Kalbskopfs verraten.

»Das ist ein Import aus England. Um das Fest zu parodieren, das die Royalisten immer am 30. Januar feierten, riefen Unabhängige ein jährliches Bankett ins Leben, da aß man Kalbsköpfe, schlürfte Rotwein aus Kalbsschädeln und hielt Trinksprüche auf die Ausrottung der Stuarts. Nach Thermidor begründeten Terroristen genau so eine Bruderschaft, was beweist, dass Dummheit nicht ausstirbt.«

»Du scheinst mir ziemlich abgekühlt in Politik?«

»Das kommt vom Alter«, sagte der Advokat.

Und sie zogen Bilanz über ihr Leben.

Alle beide hatten es verpfuscht, der eine mit seinem Traum von der Liebe, wie der andre mit seinem Traum von der Macht. Wo lag die Ursache?

»Vielleicht im Fehlen einer geraden Linie«, sagte Frédéric.

»Bei dir mag das stimmen. Ich dagegen war allzu stur und habe dabei tausend Nebensächlichkeiten vernachlässigt, die stärker sind als alles andre. Ich hatte zu viel Logik und du zu viel Gefühl.«

Dann beschuldigten sie den Zufall, die Umstände, die Zeit, in der sie geboren waren.

Frédéric erklärte:

»Aus uns ist nicht das geworden, was wir uns damals vorgestellt haben in Sens, als du eine kritische Geschichte der Philosophie schreiben wolltest und ich einen großen Mittelalterroman über Nogent, den Stoff hatte ich bei Froissart gefunden: Wie der edle Herr Brokars de Fénestranges und der Bischof von Troyes den edlen Herrn Eustache d'Ambrecicourt bedrängten. Erinnerst du dich?«

Und beim Ausgraben ihrer Jugend sagten sie sich nach jedem Satz:

»Erinnerst du dich?«

Sie sahen vor sich den Hof ihres Collèges, die Kapelle, das Sprechzimmer, den Fechtsaal unten an der Treppe, Gesichter von Hilfslehrern und Schülern, einen gewissen Angelmarre aus Versailles, der sich Hosenstege aus alten Stiefeln schnitt, Monsieur Mirbal und seinen roten Backenbart, die beiden Lehrer für Linienzeichnung und Malerzeichnung, Varaud und Suriret, die immer Streit hatten, und den Polen, Landsmann des Kopernikus, mit seinem Planetensystem aus Pappe, ein umherziehender Astronom, der für seine Darbietung mit einem Essen im Refektorium entlohnt wurde, – zuletzt noch das schreckliche Besäufnis auf einem Spaziergang, ihr erstes Pfeiferauchen, die Verleihung von Preisen, die Freude über Ferien.

In den Ferien 1837 waren sie bei der Türkin gewesen.

So wurde eine Frau genannt, die mit richtigem Namen Zoraïde Turc hieß; und viele Leute hielten sie für eine Muselmanin, eine Türkin, und das erhöhte noch den Zauber ihres Etablissements, am Flussufer, hinterm Stadtwall; selbst mitten im Sommer war es schattig um ihr Haus, erkennbar am Goldfischglas neben dem Topf mit Reseden auf einem Fenster. Junge Damen in weißen Jäckchen, mit Schminke auf den Wangen und langen Ohrgehängen klopften an die Scheibe, wenn man vorüberging, und trällerten abends vor der Haustür, leise, mit heiserer Stimme.

Dieser Ort des Lasters strahlte in den ganzen Bezirk mit übernatürlichem Glanz. Man bezeichnete ihn durch Umschreibungen: »Jene Gegend, Sie wissen schon – eine gewisse Straße – unterhalb der Brücken.« Die Bäuerinnen aus der Umgebung bangten um ihre Männer, die Bürgerinnen fürchteten um ihre Dienstmädchen, denn man hatte die Köchin des Herrn Unterpräfekten dort ertappt; und natürlich war er die geheime Obsession aller Halbwüchsigen.

An einem Sonntag, die andern waren in der Vesper, ließen Frédéric und Deslauriers sich Locken drehen, dann pflückten sie Blumen im Garten von Madame Moreau, schlichen durch die Hinterpforte, und nach einem weiten Umweg zwischen den Weingärten kehrten sie zurück über die Fischgründe und stahlen sich zur Türkin, in der Hand immer noch ihre gewaltigen Sträuße.

Frédéric überreichte den seinen wie ein Verliebter der Angebeteten. Aber die Hitze, das Zittern vor dem Unbekannten, eine Art schlechtes Gewissen und sogar die Freude, mit einem einzigen Blick so viele Frauen verfügbar zu sehen, erschütterten ihn dermaßen, dass er ganz blass wurde und stocksteif dastand, ohne ein Wort. Alle lachten sie herzlich über seine Verwirrung; überzeugt, sie lachten ihn aus, flüchtete er; und da Frédéric das Geld hatte, musste Deslauriers ihm wohl oder übel folgen.

Jemand sah sie herauskommen. So entstand eine Riesenaffäre, und die war drei Jahre später nicht vergessen.

Sie fabulierten wortreich, einer ergänzte die Erinnerungen des andern; und als sie auserzählt hatten:

»Für uns war's im Leben das beste!«, sagte Frédéric.

»Ja, mag sein? Für uns war's im Leben das beste!«, sagte Deslauriers.

ANHANG

Nachwort

Die Schwierigkeit, einen guten Titel zu finden, oder: Was *einer lernen soll*

Wie bei seinem ungeliebten Vorgänger Stendhal gibt es auch bei Gustave Flauberts Verehrern zwei Fraktionen. Bei Stendhal teilen sich diese in die »Rougistes« und die »Chartreux«, je nachdem, ob einer *Rot und Schwarz* oder *Die Kartause von Parma* zum größten Werk des Autors erklärt; bei Flaubert lodert derselbe Streit zwischen *Madame Bovary* und der *Éducation sentimentale*. In beiden Fällen handelt es sich jedoch um einen Kampf der *Nachwelt*, und bei Flaubert allein schon deshalb, weil die Zeitgenossen sein neues Opus keineswegs als Meisterwerk betrachteten. Im Gegenteil, die Reaktion der Kritik war, mit einigen Ausnahmen, überaus schlecht, und Flaubert blieb lebenslang untröstlich über das, was für ihn der Misserfolg seines anspruchsvollsten Romans war. Sein Unglück brachte ihn sogar dahin, sich zu fragen, ob nicht tatsächlich irgendwelche Mängel in der Konzeption diesen Misserfolg ausgelöst hätten, doch auch da kam er zu keinem definitiven Schluss. So blieb es schließlich bei dem Resümee vom 22. Dezember 1869 gegenüber seiner Brieffreundin Mademoiselle Leroyer de Chantepie: »Es wird, hoffe ich, mit der *Éducation sentimentale* so gehen wie mit der *Bovary*. Am Ende wird man ihre Moralität verstehen und ›alles ganz einfach‹ finden.«

Die Nachwelt hat Flaubert recht gegeben – wenn auch mit langwierigen Querelen. Diese Nachwelt hat aber auch festgestellt, dass die Ablehnung der *Éducation sentimentale* nicht einfach nur an inkompetenten Kritikern lag – da machte man es sich in der Verteidigung doch allzu leicht! Sie lag vielmehr an der so radikalen Neuheit dieses Erzählens, in seiner verstörenden Modernität, seiner vollkommen ungewohnten Form und Sprache. Die Ablehnung der *Éducation sentimentale* ist eine Geschichte von Missverständnissen, die herrühren von der singulären Stellung des Romans in der eigenen Zeit, und es hat lange gedauert, bis sich diese Missverständnisse auflösten und die Ablehnung sich verwandelte in Bewunderung.

Das war so in der französischen Sprache und Literatur, und mehr noch in der deutschen, die zusätzlich das Problem hatte, für das so schwer Verständliche eine eigene Gestalt schaffen zu müssen. Auch unter hiesigen Lesern fand der Roman früh große Bewunderer, für die Hugo von Hofmannsthals Vorwort zur ersten Übersetzung das eindrucksvollste Zeugnis ist: »Für mich gehört die ›Éducation sentimentale‹ zu jenen Büchern – wie wenige gibt es ihrer, wie sehr wenige! – die uns durchs Leben begleiten. Eines jener seltenen Bücher scheint sie mir zu sein, die sich auf das Ganze des Lebens beziehen, und neben dieser zur durchsichtigsten Einheit zusammengeflochtenen Vielfalt scheint mir selbst die wundervoll aufgebaute Katastrophe eines Lebens und die wundervoll aufgebaute Katastrophe einer Stadt, scheinen mir die mächtigen Qualitäten der beiden Bücher, die ›Madame Bovary‹ und ›Salammbô‹ heißen, zu verblassen. Sie ist ein gefährliches Buch und ein heilsames; diese Seiten können eine grenzenlose Entmutigung ausatmen und wieder läßt sich aus ihnen eine so unendliche Belehrung schöpfen, soviel Einsicht in das wirre Kräftespiel unseres Lebens gewinnen! Unseres Lebens.«

Aber trotzdem: Ist die *Éducation sentimentale* je wirklich angekommen in der deutschsprachigen Literatur?

Man kann daran zweifeln. Und ganz gewiss hat sie hier nie den gleichen Rang und Ruhm wie *Madame Bovary* erreicht, den sie in der französischen Literatur unverrückbar besitzt. Die Missverständnisse haben sich hierzulande niemals völlig aufgelöst, und dafür gibt es ein schlagendes Indiz: den Titel. Für fast alle großen Romane der Weltliteratur setzt sich irgendwann auch in der fremden Sprache ein kanonischer Titel durch, zuweilen auch in verkürzter Form: *Krieg und Frieden*, *Tristram Shandy*, *Madame Bovary*; hat sich durchgesetzt auch dann, wenn es zunächst mehrere Varianten gab, wie etwa in Choderlos de Laclos' *Liaisons dangereuses*: *Gefährliche Freundschaften*, *Schlimme Liebschaften*, *Gefährliche Liebschaften*. Und das mit Recht, denn ein emblematisches Werk der Weltliteratur braucht notwendigerweise einen emblematischen, wiedererkennbaren Namen. Selten ist der Fall, dass eine konkurrierende Neuformulierung die alte, kanonische verdrängte oder auch nur gleichwertig daneben trat, so wie *Verbrechen und Strafe* jetzt dauerhaft neben dem langgewohnten *Schuld und Sühne* steht; durchgesetzt hat sich eine solche Neuformulierung aber nur da, wo ein wirklich überzeugender *sprachlicher* und *inhaltlicher* Grund ins Spiel gebracht werden kann, in diesem Fall die Präzisierung eines moralischen Gegensatzpaares hin zu einem juristischen.

Unser Fall jedoch ist wohl – *sauf erreur* – einzigartig in der Weltliteratur, denn für die *Éducation sentimentale* existierte auf Deutsch noch nie ein verbindlicher Titel. Für welchen großen Roman sollte das sonst noch gelten? *L'Éducation sentimentale. Histoire d'un jeune homme* ist 1869 erschienen; der Roman wurde zwischen 1904 und 2001 zehnmal ins Deutsche übersetzt, und diese zehn Übersetzungen tragen sage und schreibe sieben verschiedene Titelvarianten: *Die Schule der Empfind-*

samkeit; Der Roman eines jungen Mannes; Die Erziehung des Herzens; Die Erziehung des Gefühls; Lehrjahre des Gefühls; Lehrjahre des Herzens; Die Erziehung der Gefühle, und auch für den Untertitel gibt es immerhin noch deren zwei: *Der Roman eines jungen Mannes* und *Geschichte eines jungen Mannes*. Natürlich, hier besteht auch ein sprachliches Problem, doch ist man nicht nahezu gezwungen, diese offenkundige Unsicherheit vor allem auch als ein Zeichen des alten Missverständnisses zu sehen? Dass es sich um einen Erziehungs-, Lern-, Lehr- und Bildungsprozess handelt, machen »Schule«, »Erziehung« und »Lehrjahre« *grosso modo* gleichermaßen klar, doch dann folgt die entscheidende Frage, an der sich die Geister scheiden: *Was* soll eigentlich gelehrt oder gelernt werden, gebildet oder erzogen, das Herz, die Gefühle, die Empfindsamkeit? Alle drei? Oder nichts davon? Oder sind alle drei doch irgendwie dasselbe? Nun, das ganz sicher nicht. Aber hängt das Verständnis des Romans dann nicht ganz entscheidend ab von einer Antwort auf diese Frage? Deshalb zurück zum Anfang, zurück zu Flaubert.

Zunächst einmal: Auch für den damaligen französischen Leser war der Titel rein sprachlich überraschend und nicht eindeutig zu verstehen. Woher kam diese Irritation gegenüber einem Titel, der uns heute eine festgefügte Redewendung scheint? Sie liegt vor allem am Adjektiv »sentimental«, das zu Flauberts Zeiten noch ein Fremdkörper im Französischen ist, mit eher nebulöser Bedeutung, denn abgeleitet ist es von zwei Substantiven, sowohl von »sentiment« wie von »sentimentalité«. Eingeführt wurde es erst durch Joseph-Pierre Frenais, der 1769 seiner Übersetzung von Laurence Sternes *Sentimental Journey* den Titel *Voyage sentimental à travers la France et l'Italie* gab; das Wort war also ein relativ neuer, der Literatur entstammender Anglizismus. Außerdem lässt die Kombination von Substantiv (éducation) und Adjektiv (sentimentale) im Französischen viel Spielraum in der Definition, wie die beiden sich aufeinander beziehen. So ist es nicht erstaunlich, dass die frühen Kritiker nicht viel anfangen konnten mit dem Titel: Amédée de Cesena fand ihn »weder genau noch logisch« (*Le Figaro*, 20. November 1869), Barbey d'Aurevilly hielt ihn für »abstrakt, pädagogisch und pedantisch« (*Le Constitutionnel*, 29. November 1869) und Saint-René Taillandier nannte ihn »rätselhaft«, wenn nicht gar »unverständlich« (*Revue des Deux Mondes*, 15. Dezember 1869).

Dabei hat Flaubert es sich sehr schwer gemacht, seinen Titel zu finden. Das ist in gewisser Weise verwunderlich, hatte ihn dieser Titel doch schon durch sein ganzes Schriftstellerleben begleitet. Die Entstehungsgeschichte seines Romans wird davon berichten, dass bereits ein frühes, damals unveröffentlicht gebliebenes Jugendwerk von 1845 den Titel *L'Éducation sentimentale* trug, wenn auch ohne den Untertitel. Dabei handelte es sich ebenfalls um eine Entwicklungsgeschichte, und zwar die eigene: Die frühe *Éducation sentimentale* ist der fiktional verwandelte, doch im Kern autobiographische Roman eines Dreiundzwanzigjährigen. Von da an ist die Formulierung bei Flaubert immer gegenwärtig, und zuweilen verwendet er sie auch im außerliterarischen Sinn für sein eigenes Leben, eher als Einüben in den Verzicht auf Glück und Liebe, als das Sich-Abgewöhnen von Gefühlen – zugunsten der Arbeit als Schriftsteller. Trotzdem, als er in den sechziger Jahren nach *Madame Bovary* und *Salammbô* an seinem dritten Roman arbeitet, dem letzten, den er vollendet hat, da begleitet ihn die Frage nach dem Titel von Anfang an. Natürlich hat man sich immer gefragt, *warum* eigentlich – wenn er am Ende, nach aller Mühe, dann doch nur wieder auf die alte Formulierung zurückkam, die *immer schon* da gewesen war. Es gibt einen Grund, so einfach, dass er kaum erwähnt wird, und es ist sozusagen ein Grund des schriftstellerischen Instinkts: Kein Autor wird je so ohne weiteres für zwei verschiedene Werke den gleichen Titel wählen. Beispiele dafür sind deshalb auch extrem rar. Ein literarisches Werk ist für den Schriftsteller ein *Individuum*, und man hat es oft metaphorisch mit einem eigenen Kind verglichen. Wie auch immer: Keiner gibt zwei Kindern denselben Namen. Genauso ging es Flaubert: *L'Éducation sentimentale* war für ihn ein besetzter Titel, es gab dieses Buch bereits, selbst wenn er es nicht publiziert hatte.

Darum ist es erheblich produktiver, die bekannte Frage umzudrehen. Nicht: Warum hat Flaubert so lange gezögert, bevor er sich für den naheliegenden Titel entschied? Sondern vielmehr: Warum hat er sich *dennoch* für ihn entschieden, obwohl sein Gefühl dagegen sprach? Denn gerade dafür muss ein gewichtiger Grund vorliegen, der hinausgeht über momentane Launen oder Geschmacksfragen.

Flaubert hat vier große Romane geschrieben. Drei von ihnen haben zum Titel ganz nüchtern die Namen der Hauptfiguren: *Madame Bovary*, *Salammbô*, *Bouvard und Pécuchet*. Die *Éducation sentimentale* ist unter den vieren die Ausnahme. Der Haupttitel ist kein Name, er ist ein abstrakter, allgemeiner Begriff, und erst der Untertitel präzisiert, dass es sich dennoch um die Jugendgeschichte eines einzigen Individuums handelt. In allerersten Skizzen hatte Flaubert an einen völlig anderen Titel gedacht: »*Mme Moreau (Roman)*« findet sich abgekürzt in einem Arbeitsheft, ausgeschrieben: *Madame Moreau*. Eine bemerkenswerte Parallele zu seinem berühmt-berüchtigten Erstlingsroman! Doch rasch zeigte sich, dass die Frauengestalt zwar das Objekt von Sehnsucht und Begierde sein würde, aber nicht die Hauptfigur, die war ein junger Mann: Frédéric. Von nun an schreibt Flaubert – und es ist das einzige Mal in seinem Schriftstellerleben –, ohne bereits eine fixe Titelformulierung zu besitzen; hier und da taucht »Ed. sentim.« auf, doch nichts ist entschieden.

Mehr noch, Flaubert erklärt Freunden oder Bekannten das Problem und fragt an, ob sie nicht bessere Vorschläge für ihn hätten. »Haben Sie einen *Titel* für mich gefunden?« schreibt er am 15. Dezember 1866 an seinen verehrten »maître«, die Kollegin und Freundin George Sand: »Es ist nicht leicht. Da bin ich sicher.« Diese Bitte um Hilfe ist völlig plausibel und gewiss nicht nur vorgeschoben. Selbstverständlich, Flaubert hätte sich *immer* die definitive Entscheidung selbst vorbehalten, doch wie er auch früher auf Ratschläge eingegangen war – besonders von seinem alten Freund Louis Bouilhet –, so wäre es durchaus denkbar, dass Flaubert einen Vorschlag aufgenommen hätte, womöglich modifiziert, denn erfahrungsgemäß kann jede Anregung einen Prozess auslösen, der dann an dritter Stelle zu einer Lösung führt. Doch diese überzeugenden Vorschläge kommen nicht.

Im April 1869, kurz vor Abschluss der Niederschrift, ist die Entscheidung gefallen, wovon zwei Briefe zeugen. »Apropos Titel, Sie hatten mir versprochen, einen für meinen Roman zu finden«, erinnert er George Sand am 3. April, »hier der, für den ich mich entschieden habe, als letzten Ausweg: / *L'Éducation sentimentale*, / *Histoire d'un jeune homme* / Ich sage nicht, dass er gut ist. Doch bis jetzt gibt er die Gedankenwelt des Buches am besten wieder. / Diese Schwierigkeit, einen guten Titel zu finden, lässt mich glauben, dass *die Idee* des Werkes (oder vielmehr seine Konzeption) nicht klar ist? / Ich habe große Lust, Ihnen das Ende vorzulesen.« In ganz gleichem Sinne hieß es schon im April 1863 gegenüber dem Freund Iwan Turgenjew, dem der Titel ganz und gar nicht gefallen hatte: »Ich habe viel Zeit damit verbracht, einen anderen Titel für meinen Roman zu suchen. Ich finde aber keinen anderen. *L'Éducation sentimentale* hat den Vorteil, dass es nicht gewöhnlich ist, und alles in allem, es entspricht der Idee des Buches?« Entscheidend aber ist hier die Aussage, der Titel entspreche dem »Gedanken« oder der »Idee des Buches«. Es liegt also eine sehr bewusste Absicht darin, dass Flaubert seinen dritten Roman nicht mit dem Namen der Hauptfigur benannte, sondern mit einem abstrakten, ideellen und gedanklichen Begriff. Könnte man von *Madame Bovary* oder *Salammbô* im gleichen Sinne behaupten, das Buch konzentriere sich auf einen zentralen »Gedanken«, eine »Idee«?

Diese »Idee« hat Flaubert am 6. Oktober 1864 in einem berühmten Brief an Mademoiselle Leroyer de Chantepie zusammengefasst: »Ich will die moralische Geschichte [histoire morale] der Männer meiner Generation schreiben; die ›sentimentale‹ [sentimentale] wäre richtiger. Es ist ein Buch über Liebe, über Leidenschaft; freilich über eine Leidenschaft, wie es sie heutzutage geben kann, das heißt eine untätige. So wie ich es mir vorgestellt habe, ist das Thema, glaube ich, zutiefst wahr, gerade darum aber vermutlich wenig amüsant. Es fehlen ein bisschen die Ereignisse, das Drama; und außerdem erstreckt sich die Handlung über einen zu großen Zeitraum. Kurzum, ich plage mich sehr und bin voller Sorgen.« Die Geschichte einer Generation, gesehen durch die persönliche Entwicklungsgeschichte eines jungen Mannes: Weiter unten wird zu zeigen sein, wie stark Flaubert für diese Idee beeinflusst war durch das Beispiel des deutschen Bildungsromans, das heißt durch Goethe und *Wilhelm Meisters Lehrjahre* – und auch, wie er diesem Vorbild seine eigene Konzeption abgewann.

Geschichte einer Generation, das bedeutet eine Summe: Lebensgeschichte des einzelnen, große Geschichte im politischen Sinne, vor allem aber auch – das sagen die Adjektive *»morale«* und *»sentimentale«* – das, was man einmal »Sittengeschichte« genannt hat, heute vielleicht »Mentalitätsgeschichte« nennen würde und was bei Georg Lukács einst der »Subjektstand der Epoche« hieß, also das Verhältnis der Individualität zum gesellschaftlichen Ganzen einer bestimmten Zeit.

Und was bedeutet das nun für den deutschen Titel des Romans? Flauberts »Schwierigkeit, einen guten Titel zu finden«, wiederholt sich auf neue, spezielle Art. Bereits der zitierte Brief zeigt, dass die entscheidenden Begriffe im Deutschen und Französischen ganz und gar nicht deckungsgleich sind: »Ich will die moralische Geschichte der Männer meiner Generation schreiben; die ›sentimentale‹ wäre richtiger.« Die »histoire morale« wäre wohl tatsächlich die Sittengeschichte – aber »sentimentale«? Das Problem der deutschen *Éducation* liegt in diesem Wort, in der Tatsache, dass es für »sentimentale« kein paralleles Wort gibt, denn das deutsche »sentimental« besetzt nur einen *sehr* kleinen Ausschnitt des viel breiteren französischen Adjektivs. Aber auch mit einem Substantiv kommt man nicht weiter, und Friedmar Apel hat schon vor Jahren darauf hingewiesen, dass weder »Herz« noch »Gefühl« oder »Empfindsamkeit« die Sache trifft (*FAZ*, 24. August 2001). Der metaphorische Gebrauch des Substantivs »Herz« scheitert bereits an Flaubert selber: »*Die Geschichten des Herzens* sind nicht mein Fall, glaube ich«, schrieb er am 2. April 1863 an Jules Duplan; die »Empfindsamkeit« bedeutet auf Deutsch in ihrer Nähe zur »Empfindlichkeit« oder zum Epochenbegriff der Kulturgeschichte etwas vollkommen anderes; und das »Gefühl«, das sich zuletzt noch am ehesten durchgesetzt hat, ist unter den falschen Freunden der falscheste. Es geht zwar *auch* um Frédéric Moreaus Gefühlsleben; aber es geht ganz sicher nicht um das, was in der deutschen Sprache ein »Gefühl« ist, abgegrenzt von allen anderen individuellen Charaktereigenschaften eines Menschen. In diesem Sinne ist die Frage, *was* einer lernen soll, zu beantworten: nicht bloße Gefühle, keineswegs; lernen soll der die Ausbildung seines ganzen Charakters; lernen soll er also nicht nur das *Lieben*, sondern viel umfassender das *Leben*; entwickeln soll er sich von einem suchenden Jüngling zu einem Erwachsenen: »Charakterbildung« könnte man das nennen oder tatsächlich ganz einfach »Bildungsroman«. Dazu aber kommt, dass Flaubert seinen Titel ganz offenbar ironisch versteht, und selbst Kindlers Literaturlexikon hält fest, dass die deutschen Titelvarianten diese Ironie verfehlen.

Bei der Suche nach einem guten, und das heißt vor allem: einem richtigen Titel fiel zunächst die Entscheidung für die »Lehrjahre«, denn Flauberts Werk ist viel weniger dem Erziehungsroman verpflichtet – Rousseaus *Émile* oder *Nouvelle Héloïse* –, als vielmehr dem Goetheschen Bildungsroman. Aber wie konnte eine neue Lösung gefunden werden für das *»sentimentale«*? In der Übersetzungskunst macht man angesichts solcher Probleme stets die Erfahrung, dass es unproduktiv ist, immer wieder nur dasselbe, einzelne Wort zu umkreisen, obwohl dieser Weg ja seit Jahrzehnten erfolglos blieb, dass es dagegen viel sinnvoller ist, die *gesamte* Formel zu betrachten und für *sie* eine adäquate Lösung zu suchen.

Im Umkreis von Goethe findet sich auch Friedrich Schlegels Roman *Lucinde*, in mancher Hinsicht das romantische Gegenbuch zum *Wilhelm Meister*, und in der *Lucinde* trägt jenes Kapitel, dass des Helden Charaktergeschichte als Liebesgeschichte erzählt, mit Anspielung auf Goethe, die Überschrift »Lehrjahre der Männlichkeit«. Die Frage lag nahe: Wie heißt es denn, das Ziel des

Erwachsenwerdens bei einem jungen Mann? Und wie heißt die Eigenschaft, die sein Liebesleben dann einmal antreiben wird? Langsam wuchs die Gewissheit, dass auf diese Weise der Knoten zwischen »Herz«, »Empfindsamkeit« und »Gefühl« zu durchschneiden war: *Lehrjahre der Männlichkeit. Geschichte einer Jugend* übersetzt im strengen Sinne *alles*, was in *L'Éducation sentimentale. Histoire d'un jeune homme* gesagt ist – mit der kleinen Differenz, dass die männliche Bestimmung vom Untertitel nach oben wandert. Und noch ein ungeheurer Vorteil gab den Ausschlag: die Ironie. Auf den ersten, täuschenden Blick verspricht der Titel, dass hier der Bildungsprozess eines jungen Mannes zu erwachsener Männlichkeit erzählt wird; folgt man aber dem Gang des Romans bis hin an den abgründigen Schluss, dann entfaltet der Titel seine ganze bittere Pointe: Wenn *das* Männlichkeit sein soll …

Die Frage war um und um gewendet, die Entscheidung längst gefasst, da brachte der Zufall die wundersame Bestätigung, dass die tiefe Verwandtschaft der Titelformulierungen schon viel früher und an ganz unerwarteter Stelle festgehalten worden ist. Georg Brandes, der große dänische Germanist (den Nietzsche »mein Entdecker« nannte), charakterisierte 1894 in seinem Buch *Die romantische Schule in Deutschland* den Helden von Schlegels *Lucinde* so: »Julius ist ein zerrissener junger Mann, natürlich Künstler, über den wir in den ›Lehrjahren der Männlichkeit‹ (einem Abschnitte, welcher enthält, was Flaubert ›l'éducation sentimentale‹ nennt) als bezeichnendsten Zug erfahren, daß er Pharao mit dem Anscheine der heftigsten Leidenschaft spielen und doch zerstreut und abwesend sein, daß er in einem Augenblicke von Hitze alles wagen und, so bald es verloren war, sich gleichgültig wegwenden konnte.« (Leipzig 1894, S. 73) Dass über ein Jahrhundert hinweg die Lösung der ebenso alten Frage bestätigt wurde, machte diese Lösung nur umso schöner.

Schlimmer als sonst: Entstehungsgeschichte

Die Entstehungsgeschichte der *Lehrjahre* hat als Besonderheit auch eine *Vor*geschichte, und eigentlich deren zwei: eine persönliche und eine literarische. Die persönliche zählt seit langem zum Gründungsmythos des Autors Gustave Flaubert. Während der Sommerferien 1836 verliebte sich der junge Mann am Strand von Trouville in die sechsundzwanzigjährige, also zwölf Jahre ältere Élisa Foucault; sie lebte zusammen mit dem Musikverleger Maurice Schlésinger und der gemeinsamen Tochter, galt als seine Ehefrau und nannte sich bereits Élisa Schlésinger. Flauberts Leidenschaft wurde durch ihre Unmöglichkeit nur noch verstärkt. Einige Szenen dieser Liebe werden immer wieder erzählt: der im Sand vergessene und gerettete Bademantel, und Élisas Dank für den galanten jungen Herrn; sein Blick auf den Busen der stillenden Mutter, die nunmehr sein Schönheitsideal bestimmte; die Rückkehr im folgenden Jahr nach Trouville – ohne Élisa. Doch all das kennen wir nur aus der Literatur, in Flauberts Briefen gibt es darüber nicht mehr als ein paar diskrete Anspielungen.

Damit wird die persönliche zur literarischen Vorgeschichte, denn die Begegnung mit Élisa ist die Schlüsselszene aller autobiographisch geprägten Werke, von den *Mémoires d'un fou* bis hin zu den *Lehrjahren der Männlichkeit* 1869; und Motive finden sich sogar in *Madame Bovary* und *Salammbô*. Jedoch in all diesen Werken unterwirft Flaubert seine eigene Geschichte ganz entscheidenden Veränderungen, und man kann sagen, dass diese Verfremdungen von Werk zu Werk immer nur noch stärker werden. Élisa wurde für Flaubert von einer realen zu einer literarischen Figur: Inkarnation der weiblichen Erotik und der unmöglichen Liebe zugleich.

Drei der frühen Texte zählen heute zum engeren Kreis von Flauberts Werk, obwohl er selbst keinen davon veröffentlicht hat: 1838 die *Mémoires d'un fou*, 1842 *Novembre*, und 1843 beginnt Flaubert die frühe *Éducation sentimentale*, die ihn zwei Jahre lang, bis Januar 1845, beschäftigen wird. Die Geschichte des jungen Flaubert wird bei der Neuübersetzung der *Memoiren eines Irren* zu erzählen sein; hier kann es nur um die *Éducation* von 1845 gehen, die Entwicklung zweier Paare, und um ihr Verhältnis zu dem späteren großen Roman. Sehr häufig hat der identische Titel dazu geführt, dass man von »zwei Fassungen« des Romans gesprochen hat, und es gibt Editionen – so etwa die erste Werkausgabe der Pléiade –, in denen die *Éducation* von 1845 unter den Materialien, Vorstufen und Varianten des Romans von 1869 abgedruckt wird. Diese Auffassung ist unhaltbar, und sie wird heute von der Literaturwissenschaft auch kaum noch vertreten. Ein prinzipieller Zusammenhang – über den Titel hinaus – besteht selbstverständlich in lebens- und liebesgeschichtlichen Grundmotiven der Handlung. Doch es genügt bereits ein Blick auf die fundamentale Bedeutung, die der politischen Wirklichkeit um die Revolution 1848 für die ganze Konzeption der *Lehrjahre* zukommt, um zu verstehen, dass der große Roman von 1869 und der unveröffentlichte Text von 1845 unmöglich als werkgeschichtliche Einheit betrachtet werden können. Die *Éducation* von 1845 ist, wenn auch der reifste, so doch immer noch einer von vielen Versuchen eines jungen, angehenden Schriftstellers; der Roman von 1869 dagegen wird das Meisterwerk eines Autors auf dem Höhepunkt seines Könnens.

Im Frühjahr 1862 beendet Flaubert die Arbeit an seinem exzentrischen Karthago-Roman *Salammbô*, in den folgenden Monaten macht er sich sogleich Notizen, sammelt Themen, schmiedet Pläne für neue Bücher. Im Carnet 19, einem Arbeitsheft aus den Jahren 1862–1863, häufen sich Ideen für Romane oder Theaterstücke mit Titeln wie: *Der Schwur der Freunde*, *Die Hauslehrerin*, *Das heiratslustige Mädchen*, *Ein modernes Paar* und anderes mehr, aber auch Entwürfe für eine Reihe von Märchendramen. Eines davon, *Le Château des cœurs* (*Das Schloss der Herzen*), wird ihn lange beschäftigen, erscheint aber erst Anfang 1880 in der Zeitschrift *La Vie moderne* als Fortsetzungsgeschichte. Auch erste Spuren der bizarren, wissensversessenen Junggesellen Bouvard und Pécuchet finden sich schon zu Beginn des Jahres 1863 mit dem reizvollen Titel *Les deux cloportes* (*Die zwei Kellerasseln*). Und zwischen alldem entstehen im Frühjahr oder Sommer 1862 Bruchstücke eines Romans mit dem Titel *Mme Moreau*.

In ihrem Tagebuch berichten die Brüder Goncourt am 29. März 1862, nach einem Besuch in Flauberts Pariser Wohnung am Boulevard du Temple: »Flaubert sitzt auf seinem Diwan, die Beine übereinandergeschlagen wie ein Türke. Er spricht von seinen Plänen, seinen Absichten, seinen Träumen für Romane.« Und schließlich: »Flaubert möchte auch zwei oder drei kleine Romane basteln, ohne große Zwischenfälle und ganz einfach, bestehend aus: der Ehemann, die Frau, der Liebhaber.« Was erstaunlich gut übereinstimmt mit den allerersten Notizen im Carnet 19 (*Carnets de travail*, S. 286):

»*Mme Moreau (Roman)*
Der Ehemann, die Frau, der Liebhaber, alle lieben sich, alle feig.

> – Fahrt auf dem Schiff nach Montereau – ein Gymnasiast – Mme Sch. – Mr Sch. ich.
> – Schilderung der Jugend – Jura – Obsession – tugendhafte & vernünftige Frau, Kinder im Schlepptau. Der Mann, gut, Einführung bei den Loretten … ~~Abendgesellschaft~~ Maskenball bei der Präsidentin. Fick. Paris … Theater, Champs-Élysées … Ehebruch, vermischt mit Gewissensbissen & ~~Ängsten~~ Schrecken. Ruin des Ehemanns & philosophische Schilderung des Liebhabers. Ende wie ein Rattenschwanz. Alle kennen ihre jeweilige Lage & wagen nicht, sie einzugestehen. – Das Gefühl endet von allein – man trennt sich. Ende: man sieht sich von Zeit zu Zeit wieder, dann, man stirbt.«

Bereits Ende des Jahres findet sich in einem anderen Arbeitsheft, dem Carnet 2, der Eintrag: »Heute 12. Dezember 1862, mein 41. Geburtstag […]. Und habe mich ernsthaft an den Plan des ersten Teils meines modernen Paris-Romans gemacht ??? …« (*Carnets de travail*, S. 243.) Briefe von Louis Bouilhet, dem engen Vertrauten, Freund, Lektor und »literarischen Kompass«, lassen vermuten, dass es sich bei dem modernen Paris-Roman tatsächlich bereits um die *Éducation sentimentale* handelt, denn am 15. Dezember schreibt Bouilhet: »Wenn mir *Geschichten* einfallen, schicke ich sie Dir auf der Stelle, aber mir scheint, Dein Thema hat jetzt *Fülle*, mit der Hinzufügung des Freundes. Wir reden noch ausführlich darüber, sei ganz beruhigt.« Der hinzugefügte Freund ist niemand anders als die Figur Deslauriers. Und wenige Wochen später, am 23. Januar 1863, kündigt Bouilhet seinen Besuch in Paris an, wo Flaubert nach alter Gewohnheit den Winter zubringt, und verspricht: »Wir reden ein wenig über Deinen Plan«. Über diesen »modernen Roman« wissen die Brüder Goncourt bereits am 11. Februar in ihrem Tagebuch zu berichten, dass Flaubert »alles hineintun will, sowohl die Umwälzung von 1830 – im Zusammenhang mit den Liebschaften einer Pariserin – wie auch die Physiognomie von 1840, und 1848, und das Kaiserreich: ›Ich will den Ozean einfangen in einer Karaffe.‹«

Flaubert schwankt weiter zwischen dem Paris-Roman und seinen zwei Kellerasseln, doch am 7. April 1863 erwähnt er in einem Brief an den bewährten Ratgeber Jules Duplan zum ersten Mal den Titel *Éducation sentimentale*: »Ich arbeite ohne Unterlass am Aufbau meiner *Éducation sentimentale*, die Sache bekommt langsam Form? Aber der Gesamtentwurf ist schlecht! Das wird keine Pyramide! Ich zweifle, ob es mir jemals gelingt, mich für diese Idee zu begeistern. Ich bin nicht froh.« Kaum überraschend also, dass er Duplan am 15. April verkündet: »Ich bin in einem kläglichen Zustand, meine Furunkel plagen mich ärger denn je. Ich habe heute wieder Abführmittel genommen, und ich mache nichts, was irgendwie taugt. Mir fehlt ›die Gnade‹, wie die Frömmler sagen, ich hab keinen ›Ständer‹, wie die Schweine sagen. Die *Éducation sentimentale* hängt in der Luft. Mir fehlen die *Ereignisse*. Ich sehe überhaupt keine Hauptszenen. – Das wird keine Pyramide. Kurzum, die Sache ist mir verleidet. Höchstwahrscheinlich werde ich auf *Die zwei Kellerasseln* zurückgreifen. Das ist eine alte Idee, die ich seit Jahren habe und die ich vielleicht loswerden muss? Lieber würde ich ein Buch über die Leidenschaft schreiben. Aber man kann sich seine Themen nicht aussuchen! man muss sie hinnehmen.«

Anfang Mai berichtet er den Brüdern Goncourt, er habe Entwürfe für zwei Bücher ausgearbeitet, doch weder das eine noch das andere stelle ihn zufrieden. Auf dem Weg nach Vichy, zur gemeinsamen Kur mit Mutter und Nichte, macht er für zehn Tage Station in Paris und verabredet sich mit Duplan zu Spaziergängen durch die Faubourgs und die Umgebung. Sein Brief vom 13. Mai 1863 – »Ich zögere immer noch? Werde ich dort etwas finden?« – deutet zwar auf den Paris-Roman, doch im Sommer und Herbst arbeitet er mit Louis Bouilhet am *Château des cœurs*. Erst 1864 hat er sich offenbar entschieden: »Ich denke unaufhörlich an meinen Roman«, schreibt er am 1. Februar an seine Nichte Caroline, »ich habe mich am Samstag sogar in einer der Situationen meines Helden wiedergefunden. Ich bringe (meiner Gewohnheit entsprechend) alles, was ich sehe und empfinde, in Beziehung mit diesem Werk.« Nun erzählt er auch anderen von seiner Entscheidung: »Ich beginne gerade mit einem Buch, das wahrscheinlich mehrere Jahre in Anspruch nehmen wird«, berichtet er Anfang April Edma Roger des Genettes, und im September beglückwünscht ihn Maxime Du Camp, dass er jetzt endlich angefangen habe. Und tatsächlich, das endgültige Manuskript ist datiert mit »1. September 1864 – 1. Mai 1869«.

In die erste Arbeitszeit an den *Lehrjahren* fällt auch der Beginn von Flauberts Freundschaft mit George Sand. Die Reaktionen auf *Salammbô* waren nicht gut, der Roman und sein Autor wurden übel gezaust, ja sogar geschmäht, umso glücklicher war Flaubert über einen Artikel in *La Presse* vom 27. Januar 1863, der Buch und Verfasser mit Brio verteidigte. Flaubert bedankte sich. Die Rezensentin, niemand anders als die erfolgreiche Kollegin George Sand, antwortete ihm postwendend am 28. Januar: »Mein lieber Bruder, Sie müssen mir nicht dafür dankbar sein, dass ich eine Pflicht erfüllt habe. Sooft die Kritik ihre Pflicht tut, werde ich schweigen, weil ich lieber schaffe als urteile. Doch alles, was ich über *Salammbô* gelesen habe, bevor ich *Salammbô* las, war ungerecht oder unzureichend. Schweigen hätte ich als Feigheit betrachtet, oder als Faulheit, was nicht viel Unterschied macht. Es ist mir gleichgültig, Ihre Gegner zu meinen Gegnern hinzuzählen zu müssen – ein paar mehr oder weniger …« Worauf Flaubert am 31. zurückschrieb: »Ich bin Ihnen nicht dankbar, weil Sie etwas erfüllt haben, was Sie eine Pflicht nennen. Die Güte Ihres Herzens hat mich gerührt und Ihre Sympathie hat mich stolz gemacht. Das ist alles.« Und zuletzt verkündete er offenherzig: »*Je vous aime bien franchement*«. Der Umgangston zwischen den beiden wird bald vertraulicher, liebevoll und kumpelhaft. Die Entstehung der *Éducation sentimentale* begleitet George Sand von nun an mit großer Aufmerksamkeit, viele der interessantesten Äußerungen Flauberts über seinen Roman stammen aus Briefen an die »liebe Meisterin«. Als sie Ende Mai 1868 für zwei Tage zu Besuch nach Croisset kommt, liest Flaubert ihr bis tief in die Nacht hinein insgesamt dreihundert Manuskriptseiten vor.

Doch schon im Sommer 1864 steckt Flaubert tief in den wie stets gigantischen, ausufernden, inkommensurablen Vorbereitungen. »Wenn ich meine Einsamkeit sehe und meine Ängste, frage ich mich, ob ich ein Idiot bin oder ein Heiliger. Dieser verbissene Wille, der mich ehrt, ist vielleicht ein Zeichen von Dummheit. – Die großen Werke haben nicht so viel Mühe verlangt«, gesteht Flaubert der langjährigen Freundin Edma Roger des Genettes. Dessen ungeachtet wühlt er sich offenbar bereits jetzt durch »die ganze Karrenladung sozialistischer Schriftsteller«, wie dann im Zweiten Teil des Romans seine Figur Sénécal. Er betreibt das Recherchieren, Exzerpieren, Katalogisieren auf geradezu obsessive Weise. Im August 1864 unternimmt er eine Reise zu den Orten, die neben Paris eine Rolle spielen sollen: Corbeil, Melun, Villeneuve-Saint-Georges, Montereau, Sens und nicht zuletzt Nogent-sur-Seine, wo Frédéric herstammt und Flauberts Verwandte mütterlicherseits noch immer leben, die Parains und die Bonenfants. Bei den Cousins Bonenfant erkundigt er sich auch nach dem Familiennamen Moreau, den er zunächst für die spätere Madame Arnoux vorgesehen hat. Mal sitzt er mit zwei angeheiterten Maurern und einem nach Knoblauch stinkenden Feldarbeiter im Omnibus, mal genießt er »eine köstliche Reise von Melun nach Montereau, immer das Flussufer entlang, unterhalb von Felsen, bedeckt mit Weinstöcken, in praller Sonne«, wie er Duplan am 17. August 1864 von unterwegs schreibt. Den langsamen Flussdampfer von 1840 gibt es nicht mehr – ein Opfer der modernen Beschleunigung des Verkehrs.

Wieder zu Hause am Schreibtisch quälen ihn natürlich Zweifel, wie immer. Aber die Maschinerie ist in Gang, und von nun an lässt sich das allmähliche Voranschreiten des Romans in den Briefen verfolgen. Lesephasen in Croisset, Studium von alten Zeitungen und Zeitschriften in der Pariser Bibliothèque Nationale, eifriges Sammeln von Material aller Art, immer wieder kleine Reisen in die Umgebung von Paris für einzelne Episoden, die in Creil, Fontainebleau oder Chaillot spielen. Auch Fabrikbesichtigungen gehören zum Programm, denn es genügt diesem Autor nicht, Fachliteratur über Porzellanherstellung zu wälzen, er muss die Arbeitsgänge mit eigenen Augen beobachten, sich von Handwerkern vor Ort einzelne Schritte und Techniken erklären lassen. Die Exzerpte aus Tageszeitungen, die langen Zitatlisten dienen nicht nur der Überprüfung von Fakten und Geschehnissen, in manchen Dialogszenen des Romans werden die journalistischen Fundstücke in der Art eines »höheren Abschreibens« den Figuren wortwörtlich in den Mund gelegt. Flaubert streut seine Trouvaillen wohldosiert in die Konversation bei Abendgesellschaften oder in die Reden auf politischen Versammlungen. Immer wieder sieht man vor Augen geradezu eine der berühmten Karikaturen von Daumier, Gavarni, Cham oder Grandville. Und natürlich werden immer wieder Freunde und Bekannte zu Rate gezogen, für Hilfsdienste eingesetzt, mit Recherchen beauftragt. »Können Sie mir sagen«, fragt er am 14. Mai 1866 den Journalisten Jules Rohaut, »wo ich die Sammlung des *Tintamarre* von 1847 finde? – Es ist unmöglich, ihn in irgendeiner öffentlichen Bibliothek aufzutreiben. / Bouilhet sagt mir, dass Sie demnächst in diese hehre Institution eintreten. Deshalb bitte ich Sie um obenstehende Auskunft.«

In der zweiten Julihälfte 1866 gönnt Flaubert sich einen ganz privaten Ausflug nach London, er besucht Juliet Herbert, die ehemalige Hauslehrerin seiner Nichte Caroline. Doch ab Mitte August macht er weiter mit seinem berserkerhaften Arbeitsprogramm, über das er sich zuweilen auch selber mokiert: »Nach fünf Wochen Ferien in London, in Paris, in Chartres und in Dieppe sitze ich wieder über meine Arbeit gebeugt, bis Mitte Winter, und versuche mit meinem endlosen Roman etwas weiterzukommen. Das ist wirklich der letzte dieser Art, den ich fabriziere! Die Vulgaritäten des Lebens sind widerlich genug, da muss nicht auch noch die Kunst sie wiederholen! Warum nicht in den hohen Sphären verweilen? Warum nicht von all dem träumen, was uns fehlt?« schreibt er der Comtesse Primoli am 27. August. Denn der Eremit aus Croisset frequentiert durchaus adlige Damen, wenn er in Paris weilt, wie zum Beispiel die Enkelin von Lucien Bonaparte.

Im Verlauf des Jahres 1867 scheint der Arbeitsrhythmus sich zu steigern, dennoch unterbricht Flaubert am 9. Juni 1867 seine Arbeit für eine Stippvisite in Paris. Am 1. April war die 2. Pariser Weltausstellung auf dem Champ de Mars eröffnet worden, am Montag, dem 10. Juni, gibt Napoleon III. im Tuilerienschloss einen großen Ball zu Ehren von Zar Alexander II., zugegen sind auch Wilhelm I. und sein Minister Bismarck sowie andere Hoheiten. Die Ehre einer Einladung verdankt der Höhlenbär aus der Provinz Prinzessin Mathilde, der Cousine des Kaisers, doch anstatt zu tanzen, observiert Flaubert die Anwesenden und macht sich hinterher Notizen über Physiognomien, Interieurs, Kleider, Dekorationen. Außerdem nutzt er den zweitägigen außertourlichen Aufenthalt für Besuche und Recherchen: Er eilt ein weiteres Mal zum Jockey-Club, dann ins Café Anglais, um einer Speisekarte aus dem Jahr 1847 habhaft zu werden. Und abends in den Tuilerien überkommen ihn Erinnerungen an die Revolutionstage 1848, als er mit den Freunden Louis Bouilhet und Maxime Du Camp, ganz ähnlich wie Frédéric, durch Paris gestreift war: »Ich steige die große Treppe hinauf (die ich seit dem 24. Februar 1848 nicht mehr gesehen habe) – man biegt nach rechts und betritt einen großen Saal«. Kaum ist die Ballnacht vorüber, nimmt er am 11. morgens um acht den Zug zurück nach Croisset.

»Quant au roman, il va *piano*«, klagt er am Tag nach der Rückkehr gegenüber George Sand. »Mit dem Roman geht es *piano*. Je weiter ich komme, desto mehr Schwierigkeiten tauchen auf. Was für ein schwerer Karren voller Bruchsteine, den ich da ziehen muss! Und Sie, Sie klagen über eine Arbeit, die sechs Monate dauert! Ich habe noch zwei Jahre vor mir, wenigstens (*mit dem meinen*). Wie zum Teufel stellen Sie es an, um die Verknüpfung zwischen Ihren Ideen zu finden? Genau das hält mich auf. – Dieses Buch hier verlangt von mir außerdem noch mühselige Nachforschungen. So war ich am Montag nacheinander im Jockey-Club, im *Café Anglais* und bei einem Anwalt.« Auch ein Jahr später hat sich das Bild der tagtäglichen Schufterei im Steinbruch des Schreibens kaum geändert: »Ich habe seit sechs Wochen wild gerackert. Die Patrioten werden mir dieses Buch nicht verzeihen, die Reaktionäre ebenso wenig! Macht nichts; ich schreibe die Dinge, wie ich sie empfinde, das heißt, wie ich glaube, dass sie sind. Ist das Dummheit meinerseits? doch mir scheint, unser Unglück kommt *ausschließlich* von den Leuten auf unserer Seite? Alles, was ich an Christentum bei den Revolutionären finde, erschreckt mich!« gesteht er am 5. Juli 1868 George Sand und zitiert dann ausgiebig Louis Blanc und Proudhon. »Wenn ich alt bin, schreibe ich Kritiken; das wird mich erleichtern. – Denn oft ersticke ich an unterdrückten Meinungen. Niemand versteht besser als ich die Empörung dieses guten Boileau über den schlechten Geschmack: ›Die Dummheiten, die ich in der Akademie höre, beschleunigen mein Ende.‹ Was für ein Mann!«

Die Meisterin redet ihm am 31. Juli 1868 scharf ins Gewissen: »Du machst mir Angst, wenn Du sagst, Dein Buch wird die Patrioten aller Übel bezichtigen. Stimmt das wirklich? und die Besiegten? Es ist schon schlimm genug, durch eigene Schuld besiegt zu werden, da muss man nicht noch alle Dummheiten ins Gesicht gespuckt bekommen. Hab Mitleid! Es waren doch so viele schöne Seelen dabei! Das Christentum war eine Narretei, und ich gestehe, es ist in allen Zeiten eine Verführung. Wenn man nur seine milde Seite sieht, geht es einem zu Herzen. Man muss an das Übel denken, das es bewirkt hat, um sich von ihm zu befreien.« Flaubert verteidigt sich am 10. August und liefert der Freundin eine Art schriftstellerisches Glaubensbekenntnis: »Ich habe mich schlecht ausgedrückt, wenn ich Ihnen gesagt habe, mein Buch ›wird die Patrioten aller Übel *bezichtigen*‹. Ich gestehe mir nicht das Recht zu, irgendwen zu bezichtigen. Ich glaube nicht einmal, dass der Romancier *seine* Meinung über die Dinge dieser Welt ausdrücken soll. Er kann sie vermitteln, aber ich mag es nicht, wenn er sie sagt. (Das gehört zu meiner ganz eigenen Poetik.) / Ich beschränke mich also darauf, die Dinge so darzustellen, wie sie mir erscheinen, das auszudrücken, was mir als das Wahre vorkommt. Die Folgen kümmern mich nicht. Reiche oder Arme, Sieger oder Besiegte, das alles gilt mir nichts. Ich will weder Liebe noch Hass empfinden, weder Mitleid noch Wut. Was die Sympathie angeht, das ist etwas anderes. Davon hat man nie genug. – Die Reaktionäre werden übrigens noch weniger geschont als die anderen, denn sie scheinen mir noch krimineller. / Ist es nicht an der Zeit, die Gerechtigkeit in die Kunst einzuführen? Die Unparteilichkeit der Darstellung würde dann die Majestät des Gesetzes erreichen, – und die Genauigkeit der Wissenschaft?«

In diesem Sommer 1868 unternimmt Flaubert zwei Ausflüge nach Fontainebleau, wo Frédéric mit Rosanette die Revolutionstage vom Juni 48 verbringen soll. Ausgestattet mit Besichtigungstipps von George Sand verbringt er insgesamt vier Tage (Montag/Dienstag, 13./14. Juli, und Freitag/Samstag, 7./8. August), genauso viele wie seine Protagonisten, mit Erkundungen in pittoresker Landschaft. Die Seiten über die Kutschfahrten und Spaziergänge in diesem Wald mit seinen exzentrischen Felsformationen, seinen uralten Bäumen und zauberischen Stimmungen gehören zu den schönsten des Romans. Zurück in Croisset meldet er am 9. September nach Nohant: »Ich arbeite wie ein Rasender. Gerade habe ich *eine Beschreibung* des Waldes von Fontainebleau angefertigt, die mir Lust macht, mich an einem seiner Bäume aufzuhängen. Da ich drei Wochen pausiert hatte, fiel es mir entsetzlich schwer, wieder in Schwung zu kommen. Ich bin vom Schlag der Kamele, die man weder anhalten kann, wenn sie traben, noch zum Losgehen bewegen, wenn sie ruhen. – Ich habe noch ein Jahr lang zu tun. Danach lasse ich die Bürger ein für allemal fahren. Die Sache ist zu schwierig und im Grunde zu hässlich. Es wäre an der Zeit, etwas Schönes zu machen, das mir außerdem Vergnügen bereitet.«

Die letzten Wochen sind wie stets eine Tortur. »Alles, was ich noch zu schreiben habe, erschreckt mich oder besser widert mich an bis zum Kotzen. So ist es immer, wenn ich mich von neuem an die Arbeit mache. Da langweile ich mich! langweile mich, langweile mich! Aber diesmal ist es schlimmer als sonst!« beklagt er sich am 2. Februar 1869 bei George Sand, doch ab Ende März ist er in Paris, wo er bis zur Fertigstellung seines Manuskripts Anfang Juni nun auch bleiben wird. Zum Glück kommt auch George Sand in dieser Zeit nach Paris, und man trifft sich mehr als einmal zum gemeinsamen Abendessen und Vorlesen des Romans. Am 16. Mai 1869 in aller Frühe, um vier Minuten vor fünf, kann er Jules Duplan endlich verkünden: »FERTIG! mein Alter! – Ja, mein Buch ist fertig!« Und auch seiner Nichte Caroline teilt er, nach alter Gewohnheit, die gute Nachricht am 23. Mai unverzüglich mit: »Ich bin so erschöpft, dass ich kaum die Kraft habe, Dir zu schreiben. Jetzt, da ich fertig bin mit meinem Roman, merke ich meine Müdigkeit. – Ich habe die Woche mit der Durchsicht meines Manuskripts verbracht, das ich morgen zum Abschreiben gebe. Das wird 8 bis 10 Tage dauern. Ich muss es dann noch einmal durchlesen, anschließend fahre ich heim nach Croisset.« Zuletzt müssen noch lästige Geldfragen mit dem Verleger geklärt werden. George Sand, deren sehr erfolgreiche Bücher ebenfalls bei Michel Lévy erschienen, hatte sich in die Verhandlungen eingeschaltet und wegen der Länge des neuen Romans eine Zulage von 6000 Franc zum vereinbarten Honorar von 10 000 herausgeschlagen.

Flaubert hätte nun, nach vollbrachter Großtat, erlöst

aufatmen können, doch jetzt trifft ihn ein harter Schlag: Am 18. Juli 1869 stirbt Louis Bouilhet, der symbiotische Freund seit über zwei Jahrzehnten, der kritische Leser und Korrektor, der literarische Ratgeber, dem er blind vertraute, sein Alter Ego sogar vom Aussehen her. Bis weit in den März hinein hatte er mit Flaubert noch an den letzten Kapiteln der *Lehrjahre* gearbeitet, das abgeschlossene Manuskript konnte er nicht mehr lesen.

Mit dem Erscheinen der *Lehrjahre* war nun aber auch der Kreis der autobiographischen Motive ausgeschritten, den Flaubert ein gutes Vierteljahrhundert zuvor mit den *Memoiren eines Irren* begonnen hatte. Und der große Roman vollendete damit auch den Prozess, der über *Novembre* und die frühe *Éducation* von 1845 ein Prozess der konsequenten Literarisierung des eigenen Lebensstoffs gewesen ist. In den Jugendwerken ist es durchaus noch möglich, hinter Figuren und Situationen diese Wirklichkeit aufzuspüren; die häufig anzutreffende Gewohnheit jedoch, für die Figuren der *Lehrjahre der Männlichkeit* »Vorbilder« in Flauberts Leben zu suchen, ist sinnlos. Mag sein, dass Madame Arnoux die Frisur oder das eine oder andere äußere Merkmal mit Madame Schlésinger teilt – sie hat sich von Flauberts Jugendliebe längst emanzipiert. Entstanden ist stattdessen der Bildungsroman einer ganzen Epoche.

Voilà un homme, ce Goethe!
Flaubert und der Bildungsroman

Flaubert hatte lange an seinem dann unveröffentlicht gebliebenen Jugendwerk, der *Éducation sentimentale* von 1845, gearbeitet. Maxime Du Camp berichtete später in seinen *Souvenirs littéraires* von einer häuslichen Lesung, bei der Doktor Flaubert, der Vater, in seinem

Sessel einschlief. Du Camp schreibt weiter: »Alfred Le Poittevin und ich unterstützten ihn und applaudierten seiner Arbeit. Oft las er uns dann noch einmal Abschnitte aus der *Éducation sentimentale* vor, als wolle er uns zu Zeugen nehmen gegen die väterliche Ungerechtigkeit. Eines Tages unterbrach ich ihn und sagte: ›Pass auf, was du da liest, findet sich fast wörtlich in Goethes *Wilhelm Meister*.‹ Er hob den Kopf und antwortete: ›Was beweist, das Schöne hat nur eine Gestalt.‹« (Tome I, S. 303.) Die frühe *Éducation sentimentale* ist natürlich ein völlig anderes Buch; trotzdem ist sie ein Vorläufer des großen Romans von 1869 gerade darin, dass auch sie schon die Entwicklungs- und Bildungsgeschichte von zwei jungen Männern darstellt. Und darum ist Maxime Du Camps Erinnerung von kaum zu überschätzender Bedeutung: Sie beweist, dass Goethes Beispiel von Anfang an gegenwärtig war in Flauberts Beschäftigung mit dem eigenen Lebensstoff, der eigenen Bildungsgeschichte und der Geschichte der eigenen Generation, für die der junge Flaubert noch nach einer gültigen Form suchte. In *Wilhelm Meisters Lehrjahren* fand er sie. Du Camps Behauptung, einige Passagen Flauberts fänden sich »fast wörtlich« bereits bei Goethe, ist kaum stichhaltig, aber das ist letztlich egal: Entscheidend ist, dass Du Camp in Flauberts Roman den Einfluss Goethes heraushörte – und dass Flaubert dem offenbar mit keinem Wort widersprach.

Worin aber bestand nun dieser Einfluss? Flauberts Verehrung für Goethe ist bekannt und seit der Studie von Léon Degoumois *Flaubert à l'école de Goethe* (1924) mehrfach besprochen worden; ebenso der Bezug zwischen Flauberts Roman und dem Goethes. Dabei werden jedoch häufig zwei Fehler in der Perspektive gemacht. Zum einen wird zu wenig unterschieden zwischen einem Vergleich von Struktur, Anlage, Gehalt der beiden Romane und der tatsächlichen Vorbildfunktion des Deutschen für den jungen Franzosen: Für uns kann nur die zweite Frage, also die Perspektive Flauberts, von Bedeutung sein. Zum anderen beruhte Goethes Einfluss auf Flaubert nicht auf einer detaillierten Analyse von *Wilhelm Meisters Lehrjahren*: Flaubert war kein Wissenschaftler, er war ein Schriftsteller, der nach Anregungen suchte, nach Lösungsmöglichkeiten für die Probleme, die sich ihm selber stellten auf der Suche nach einem eigenen Roman. Ein Schriftsteller, der sich an einem solchen Punkt befindet, wird kaum ästhetische Analysen vornehmen, er liest ein Buch als *ganzes*, lässt sich beeindrucken von seiner Gestalt, ja von dem, was er viel später die »*Idee* des Werkes (oder vielmehr seine Konzeption)« nennen wird. Es kann hier im vorliegenden Zusammenhang also nicht um eine Gegenüberstellung gehen, wie die beiden Autoren vergleichbare Szenen, Probleme, Fragen behandeln; gehen soll es nur darum, welche Vorstellung Flaubert sich von Goethes *Idee* des Werkes machte, von seiner Konzeption eines Romans, der die Bildungsgeschichte eines jungen Mannes erzählt, und was er selbst daraus gewann.

Erinnert sei daran, dass Flaubert seinen Begriff von der »Konzeption« des Kunstwerks von Anfang an unter dem Einfluss Goethes entwickelt hat. Schon am 13. September 1852 schrieb er an Louise Colet: »Denk nach, denk nach, bevor Du schreibst. *Alles kommt an auf die Konzeption.* Dieses Axiom des großen Goethe ist die einfachste und wundervollste Zusammenfassung und Regel für alle nur möglichen Kunstwerke.« Gefunden hatte Flaubert das in den *Maximen und Reflexionen*: »Bei jedem Kunstwerk, groß oder klein, bis ins Kleinste kommt alles auf die *Conception* an.«

Der Begriff des Bildungsromans hat – in der nicht immer ganz klaren Abgrenzung vom Erziehungs- oder

Entwicklungsroman – einige Besonderheiten. Zum einen gibt es erstaunlich wenige Beispiele eines »klassischen« Bildungsromans, zum anderen ist dieser Gattungsbegriff fast immer mit der deutschsprachigen Literatur identifiziert worden. Vor dem oft so genannten »Muster der Gattung«, also *Wilhelm Meisters Lehrjahren* (1795/96), gab es Christoph Martin Wielands *Geschichte des Agathon* (1766/67), danach Karl Immermanns *Epigonen* (1836), Adalbert Stifters *Nachsommer* (1857), Gottfried Kellers *Grünen Heinrich* (1854/56; 1879/80). Ob der *Wilhelm Meister* tatsächlich als »Muster der Gattung« gelten kann, ist eine vieldiskutierte Frage – und doch für unseren Zusammenhang vollkommen irrelevant: Denn selbstverständlich war *Wilhelm Meister* der einzige dieser Romane, den Flaubert kennen konnte, und deshalb der einzige, der ihn beeinflusst hat. Naturgemäß hat Flaubert auch niemals eine Abhandlung über den Bildungsroman gelesen, kannte er nicht einmal diesen Begriff; die *Idee*, die er sich von ihm machte, entstammte also allein dieser einen Leseerfahrung. Mit einer halben, aber bezeichnenden Ausnahme: Ob er Schlegels *Lucinde* (1799) gekannt hat, ist nicht sicher festzustellen, der Name Schlegel taucht allerdings bei ihm auf, und da er Heinrich Heines *Romantische Schule* genau studiert hat, war ihm dort auch die lange Passage über *Lucinde* begegnet. Belegen lässt es sich also nicht, doch wäre es ein bemerkenswerter Zufall, dass bei Schlegel das Liebespaar die Namen Lucinde und Julius trägt, in Flauberts früher *Éducation sentimentale* eines der beiden Paare Lucinde und Jules.

Resümiert man also sehr kurz den Begriff des Bildungsromans, so muss man sich an dieser Stelle – auch gegen die spätere Forschung – ganz auf den historischen Kontext konzentrieren, wie er aus Goethes Werk abgeleitet wurde. »Erfunden« hat den Begriff der Ästhetikprofessor Karl Morgenstern in seiner 1816/17 gedruckten Vorlesung »Über den Geist und Zusammenhang einer Reihe philosophischer Romane«. Interessant vor allem das Attribut »philosophisch«; es ging hier also ganz offenkundig nicht um Romane, die einfach eine Geschichte erzählen, sondern um solche, die, ganz im späteren Sinne Flauberts, einer gedanklichen Konzeption folgen, einer *Idee*. Und zum anderen macht der große Erfolg dieser Begriffsprägung klar, dass hier die Notwendigkeit bestand, für eine wirklich neue Idee auch einen neuen, treffenden Begriff zu finden.

Diese Idee ist, kurz und knapp, der Roman als Entwicklungsgeschichte eines jungen Menschen zu einem rundum geformten Mitglied der Gesellschaft. Nicht angepasst werden soll der Mensch, sondern ausgebildet in allen seinen Dimensionen. Die Bildungsgeschichte ist deshalb immer auch ein Weg von der Kindheit zum Erwachsensein, vom Spiel zur Wirklichkeit, vom Traum zur Selbsterkenntnis. Der Mensch, der diesen Weg durchläuft, soll sich nicht einem festgelegten, äußeren Modell anpassen, er soll vielmehr das verwirklichen, was in ihm angelegt ist, soll seine Möglichkeiten erkennen, verstehen, ausbilden, verwirklichen. »Erkenne dich selbst«, ist eines der grundlegenden Motti; das andere: »Werde, der du bist.« »Bildung« ist hier natürlich nicht zu verstehen im Sinne eines anzuhäufenden Bildungsschatzes an Wissen, an Kenntnissen; diese haben natürlich *auch* ihre Bedeutung, sind aber nur Teil in einem umfassenden Prozess der Formung, Gestaltung, Bildung des Charakters im Ganzen. Deshalb durchläuft der »Held« des Bildungsromans alle Stadien, gleichsam alle »Klassen« jener »Schule«, die das Leben ist: Familie, Gemeinschaft in Ort oder Stadt, Natur, Ausbildung, Studien, Kunst, Reise, Politik und Gesellschaft und was noch dazukommen mag. Ein ganz wesentliches, unverzichtbares Kapitel ist dann jedoch immer das Durchlaufen der erotischen Lehrjahre, also die Erfahrung von Verliebtheit und Enttäuschung, von Verwirrung und Beruhigung der Gefühle, von Liebe, Verrat und endlich von erwachsener Ordnung auch in dieser Hinsicht. Die Einpassung des Einzelnen in die Gesellschaft und die Verwandlung wilder Leidenschaften in ein Modell der bürgerlichen Ehe, das ist das Ende des Bildungsprozesses und deshalb auch des Romans – für einen Helden, den man sich als glücklichen Menschen vorstellen muss.

Was Flaubert daran interessierte, liegt auf der Hand. Seit 1838 nämlich und einer ganzen Reihe von kürzeren Schreibversuchen hatte er sich konzentriert einem zentralen Thema zugewandt, dem eigenen Leben und der eigenen Entwicklung, und das heißt der Frage, wie einer werden kann, was er ist. Das ist die Frage jener drei romanhaften Werke seiner Jugend: 1838 die *Mémoires d'un fou*, 1842 *Novembre* und dann die frühe *Éducation sentimentale*. Der Fortschritt vom ersten zum letzten ist offenkundig, und auch einer der Gründe. Ob sich tatsächlich etwas »fast wörtlich« wiederfindet, mag dahingestellt bleiben, doch Du Camp hatte erkannt, dass die *Éducation sentimentale* (1845) zum erstem Mal wenigstens in den großen Zügen jene Erzählstruktur erprobte, die Flaubert im *Wilhelm Meister* gefunden hatte. Es ist aber ebenfalls offensichtlich, was Flauberts Problem war, als er sich an diesem Werk versuchte: Er war zu jung. Ihm fehlte ganz einfach die eigene Erfahrung, die ihn befähigt hätte, einen wie auch immer plausiblen Schluss für den Bildungsgang jugendlicher Helden zu finden, die ja am Ende des Romans sogar noch älter sein mussten als der Autor selbst. Trotz großer Qualitäten blieb der Roman unfertig und unpubliziert; Flaubert spürte selber, dass er die Form, die er bewusst gewählt hatte, nicht erfüllen konnte – *noch* nicht.

Als er dann in den sechziger Jahren wiederum an den Lebensstoff ging, der ihn immer weiter beschäftigt hatte, war alles anders geworden. Der Autor der *Lehrjahre der Männlichkeit. Geschichte einer Jugend* war längst kein junger Mann mehr, er hatte seine eigenen Lehrjahre in Sachen Familie, Liebe, Beruf absolviert, und noch eines war dazugekommen: die riesigen gesellschaftlichen Umbrüche durch die Revolution 1848, die massiv in jedes einzelne Leben eingegriffen hatten. Jetzt endlich, so könnte man sagen, hatte Flaubert das komplette Repertoire beisammen für einen Bildungsroman, der mehr sein sollte als eine Individualgeschichte, nämlich der Roman einer ganzen Generation. Und erst jetzt konnte Flaubert das Potential ausschöpfen, dass für ihn in der bewunderten Konzeption des *Wilhelm Meister* gelegen hatte.

Wie gesagt, Flaubert war alles andere als ein Theoretiker, und ganz sicher hat er sich nicht mit Definitionen des Bildungsromans beschäftigt. Trotzdem ist es äußerst fruchtbar, einen Blick zu werfen auf die berühmte Bestimmung, die Hegel in seiner *Ästhetik* (2. Teil, 3. Abschnitt, 3. Kapitel) vom »Romanhaften« der modernen Literatur gibt. Dieses sei definiert als der Konflikt zwischen »den subjektiven Zwecken« des Individuums, also etwa »der Liebe, Ehre, Ehrsucht oder mit ihren Idealen der Weltverbesserung«, und der »bestehenden Ordnung und Prosa der Wirklichkeit«. Diese »feste, sichere Ordnung der bürgerlichen Gesellschaft und des Staats« ist der Raum, in den das zunächst in Träumen und Illusionen befangene Individuum sich einfinden muss, und der Bildungsroman dabei der Roman der Desillusionierung, aber auch der Versöhnung zwischen Individuum und Gesellschaft unter dem Leitbegriff einer als sinnvoll erfahrenen Wirklichkeit. Bereits Hegel gibt jedoch dieser Versöhnung eine stark ironische Wendung: »Diese

Kämpfe nun aber«, schreibt er, »sind in der modernen Welt nichts Weiteres als die Lehrjahre, die Erziehung des Individuums an der vorhandenen Wirklichkeit, und erhalten dadurch ihren wahren Sinn. Denn das Ende solcher Lehrjahre besteht darin, daß sich das Subjekt die Hörner abläuft, mit seinem Wünschen und Meinen sich in die bestehenden Verhältnisse und die Vernünftigkeit derselben hineinbildet, in die Verkettung der Welt eintritt und in ihr sich einen angemessenen Standpunkt erwirbt. Mag einer auch noch soviel sich mit der Welt herumgezankt haben, umhergeschoben worden sein, zuletzt bekommt er meistens doch sein Mädchen und irgendeine Stellung, heiratet und wird ein Philister so gut wie die anderen auch; die Frau steht der Haushaltung vor, Kinder bleiben nicht aus, das angebetete Weib, das erst die Einzige, ein Engel war, nimmt sich ungefähr ebenso aus wie alle anderen, das Amt gibt Arbeit und Verdrießlichkeiten, die Ehe Hauskreuz, und so ist der ganze Katzenjammer der übrigen da.«

Was Hegel hier so stark betont, sind zwei Elemente, die sich schon im *Wilhelm Meister* finden: zum einen der so gar nicht außergewöhnliche, mittlere, ja manchmal fast mittelmäßige Charakter des Helden; zum anderen die Richtung auf Desillusionierung, auf Überwindung der reinen Wunschwelt zugunsten eines normalen tätigen Lebens. Doch viel stärker als im doch eher versöhnlichen Schluss des *Wilhelm Meister* zeigt Hegel hier dann doch das Moment des Scheiterns, des Sich-Abfindens, des eben tatsächlich Mittelmäßigen, wie es im Vernünftigwerden des Erwachsenen nun auch angelegt ist. Und man kann sicher sein, dass Flaubert die Passage zwar nicht kannte, doch mit einem ganz verwandten Blick diese Tendenz im *Wilhelm Meister* dennoch erkannte – und für seine Zwecke weiter zuspitzte. Die *»bêtise«*, die menschliche Dummheit, ist Flauberts Lebens- und Lieblingsmelodie, und schon in *Madame Bovary* wird sie als Thema mit Variationen immer wieder durchgespielt. In *Lehrjahre der Männlichkeit* wird sie wiederaufgenommen, und der Autor konnte kaum eine bessere Form für seine Idee finden als die Form des Bildungsromans, eines Bildungsromans, der die Idee der Desillusionierung durch ein mittleres Leben bis an ihr bitteres Ende führt.

Zuweilen werden im Vergleich die *Lehrjahre der Männlichkeit* gegenüber *Wilhelm Meisters Lehrjahren* als »Anti-Bildungsroman« bezeichnet, als anti-idealistisches Gegenmodell und eine Art Aufhebung der klassischen Form. Doch es lässt sich bezweifeln, ob mit Sinn. Denn was Flaubert gestaltet, ist keinesfalls ein Widerspruch gegen die Goethesche Romanform, es ist vielmehr eine radikale Zuspitzung von Tendenzen, die auch dort bereits ganz deutlich vorhanden sind. Dem Bildungsroman wird generell zugeschrieben, dass er den desillusionierenden Lernprozess letztlich als Erfolgsgeschichte sieht: Der Held, der durch Selbstbeschränkung seinen Platz im Leben gefunden hat, durchlief dabei auch einen Prozess der Selbsterkenntnis: Er steht durchaus klüger da als zuvor! Flaubert dagegen spießt auch diese Idee auf; er treibt seine Desillusionierung so weit, dass auch die Selbsterkenntnis durch Selbstbeschränkung als Illusion dran glauben muss: Seine Figuren lernen letztlich überhaupt nichts; ihr Bildungsprozess tritt auf der Stelle. Und dieser Unterschied wird besonders auch durch die politische, gesellschaftliche Erfahrung bewirkt. Flaubert war alles andere als ein Revolutionär, genauso wenig wie Goethe. Findet sich bei Goethe, in seiner von der Französischen Revolution 1789 geprägten Epoche, allerdings immer noch das Motiv einer Emanzipation des bürgerlichen Individuums gegenüber der feudalen Ordnung, so ist für Flaubert diese Idee nach der fehlgeschlagenen Revolution 1848 auch dahin. Diese Entwicklung gestalten zu können, das verdankte Flaubert auch für den Roman des Jahres 1869 ganz wesentlich der Konzeption, die er im *Wilhelm Meister* gefunden hatte. Keine Aufhebung, kein Widerspruch, sondern eine Weiterentwicklung des bewunderten Vorbilds, und deshalb konnte Flaubert auch ein Jahr nach seinen *Lehrjahren der Männlichkeit*, am 2. Juli 1870 an George Sand, weiterhin mit Überzeugung schreiben: »Voilà un homme, ce Goethe!«

In die Stimmung der Zeit eintauchen: Der historische Hintergrund

Wo eigentlich war Flaubert am 15. September 1840? An dem präzisen Tag mit der präzisen Uhrzeit, da er seinen Roman beginnen und einen jungen Mann namens Frédéric Moreau mit dem Flussdampfer von Paris nach Nogent-sur-Seine fahren lässt?

An jenem 15. September 1840 war der exakt gleichaltrige Gustave Flaubert weit weg von Paris, auch weit weg vom heimatlichen Rouen. Nach bestandenem Baccalaureat unternahm er in Begleitung von Dr. Cloquet, einem Freund der Familie, eine Reise durch die Pyrenäen und nach Korsika, vom 22. August bis 1. November, nachzulesen in *Par les champs et par les grèves*. Und an besagtem 15. September saß er frühmorgens in einem Gasthofzimmer des südwestfranzösischen Thermalstädtchens Bagnères-de-Luchon, fror und langweilte sich entsetzlich, weil der geplante Ausflug nach Spanien des schlechten Wetters wegen entfiel. »Eingesperrt in mein Zimmer, bleibt mir nichts anderes übrig als zu schreiben. Aber was schreiben?« hält er mutlos in seinem Reisetagebuch fest. Im Gegensatz zu Frédéric Moreau gönnte sich der junge Flaubert nach bestandenem Abitur eine längere Auszeit, wie man heutzutage sagen würde. Er verbrachte über ein Jahr mit Lesen und Schreiben zu Hause in Rouen, nach Paris zum Jurastudium zog er erst Anfang 1842.

Die *Lehrjahre* erstrecken sich über Flauberts gesamte Lebenszeit, also von 1821, dem Jahr von seiner und Frédérics Geburt, bis hinein ins Jahr 1869, dem Zeitpunkt der Fertigstellung des Romans und eben auch des Wiedersehens von Frédéric und Deslauriers im allerletzten Kapitel. Der Roman ist streng konstruiert, er besteht aus drei Teilen zu je sechs unterschiedlich langen Kapiteln plus einer Art Epilog. Der Leser kann genau nachrechnen, denn jedes entscheidende Datum wird von Flaubert selbst angegeben. Der ganze Erste Teil spielt vom 15. September 1840 bis zum 14. Dezember 1846, als Frédéric nach drei Jahren in Nogent die Postkutsche zurück nach Paris besteigt; kurze Rückblicke in die Kindheit von Frédéric und Deslauriers erzählen von den dreißiger Jahren. Der Zweite Teil beginnt am 15. Dezember 1846 mit Frédérics Ankunft in Paris und endet am Abend des 23. Februar 1848, mit dem Ausbruch der Revolution. Der Dritte Teil beginnt am Morgen des 24. Februar 1848, hat aber gewissermaßen einen dreifachen Schluss: Kapitel 5 endet am Abend des 4. Dezember 1851, also unmittelbar nach dem Staatsstreich; im Zeitraffer werden in Kapitel 6 zunächst mehr als 15 Jahre mit wenigen Zeilen abgehandelt, die folgende Passage spielt dann an einem einzigen Spätnachmittag und Abend Ende März 1867. Darauf folgt nur noch Kapitel 7, der bilanzziehende Epilog im Winter 1868/69, also in Flauberts Gegenwart.

Alberto Cento hat in seiner großen Studie *Il realismo documentario nell'»Éducation sentimentale«* (1967) vier historische Phasen im Roman unterschieden: 1. die Julimonarchie noch in voller Kraft, aber schon ausgehöhlt, untergraben (1840–1843), 2. die Julimonarchie im Niedergang, morsch und von Skandalen zerfressen (1846–1847 und Anfang 1848), 3. die Revolutionsmonate von Februar bis Juni 1848, 4. Reaktion und Staatsstreich (zweite Jahreshälfte 1848 bis Dezember 1851). Centos erste Phase entspricht dem Ersten Teil des Romans, wobei die drei Jahre, die Frédéric ab Sommer 1843 in Nogent verbringt, stark verdichtet in einem einzigen Kapitel (I, 6) erzählt werden und das politische Tagesgeschehen fernab in der Provinz kaum eine Rolle spielt. Die zweite Phase deckt sich mit dem Zweiten Teil der *Lehrjahre*, die dritte und vierte Phase mit dem Dritten Teil. Das Auf-der-Stelle-Treten, die Lähmung im Privat-Persönlichen, die den zweiten Romanteil charakterisiert, deckt sich mit der politischen Stagnation der ausgelaugten, dahinsiechenden Julimonarchie: »Die Handlung fehlt im ganzen zweiten Teil«, hatte sich Flaubert bereits 1862 unter den frühesten Stichpunkten zu seinem geplanten Roman notiert. Wenn sich dagegen die Ereignisse auf politischem Terrain überschlagen, wie Ende 1851, dann tun sie es auch im Privaten: Dass die Versteigerung von Madame Arnoux' Habseligkeiten mit allen weiteren Konsequenzen exakt am Vorabend des Staatsstreichs stattfindet, ist raffiniertes Kalkül des Autors. Anzumerken wäre auch noch, dass sich kaum Anachronismen finden in der Erwähnung der vielen, präzisen, oft kleinteiligen historischen Geschehnisse wie etwa die Verabschiedung eines Gesetzes, der letzte Theaterskandal oder die neueste Korruptionsaffäre, die allesamt für den Leser wertvolle Zeitangaben darstellen im Ablauf der inneren Chronologie. Und passiert es doch einmal, so hat man eher den Eindruck, es war Flaubert durchaus bewusst, kümmerte ihn aber nicht.

Der erweiterte historische Bogen des Romans spannt sich sogar von 1789 bis kurz vor den Deutsch-Französischen Krieg, das Ende des Zweiten Kaiserreichs 1870, eine neue Revolution und die Pariser Kommune im Frühling 1871. Dazwischen liegen zwei weitere Revolutionen und eine Reihe verschiedener Staatsformen und Regierungen. Die Große Revolution ist als »89« stets in den Köpfen der Protagonisten präsent. 1821, das Geburtsjahr Frédérics, ist das Todesjahr Napoleons I. und der Beginn all der Legenden und Mythologien um den Kaiser der Franzosen, die in erbaulichen Bilderbogen, den sogenannten *Images d'Épinal*, große Verbreitung fanden und die imperiale Nostalgie beförderten. Im Dezember 1840 werden die sterblichen Überreste des Korsen mit großem Pomp von St. Helena nach Paris gebracht, das letzte Wegstück auf der Seine und also auch mitten durch Rouen. Eines der Begleitschiffe war kein anderes als – die Ville-de-Montereau. Die Napoleon-Reminiszenzen ziehen sich konsequent durch den gesamten Roman. Auf Napoleon I. folgte die Restauration der Bourbonen mit den Königen Ludwig XVIII. (1814–1824) und Karl X. (1824–1830). Die Revolution von 1830 (*Les Trois Glorieuses*, die drei glorreichen Tage vom 27. bis 29. Juli) fegte die Bourbonen hinweg und installierte den Bürgerkönig Louis-Philippe aus dem Haus Orléans, die sogenannte Julimonarchie. Von nun an bekämpfen sich Legitimisten, Orleanisten und Bonapartisten sowie Republikaner verschiedenster Couleurs.

Die nächste Revolution bildet dann den Scheitelpunkt des Romans. Für die Episoden rund um 1848 schöpfte Flaubert natürlich aus unzähligen historischen Werken sowie aus den in der Bibliothèque Nationale akribisch durchforsteten Zeitschriften und Zeitungen, vor allem aber aus einem Fundus persönlicher Erinnerungen; darüber hinaus hatte ihm Maxime Du Camp seine eigenen Aufzeichnungen aus jener Zeit zur Verfügung gestellt. Immer wieder wandte er sich in Detailfragen auch an Freunde und Bekannte: »Haben Sie an mich gedacht?« erinnerte er beispielsweise den Starkritiker und Schriftstellerkollegen Charles-Augustin Sainte-Beuve am 12. März 1866. »Könnten Sie mir sagen, was ich lesen muss, um mich mit der neokatholischen Bewegung um 1840 vertraut zu machen? Meine Geschichte reicht von 1840 bis zum Staatsstreich. Ich muss alles wissen, das versteht sich, und bevor ich loslege, in die Stimmung der Zeit eintauchen.« Und bat ihn sogleich um Bücher, denn momentan könne er wegen eines Furunkels leider in keine Bibliothek. Die Brüder Jules und Ernest Duplan, der eine Kaufmann, der andere Notar, wurden regelmäßig mit Detailrecherchen in juristischen, historischen oder anderen Sachfragen wie Börsenspekulation, Veruntreuung, Zuglinien, Fahrpläne, Entbindungsanstalten für ledige Mütter beauftragt und um die Lieferung von handfestem Material gebeten. Und die beiden Duplans waren wichtige Korrekturleser des fertigen Manuskripts, die konkrete Details wie etwa Straßennamen überprüften, denn im Lauf der zwanzig inzwischen verstrichenen Jahre hatte sich die Topographie von Paris stark verändert, nicht zuletzt durch Baron Haussmann.

Auf eigene Erlebnisse griff Flaubert bei der Schilderung von politischen Versammlungen oder Reformbanketts zurück; besonders für die Tage im Februar 1848 diente ihm, etwa in der Beschreibung der Kämpfe um das Château-d'Eau, all das, was er auf Streifzügen durch die Stadt mit eigenen Augen gesehen hatte. Am Morgen des 24. Februar zog Du Camp mit Flaubert und Bouilhet durch Paris, die beiden Freunde waren aus Rouen herbeigeeilt, in seinen 1876 veröffentlichten *Souvenirs de l'année 1848* schreibt Du Camp: »Louis Bouilhet und Gustave Flaubert trafen bei mir ein, sie kamen aus der Rue Richepance, wo sie im Hotel an der Ecke Rue Duphot abgestiegen waren; man begann gerade mit den Barrikaden, als sie aus dem Haus gingen; Bouilhet sah die Dinge sehr klar und sagte zu uns: Louis-Philippe ist verloren, der schläft heute abend nicht in den Tuilerien. Wir sträubten uns gegen diese Ansicht, die wir nicht zulassen konnten; doch wir waren traurig, bedrückt; wir fühlten uns niedergeschmettert durch dieses unerklärliche Massaker.« (S. 77) Gemeint ist natürlich das Massaker vom Vorabend auf dem Boulevard des Capucines, am Ende des Zweiten Teils (S. 385).

In Du Camps *Souvenirs de l'année 1848* finden sich immer wieder Szenen, Episoden, Momentaufnahmen, die sich mit den *Lehrjahren* überschneiden, die Freunde jedoch nicht als Handelnde, sondern als Beobachter des Geschehens zeigen: »Als wir die Rue Saint-Honoré auf der Höhe der Rue Jeannisson überquerten, hatte uns eine Volksmasse auseinandergerissen; ich hatte Flaubert rasch wiedergefunden, denn seine hohe Gestalt machte ihn von weitem erkennbar. Bouilhet dagegen war verschwunden. Gustave Flaubert und ich stellten uns vor einen Häuserblock, der die Rue du Rempart von der Rue de Richelieu trennte, ganz in der Nähe der einstigen *Civette*, neben einen Apothekerladen. Von hier konnten wir die Rue Saint-Nicaise sehen, die Rue de Rohan, den Platz und den Wachposten im Château-d'Eau. Der Ort war gut gewählt, aber nicht sehr sicher. Ein Mann, den eine Kugel getroffen hatte, brach vor unseren Füßen zusammen; wir schleppten ihn zu dem Pharmazeuten hinein, der sich aber nur mäßig für ihn interessierte.« (S. 85 f.)

Auch Frédéric stürzt sich erst am Morgen des 24. Februar, also mit einer gewissen Verspätung ins Revolutionsgetümmel, denn tags zuvor »reformierte« er sich ja noch mit der Marschallin. Trotz einer gewissen Euphorie angesichts der Umwälzungen bleibt er ein revolutionärer Zaungast. Auf nahezu traumwandlerische Art stromert er durch den Aufruhr, die Kämpfe, ohne im Kleinen recht zu begreifen, was im Großen vor sich geht. Wenn etwa »inmitten des Gewirbels« ein »Greis im schwarzen Frack auf einem weißen Pferd mit Samtsattel« (S. 391) auftaucht und Frédéric von den Geschehnissen nicht viel begreift, gleicht er Fabrizio del Dongo, der wie ein tumber Tor über das Schlachtfeld von Waterloo stolpert. Flaubert hielt nicht viel von »diesem Idioten Stendhal«, dennoch: Ohne die *Kartause von Parma* ist die Erzählung von Frédérics Irrungen durch das von Barrikaden übersäte Paris in dieser Form kaum vorstellbar. Und gründlich gelesen hatte Flaubert seinen Stendhal! Völlig abwesend aus Paris ist Frédéric dann während des Arbeiteraufstands im Juni, denn Flaubert schickt ihn genau von Donnerstag, dem 22., bis Sonntag, dem 26., mit Rosanette zu dem idyllischen Ausflug nach Fontainebleau. Auch Flaubert selbst verbrachte diese Tage abseits der Kapitale, er hatte andere Sorgen: Er versteckte sich mit seiner Mutter und der zweijährigen Nichte Caroline in Forges-les-Eaux vor seinem Schwager Émile Hamard, gegen den ein Entmündigungsverfahren lief und der seine kleine Tochter wiederhaben wollte. Du Camp dagegen nahm in den Reihen der Nationalgarde an den Junikämpfen teil und wurde beim Sturm auf eine Barrikade im Faubourg Poissonnière durch einen Schuss ins Bein verletzt.

»Ich empfinde keinerlei Zuneigung zum Proletarier, und ich sympathisiere nicht mit seinem Elend; aber ich verstehe und ich trete mit ihm ein in seinen Hass gegen den Reichen«, hatte der junge Flaubert seinem Tagebuch anvertraut (*Cahier intime de 1840–1841*, *Œuvres de jeunesse*, S. 739). An dieses Geständnis denkt man unweigerlich bei der Figur des Dussardier, er ist der Proletarier und zugleich der einzige unter den jungen Männern aus Frédérics Freundeskreis, der in seiner Geradlinigkeit und Güte uneingeschränkt sympathisch wirkt. Hinter seinen Handlungen steckt nie Berechnung, er folgt einem natürlichen, instinktiven Gerechtigkeitsempfinden, er könnte geradewegs aus einem Buch von George Sand stammen. Für immer geprägt hat ihn das Massaker in der Rue Transnonain am 15. April 1834, das er als Fünfzehnjähriger mit eigenen Augen sah (S. 317). Seither ist der große, kräftige Bursche ein bedingungsloser Anhänger der Republik, und sein Idol heißt Armand Barbès: Um ihn macht er sich Sorgen (S. 196), vom Gefängnis Mont-Saint-Michel und den Misshandlungen, denen Barbès dort ausgesetzt war (S. 318), erzählt er Frédéric.

Zur Verifizierung der Barbès-Passagen schrieb Flaubert am 24. September 1867 an seine Freundin George Sand in Nohant mit der Bitte, sie möge Barbès nach der Exaktheit eines Berichts im *National* vom 12. November 1841 über erlittene Misshandlungen in der Gefangenschaft fragen. Barbès selbst antwortete Flaubert am 2. Oktober 1867 aus seinem Exil in Den Haag: »Werter Landsmann, / unsere erlauchte Freundin, Madame Sand, übermittelt mir eine Frage, die Sie ihr zu einem Vorkommnis auf dem Mont-Saint-Michel stellen, und bittet mich, Ihnen zu antworten. / Was *Le National* erzählt hat, ist vollkommen richtig. […] Die Schläge ins Gesicht und auf den ganzen Körper, das Zu-Boden-Werfen, das Zusammenschnüren der Krawatte am Hals, das Ausreißen des Barts, das Hinunterschleifen aus den Loggien, also dem höchstgelegenen Ort des Mont-Saint-Michel, bis ins schwarze Verlies (dem tiefsten Punkt), über eine Treppe, wobei mein Kopf auf jede Stufe schlug, ja, alle diese Dinge sind geschehen. Ach! und heute versucht man, die Herrschaft von Louis-Philippe zu rehabilitieren! […] Aber es war eine traurige Herrschaft und eine traurige Zeit, das schwöre ich Ihnen. Die Franzosen sollen es nicht vergessen! Unser teures Frankreich hat so viel gelitten!« Barbès schloss seine Ausführungen mit den Worten: »Nun ist dieser Brief viel länger geworden, als ich dachte. Verzeihen Sie mir, im Namen unserer gemeinsamen Verehrung für George Sand. Sie hat mir gesagt, dass ich Ihnen schreiben soll; und Sie wissen vielleicht, für mich bedeutet sie oder ist sie Frankreich.«

Am 8. Oktober 1867 wandte sich Flaubert direkt an Barbès: »Ich weiß nicht, Monsieur, wie ich Ihnen danken soll für Ihren so liebenswerten, so herzlichen, so edlen Brief. Ich war es gewöhnt, Sie zu achten, jetzt liebe ich Sie. / Die Einzelheiten, die Sie mir schicken, werden (beiläufig) in ein Buch einfließen, das ich schreibe und dessen Handlung zwischen 1840 und 1852 spielt. Obwohl mein Thema ein rein analytisches ist, berühre ich zuweilen die Ereignisse jener Zeit. Mein Vordergrund ist erfunden und mein Hintergrund real. / Sie wissen, besser als jeder andere, viele Dinge, die mir nützlich wären und die ich hören müsste. Aber es ist unmöglich, dass wir uns sehen, denn Sie leben ja dort oben und ich hier. Ohne Madame Sand wüsste ich nicht einmal, wie ich Ihnen meinen Dank zukommen lassen soll. Es hat mich sehr berührt, was Sie von ihr gesagt haben. Dieses Wir ist eine Religion, die wir gemein haben – mit ein paar andren. / Darum erlaube ich mir, Ihnen sehr fest die Hände zu drücken und zu sagen / Ganz der Ihre.«

Und noch am selben Tag meldet er sich bei Sand: »Liebe Meisterin, / hier ein paar Zeilen des Dankes für Barbès, der mir einen bezaubernden, hinreißenden Brief geschrieben hat. / Da ich keineswegs eine *patriotische* Vergangenheit habe und in der Stille des Arbeitskabinetts Sätze brüllte, während er auf den Straßen sein Leben für die Freiheit in Gefahr brachte, war ich nicht der Meinung, ich dürfe ihm all das Gute sagen, das ich von ihm denke – ich hätte ja dagestanden wie eine Art Höfling. Was mir von diesem Mann eine hohe Meinung gegeben hat, ist der (von ihm geschriebene) Bericht über die Tage, als er darauf gefasst war, hingerichtet zu werden. Er las Lord Byron und rauchte seine Pfeife. Das ist sehr anständig. – Und außerdem liebte er die Freiheit, und zwar *ohne Phrasen*, als ein Mann Plutarchs. Zuletzt scheint mir, er ist *auf dem großen Weg* geblieben, während die andern (und fast alle Unsrigen) von ihm abgekommen sind. – Herrje!« Flauberts Bewunderung gilt dem 1848 von Barbès veröffentlichten Bericht *Deux jours de condamnation à mort* über seine Verurteilung zum Tod nach dem gescheiterten Putschversuch am 12. Mai 1839. Dass er ihn auf der »grande route« seines Hausheiligen Voltaire sieht, also dem Weg von »Gerechtigkeit und Recht«, ist ein weiterer Beweis seiner Achtung vor dem prinzipientreuen Barbès, die er mit George Sand teilte und mit dem Zweifler Dussardier.

Man schimpft mich einen Gimpel und einen Gauner: Kritiker und Leser

Die ersten Leser seines neuen Romans waren für Flaubert wie immer die engen Freunde. Da Louis Bouilhet, sein »literarischer Kompass«, erkrankt war und schließlich im Juli 1869 nur wenige Monate vor Erscheinen der *Lehrjahre* starb, wurde Maxime Du Camp nach Fertigstellung des Manuskripts zur wichtigsten Instanz. Wie schon bei *Madame Bovary* bekrittelt Du Camp zahlreiche stilistische Eigenheiten und sprachliche Mängel: Anfang Juni 1869 schickt er Flaubert eine Liste mit insgesamt 251 Beanstandungen auf zwölf Blättern, die Flaubert feinsäuberlich zusammen mit den 498 Blättern seines endgültigen Manuskripts aufbewahrt.

»Ich rede jetzt nicht von Einzelheiten, zu denen ich Dir 12 Seiten Anmerkungen zusammengestellt habe, mit Verweis auf den Text. Hier nun mein Eindruck, ganz offen«, erklärt Du Camp am 8. Juni. »Du hast eine Art Kunststück vollbracht, indem Du ein solches Buch geschrieben hast, über ein Thema, das keines ist, ohne irgendeine Handlung und ohne Charakter bei Deinen Figuren. Das ist interessant. Einige Szenen sind sehr gut; die beste, meiner Ansicht nach, ist die vorletzte, der Besuch Madame Arnoux' bei Frédéric. Schlésinger, die Präsidentin, Nadar und Claudin sind gut gelungen.« Ganz offensichtlich liest Du Camp die *Lehrjahre* wie einen Schlüsselroman: Monsieur Arnoux ist der Musikverleger Maurice Schlésinger, Rosanette ist die Salonnière Madame Sabatier, Delmar oder vielleicht auch Pellerin der Fotograf Nadar, und Hussonnet ist der Journalist und Romancier Gustave Claudin. Wobei er geflissentlich übersieht, dass mit Hussonnet vielleicht auch er selbst karikiert sein könnte.

»Alles, was 48 betrifft, gut, außer ein paar eher unerheblichen fehlerhaften Details, die ich angemerkt habe. Der ganze erste Teil, zu lang, viel zu lang. Erst auf der 399. Seite sagt Frédéric Madame Arnoux, dass er sie liebt; das ergibt für zwei Drittel des Buches eine Einheit der Situation, die sehr monoton ist. Ich glaube, Du tätest gut daran, ein paar ordentliche Streichungen vorzunehmen. Der Maskenball ist viel, viel zu lang; er bildet das Gegengewicht zum Ball bei Madame Dambreuse, ich weiß, aber Du musst den ersten kürzen, die Beschreibungen von Tänzern und Tänzerinnen wegmachen. Das ist völlig abgedroschen und schon von allen geschrieben worden«. So geht es noch ein gutes Stück weiter, bis Du Camp am Ende seines Briefes auch noch den Titel aufspießt: »Es müsste eher heißen: *Geschichte eines Dummkopfs* als *Geschichte einer Jugend*. An Deiner Stelle, und zwar klipp und klar, damit man mir nicht die Laschheit aller Figuren an den Kopf wirft, eine von Dir gewollte Laschheit, würde ich mein Buch *Die Mittelmäßigen* nennen.« Kein guter Anfang. Flaubert übernimmt ein paar Details, aber keinen der großen Änderungsvorschläge.

Ganz anders die Reaktion von George Sand, die den Roman im Mai vorgelesen bekommen hat und ihn nun als fertiges Buch, erschienen am 17. November, sogleich mitsamt der ganzen Familie noch einmal liest; am 30. November versichert sie Flaubert, es sei »ein schönes Buch, von der Kraft der besten Balzacs und wirklicher, das heißt wahrheitsgetreuer von Anfang bis Ende. Es braucht die große Kunst, die erlesene Form und die Strenge Deiner Arbeit, um auf die Blumen der Phantasie verzichten zu können. Und doch streust Du mit vollen Händen Poesie über Dein Gemälde, ob Deine Figuren sie verstehen oder nicht. Rosanette in Fontainebleau weiß nicht, über welche Gräser sie schreitet, und dennoch ist sie poetisch. Das alles ist meisterhaft und Dein Platz ist erobert, für immer.«

Doch nur wenige Tage später, am 3. Dezember, meldet ein geknickter Flaubert nach Nohant: »Ihr alter Troubadour wird von den Blättern wüst verunglimpft. Lesen Sie den *Constitutionnel* vom letzten Montag und den *Gaulois* von heute morgen, das ist klar und deutlich. Man schimpft mich einen Gimpel und einen Gauner. Der Artikel von Barbey d'Aurevilly (*Constitutionnel*) ist in seiner Art ein Modell, und der des guten Sarcey, obschon weniger grob, steht ihm in nichts nach. Diese Herren protestieren im Namen von Moral und Ideal! Ich habe auch im *Figaro* und in *Paris* Verrisse bekommen, von Cesena und Duranty. / Es ist mir völlig egal! trotzdem bin ich verwundert über so viel Hass! – Und Böswilligkeit. / *La Tribune*, *Le Pays* und *L'Opinion natio-*

nale dagegen haben mich sehr gelobt.« Am Ende fügt er noch hinzu: »*Alle* Zeitungen nennen als Beweis meiner Niedertracht die Episode bei der Türkin, die natürlich entstellt wird, und Sarcey vergleicht mich mit dem Marquis de Sade, den er, wie er zugibt, nicht gelesen hat.«

Aber die Pechsträhne geht weiter, am 7. Dezember schreibt Flaubert wiederum an seine treue Freundin: »Auf Ihrem alten Troubadour wird in beispielloser Weise herumgetrampelt. Die Leute, die von mir ein Exemplar meines Romans bekommen haben, scheuen sich, mir etwas darüber zu sagen. – Aus Angst, sich zu kompromittieren oder aus Mitleid mit mir. Die Nachsichtigsten finden, ich hätte nur einzelne Bilder geschaffen, es fehlten aber die Komposition, der Aufbau ganz und gar! / Saint-Victor, der die Bücher von Arsène Houssaye rühmt, will keinen Artikel über meines schreiben, denn er findet's zu schlecht. Voilà. Théo ist nicht da, und niemand (schlichtweg niemand) ergreift meine Verteidigung. / Also (das übrige erraten Sie), wenn Sie diese Rolle übernehmen möchten, wäre ich Ihnen dankbar. Voilà. Wenn Ihnen das lästig ist, lassen Sie's bleiben. Keine Gefälligkeiten zwischen uns.«

Was steht nun tatsächlich in den erstaunlich rasch und in großer Zahl erscheinenden Kritiken, deren Tenor von befremdetem Unverständnis bis hin zur galligen Häme reicht? Amédée de Cesena beginnt seine Besprechung im *Figaro* vom 20. November mit der Frage: »Ist das überhaupt ein Roman?« Und gibt selbst die abwertende Antwort – wider Willen jedoch enthält sie eine verblüffende, in Erfüllung gegangene Prophezeiung: »Vielleicht ist das der Zukunftsroman, so wie Wagners Musik die Zukunftsmusik, wie Courbets Malerei die Zukunftsmalerei. Ich beweine die Zukunft.« Das ganze sei nichts als »angerissene Charaktere oder skizzierte Leidenschaften, bloß begonnene Abenteuer oder kurze Willensanwandlungen«, zudem stören ihn »die häufigen Ausflüge des Autors in den Bereich der Politik«, und so schließt er mit der Bemerkung: »Nicht weil sie das hochtrabende Gerede öffentlicher Versammlungen darin wiederfinden wollen, lesen Frauen einen Roman.«

Alfred-Auguste Cuvillier-Fleury gesteht im *Journal des Débats* vom 20. November, er habe das neue Werk zwar noch nicht gelesen, finde jedoch a priori Karthago interessanter als Nogent-sur-Seine. Und er schmeichelt sich, einer der wenigen Verteidiger von *Salammbô* gewesen zu sein. In einem zweiten Artikel am 14. Dezember moniert er dann: »Das Buch von Monsieur Gustave Flaubert ist kein Roman, sondern eine Satire, eine Satire, bestehend aus Erzählungen, Bildern, Episoden, die nicht miteinander verbunden sind, aus Figuren, die sich versammeln, aber nicht zueinander kommen«, und tadelt sehr von oben herab: »Es fasst alles an und zieht alles in den Schmutz. Es ist versessen darauf zu erniedrigen, was in die Höhe strebt, auszulöschen, was leuchtet, Wissenschaft, Talent, Patriotismus, Unabhängigkeit, Adel, Scham, wohlerworbenen Reichtum, vornehme Eleganz, die großen Tugenden wie auch die kleinen.« Der überzeugte Orleanist Cuvillier-Fleury, etwa zwanzig Jahre älter als Flaubert und seit kurzem endlich in die Académie française gewählt, fühlt sich offenbar auch ganz persönlich angegriffen, denn er bekennt freiheraus, »der Satiriker scheint uns zu sagen: Ich wollte euch zeigen, was ihr seid. Eure Verderbnis ist abscheulich und eure Laster schreien nach Rache; aber das ist mir vollkommen gleichgültig!«

Am 3. Dezember erklärt Francisque Sarcey in *Le Gaulois*: »Nicht Langeweile empfindet man beim Lesen dieses neuen Romans von Monsieur Flaubert; eher eine gewisse Schalheit in der Seele, die bis zum Ekel geht: Der Held ist nicht hassenswert, er ist abstoßend. Könnte man ihn wenigstens hassen, diesen Frédéric, der zwei dicke Bände füllt mit seinen schalen Abenteuern.« Ja, dieser Frédéric: »Er ist von beklagenswerter Dummheit. Das vollkommene Fehlen von Charakter ist sein einziger Charakter. Er ist eine Null in ihrer ganzen widerwärtigen Hässlichkeit.« Und dafür so viel Aufwand: »Was für ein schändlicher Missbrauch von Talent!« Und am nächsten Tag, in einem weiteren Artikel, nachdem er dem Autor noch einmal Talent und eine »wunderbar reiche Sprache« bescheinigt und sich dann in Rage geschrieben hat, fällt endlich das Verdikt: »Langweilig! so lautet das endgültige Urteil über dieses Werk. Sterbenslangweilig! langweilig ohne den Charme argloser Ehrlichkeit, langweilig mit Dünkel; oh! was für eine Langeweile! was für eine Langeweile!«

Saint-René Taillandier vermutet in der *Revue des Deux Mondes* vom 15. Dezember unter der Überschrift »Der misanthropische Roman«, der Autor habe sich wohl »irgendeine misanthropische Theorie« zurechtgebastelt, in deren »fahlem Licht« er die Welt male, ja, sein Werk sei aus »einer Art spöttischer Misanthropie«, aus einem »allumfassenden Pessimismus« hervorgegangen. »In seinen Augen ist das Leben schlecht und lächerlich; diese Welt ist das Reich der Dummheit, der Vulgarität, der Langeweile, des Ekels.« Flauberts Verteidigern hält er entgegen: »Ohne die Qualitäten zu verkennen, die Monsieur Gustave Flaubert zu einem Schriftsteller mit einer gewissen Originalität machen, bewundern wir vorbehaltlos weder seine Kunst noch seinen Stil. Was ist eine Kunst, deren Ergebnis darin besteht, die Komposition abzuschaffen, die Einheit unmöglich zu machen, ein Gemälde zu ersetzen durch eine Reihe von Skizzen?« Fazit: »Angesichts der Reaktionen auf sein Buch, angesichts dieses einhelligen Gefühls von Abscheu und Langeweile wird Monsieur Gustave Flaubert begreifen, dass die mühseligste, die angestrengteste, die ausgefeilteste Sorge um den Stil nicht verhindert, dass man unleserliche Bücher schreibt.«

Die schärfste, bösartigste Kritik kam, wie kaum anders zu erwarten, in *Le Constitutionnel* vom 29. November: Der ultramontane Katholik Barbey d'Aurevilly hatte einst *Madame Bovary* mit gewissen Vorbehalten gelobt und dann *Salammbô* gnadenlos verrissen. Flaubert sei »ein Mann mit wenig Ideen, der, wenn er eine hat, diese kocht und noch einmal kocht, aber nicht in ihrem Saft, denn sie hat keinen. Er ist ein Geist von extremer Trockenheit unter den Trockenen, ein ganz oberflächlicher Verstand, und er besitzt weder Gefühl noch Leidenschaft, noch Begeisterung, noch Ideal, noch Weitblick, noch Gedankenschärfe, noch Tiefe«. Wie auch andere Kritiker stören ihn die vielen »Beschreibungen«, das alles sei »Trödelkram«, Flaubert nichts als ein »faiseur de bric-à-brac«. »Sein Buch, das ist der Laden des feinen Herrn Arnoux, der ebenfalls Bilder verkauft.« Schon in seinem Artikel zu *Madame Bovary* in *Le Pays* vom 6. Oktober 1857 hatte er Flaubert am Ende gewarnt: »Ein großes Talent, das sich über kleine Dinge neigt und sich darin verlieren kann und darin ertrinken, als wäre es klein!« Nun, zwölf Jahre später, bescheinigt er ihm, »angeschlagen, zerfressen, gealtert und sichtlich ausgelaugt« zu sein. »Ich sage zuletzt noch, um Monsieur Flaubert müssen wir uns *nur mehr* für den Fall kümmern, dass er sein System ändert und seine Art: er wird nichts ändern.« Und er beschließt seinen Artikel mit einem Grabspruch für den seiner Ansicht nach schon jetzt toten Mann: »Hier ruht jemand, der *ein* Buch geschrieben hat, aber keine *zwei*!«

Auf Verständnis traf Flaubert jedoch in *Le Pays*, einer dem Bonapartismus nahestehenden Tageszeitung. Die Rezension von Paul de Léoni am 26. November fällt aus dem Rahmen, weil sie ein Gespür für die epochale Verwandtschaft ganz unterschiedlicher Werke beweist. Léoni betrachtet den Romancier Flaubert zusammen mit dem Dichter Charles Baudelaire und stellt dabei »erstaunliche und fast identische formale Verfahren« fest: »Beim einen wie beim andern finden sich dieselbe Verachtung für das Konventionelle, das Banale, dieselbe Anziehung durch das Seltsame, das Bizarre und auch dieselbe Neigung zum Kotigen, Abstoßenden und zur Analyse gesellschaftlicher Fäulnis.« Auch die Sprache des Romans ist für den Rezensenten große Kunst: »Es gibt kein Wort, das nicht seine treffende Bedeutung hätte, das nicht ein präzises Gefühl ausdrückte und das nicht sachkundig adjustiert und in die Gesamtharmonie des Werkes eingefügt wäre.« Dieses Bewusstsein von der ästhetischen Modernität der Zeitgenossen Baudelaire und Flaubert ist nahezu einzigartig.

Von Schriftstellerkollegen wie Hippolyte Taine, Victor Hugo oder den Brüdern Goncourt erhielt Flaubert brieflich Zuspruch und Ermutigung. Auf Émile Zola konnte er sich ebenfalls verlassen; Zola bekannte sich in *La Tribune* vom 28. November gleich eingangs als »lecteur sympathique«, als freundschaftlich zugeneigter Leser: »Alles in dem Werk ist eine Blüte der Kunst, obwohl der Autor nur das Wahre malt. Mit immenser Geschicklichkeit bleibt er auf dem Boden und gibt jedem der Worte, die er gebraucht, eine solche Vibration, dass sie herabfallen wie aus einer Himmelsposaune.« Auch für die poetische Seite des Romans hat Zola ein feines Ohr, lobt aber mehrmals, dass Flaubert mit beiden Beinen auf dem Boden der Wahrheit und Wirklichkeit bleibt, und nennt ihn schließlich einen »großen Dichter«, einen »Dichter, verwandelt in einen Naturalisten«. Der Lyriker, Dramatiker und Theaterkritiker Théodore de Banville, befreundet mit Baudelaire, Hugo und Gautier, lobt in *Le National* vom 29. November die *Lehrjahre* in sehr allgemeinen Formulierungen, hebt jedoch, wie als Antwort auf Flauberts Gegner, die »wundervolle und nüchterne Einheit des Ganzen« hervor. In einem Brief vom 15. Dezember versichert er Flaubert, »man muss, wie wir, 1840 gelebt haben, um zu verstehen, mit welcher Suggestivkraft Sie diese Übergangszeit mit ihren Schwächen und ihrem ohnmächtigen Streben heraufbeschworen haben. Das alles ist wahr bis ins Mark hinein und ausgedrückt in einer unsterblichen Form.«

Besondere Aufmerksamkeit verdienen die beiden Artikel von Amélie Bosquet vom 11. und 18. Dezember, denn sie erschienen in der neugegründeten, die Frauenrechte propagierenden Wochenzeitung *Le Droit des femmes*. Die Schriftstellerin aus Rouen, sechs Jahre älter als Flaubert und seit 1859 mit ihm bekannt, war neben George Sand die einzige *Rezensentin*, und sie betrachtete das Werk mit betont feministischem Blick. Flaubert hatte ihr die beiden Bände samt Widmung geschickt, am 11. Dezember warnte sie ihn vorab: »Aus Freundschaftspflicht hätte ich schweigen müssen, übrigens hätte dabei niemand etwas verloren. Aber ich dachte mir, Sie könnten mich des Undanks beschuldigen, wenn ich diese Kritik schreibe, und der Feigheit, wenn ich sie nicht schreibe.« Natürlich interessierte sie sich besonders für die Frauenfiguren: »Warum sprechen denn die von Monsieur Flaubert geschaffenen Frauen nicht? Sie lassen ein paar Worte fallen, ein paar Sätze, was man gemeinhin einsilbige Antworten nennt, und das ist alles! Man könnte glauben, der Autor fürchtet, wenn er für sie denken würde, schenkte er ihnen seinen Geist«. Sie findet, nichts sei trauriger »als ein langer Roman ohne Gespräche oder ohne Vertraulichkeiten von Frauen«, ja das sei »wie ein Frühling ohne Vogelgezwitscher«. Die Begeisterung der meisten männlichen Kritiker für Madame Arnoux teilt sie nicht, Frédérics Leidenschaft für diese Frau werde zwar ständig behauptet, dem Leser und erst recht der Leserin aber nicht nachvollziehbar, Madame Arnoux »bleibt uns mehr oder weniger gleichgültig, weil wir nicht in das Geheimnis ihrer Gefühle eindringen«. Am meisten empört ist sie jedoch über die Figur der Vatnaz: »Die Stimme der Einforderung von Frauenrechten, das ist Mademoiselle Vatnaz, eine Kupplerin und Diebin.« Ihre Rolle, ihre Darstellung ist für Bosquet schlichtweg »eine Beleidigung unserer Sache«. Die Freundschaft und die über zehn Jahre hinweg geführte Korrespondenz mit Flaubert fanden damit abrupt ein Ende.

George Sand dagegen hatte sich wie versprochen sogleich hingesetzt und Anfang Dezember einen großen Artikel zur Verteidigung ihres so arg gerüffelten Freundes abgefasst und an Émile de Girardin geschickt, den ehemaligen Herausgeber von *La Presse* und jetzigen Eigentümer des Oppositionsblattes *La Liberté*. Doch bis zum Erscheinen, das sich hinauszögert, muss Flaubert getröstet werden: »Du scheinst erstaunt über die Gehässigkeit«, schreibt Sand am 10./11. Dezember. »Du bist allzu naiv. Du weißt nicht, wie besonders Dein Buch ist und wie viele Personen es gewiss vor den Kopf stößt durch die Kraft, die es enthält. Du glaubst, Du machst Dinge, die einfach so reibungslos durchgehen, Irrtum!« Dann verweist sie noch auf ihren Artikel: »Nachdrücklich erklärt habe ich den *Aufbau* Deines Buches. Das wird nämlich am wenigsten verstanden und das ist die stärkste Seite. Ich habe versucht, den Einfältigen begreiflich zu machen, wie sie lesen müssen; denn die Einfältigen sind es, die den Erfolg ausmachen. Die Schlauen wollen den Erfolg der anderen nicht. Um die Bösartigen habe ich mich nicht gekümmert; das würde ihnen allzu viel Ehre erweisen.« Wenige Tage später ermahnt sie ihn noch einmal: »Kümmere Dich nicht um all das, geh geradeaus weiter. Bau Dir kein System und folge Deiner Eingebung.« Außerdem drängt sie, er solle über Weihnachten nach Nohant kommen, denn »wir werden Dich so gut aufpäppeln, dass Du sofort wieder auf den Beinen bist für einen neuen Roman«. Am 17. Dezember antwortet Flaubert: »In dieser Woche bin ich nur dreimal verrissen worden (das ist wenig!).« Am selben Tag erinnert Sand an die Weihnachtseinladung, gibt genaue Reiseanweisungen: Abfahrt in Paris am 23. Dezember, morgens um neun, in Châteauroux stehe dann um vier für die Weiterfahrt nach La Châtre ein Wagen bereit, der »linienmäßige Rumpelkasten« sei viel zu unbequem und langsam. Und vor allem, er dürfe die ganze Zeit in »Schlafrock und Pantoffeln« zubringen, man erwarte weder Damen noch Fremde! Nur zum Vorlesen müsse er etwas mitbringen, für die kleine Theaterbühne in Nohant. Was auch geschieht.

Am 21. Dezember, rechtzeitig vor Weihnachten, steht dann endlich Sands Verteidigung in *La Liberté*. Tatsächlich beginnt sie mit einer Erklärung von Aufbau und Komposition, begründet, warum es notwendig ist, dass altbewährte Verfahren sich unaufhörlich weiterentwickeln: »Da der Roman eine neue Errungenschaft des Geistes ist, muss er als Errungenschaft frei bleiben«. Mit den alten, starren, ja tyrannischen Theorien könne man die neuen Meister des Genres nicht angemessen und gerecht beurteilen. Des weiteren werde in diesem Buch nicht, wie gewohnt oder erwartet, die Frage nach der *Moral* aufgeworfen. »Alle Fragen, denn sie hängen miteinander zusammen, tauchen gleichzeitig in der Vorstellung auf, und jede Meinung beurteilt sich selbst. Wenn der Autor die Gestalten seiner Schöpfung so gekonnt zum Leben erweckt, hat er es nicht nötig, seine eigene zu zeigen. Jeder Gedanke, jedes Wort, jede Geste jeder einzelnen Rolle enthüllt jedem Bewusstsein ganz klar den Irrtum oder die Wahrheit, welche sie in sich trägt. In einer so tiefschürfenden Arbeit bricht das Licht überall hervor und braucht keine dogmatische Zusammenfassung. Man ist kein Skeptiker, wenn man darauf verzichtet, pedantisch zu sein.« Am Ende befindet Sand, der Autor halte seinen Lesern den Spiegel vor: »Wir selbst müssen den Schluss ziehen und uns fragen, ob unsere Zeit in der Tat mittelmäßig ist, lächerlich und verurteilt zum ewigen Scheitern ihrer Bestrebungen.«

Natürlich »ging« der Roman schlecht. Die *Lehrjahre* waren in 3000 Exemplaren gedruckt worden, dazu nach französischem Usus noch fünfzig auf Luxuspapier, Flaubert hatte großzügig – auf eigene Kosten – Exemplare an Freunde und Bekannte verschickt, dennoch: 1873 war diese erste Auflage noch immer nicht ausverkauft. Auch das grämte Flaubert. In den kommenden Jahren wird Sand weiter mit ihm über sein Werk räsonieren und auch Einwände äußern: »Die *Éducation sentimentale* ist ein unverstandenes Buch gewesen«, schreibt sie ihm am 12. Januar 1876, als er, auf einem privaten und schöpferischen Tiefpunkt angelangt, wieder zu arbeiten versucht, »ich habe es Dir eindringlich gesagt, Du hast nicht auf mich gehört.« Kurz davor schon, am 18./19. Dezember 1875, hatte sie ihm ins Gewissen geredet, um ihm bei der »Legende vom heiligen Julian«, der zweiten der *Drei Geschichten*, weiterzuhelfen: »Ich weiß, Du missbilligst das Eingreifen der persönlichen Meinung in die Literatur. Hast Du recht? Ist es nicht eher Mangel an Überzeugung als ästhetisches Prinzip? […] Mir scheint, dass sich Deine Schule nicht mit dem Kern der Dinge beschäftigt und dass sie allzu sehr an der Oberfläche verharrt. Vor lauter Suchen nach der Form achtet sie den Kern zu gering. Sie wendet sich an die Gebildeten. Aber es gibt eigentlich keine Gebildeten. Man ist vor allem Mensch. Man will den Menschen finden im Kern jeder Geschichte und jedes Geschehens. Das war der Fehler der *Éducation sentimentale*, über die ich seither so viel nachgedacht habe und bei der ich mich frage, warum es derart viel Missmut gab gegen ein so gut gemachtes und so solides Werk. Dieser Fehler war das Nichtvorhandensein von Einwirkung der Figuren auf sich selbst. Sie erlitten das Geschehen, haben sich nie seiner bemächtigt.«

Die Nachwelt jedoch begann umzudenken. Und als schließlich 50 Jahre nach Erscheinen der *Lehrjahre* in den französischen Feuilletons ein Streit darüber tobte, ob Flaubert nicht doch ein schlechter Stilist gewesen sei, da mischte sich Anfang des Jahres 1920 der frischgekrönte Goncourt-Preisträger Marcel Proust mit einem Essay in der *Nouvelle Revue française* in die Diskussion. Entschieden verteidigte er Flaubert (»den ich nicht besonders mag«) und seine sprachlichen Eigenheiten. Er führte zahlreiche Beispiele an, und zwar vor allem aus den *Lehrjahren*, die für ihn bewiesen, dass Flaubert ein Erneuerer der französischen Sprache war, ein »Genie der Grammatik«. Nachdem er viele Details beschrieben hat, Flauberts neuartigen Gebrauch der Verbzeiten, Präpositionen, Adverbien, der Konjunktion »und« …, kommt er zu dem Urteil: »Meiner Ansicht nach ist das Schönste in der *Éducation sentimentale* nicht ein Satz, sondern eine Leerstelle. Flaubert hat davor auf langen Seiten die kleinsten Handlungen Frédéric Moreaus beschrieben, von ihnen berichtet. Frédéric sieht, wie ein Polizist mit seinem Degen auf einen Aufständischen losgeht, der tot zu Boden stürzt.« Dann beschreibt Proust den Sprung vom 5. ins 6. Kapitel des Dritten Teils: »Hier folgt eine ›Leerstelle‹, eine riesige ›Leerstelle‹, und ohne die Spur eines Übergangs werden nun statt der Viertelstunden Jahre, Jahrzehnte zum Zeitmaß«. Spätestens mit Proust war Flaubert jetzt einer der maßgebenden Schriftsteller der Moderne.

Dummheit und Größe der modernen Zeit: Der Roman einer Generation

So war also das, was Flaubert als seinen großen Zeitroman geschrieben hatte, für ihn ein großer Misserfolg geworden. Zwar hatte er sich getröstet: »Es wird, hoffe ich, mit der *Éducation sentimentale* so gehen wie mit der *Bovary*. Am Ende wird man ihre Moralität verstehen und ›alles ganz einfach‹ finden«, doch dass diese Voraussage sich tatsächlich bewahrheiten sollte, hat er selber nicht mehr erlebt. Die *Lehrjahre der Männlichkeit* waren aber nicht nur bei der Kritik und im Verkauf ein Misserfolg, der Anspruch, dass hier der Roman einer Generation vorliege, wurde nur von sehr wenigen ernsthaft wahrgenommen. Hat sich diese Generation, zu der Autor, Leser und Kritiker gemeinsam zählten, überhaupt nicht wiedererkannt in den *Lehrjahren*? Und worin eigentlich besteht dieser Charakter eines umfassenden Generationen- oder Zeitromans?

»Leidenschaften ohne Wahrheit, Wahrheiten ohne Leidenschaft, Helden ohne Heldentaten, Geschichte ohne Ereignisse; Entwickelung, deren einzige Triebkraft der Kalender scheint, durch beständige Wiederholung derselben Spannungen und Abspannungen ermüdend«, diese Passage wirkt wie eine Skizze aus Flauberts Arbeitsheften, sie steht jedoch in *Der achtzehnte Brumaire des Louis Bonaparte* von Karl Marx. »Wenn irgendein Geschichtsausschnitt grau in grau gemalt ist, so ist es dieser. Menschen und Ereignisse erscheinen als umgekehrte Schlemihle, als Schatten, denen der Körper abhanden gekommen ist.« (MEW, Bd. 8, S. 136.) Mit diesen Worten beschreibt Marx die Epoche von Flauberts *Lehrjahren* und den historischen Augenblick, der in ihrer Mitte steht. Mit dem »achtzehnten Brumaire« meint Marx natürlich den 2. Dezember 1851, den Tag des Staatsstreichs, an dem Louis-Napoléon Bonaparte die Wiederherstellung des Kaiserreichs, das folgende Second Empire einläutet. Am 1. Dezember geht Frédéric mit Madame Dambreuse auf die entscheidende Auktion des Mobiliars von Madame Arnoux; am 4. Dezember kommt es zu den Schießereien auf den Boulevards, Frédéric fährt kurz nach Nogent, trifft auf die Hochzeit von Deslauriers mit Louise Roque, kehrt zurück nach Paris, wo er miterlebt, wie Sénécal Dussardier umbringt. Dann folgt das große »blanc«, jene Leerstelle, die Proust so bewunderte und ohne die seine *Wiedergefundene Zeit* kaum vorstellbar ist. Hier kulminiert das Leben dieser Generation und deshalb auch Frédérics.

Politisch, historisch bezeichnet die Leerstelle zwischen dem 5. und dem 6. Kapitel des Dritten Teils den Augenblick, da das Aufwallen der Revolution 1848 zwar das Bürgerkönigtum von Louis-Philippe von der Bühne fegt, dann aber geradezu tautologisch endet im neuen Kaiserreich Napoleons III., »des Kleinen«, wie ihn Victor Hugo nannte. Und persönlich bedeutet es für Frédéric, dass auch sein Leben an den Nullpunkt gekommen ist: Das Verhältnis zu »seinen« vier Frauen, also der eigentliche Inhalt seiner Existenz, ist reihum zerstört oder einfach bloß in Luft aufgelöst, der wechselnde Kreis seiner Freunde und Bekannten desgleichen; mit einem Wort: Frédéric, der schon in den Monaten zuvor die Kontrolle oder auch nur den Überblick über sein Leben vollkommen verloren hatte, steht da wie der Student elf Jahre zuvor – abzüglich der optimistischen Lebenspläne des jungen Mannes, der er einst gewesen war. Was bleibt sind die epilogförmigen beiden Schlusskapitel. Mit dem

Satz »Il voyagea / Er reiste« überbrückt Flaubert viele Jahre, und was ist anderes damit gesagt, als dass es über all dies nichts Wesentliches mehr zu sagen gibt. Er lebte dahin. In einer seltsamen, aufschlussreichen Parallele zu Stifters *Nachsommer* wird eines der wichtigsten Elemente des Bildungsromans mit einem Federstrich erledigt; die »Grand Tour«, die klassische Bildungsreise, vermag weder Stifters Heinrich noch Flauberts Frédéric irgendetwas beizubringen: Sie hätten auch zu Hause bleiben können. Der Frédéric, der nach fünf Zeilen und rund fünfzehn Jahren wieder in Paris ist und in seiner Wohnung sitzt, ist derselbe wie zuvor. Nichts, was er gesehen hat, konnte ihn verändern. Nur eins: die Zeit, das unaufhaltsame Vergehen der Zeit. Seine einzige Triebkraft war tatsächlich der Kalender.

Schon in seinen frühen Notizen hatte Flaubert sich vorgenommen: »Zeigen, dass der Sentimentalismus (seine Entwicklung seit 1830) der Politik folgt und ihre Phasen nachbildet.« (Carnet 19, *Carnets de travail*, S. 296.) Die Parallelität von persönlicher Geschichte und Zeitgeschichte ist die Grundidee des Romans. Es wäre aber zu kurz gedacht, wollte man den Charakter dieses Romans einer Generation nur darin sehen, dass seine Handlung eben vor diesem parallelen historischen Hintergrund spielt. Nein, die Konzeption besteht gerade in der Vorstellung, dass die individuelle und die gesellschaftliche Geschichte untrennbar zusammenhängen und dass Frédérics Lebensgeschichte *so* ausschließlich in dieser Epoche denkbar war – und erzählbar. Denn das Missverständnis, das dem Autor von den Zeitgenossen entgegenschlug, bezog sich nicht nur auf das, *was* er erzählte, sondern ebenso darauf, *wie* er es tat. Flauberts Anspruch war es, nicht nur einen Roman vor dem Hintergrund seiner Generation zu schreiben, sondern ihn auch so zu schreiben, dass er ästhetisch dieser Epoche auf einzigartige, neue Weise gerecht wurde.

War es nicht gerade dieses Malen »grau in grau«, gegen das seine Zeitgenossen sich so wehrten? Das Motiv, das Privatleben und Politik miteinander verbindet, ist die Stagnation, die Blockade, die Konsequenzlosigkeit, mit der jeder Impuls gleich wieder verpufft. So wie der revolutionäre Sturz des Königtums bloß wieder ein Kaiserreich hervorbringt, so exerziert Flaubert fast systematisch durch, wie Frédéric bei jeder seiner Liebeserfahrungen sich selbst wieder in die Quere kommt; in einer finalen Engführung bildet sich jene Kette von Missverständnissen, bei der ihm kurz nacheinander Madame Arnoux, Rosanette und Madame Dambreuse abhandenkommen, und unmittelbar danach auch der Notausgang zu Louise. Flaubert wollte schreiben »über Liebe, über Leidenschaft; freilich über eine Leidenschaft, wie es sie heutzutage geben kann, das heißt eine untätige«, und um das zu verstehen, genügt ein Blick auf Frédéric Moreaus Vorgänger eine Generation zuvor: auf Julien Sorel, den Helden in Stendhals *Rot und Schwarz*. Julien träumt noch von den vorbürgerlichen Idealen aus der Großen Revolution 1789, und sein Held ist nicht der kleine, sondern der große Napoleon. Er nimmt sein Schicksal noch selbst in die Hand, und er plant seine erotischen Eroberungen wie auf einem Feldzug, und wenn er unvermeidlich scheitert, dann wenigstens grandios, radikal, lieber mit einem *bang* als mit einem *whimper*. Julien scheitert unter der Guillotine, Frédéric in seinem bescheidenen bürgerlichen Salon. Die letzte Szene des Romans spielt im Winter 1868/69, zwei Jahre vor dem Ende des Second Empire mit dem Krieg 1870/71 und der Pariser Kommune. Wie wird Frédéric diesen Moment erleben und überleben, den seine alt gewordene

Generation nunmehr als Endpunkt erfährt? Der Roman kann es noch nicht wissen.

Stagnation, untätige Liebe, Leidenschaften ohne Wahrheit, Helden ohne Heldentaten, Geschichte ohne Ereignisse, der »*ennui*«, der Überdruss, die existentielle Langeweile, die schon Emma Bovary so quälte; all das bedeutet ja keinesfalls, dass nichts *passieren* würde in der Lebenszeit von Frédérics Generation. Im Gegenteil, ständig ist irgendetwas am *Passieren*: So wie der junge Mann nacheinander und wechselweise seine vier Frauen hofiert, so heißt es mit beißender Ironie über die Abendgesellschaft bei den Dambreuses: »Die meisten anwesenden Männer hatten wenigstens vier Regierungen gedient« (S. 326). Doch so wie Frédéric in der immergleichen Wiederholung von Träumen, Enttäuschung, Verliebtheit, Eifersucht, Illusionen, Sentimentalität, Vergnügen, Bequemlichkeit, Rache, Lust, Pathos und bloßen Tricks von der einen zur anderen wechselt, so wechseln die Herren *in politicis* von einem Regime zum anderen im immergleichen Räderwerk aus Gier nach Vermögen, Anbetung der Macht und schierer Niedertracht, nicht ohne mit gehöriger Sentimentalität »das ewiggleiche Beispiel anzuführen vom Familienvater, der das ewiggleiche Stück Brot stahl, beim ewiggleichen Bäcker«. Das einzige, was in dieser ewiggleichen Gesellschaft die Menschen treibt, ist das Geschäftemachen, und nicht zufällig spielt das Geld zwischen Frédéric und seinen Frauen, aber auch zwischen seinen Freunden von Monsieur Arnoux bis Deslauriers eine so beständige Hauptrolle, dass der Leser leicht die Kontrolle verliert – und verlieren soll! –, wer hier gerade wem was leiht, schuldet, wer investiert, verliert, gewinnt. Gewinnen tut Frédéric weder in Sachen Liebe noch in Sachen Geld, und es gehört eben auch zu den Schwächen dieses allzu durchschnittlichen jungen Mannes, dass er allzu oft an das Falsche denkt: an die Liebe, wenn's um das Geld geht, und umgekehrt.

Und dieser mittelmäßige junge Mann soll stellvertretend stehen für eine ganze Generation? Es wäre ein Missverständnis, wollte man Frédéric persönlich einfach als den »typischen« Vertreter seiner Zeit sehen; nein, es gab gewiss auch klügere, gerissenere, entschlossenere und erfolgreichere Zeitgenossen. Und nicht jeder Jüngling hat das – zweischneidige – Glück einer Erbschaft, das ihm den Zwang zur Arbeit erspart; ein Kunstgriff, mit dem Flaubert – wiederum in Parallele zu Stifter – seinen Helden zu einer Art Versuchskaninchen macht, das den Zwängen des Alltagslebens weitgehend enthoben ist und sich mit aller Zeit der Welt auf sein Liebesleben konzentrieren kann. Der Roman einer Generation, er hängt nicht an dem einen »typischen« Helden in der Mitte, er hängt vielmehr an der Konstellation *aller* Figuren und ihrer Beziehungen. Nicht zuletzt an den Frauen, sind doch die erotischen Lehrjahre ein Herzstück jedes Bildungsromans. Doch auch hier wartet das Missverständnis. »Madame Dambreuse ergibt sich aus Langeweile; Rosanette verkauft sich aus Gewohnheit. Louise ist bloß ein Mädchen vom Land, das weiblichen Trieben folgt. Madame Arnoux allein hinterlässt einen Lichtstreif in diesem Dunkel. Sie ist die ganze Poesie der Liebe, der ganze Duft des Herzens in diesem fahlen und räsonierenden Gewühl, wo die Lust sich verfilzt mit dem Geschäft«, so heißt es in der Rezension von Amédée de Cesena, im *Figaro* vom 20. November 1869. Diese simple Schematisierung wird man auch später allzu oft wiederfinden, und besonders die eindeutig positive Färbung der Madame Arnoux kann sich durch den Romantext nicht rechtfertigen. Auch die Frauen und besonders Madame Arnoux haben Anteil am Wechselbad der Ambivalenzen, nehmen teil an der Wiederholung derselben

Spannungen und Abspannungen von Verlockung und Abwehr, Liebe und Betrug.

Der häufigen Überschätzung der Madame Arnoux steht gegenüber die starke Unterschätzung der Rosanette, und damit auch einer der ganz großen Szenen des Buches, der Landpartie der Verliebten nach Fontainebleau. Hier, in der »allumfassenden Stille«, im »ausladenden Grün«, hier findet sich das eigentliche Gegenbild zum Grau-in-Grau der Gesellschaft, zur modernen Metropole und ihrem rasenden Stillstand: »Seite an Seite auf einer Anhöhe stehend, den Wind einatmend, spürten sie etwas wie den Stolz eines freieren Lebens in ihre Seelen dringen, und zugleich einen Überfluss an Kraft, eine grundlose Freude.« (S. 441) Man hat Flaubert vorgeworfen, er habe seinen defätistischen Helden ausgerechnet an den heroischen Revolutionstagen auf eine Lustpartie ins Grüne geschickt. Doch gerade das ist es ja, was der Lyrismus des Kapitels – man kann es nicht anders sagen – besingt: Der »Stolz eines freieren Lebens« ist hier, und er ist nicht dort, wo Vater Roque den hungernden Gefangenen niedermacht und Sénécal Dussardier, den lautersten der Freunde. Wenn es überhaupt im immergleichen Räderwerk von Politik und Geld und Erotik einen Moment des Innehaltens gibt, eine Öffnung hinaus ins Freie, dann hier. Und deshalb geschieht es auch genau an dieser Stelle, und *nur* hier, dass Rosanette plötzlich ihre triste Jugendgeschichte erzählen kann, denn sie »verkauft« sich ja weiß Gott nicht »aus Gewohnheit«, sondern weil das brutale Räderwerk einem mittellosen Mädchen kaum eine andere Chance ließ. Doch auch jetzt geschieht schon bald das Immergleiche: Das Gefühl »eines freieren Lebens« verschwindet im Pulverdampf der Revolution, und wenn Rosanette noch einmal vergeblich insistiert, Frédérics »oberste Pflicht bestehe darin, sie zu lieben« (S. 450), dann hat sie bei Licht besehen so unrecht nicht. Doch er ist schon wieder auf dem Weg zu seinen Illusionen, auf dem Weg nach Paris.

Nicht wenige der Missverständnisse bereits bei den Zeitgenossen lagen daran, dass man Flauberts durchgängige ironische Gebrochenheit nicht ernst nehmen wollte. Kann man sich aber vorstellen, er habe im Kontext des gesamten Romans die madonnenhafte Sanftheit von Marie Arnoux tatsächlich ungebrochen als positives Bildnis gemeint? Er habe das berühmte Finale mit Frédéric und Deslauriers am trauten Kamin tatsächlich als der Weisheit letzter Schluss verstanden? Habe gezeigt, die zwei Freunde – vereint wie Bouvard und Pécuchet – seien am Ende durch Erfahrung doch so etwas wie klug geworden? Der Roman wird bekanntlich gerahmt von ein und derselben »Anspielung auf ein gemeinsames Abenteuer« (S. 30), das heißt auf eine schwer missglückte erotische und sexuelle Lehrstunde im Jugendalter. Und ausgerechnet die war »im Leben das beste«? Nein, auch die schöne Formel »Ich hatte zu viel Logik und du zu viel Gefühl« ist allzu einfach, um als sinnvolle Erklärung zu dienen, und sie zeigt, noch einmal ernüchternd, wie mager das Ergebnis dieser Lehrjahre geblieben ist. Und die erwachsene Männlichkeit, zu der das ganze hinführen sollte? Schaut man auf die beiden altgewordenen Herren und ihre mal schlüpfrigen, mal sentimentalen Erinnerungen, dann ist sie doch eher eine mickrige Sache.

Diese krasse Desillusionierung ist es gewesen, was den Widerstand gegen den Roman geweckt hat. Illusionslos war auch *Madame Bovary*. Doch bei aller Provokation, den skandalösen Roman der provinziellen Ehebrecherin konnte man noch immer als einzelne Fallgeschichte lesen. Die *Lehrjahre* dagegen lassen keinerlei Zweifel, dass sie eine ganze Gesellschaft visieren, ohne Ausnahme, und das verbaute dem zeitgenössischen Leser jeden Ausweg, sich selber *nicht* mitgemeint zu fühlen. Zudem aber hatte Flaubert auch den Stil der *Madame Bovary* noch stark zugespitzt, ein weiterer, ebenso starker Stein des Anstoßes. Ebenso langweilig, träge, matt wie die Figuren sei angeblich auch der Stil. Es wäre eine schlechte Verteidigung, würde man entgegnen, der Stil sei genau so dem Inhalt entsprechend gewollt. Natürlich, das Stilideal der *Lehrjahre* ist nicht das eines mitreißenden, farbenfrohen, süffigen Sittenromans, ganz im Gegenteil. Doch die Spannweite der Sprache ist größer als in jedem anderen Werk des Autors: von der bösartigen Schilderung einer Abendgesellschaft bis zur politischen Satire, von der Karikatur eines missglückten Duells bis hin zum messerscharf gezielten Doppelsinn in eifersuchtsgetriebenen Dialogen, vom nahezu statischen Anfangstableau der Seine mit ablegendem Schiff, so austariert, dass keine Silbe zu viel und keine zu wenig stehen darf, bis hin zur ausschwingenden Poesie der Landschaft bei Fontainebleau, dazwischen eine Komik, die dem kleinsten Detail entspringt – diese Vielfalt der Register ist unerhört. Und das gleiche gilt für die Dramaturgie. Stagnation, tatenlose Liebe, Helden ohne Heldentaten, Geschichte ohne Ereignisse: Ein Autor muss (mit einem Wort von Arno Geiger) sehr gute Nerven haben, um eine solche Konstellation durchzustehen und sich nicht plötzlich, aus Angst vor dem ungeduldigen Leser, in den Aktivismus einer »packenden« Handlung zu retten. Diese Nerven beweist Flaubert im Zweiten Teil, wo die politische und erotische Lähmung das Buch in exakt geplanter und austarierter Weise lang auf der Stelle treten lässt – bevor dann der Dritte Teil eine Spannung erzeugt, die immer schneller auf den politisch-erotischen *Brumaire* zustürzt, den Dezember 1851.

Flaubert ist von *Wilhelm Meisters Lehrjahren* ausgegangen, von der Idee des Bildungsromans. Doch diese radikale, desillusionierende Konsequenz hat es auch später im deutschen Bildungsroman nicht gegeben, hier lief die Entwicklung lange in eine ganz andere Richtung. Das muss man sich vor Augen halten, wenn man fragt, wie eine deutsche Fassung dieser französischen *Lehrjahre der Männlichkeit* zu gestalten ist. Die Versuchung nämlich ist immer sehr groß gewesen, in der Übersetzung gerade das zu »korrigieren«, was auch den französischen Zeitgenossen schon missfiel: hier das schmückende Adjektiv oder Adverb hinzugefügt, dort eine opulentere Satzkonstruktion geflochten, dann eine Charakterisierung abgemildert, deren Schärfe verletzt oder deren vermeintliche Trivialität dem allgemeinen Kunstverstand dann doch zu »trivial« erscheint, die Nüchternheit zu nüchtern und die Desillusionierung dann doch zu illusionslos. Gerade dadurch aber wird die Sprache wohl zu einer noch größeren Herausforderung als bei *Madame Bovary*, verbindet sich doch diese gewollte Glanzlosigkeit, die mancher Leser als bloße Aufzählung spröder Fakten verstand, mit dem Flaubertschen Ideal des »richtigen Worts«, der in Rhythmus, Tempo, Betonung bis ins letzte durchkomponierten Satzperiode. Will man aber die Einzigartigkeit von Flauberts Roman wiedergeben, so geht es genau um diese stilistische Eigenart. Die *Lehrjahre der Männlichkeit* wollen vor allem auch langsam gelesen werden, mit Blick aufs Detail. Welcher Sarkasmus liegt darin, wenn Frédéric sich »nur aus Müdigkeit« nicht in die Seine stürzt; welche Provokation empfand der Leser des neunzehnten Jahrhunderts, wenn der Verliebte seine angebetete Madame Arnoux, immerhin eine sittsame Ehefrau, in »jeder Prostituierten« wiedererkennt; wie bodenlos klingt dieses beiläufige: »Madame Dambreuse log weniger, als sie glaubte.«

Diese Schärfe der Ironie gibt es nicht im deutschsprachigen Roman des neunzehnten Jahrhunderts, konnte es wohl auch nicht geben. Und noch etwas anderes fehlt dort ganz und gar, die extreme Detailliertheit, mit der die politische und gesellschaftliche Entwicklung hineingenommen wird in den Roman. Das spiegelt sich in der notwendigen Recherche für zahllose historische Einzelheiten: von der neuesten Frühjahrsmode bis zur Aktienspekulation, von bekannten öffentlichen Figuren und Geschehnissen bis zu politischen Programmen des Tages, vom feministischen Pamphlet bis zur Speisekarte eines bestimmten Lokals an einem bestimmten Tag, und nicht zuletzt betrifft es die genaue Topographie von Paris, die sich seit damals natürlich massiv verändert hat. So vollzieht sich in den *Lehrjahren der Männlichkeit* die Erweiterung des Bildungsromans zu einem Gesellschaftsroman, den es so im kleinstaatlichen Deutschland nicht geben konnte, sondern nur in der modernen europäischen Großstadt.

Dieses Paris macht die *Lehrjahre* zum Epochen-, zum Generationenroman. Als Flaubert und mit ihm Frédéric Moreau 1821 geboren wird, herrscht in Frankreich die Restauration mit den zurückgekehrten Bourbonen auf dem Thron. Am Ende des Romans, 1869, nach den zwei Revolutionen 1830 und 1848, befinden wir uns kurz vor dem Ende des Zweiten Kaiserreichs. Als Flaubert 1880 stirbt, Jahre nach der Pariser Kommune, besteht in Frankreich die 1870 begründete Dritte Republik, die erst 1940 mit dem Zweiten Weltkrieg enden wird. Flauberts Generation hat den Übergang gelebt vom alten Frankreich, geprägt noch durch die jüngstvergangene Epoche von Großer Revolution 1789 und Napoleonischem Kaiserreich, hin zur bürgerlichen Republik des kommenden Jahrhunderts. »Die Reaktion von 48 hat einen Abgrund geschaffen zwischen den beiden Frankreich«, schreibt er am 15. Dezember 1866 an die Freundin George Sand.

Diesen Bruch zwischen der feudalen Welt und dem Grau-in-Grau der bürgerlichen Gesellschaft gestaltet Flaubert bis ins Detail, und man wundert sich nicht über Walter Benjamins Brief vom 16. Oktober 1927: »Plötzlich habe ich alle moderne Schreiberei so satt bekommen, daß ich mir die ›Éducation sentimentale‹ vornahm und in wenigen Tagen die beiden Bände las. Und seitdem bleibe ich, unter diesem großen Eindruck, für die neuen französischen Bücher weiter verloren«. All die emblematischen Zeichen der Hauptstadt des neunzehnten Jahrhunderts sind hier schon zu lesen; die Pariser Passagen: »Arnoux ging langsam, redete von den Verkaufsgalerien: eine Reihe überdachter Passagen, die vom Boulevard Saint-Denis zum Châtelet führen sollten, eine phantastische Spekulation, daran hätte er sich unglaublich gern beteiligt« (S. 253 f.); die moderne Gasbeleuchtung, mit der die mittelalterliche Nacht zum modernen Tage wird: »Der Wagen fuhr schneller, immer mehr Gaslaternen brannten, sie waren in Paris« (S. 121); der Lumpensammler, der die Überreste der Verschwendung wieder in den Verwertungskreislauf einspeist: »Von Zeit zu Zeit huschte ihm ein Lichtstrahl zwischen den Beinen hindurch, warf einen großen Viertelkreis aufs Pflaster; und ein Mann tauchte aus dem Dunkel mit seiner Kiepe und seiner Laterne« (S. 109); konsequent wird der stümpernde Maler Pellerin schließlich Fotograf: »DAGUERREOTYP Wird die Malerei ersetzen«, heißt es im *Wörterbuch der Gemeinplätze*; am Anfang des Romans fährt Frédéric mit Schiff und Kutsche nach Nogent, am Ende mit dem Zug; »Dummheit und Größe der modernen Zeit haben ihr Sinnbild in einer Eisenbahn«, das wusste bereits der junge Flaubert (*Cahier intime de 1840–1841*, in: *Œuvres de jeunesse*, S. 755). Zum Sinnbild der Moderne wurde die Eisenbahn durch ihre Ambivalenz: auf der einen Seite die unerhörte Beschleunigung, die den Kreis der erreichbaren Orte radikal erweitert, auf der anderen die bürgerliche Gleichheit im Waggon, der »ennui«, mit dem der Reisende den bloß mechanischen Transport von A nach B über sich ergehen lässt. »Ich quäle mich unfassbar in der Eisenbahn«, schreibt dieser am 26. August 1873 an einen Freund, »und nach fünf Minuten brülle ich vor Langeweile. In den anderen Waggons glauben sie, das sei ein vergessener Hund. Ganz und gar nicht! Es ist Monsieur Flaubert, der seufzt!«

In dieser Vielfalt, in diesem Blick auf »das Ganze«, in dieser »Einsicht in das wirre Kräftespiel unseres Lebens« kommt dem Roman kaum ein anderer gleich. Die *Lehrjahre* sind der eigentliche Roman der Moderne, erzählen vom Beginn der bürgerlichen Gesellschaft, in der – vielleicht an ihrem Ende? – wir heute noch leben. »Die *Éducation sentimentale* aber ist ein Buch, das mir durch viele Jahre nahegestanden ist, wie kaum zwei oder drei Menschen«, schrieb Franz Kafka am 15. November 1912 an Felice Bauer, die Frau seiner eigenen Lehrjahre, »wann und wo ich es aufgeschlagen habe, hat es mich aufgeschreckt und völlig hingenommen und ich habe mich dann immer als ein geistiges Kind dieses Schriftstellers gefühlt, wenn auch als ein armes und unbeholfenes.« Und ist nicht die ganze moderne Romankunst und sind wir damit nicht alle genau dies: geistiges Kind dieses Schriftstellers und dieses Romans?

Zur Ausgabe

L'Éducation sentimentale. Histoire d'un jeune homme erschien bei Michel Lévy in zwei Bänden am 17. November 1869, datiert 1870. Die zweite Ausgabe, datiert 1880, erschien im November 1879 in einem Band bei Charpentier. Sie enthält 495 Korrekturen: Streichung einzelner Füll- oder Verbindungswörter wie »tatsächlich«, »also«, »da«, »aber«, »noch«, »und«, »auch«, Änderungen bei Modus, Tempus, Satzzeichen, Wortaustausch wegen Wiederholung, kleine stilistische Straffungen.

Unsere Übersetzung folgt, wie seither alle französischen Standard-Ausgaben, der »Édition définitive« von 1879, die Flauberts Text letzter Hand darstellt. Verglichen wurden die Ausgaben von Louis Biernawski/Édition Conard (1910), Albert Thibaudet und René Dumesnil (1952), Édouard Maynial (1961), S. de Sacy (1965), Peter Michael Wetherill (1984/2018), Claudine Gothot-Mersch (1985), Stéphanie Dord-Crouslé (2001/2013), Pierre-Marc de Biasi (2002).

Der Sachkommentar enthält Erläuterungen zum Text, zum werk- und lebensgeschichtlichen Hintergrund Flauberts sowie vor allem zum geschichtlichen, politischen und sozialen Kontext; zur leichteren Orientierung enthält der Anhang auch einen kurzen Überblick über die wichtigsten politischen Ereignisse ab 1814. Zudem stellt der Kommentar Querverbindungen her zu Flauberts Werken und Briefen. Hingewiesen wird auch auf ausgewählte Beispiele für übersetzerische Probleme.

Vor allem der historische Hintergrund verlangte eine breite Recherche, die sich zunächst auf die historischen Standard- und Nachschlagewerke stützt. Bei der Suche nach einer Vielzahl von originalen Dokumenten wurde vor allem auf die Archive der Bibliothèque Nationale in Paris und ihre Datenbank Gallica zurückgegriffen. Dankbar benutzt wurden die Kommentare der genannten Ausgaben und besonders der *Correspondance* in der Edition von Jean Bruneau und Yvan Leclerc. Äußerst hilfreich war natürlich die umfangreiche Sekundärliteratur, die hier nicht aufgelistet werden kann; besonders hervorgehoben werden muss das grundlegende Werk: Alberto Cento: *Il realismo documentario nell'»Éducation sentimentale«* (Neapel 1967); weiterhin Gustave Flaubert: *Carnets de travail.* Édition critique et génétique établie par Pierre-Marc de Biasi (Paris 1988), Peter Michael Wetherill: *L'Éducation sentimentale. Images et Documents* (Paris 1985), Didier Philippot (éd.): *Gustave Flaubert. Mémoire de la critique* (Paris 2006).

Flauberts Arbeitshefte (*Carnets de travail*) befinden sich heute in der Bibliothèque Historique de la Ville de Paris, frühe Skizzen (*Scénarios*) und Entwürfe (*Brouillons*) in der Bibliothèque Nationale, die letzte handschriftliche Fassung mit Korrekturen in der Bibliothèque Historique de la Ville de Paris. In Anmerkungen und Nachwort werden die Arbeitshefte zitiert nach Biasi (éd.): *Carnets de travail*, Skizzen und Entwürfe nach Alberto Cento und den Ausgaben von Gothot-Mersch und Wetherill.

Die Werke, Tagebücher und Briefe Flauberts, auf die in Nachwort und Anmerkungen verwiesen wird, sind nach den folgenden Ausgaben in der Bibliothèque de la Pléiade zitiert:

Œuvres, tomes I–II, éd. d'Albert Thibaudet et René Dumesnil, 1951/1952.

Œuvres de jeunesse (*Œuvres complètes*, tome I), éd. de Claudine Gothot-Mersch et Guy Sagnes, 2001.

Œuvres complètes, tome II (1845–1851), éd. de Claudine Gothot-Mersch, 2013.

Œuvres complètes, tome III (1851–1862), éd. de Claudine Gothot-Mersch, 2013

Correspondance, tomes I–V, Index, éd. de Jean Bruneau et Yvan Leclerc, 1973–2007.

Weiterhin:

Par les champs et par les grèves, Paris 1910 (Éd. Conard).

Œuvres complètes, tomes I–II, éd. de Jean Bruneau, Paris 1964.

Dictionnaire des idées reçues, in: *Bouvard et Pécuchet*, éd. de Claudine Gothot-Mersch, Paris 1979.

Reise in den Orient. Hg. von André Stoll, übs. von Reinold Werner und André Stoll, mit Photographien von Maxime Du Camp, Frankfurt/M. 1985.

Leben und Werke des Paters Cruchard und andere unveröffentlichte Texte. Hg. und übs. von Elisabeth Edl, Berlin 2008.

Madame Bovary. Sitten in der Provinz. Hg. und übs. von Elisabeth Edl, München 2012.

Drei Geschichten. Hg. und übs. von Elisabeth Edl, München 2017.

Gustave Flaubert – George Sand: *Correspondance*, éd. d'Alphonse Jacobs, Paris 1981. Dt. Übersetzung: *Eine Freundschaft in Briefen*, hg. von Alphonse Jacobs, dt. von Annette Lallemand, Helmut Scheffel und Tobias Scheffel, München 1992.

Maxime Du Camp: *Souvenirs littéraires*, tomes I–II, Paris 1882–1883.

Maxime Du Camp: *Souvenirs de l'année 1848*, Paris 1876.

Auf die einzelnen Werke wird um der besseren Erkennbarkeit willen mit Werktitel und Kapitel verwiesen; auf Tagebücher und Briefe in der Regel nur mit Datum und ggf. Empfänger.

Die ersten beiden deutschen Übersetzungen der *Éducation sentimentale* erschienen im selben Jahr, nämlich 1904. Bis 2001 folgten dann acht weitere. Die Zahl der Übersetzungen ist also deutlich geringer als bei *Madame Bovary*, sogar die *Drei Geschichten* sind häufiger ins Deutsche übertragen worden. Folgende Übersetzungen wurden für unsere Ausgabe erfasst und durchgesehen: *Der Roman eines jungen Mannes. (L'Éducation sentimentale).* Übs. von Alfred Gold und Alphonse Neumann. Mit einer Vorrede von Hugo von Hofmannsthal (1904); *Die Schule der Empfindsamkeit. Geschichte eines jungen Mannes.* Übs. von Luise Wolf (1904); *Die Schule der Empfindsamkeit.* Übs. von Andrew Barbey (1923); *Die Erziehung des Herzens. Der Roman eines jungen Mannes.* Übs. von E. A. Rheinhardt (1926); *Die Schule der Empfindsamkeit.* Übs. von Hans Kauders (1946); dieselbe Übs. mit geändertem Titel: *Die Erziehung des Gefühls. Geschichte eines jungen Mannes* (1971); *Lehrjahre des Gefühls. Geschichte eines jungen Mannes.* Übs. von Paul Wiegler (1951); *Lehrjahre des Herzens.* Übs. von Walter Widmer (1957); *Die Erziehung der Ge-*

fühle. Übs. von Heidi Kirmße (1974); *Die Erziehung der Gefühle. Geschichte eines jungen Mannes*. Übs. von Cornelia Hasting (2000); *Lehrjahre des Gefühls. Geschichte eines jungen Mannes*. Übs. von Maria Dessauer (2001). Genannt ist das gedruckte oder erschlossene Jahr der Erstveröffentlichung; mehrere Übersetzungen sind in wechselnden Ausgaben und auch Verlagen neu aufgelegt worden, zum Teil mit nicht ausgewiesenen Überarbeitungen.

*

Ich danke allen, die mir mit ihrem Wissen bei den vielen Details dieses Buches helfen konnten. Von größtem Gewicht waren die Arbeiten des Centre Flaubert an der Université de Rouen und seines Leiters Yvan Leclerc. Mein Freund Jean-Éric Green in Paris, über Jahre hinweg eine unerschöpfliche Quelle an literarischer und sprachlicher Kenntnis, hat ab dem Winter 2012 auch die Arbeit an den *Lehrjahren* wie immer begleitet, und es war ihm – ganz im Sinne von Flaubert – sofort selbstverständlich, dass auch die Position der Radkästen auf einem Flussdampfer keine Nebensache sein darf; im Februar 2015 ist er gestorben, und ich hätte ihm zu gern auch diese Ausgabe noch in die Hand gegeben. Von denen, die meine mehr oder weniger ausführlichen Fragen geduldig beantwortet haben, seien hier mit Dank hervorgehoben: Amaury Nauroy (Paris), Alain Madeleine-Perdrillat (Paris), Claire de Oliveira (Paris), Michael Semff (München), Jean-Marie Valentin (Paris) und Frédéric Wandelère (Fribourg). Wolfgang Matz hat zu diesen *Lehrjahren* mehr beigetragen, als man von einem Lektor erwarten darf; sein Beitrag zum Nachwort war so produktiv, dass ich ihn hier als Mitautor verstanden wissen will.

München, Mai 2020 E. E.

Postskriptum. Die Arbeit war getan, die Fahnenkorrektur abgeschlossen, da fiel mir beim Aufräumen ein seit der Arbeit an Stendhals *Rot und Schwarz* vernachlässigtes Buch in die Hand. Beim Blättern in *Der französische Roman im 19. Jahrhundert* von Ferdinand Lion (Zürich 1952) fand sich die folgende Stelle: »Hat Flaubert in Friedrich Schlegels *Lucinde* das Kapitel ›Lehrjahre der Männlichkeit‹ gekannt?« Wer weiß, wer sonst noch diese Verbindung hergestellt hat.

Juni 2020

Kurze Chronologie zur französischen Politik 1814 bis 1870

1814–1815 April 1814 bis März 1815 Erste Restauration der Bourbonen (Ludwig XVIII.); Hundert Tage der Rückkehr Napoleons I.; Zweite Restauration ab Juni 1815 bis zur Julirevolution 1830.

1821 Napoleon I. stirbt am 5. Mai auf St. Helena.

1830 27. bis 29. Juli (»die Drei Glorreichen«), Vertreibung des Bourbonenkönigs Karl X.; Louis-Philippe wird Bürgerkönig.

1832 5./6. Juni republikanischer Aufstand in Paris.

1834 Februar und April Aufstand der Seidenweber in Lyon; anschließend Unruhen in Paris am 13./14. April (Massaker in der Rue Transnonain).

1835 28. Juli Attentat von Giuseppe Fieschi auf Louis-Philippe; Septembergesetze die Staatssicherheit betreffend; Einschränkung der Pressefreiheit.

1836 25. Juni Attentat von Louis Alibaud auf Louis-Philippe.

1839 Der republikanische Geheimbund Société des Saisons organisiert am 12. Mai einen Aufstand gegen den König.

1840 Am 15. Dezember werden die sterblichen Überreste Napoleons I. im Pariser Invalidendom beigesetzt.

1842 11. Juni Gesetz zum Ausbau des Eisenbahnnetzes, der französische Rückstand in diesem Bereich soll aufgeholt werden.

1846 Beginn einer schweren Wirtschaftskrise; schlechte Ernten in den Jahren 1845 und 1846 führen zu Lebensmittelknappheit und Unruhen; am 16. April 1846 verübt Pierre Lecomte ein Attentat auf den König.

1847 Die Krise verschlimmert sich, Anstieg der Arbeitslosigkeit, Unternehmen gehen bankrott. Im März lehnt die Abgeordnetenkammer Entwürfe zu einer Wahlrechtsreform ab, die den Wahlkörper endlich vergrößern soll; im Juli beginnen die sogenannten Banketts, die für eine Reform werben und das Versammlungsverbot umgehen.

1848 Am 22. Februar beginnt der republikanische Aufstand in Paris; am Abend des 23. kommt es zum Massaker am Boulevard des Capucines; am 24. wird im Hôtel de Ville eine provisorische Regierung gebildet, die Republik ausgerufen (die Zweite Republik, 1848–1852) und das allgemeine Wahlrecht verkündet.

Das Dekret vom 5. März verleiht allen Männern über 21 das Wahlrecht (ausgenommen sind Soldaten, Häftlinge, Mitglieder des Klerus und Algerier), die Zahl der Wählenden steigt von ca. 246 000 auf über 9 Millionen.

Am 23./24. April finden die Wahlen zur verfassunggebenden Versammlung statt, die vom 4. Mai 1848 bis 26. Mai 1849 besteht.

Im Frühjahr 1848 führt die neue Versammlungs- und Pressefreiheit zur Gründung zahlreicher politischer Klubs und neuer Zeitungen.

Am 15. Mai kommt es zu einem Umsturzversuch durch Blanqui, Barbès und Albert (Besetzung der Abgeordnetenkammer).

Die Nationalwerkstätten werden am 21. Juni geschlossen; vom 22. bis 26. Juni toben Arbeiterunruhen, die von General Cavaignac blutig niedergeschlagen werden. Es folgt eine brutale Repression mit hohen Opferzahlen.

Am 4. November wird von der Nationalversammlung eine neue Verfassung verabschiedet.

Am 10./11. Dezember wird Louis-Napoléon Bonaparte mit großer Mehrheit zum Präsidenten gewählt.

1849 Am 13./14. Mai finden die Wahlen zur gesetzgebenden Versammlung statt, die vom 28. Mai 1849 bis 2. Dezember 1851 besteht. Es beginnt eine Politik der Reaktion. Die Protestkundgebung vom 13. Juni 1849 gilt als letzter Revolutionstag der Zweiten Republik (Affäre im Conservatoire).

1850 Am 31. Mai wird ein neues Wahlgesetz beschlossen, das die Zahl der Wahlberechtigten nun wieder drastisch einschränkt (etwa 3 von 9 Millionen verlieren ihr Wahlrecht).

1851 Am 2. Dezember wird nach dem Staatsstreich von Louis-Napoléon Bonaparte die Nationalversammlung aufgelöst, also die Zweite Republik gestürzt, politische Gegner werden verhaftet oder fliehen ins Ausland. Am 4. Dezember werden Menschenansammlungen auf den Pariser Boulevards mit brutaler Gewalt auseinandergetrieben.

1852 Am 14. Januar tritt eine neue Verfassung in Kraft. Am 2. Dezember Wiedereinführung des Kaiserreichs, Louis-Napoléon Bonaparte wird Napoleon III. und regiert bis 4. September 1870.

1870–1871 19. Juli 1870 bis 10. Mai 1871 Deutsch-Französischer Krieg; 18. März bis 28. Mai 1871 Pariser Kommune; September 1870 Ausrufung der Dritten Republik, die bis 1940 besteht.

Zeittafel zur Biographie

1812 Der Arzt Achille-Cléophas Flaubert (geb. 1784) heiratet am 10. Februar Anne Justine Caroline Fleuriot (geb. 1793).

1813 Geburt von Achille Flaubert am 9. Februar.

1821 Am 12. Dezember wird Gustave Flaubert im Hôtel-Dieu in Rouen geboren.

1822 Am 29. Juni stirbt Jules-Alfred im Alter von drei Jahren und fünf Monaten; zwei zwischen Achille und Jules-Alfred geborene Kinder des Ehepaars Flaubert, ein Mädchen und ein Junge, starben im Säuglingsalter.

1824 Geburt von Caroline Flaubert am 15. Juli.

1830 Julirevolution, Louis-Philippe wird Bürgerkönig. Beginn der Freundschaft mit Ernest Chevalier (1820–1887).

1832 Eintritt ins Collège royal in Rouen, wo Alfred Le Poittevin (geb. 1816 und Patenkind von Dr. Flaubert) seit 1827 Schüler ist.

1834 Gourgaud-Dugazon wird Flauberts Französischlehrer.

1836 Im Sommer lernt Flaubert in Trouville Élisa Foucault kennen, die Lebensgefährtin und spätere Gattin des Musikverlegers Maurice Schlésinger. Verschiedene Erzählungen entstehen. Louis Bouilhet wird Schüler am Collège royal in Rouen.

1837 In *Le Colibri* erscheinen die Erzählungen »Bibliomanie« und »Une leçon d'histoire naturelle, genre Commis«, die bis 1856 Flauberts einzige Veröffentlichungen bleiben werden. An Michaeli (29. September) ist die Familie Flaubert beim Marquis de Pomereu zum Ball auf Schloss Le Héron eingeladen. »Quidquid volueris« und »Passion et vertu« entstehen.

1838 Schreibt *Mémoires d'un fou*, die erste der autobiographischen Geschichten.

1840 Besteht im August das Baccalaureat. 22. August bis 1. November Reise durch die Pyrenäen und Korsika in Begleitung von Dr. Cloquet (die Notizen dazu finden sich in *Par les champs et par les grèves*). Auf der Rückreise amouröses Abenteuer mit Eulalie Foucaud de Langlade in Marseille.

1841 Ein »verbummeltes« Jahr: Flaubert scheint wenig Lust auf Paris und ein seriöses Studium zu haben, aber er liest viel und schreibt.

1842 Ab Januar Studium der Rechte in Paris. *Novembre*, die zweite autobiographische Geschichte, entsteht. Lebt zwischen Rouen und Paris, wo er u.a. Umgang pflegt mit Alfred Le Poittevin und Émile Hamard (1821–1877), ebenfalls ein Schulfreund aus Rouen, mit den Schlésingers sowie dem Bildhauer James Pradier und seiner Frau Louise. Am 28. Dezember schließt er sein 1. Studienjahr erfolgreich ab.

1843 Im März lernt er in Paris Maxime Du Camp (1822–1894) kennen. Begegnet bei den Pradiers Victor Hugo.

1844 Im Januar erleidet Flaubert seinen ersten epileptischen Anfall, Abbruch des Studiums. Die Flauberts ziehen im Juni nach Croisset, das westlich von Rouen an der Seine liegt.

1845 Im Januar wird ein Roman mit dem Titel *L'Éducation sentimentale* abgeschlossen, der wie auch andere Texte in einer Schublade verschwindet. Caroline heiratet am 3. März Émile Hamard; die Eltern Flaubert und Gustave begleiten die Frischvermählten auf der Hochzeitsreise nach Italien.

1846 Am 15. Januar stirbt Achille-Cléophas Flaubert. Am 21. Januar wird Gustaves Nichte Caroline Hamard geboren, am 22. März stirbt seine Schwester Caroline an Kindbettfieber. Im Juni lernt er die Dichterin Louise Colet im Atelier des Bildhauers James Pradier kennen, im Juli beginnt ihre Liaison. Im August schließt er engere Freundschaft mit Louis Bouilhet (1821–1869).

1847 Von Mai bis August mit Maxime Du Camp Reise durch Anjou, Bretagne und Normandie (aufgezeichnet in *Par les champs et par les grèves*).

1848 Im Februar, während der Revolutionstage, mit Bouilhet und Du Camp in Paris, doch im Unterschied etwa zu George Sand, die sich begeistert engagiert, erscheint den Freunden aus der Normandie das politische Gerede schnell grotesk und lamentabel. Am 3. April Tod des Jugendfreundes Alfred Le Poittevin. Trennung von Louise Colet (die im März gestanden hat, dass sie schwanger ist, und zwar nicht von Flaubert). Ende Juni mit Madame Flaubert und der kleinen Caroline in Forges-les-Eaux (Seine-Inférieure); Du Camp wird am 24. Juni während der Kämpfe in Paris verletzt.

1849 Am 12. September schließt Flaubert nach dreijähriger Arbeit seine *Tentation de saint Antoine* ab und liest sie an vier Tagen hintereinander den Freunden Louis Bouilhet und Maxime Du Camp vor. Am 29. Oktober Aufbruch von Paris zur großen Orientreise mit Maxime Du Camp, am 4. November Abfahrt aus Marseille, am 15. November Ankunft in Alexandrien.

1850 Ägypten, Nubien, Palästina, Syrien, Libanon, Kleinasien, Konstantinopel, Griechenland.

1851 Griechenland und Italien (Neapel, Pompeji, Paestum, Rom, Perugia, Florenz, Venedig). 26. Juli: erster Brief an Louise Colet nach Flauberts Rückkehr und ihrer Versöhnung. Am 19. September beginnt Flaubert mit der Niederschrift von *Madame Bovary*. Am 2. Dezember Staatsstreich von Louis-Napoléon Bonaparte.

1852 Im Januar neue Verfassung, Wiederherstellung des Kaiserreichs und Krönung von Napoleon III. (»Napoléon le Petit«, laut Victor Hugo). Arbeit an der *Bovary*, hin und wieder Treffen mit Louise Colet in Mantes oder Paris.

1853 Arbeit am Zweiten Teil der *Bovary*.

1854 Im Frühsommer endgültiger Bruch mit Louise Colet; Liaison mit der Schauspielerin Béatrix Person. Der Zweite Teil der *Bovary* macht Fortschritte.

1855 6. März: letzter Brief an Louise Colet. Arbeit am Dritten Teil der *Bovary*; Flaubert bezieht eine Wohnung in Paris, wo er nun jeden Winter ein paar Monate verbringt.

1856 Ende April schließt Flaubert die Arbeit an seinem Roman ab, 1. Oktober bis 15. Dezember Vorabdruck von *Madame Bovary* in der *Revue de Paris*. Arbeit am *Saint Antoine* (= 2. Fassung).

1857 29. Januar Plädoyers von Anklage und Verteidigung im Prozess gegen *Madame Bovary*, 7. Februar Urteil: Flaubert und die *Revue de Paris* werden freigesprochen; Mitte April erscheint *Madame Bovary* bei Michel Lévy in Paris. Beginn der Arbeit an *Salammbô*. Im Juli liest er begeistert *Les Fleurs du Mal*.

1858 Reise nach Nordafrika, insbesondere Karthago, als Vorbereitung für *Salammbô*.

1859 *Lui* erscheint, ein Schlüsselroman von Louise Colet.

1859–1862 Arbeit an *Salammbô*, häufige Aufenthalte in Paris.

1862 Am 24. November erscheint *Salammbô*. Erste Skizzen zu einem Roman mit dem Titel *Madame Moreau*, aus denen *L'Éducation sentimentale* entsteht.

1863 Beginn der engen Freundschaft mit George Sand, die *Salammbô* in einem begeisterten Artikel verteidigt hat. Bekanntschaft mit Iwan Turgenjew bei einem der Abendessen mit Sainte-Beuve, Hippolyte Taine, den Brüdern Goncourt, Théophile Gautier und George Sand im *Magny*. Erste Einladung bei Prinzessin Mathilde, der Cousine des Kaisers.

1864–1869 Arbeit an *L'Éducation sentimentale*. Flaubert pendelt zwischen Croisset und Paris, verkehrt in bekannten Salons, z. B. bei Prinzessin Mathilde, und in literarischen Kreisen.

1864 Flauberts Nichte Caroline heiratet am 6. April Ernest Commanville (1834–1890), zehn Jahre nach seinem Tod heiratet sie den Arzt Franklin Grout. Im August unternimmt Flaubert eine Reise zu Orten, die neben Paris in seinem neuen Buch noch eine Rolle spielen sollen: Corbeil, Melun, Montereau, Sens, Nogent-sur-Seine, Villeneuve-Saint-Georges.

1865 Im Juli Reise nach London zu Juliet Herbert, Carolines Hauslehrerin von etwa 1855 bis September 1857. Diese hatte noch in Croisset eine englische Übersetzung der *Madame Bovary* angefertigt, die jedoch nie publiziert wurde und verschollen ist. Anschließend Besuch in Baden-Baden bei Maxime Du Camp.

1866 Im Sommer wieder Reise nach England. Zudem Aufenthalte in Chartres und bei Caroline und Ernest Commanville in Dieppe.

1868 Im Juli und im August Erkundungsfahrten nach Fontainebleau für den Roman.

1869 Am 18. Juli stirbt Louis Bouilhet in Rouen. Im November erscheint bei Michel Lévy *L'Éducation sentimentale*, die Kritik ist schlecht. Weihnachten in Nohant bei George Sand und ihrer Familie.

1870 Arbeit an der dritten Fassung der *Tentation de saint Antoine*. Deutsch-Französischer Krieg: Flaubert meldet sich zur Nationalgarde, das Haus in Croisset wird von zehn Preußen in Beschlag genommen; im Dezember zieht Flaubert mit seiner Mutter nach Rouen. Ende des Zweiten Kaiserreichs am 4. September.

1871 Besuch bei Prinzessin Mathilde in ihrem Brüsseler Exil; vierte Reise nach London zu Juliet Herbert.

1872 Am 6. April stirbt Madame Flaubert; Caroline erbt Croisset, Flaubert behält das Wohnrecht. Am 22. Oktober stirbt Théophile Gautier. Beginn der ausschweifenden Lektüren für *Bouvard et Pécuchet*.

1873 Im April, gemeinsam mit Iwan Turgenjew, längerer Besuch bei George Sand in Nohant. Beginn der Freundschaft mit Guy de Maupassant, einem Neffen von Alfred Le Poittevin. Bei Lévy erscheint eine zweite Auflage der *Éducation sentimentale*.

1874 Veröffentlichung der *Tentation de saint Antoine*. Arbeit an *Bouvard et Pécuchet*.

1875 Große finanzielle Schwierigkeiten durch den Bankrott von Caroline und Ernest Commanville. Arbeit an der Erzählung »La Légende de saint Julien l'Hospitalier«.

1876 Am 8. März stirbt Louise Colet und am 8. Juni George Sand in Nohant. Die Erzählungen »Un cœur simple« und »Hérodias« entstehen.

1877 Veröffentlichung der *Trois contes*, Arbeit an *Bouvard et Pécuchet*.

1879 Wadenbeinbruch und weiter finanzielle Schwierigkeiten; Flaubert erhält dank des Unterrichtsministers Jules Ferry eine Jahrespension von dreitausend Franc zugesprochen, auf die er nicht zurückgreifen wird. Im November erscheint bei Charpentier eine neue Ausgabe der *Éducation sentimentale*.

1880 Am 8. Mai stirbt Gustave Flaubert in Croisset an einem Gehirnschlag, *Bouvard et Pécuchet* bleibt unvollendet.

1881 Im März erscheint *Bouvard et Pécuchet.*
1882 Am 12. Januar stirbt Achille Flaubert. Am 24. August wird in Rouen das Denkmal für Louis Bouilhet eingeweiht, für das Flaubert jahrelang gekämpft hatte.
1931 Caroline Franklin-Grout stirbt am 3. Februar in Antibes.

Anmerkungen

Erster Teil

Kapitel I

9 *die Ville-de-Montereau:* Dieses Dampfschiff verkehrte von 1838 bis 1840 zwischen Paris und der Kleinstadt Montereau im Departement Seine-et-Marne, Bezirk Provins, am Zusammenfluss von Yonne und Seine. Es konnte bis zu 200 Passagiere aufnehmen, hatte 20 PS und tuckerte an ungeraden Tagen mit einer Geschwindigkeit von 7 km/h flussaufwärts in südöstlicher Richtung und an geraden Tagen mit 15 km/h flussabwärts zurück nach Paris. Siehe Muriel Berthou Crestey: »*La Ville-de-Montereau*«, *Flaubert* [En ligne], Arts/Images/Représentation, mis en ligne le 10 janvier 2014, consulté le 21 juillet 2014. URL: http://journals.openedition.org/flaubert/2178.

– *Quai Saint-Bernard:* In Paris, am linken Seineufer gelegen (heute 5. Arrondissement), entlang des Jardin des Plantes. Die Stadt ist im ganzen Roman noch das kleine Paris mit seinen 12 Arrondissements, bevor die Dörfer außerhalb der Stadtmauern 1860 eingemeindet und die heutigen, neu gezeichneten 20 Arrondissements geschaffen wurden. – Eine ähnliche Beschreibung des regen Treibens auf einem Quai kurz vor dem Auslaufen eines Schiffs findet sich in der Erzählung »Ein schlichtes Herz«. Darin sieht Félicité auf einem Schiffsquai in Honfleur plötzlich »Pferde im Himmel« und meint, verrückt geworden zu sein, doch es wird nur mittels Seilwinden Frachtgut an Bord gehievt (siehe *Drei Geschichten*, S. 32).

– *Skizzenbuch:* Frédérics Skizzenbuch taucht bereits in Flauberts Jugendwerk *Mémoires d'un fou* (1838) auf: »Wenn Sie zeichnen können, ziehen Sie Ihr saffianledernes Skizzenbuch hervor – oder, noch besser, Sie drücken Ihre Mütze tief in die Stirn, verschränken die Arme und schlafen, damit es aussieht, als würden Sie denken.« (*Œuvres de jeunesse*, S. 489)

– *Moreau:* Diesen Namen sollte ursprünglich Madame Arnoux tragen, im Carnet 19, einem Arbeitsheft aus den Jahren 1862–1863, findet sich die Notiz: »*Mme Moreau (Roman)*«, siehe *Carnets de travail*, S. 286. In diesem Carnet wird Frédéric »Fr.« oder »Fritz« genannt, denn der Vorname stand offenbar sehr früh fest. Flaubert zog außerdem bei einem Cousin in Nogent-sur-Seine Erkundigungen ein, ob dort Leute mit diesem Familiennamen lebten. Erst sehr spät stellte sich heraus, dass es doch welche gab: »Du erinnerst Dich gewiss, lieber Freund, dass ich Dich vor vier Jahren gefragt habe, ob es in Nogent noch Personen mit Namen Moreau gibt? Du hast mir geantwortet, es gäbe keine, und Du hast mir mehrere Namen aus der Gegend genannt, die ich ohne weiteres verwenden könnte. Auf Deine Auskünfte gestützt, habe ich unbekümmert losgelegt. Jetzt ist es zu spät, um die Sache rückgängig zu machen. Ein Eigenname ist etwas ungeheuer Wichtiges in einem Roman, etwas Entscheidendes. Man kann den Namen einer Figur genauso wenig ändern wie ihre Haut. Das hieße, einen Schwarzen weißwaschen wollen. / Pech für die Moreaus, die in Nogent leben! / Außerdem können sie nicht über mich klagen. Denn mein Monsieur Moreau ist ein piekfeiner junger Mann«, schrieb er am 13. August 1868 an Louis Bonenfant.

– *Nogent-sur-Seine:* Am linken Seineufer, etwa 120 km südöstlich von Paris, im Departement Aube gelegen. Flaubert kannte das Städtchen gut, hier wohnten seine Verwandten, die Familien Parain und Bonenfant. Flauberts Nichte Caroline schrieb in ihren Erinnerungen: »Alle zwei Jahre fuhr die ganze Familie nach Nogent-sur-Seine zu den Verwandten Flaubert. Das war eine richtige Reise, die man mit der Postkutsche machte, in kleinen Tagesfahrten wie zu guter alter Zeit. Das hatte bei meinem Onkel lustige Erinnerungen hinterlassen«; in: *In Memoriam Gustave Flaubert von Caroline Franklin-Grout/Guy de Maupassant/Edmond & Jules de Goncourt/Émile Zola.* Hg. von Dr. E. W. Fischer. Leipzig 1913, S. 17.

– *Jura studieren:* Zu Beginn der Geschichte, also im September 1840, ist Frédéric wie der im Dezember 1821 geborene Flaubert 18 Jahre alt und soll, genau wie dieser, ein gutbürgerliches Jurastudium antreten. Der Ausdruck ist kursiv gesetzt, weil darin, für Flauberts Zeitgenossen auf Anhieb verständlich, noch eine andere Information mitklingt. In einem frühen Entwurf hieß es noch: »Danach würde er *Jura studieren*, was in seiner Vorstellung soviel bedeutete wie frei sein und als Künstler leben« (siehe Wetherill, Anm. 5). Das illustriert auch eine Lithographie des beliebten Zeichners und Karikaturisten Paul Gavarni in der Satire-Zeitschrift *Le Charivari* vom 5. August 1840: In einem offenen Fenster sind ein junger Mann und eine Grisette zu sehen, die ganz offensichtlich zusammenwohnen, auf einer Wäscheleine hängen Strümpfe zum Trocknen, sie stopft Socken. Die Bildunterschrift lautet: »Il fait son droit. / Er studiert Jura.«

10 *Seepartie:* Maxime Du Camp monierte nach der Lektüre des Manuskripts Anfang Juni 1869 zahlreiche stilistische Eigenheiten und angebliche Grammatikfehler, darunter auch die Seepartie: »Eine Seepartie: auf der Seine! – Sollte das ironisch sein, dann ist es nicht sehr angebracht.« In der Folge werden einige von Du Camps kritischen Anmerkungen entweder mit Briefdatum zitiert oder, wenn sie aus Du Camps langer Mängelliste stammen, nach der Édition Conard von 1910 (Hg. Louis Biernawski).

11 *Er war Republikaner:* Sich 1840 in aller Öffentlichkeit als Republikaner zu bezeichnen hat etwas Provokantes, Angeberisches und zugleich Unvorsichtiges, denn nach mehreren niedergeschlagenen Aufständen (1834, 1835, 1839) gegen die Julimonarchie und gegen König Louis-Philippe verhielten sich republikanisch Gesinnte eher diskret.

– *er machte ihm Mut:* Dieser sprunghafte Wechsel vom Subjekt Frédéric zum Subjekt Arnoux (»er«) ist ein Beispiel für die »Unkorrektheiten«, die Du Camp Flaubert immer wieder vorwarf, zum Beispiel am 8. Juni 1869: »Du machst sehr oft das Objekt eines Satzes zum Subjekt eines anderen, das führt zu ständigen Zweideutigkeiten und verwirrt den Leser. […] Das ist Kauderwelsch. […] Die Angst, die Eigennamen oder die Subjekte Deiner Sätze zu wiederholen, macht diese an vielen Stellen unverständlich. Du als Autor weißt sehr wohl, an wen Du denkst und von wem Du sprichst, aber die Leser haben keine Ahnung, und man muss es ihnen dauernd wiederholen.« Anders als Flaubert selbst hielten frühere Übersetzer sich gern an Du Camps Ratschläge und ergänzten zur Verdeutlichung die Eigennamen.

12 *Jacques Arnoux:* Wie in den Notizen des Carnet 19 ange-

deutet: »Mme Sch. – Mr Sch. ich.« (*Carnets de travail*, S. 286), gab Flaubert Jacques Arnoux einige Charakterzüge des Musikverlegers Maurice Schlésinger; siehe Nachwort S. 592 f.

– *Coffeynägel:* Metallene oder hölzerne Dorne zur Befestigung von leichtem Tauwerk auf Segelschiffen.

– *griechische Käppchen:* »GRIECHISCHE MÜTZE Unentbehrlich für den Studierstubenmenschen – verleiht dem Gesicht Würde.« (*Wörterbuch der Gemeinplätze*) In *Madame Bovary* trägt der Pharmazeut Homais stets ein »bonnet grec«.

13 *Chrysochalk:* Goldfarbige Bronze.

– *Es war wie eine Erscheinung:* Dieser Satz ist Maxime Du Camps Reisetagebuch *Le Nil* entliehen. Du Camps Bericht über die gemeinsame Orientreise von 1849–1850, in dem er seinen Gefährten Flaubert völlig verschweigt, erschien 1854. Du Camp schildert darin auf ganz ähnliche Weise wie Flaubert in seinen eigenen, zu Lebzeiten unveröffentlichten Aufzeichnungen und in einem langen Brief vom 13. März 1850 an den zu Hause gebliebenen Freund Louis Bouilhet die eindrucksvolle Begegnung mit der ägyptischen Tänzerin und Kurtisane Kuchiuk-Hanem. Bei Du Camp heißt es: »Oben auf der Treppe erwartete mich Kuchiuk-Hanem. Ich sah sie, als ich den Kopf hob; es war wie eine Erscheinung. Aufrecht, in den letzten Sonnenstrahlen, die sie mit Licht umhüllten, bekleidet nur mit einem Hemdchen aus madeirabrauner Gaze und weiten Hosen aus weißer Baumwolle mit rosa Streifen, die nackten Füße in ihren Babuschen, die Schultern bedeckt von einem Geriesel aus blauer Seide, das die Quaste ihres Tarbuschs bildete, der Hals umschlungen von drei Ketten aus dicken Körnern, die Arme umwunden mit glänzenden Reifen, die Ohren geschmückt mit trapezförmigen Gehängen schwer von Goldplättchen, das Haar kastanienbraun, geflochten und auf der Stirn von einem schwarzen Band gehalten; weiß, kräftig, heiter, voller Jugend und Leben, war sie eine Pracht.« (*Le Nil. Egypte et Nubie*, 2. Ausgabe, Paris 1860, S. 116; siehe Flauberts Beschreibung der gleichen Szene in *Voyage en Orient, Œuvres complètes, tome II (1845–1851)*, S. 659 f. und *Drei Geschichten*, S. 264 f.)

– *Sie saß:* »Noch ein Unfug, der mir einfällt und Dich in Rage bringen wird. Auf dem Dampfer, als Frédéric hinuntergeht zur ersten Klasse und Madame Arnoux erblickt. Niemand kennt sie, weder Frédéric noch der Leser, und du beginnst ihre Beschreibung mit: Sie. Das ist von so ungeheurer und barocker Romantik, dass Du vollkommen unverständlich bist. Sie, so gebraucht, bezeichnet eine geliebte oder auserkorene Person; was überhaupt nicht der Fall ist: erfinde irgendeinen Satz, aber streiche dieses Sie, für das es keine Daseinsberechtigung gibt«, schrieb Du Camp am 4. Juli 1869 nach der Lektüre des Romanmanuskripts.

– *in dem Gleißen:* Flaubert verwendet das Wort »éblouissement« (blendender Glanz, aber auch Verzückung) gern, um in einer Art Privatsprache sexuelle Erregung zu signalisieren, drei Absätze weiter ist dann auch von »körperlichem Besitz« die Rede; siehe dazu *Madame Bovary* III, 5; S. 348. Im Carnet 19 findet sich folgende frühe Notiz: »1re vue Éblouissement / 1. Anblick Gleißen« (*Carnets de travail*, S. 291). Auch das Verb »éblouir« (blenden, aber auch betören) wird zuweilen mit sexueller Konnotation gebraucht.

– *Das schwarze gescheitelte Haar:* Die typische Frisur der Zeit, wie schon Emma Bovary sie trug, sogenannte »bandeaux«: glattes, in der Mitte gescheiteltes und eng am Kopf anliegendes Haar, mit einem Knoten im Nacken und eventuell Löckchen über den Ohren. Die Frisur erinnert, wie auch die »gerade Nase«, die »dichten Augenbrauen« und andere Details, an Flauberts Jugendliebe Élisa Schlésinger.

14 *Neugier ohne Grenzen:* Ganz am Anfang der *Voyage en Orient* findet sich die Beschreibung einer »jungen, schlanken Kreatur«, die auf dem Saône-Schiff in Richtung Marseille Flauberts Aufmerksamkeit erregt. Das Bild dieser Frau, vor allem aber die Gedanken und Wünsche, die sie im Betrachter weckt, erinnern an die Szene hier: »Wie gern man sie gleich nackt sehen würde, gib's doch zu – und zwar nackt bis aufs Herz –, was man nicht alles anstellt, um herauszukriegen, woher sie kommt, wohin sie fährt, warum sie hier ist und nicht anderswo. Während dein Blick über sie streift, dichtest du ihr Abenteuer an, unterstellst ihr Gefühle – man denkt an das Zimmer, das sie hat, an tausend andere Dinge noch, und was weiß ich? …« (*Œuvres complètes, tome II (1845–1851)*, S. 602–603).

– *Andalusierin:* Schon in den frühen Notizen des Carnet 19 heißt es: »*Mme Moreau* / Als hätte man dich goldgebräunt / Esmeralda / Andalusierin aus Barcelona / Frauen Byrons« (*Carnets de travail*, S. 277) – eine Reminiszenz an Alfred de Mussets Gedicht »L'Andalouse« aus den *Contes d'Espagne et d'Italie* (1829): »Avez-vous vu, dans Barcelone, / Une Andalouse au sein bruni? / Pâle comme un beau soir d'automne!« (Habt ihr sie gesehn, in Barcelona, / Eine Andalusierin mit gebräuntem Busen? / Blass wie ein schöner Abend im Herbst!)

– *Ein langer Schal:* Dieser Schal ist einerseits Erinnerung an die Orientreise: Flaubert hatte Kuchiuk-Hanem ihre Schärpe abkaufen wollen, wie er Louis Bouilhet in einem Brief vom 4. Mai 1851 erzählte. »Zum Tanzen schlingt sie als Gürtel einen der Länge nach gefalteten braunen Schal mit Goldstreifen und drei an Schleifchen hängenden Quasten um die Taille«, berichtet er in *Voyage en Orient* (*Œuvres complètes, tome II (1845–1851)*, S. 660, und *Drei Geschichten*, S. 266). Andererseits ist er auch Transposition der Begegnung mit Élisa Schlésinger in Trouville, Sommer 1836, nachzulesen in den *Mémoires d'un fou* von 1838. Hier rettet der junge Ich-Erzähler einen am Strand vergessenen roten Bademantel mit schwarzen Streifen und Seidenfransen vor der Flut (*Œuvres de jeunesse*, S. 485). Er gehört Maria, die Madame Arnoux gleicht, die wiederum Élisa Schlésinger gleicht.

16 *Grogs:* »GROG Ist nicht comme il faut.« (*Wörterbuch der Gemeinplätze*) – Auch der alte Bovary zeichnet sich bei der Hochzeit von Charles und Emma durch das Trinken von Grogs aus (siehe *Madame Bovary* I, 4; S. 45).

18 *der Amerikaner:* »Une américaine« oder »une voiture américaine« war ein vierrädriger, leichter Ein- oder Zweispänner mit abnehmbarem Verdeck.

19 *Schotterhaufen:* Haufen von ca. einem Kubikmeter, für die Straßenwärter in bestimmten Abständen am Straßenrand gelagert.

– *zudem gefiel ihm Arnoux:* Die Taktik des Sich-Anfreundens mit dem Ehemann wird bereits in *Novembre* (1842) erwogen: »Eine verheiratete Frau haben wollen und dazu der Freund des Ehemanns werden, ihm herzlich die Hände drücken, zu seinen Kalauern lachen, traurig sein über seine schlechten Geschäfte, für ihn Besorgungen erledigen, die gleiche Zeitung lesen wie er, kurzum, an einem einzigen Tag mehr Niederträchtigkeiten und Geistlosigkeiten vollführen als zehn Galeerensträflinge in ihrem ganzen Leben begangen haben, das war etwas allzu Erniedrigendes für seinen Stolz« (*Œuvres de jeunesse*, S. 823). Auch Henry in der *Éducation sentimentale* von 1845 sowie Léon und Rodolphe in *Madame Bovary* unterhalten gute Beziehungen zu den jeweiligen Ehemännern, wobei Frédéric für Monsieur Arnoux tatsächlich eine gewisse Bewunderung hegt und Léon den guten Charles Bovary durchaus mag.

21 *Madame Lafarge:* Angeklagt, ihren Mann zu Jahresbeginn 1840 mit Arsen vergiftet zu haben, wurde Madame Lafarge, geb. Marie Cappelle (1816–1852), am 19. September in Tulle (Corrèze) zu lebenslangem Zuchthaus verurteilt. Der am 3. September eröffnete Prozess erregte großes Aufsehen und spaltete die öffentliche Meinung in Lafargisten und Anti-Lafargisten. Im März 1852 empfahl Louise Colet Flaubert, die 1841–1842 in vier Bänden erschienenen Memoiren der Lafarge zu lesen. 1854 wurden ihre Gefängniserinnerungen, *Les Heures de prison*, postum veröffentlicht. Flaubert erfand das Verb »lafarger« für »vergiften« und verewigte die junge Frau auch in seinem *Wörterbuch der Gemeinplätze*: »ARSEN Gibt es überall! / Madame Lafarge zitieren. / Es gibt sogar Völker, die welches essen.«

– *La Fortelle:* Ein Bezirk von Nogent-sur-Seine.

– *von Monsieur Guizots letztem Werk:* François Guizot (1787–1874), Historiker und Staatsmann, mehrfach Minister während der Julimonarchie (berühmt ist die Loi Guizot von 1833, die das Grundschulwesen ausweitete und neu organisierte), im September 1840 noch Botschafter in London, einen Monat später Außenminister und de facto Regierungschef; 1847–1848 auch nominell Président du Conseil. Guizots Innenpolitik förderte das Geschäfte machende Großbürgertum, vergrößerte jedoch Armut und Elend der Arbeiter; seine Weigerung, gemäßigte Reformen durchzuführen, die von den sogenannten Reformbanketts (Campagne des Banquets) gefordert wurden, löste die Revolution von 1848 aus. Mit seinem »letzten Werk« dürfte *Vie, correspondance et écrits de Washington* gemeint sein, erschienen 1839–1840 in 6 Bänden.

22 *des Coupés:* »Eine Diligence hat drei Abteilungen wie der Staat. Die Aristokratie ist im Coupé; das Bürgertum ist im Innern; das Volk ist in der Rotunde.« (Victor Hugo)

Kapitel II

23 *1818:* Am 10. März 1818 wurde mit der Loi Gouvion-Saint-Cyr eine Umgestaltung der Armee beschlossen, Truppenaushebung, Rekrutierung und Beförderung wurden neu geregelt.

– *Rekrutenhändler:* Das Truppenaushebungsgesetz von 1832 sah vor, dass die für sieben Jahre Militärdienst eingezogenen jungen Männer durch das Los ermittelt wurden. Ausgeloste konnten sich jedoch durch Bezahlung eines Ersatzmannes freikaufen, Ersatzmänner wurden teuer gehandelt. Dieses Prinzip von Auslosung und Freikauf dauerte bis in die Dritte Republik. Der junge Flaubert hatte Glück, im Januar 1842 fiel das Los nicht auf ihn.

– *der andere fünfzehn:* Hier haben Frédéric und Charles Deslauriers einen Altersunterschied von drei Jahren, auf S. 27 ist Deslauriers 22 und Frédéric 18.

24 *Jouffroy, Cousin:* Théodore Jouffroy (1796–1842), Philosoph und Politiker (Abgeordneter 1831–1842), Professor am Collège de France, dann an der Sorbonne, gehörte zu der von Victor Cousin angeführten Schule des Eklektizismus. – Victor Cousin (1792–1867), Philosoph, Professor an der Sorbonne, Herausgeber der Werke von Descartes, Übersetzer von Proklos und Platon, war von März bis Oktober 1840 Unterrichtsminister im Kabinett Thiers. – Pierre Laromiguière (1756–1837), Schüler Condillacs, Philosoph aus dem Umkreis von Destutt de Tracy, Professor an der Sorbonne. – Nicolas Malebranche (1638–1818), Schüler von Descartes, Philosoph und Oratorianer. – die Schotten: die von Jouffroy übersetzten Dugald Stewart (1753–1828) und Tomas Reid (1710–1796).

– *Stammbaum Christi:* Die Maison d'Abraham in Sens, ein großes Fachwerkhaus aus dem 16. Jahrhundert, besitzt einen spektakulären Eckpfeiler, heute Rue Jean Cousin/Rue de la République. – Die Cathédrale Saint-Étienne, Baubeginn 1135, gilt als erste gotische Kathedrale.

– *Froissart, Comines:* Jean Froissart (ca. 1337–1410), Chronist und Dichter. – Philippe de Commynes (1447–1511), Chronist und Politiker. – Pierre de l'Estoile (1546–1611), Jurist und Chronist. – Pierre de Bourdeille, Seigneur de Brantôme (ca. 1540–1614), berühmt für seine Memoiren und die Porträtsammlung *Vie des dames galantes* (1655).

– *Walter Scott:* Lieblingslektüre der fünfzehnjährige Emma (siehe *Madame Bovary* I, 6; S. 54) und des jungen Flaubert. In den Entwürfen findet sich am Ende dieses Absatzes noch die Bemerkung: »Der eine ist der schlimmste Denker, der andere der schlimmste Romantiker« (siehe Gothot-Mersch, Anm. 10).

25 *Inschrift unter der Uhr:* Diese lautete im Gymnasium des Schülers Flaubert in Rouen: HIC LABOR, HIC REQUIES MUSARUM PENDET AB HORIS (Hier unterliegt Arbeit wie Ruhe der Musen den Stunden).

– *vor der Nase Ludwigs des Heiligen:* Der fromme König Ludwig IX. feierte 1234 in Sens seine Hochzeit mit Marguerite de Provence, er starb 1270 beim achten Kreuzzug vor Tunis an der Pest. Etwas »à la barbe de quelqu'un« tun heißt: »vor jemandes Augen, Nase« bzw. »jemandem zum Trotz«.

– *wo man hinabblickt:* Immer wieder im Verlauf des Romans wechselt Flaubert abrupt ins Präsens, wenn es um außerzeitliche oder allgemeingültige Dinge geht. »Ein einziges Wort genügt«, schreibt Gérard Genette, »um uns aus dem Bereich der ›Handlung‹ (Rückzug von Madame Arnoux in die Bretagne, Spaziergang von Frédéric und Rosanette im Wald) in den von Zauber oder Träumerei zu katapultieren.« (*Figures I*, Paris 1966, S. 238)

– *Barrenlauf:* Kinderspiel, bei dem die Teilnehmer in zwei Mannschaften aufgeteilt sind, die einander nach bestimmten Regeln verfolgen; die Spielfelder sind durch Striche (barres) am Boden markiert, und es können Gefangene gemacht werden.

26 *sein Erbteil:* Das ihm mütterlicherseits zustand und vom Vater bis zur Volljährigkeit verwaltet wurde.

27 *gehemmt durch eine Scham:* Einwand von Du Camp: »*retenu par une pudeur* – Was heißt eine Scham? Warum denn nicht zwei oder drei? Die Scham ist eine oder sie muss näher bestimmt werden.«

– *Werther, René, Franck: Werther* (1782) von Goethe, *René* (1802) von Chateaubriand, Franck ist der Held in *La Coupe et les Lèvres* (1832) von Alfred de Musset, *Lara* (1824) von Byron, *Lélia* (1833) von George Sand.

29 *der Wahlagent:* Der »croupier d'élections« oder »agent électoral« half bei der Organisation von Wahlen und war insbesondere zuständig für allerlei Manöver und Manipulationen, wie zum Beispiel den Stimmenkauf. Der von Flaubert hier ge-

brauchte Ausdruck »croupier d'élections« (croupier = Spielgehilfe) hat einen negativen Beigeschmack, der auf die Korruption verweist.

– *Frack:* »FRACK Bedeutung in der Provinz. / Höchste Stufe an Förmlichkeit und Bemühen!« (*Wörterbuch der Gemeinplätze*)

30 *Rastignac:* Flaubert unterläuft hier ein kleiner Anachronismus: Erst 1841 hat Balzac seinen bereits erschienenen und noch zu erscheinenden Werken den Gesamttitel *La Comédie humaine* gegeben. Und Rastignac, der in *Vater Goriot* von 1834 zum ersten Mal auftritt, war noch nicht die emblematische Figur des macht- und ruhmgierigen Aufsteigers, der mit Erfolg jene Mittel anwendet, die Deslauriers seinem Freund empfiehlt.

– *angefangen bei Mirabeau:* Die für Flaubert untypische Wortwiederholung »Anfang – angefangen« findet sich auch im Original: »commencements« und »à commencer par«.

– *hundert Sou:* 5 Franc.

32 *Rue Coq-Héron:* Am rechten Seineufer, unweit der Place des Victoires gelegen (heute 1. Arrondissement), wo sich Gebäude der Poststation befanden, Abfahrtstelle und Endstation für Postkutschen, auch für die aus Nogent-sur-Seine.

– *zur linken Mitte:* Die linke Mitte (centre gauche) war in dieser Zeit die politische Richtung um Adolphe Thiers (1797–1877), die rechte Mitte (centre droit) jene um François Guizot (1787–1874).

– *des adligen Faubourgs:* Gemeint ist natürlich der Faubourg Saint-Germain, wo viele Adelsfamilien ihre Stadtpalais hatten, und somit der legitimistische Adel und jener des »centre droit«.

Kapitel III

33 *eines der beiden Einfahrtstore:* »Es gibt keine zwei Einfahrtstore [portes cochères], sondern zwei Flügel am Einfahrtstor«, bemängelte Du Camp. Édouard Maynial erklärt in seiner Ausgabe (Anm. 58), viele alte Palais aus der Zeit der Restauration besäßen tatsächlich zwei Tore, eines für die Einfahrt, das andere für die Ausfahrt der Wagen.

34 *Coupé:* Vierrädriger geschlossener Wagen für zwei Passagiere.

– *Concierge:* Du Camp kritisierte am 8. Juni 1869, nach seiner Lektüre des Manuskripts, Flaubert gebrauche immer wieder Wörter, die er allenfalls seinen Figuren in den Mund legen dürfe, auf keinen Fall aber in den Erzählpassagen verwenden: »Viele falsche Ausdrücke: Concierge [concièrge] anstatt Pförtner [portier]. Der Concierge ist der Chef der Pförtner in einem Palast oder einem Gefängnis. Es ist eine süße Eitelkeit der Pförtner, sich mit diesem Titel zu schmücken, und man muss sie ihnen überlassen.« Im weiteren Verlauf des Romans gebraucht Flaubert unterschiedslos auch die Bezeichnung portier/Pförtner.

– *Rue Montmartre:* Arnoux gibt seine Adresse mit Boulevard Montmartre an (S. 12), sein Laden liegt also im heutigen 2. Arrondissement unweit der Kreuzung Rue Montmartre/Boulevard Montmartre/Rue du Faubourg-Montmartre, auf der Seite mit den ungeraden Hausnummern.

35 *Man sah:* Typisch für Flaubert ist hier der sich langsam von Gegenstand zu Gegenstand in den Laden vortastende Blick des Betrachters von draußen, also die Beschreibung aus der Perspektive Frédérics. Diesem dramaturgischen Aufbau des Satzes muss auch die Übersetzung folgen.

– *Rue Saint-Hyacinthe:* Im heutigen 1. Arrondissement zwischen Rue de la Sourdière und Rue du Marché-St-Honoré, unweit von St. Roch, gelegen.

36 *Code civil:* Das Zivilgesetzbuch von 1804, überarbeitet 1807–1815 und 1853–1871, besteht heute aus 2285 Artikeln, von denen ca. 1200 noch mit dem Urwerk übereinstimmen.

– *Institutionen:* Die *Institutiones Iustiniani* aus dem Jahr 533 sind ein Gesetzeswerk des Kaisers Justinian I., eine Art juristisches Lehrbuch. Ganz ähnlich wie Frédéric erging es auch Flaubert im ersten Jahr seines Jurastudiums: »Seit sechs Wochen ist es mir unmöglich, irgendetwas zustande zu bringen. Und doch habe ich mit dem Code civil angefangen, dessen Einleitungsabschnitt ich gelesen, aber nicht verstanden habe, und mit den *Institutionen*, von denen ich die ersten 3 Artikel gelesen habe, an die ich mich nicht mehr erinnere; ein Witz!« schrieb er am 24. Februar 1842 seinem Freund Ernest Chevalier.

– *Punsch:* PUNSCH »Quelle des Taumels. / Junggesellenabend. Die Lichter löschen, wenn man ihn entzündet. / Und das erzeugt ›phantastische Flammen‹. / Romantisch (veraltet).« (*Wörterbuch der Gemeinplätze*)

– *Fraise:* In *Madame Bovary* trägt der Steuereinnehmer Binet eine akkurate Fraise (II, 1; S. 104), bei Flaubert stets ein äußeres Zeichen von jämmerlicher Dummheit: »Es gibt Dinge, nach denen ich die Menschen auf den ersten Blick beurteile: 1. die Bewunderung für Béranger; 2. der Abscheu vor Parfüms; 3. die Vorliebe für grobe Stoffe; 4. die Fraise als Bart; 5. die Abneigung gegen das Bordell«, gestand er am 1. Juni 1853 Louise Colet.

37 *Liebe dieser Arbeiterin:* Also einer Grisette, im Unterschied zur käuflichen Lorette, siehe Anm. zu S. 83.

– *Monsieur de Cisy:* Ein sprechender Name, man denkt unweigerlich an das ganz gleich ausgesprochene Wort »zizi« (Zipfelchen, Pimmel).

39 *als Dauergast:* Auch der Student Flaubert nahm seine tägliche Mahlzeit als Dauergast in einer billigen Kneipe ein. Und schon einige Jahre vor ihm sind die Studenten Charles und Juste in Balzacs Erzählung *Z. Marcas* (1849) ebenfalls »abonnés« in einem »tristen Restaurant der Rue de La Harpe« (*La Comédie humaine* VIII, Bibliothèque de la Pléiade, S. 835), die bis zu ihrer Verkürzung 1855 eine der längsten Straßen am linken Seineufer war.

40 *Revue des Deux Mondes:* 1829 gegründet, wurde ab 1831 unter der Leitung von François Buloz rasch zu einer der wichtigsten und am meisten gelesenen Literaturzeitschriften.

42 *Quai Napoléon:* Auf der Île de la Cité, 1879 umbenannt in Quai aux Fleurs (heute 4. Arrondissement).

Kapitel IV

43 *Reform:* Gemeint ist eine Wahlrechtsreform, die die Wählerschaft vergrößern sollte. Das Zensuswahlrecht von 1831 beschränkte den Wahlkörper auf begüterte Bürger: nur wer mindestens 200 Franc Steuern zahlte, durfte wählen. Ab einer Steuerleistung von 500 Franc war man auch wählbar. Seit 1840 wurde für diese Reform geworben, auch durch sogenannte Reformbanketts (banquets réformistes), die das Versammlungsverbot umgingen.

– *Nationalgarde:* Eine am 13. Juli 1789 gegründete Bürgerwehr, die allen Männern zwischen 16 und 60 Jahren offenstand, Waffen und Uniform musste man sich allerdings selbst bezahlen können. Während der Revolution von 1848 spielte sie eine wichtige Rolle, im Februar zunächst auf Seiten der Aufständischen, im Juni dann gegen sie.

44 *Humann-Zählung:* Finanzminister Jean Georges Humann (1780–1842) hatte im Februar 1841 eine Neuzählung von Türen und Fenstern angeordnet, die ihm höhere Steuereinnahmen im Rahmen des »impôt sur les portes et fenêtres« sichern sollte, einer direkten Steuer, die von 1798 bis 1926 in Kraft war. Es kam im ganzen Land zu Unruhen und Ausschreitungen, nicht zuletzt wegen des ungeschickten Vorgehens der Finanzbeamten.

– *in Robert Macaire:* Der Schauspieler Frédérick Lemaître verkörperte die Figur des Halunken und skrupellosen Geschäftsmanns Robert Macaire zunächst in dem Melodram *L'Auberge des Adrets* (1823), später in überarbeiteten Fassungen mit dem Titel *Robert Macaire*. Diese verschiedenen Fassungen enthielten oft tagespolitische Anspielungen, krude burleske Einlagen und waren bis weit in die dreißiger Jahre hinein bei einem breiten Publikum äußerst beliebt. Schon in der *Éducation sentimentale* von 1845 taucht der Vergleich mit Robert Macaire auf, alle Notare seien Gauner und Robert Macaires, schreibt Jules im 3. Kapitel an Henry (*Œuvres de jeunesse*, S. 840).

– *Zollunion:* Es gab Pläne, nach dem Vorbild des Deutschen Zollvereins eine Zollunion zwischen Frankreich, Belgien, Spanien und der Schweiz zu gründen; diese Pläne richteten sich auch gegen die Engländer, Anhänger des Freihandels, und waren Ausdruck einer grassierenden Anglophobie.

45 *gehörten zu Geheimbünden:* Republikanische Bünde und Gesellschaften wie die Société des Amis du Peuple, die Société des Familles (ab 1837 Société des Saisons) oder die Société des Droits de l'Homme waren in der Zeit der Julimonarchie entstanden, 1848 spielten sie eine wichtige Rolle.

– *eines Zachariae, eines Ruhdorff:* Karl Salomo Zachariae (1769–1843) und Adolf Friedrich Rudorff (1803–1873) waren deutsche Rechtswissenschaftler. Zachariaes umfangreiches *Handbuch des französischen Civilrechts* (3 Bände, 1808–1827) lag auch in französischer Übersetzung vor.

– *Pritchard:* Die Affäre um den englischen Konsul und Missionar George Pritchard passionierte die französische Öffentlichkeit zwischen 1836 und 1845. Es ging um einen Machtkampf zwischen Engländern und Franzosen, Protestanten und Katholiken in Tahiti und den Einfluss auf Königin Pomaré IV., die zwischenzeitlich auch mal abgesetzt wurde. Pritchards Gegenspieler war der französische Konteradmiral Dupetit-Thouars, der zuletzt die Oberhand gewann; von 1847 bis zu ihrem Tod 1877 regierte Pomaré unter französischem Protektorat.

46 *die Marseillaise:* Seit 1830 war die Marseillaise zwar nicht mehr verboten wie unter der Restauration, offizielle Nationalhymne aber war in der Julimonarchie das Lied *La Parisienne* zu einem Text des Dichters Casimir Delavigne. Die Marseillaise stand für Revolution und Republik.

– *Béranger:* Der berühmte Dichter Pierre-Jean de Béranger (1780–1857) hatte 1830 mit seinen lästerlichen Liedern zum Sturz der Bourbonen beigetragen und war bekannt für seine republikanische Gesinnung. Stendhal hatte ihn geliebt, Flaubert zitierte ihn zwar gern, verabscheute jedoch »diesen widerlichen Bürger, der die billige Liebe und die abgeschabten Röcke besungen hat« (23. August 1857 an Charles Baudelaire).

– *Laffitte:* Jacques Laffitte (1767–1844) war einst der Leibbankier Ludwigs XVIII. gewesen und 1814–1820 Gouverneur der Banque de France. Finanzier der Revolution von 1830 und 1830–1831 für einige Monate Finanzminister und Ministerpräsident, hatte er sich aus der Politik zurückgezogen und betrieb nun eine Kredit-Bank für kleine Leute.

– *Chateaubriand:* François-René de Chateaubriand (1768–1848) war bekennender Legitimist, also Anhänger der Bourbonen, verteidigte jedoch in fortgeschrittenem Alter demokratische Werte und das allgemeine Wahlrecht.

– *Septemberunruhen:* Hervorgerufen durch die Humann-Zählung. In einem Notizbuch von 1865 (?) finden sich Aufzeichnungen zur Stimmung im Quartier Latin und den wohl auch brutal niedergeschlagenen Unruhen im September 1841, darunter folgende Notiz: »*Die Totschläger vom Châtelet*, Brief an Gabriel Delessert, Polizeipräfekt, unterzeichnet Bienvenu G. M. Daernvaelt, Verfasser von ›Ich zerschlag die Scheiben‹. Er klagt über die Totschläger, die hinter den Schutzmännern herziehen

[…]. Diese Handlanger werden *Sikarier* oder *Sbirren* genannt.« Flaubert notiert außerdem, das Verb »recenser« (zählen) sei zum Synonym für »stehlen« geworden: »J'ai recensé une bourse. / Ich hab einen Geldbeutel gezählt.« (*Carnets de travail*, S. 449)

49 *Café Tabourey:* Einst unweit des Théâtre de l'Odéon an der Rue de Vaugirard gelegenes, von Künstlern und Studenten besuchtes Etablissement; um anschließend in die Rue de Fleurus zu gelangen, müssen Frédéric und Hussonnet einmal quer durch den Jardin du Luxembourg.

50 *Théâtre Bobino:* Das Théâtre du Luxembourg wurde im Volksmund nach seinem Gründer benannt, dem Clown Bobino; es war ein bei Studenten beliebtes Vaudevilletheater an der Ecke Rue Madame/Rue de Fleurus (heute 6. Arrondissement), nicht zu verwechseln mit der 1873 gegründeten Konzert- und Theaterbühne Bobino in der Rue de la Gaîté (heute 14. Arrondissement).

51 *Hussonnet strebte nach Ruhm:* In diesem Absatz und auch im weiteren Verlauf des Romans erscheint Hussonnet als Karikatur von Maxime Du Camp. Übrigens hieß Du Camps Geliebte Adèle Husson (Hussonnet = der kleine Husson), Du Camp selbst bezeichnete Adèle und ihren Mann Émile in Briefen gern als die »Hussonnerie«. In der *Éducation sentimentale* von 1845 trägt die Figur des Henry Züge von Du Camp.

– *Théâtre-Français:* Heute besser bekannt unter dem Namen Comédie Française.

52 *Kriege in Algerien:* Die Eroberung Algiers am 5. Juli 1830 hatte den Sturz Karls X. nicht aufhalten können. Unter dem Bürgerkönig Louis-Philippe wurde die Besetzung und Kolonisierung des Landes gegen zum Teil erbitterten Widerstand fortgesetzt; 1848 wurde Algerien zu französischem Territorium erklärt.

53 *Apollonie:* Anspielung auf Aglaé-Joséphine Sabatier (1822–1890), Mätresse des Geschäftsmanns Alfred Mosselman und mit Baudelaire befreundet, der ihr mehrere Gedichte widmete, darunter einige der im Prozess um die *Fleurs du Mal* inkriminierten. Den Vornamen Apollonie bekam sie durch ein Gedicht von Théophile Gautier (1811–1872), »J'aime ton nom d'Apollonie« (enthalten in der Sammlung *Émaux et camées*, 1852), in dem sie als Schwester Apollos bezeichnet wird. Der Bildhauer Auguste Clésinger hatte die heute im Musée d'Orsay zu sehende Skulptur *Femme piquée par un serpent* angeblich nach einem Moulage des

nackten Körpers von Madame Sabatier geschaffen und sorgte damit auf dem Salon von 1847 für großen Skandal. Flaubert verkehrte wie seine Freunde Théophile Gautier und Maxime Du Camp oder auch Berlioz, Delacroix, Manet in ihrem Salon; in seinem Briefwechsel taucht sie regelmäßig unter ihrem Spitznamen »die Präsidentin« auf.

– *in einer Daumont:* Luxuriöses Gespann mit zumeist vier Pferden und zwei Kutschern, aber ohne Bock; in Mode gekommen durch den achten Duc d'Aumont (1762–1831), der diese elegante Anspannung aus dem Londoner Exil nach Frankreich brachte. Fahren »à la Daumont« heißt, es handelt sich um ein »gerittenes Gespann«, die Reiter sitzen auf den linken Sattelpferden.

– *Nach Ihnen, Sire:* Anspielung auf einen in den 1840er Jahren bekannten erbaulichen Bilderbogen, *Après vous, Sire*, nach einem Motiv von Nicolas-Toussaint Charlet aus dem Jahr 1828. Solche Images d'Épinal von Napoleon I. waren weit verbreitet unter der Julimonarchie. Siehe Takashi Kinouchi: »La mémoire des images dans *L'Éducation sentimentale*«, *Flaubert* [En ligne], 11 | 2014, mis en ligne le 17 octobre 2014, consulté le 03 octobre 2018. URL: https://journals.openedition.org/flaubert/2256.

– *Pellerin:* Niklas Bender merkt in *Kampf der Paradigmen* (Heidelberg 2009, S. 167) an, dass dieser Name auf Jean-Charles Pellerin (1756–1836) verweist, »den bekannten Drucker aus Épinal (Vosges), der seit 1800 die später sprichwörtlich gewordenen ›images d'Épinal‹ produzierte und verkaufte«.

54 *fünf Fuß neun Zoll:* In Frankreich entsprach ein Fuß (pied) 0,324 m und ein Zoll (pouce) einem Zwölftel des Fußes, also 0,027 m; Regimbart misst also stattliche 1,86 m.

55 *Porträt von Cherubini: Luigi Cherubini et la Muse de la poésie lyrique* wurde 1842 von Jean-Auguste-Dominique Ingres (1780–1867) fertiggestellt und war im selben Jahr ein vieldiskutiertes Werk, ebenso wie *La Renommée distribuant les couronnes*, ein monumentales, 27 Meter langes, dreiteiliges Wandgemälde im Halbrund des Prüfungs- und Festsaals der École des Beaux-Arts, an dem Paul Delaroche (1797–1856) von 1837 bis 1841 gearbeitet hatte. Die Académie des Beaux-Arts am Quai de Conti ist dem Institut de France untergeordnet.

57 *Wahn des Nebukadnezar:* Pellerin widmet sich offenbar

einem Thema à la mode: Die Uraufführung der Oper *Nabucco* am 9. März 1842 an der Mailänder Scala, gefolgt von siebenundfünfzig triumphalen Aufführungen in derselben Saison, war der Auftakt zu Verdis fulminanter Karriere. 1863 gab es Pläne für eine Oper nach *Salammbô*, mit einem Libretto von Flaubert und Théophile Gautier, als Komponist war Giuseppe Verdi im Gespräch.

– *Mönchskutte:* Die Szene erinnert an eine Passage im 4. Kapitel von *Bouvard et Pécuchet*: Bouvard verkleidet sich mit einer Wolldecke, kniet auf einem Betschemel: »Sehe ich nicht aus wie ein mittelalterlicher Mönch?«

58 *griff nach dem National:* 1830, ein halbes Jahr vor der Julirevolution, von Adolphe Thiers und anderen liberalen Journalisten gegründet, Wegbereiter und Sprachrohr der Revolution, entwickelte sich *Le National* unter Louis-Philippe zum wichtigsten Organ der republikanischen Opposition. Seit 1841 wurde die Tageszeitung von Armand Marrast (1801–1852) geleitet und spielte eine entscheidende Rolle für die Ereignisse von 1848 (Marrast war einer der Organisatoren des Reformbanketts vom 22. Februar 1848). Mit dem Staatsstreich vom 2. Dezember 1851 wurde sie verboten und verschwand.

59 *Hausmannskost, etwas Bodenständiges:* »KÜCHE Küche im Restaurant, immer ›verstopfend‹. / Die bürgerliche, immer ›gesund‹. / Im Süden, ›zu scharf gewürzt‹ oder ›mit zu viel Öl‹. / Das Pot-au-feu schmeckt nur zu Hause gut.« (*Wörterbuch der Gemeinplätze*)

63 *von seiner Zeche:* Diese Stelle kommentierte Du Camp: »*Consommation* – das Wort kommt mehrmals vor, lege es, sooft Du willst, einem Kellner in den Mund; aber Du, als Schriftsteller, darfst es nie in diesem Sinn verwenden«. Flaubert notierte sich am Rand: »Littré«, im endgültigen Text erscheint »consommation« nur an dieser einen Stelle.

69 *Gazpacho:* Flaubert schreibt »daspachio«.

– *Liebfrauenmilch:* Flaubert schreibt »lip-fraoli«.

70 *die Masse sieht dumm:* In Flauberts Jugendwerk *Mémoires d'un fou* heißt es: »Es gibt Maler, die sehen alles blau, andere sehen alles gelb oder alles schwarz.« (*Œuvres de jeunesse*, S. 506)

72 *neben der Klaviatur:* Schon eine ganz frühe Notiz im Carnet 19 beschreibt diese Szene: »*Ed. Sentim.* / Sehr gerade daste-

hend, sang sie eine Melodie am Klavier – darin war ein italienisches Wort, und jedesmal machte sie mit dem Hals eine leichte Bewegung wie ein Vogel, der sich sträubt in seinem Gefieder, wenn er den Kopf dreht. Schillernder Lack des Klaviers, in dem sich die Lampen spiegeln. / Ziemlich volle, breite Lippen, sie wecken den Wunsch nach einem tiefen Schmerz.« (*Carnets de travail*, S. 269)

73 *mit offener Brust:* Kommentar Du Camps: »*Poitrine ouverte* – Du wolltest sagen entblößt – offen schießt über Dein Ziel hinaus und ist ein unmögliches Bild.«

74 *schlug die Stunde, langsam:* »À l'horloge d'une église, une heure sonna, lentement« könnte auch bedeuten: »Eine Kirchturmuhr schlug eins, langsam«. Auf S. 72 heißt es, dass die letzten Gäste um elf Uhr aufbrechen, unter ihnen Frédéric. Ist Frédéric zwei Stunden unterwegs von der Rue de Choiseul bis zum Pont-Neuf? Maynial äußert in seiner Ausgabe (Anm. 134) die Hypothese, Flaubert könnte mit »une heure sonna, lentement« auch eine unbestimmte Stunde meinen: Frédéric hört zwar eine Kirchturmuhr schlagen, die genaue Anzahl der Schläge nimmt er in seinem aufgewühlten Zustand aber nicht wahr. Spätere Herausgeber verstehen den Satz eindeutig so und machen sich über Du Camp lustig, denn dieser hatte beanstandet: »Eine Uhr schlägt *eins*, langsam – das ist ein Witz – wie soll eine Uhr langsam eins schlagen? zwei oder drei, von mir aus.«

Kapitel V

75 *das Stabat von Rossini:* Das *Stabat Mater* wurde am 7. Januar 1842 am Théâtre-Italien in Paris uraufgeführt. Ebenfalls im Januar 1842 fand ein Prozess gegen den Musikverleger Maurice Schlésinger (1798–1871) statt, den Mann von Flauberts Jugendliebe Élisa. Schlésinger wollte ohne Vereinbarung mit dem Komponisten die in Zusammenarbeit mit Giovanni Tadolini entstandene und 1832 in Madrid uraufgeführte erste Fassung des *Stabat Mater* veröffentlichen, er verlor den Prozess. Auch um diesen Pariser Skandal dürfte sich die Unterhaltung bei Frédéric drehen.

– *in einem Band von Louis Blanc:* Der Journalist und Historiker Louis Blanc (1811–1882), ein utopischer Sozialist, war Verfasser einer *Organisation du travail* (1839) – Plädoyer für die Schaffung von staatlich geförderten Produktivgenossenschaften, den sogenannten Ateliers sociaux, die Zusammenschlüsse von Arbeitern desselben Berufsstandes sein sollten, ohne Chefs – sowie einer *Histoire de dix ans* (1841), einer für die Julimonarchie desaströsen Rekapitulation ihrer ersten zehn Jahre. Im Februar 1848 wurde er zunächst Minister ohne Portefeuille in der provisorischen Regierung und leitete ab 1. März die Commission du gouvernement pour les travailleurs, auch Commission du Luxembourg genannt, mit der Aufgabe, eine Neuorganisation der Arbeit vorzubereiten. Zugleich aber wurden die Nationalwerkstätten gegründet (siehe Anm. zu S. 427), auf die er keinen Einfluss hatte. Nach der Niederschlagung der Revolution im Juni 1848 musste er ins Exil flüchten und kehrte erst 1870 nach Frankreich zurück.

76 *Duc de Nemours:* Zweiter der fünf Söhne Louis-Philippes. Monsieur de Joinville ist der drittgeborene Sohn, die beiden jüngsten hießen Duc d'Aumale und Duc de Montpensier. Der älteste Sohn, der Duc d'Orléans, starb am 13. Juli 1842 nach dem Sprung aus einer Kutsche, deren Pferde durchgegangen waren, darum fehlt er auf dem Bild. Wann genau spielt also die Szene bei Frédéric? Noch Anfang des Jahres 1842, wie die Diskussion über Rossini nahelegt, oder später? Dass der Duc de Nemours auf der Familienidylle einen Säbel anlegt, verweist auf die Frage der Thronfolge: Die Kammern hatten ihn zum Regenten bestimmt für den Fall, dass sein Neffe, der erst vierjährige Sohn des verstorbenen Duc d'Orléans, in absehbarer Zeit den Thron besteigen sollte. Flauberts Beschreibung erinnert an eine Zeichnung Fragonards, stimmt in einigen Details aber nicht mit ihr überein (siehe Wetherill: *L'Éducation sentimentale. Images et Documents*, S. 110–111).

79 *Alfred de Dreux:* 1810–1860, sehr erfolgreicher Maler, vor allem bekannt für seine Pferdemotive und Reiterbildnisse.

80 *Pradier:* James Pradier (1790–1852) war ein berühmter Bildhauer und Freund der Familie Flaubert. Von ihm stammt eine Büste Caroline Flauberts, in seinem Atelier hatte Gustave 1846 Louise Colet kennengelernt.

82 *die drei algerischen Vorhänge:* Seit der Eroberung Algiers

1830 waren bunte orientalische Stoffe mit Streifenmuster besonders in Mode, Emma Bovary zum Beispiel kauft sich »algerische Schärpen« (*Madame Bovary* II, 5; S. 141).

83 *die Ummauerung von Paris:* Ein »embastillement« ist laut Wörterbuch (*Trésor de la Langue Française*, TLF) die Ummauerung einer Stadt mit Befestigungsanlagen, Bollwerken, Bastionen, aber auch die Einkerkerung in der berüchtigten Bastille oder jedem anderen Gefängnis. Und die Pariser empfanden diese Ummauerung auch weniger als Schutz vor irgendeinem äußeren Feind denn als Einsperrung. Darum gab es große Widerstände gegen die seit 1830 geplanten Baumaßnahmen; erst 1840 setzte der neue Regierungschef Adolphe Thiers die Errichtung einer vierunddreißigeinhalb Meter hohen Ringanlage durch, 1844 wurde sie fertiggestellt; siehe auch S. 146.

– *die Septembergesetze:* Im September 1835 – nach dem Anschlag von Giuseppe Fieschi auf Louis-Philippe am 28. Juli – erlassene Gesetze die Staatssicherheit betreffend; sie enthielten unter anderem eine Verschärfung der Zensur und eine Erhöhung der Kaution für Zeitungen (siehe Anm. zu S. 214).

– *Pritchard:* Siehe Anm. zu S. 45.

– *Lord Guizot:* Siehe Anm. zu S. 21; Louis-Philippes Minister galt als anglophil, was ihn bei vielen Franzosen nicht beliebter machte.

– *eine Lorette:* Benannt ist die Lorette nach dem Viertel um die Kirche Notre-Dame-de-Lorette im heutigen 9. Arrondissement von Paris, die schönste Definition dieser galanten Damen findet sich bei Charles Baudelaire, in dem Aufsatz »Einige französische Karikaturisten« von 1857. Die 79 Lorette-Karikaturen von Paul Gavarni erschienen zwischen 1839 und 1846 in der Satire-Zeitschrift *Le Charivari*: »Gavarni ist der Schöpfer der *Lorette*. Es gab sie zwar schon ein wenig vor ihm, doch er hat sie komplettiert. Mir ist sogar, als wäre das Wort seine Erfindung. Die Lorette, wie man bereits gesagt hat, ist nicht das ausgehaltene Mädchen des ersten Kaiserreichs, die dazu verurteilt war, in trübsinnigem Tête-à-Tête mit dem metallenen Leichnam zu leben, der, General oder Bankier, für ihren Unterhalt aufkam. Die Lorette ist frei und ungebunden. Sie kommt, sie geht. Sie hält offenes Haus. Sie hat keinen Herrn; sie verkehrt mit Künstlern und Journalisten. Sie tut, was sie kann, um geistreich zu sein. Ich sagte, Gavarni habe sie komplettiert; und in der Tat, von seiner literarischen Einbildungskraft beflügelt, erfindet er mindestens ebensoviel, wie er sieht, und aus diesem Grund hat er die Sitten nachhaltig beeinflußt.« (Charles Baudelaire: *Sämtliche Werke/ Briefe*, Hg. von Friedhelm Kemp und Claude Pichois in Zusammenarbeit mit Wolfgang Drost, Bd. 1, München 1977, S. 324 f.)

84 *und würdig der Régence:* »Gallier sein« heißt natürlich: ungehobelt sein, wenn nicht gar derb, sich aufführen wie Naturkinder; die Régence steht für die lockeren, ausgelassenen Sitten während der Regentschaft von Philippe d'Orléans 1715–1723.

– *Mal eine Brünette, dann eine Blonde:* »BRÜNETTE Heißblütiger als Blondinen (siehe *Blondinen*).« Schaut man dort nach, steht im *Wörterbuch der Gemeinplätze*: »BLONDINEN Heißblütiger als Brünette (siehe *Brünette*).«

85 *die gelben Handschuhe:* Wurden von vornehmen Herren und Aristokraten getragen; ein »gant jaune« war ein Stutzer.

– *Jockey-Club:* Die unter der Julimonarchie aus England importierte Mode der Pferderennen galt als besonders schick und spaltete natürlich Anglomane und Anglophobe. 1833 wurde auf Initiative von Adolphe Thiers zunächst eine »Gesellschaft zur Förderung der Verbesserung der Pferderassen in Frankreich« gegründet, um die Einfuhr teurer Vollblüter aus England und Preußen zu verringern. Ein Jahr später entstand der exklusive Jockey Club de Paris, der seine ersten Rennen in Chantilly veranstaltete und schon bald das Marsfeld umbaute zu einer Pferderennbahn. Ab 1857 fanden Rennen auch in Longchamp statt. Präsident des Jockey Club de Paris war von 1836 bis 1849 Napoléon Joseph Ney, prince de la Moskowa, der älteste Sohn von Marschall Ney.

– *einen Spitzschädel:* Nach den Theorien des Phrenologen Franz Joseph Gall (1758–1828) ein Zeichen für Sturheit und Dogmatismus. Auch Bouvard und Pécuchet beschäftigen sich ausgiebig mit Galls Thesen.

– *die Rheingrenze:* Nach 1830 gab es in Frankreich patriotische Bestrebungen, den Friedensvertrag von 1815 zu annullieren und das linke Rheinufer – notfalls auch durch einen Krieg – zurückzugewinnen.

– *der Polytechnischen Hochschule:* Die École polytechnique ist eine sehr angesehene, 1794 gegründete und auch heute noch dem Verteidigungsministerium unterstellte Hochschule zur Ausbildung von Ingenieuren.

– *Monsieur Marrast:* Armand Marrast (1801–1852) war Journalist und Politiker, als überzeugter Republikaner an der Julirevolution 1830 beteiligt und Chefredakteur der Zeitung *La Tribune*, dem Organ der Société des Droits de l'Homme. Im Zusammenhang mit dem Aufstand der Seidenweber in Lyon wurde er 1834 verhaftet, floh 1835 nach London und kehrte im Zuge der Amnestie von 1837 zurück nach Paris, wo er ab 1841 *Le National* (siehe Anm. zu S. 58) leitete. 1848 wurde er zunächst Mitglied der provisorischen Regierung, dann Präsident der verfassunggebenden Versammlung und gehörte zu den Hauptverfassern der neuen Constitution. Im Mai 1849 verfehlte er die Wiederwahl.

– *Ode auf Polen:* Seit der brutalen Niederschlagung der polnischen Aufstände gegen die zaristische Unterdrückung 1830/31 lebten viele polnische Flüchtlinge in Frankreich. Zwischen 1830 und 1848 gab es immer wieder französische Solidaritätsbekundungen und Hilfsaktionen für Polen, besonders in Intellektuellenkreisen, eine »Ode auf Polen« gehört aus Flauberts Sicht natürlich eher zu den grotesken Sinnlosigkeiten (siehe auch *Madame Bovary* I, 9; S. 93, und »Ein schlichtes Herz« in *Drei Geschichten*, S. 43).

87 *Das Bild des Arnoux:* Deslauriers deklamiert den Anfang eines Gedichts in siebzehn Strophen von Victor Hugo: »Lui« aus dem Zyklus *Les Orientales* (1829), wobei er natürlich ab dem zweiten Vers von Hugo abweicht. »Lui/Er« ist ein Gedicht auf Napoleon I., mit einigen Anleihen aus dem *Mémorial de Sainte-Hélène* von Las Cases. Die erste Strophe lautet: »Toujours lui! Lui partout! – Ou brûlante ou glacée, / Son image sans cesse ébranle ma pensée. / Il verse à mon esprit le souffle créateur. / Je tremble, et dans ma bouche abondent les paroles / Quand son nom gigantesque, entouré d'auréoles, / Se dresse dans mon vers de toute sa hauteur.«

– *seine zweite Prüfung:* Also die Abschlussprüfung für das zweite Studienjahr, im August 1841. Flaubert selbst brach sein Studium im zweiten Jahr ab und schöpft in dieser Szene hier wohl aus eigenen Erfahrungen. Das Jurastudium dauerte drei Jahre, das Programm umfasste im 1. Jahr: *Institutiones Iustiniani*, Code civil; 2. Jahr: Code civil, Strafgesetzgebung, Zivil- und

Strafprozessordnung, *Pandekten*; 3. Jahr: Code civil, Handelsrecht, Verfassungsrecht.

– *Strafgesetzbuch:* Der Code pénal von 1810.

– *Monsieur Poncelet:* François Frédéric Poncelet (1790–1843), Anwalt und Professor an der Juridischen Fakultät in Paris, verfasste u.a. einen *Commentaire sur le Code civil*, der jeden Artikel einzeln erläutert, sowie einen *Commentaire sur le Code de procédure civile*.

88 *das mystische Testament:* Ein »testament mystique« ist ein dem Notar versiegelt und vor sechs Zeugen übergebenes Testament, geregelt im Code civil von 1804, Artikel 976.

– *Einspruch eines Dritten:* Einspruch gegen ein Urteil, der von einer dritten Person erhoben werden kann, die nicht Partei im Verfahren war und sich durch das Urteil geschädigt fühlt, im Französischen »la tierce opposition«.

89 *Artikel 1351:* Grundsatzartikel über die Rechtskraft.

89 *Vorladung:* Flaubert erlaubt sich hier mit dem französischen Begriff »ajournement« ein Wortspiel, denn er bedeutet nicht nur eine bestimmte Prozedur der Vorladung, sondern außerdem »Vertagung« oder »Zurückstellung«, und das wenige Zeilen später benutzte Verb »ajourner« kann auch heißen, einen Prüfling zurückstellen oder eben durchfallen lassen.

91 *wie ein Friseur:* Ein im 19. Jahrhundert gängiges Synonym für »platt, geistlos, trivial«, in Anspielung auf die Gespräche in einem Friseursalon, Beispiele finden sich auch bei Balzac oder den Brüdern Goncourt (»Sätze drechseln wie ein Friseur«, »Bonmots wie von einem Friseur«).

– *säuerlicher Miene:* In einem Entwurf hieß es noch klipp und klar: »Mit dem Gesichtsausdruck eines Mannes, der eben gefickt hat« (siehe Wetherill, Anm. 171).

92 *Champagnerwein:* Man sagte zu Flauberts Zeiten »vin de Champagne«, »Champagner« allein galt als unfeine Ausdrucksweise.

93 *Quai aux Ormes:* »Ormes« sind Ulmen; heute der Quai des Célestins und der Quai de l'Hôtel-de-Ville. Frédéric blickt vom Quai Napoléon/Quai aux Fleurs, auf der Île de la Cité, nach Norden und Nordosten ins heutige 4. bzw. 11. Arrondissement. Im übernächsten Absatz geht er von unten, also vom Seineufer, in südlicher Richtung hinauf zum Quartier Latin.

– *Hôtel de Ville:* Damit ist immer das Pariser Rathaus gemeint; mit »Rathaus« für französisch »mairie« werden im weiteren Verlauf des Romans nur das Rathaus in der Kleinstadt Nogent-sur-Seine oder die Bezirksrathäuser der einzelnen Pariser Arrondissements bezeichnet.

– *Julisäule:* Denkmal auf der Place de la Bastille im heutigen 11. Arrondissement, das 1840 zur Erinnerung an die »drei glorreichen Tage« (27. Juli bis 29. Juli 1830) der Julirevolution eingeweiht wurde. Es besteht aus einer 52 m hohen Kupfersäule auf einem wuchtigen Sockel, hoch oben schwebt eine 5,85 m hohe vergoldete Figur mit Fackel, zerrissener Kette und weit ausgebreiteten Flügeln: Le Génie de la Liberté (der Genius oder Geist der Freiheit).

94 *Drechselbank:* Hier denkt man unweigerlich an Binets Drechselbank in *Madame Bovary* (siehe II, 1; S. 104 u. a.). »DRECHSELBANK Braucht man unbedingt auf seinem Dachboden, am Land, für Regentage.« (*Wörterbuch der Gemeinplätze*) – Dieses Bild mochte Flaubert ganz besonders, so schrieb er etwa an George Sand: »Ich mache Literatur für mich, so wie ein Bürger Serviettenringe drechselt auf seinem Dachboden« (6. September 1871).

95 *Trois-Frères-Provençaux:* Berühmtes Restaurant im Palais-Royal (Galerie de Beaujolais Nr. 88, neben dem heutigen Grand Véfour) mit Empfangsräumen und Speisesälen auf mehreren Etagen. 1786 eröffnet und zunächst in der Rue Hélvétius angesiedelt, wird das Lokal der Brüder Maneille, Barthélémy und Simon aus Marseille rasch zu einem modischen Ort für provenzalische Spezialitäten wie Stockfisch mit Knoblauch und Olivenöl oder Waldschnepfe mit Trüffeln. Flaubert besuchte es zuweilen mit Freunden.

96 *eine Spekulation von Arnoux, todsicher:* Doch mit den großen Bauarbeiten im Zweiten Kaiserreich und der radikalen Umgestaltung des Stadtkerns von Paris unter Baron Haussmann wurden die Viertel intra muros, also innerhalb der alten Stadtmauern, enorm aufgewertet.

– *Passage du Saumon:* Mitte des 18. Jahrhunderts gebaut und in den Jahren 1826–1828 erweitert zu einer ca. 300 m langen, verzweigten Ladengalerie mit vielen Modegeschäften, einer Badeanstalt und sogar einem Ballsaal, der 1848 zu einem Theater umgewandelt wurde. Bis zum Ende des Zweiten Kaiserreichs äußerst beliebt, wurde diese Passage 1853 von dem tunesisch-osmanischen General Ben-Aïad gekauft, dessen Sohn sie 1899 für den Bau der Rue Bachaumont abreißen ließ; ein kleiner Überrest zwischen Rue Mandar und Rue Léopold-Bellan im 2. Arrondissement trägt heute den Namen Passage Ben-Aïad.

97 *die Geschäfte:* »GESCHÄFTE (die) Gehn allem andern vor. Eine Frau muss vermeiden, von ihren eigenen zu sprechen. / Sind im Leben das Wichtigste. / ›Darauf kommt's an!‹« (*Wörterbuch der Gemeinplätze*)

– *mit grauem Fehbesatz:* Französisch »petit-gris«; das graue Winterfell mit weißer Bauchseite des sibirischen Eichhörnchens diente zur Verbrämung oder wurde als sogenannte Tafel aus Fehrücken oder Fehwammen auch zu Almutien, Umhängen und Mänteln verarbeitet.

– *Es gab wieder Diners:* In den Entwürfen findet sich: »Es gibt von neuem Diners (Winter 1842, 1843) – Geschäftigkeit Deslauriers', seine Doktorarbeit, hilft ihm für seine 2. [Prüfung] im Oktober und die 3. im Februar« (siehe Wetherill, Anm. 179).

98 *die Kaschmirschals:* Der Kaschmirschal war ein Statussymbol, ein Luxuskleidungsstück, das bürgerliche Frauen zur Hochzeit geschenkt bekamen und das vererbt wurde. Beliebt war er jedoch auch bei Loretten, denn mit ihm konnte man Wohlhabenheit zur Schau stellen.

– *Atlaspantöffelchen:* In *Madame Bovary* lässt Emma sich von ihrem Liebhaber Léon »Pantöffelchen aus rosa Atlas, gesäumt mit Schwanenflaum« schenken (III, 5; S. 346). In solchen Details gibt sich der Schuhfetischist Flaubert zu erkennen, der in seiner Schublade blutbefleckte Pantöffelchen seiner Geliebten Louise Colet verwahrte: »Wenn der Abend gekommen ist, wenn ich allein bin, sicher, dass mich niemand stört, und um mich herum alles schläft, ziehe ich die Schublade der Etagere auf, von der ich Dir erzählt habe, hole meine Reliquien hervor und breite sie auf meinem Tisch aus, zuerst die Pantöffelchen, das Taschentuch, Deine Haare, den Beutel, in dem Deine Briefe stecken, ich lese sie wieder, berühre sie wieder« (23. August 1846).

100 *ein öffentlicher Ball:* Ein »bal public« war ein großes Tanz- oder auch Gartenlokal mit musikalischen Darbietungen, ein Ort für Begegnungen, aber auch für Prostitution. Für das *Alhambra*

scheint Flaubert *La Chaumière* als Vorbild gedient zu haben, ein berühmtes Lokal am Boulevard du Montparnasse.

101 *ihre Kleider:* Im Carnet 13 von 1865–1866 findet sich folgende Notiz zur Frühjahrsmode 1843: »Tuniken aus kohlgrünem Krepp (sechs Röcke), von Rock zu Rock abgestuft, sodass, von unten angefangen, der blassgrüne Rock bis hinauf zur Taille dunkelgrün wurde.« (*Carnets de travail*, S. 329)

– *trotz des kühlen Abends:* Die Entwürfe sagen: »Es ist Frühsommer, in den ersten Maitagen« (siehe Wetherill, Anm. 187).

102 *die Marquise d'Amaëgui:* Figur aus Alfred de Mussets Gedicht »L'Andalouse« (siehe Anm. zu S. 14).

103 *fünf Napoleondor:* Fünf Goldmünzen à 20 Franc.

105 *Dumersan:* Théophile Marion Dumersan (1780–1849), ein erfolgreicher und sehr produktiver Theaterautor.

106 *von fragwürdigem gesellschaftlichen Stand:* Die Entwürfe verraten: »hält ihn natürlich aus« (siehe Wetherill, Anm. 195).

107 *Endlich sagte er:* Flaubert hatte zunächst geschrieben: »Enfin, ouvrant la bouche, il dit«, was Maxime Du Camp kommentierte: »Warum *den Mund öffnend*? Du wirst Heiterkeit erregen. Frédéric kann nicht reden, ohne den Mund zu öffnen. Das Wort *endlich* sagt alles Nötige.«

108 *Zwei Hundert-Sou-Münzen:* Also zwei Fünf-Franc-Stücke.

109 *dieser Vision zu entfliehen:* Ganz ähnliche Qualen durchleidet der junge Anbeter Marias in den *Mémoires d'un fou*: »Ich dachte an Ihren Gatten, diesen gewöhnlichen und jovialen Mann. – Und die abstoßendsten Bilder erschienen vor meinen Augen; es ging mir wie jenen Menschen, die man in Käfigen verhungern lässt, umgeben von köstlichsten Speisen.« (*Œuvres de jeunesse*, S. 491)

110 *Die Brüstung:* Im Carnet 19 notierte Flaubert: »Vorsicht vor *Die Lilie im Tal*.« (*Carnets de travail*, S. 290); neben gewissen Ähnlichkeiten der Beziehung Félix de Vandenesse/Henriette de Mortsauf in Balzacs Roman von 1836 mit Frédéric Moreau/Marie Arnoux gibt es auch Übereinstimmungen im Detail, so gesteht etwa Félix de Vandenesse: »Mein Selbstmord wurde verhindert durch die Höhe der Brüstung.« (*La Comédie humaine IX*, Bibliothèque de la Pléiade, S. 981)

111 *ein Kabinett:* Hier ist mit »cabinet« ein kleines Speiselokal gemeint, das Paaren auch diskrete Rückzugsmöglichkeiten bot. Barillot/Barilhaut erwähnt Flaubert auch in einem Brief an seinen Freund Ernest Chevalier vom 10. Februar 1843: »Der fidele Student stärkt sich für 35 Sou bei Barilhaut. [...] dieser Hanswurst von Student *liebt* Ladenfräuleins, die Frostbeulen an den Händen haben, oder vögelt hin und wieder im Bordell, denn der arme Teufel hat Sinne wie jeder andre auch, aber nicht allzu oft, so wie ich zum Beispiel, denn es kostet Geld«.

– *Angèle:* In den Entwürfen vermerkte Flaubert: »Namenstag von Madame Arnoux. Hl. Angèle 24. Mai«, aber keine heilige Angela hat oder hatte ihren Gedenktag am 24. Mai, auch an keinem 24. eines anderen Monats. Aber Angèle erinnert natürlich an »ange« (Engel). »ENGEL Klingt gut in der Liebe und in der Literatur.« (*Wörterbuch der Gemeinplätze*)

112 *Er glaubte an:* Es sieht fast so aus, als habe Deslauriers zu viel Balzac gelesen.

114 *Saint-Cloud:* Ca. 10 km westlich von Paris; Frédéric legt die Strecke höchstwahrscheinlich auf einem Boot zurück, das billigste und trotz der vielen Flussschleifen damals schnellste Beförderungsmittel, und geht dann am rechten Seineufer den Hügel hinauf.

– *eine Veranda:* Flaubert verwendet hier das seltene Wort »varangue«, eine Veranda im Kolonialstil. Möglicherweise hat er es Baudelaires Prosagedicht »Les Projets/Die Pläne« entnommen, das erstmals 1857 in der Zeitschrift *Le Présent* erschienen war und zu *Le Spleen de Paris* (Nr. XXIV) gehört.

117 *die neuen Viertel:* Claude Philippe Barthelot, Graf von Rambuteau, 1833 bis 1848 Präfekt des Departements Seine, zeichnet für eine Reihe von Verschönerungs- und Sanierungsarbeiten in Paris verantwortlich, u. a. wurde die große Straße angelegt, die heute seinen Namen trägt, der Arc de Triomphe vollendet und die Gasbeleuchtung eingeführt.

– *Odry:* Jacques Charles Odry (1779–1853) verkörperte vor allem dumme und lächerliche Gestalten.

– *Oudry:* Jean-Baptiste Oudry (1686–1755), ein Porträtmaler, ist in der Tat bekannt für seine Tiergemälde, die Darstellung von Jagdhunden gehörte zu seinen Spezialitäten. Herzog Christian Ludwig II. von Mecklenburg-Schwerin gehörte zu seinen

Bewunderern, darum befindet sich heute die weltweit größte Sammlung von Bildern Oudrys in Schwerin.

118 *mit Perse bespannt:* Perse ist ein großzügig gemusterter Leinenstoff, ursprünglich bemalt, später bedruckt mit Blumen, Blättern, Ranken, Vögeln etc., für Wände, Möbel und Vorhänge.

121 *vor dem Garde-Meubles:* Der Garde-Meubles de la Couronne, heute Mobilier national, verwaltete Mobiliar und Einrichtungsgegenstände der königlichen bzw. kaiserlichen Wohn- und Repräsentationsräume. Sein Sitz befand sich seit der Gründung 1663 an verschiedenen Orten in Paris, zwischen 1825 und 1852 im Hôtel des Menus-Plaisirs in der Rue Bergère (heute 9. Arrondissement). Andererseits hatte das als Möbel- und Gerätekammer erbaute Hôtel du Garde-Meuble seinen Namen behalten, auch nachdem 1789 das Marineministerium dort eingezogen war. Es liegt an der Ecke Place de la Concorde/Rue Royale (8. Arrondissement) und somit auf dem Weg von Saint-Cloud über den Bois de Boulogne und Auteuil zum Haus der Arnoux in der Rue de Choiseul (2. Arrondissement).

123 *Orsay-Debattierklub:* In einer sogenannten »parlotte« kamen junge Anwälte zusammen, um sich in der Redekunst zu üben.

– *Délassements:* Das *Théâtre des Délassements-Comiques* am Boulevard du Temple war, wie schon sein Name sagt, ein Unterhaltungs- und Belustigungstheater mit Tanz, Akrobatik, Cancan, Revuen und eher derben Stücken.

124 *die Kamarilla:* Das Kabinett Guizot, siehe Anm. zu S. 21. Nach der Eroberung Algiers im Sommer 1830 trieb die französische Armee die Besetzung des Landes konsequent voran, in den 1840er Jahren gelangen ihr wichtige Terraingewinne.

– *Poststation:* Die *Messageries royales*, später *impériales*, befanden sich von 1784 bis 1896 auf einem großen Areal zwischen Rue Notre-Dame-des-Victoires und Rue Montmartre (heute 2. Arrondissement), das durch den Bau der Rue Réaumur endgültig zerstört wurde. Die zweimal als Ankunftsort der Postkutsche aus Nogent-sur-Seine genannte Rue Coq-Héron (S. 32, 148) liegt am südlichen Ende dieses Areals, im heutigen 1. Arrondissement.

125 *mindestens zwanzig Jahre jünger:* Valentine Delessert, geborene de Laborde (1806–1894), seit 1836 die Geliebte des

Schriftstellers Prosper Mérimée, den sie 1851 zugunsten von Maxime Du Camp (Jahrgang 1822) verließ, hat Flaubert zu einigen Details für die Figur der Madame Dambreuse inspiriert. Sie führte während der Julimonarchie einen berühmten Salon, in dem namhafte Künstler verkehrten, und war genau zwanzig Jahre jünger als ihr Mann Gabriel Delessert, seines Zeichens Bankier und von 1836 bis 1848 Pariser Polizeipräfekt. Auch im Zweiten Kaiserreich war sie eine einflussreiche Persönlichkeit der mondänen Gesellschaft und eine Vertraute von Kaiserin Eugénie.

Kapitel VI

129 *Livre:* Eine alte Währungseinheit, wird synonym für den Franc gebraucht, den Napoleon eingeführt hat.

– *dreitausend Franc Jahreseinkommen:* Frédéric rechnet zu den 2300 Franc aus dem väterlichen Erbe wohl noch die 700 Franc von seiner Mutter hinzu.

– *die großen Männer:* Die Bezeichnung »grands hommes« für Ausnahmegestalten, die unbestechlich, selbstlos, arm und von der Gesellschaft zurückgewiesen, unbeirrt ihrer Berufung nachgehen, verweist auf Balzac. Zum Beispiel ist die Hauptfigur seiner Erzählung *Z. Marcas* (1840) der Typus des hochbegabten und ehrgeizigen jungen Mannes, der in seiner Dachkammer schuftet und dem es am Ende doch nicht gelingt, die Klassenschranken zu überwinden.

130 *Paris!:* Im Carnet 20 aus den 1870er Jahren notierte Flaubert: »Paris nicht mehr lieben, Zeichen von Heruntergekommenheit. Es nicht missen können, Beweis für Dummheit.« (*Carnets de travail*, S. 548)

132 *denn Ihre Mutter hieß de Fouvens:* Der Verlust des Adelstitels durch eine bürgerliche Heirat erinnert an Flauberts Großmutter mütterlicherseits, eine geborene Charlotte Cambremer de Croixmare, die einen namenlosen Monsieur Fleuriot ehelichte.

135 *Ich stelle mir vor:* Die Szene hat einige Ähnlichkeit mit Jugenderlebnissen aus den Jahren 1835–1836, von denen Flaubert in den *Mémoires d'un fou* berichtet und die sich auf eine

Freundin seiner Schwester beziehen, die junge Engländerin Caroline Heuland: »Eines Tages legte sie sich auf mein Kanapee in einer sehr zweideutigen Position; ich saß neben ihr und sagte nichts. / Sicher, der Augenblick war kritisch; ich habe ihn nicht ausgenutzt. – / Ich ließ sie gehen.« (*Œuvres de jeunesse*, S. 499) Jahre später, am 22. September 1846, erzählte Flaubert in einem Brief Louise Colet von einer anderen amourösen Erfahrung, die zu diesem Zeitpunkt etwa eineinhalb Jahre zurücklag: »Ich sehe sie noch auf ihrem rosa Kissen liegen und mich anschauen, während ich lese, mit ihren großen blauen Augen. – Eines Tages waren wir allein, saßen auf dem Kanapee. Sie nahm meine Hand, schlang ihre Finger um die meinen. Ich ließ es geschehen, ohne an irgendetwas zu denken, denn die meiste Zeit bin ich sehr unschuldig« – auch dieses Mädchen, Harriet/Henriette Collier, zwei Jahre jünger als Gustave, aus einer englischen Familie, die ab 1842 in Trouville ein Ferienhaus unweit der Flauberts bewohnte, gilt als Vorbild für die junge Louise.

– *Annales romantiques:* 1832 bei Louis Janet in Paris erschienen, mit Beiträgen u. a. von Honoré de Balzac, Victor Hugo, Théophile Gautier, Alexandre Dumas, Gérard de Nerval, Marceline Desbordes-Valmore, Alfred de Vigny, Alphonse de Lamartine. Frédéric liest mit Louise erfolgreiche Bücher seiner Zeit, die Romane *Atala* (1801) von François-René de Chateaubriand und *Cinq-Mars* (1826) von A. de Vigny sowie den Gedichtband *Les Feuilles d'automne* (1831) von V. Hugo.

– *Immer noch ein Fleck:* In der ersten Szene des 5. Aufzugs sagt Lady Macbeth zunächst: »Yet here's a spot.« (»Da ist noch ein Fleck.«) Und kurz darauf: »Out, damned spot! out, I say!« (»Fort, verdammter Fleck! fort, sag' ich!« – Übs. Dorothea Tieck).

– *Schauspielerin:* »SCHAUSPIELERIN Der Ruin für Söhne aus gutem Haus. / Sind von unglaublicher Lüsternheit. Sie schlafen den ganzen Tag, feiern nachts Orgien, verschlingen Millionen und enden im Armenhaus. / ›Verzeihung! es gibt welche, die sind treusorgende Mütter.‹« (*Wörterbuch der Gemeinplätze*)

– *Ankunft des Onkels Barthélemy:* Die Entwürfe zeigen eine gewisse Unsicherheit, was die Datierung dieses Besuchs und die Dauer von Frédérics Aufenthalt in Nogent-sur-Seine betrifft: »Im August ~~1843~~ 1845 kommt sein Onkel aus Le Havre zu Besuch« (siehe Wetherill, Anm. 224).

136 *Tapissière:* Ein von Pferden gezogener größerer Wagen mit Dach, der auf den Seiten offen war und von Polsterern für den Transport von Möbeln benutzt, aber auch als nicht besonders bequemes Beförderungsmittel für Passagiere eingesetzt wurde.

137 *eine Partie Imperial:* Eine Variante des Piquet, wird zu zweit gespielt.

– *am 12. Dezember 1846:* Der 12. Dezember ist Flauberts Geburtstag. – Im endgültigen Manuskript und allen Ausgaben findet sich hier die Jahreszahl 1845, in den Entwürfen heißt es allerdings: »Fr. bleibt 3 Jahre in Nogent« (siehe Wetherill, Anm. 226). Nach der inneren Chronologie des Romans besteht Frédéric seine letzten Prüfungen im August 1843 und fährt anschließend nach Nogent, wo er entgegen allen ursprünglichen Absichten hängenbleibt. Sein Erbonkel Barthélemy kommt im Sommer 1845 zu Besuch nach Nogent, danach ist unsicher, wieviel Zeit bis zum Tod des Onkels tatsächlich verstreicht: nur ein paar Monate bis Dezember 1845 oder mehr als ein Jahr bis Dezember 1846? Die beiden unmittelbar vorangehenden Absätze deuten auf einen längeren Zeitraum. Pierre-Marc de Biasi korrigiert in seiner Ausgabe (Livre de Poche, S. 173), gestützt auf die Notiz in den Entwürfen, von 1845 auf 1846, und tatsächlich bestätigen die weiteren Ereignisse, dass Frédéric drei Jahre in Nogent zugebracht haben muss, deshalb folgen wir dieser Korrektur.

139 *mit der Protektion von Monsieur Dambreuse:* In den Entwürfen findet sich die Notiz: »[Frédéric] zeigt großen Ehrgeiz, den er nicht hat, der sich aber beim Reden einstellt – sodass er nicht ganz und gar lügt« (siehe Wetherill, Anm. 228).

Zweiter Teil

Kapitel I

145 *Coupé:* Vordere und teuerste der drei Abteilungen (Coupé, Inneres und Berline oder Rotunde) einer Diligence, die bis zu vierzehn Personen beförderte; siehe Anm. zu S. 22.

– *unter der Plane:* Das Gepäck befand sich auf dem Dach der Postkutsche, unter einer Plane. Frischluftfanatiker oder Raucher konnten ebenfalls auf dem Dach reisen, denn über dem Coupé befand sich eine Sitzbank mit Verdeck, die sogenannte Imperiale.

146 *sein Tuch:* Männer trugen zum Schlafen eine Kopfbedeckung, eine Zipfelmütze (bonnet) oder ein um den Kopf geschlungenes Tuch (foulard) wie zum Beispiel Charles in *Madame Bovary*, und einer von Frédérics Reisegefährten trägt sogar eine ganz normale Mütze (casquette).

– *von neuem wurde es ländlich:* Vom Osten her kommend fährt Frédérics Postkutsche durch die damaligen Pariser Vororte. Im südöstlich der Hauptstadt gelegenen Charenton fließt die Marne in die Seine; der Pont de Charenton führt seit römischer Zeit kurz vor dem Zusammenfluss über die Marne. Im Carnet 13 finden sich Notizen zu der Fahrt, die Flaubert am 3. Februar 1866 zwischen Ivry und dem Boulevard de l'Hôpital zur Vorbereitung für diese Beschreibung gemacht hat (*Carnets de travail*, S. 333 f.).

– *Der Befestigungsgürtel:* Siehe Anm. zu S. 83; die »Ummauerung von Paris« war 1844, also während Frédérics Aufenthalt in Nogent, abgeschlossen worden.

147 *den Boulevard hinunter:* Den Boulevard de l'Hôpital in Richtung Jardin des Plantes und Pont d'Austerlitz, aber dann biegt die Postkutsche vor der Brücke in westlicher Richtung auf die Quais am linken Seineufer. Es ist nicht ganz klar, über welche Brücke die Postkutsche auf die Île de la Cité und den Quai Napoléon (Quai aux Fleurs) fährt, sie verlässt die Insel über den Pont-Neuf in Richtung Norden und rechtes Seineufer.

– *mit klappernden Zugscheiten:* Ein Zugscheit ist ein Querholz am Sielengeschirr; die Zugscheite klappern und die Stränge, also die Zugleinen, flattern, weil der Wagen mit hoher Geschwindigkeit bergab fährt und nicht mehr von den Tieren gezogen wird.

149 *Gymnase:* Das Théâtre du Gymnase liegt auch heute noch am Boulevard Bonne-Nouvelle Nr. 38 (10. Arrondissement).

150 *Siècle:* Eine liberale Tageszeitung, die von 1836 bis 1932 existierte. *Le Siècle* unterstützte zunächst die konstitutionelle Monarchie, war ab 1848 republikanisch ausgerichtet und folglich gegen Napoleon III.

– *Charivari:* 1832 von dem republikanisch eingestellten Journalisten Charles Philipon gegründete Satire-Zeitschrift, für die beliebte Künstler wie etwa Paul Gavarni, Honoré Daumier, Gustave Doré oder Grandville arbeiteten. Sie erschien täglich und stand von Anfang an in Opposition zur Julimonarchie, ihre Spottbilder insbesondere von Louis-Philippe (»die Birne«) waren berühmt. 1846 hatte sie eine durchschnittliche Auflage von 2740 Exemplaren, *Le Siècle* im Vergleich dazu 32885. *Le Charivari* erschien bis 1937.

152 *wie tausend Feuerwerkskörper:* Dieses Bild findet sich auch in *Madame Bovary*: »Alles, was in ihrem Kopf an Erinnerungen war, an Gedanken, entwich mit einemmal, schlagartig, wie tausend Feuerwerkskörper.« (III, 8; S. 405), beschreibt jedoch Emmas hysterischen Zustand kurz vor dem Selbstmord.

153 *Rue Paradis-Poissonnière:* Heute Rue de Paradis (10. Arrondissement).

154 *Leichtigkeit, die man in Träumen spürt:* Eine Wendung, die Flaubert offensichtlich gefiel, denn sie findet sich auch in der »Legende vom heiligen Julian«, in der *Éducation sentimentale* von 1845 und in *Salammbô*.

– *einen kleinen Jungen von etwa drei Jahren:* Also hat Frédéric tatsächlich drei Jahre in Nogent verbracht, und wir befinden uns jetzt im Dezember 1846, siehe Anm. zu S. 137.

155 *aus dunkelblauem Merino:* Das Interieur der Arnoux, aber auch die Kleidung ist deutlich bescheidener geworden; in der Wendung »en mérinos gros bleu« bezeichnet »gros bleu« zwar ein dunkles Blau, zugleich verweist das Adjektiv »gros« auf einen eher groben Wollstoff. In den Entwürfen findet sich die Bemerkung: »alles war hässlich, gewöhnlich, bürgerlich« (siehe Wetherill, Anm. 244).

156 *Café Anglais:* Berühmtes Restaurant am Boulevard des Italiens Nr. 13/Ecke Rue Marivaux, das von 1802 bis 1913 existierte und seine Hochzeit im Zweiten Kaiserreich und in der Zeit der Dritten Republik erlebte; es fand in vielen großen literarischen Werken Erwähnung.

– *für die Staatsprüfung:* Den »concours d'agrégation«, der im französischen Prüfungssystem dem Kandidaten bei gutem Abschneiden eine Stelle garantiert.

– *die Verjährung:* Ein mehr als heikles Thema nach Jahrzehnten der Enteignungen und Rückgaben seit der Revolution von 1789, Erstem Kaiserreich und Restauration.

157 *die Franken:* Im Original »les Franks«, mit »k« geschrie-

ben, weil sie landläufig als germanische Eindringlinge galten, im Gegensatz zu den Galliern. Dem französischen Adel wurde von revolutionärer Seite vorgeworfen, von den Franken abzustammen.

– *und andere stattliche Lektüren:* Rechtsgelehrte verschiedener Epochen, darunter sogar der Deutsche Friedrich Carl von Savigny (1779–1861).

– *Doktrinäre aus der Schule des Monsieur Guizot:* Zu Guizot siehe Anm. zu S. 21; dem Chef der rechten Mitte wurde der Ausspruch »Enrichissez-vous!« (Bereichert euch!) nachgesagt, die Verkürzung einer Aufforderung an seine Wähler im Jahre 1843: »Enrichissez-vous par le travail, par l'épargne et la probité!« (Bereichert euch durch Arbeit, durch Sparsamkeit und Rechtschaffenheit!) Die Partei der Doktrinäre verstand sich als Verteidiger des gemäßigt monarchischen Systems, sie repräsentierte das Justemilieu.

158 *Véfour:* Berühmtes Restaurant im Palais-Royal, Galerie de Beaujolais Nr. 82, unweit des oben erwähnten Trois-Frères-Provençaux (siehe S. 95).

– *vielleicht sogar wählbar:* Zu Zensuswahlrecht und Wahlrechtsreform siehe Anm. zu S. 43.

– *Mondor:* Synonym von Krösus; Mondor war ein 1619 in Paris aufgetauchter Drogist und Scharlatan, der durch den Verkauf seiner Tränklein sehr reich wurde.

159 *was für ein Schwindel!:* Vorbild für diese Geschäftsidee war die seit 1840 bestehende Zeitung *Le Babillard* (*Der Schwätzer*), zu der Flaubert eine Reihe von Notizen sammelte. Die weitere Entwicklung von Hussonnets Blatt – Umbenennung in *Le Flambard* S. 292 und Erweiterung der Aktivitäten S. 356 – ähnelt dem Modell des *Babillard* (siehe Cento, S. 120 ff.).

160 *Einfache Advokaten:* Wie Desmoulins (1760–1794), Danton (1759–1794) oder Robespierre (1758–1794).

– *Barthélemy:* In den Jahren 1831–1832 veröffentlichte der Dichter Auguste Barthélemy (1796–1867) in der Zeitschrift *Némésis* eine Reihe von 52 Satiren, die später auch als Sammlung erschienen; daraus stammen die hier zitierten Verse. Sie sind eine Drohung gegen die noch junge Julimonarchie, mit »terrible Assemblée« (Versammlung des Schreckens) ist der Nationalkonvent (1792–1795) gemeint.

161 *das braucht's:* Im Französischen »j'y ai besoin«, Kommentar von Du Camp: »Das braucht's – ist Kauderwelsch.«

162 *Und er entwickelte:* Von nun an wird der Leser, genau wie Frédéric, immer wieder mit Fachausdrücken aus dem Bereich der Fayencenherstellung traktiert. Flaubert arbeitete sich natürlich auch in diese Materie sorgfältig ein, am 3. Februar 1866 etwa schrieb er seiner Nichte Caroline: »Ich führe wie Du ein bewegtes Leben, aber nicht in der vornehmen Welt. Ich habe mich in die Porzellanfabriken verirrt. – Ich habe gestern meinen ganzen Nachmittag mit Arbeitern des Faubourg Saint-Antoine und der Barrière du Trône verbracht. [...] Wieder zu Hause lese ich Abhandlungen über Fayencen. Ich war weder auf dem Ball in den Tuilerien noch auf dem im Hôtel de Ville; die *Töpfe* nehmen mich allzu sehr in Anspruch.« Er studierte vor allem die Bücher von Jules Ziegler: *Études céramiques, recherche des principes du beau dans l'architecture, l'art céramique et la forme en général, théorie de la coloration des reliefs* (1850) und Alexandre Brongniart: *Traité des arts céramiques ou des poteries, considérées dans leur histoire, leur pratique et leur théorie* (1844), außerdem besichtigte er im April und Mai 1867 noch Fabriken in Sèvres, Creil und Montataire. Auch George Sand diente als Ratgeberin, sie lieh Flaubert u. a. den Band *Histoires des peintures sur majoliques faites à Pesaro et dans les lieux circonvoisins* (1853) von Giambattista Passeri und ihren eigenen Artikel über Majoliken »Les Majoliques florentines et Giovanni Freppa«, erschienen in *La Presse* vom 5. Juli 1855 und in *Souvenirs et impressions littéraires*, Paris 1862, S. 215–238.

– *Rue de Laval:* Unweit der Place Pigalle gelegen, heute Rue Victor-Massé (9. Arrondissement).

– *hörte man Gefiedel:* Der Ball bei Rosanette spielt mit dem großen Gelage im ersten Teil von Balzacs *La Peau de chagrin*: »Das ist Chagrinleder Kirmes«, heißt es in den Entwürfen, und weiter: »3 Einheiten: 1. als Frédéric ankommt; 2. Darlegungen Pellerins; 3. die am Tisch sitzenden Frauen beim Souper« (siehe Wetherill, Anm. 264).

163 *klopfte auf ein Pult:* Dazu bemerkte Du Camp: »Glaubst Du, der Bogen habe von allein auf das Pult geklopft – unter dem Vorwand von Farbe und Lebendigkeit, von Schwung, pfeifst Du allzu sehr auf die Grammatik.«

– *Debardeure:* In seiner ursprünglichen Bedeutung ist der »débardeur« ein Arbeiter, der auf den Quais Holz von Schiffen und Flößen entlädt, allgemeiner auch ein Hafenarbeiter oder Lastträger. Sein Aufzug wurde ab 1830 zu einem beliebten Kostüm auf Maskenbällen: sehr weite und kurze Samthose, die Knöchel sollten hervorschauen, dazu ein in die Hose gestopftes Hemd aus grober Leinwand, um die Taille ein breiter, lose sitzender Gürtel. Auf dem Kopf schräg und möglichst verwegen eine Polizeimütze. Verbreitung gefunden hat der Debardeur wie auch die Lorette (siehe Anm. zu S. 83) durch die Zeichnungen des Karikaturisten Paul Gavarni. Auch Frauen konnten dieses Kostüm tragen: die Debardeuse.

164 *ein Pritchard:* Beliebte Verkleidung bei Maskenbällen, in Anspielung auf die Pritchard-Affäre (siehe Anm. zu S. 45).

– *in nacaratrotem Samtspenzer:* »Nacarat ist ein brennendes Roth zwischen ponceau [mohnrot] und cramoisi [karmesinrot], das vermuthlich die meisten unserer Leser schon kennen werden«, erklärte das *Journal des Luxus und der Moden* vom 1. Februar 1786.

165 *er könne nicht tanzen:* Eine ähnliche Szene findet sich schon in der *Éducation sentimentale* von 1845: »›So walzen Sie doch‹, sagte ganz leise Madame Émilie zu Henry. / ›Aber ich kann's nicht‹, erwiderte er. / ›Sie lügen‹, sagte sie, ›versuchen Sie's mal. Oh! bitte, mit mir! Sie geben mir keinen Korb?‹« (*Œuvres de jeunesse*, S. 897)

167 *Italien:* »ITALIEN Ziel aller Hochzeitsreisen. / *Italiam! Italiam!* / Sorgt für zahlreiche Enttäuschungen, ist nicht so schön, wie man sagt.« (*Wörterbuch der Gemeinplätze*)

168 *schläft mit:* Siehe Anm. zu S. 448.

– *künstlerische Teegesellschaften:* »Eines der schönen Dinge in Paris sind *die Abende im trauten Kreis*. Der unvermeidliche Tee … Kekse, das Dienstmädchen in weißer Schürze, die Erdbeeren, nach denen geschickt wird. Der Wunsch, *einen Jour zu haben!*« heißt es im Carnet 19 von 1862–1863 (*Carnets de travail*, S. 269).

169 *Aus und vorbei!:* Pellerins Antwort im Französischen – »Il l'a perdu!« – ist mehrdeutig. Frédéric versteht womöglich »Er hat sie verloren!«, nämlich Oudry in diesem Augenblick seine Rosanette an den Postillion von Longjumeau. Das müsste

zwar »Il l'a perdue!« geschrieben werden, den Unterschied kann man aber nicht hören. Der enigmatische Satz könnte in Bezug auf Oudry und Arnoux bedeuten: »Er hat ihn [als Nachbarn] verloren!«, oder auch: »Er hat ihn/sie zugrunde gerichtet!« Das Verhältnis zwischen Arnoux, Oudry und Rosanette wird erst viel später etwas klarer.

– *Ein Postillion von Longjumeau:* Dieses beliebte Kostüm verdankte sich der komischen Oper *Le Postillon de Lonjumeau* von Adolphe Adam, uraufgeführt am 13. Oktober 1836 in Paris.

170 *in den Porcherons:* Im Umkreis der heutigen Rue Saint-Lazare (9. Arrondissement) gab es bis zum Ende des Ancien Régime einen Weiler mit dem Namen Les Porcherons, der berühmt war für seine vielen Kneipen und Gasthöfe.

– *Marteaux-Perücke:* Rosanette trägt zu ihrem Kostüm eines Dragoners unter Ludwig XV. die passende Perücke mit sogenannten »boucles marteaux«, langen waagerecht gerollten Locken, die sich in mehreren Reihen über den Ohren und im Nacken schichten.

171 *und schließlich Delmar:* Für diese Namensentwicklung nutzte Flaubert offensichtlich Louis Bouilhets Einwände gegen »Delmar« vom 7. Oktober 1865: »Ich mag *Delmar* nicht: das ist ein Name, der gemacht wirkt; außerdem riecht er nach 18. Jahrhundert; er ist schon in irgendeinem tugendhaften Roman vorgekommen; ich weiß nicht warum, aber diesen Eindruck macht er auf mich; das ist wieder so ein Name aus einer Verskomödie«.

– *Gaspardo der Fischer:* Erfolgreiches Melodram von Joseph Bouchardy (1810–1870), uraufgeführt am 14. Januar 1837 im Théâtre de l'Ambigu-Comique, am Boulevard du Temple.

175 *die Leichen im Schauhaus:* Die Szene klingt nach Kindheitserinnerung: wenn Gustave und seine Schwester Caroline heimlich von draußen durch ein Fenster ins Hôtel-Dieu schauten, wo der Vater mit Studenten Leichen sezierte. Dazu passt auch der Gebrauch des Präsens am Ende des Satzes.

– *Grassot:* Paul Grassot (1800–1860), berühmt für seine brüchige Stimme, spielte sein Leben lang am Théâtre du Palais-Royal.

– *Celuta:* Indianermädchen aus Chateaubriands Prosaepos *Les Natchez* (1826).

Kapitel II

181 *Rue Rumfort:* Eine 1838 eröffnete kleine Verbindungsstraße zwischen Rue Lavoisier und Rue de la Pépinière, im heutigen 8. Arrondissement; 1854 fiel sie der Verlängerung des Boulevard Malesherbes von der Rue d'Anjou nach Norden bis zur Rue de Monceau zum Opfer.

182 *Spagnoletto:* Jusepe de Ribera (1591–1652) wurde in Italien »der kleine Spanier« genannt, berühmt ist er für seine Darstellung des Grauenvollen, für seine Märtyrer und Büßer.

– *Abbé Cœur:* Pierre-Louis Cœur (1805–1860), katholischer Geistlicher, dessen Predigten in den 1840er Jahren zu Begeisterungsausbrüchen führten; sechs Jahre lang, bis 1848, hatte er an der Sorbonne den Lehrstuhl für »éloquence sacrée« inne.

– *die Unmoral der Dienstboten:* »DIENSTBOTEN Lauter Diebe.« (*Wörterbuch der Gemeinplätze*)

184 *Ich bin der Herr!:* Dieses Detail findet sich im Carnet 2, das Notizen aus den Jahren 1859 bis ca. 1878 versammelt: »Frechheit eines speckigen, schmutzigen Huts auf dem Tisch einer ausgehaltenen Frau. – Das heißt: ›Ich bin der Herr, ich bin hier zu Hause.‹« (*Carnets de travail*, S. 224)

185 *küsst den Monsieur:* »Los, küss deine Dame, du hast ja keinen Kummer«, sagt Emma zu ihrem Hündchen Djali (*Madame Bovary* I, 7; S. 65). Flaubert verwendet für »küssen« an beiden Stellen das Verb »baiser« und nicht das harmlosere »embrasser« (küssen, umarmen), »baiser« kann auch als »vögeln« verstanden werden. Unter dem Stichwort BAISER heißt es folgerichtig im *Wörterbuch der Gemeinplätze*: »Man sagt besser *embrasser* – züchtiger.«

186 *vier Sou:* Ein lächerlich kleiner Betrag, der *Sou* bezeichnete lange die Fünf-Centime-Münze.

187 *steckte die fünfzehn Franc in ihre Handtasche:* Die zehn Napoleondor sind zehn Goldmünzen à 20 Franc, das ergibt fünfzehn Franc Wechselgeld.

– *im Temple:* Die ehemaligen Ordensgebäude der Templer auf dem Areal der heutigen Rue du Temple (3./4. Arrondissement) waren in den 1840er Jahren bereits zum Großteil verfallen und beherbergten Trödler und Händler aller Art; die Baumaßnahmen Haussmanns zerstörten die alten Anlagen endgültig.

Im Temple waren ab 1792 Ludwig XVI. und seine Familie gefangengehalten worden.

– *der Alte vom Berge:* Gemeint ist natürlich der alte Oudry, in Anspielung auf das Oberhaupt der Assassinen, berühmt und bei den Romantikern beliebt geworden durch die erstmals 1812 bis 1822 erschienene und danach immer wieder neu aufgelegte siebenbändige *Histoire des Croisades* von Joseph-François Michaud (1767–1839).

191 *Gesellschaftsvertrag: Du contrat social ou Principes du droit politique* von Jean-Jacques Rousseau erschien 1762. Rousseau gehörte entschieden nicht zu Flauberts Hausgöttern: »Ich liebe den großen Voltaire so sehr, wie ich den großen Rousseau verabscheue« (Anfang Januar 1860 an Edma Rogers des Genettes).

– *Revue Indépendante:* Eine Zeitschrift für Literatur und Politik mit demokratisch-republikanischer Ausrichtung und zum Sozialismus tendierend, die von November 1841 bis Februar 1848 erschien. Gegründet wurde sie von dem Philosophen und Verleger Pierre Leroux, der Schriftstellerin George Sand und dem Kunstkritiker Louis Viardot, der darüber hinaus Ehemann und Impresario der Sängerin Pauline Garcia-Viardot war sowie Übersetzer u. a. von Cervantes, Puschkin und Gogol.

– *die ganze Karrenladung sozialistischer Schriftsteller:* Zur Vorbereitung auf diesen Teil seines Romans hatte Flaubert sich naturgemäß in große Lektüren gestürzt, sodass er im Sommer 1864 an Edma Roger des Genettes schrieb: »Demnächst kann ich eine Vorlesung halten über den Sozialismus [...]. Es gibt eine hervorstechende Sache, die sie alle vereint: nämlich der Hass auf die Freiheit, der Hass auf die Französische Revolution und auf die Philosophie. Das sind lauter Männer aus dem Mittelalter, in der Vergangenheit feststeckende Köpfe.« – Gabriel Bonnot de Mably (1709–1785), Historiker und Philosoph, stand Rousseau nahe und galt als Wegbereiter der Revolution von 1789. – Étienne Gabriel Morelly (1717?–1778?), Philosoph, hinterließ einige wenige Schriften, in denen er kommunistische Utopien entwickelt hatte, darunter den *Code de la Nature* (1755), der lange Diderot zugeschrieben wurde. – Charles Fourier (1772–1837), Gesellschaftstheoretiker und Frühsozialist, der ein aus Phalansterien bestehendes Lebens- und Arbeitsmodell entwickelte (siehe Anm.

zu S. 194). Den Saint-Simonisten war er feindlich gesinnt. – Henri de Saint-Simon (1760–1825) bereitete mit seinen Werken den Weg für Positivismus und Sozialismus; *Du système industriel* (1822) oder *Nouveau Christianisme – Dialogue entre un conservateur et un novateur* (1825) entfalteten große Wirkung. – Auguste Comte (1798–1857), Philosoph, Mathematiker, Schüler Saint-Simons und Theoretiker des Positivismus, der ein umfangreiches Werk hinterließ. – Étienne Cabet (1788–1856), Anwalt und Publizist (Gründer der ultra-demokratischen Zeitung *Le Populaire*), engagierte sich für die Arbeiterbildung, wandelte sich aus Enttäuschung über Louis-Philippe zum Sozialisten, siehe auch Anm. zu S. 422 und seinem Roman *Reise nach Ikarien*. – Louis Blanc, siehe Anm. zu S. 75.

– *auf den Ladentisch zwingen:* Diese Stelle bezeichnen fast alle Herausgeber als unklar, Maynial meint in seiner Ausgabe (Anm. 312) dazu: »Flaubert spielt wahrscheinlich auf die Nationalwerkstätten an und auf die Organisation der gemeinschaftlichen, für alle verpflichtenden Arbeit in den Theorien von Cabet und Louis Blanc.« Demnach könnte »auf den Ladentisch zwingen« auch ein Wortspiel sein mit »unters Joch zwingen«. Das Lupanar verweist auf die freizügige Art des Zusammenlebens in den Phalansterien und Fouriers *Le nouveau monde amoureux* (*Die neue Liebeswelt*) von 1816.

192 *Vermögen:* »VERMÖGEN *Audaces fortuna juvat!* / ›Glücklich die Reichen, sie haben Vermögen!‹ / Wird von einem großen Vermögen geredet, unbedingt sagen: ›Ja, aber ist es auch sicher angelegt?‹« (*Wörterbuch der Gemeinplätze*) – Flaubert spielt mit dem Doppelsinn von »fortune«: Vermögen und Glück/Fortuna, darum zitiert er *Aeneis* 10, 284: Den Tapferen hilft das Glück (wie übrigens auch Tullius Firlefanzus in *Asterix und der Arvernerschild*, dt. von Gudrun Penndorf).

– *Cachet haben:* »CACHET Immer verbunden mit ›ein ganz besonderes‹. / Bsp.: ›Die Sonne verlieh dieser Landschaft ein ganz besonderes Cachet‹; diese Metapher sollte ausschließlich Postangestellten vorbehalten sein, die für das Abstempeln von Briefen zuständig sind. / Das hat schon ein ganz eigenes Cachet.« (*Wörterbuch der Gemeinplätze*) – Notabene: Cachet bedeutet im Französischen Gepräge, Siegel, Stempel.

193 *Lebensmittelkrise:* Im Winter 1846/47 waren nach

schlechten Ernten in den Jahren 1845 und 1846 in den ärmsten Regionen Frankreichs die Lebensmittel knapp geworden, es kam an verschiedenen Orten zu Unruhen und Aufständen. In Buzançais (Departement Indre) kaperten hungernde Dorfbewohner im Januar 1847 eine Getreideladung, bei den Auseinandersetzungen wurden zwei Großgrundbesitzer ermordet. Louis-Philippe und sein Minister Guizot griffen hart durch: 26 Dörfler wurden verhaftet, 3 zum Tode verurteilt und im April 1847 guillotiniert, die anderen zu Zwangsarbeit oder Haftstrafen verurteilt. Victor Hugo sah diese Ereignisse als Vorläufer der Revolution von 1848.

– *Geldfeudalismus:* »*Finanzfeudalismus* (Toussenel, 1847)«, schrieb sich Flaubert im Frühjahr 1866 ins Carnet 13, danach folgen Exzerpte (*Carnets de travail*, S. 346). Um Material für Sénécals Reden zu sammeln, beschäftigte sich Flaubert 1865–1866 u. a. mit *Les juifs rois de l'époque, histoire de la féodalité financière* (*Die Juden, Könige der Epoche: Eine Geschichte des Finanzfeudalismus*) von Alphonse Toussenel (1803–1885). Toussenel, Chefredakteur der Zeitung *La Paix*, war Anhänger des Frühsozialisten Charles Fourier und linker Antisemit, der aggressiv gegen die Familie Rothschild polemisierte und vor einer »jüdischen Weltherrschaft« warnte. Auch Fourier hatte seine Kapitalismuskritik schon mit krassem Antisemitismus gepaart und dafür plädiert, den Juden das Bürgerrecht wieder zu entziehen.

– *Malthus:* In einem Brief vom 13. November 1879, in dem es u. a. um Darwin geht, schreibt Flaubert an Maxime Du Camp: »Die Volkswirtschaftslehre (oder besser der ›infame‹ Malthus) hat Darwin inspiriert.« Der englische Volkswirt Thomas Robert Malthus (1766–1834) hatte 1798 in seinem *Essay on the Principle of Population* für eine strenge Geburtenkontrolle durch Enthaltsamkeit und späte Heirat plädiert, um Hungersnöte zu vermeiden und, vereinfacht gesagt, das Wirtschaftswachstum nicht zu gefährden (Malthusianische Katastrophe). Natürlich hat Malthus auch seinen Platz in Flauberts »Sottisier«, der Enzyklopädie menschlicher Dummheit.

– *wie der Soldat Oberst:* Zur ersten Nummer der Arbeiterzeitung *La Ruche populaire* vom Dezember 1839 notierte sich Flaubert in seinen Entwürfen: »Vinçard möchte, dass der Arbeiter Kapitalist werden könne, so, wie der Soldat Marschall werden kann« (siehe Gothot-Mersch, Anm. 96). Der Chansonnier und Saint-Simonist Jules Vinçard (1796–1882) leitete diese Monatsschrift, auch sein Neffe Pierre Vinçard (1820–1882) zeichnete einige Artikel.

194 *von Phalansterianern:* Anhänger Fouriers bzw. seines Modells landwirtschaftlicher, industrieller oder auch künstlerischer Produktions- und Wohngemeinschaften. Eine Phalanx sollte im Idealfall aus 1620 Personen bestehen, die gemeinsam arbeiten, leben, lieben.

– *Katholizismus:* »Das Buch, das ich jetzt abschließe, hat mich gezwungen, ein wenig den Sozialismus zu studieren. Ich glaube, ein Teil unserer Übel kommt vom republikanischen Neo-Katholizismus. / Ich bin bei den angeblichen Männern des Fortschritts, von Saint-Simon bis Proudhon, auf die seltsamsten Zitate gestoßen. *Alle* gehen aus von der religiösen Offenbarung«, schrieb Flaubert am 2. Februar 1869 an den Historiker Jules Michelet.

– *die spanischen Hochzeiten:* Die französische Heiratspolitik verbuchte einen hübschen Erfolg gegen England, als Louis-Philippes jüngster Sohn, Antoine d'Orléans, am 10. Oktober 1846 Luisa Fernanda de Borbón, die vierzehnjährige Tochter Ferdinands VII., ehelichte. Am selben Tag heiratete Luisa Fernandas Schwester, Königin Isabella II. – es war ihr sechzehnter Geburtstag –, ihren Cousin Francisco de Asís de Borbón; der Bräutigam galt als homosexuell, im Falle einer Kinderlosigkeit des Paares wären Antoine und Luisa Fernanda Thronfolger geworden.

– *Geldverschleuderung in Rochefort:* In der südwestfranzösischen Hafenstadt wurden am 13. Januar 1847 fünf Angestellte des Marinearsenals wegen Veruntreuungen verurteilt, ein sechster beging Selbstmord. Der Marineminister und der Kommandierende Admiral hatten die Affäre zunächst wohl vertuschen wollen.

– *Kapitel zu Saint-Denis:* Anfang 1847 beschloss die Chambre des Pairs (1814–1848 Oberhaus des Parlaments) eine Umgestaltung des Kapitels der Kathedrale zu Saint-Denis auf Staatskosten, der Entwurf dazu gelangte jedoch vor der Revolution vom Februar 1848 nicht mehr in die Abgeordnetenkammer.

– *die Affen im Naturkundemuseum:* Zu dem 1793 gegründeten Muséum national d'histoire naturelle gehören auch der bereits in Kapitel I, 5 erwähnte Jardin des Plantes und seine Ménagerie, sein zoologischer Garten, wo 1837 ein Affenhaus eröffnet wurde.

– *La Mode:* 1829 von Émile de Girardin gegründete Zeitschrift für Mode und Literatur, attackierte ab 1831 Louis-Philippe, wurde dann ultra-royalistisch und schließlich legitimistisch.

– *Chicards:* Ein »Chicard« war eine beliebte Karnevalsverkleidung in der zweiten Hälfte des 19. Jahrhunderts, bestehend aus bunt zusammengewürfelten, variierenden Elementen: großer Helm mit Federbusch, Jäckchen, Kniehose, derbe Stiefel oder hohe Lackstiefel, Handschuhe mit Riesenmanschetten. Auf jeden Fall musste sich die Figur auf Maskenbällen durch groteske Tänze hervortun, das war chic.

195 *einen Gros angestückelt:* Am 25. Juli 1842 schrieb der Jura-Student Flaubert, nach einem Abendessen bei Bekannten seiner Eltern, aus Paris an seine Schwester Caroline: »Ich habe mich während des ganzen Diners sehr gut benommen (immer distinguiert in meiner Haltung und meinem Benehmen, wie Murat). Doch im Laufe des Abends verfallen sie plötzlich darauf, von Louis-Philippe zu sprechen, und ich ziehe über ihn her wegen des Museums in Versailles. Stell Dir vor, diese Sau ist tatsächlich, weil er ein Gemälde von Gros nicht breit genug fand, damit es eine ganze Wandfläche ausfüllt, auf die Idee gekommen, den Rahmen an einer Seite wegzureißen und zwei, drei Fuß von irgendeinem Künstler bemalte Leinwand anfügen zu lassen. Das Gesicht dieses Künstlers würde ich gerne sehen.« In den Entwürfen vermerkte Flaubert: »Diese Dummköpfe haben die *Bataille de Taillebourg* von Delacroix beschnitten und die *Pyramides* von Gros angestückelt« (siehe Gothot-Mersch, Anm. 103). Vierundzwanzig Jahre später erinnert sich Flaubert noch immer an diese Geschichte. Am 15. Mai 1866 schreibt er Eudore Soulié, Konservator am Museum in Versailles: »Mein lieber Freund, / könnten Sie mir folgenden Gefallen erweisen: Ich möchte Genaueres erfahren über die vandalischen und krämerhaften Taten, die der alte Louis-Philippe in Versailles begangen hat. Mir geht es weniger um das, was er in der Architektur gemacht hat, als um Torheiten in der Malerei, Anstückelungen oder Beschneidungen von Bildern usw. Könnten Sie mir dazu

eine kleine Notiz von fünf Zeilen schreiben […]? / Wenn Sie darüber hinaus noch ein paar treffliche Gaunereien aus dem Kunstbereich zu erzählen wüssten, würden Sie mir einen Gefallen tun.«

– *ein Deutscher:* Der Kunsthistoriker Gustav Friedrich Waagen (1794–1868), 1830 bis 1864 Direktor der Berliner Gemäldegalerie und ab 1844 erster Professor für Kunstgeschichte an der Universität zu Berlin, veröffentlichte nach längeren Studienreisen durch Frankreich und England sein dreibändiges *Kunstwerke und Künstler in England und Paris* (1837–1839). Darin benannte er auch allerlei Fehler und falsche Zuschreibungen, die er im Katalog des Louvre festgestellt hatte. Das *Bulletin de l'Alliance des Arts* berichtete in seinen Nummern vom 25. Juni und 25. Oktober 1842 ausführlich über Waagens Buch, interessierte sich aber vor allem für die darin vorgestellten englischen Kunstwerke und Sammlungen. Erst in der Nummer vom 25. September 1844 wird Waagens Kritik am Katalog des Louvre referiert (»Observations sur le catalogue du Musée du Louvre«, S. 110–112), zahlreiche seiner Beispiele werden angeführt, der Herausgeber des *Bulletin*, Paul Lacroix, scheint Waagens Vorwürfe durchaus zu teilen. In der Nummer vom 10. November 1844 folgt dann noch ein kurzer Artikel zu einer Waagen gegenüber kritischen Zusendung eines anonymen Lesers des *Bulletin*.

– *bei allen Salons:* Gemeint sind natürlich die jährlichen großen Kunstausstellungen in Paris, staatlich geregelt und organisiert. Der Salon war Mittelpunkt des Kunstbetriebs, Drehscheibe für Sammler und Händler, gesellschaftliches Großereignis, 1846 zählte er rund 1,2 Millionen Besucher.

196 *Barbès:* Armand Barbès (1809–1870), geboren auf Guadeloupe, wo sein Vater Militärchirurg war, beteiligte sich mit 20 Jahren in der Nationalgarde des Departements Aude an der Revolution von 1830. Zwei Jahre später begann er ein Jurastudium in Paris, nach dem Tod seiner Eltern verwendete er sein geerbtes Vermögen, um gegen die Julimonarchie und für die Republik zu kämpfen. 1834 wurde er Mitglied der Société des Droits de l'Homme (der u. a. Étienne und François Arago, Louis Blanc, Victor Schœlcher, Alexandre Ledru-Rollin, Auguste Blanqui, Godefroy Cavaignac angehörten), was ihm seinen ersten Gefängnisaufenthalt eintrug. Nach seiner Freilassung 1835 en-

gagierte er sich in der Société des Familles, gründete 1838 mit Blanqui und Martin Bernard die stärker proletarisch ausgerichtete Société des Saisons, die 1839 etwa 900 Mitglieder zählte. Nach dem gescheiterten Putschversuch vom 12. Mai 1839 gelang Blanqui zunächst die Flucht, Barbès wurde verhaftet, zum Tode verurteilt und nach einer Intervention Victor Hugos von Louis-Philippe begnadigt. Darüber veröffentlichte er 1848 die kleine Schrift *Deux jours de condamnation à mort*. Er kam in das berüchtigte Staatsgefängnis auf dem Mont-Saint-Michel, von wo er Anfang 1843 wegen schwerer Kehlkopftuberkulose nach Nîmes verlegt wurde; siehe auch Anm. zu S. 318 und S. 431.

– *Verbrechen der Könige:* Wahrscheinlich *Les Crimes des rois de France, depuis Clovis jusqu'à Louis XVI* von Louis Lavicomterie de Saint-Samson (1746–1809), erschienen 1792.

– *Polen:* Siehe Anm. zu S. 85. Louis-Philippe verfolgte gegenüber Russland eine Appeasementpolitik, obwohl die öffentliche Meinung für eine Unterstützung Polens und sogar ein militärisches Eingreifen war. Am 16. September 1831, nach dem russischen Einmarsch in Warschau, hatte der französische Außenminister Horace Sebastiani vor der Abgeordnetenkammer erklärt: »l'ordre règne à Varsovie« (in Warschau herrscht Ordnung), wofür er in der oppositionellen Presse mit sarkastischen Karikaturen bedacht wurde.

– *eine Erfindung von Lafayette:* Der Marquis de Lafayette (1757–1834) hatte sich 1830 Louis-Philippe angeschlossen, er verteidigte auch als Abgeordneter die Sache der Polen.

– *Faubourg Saint-Marceau:* Der Faubourg Saint-Marceau oder Saint-Marcel ist ein Viertel, das erst im 19. Jahrhundert in die Stadt integriert und ab 1857 durch den Bau des Boulevard Saint-Marcel und des Boulevard Arago stark verändert wurde. Es liegt an der heutigen Grenze zwischen 5. und 13. Arrondissement, in einem großen Kreis um die Metrostationen Censier-Daubenton und Gobelins. Am Ufer der Bièvre ließen sich ab ca. 1300 Handwerker nieder: Metzger, Gerber, Schuhmacher, Färber, und natürlich auch Gaststätten. Aus einer dieser Färbereien entwickelte sich Mitte des 15. Jahrhunderts die Gobelin-Manufaktur und aus ihr wiederum die Manufacture royale des meubles et tapisseries de la Couronne, andere Handwerksbetriebe kamen hinzu. Bis weit ins 19. Jahrhundert war die heute unsichtbare, weil völlig überbaute Bièvre eine stinkende Kloake und Saint-Marceau ein Synonym für Armut, Dreck und Hässlichkeit.

– *Poniatowski:* Der polnische Fürst, Marschall in der napoleonischen Armee, ertrank am 19. Oktober 1813 beim Versuch, mit dem Pferd die Elster zu überqueren. Er hatte nach der Völkerschlacht bei Leipzig mit seiner Truppe den Rückzug Napoleons gedeckt.

– *Bartholomäusnacht:* Massaker an französischen Protestanten in der Nacht vom 23. zum 24. August 1572, das sich in den Folgetagen von Paris auf das ganze Land ausbreitete.

– *die Liga:* Gemeint ist die katholische Liga während der französischen Religionskriege, die 1588 Heinrich III. aus Paris verjagte und die Thronbesteigung Heinrichs IV. zu verhindern suchte. Das Edikt von Nantes gewährte 1598 den Hugenotten volle Bürgerrechte sowie innerhalb eines gewissen Rahmens freie Religionsausübung und beendete den Religionsstreit. 1685 widerrief Ludwig XIV. das Edikt. – Flaubert spricht in Briefen immer wieder von seinem Misstrauen gegenüber den utopischen Sozialisten und ihrer Nähe zum Katholizismus, am 5. Juli 1868 schreibt er an George Sand: »Ich habe in den letzten zwei Wochen schwer gerackert. Die Patrioten werden mir dieses Buch nicht verzeihen, und die Reaktionäre genauso wenig! Macht nichts; ich schreibe die Dinge, wie ich sie empfinde, das heißt, wie ich glaube, dass sie sind. Ist das Dummheit meinerseits? doch mir scheint, unser Unglück kommt *ausschließlich* von den Leuten auf unserer Seite? Alles, was ich an Christentum bei den Revolutionären finde, jagt mir Grauen ein! Hier zwei kleine Notizen, die auf meinem Schreibtisch liegen: / ›Dieses System (das seine) ist kein System der Unordnung. Denn es hat seine Quelle im Evangelium, und dieser GÖTTLICHEN Quelle *können* Hass, Kriege, Zusammenstöße aller Interessen *nicht entspringen*, denn die im Evangelium ausgesprochene Lehre ist eine Lehre des Friedens, der Einigkeit und der Liebe‹ (L. Blanc). / ›Ich wage sogar zu behaupten, zusammen mit der Achtung vor dem Sonntag ist in der Seele unserer Dichterlinge auch der letzte Funke des poetischen Feuers erloschen. Längst heißt es: ohne Religion keine Poesie!‹ (Proudhon).«

– *die lebenden Bilder:* Berühmte Gemälde nachzustellen war auch in vornehmen Häusern ein durchaus beliebter Zeitvertreib, an manchen Theatern jedoch nur ein Vorwand, um gewagte Szenen mit spärlich Bekleideten oder Nackten darzubieten.

197 *Lola Montez:* Die irische Tänzerin (1821–1861) sorgte zwischen 1844 und 1846 zunächst in Paris durch ihre Auftritte an der Oper und diverse Affären für Aufsehen. Von dort kam sie im Herbst 1846 nach München, wo sie sowohl Ludwig I. wie auch die Studentenschaft in Unruhe versetzte. Ihre durch den König erzwungene Einbürgerung führte im Frühjahr 1847 zu einer Kabinettskrise und zu öffentlichen Unmutsbekundungen, im Verlauf des Jahres kam es dann zu Auseinandersetzungen zwischen verschiedenen Studentenkorps, Anhängern und Gegnern der Lola Montez. Der Streit um sie spitzte sich weiter zu, bis sie schließlich im Februar 1848 aus München vertrieben wurde und Ludwig I. im Zuge der Märzrevolution abdanken musste.

– *Frau eines Köhlers:* In *Julie, ou la Nouvelle Héloïse* (1761) schreibt Madame de Wolmar an Madame d'Orbe: »es ist besser, vom Adel abzuweichen als von der Tugend, und die Frau eines Köhlers ist achtenswerter als die Mätresse eines Fürsten« (5. Teil, Brief 13).

– *denn Hussonnet erzählte:* In den Entwürfen findet sich folgende Notiz: »2. T.[eil] da er die großen Männer seiner Zeit aus der Nähe sieht und er ein sehr kleiner Geist ist, beurteilt er ihre *Werke* nach ihrer Biographie und verunglimpft sie (Sainte-Beuve-Schule). Das bringt ihn auf ganz natürliche Weise dahin, keine Überzeugung zu haben und die Partei zu ergreifen, die ihm nützlich erscheinen wird« (siehe Wetherill, Anm. 322).

198 *Bücher unserer Arbeiterdichter:* In der *Éducation sentimentale* von 1845 mokierte sich Flaubert ausgiebig über die Mode der Arbeiterdichter, die als Kuriositäten in feinen Salons herumgereicht wurden: »Er [Jules] hörte in einem Salon einen Mann Verse rezitieren, die Verse waren mittelmäßig, und die Hände des Dichters waren sehr schmutzig. ›Wer ist dieser Tölpel?‹ fragte er seinen Nachbarn. ›Sagen Sie nichts Schlechtes über ihn, das ist ein großer Mann.‹ ›Worin?‹ ›Er ist ein Schuster, der Verse schreibt.‹ ›Na schön!‹ ›Aber das ist nun mal das Großartige, Donnerwetter! Neben ihm steht sein Verleger, er hat ihn gerade der Hausherrin vorgestellt; er führt ihn überallhin: der ist sein Besitz, sein Wundertier, sein Ding. Er sorgt dafür und schärft ihm ein, dass er mit Mütze auf dem Kopf und schmutzigen Händen

kommt, damit jeder sieht, er ist ein Proletarier und macht Schuhe. Er hat ihn sogar dazu gebracht, sein Heft mit Pechdraht zu heften. Ich habe auch erfahren, dass er ihm rät, ein paar Französischfehler an den schönsten Stellen einzubauen, damit man sie noch mehr bewundert. Er ist in Mode, er und sein Dichter; er wird überallhin eingeladen; so bringt er's zu etwas. Wenn er den armen Mann lange genug von Salon zu Salon geschleppt hat und nicht mehr weiß, was er mit ihm anfangen soll, wird er ihn umstandslos fallenlassen, und der Schuster wird wieder Stiefel nähen müssen, vorausgesetzt, Eitelkeit, Elend und zuletzt Verzweiflung haben ihn bis dahin nicht umgebracht, was ganz gewiss passiert.‹« (*Œuvres de jeunesse*, S. 1046)

– *einige dieser neuen Physiologien:* Die tatsächlich in den 1830er Jahren beliebt waren, Balzacs *Physiologie du mariage* erschien 1829.

200 *in allen beiden Häusern:* Im Carnet 19 finden sich mehrere Notizen von Juli–Oktober 1862 (*Carnets de travail*, S. 286–296) zu Flauberts ursprünglichem Plan, eine stärkere Parallele zwischen der bürgerlichen Frau und der Lorette zu konstruieren, darunter: »Je mehr der junge Mann sich ausbildet und *abhärtet* in der Gesellschaft der Loretten, desto eifersüchtiger wird die immer tugendhaftere Mme Moreau [= Madame Arnoux].« – »Sehnsucht der ehrbaren Frau, eine Lorette zu sein. Sehnsucht der Lorette, eine Frau von Welt zu sein.« – »Da er sich nicht traut, seine Liebe zu erklären, begnügt er sich mit den Loretten.« – »Der Ehemann ~~hat~~ besitzt die Lorette und zugleich ~~die~~ seine Frau.« – »Die Lorette ist Schlossherrin auf dem Land geworden, tugendhaft und fromm. Mme Moreau dagegen hat, aus übertriebener Tugend, allem abgeschworen.«

201 *aus gekochtem Leder:* Um Leder zu härten wurde es tatsächlich in heißem Wasser gekocht oder gesotten, dieses »cuir bouilli« wurde zum Beispiel für Rüstungen verwendet.

– *kitzelten ihm die Nerven:* »TOILETTE VON DAMEN Verwirrt die Sinne.« (*Wörterbuch der Gemeinplätze*) – Die Szene erinnert an den Apothekerlehrling Justin, der Emma beim Frisieren beobachtet (*Madame Bovary* II, 14; S. 282 f.).

202 *diese Verwirrung:* In den Entwürfen findet sich ein deutlicher Hinweis auf Rousseau: »für die 2 verschiedenen – gleichzeitigen Lieben die zwei anders gearteten Erregungen, siehe

J.-J. R. *Bekenntnisse* 1. Buch Mme Vulson und Mme Goton« (siehe Wetherill, Anm. 325).

– *und verehrte es der andern:* Diese »wandernden« Gegenstände finden sich schon in den frühen Notizen des Carnet 19: »Zwei schöne Vasen, ein ganzer schicker Kaminaufsatz wandert von Mme Moreau zur Lorette. Fr. entdeckt sie dort wieder. Das ist etwas aus seiner Jugend.« (*Carnets de travail*, S. 293)

203 *drängelte sich mit einer Karte für den zweiten Rang:* Flauberts Formulierung »avec un billet de secondes prétendait toujours se pousser aux premières« ist nicht ganz eindeutig: Handelt es ich um ein Billett für die Eisenbahn (also: »drängelte sich mit einer Fahrkarte zweiter Klasse stets in die erste«) oder um eine Eintrittskarte fürs Theater? Doch bei der Eisenbahn müsste man korrekt den Singular verwenden, also »billet de seconde classe, de première classe«, fürs Theater dagegen setzt man im allgemeinen den Plural: »billet de secondes loges, de premières loges«.

– *Kaschmirschal:* Siehe Anm. zu S. 98.

208 *in der Mitte des Großen Salons:* Gemeint ist die jährliche große Kunstausstellung.

210 *Gros Sous:* Zehn-Centime-Münzen.

211 *die Türme von Notre-Dame:* Flaubert hatte an dieser Stelle zunächst die Sainte-Chapelle genannt, Maxime Du Camp monierte: »Damals konnte man die Sainte-Chapelle vom Pont-Neuf aus nicht sehen, denn die Turmspitze war noch nicht wiederaufgebaut«. Diese durch ein Feuer zerstörte Turmspitze wurde erst 1854 errichtet.

– *Pâtisserie anglaise:* In der Rue de Castiglione, im heutigen 1. Arrondissement.

214 *hunderttausend Franc Kaution:* Eingeführt durch das Pressegesetz vom 9. September 1835, das nicht nur die zu erlegenden Kautionen erhöhte, sondern die Pressefreiheit insgesamt einschränkte. Die Kautionen waren nach Häufigkeit des Erscheinens gestaffelt, hunderttausend Franc Sicherheit waren für Zeitungen zu hinterlegen, die öfter als zweimal pro Woche erschienen.

– *eine Phalanx:* Natürlich nach Charles Fouriers Modell des Phalansteriums.

– *Balzacs Dreizehn:* Unter dem Titel *L'Histoire des Treize* (*Die Geschichte der Dreizehn*) vereinte Balzac 1843 drei zunächst unabhängige Erzählungen (*Ferragus*, *La duchesse de Langeais* und *La fille aux yeux d'or*) zu einer Verschwörergeschichte: die Dreizehn verbindet eine Zusammengehörigkeit, die auch bereit ist, sich über Gesetze hinwegzusetzen. Im Carnet 19 finden sich Notizen vom Frühjahr/Sommer 1862 zu einem geplanten Roman mit dem Titel *Le Serment des amis* (*Der Schwur der Freunde*), wohl eine Art Gegenentwurf zu Balzac (siehe *Carnets de travail*, S. 278). In ihrem Tagebuch berichten die Brüder Goncourt am 29. März 1862: »Von diesem Buch, eine Skizze in seinem Gehirn, springt Flaubert zu einem anderen, mit dem er sich angeblich schon lange in Gedanken beschäftigt: ein Riesenroman, ein großes Gemälde des Lebens, verbunden durch eine Handlung, welche die Auslöschung der einen durch die anderen wäre, in einer Gesellschaft, die sich auf den Bund der Dreizehn gründet, und man würde sehen, wie der vorletzte Überlebende, ein Politiker, vom letzten: einem hohem Beamten, auf die Guillotine geschickt wird – und zwar für eine gute Tat. / Flaubert möchte auch zwei oder drei kleine Romane basteln, ohne große Zwischenfälle und ganz einfach, bestehend aus: der Ehemann, die Frau, der Liebhaber.«

215 *Galerie der nützlichen Menschen:* Möglicherweise eine Anspielung auf Eugène Fromentins idealistischen Roman *Dominique*, erschienen in *La Revue des Deux Mondes* zwischen 15. April und 15. Mai 1862 sowie als Buch Anfang 1863. Flaubert hatte das Werk, das in derselben Zeit spielt wie die *Éducation sentimentale*, sofort gelesen und dem Autor dazu gratuliert. Bei Fromentin heißt es: »Die Position eines Staatsmannes war, in der Zeit, von der ich Ihnen erzähle, die notwendige Krönung, gewissermaßen das Erlangen des Titels nützlicher Mensch, für jeden Mann von Genie, von Talent oder auch nur von Geist. Ich vernarrte mich in die Vorstellung, nützlich zu werden, nachdem ich so lange schädlich gewesen war.«

216 *General Foy:* Maximilien Sébastien Foy (1775–1825) hatte während der Hundert Tage Napoleon unterstützt, wurde 1819 Abgeordneter und galt als Verteidiger der Pressefreiheit.

217 *meinen Osage:* Die Osage sind ein nordamerikanischer Indianerstamm. Auch Flaubert träumte in jungen Jahren von einem reichen Onkel aus Amerika: »O Amerika, warum schickst Du mir keine Onkels aus den Tiefen Deiner Wälder, tätowierte

oder untätowierte, rothäutige oder welche mit Federn, Osage oder Irokesen, was schert's mich, wenn sie nur reich sind und Onkels und bald sterben!« schrieb er am 30. November 1841 seinem Freund Ernest Chevallier.

219 *im Hôtel Lambert:* Das Hôtel Lambert auf der Île Saint-Louis, im 17. Jahrhundert von dem berühmten Architekten Louis Le Vau erbaut, war seit 1842 der Pariser Stammsitz der Fürstenfamilie Czartoryski, die nach dem erfolglosen Novemberaufstand von 1830/1831 vor allem von Frankreich und Großbritannien aus auf die staatliche Unabhängigkeit und Wiederherstellung Polens als konstitutionelle Monarchie hinarbeitete. Das Palais Lambert war seit dem Erwerb durch die Familie Czartoryski aber auch ein glanzvoller Mittelpunkt des gesellschaftlichen und kulturellen Lebens in Paris. »Wohltätigkeitsfeste« sollten natürlich der polnischen Sache dienen.

– *eine Hitze:* »HITZE Immer ›unerträglich‹. / ›Man bekommt keine Luft!‹ / Man soll nicht trinken, wenn es heiß ist.« (*Wörterbuch der Gemeinplätze*)

220 *ein Legitimist und ein Orleanist:* Die Legitimisten verteidigten die ältere Linie der Bourbonen, die 1830 mit Karl X. die Macht verloren hatte, und somit die Thronansprüche von Henri d'Artois, Comte de Chambord (1820–1883). Dieser heiratete 1846 die Prinzessin Maria Theresia von Österreich-Este und lebte in Schloss Frohsdorf bei Wiener Neustadt. Die Orleanisten hingegen unterstützten den seit der Julirevolution herrschenden Louis-Philippe. Sowohl nach der Februarrevolution 1848 wie nach dem Zweiten Kaiserreich 1870 versuchten die Legitimisten den Comte de Chambord als Heinrich V. auf den Thron zu bringen; dafür wollte man sich sogar mit den Orleanisten einigen und der Familie Orléans das Thronfolgerecht zugestehen.

– *Justemilieu:* War seit 1830 das Schlagwort für die Politik von Louis-Philippe, die den Ausgleich suchte und Kompromisse schloss. Martinons Äußeres lässt also auf seine politische Zugehörigkeit schließen: die Partei der »Doktrinäre aus der Schule des Monsieur Guizot« (siehe S. 157).

– *die Schläfen rasiert:* »Was für ein Zusammenhang zwischen *glänzenden Lackstiefeln* und *rasierten Schläfen*? Wozu dieses *Obwohl*?« Flaubert überging Maxime Du Camps Kritik.

– *Monsieur de Genoude:* Antoine Eugène Genoud (1792–

1849), der sich ab 1834 Abbé de Genoude nannte, war seit 1830 Herausgeber der legitimistischen *Gazette de France* und seit 1. August 1846 Abgeordneter; die Annäherung an den liberal-konstitutionellen *Siècle* (siehe Anm. zu S. 150) dürfte im Zusammenhang mit seinem Engagement für das allgemeine Wahlrecht zu sehen sein.

221 *dieses neue Drama, Königin Margot:* Alexandre Dumas der Ältere hatte seinen Roman über die Bartholomäusnacht (*La Reine Margot*, 1845) zusammen mit Auguste Maquet für die Bühne adaptiert, das Stück wurde am 20. Februar 1847 im Théâtre Historique, dem heutigen Théâtre de la Ville, uraufgeführt. Die Aufführung dauerte neun Stunden.

– *Septembergesetze:* Siehe Anm. zu S. 83 und S. 214.

– *schrie ein Katholik:* Während der Julimonarchie erstarkte der Katholizismus, am 12. März 1866 schrieb Flaubert an Sainte-Beuve: »Haben Sie an mich gedacht? Könnten Sie mir sagen, was ich lesen muss, um mich mit der neokatholischen Bewegung um 1840 vertraut zu machen? Meine Geschichte reicht von 1840 bis zum Staatsstreich. Ich muss alles wissen, das versteht sich, und, bevor ich loslege, in die Stimmung der Zeit eintauchen.«

– *Duc de Nemours:* Siehe Anm. zu S. 76.

– *Monsieur Thiers:* Adolphe Thiers (1797–1877) war Historiker, Anwalt, Journalist und ein Politiker mit immens langer Karriere, dem Parlament gehörte er von 1830 bis 1851 und von 1863 bis 1877 an. Seit 1833 saß er auf dem Fauteuil Nr. 38 der Académie française. Oft wurde er als politisches Chamäleon bezeichnet, Karl Marx urteilte schärfer: »Thiers war konsequent nur in seiner Gier nach Reichtum und in seinem Haß gegen die Leute, die ihn hervorbringen. Er trat in sein erstes Ministerium unter Louis-Philippe arm wie Hob; er verließ es als Millionär« (*Der Bürgerkrieg in Frankreich*, MEW, Bd. 17, S. 325). »Er dünkt mich ewig wie die Mittelmäßigkeit!« bekannte Flaubert am 18. Dezember 1867 gegenüber George Sand. Der vielfache Minister und ehemalige Regierungschef, zuletzt März bis Oktober 1840, befand sich nun – Anfang des Jahres 1847 – in der Opposition (Parti du Mouvement, linke Mitte). Das Bonmot, auf das hier offenbar angespielt wird, war im Juli 1840 in *Les Guêpes* zu lesen gewesen: »Als Monsieur Thiers gefragt wurde, ob einige Schriftsteller der Sankt-Helena-Expedition angehören sollten? ›Nicht doch‹, hat er da geantwortet, ›ich will, dass sie ihre ganze Ernsthaftigkeit bewahrt‹« (siehe Cento, S. 151).

– *Frage der Unvereinbarkeiten:* Die Entwürfe sagen deutlich, dass es sich um eine »Rede vom vergangenen Jahr« handelt. Thiers hatte im März 1846 eine Rede gehalten über Unvereinbarkeiten hinsichtlich der Ämterhäufung, manche sahen den Anschlag auf den König als Folge (siehe Wetherill, Anm. 352).

– *das Attentat vom 12. Mai:* Flaubert verwechselt hier offenbar zwei Daten. Am 12. Mai 1839 wurden bei einem von dem republikanischen Geheimbund Société des Saisons ausgehenden Aufstand gegen Louis-Philippe in Paris der Justizpalast und das Hôtel de Ville angegriffen, über siebzig Menschen kamen ums Leben (siehe Anm. zu S. 45 und S. 196). Flaubert meint hier aber den 16. April 1846 und den Anschlag von Pierre Lecomte: Der ehemalige Forstwärter schoss im Park von Fontainebleau aus persönlicher Rachsucht, nicht aus politischen Gründen, auf die Kutsche des Königs, niemand kam zu Schaden. Es war der inzwischen sechste Anschlag auf den König; Lecomte starb unterm Fallbeil. Flauberts Entwürfe verweisen eindeutig auf Lecomte, aus der *Revue des Deux Mondes* (»Chronique«, datiert 30. April 1846, Bd. XIV/1846, S. 504) hatte er exzerpiert: »Das Attentat vom 12. Mai [sic!] wird Monsieur Thiers' Rede über die Unvereinbarkeiten zugeschrieben (Lecomte).« An anderer Stelle notierte er ganz richtig: »16. April. Attentat von Lecomte« (siehe Cento, S. 151 ff.).

222 *Keepsake:* Ein typisch romantisches Accessoire, Buch mit Gedichten oder kurzen Prosatexten und Stichen, das man vor allem als Andenken oder Zeichen der Freundschaft verschenkte. – »KEEPSAKE Muss auf dem Wohnzimmertisch herumliegen.« (*Wörterbuch der Gemeinplätze*)

223 *Don Juan:* Dieses Stück war – nach fünfzehn Aufführungen im Jahr 1665 – ab Molières Tod nur noch in der versifizierten und verharmlosten Fassung von Thomas Corneille auf die Bühne gekommen. Lange Zeit in Vergessenheit geraten, wurde es am 17. November 1841 am Théâtre de l'Odéon wiederaufgeführt und schließlich ab dem 15. Januar 1847, zu Molières 225. Geburtstag, mit dem ursprünglichen, nicht von anstößigen Stellen gesäuberten Text an der Comédie Française gespielt. Diese Aufführungen waren ein Ereignis.

224 *Auditor im Staatsrat:* Ein Verwaltungsbeamter, der bei Sitzungen zugegen ist, aber kein Stimmrecht hat. Der 1799 gegründete Staatsrat (Conseil d'État) ist auch heute noch oberstes Verwaltungsgericht und zugleich Beratungsgremium der Regierung in Rechtsfragen.

230 *meinen Kaschmirschal ausbessern:* In der *Éducation sentimentale* von 1845 will das Dienstmädchen Catherine von Monsieur Renaud, dem verlassenen Ehemann, für erotische Gefälligkeiten »einen Schal, einen großen Schal, wie Madame einen hatte, wenn sie ausging« (*Œuvres de jeunesse*, S. 997).

231 *Lesurques:* Opfer eines berühmten Justizirrtums (l'affaire du courrier de Lyon); der 1763 geborene Geschäftsmann wurde 1796 hingerichtet, nachdem er fälschlicherweise wegen der Beteiligung am Überfall auf eine Postkutsche sowie der Ermordung von Kutscher und Kurier verurteilt worden war. Noch auf dem Schafott beteuerte Joseph Lesurques seine Unschuld.

232 *Seien Sie versichert:* Frédéric gebraucht in seiner Verwirrung eine alte Beileidsfloskel (»Vous ne doutez pas que je ne partage …«), um sich bei Madame Arnoux einzuschmeicheln; das Satzende (»… votre douleur/Ihren Schmerz«) konnte man aus Feingefühl auch weglassen.

Kapitel III

235 *wie der Béarner:* Der im alten Béarn geborene König Heinrich IV. (1553–1610) ist auf mehreren Gemälden im Spiel mit seinen Kindern auf dem Fußboden zu sehen; ein berühmtes Bild von Ingres aus dem Jahr 1817 zeigt ihn auf allen vieren, den zukünftigen Ludwig XIII. in stolzer Reiterpose auf dem Rücken, den eintretenden spanischen Gesandten empfangend. Diese Darstellungen von Heinrich IV. als liebevoll-närrischer Vater hatten durch Stiche große Verbreitung gefunden.

– *Chartres:* Im August 1866 fuhr Flaubert nach Chartres, um Material zu sammeln; im Carnet 13 finden sich zahlreiche Notizen zu Häusern, Straßen, Plätzen, Brücken (siehe *Carnets de travail*, S. 357–362), die schließlich im Roman keine Verwendung fanden.

236 *Antony:* Romantischer Held des gleichnamigen Dramas

von Alexandre Dumas dem Älteren, uraufgeführt am 3. Mai 1831 im Théâtre de la Porte-Saint-Martin. Das Stück über Liebe, Leidenschaft, Ehebruch, Mord und Edelmut trieb das Pariser Publikum zu Begeisterungsstürmen und Gefühlsausbrüchen; »den Antony spielen« wurde zu einer geflügelten Wendung.

237 *See:* »SEE Eine Frau bei sich haben, wenn man drauf herumfährt.« (*Wörterbuch der Gemeinplätze*)

238 *genügsam:* Wir folgen hier der Erstausgabe (sobre); die Variante von 1879 (sombre) halten wir mit mehreren anderen Kommentatoren für einen Druckfehler.

239 *die Urteilsbegründung:* Auf der Suche nach einer historischen Affäre, einem Prozess, die ihm als Vorbild dienen könnten, schrieb Flaubert am 17. November 1866 an seinen Ratgeber Jules Duplan: »Ich möchte, dass Arnoux nur ein halber Spitzbube ist und mehr noch ein Leichtfuß.«

240 *Maison d'or:* 1839 gegründetes, berühmtes Restaurant am Boulevard des Italiens Nr. 20 (heute 9. Arrondissement); die Séparées waren luxuriöse Kabinette, wo auch Fürsten und reiche Exzentriker abseits neugieriger Blicke speisten.

– *Théâtre-Italien:* Oft kurz »les Italiens« (die Italiener) genannt; seit 1841 in der Salle Ventadour beheimatet, in einem Block umgeben von den Straßen Méhul, Monsigny, Marsollier und Dalayrac (heute 2. Arrondissement). Hier debütierte die Mezzosopranistin Pauline Garcia-Viardot, mit der George Sand und Flaubert befreundet waren.

244 *Rue des Trois-Maries:* Mehr ein länglicher Platz als eine Straße, führte vom Pont-Neuf zur Rue des Prêtres-Saint-Germain-l'Auxerrois, am rechten Seineufer (heute 1. Arrondissement), und verschwand 1866 mit dem Bau der Rue du Pont-Neuf.

245 *an die Offenbarung:* »Ich bin immer mehr empört über die modernen Reformer, die nichts reformiert haben. *Alle*, Saint-Simon, Leroux, Fourier und Proudhon, stecken bis zum Hals im Mittelalter; *alle* (was niemand aufgefallen ist) glauben an die biblische Offenbarung. Doch wozu unbegreifliche Dinge erklären wollen durch andere unbegreifliche Dinge? Das Böse durch die Erbsünde erklären, heißt überhaupt nichts erklären. Die Suche nach dem Grund ist antiphilosophisch, antiwissenschaftlich, und die Religionen missfallen mir darin noch mehr als die Phi-

losophien, weil sie behaupten, sie zu kennen. Das ist ein Bedürfnis des Herzens, gut. Und dieses Bedürfnis ist ehrenwert, nicht aber ephemere Dogmen«, schrieb Flaubert im Sommer 1864, als er mit vorbereitender Lektüre beschäftigt war, an Edma Roger des Genettes.

– *Lykurg:* Mythische Figur, legendärer Stifter der politischen und gesellschaftlichen Ordnung Spartas aus der Zeit zwischen dem 11. und 8. Jahrhundert v. Chr.; Rousseau nennt ihn in seinem *Gesellschaftsvertrag* einen Idealherrscher.

– *in seinen testamentarischen Verfügungen:* In seiner zum Studienabschluss eingereichten Arbeit über *das Recht zur letztwilligen Verfügung* hatte Deslauriers noch eine ganz andere Meinung vertreten, siehe S. 156.

246 *Monsieur Wronski:* Josef Hoëné-Wronski (1776–1853), ein seit 1800 in Frankreich lebender polnischer Mathematiker.

– *Vater Enfantin:* Barthélemy Prosper Enfantin (1796–1884), genannt le Père Enfantin, war einer der wichtigsten Schüler Saint-Simons, er begründete in dem Pariser Vorort Ménilmontant eine patriarchalisch-sozialistische Sekte nach seinen eigenen Lehren, was ihn 1832 wegen Verletzung der öffentlichen Moral und der guten Sitten vor Gericht und für kurze Zeit auch hinter Gitter brachte.

– *Pierre Leroux:* Der Philosoph Pierre Leroux (1797–1871) war zunächst Saint-Simonist, gründete 1841 mit George Sand und Louis Viardot die *Revue Indépandante* (siehe Anm. zu S. 187) und bekämpfte Victor Cousins Eklektizismus (*Réfutation de l'éclectisme*, 1839). Nach der Februarrevolution wurde er Bürgermeister der kleinen Gemeinde Boussac (Departement Creuse), wo er seit 1843 mit seiner Familie als Typograph und Zeitungsverleger lebte und mit Anhängern auf sozialistisch-genossenschaftlicher Basis eine Druckerei betrieb sowie eine Frühform ökologischer Landwirtschaft. Er wurde 1848 in die verfassunggebende und 1849 auch in die gesetzgebende Versammlung gewählt; nach dem Staatsstreich vom 2. Dezember 1851 ging er ins englische Exil, wo er eine Zeitlang Victor Hugos Nachbar auf Jersey war. 1860 kehrte er nach Frankreich zurück.

247 *Akademie:* »ACADÉMIE FRANÇAISE Sie schlechtmachen, aber alles unternehmen, dass man hineinkommt.« (*Wörterbuch der Gemeinplätze*)

253 *bis vor die Tür eines Hauses:* Abrupter Perspektivwechsel von Frédéric zu Deslauriers: »Desl. begleitet ihn, ohne zu wissen wohin. Er geht bis zum Haus von Arnoux«, heißt es in den Entwürfen (siehe Wetherill, Anm. 390).

255 *Rue de Bréda:* Heute Rue Henri-Monnier, im 9. Arrondissement zwischen Place Pigalle und Notre-Dame-de-Lorette gelegen, war von Künstlern, Bohemiens, Modellen und leichten Mädchen bewohnt. In *Madame Bovary* bewegt die »Breda-Street« die Phantasie des Apothekers Homais (III, 6; S. 362).

256 *Marcantonio:* Marcantonio Raimondi (ca. 1475 – ca. 1534) war durch seine technische Perfektion und die große Zahl der von ihm hergestellten Kupferstiche ein Erneuerer der künstlerischen Reproduktion von Kunstwerken.

265 *Lebœuf und Milliet:* Louis-Martin Lebeuf und Jean Baptiste Gratien Milliet waren seit 1841 Eigentümer der 1797 gegründeten Porzellanmanufaktur in Creil, die um 1840 etwa 900 Arbeiter beschäftigte.

– *machten sich die Dorfhäuser breit:* Im Carnet 14 finden sich Notizen sowie Skizzen von Besuchen Flauberts in Creil und Montataire im April und Mai 1867, er hält viele topographische Einzelheiten fest, benennt aber auch einzelne Stücke wie zum Beispiel die »beweglichen Lettern für Ladenschilder« (siehe *Carnets de travail*, S. 397–399). Seiner Nichte Caroline schreibt er am 13. Mai: »Soeben komme ich aus Creil und Montataire, wo ich mir im Regen 2 Stunden Notizen gemacht habe. Schon zum dritten Mal unternehme ich diese Reise! / Gleich muss ich noch einmal raus, zum Jockey-Club, wegen Erkundigungen über die Pferderennen usw. usf.«

268 *Es gebe eine Kraft:* Dieselbe Verführungstechnik erprobt Rodolphe fast wortwörtlich bei Emma (*Madame Bovary* II, 8; S. 197 f.).

269 *Mischung der Masse:* Im Carnet 13 finden sich ausführliche Notizen zur Verarbeitung der Erden, zu Glasurtechniken oder auch zum Drehen, die Flaubert für dieses Kapitel bei Fabrikbesichtigungen Anfang Februar 1866 gesammelt hatte (siehe *Carnets de travail*, S. 331–333).

270 *Feuerpumpe:* Eine »pompe à feu« war eine mit Feuer und Dampfkraft betriebene (teilweise sogar fabrikartige) Pumpanlage zur Wasserversorgung.

– *Sénécal trat herein:* Die Dreierkonstellation Madame Arnoux, Frédéric, Sénécal erinnert an die Führung durch die Kathedrale von Rouen, die Emma und Léon mit dem Schweizer im 1. Kapitel des Dritten Teils von *Madame Bovary* absolvieren.

271 *und die Metalle:* Pyroskop: Gerät, um hohe Temperaturen, also die Glühhitze, zu messen; Herd: Feuerstelle im unteren Teil des Ofens; Engobe: keramische Überzugsmasse; Lüster: Glanzüberzug auf Ton- und Porzellanwaren; Metalle: Metalloxyde für die Farben zur Bemalung.

274 *nicht hochzukriegen:* Das französische Adjektiv »insoulevable« (soulever = hochheben, lüpfen) ist ein Neologismus, das Wort wirkte auf zeitgenössische Leser schockierend, ja geradezu anstößig, vor allem in Verbindung mit der »religiösen Scheu« des vorangehenden Satzes. Der Kritiker Saint-René Taillandier etwa schrieb in *La Revue des Deux Mondes* vom 15. Dezember 1869: »Die letzten Worte sind empörend, diese religiöse Scheu und dieses nicht hochzukriegende Kleid wirken wie eine Mischung aus Mystizismus und wirklich ekelerregender Geilheit; sie sind die genaue Übersetzung der zwielichtigen Gefühle, in denen die Phantasie des Erregten sich schmachtend und schamerfüllt wälzt.«

276 *Gleich zwei Flüssen:* Diesmal benutzt Rosanette dieselben Floskeln wie Rodolphe in *Madame Bovary* (II, 8; S. 198).

Kapitel IV

277 *Café Anglais:* Siehe Anm. zu S. 156.

279 *auf den Quai de la Conférence und den Quai de Billy:* Die Quais am rechten Seineufer, die von der Place de la Concorde zum Pont d'Iéna führen, heißen heute Cours la Reine, Cours Albert I und Avenue de New York (8. Arrondissement). Der Trocadéro-Hügel (heute 16. Arrondissement) war noch nicht bebaut, das Palais du Trocadéro wurde erst für die Weltausstellung 1878 errichtet und 1937 durch das Palais de Chaillot ersetzt.

– *Champ de Mars:* Das Marsfeld am linken Seineufer (heute 7. Arrondissement), im Ancien Régime und auch noch während der Restauration militärischer Exerzierplatz, wurde ab 1833 durch den Jockey-Club (siehe Anm. zu S. 85) zu einer Pferderennbahn umgebaut. Dieses Hippodrom wurde später durch die Rennbahnen im Bois de Boulogne (Longchamp) und in Chantilly abgelöst. Der Eiffelturm wurde erst für die Weltausstellung von 1889 am nordwestlichen Ende des Marsfelds errichtet. Flaubert legte für dieses Kapitel ein umfangreiches Dossier über den Jockey-Club an, dokumentierte sich bei Freunden und natürlich auch vor Ort: »Gleich muss ich noch einmal raus, zum Jockey-Club, wegen Erkundigungen über die Pferderennen usw. usf.« (13. Mai 1867 an seine Nichte Caroline). In der Beschreibung des Rennens ist an verschiedenen Stellen ein Artikel von Théophile Gautier über die »Courses au Champ-de-Mars« zu erkennen, der am 2. Mai 1847 in *La Presse* erschienen war und dem Flaubert zahlreiche Details entnahm, wie zum Beispiel den Namen des Siegers Clubstick.

– *große Blumenbeete:* »Sonnenschirme, Hüte, Fächer und Kleider der Frauen, die auf Verdecken sitzen, hoch oben auf Imperialen, auf Sitzbänken stehen, um aus größerer Ferne zu sehen, bilden entlang des Turfs, durch ihr leuchtendes und buntscheckiges Gefunkel, gleichsam eine unermessliche Tulpenrabatte«, heißt es bei Théophile Gautier.

– *Bou-Maza:* Mohammed ben Ouadah (ca. 1822–1879) war ein algerischer Scheich aus der Region Dahra, der sich im April 1847 nach zweijährigem Widerstand den französischen Kolonialbehörden ergeben hatte und nach Paris verbracht wurde, wo er am gesellschaftlichen Leben teilnahm und als Attraktion galt. In den Tagen der Februarrevolution 1848 gelang ihm die Flucht aus Paris.

– *Lakritzwasser:* »Coco«, eine Mischung aus Lakritze, Zitrone und Wasser, war in der zweiten Hälfte des 19. Jahrhunderts zu einem populären Getränk geworden, auch dank der zahlreichen ambulanten Verkäufer.

280 *Kabriolett Mylord:* Im Unterschied zum leichten zweirädrigen Kabriolett hatte die Mylord vier Räder, eine Sitzbank für zwei Personen hinten, mit beweglichem Verdeck, und einen erhöhten Bock vorne für den Kutscher. Ab 1869 wurde die Mylord, nun mit meist abnehmbarem Bock, auch Victoria-Kalesche oder Viktoria genannt.

281 *Was sollte sie hier suchen:* In den Entwürfen findet sich noch eine Erklärung: »tatsächlich hatte Madame Arnoux am

Vorabend (kurz nachdem Fr. gegangen war) einen anonymen Brief erhalten, geschrieben von der Vatnaz – er sagte, dass Arn. mit der Marschallin beim Pferderennen sein würde« (siehe Wetherill, Anm. 416).

– *zwölf Gläser Champagnerwein:* Hier hatte Flaubert zunächst »zwölf Gläser Champagner« geschrieben, dann aber Maxime Du Camps Korrektur befolgt (»*Champagnerwein* und nicht Champagner«); Rosanette allerdings darf das unfeine Wort »Champagner« gebrauchen (S. 283). Cisys Kapriole war offenbar eine »facétie à la mode«, ein modischer Ulk unter Dandys, wie Flaubert in den Entwürfen notierte (siehe Cento, S. 160).

282 *eine einzelne wurde aufgezogen:* Die Startnummer des siegreichen Pferdes natürlich, wie aus Gautiers Artikel hervorgeht.

283 *Ludwig XI. der Prostitution:* Warum ausgerechnet Ludwig XI.? König von 1461 bis 1483, trug der geschickte Diplomat den Beinamen »le Prudent«, der Vorsichtige, Kluge, Listige; seine Gegner, die ihn als hinterhältig betrachteten, verliehen ihm den Spitznamen »Universelle Araignée«, die Große Spinne.

– *eine Palatine:* Breiter Pelzkragen, der die Schultern bedeckte, fast schon eine Art kleiner Umhang, benannt nach Liselotte von der Pfalz, Schwägerin Ludwigs XIV., die dieses Kleidungsstück am französischen Hof populär machte. Aus leichteren Stoffen, pelzverbrämt oder pelzgefüttert, entwickelte sich die Palatine rasch zum modischen Accessoire, das kühne Dekolletees halbherzig kaschierte.

– *auf dem Kutschbock eines Breaks:* Ein offener, vierrädriger Wagen mit erhöhtem Fahrersitz oder -sitzbank über der Vorderachse und dahinter, meist tiefer gesetzt, zwei einander gegenüberliegenden Sitzbänken für vier bis acht Fahrgäste.

– *eines Escargots:* Ein niedriges Kabriolett.

284 *à la Daumont:* Siehe Anm. zu S. 53.

285 *Mackintoshs:* Gummierte, wasserdichte Regenmäntel, benannt nach ihrem Erfinder Charles Macintosh.

286 *Vor dem Außenministerium:* Von 1816 bis 1853 befand sich das Außenministerium in einem alten Stadtpalais am Boulevard des Capucines Nr. 37–43/Ecke Avenue des Capucines. Hier erlitt Stendhal auf der Straße, kurz nachdem er das Ministerium ver-

lassen hatte, am 22. März 1842 einen Schlaganfall, an dem er tags darauf starb.

– *Bains-Chinois:* Luxuriöse öffentliche Badeanstalt am Boulevard des Italiens Nr. 29/Ecke Rue de la Michaudière, mitsamt Restaurant, Café und Modegeschäft, die 1787–1853 existierte.

288 *Ozaï:* Eine Ballettpantomime von Casimir Gide (1804–1868), wurde am 26. April 1847 uraufgeführt.

– *Edgar Quinet und Mickiewicz:* Die Vorlesungen von Edgar Quinet (1803–1875), Adam Mickiewicz (1798–1855) und Jules Michelet (1798–1874) am Collège de France waren bei republikanisch und demokratisch gesinnten Studenten sehr beliebt, missfielen jedoch der Obrigkeit. Quinet, seit 1842 Lehrstuhlinhaber für südeuropäische Sprachen und Literatur, wurde Anfang 1847 wegen seiner Angriffe auf die Jesuiten und den Katholizismus abberufen. Der polnische Dichter Mickiewicz, seit 1840 Professor für Slawistik, war bereits 1845 wegen der Broschüre *L'Église officielle et le messianisme* abgesetzt worden. Der Historiker Michelet, seit 1838 Professor am Collège, verlor seinen Posten erst 1851 unter Napoleon III.

– *Monsieur de Maistre:* Den ultramontanen Joseph de Maistre (1753–1821) nennt Flaubert in Briefen auch »den widerwärtigen«, »den greulichen, den abscheulichen ›Mosieur de Maistre‹«, »diesen erbärmlichen Hanswurst« (3. Februar und 7. September 1873). Natürlich lesen Bouvard und Pécuchet ausgiebig De Maistre (Kap. IX), Zitate finden sich zuhauf im »Sottisier«.

– *Sainville:* Mit bürgerlichem Namen Etienne François Marie Morel (1805–1854), berühmt für sein groteskes Mienenspiel und seine derben Lachanfälle, brillierte im Théâtre du Palais-Royal vor allem als Banause, Einfaltspinsel oder Narr.

289 *die Speisekarte:* Flaubert besorgte sich im Frühsommer 1867 mit großem Aufwand eine Speisekarte des Café Anglais aus dem Jahre 47. In dem kleinen autobiographischen Text »Ball zu Ehren des Zaren« heißt es: »im Jockey-Club wegen des Buchs über die Rennen von 47 – im Café Anglais wegen einer Speisekarte von 47« (siehe Gustave Flaubert: *Leben und Werke des Paters Cruchard und andere unveröffentlichte Texte*, S. 21). Er dürfte die gewünschte Speisekarte nicht sofort bekommen haben, denn am 11. Juni bittet er seinen Freund Jules Duplan: »Tu mir bitte den Gefallen, geh in etwa acht Tagen ins Café Anglais und frage

den Chef des Etablissements nach der Speisekarte von 1847, die er M. G. F. versprochen hat.« Am 20. und 22. Juni erinnert er Duplan nochmals. Am 7. Juni 1867 war im Café Anglais das »Drei-Kaiser-Diner« für Napoleon III., Alexander II. und Wilhelm I. serviert worden, Flaubert selbst besuchte am 10. Juni den Ball zu Ehren der illustren Weltausstellungsbesucher in den Tuilerien, beobachtete, machte sich hinterher Notizen und nutzte den kurzen Paris-Aufenthalt für Recherchen.

– *Turban:* Kronenförmig aufgetürmte Fleischstücke oder Schalentiere oder auch Reis.

290 *à la Chambord:* Siehe Anm. zu S. 220.

– *Cisy verteidigte Baucher:* François Baucher (1796–1873) und Antoine Cartier Vicomte d'Aure (1799–1863) waren Meister der Pferdedressur, die miteinander rivalisierten und sich in ihren Methoden bekämpften. Am 25. Oktober 1853 schrieb Flaubert an Louise Colet: »Ich habe mich ganz allein abgerichtet, ein wenig nach der Baucher-Methode [...]. Das hat mir vielleicht schon sehr früh das Kreuz gebrochen.«

292 *Le Flambard:* Etwa »Das Großmaul«; siehe Anm. zu S. 159.

294 *einen Tizian zu malen:* Im Juni und dann noch einmal im September 1867 wandte sich Flaubert an den Maler Johanny Maisiat (1824–1910), mit dem er seit langem befreundet war, und bat ihn um Hilfe, das Porträt der Marschallin betreffend: »Erinnern Sie sich, Sie haben mir ausgezeichnete Erläuterungen geliefert über die Ängste, die ein Maler und Ästhetikant verspürt beim Anfertigen eines Porträts? Ich habe sie mir zunutze gemacht, so gut ich konnte. Was ich aber jetzt bräuchte, ist, dass Sie mir in Fachausdrücken die Beschreibung der schlechten Eigenschaften dieses Porträts geben [...]. Ich möchte mich ein wenig verbreiten über die alberne und jämmerliche Wirkung, die dieses Porträt bei jm. hervorruft, der sich auskennt. Wohlgemerkt, mein Künstler ist kein Esel.« Im zweiten Brief heißt es: »Mein alter Haudegen. Hier also mein Text. Er ist nach Ihren Erläuterungen gefertigt, die drei Seiten ausmachten & deren hier beigefügte Zusammenfassung mich unsägliche Mühe gekostet hat [...]. Pellerin offeriert Frédéric dieses Porträt (zu dem er, Frédéric, ihn angeregt hat), & das jetzt weder die Kokotte noch ihr Finanzier bezahlen will. Frédéric schert sich genauso wenig dar-

um & lässt den Künstler abblitzen. Der nun, um sich an besagtem Frédéric zu rächen, lässt es bei einem Händler am Boulevard ausstellen […]. Wie schaut das Bild aus. Ich weiß genau, warum es schlecht ist, aber ich weiß nicht wie. Ich möchte, dass der Leser es sieht, dass er die Malerei ein wenig berühren kann.« Diese beiden und noch zwei weitere Briefe an Maisiat finden sich nicht in der fünfbändigen *Correspondance*, sie sind erst im Herbst 2018 bei einer Versteigerung wieder aufgetaucht (siehe *Bulletin Flaubert* Nr. 200 vom 6. September 2018, https://flaubert.univ-rouen.fr/bulletin/bulle200.php). Maisiats ausführliche Antwort vom 14. September 1867 ist nachzulesen in einer Anmerkung zu Flauberts Brief vom 13. März 1869 an die Goncourts (*Correspondance* IV, 1057 ff.), darin schreibt er unter anderem: »Jetzt zum Porträt! Ich habe mich vergeblich bemüht, mir albernes Beiwerk auszudenken, vollkommene Sterilität, ich konnte mich nicht hineinversetzen in Ihre Idee; doch mir scheint, Sie brauchen dafür keinen Maler, das ist eine Sache, die Sie geträumt haben, Sie allein können ihr Wirklichkeit geben. / Was das Aussehen des Porträts angeht, das ist etwas anderes. Ich will versuchen, von den schlechten Bedingungen, unter denen es ersonnen und ausgeführt wurde, das schlechte Ergebnis herzuleiten.« Von Maisiats Vorschlägen findet sich vieles in dieser Passage wieder sowie in einer zweiten kurzen Beschreibung von Rosanettes verunglücktem Porträt (S. 362 f.). Nicht berücksichtigt hat Flaubert Maisiats Einwand: »›Anfangs hatte er beabsichtigt, einen Tizian zu malen.‹ (Wenn Sie einen Satz finden können, der diese Absicht weniger freiheraus gesteht, das wäre vielleicht besser, ein Künstler verzichtet nicht auf seine ganze Persönlichkeit, er will zwar einen Tizian malen, aber insgeheim denkt er, dass er ihn verbessert oder ihm zumindest seine Vorzüge klaut für sein *eigenes* Werk.)«

297 *Drouillard und Bénier:* Der Pariser Bankier Drouillard wurde am 17. Februar 1847 wegen Wahlbetrugs (Stimmenkauf) verurteilt. Bénier, Direktor der Manutention générale des vivres, einer zentralen Lebensmittelverwaltung der Armee, war im Mai 1845 gestorben und hatte ein riesiges Defizit hinterlassen. Bereits 1836 hatte ein Kassierer auf Veruntreuungen hingewiesen, doch Bénier wurde offensichtlich von oben geschützt. 1846 machte eine Untersuchung schließlich das ganze Ausmaß des Unterschleifs bekannt.

– *Kris:* Dolch mit langer, oft schlangenförmiger Klinge aus Südostasien, besonders in Malaysia, Indonesien und auf den Philippinen verbreitet.

– *Godefroy Cavaignac:* Der republikanische Journalist (*La Tribune*, *Le National*, *La Réforme*) Godefroy Cavaignac (1800–1845) war ein vehementer Gegner der Julimonarchie und wichtiges Mitglied der Société des Droits de l'Homme. Nach dem Aufstand vom 13./14. April 1834 lebte er zunächst auf der Flucht, dann im Gefängnis Sainte-Pélagie (siehe Anm. zu S. 355), aus dem er im Sommer 1835 ausbrach, und schließlich bis zur Amnestie 1840 im englischen Exil. Er starb am 5. Mai 1845 an einer Brustfellentzündung, seine republikanischen Freunde bereiteten ihm ein großes Begräbnis auf dem Cimetière de Montmartre. Der General Louis-Eugène Cavaignac war sein Bruder (siehe Anm. zu S. 454).

299 *York-Schinken in Tokay:* Es ist unwahrscheinlich, dass dieser »jambon d'York au tokai« mit ungarischem Tokajer zubereitet ist, es dürfte sich wohl eher um einen Elsässer Tokay handeln, also einen Pinot gris, vulgo Ruländer.

300 *Père et Portier:* Ein Vaudeville in zwei Akten von Antoine-François Varner und Jean-François Bayard, uraufgeführt im Mai 1847 am Théâtre du Palais-Royal.

– *huldige der Régence:* Siehe Anm. zu S. 84.

– *Savate:* Eine im 18. und frühen 19. Jahrhundert beliebte Kampfart, bei der nach vorgeschriebenen Regeln und Figuren dem Gegner Tritte (»savate« bedeutet: Pantoffel, Schlappen) verabreicht wurden. Ab Mitte des 19. Jahrhunderts ging Savate allmählich im französischen Boxen auf, bei dem Fußtritte und Faustschläge erlaubt sind. Zunächst in der Unter- und Halbwelt beheimatet, wurde Savate auch in der feineren Gesellschaft beliebt und sogar in Fechtschulen unterrichtet.

301 *Die Geheimnisse von Paris:* Roman von Eugène Sue, der 1842–1843 im *Journal des Débats* in Fortsetzungen erschien und rasch zu einem ungeheuren Erfolg wurde. Das 1. Kapitel heißt »Le tapis-franc« (Die Spelunke).

– *der beste von La Bruyères Charakteren:* Ein Coq de Bruyère ist ein Auerhahn. Jean de la Bruyère (1645–1696) wurde schon zu Lebzeiten berühmt durch ein einziges Werk: *Les Caractères de Théophraste, traduits du grec, avec Les Caractères ou les Mœurs de ce siècle* (1687); die rasch aufeinanderfolgenden Auflagen waren ergänzt um zahlreiche neue Charaktere.

303 *Sophie Arnoux:* Cisy verwechselt – unabsichtlich oder vorgespielt – Marie Arnoux mit der Schauspielerin und Sängerin Sophie Arnould (1740–1802), die mit Louis-Léon de Brancas, Herzog von Lauraguais, vier uneheliche Kinder hatte. Der Kritiker Cuvillier-Fleury wird in seinem Verriss des Romans (*Journal des Débats*, 14. Dezember 1869) immer von Madame Sophie Arnoux sprechen.

306 *à la La Fougère:* Wahrscheinlich meint Regimbart den Fechtmeister Louis Justin Lafaugère und seine im *Traité de l'art de faire des armes* (1820, erweitert 1825, 1837 und 1838) dargelegten Methoden.

307 *am Quai d'Orsay:* Alte Stadtpläne zeigen eine Kaserne zwischen Rue du Bac und der damals noch bis zum Quai reichenden Rue de Poitiers, also an der Stelle des heutigen Musée d'Orsay bzw. ehemaligen Bahnhofs Gare d'Orsay (7. Arrondissement), der am 14. Juli 1900 zur Weltausstellung eröffnet wurde.

308 *Tromblon:* Kurze Flinte mit trichterförmig erweiterter Mündung.

311 *Route de Madrid:* Ein Weg (heute Avenue du Mahatma Gandhi), der zum ehemaligen Schloss Madrid führte, von dem in den 1840er Jahren nur noch kärgliche Ruinen übrig waren. Das S. 315 erwähnte Restaurant benannte sich nach ihm. Einst am nordwestlichen Rand des Bois de Boulogne im heutigen Neuilly-sur-Seine gelegen, erinnert nur noch die Porte de Madrid an diese königliche Residenz aus dem 16. Jahrhundert.

312 *Mauern von Bagatelle:* Die Croix Catelan ist ein Wegkreuz auf dem Pré Catelan, einer großen »Wiese« in der Mitte des Bois, an der Kreuzung von Route de Suresnes und Route des Lacs à Bagatelle. Bagatelle ist eine Parkanlage mit kleinem Schloss innerhalb des Bois, in seinem nordwestlichen Teil.

313 *er fiel auf den Rücken, ohnmächtig:* In *Madame Bovary* berichtet Emmas zukünftiger Liebhaber Rodolphe von einer ähnlichen Szene: »Zudem gibt es Leute, die sehr empfindlich sind. Ich habe bei einem Duell gesehen, wie einem Sekundanten schon beim Klicken der Pistolen, die geladen wurden, die Sinne schwanden« (II, 7; S. 174). In einem Brief an Louise Colet vom 22. September 1853 berichtet Flaubert von dem Schriftsteller

Joseph-François Soubiranne: »Dieser Soubiranne ist einst *umgekippt* beim Duell, vor einem meiner Freunde«. Diesen Ausdruck wird Flaubert in Kapitel III, 2 wieder verwenden, wenn er Arnoux über Cisy sagen lässt: »Il a *calé* devant Frédéric / Er ist *umgekippt* vor Frédéric«.

315 *Compain:* In den Entwürfen fragte sich Flaubert: »Es müsste Arnoux sein, der das Duell beendet? woher weiß er davon? durch Regimbart?« (siehe Gothot-Mersch, Anm. 166).

316 *Thiers, Dulaure, Barante, die Girondisten von Lamartine:* Adolphe Thiers (siehe Anm. zu S. 221) hatte zu diesem Zeitpunkt, also Frühsommer 1847, bereits eine stattliche Liste von Veröffentlichungen, darunter eine zehnbändige *Histoire de la Révolution* (1823–1827) und eine 1845 begonnene *Histoire du Consulat et de l'Empire*, die bis 1862 auf zwanzig Bände anwuchs. – Jacques-Antoine Dulaure (1755–1835), ab 1792 Mitglied des Nationalkonvents und 1795–1799 im Rat der Fünfhundert, hatte eine immer wieder neu aufgelegte *Histoire civile, physique et morale de Paris* (1821) geschrieben. – Prosper de Barante (1782–1866), unter der Julimonarchie zunächst Botschafter in Turin, dann in Sankt Petersburg, hatte eine sehr erfolgreiche dreizehnbändige *Histoire des ducs de Bourgogne* (1824) verfasst, die ihn 1828 auf den Fauteuil Nr. 33 der Académie française brachte. – *L'Histoire des Girondins* des Dichters Alphonse de Lamartine (1790–1869), seit 1829 Mitglied der Académie française auf dem Fauteuil Nr. 7 und seit 1833 Abgeordneter, war brandneu. Die achtbändige Geschichte der Girondisten erschien zwischen 20. März und 12. Juni 1847, richtete sich in gezielt politischer Absicht an ein breites Publikum und wurde zu einem der größten Buchhandelserfolge des 19. Jahrhunderts. Lamartines in der zweiten Jahrhunderthälfte stark kritisiertes Werk hatte einen erheblichen Einfluss auf die Ereignisse vom Februar 1848.

317 *Chalier:* Marie-Joseph Chalier (1747–1793), ein Jakobiner, der in Lyon von den Girondisten zum Tode verurteilt und am 17. Juli 1793 guillotiniert wurde, während zur gleichen Zeit in Paris die Girondisten aufs Schafott stiegen.

– *Société des Familles:* Ein republikanischer Geheimbund (Familien = revolutionäre Zellen), der von Armand Barbès, Auguste Blanqui und Martin Bernard geleitet wurde. 1836 verboten, hatte sich dieser Bund umbenannt in Société des Saisons. Am

12. Mai 1839 hatte die Société des Saisons einen Aufstand gegen Louis-Philippe angezettelt, der jedoch rasch niedergeschlagen wurde; siehe Anm. zu S. 221.

– *Alibaud:* Louis Alibaud schoss am 25. Juni 1836 zwischen Louvre und Pont du Carrousel auf den aus seiner Kutsche grüßenden Louis-Philippe, einer der zahlreichen Anschläge auf den Bürgerkönig. Alibaud wurde zum Tode verurteilt und am 11. Juli hingerichtet.

– *Brandbombenkomplott:* Im Oktober 1847 wurden einundzwanzig Personen angeklagt, Geschosse und Bomben hergestellt zu haben; nach der inneren Chronologie befinden wir uns jedoch erst im Mai/Juni 1847.

– *Rue Transnonain:* Das Massaker in der Rue Transnonain (heute ein Teil der Rue Beaubourg) am 14. April 1834 gehört zu den traumatischen Ereignissen der Julimonarchie. Am 13. April waren nach Protesten in Lyon gegen eine geplante Verschärfung des Vereinsgesetzes auch in Paris Unruhen ausgebrochen, die von der Armee schon am nächsten Tag niedergeschlagen wurden. Dabei kam es spätabends in der Rue Transnonain vor dem Haus Nr. 12 zu einem schrecklichen Zwischenfall: Soldaten glaubten, von einem Fenster beschossen zu werden, drangen in das Haus ein und ermordeten auf grausame Weise zwölf Bewohner, darunter Frauen, Kinder, Alte. In wacher Erinnerung gehalten wurde dieses Massaker durch Honoré Daumiers rasch berühmt gewordene Lithographie: eine Darstellung von Niedergemetzelten im Nachthemd neben ihrem Bett.

318 *Die Pairs:* Die Chambre des Pairs, also das Oberhaus des Parlaments, mit ihrer Cour des Pairs.

– *Austen:* Austen und Steuben waren führende Mitglieder der Société des Saisons und saßen nach dem niedergeschlagenen Aufstand vom 12. Mai 1839 im Staatsgefängnis Mont-Saint-Michel, wie auch Barbès.

– *Barbès:* Zu Armand Barbès siehe Anm. zu S. 196 und S. 431. Am 24. September 1867 schrieb Flaubert an George Sand: »Ich lese folgendes in meinen Notizen: ›*National* von 1841. Barbès zugefügte Misshandlungen, Fußtritte gegen die Brust, man schleift ihn an Bart und Haaren, als er in ein Verlies überführt wird. – Gutachten von Anwälten, unterzeichnet: E. Arago, Favre, Berryer, um gegen diese Schändlichkeiten zu protestieren.‹ / Erkundigen Sie sich bei ihm, ob das alles richtig ist. Ich wäre Ihnen sehr dankbar.« Der von Flaubert erwähnte Bericht war am 12. November 1841 in *Le National* erschienen. George Sand antwortete postwendend am 1. Oktober: »Du bekommst Deine Auskunft. Ich habe gestern abend Peyrat gefragt, ich schreibe heute an Barbès, er wird Dir direkt antworten.« Was auch geschah, siehe Nachwort S. 619 ff.

319 *Carpentras:* Stadt im Südosten Frankreichs, die als dümmste Stadt Frankreichs galt, seit sie in der Satirezeitschrift *Le Charivari* regelmäßig verspottet wurde – wie zum Beispiel in Daumiers Karikatur »Fesant les Délices du public de Carpentras«, die ein übertrieben gestikulierendes Sängerpaar zeigt.

– *im Funambules:* Das *Théâtre des Funambules* am einstigen Boulevard du Temple bestand von 1816 bis 1862 und war ab 1830 äußerst beliebt, was einerseits an dem Pantomimen Jean-Gaspard Deburau und dem Schauspieler Frédérick Lemaître lag und andererseits an Théophile Gautier, der seine Freunde Gérard de Nerval, Charles Nodier, Balzac und den Kritiker Jules Janin vom Reiz dieser kleinen Boulevardbühne überzeugt hatte. Marcel Carné ließ das längst abgerissene *Funambules* mitsamt dem dazugehörigen Straßenzug für *Die Kinder des Olymp* (1945) als Kulisse nachbauen. – Zum *Théâtre des Délassements-Comiques* und Hussonnets eigenen Ambitionen siehe S. 123 und S. 171.

– *ohne Sinn und Verstand:* »Un jeune homme du collège de Sens et qui *en* [= sens] manque.« Ein typisch französisches Wortspiel mit Homonymen: Sens (die Stadt) – sens (Sinn und Verstand).

320 *wie Basilio sagt:* In Beaumarchais' *Barbier von Sevilla* (III, 11).

322 *Monsieur Grandin:* Victor Grandin, Textilunternehmer, von 1839 bis 1848 Abgeordneter des Departements Seine-Inférieure (heute Seine-Maritime) mit der Haupstadt Rouen. Er tat sich 1841 als scharfer Gegner eines Gesetzes hervor, das die Kinderarbeit einschränkte; Daumier karikierte ihn. – Denis Benoist d'Azy, Industrieller, von 1841 bis 1848 Abgeordneter des Departements Nièvre für die Legitimisten.

– *Die dritte Partei:* Die dritte Gruppierung innerhalb der Regierungsmehrheit, zwischen linker Mitte (»centre gauche«) um

Adolphe Thiers und rechter Mitte (»centre droit«) um François Guizot.

– *Nachfolge Christi: De imitatione Christi* von Thomas a Kempis, ca. 1418 anonym erschienen.

– *Saint-François:* Die Société Saint-François-Xavier war eine 1840 gegründete katholische Hilfsorganisation, die Unterricht, aber auch Zerstreuung für Arbeiter anbot.

323 *Comte d'Artois:* Der Bruder von Ludwig XVI. und spätere König Karl X. (1824–1830) hatte die Jahre der Revolution und des Kaiserreichs im englischen Exil verbracht.

– *um den Pauperismus:* Also um ein viel und scharf diskutiertes Thema der Zeit. Louis-Napoléon Bonaparte hatte 1844 ein von saint-simonistischen Ideen beeinflusstes Werk mit dem Titel *De l'extinction du paupérisme* veröffentlicht, geschrieben auf der Festung Ham, wo er nach dem Putschversuch vom 6. August 1840 bis zu seiner Flucht am 25. Mai 1846 inhaftiert war.

326 *Desolmes, Blackstone:* Wer Desolmes war, ist ungeklärt; manche französische Ausgaben bezeichnen ihn als Rechtsgelehrten und Übersetzer von William Blackstone (1723–1780), den englischen Juristen, Richter, Professor in Oxford und ab 1761 Abgeordneten im House of Commons, bekannt für seine *Commentaries on the Laws of England* (1765–1769). – *Bill of Rights* vom 23. Oktober 1689 ist ein Gesetz, das die Rechte des englischen Parlaments gegenüber dem Königtum festlegte. – Artikel 2 der französischen Verfassung von 1791 besagt: »Der Zweck jeder politischen Vereinigung ist die Bewahrung der naturgegebenen und unantastbaren Rechte des Menschen. Diese Rechte sind Freiheit, Eigentum, Sicherheit, Widerstand gegen Unterdrückung.«

– *Charta:* Die konstitutionelle Charta von 1830, eine revidierte Fassung der Charta von 1814.

327 *Carbonaro:* Nach dem Vorbild des italienischen Geheimbunds der Carboneria entwickelte sich im Frankreich der Restauration die Charbonnerie mit dem Ziel, die Bourbonen vom Thron zu vertreiben. Nach der Revolution von 1830 folgten viele Carbonari dem Bürgerkönig Louis-Philippe.

– *den Geschäften schadet:* »GESCHÄFTE (die) Kommen vor allem andern. / Eine Frau sollte von den ihren tunlichst nicht reden. / Sind das Allerwichtigste im Leben. / ›Darum geht's!‹« (*Wörterbuch der Gemeinplätze*)

329 *Trughändler:* Französisch »stellionataire« bezeichnet jemanden, der in betrügerischer Absicht ein und dieselbe Sache an mehrere Personen verkauft bzw. ein und dasselbe Grundstück mehrmals hypothekarisch belastet.

330 *Nord-Aktien:* »Lieber Alter, / ich weiß nicht, ob Du noch lebst, aber da ich Dich um einen Gefallen bitte, hoffe ich, Du lässt von Dir hören. Es geht um folgende Sache; sie betrifft mein Buch«, schrieb Flaubert zur Jahreswende 1866/67 an seinen Freund Ernest Feydeau, seines Zeichens Schriftsteller und Börsenmakler. »Mein Held Frédéric hegt den berechtigten Wunsch, mehr Geld in der Tasche zu haben, und spielt an der Börse, gewinnt ein bisschen, verliert dann alles, 50 bis 60 000 Franc. Er ist ein junger Bürger, völlig ahnungslos in solchen Dingen und weiß nicht, was es mit den 3% auf sich hat. Das alles spielt im Sommer 1847. / Also, auf welche Wertpapiere wurde zwischen Mai und Ende August bevorzugt spekuliert? / Also, meine Geschichte besteht aus drei Teilen: / 1. Frédéric geht zu einem Makler, bringt ihm sein Geld und entschließt sich für das, wozu der Makler ihm rät. Läuft das im allgemeinen so? / 2. Er gewinnt. Aber wie? und wieviel? / 3. Er verliert alles. Wie? und warum? / Es wäre sehr liebenswürdig, wenn Du mir diese Auskunft schicktest, die in meinem Buch nicht mehr als 6 oder 7 Zeilen einnehmen soll. Aber erkläre mir alles deutlich und wahrheitsgemäß. / Achte auf die Zeit, wir sind im Jahr 1847, im Sommer der Affären Praslin und Teste. / Und sag mir bei der Gelegenheit auch, was Du so tust und treibst.« (Zu den Affären Praslin und Teste siehe S. 359.) Zur Rekapitulation: In der 1. Maiwoche trägt Frédéric 87 000 Franc zu einem Börsenmakler (S. 297), der für ihn 2000 Stück Nord-Aktien kauft. Ende Juni sind diese Aktien um 15 Franc gestiegen, und Frédéric macht einen Gewinn von 30 000 Franc (S. 320). Ende Juli fällt der Kurs stark, und Frédéric verliert nun auf einen Schlag 60 000 Franc. Ernest Feydeaus Antwort ist nicht erhalten. Lange Zeit galt Flauberts Bitte um Auskunft in der Aktien-Angelegenheit als Beleg für sein skrupulöses Recherchieren von Fakten. Alberto Cento (siehe S. 162 ff.) ist den Börsenspekulationen Frédérics auf den Grund gegangen: Die Actions du Nord hat es tatsächlich gegeben, und ihr Kursverfall von 800 Franc im Jahr 1846 auf 580 Franc Ende Juni 1847 und sogar auf 528 Franc Mitte August 1847 führte in der französischen

Presse zu allerlei Spekulationen. Und so weist Cento nach, dass Frédéric 1. mit seinen 87 000 Franc keine 2000 Nord-Aktien hätte kaufen können, für ein solches Paket wären Anfang Mai annähernd 1 300 000 Franc nötig gewesen. Folglich konnte er 2. auch keine 30 000 Franc Gewinn mit einer Kurssteigerung von 15 Franc je Aktie erzielen, denn mit seinem Budget konnte er sich gerade einmal etwas über hundert Aktien leisten. Von Anfang Mai bis Juli war 3. sowieso überhaupt kein Gewinn möglich, denn in dieser Periode fielen die Nord-Aktien beständig. Und schließlich konnte er 4. keine hohe Summe verlieren, denn die Nord-Aktie fiel im inkriminierten Zeitraum von 610–620 auf 560 Franc je Stück. Fazit: Wenn die Geschichte es erfordert, pfeift Flaubert auf Realismus und Fakten.

– *den Löwen:* Ein »lion« war laut TLF »ein junger Dandy, der in Luxus und Müßiggang lebt«.

Kapitel V

333 *Forderungsabtretung:* Übertragung einer Forderung von dem bisherigen Gläubiger per Vertrag auf einen neuen Gläubiger.

– *mit Basane überzogenen Fauteuil:* Kleine Unaufmerksamkeit Flauberts? Auf S. 244 ist Deslauriers' Schreibtisch mit Basane überzogen, die Fauteuils hingegen sind aus grünem Samt. Aber vielleicht besitzt der Advokat ja auch noch einen schafsledernen Fauteuil.

334 *betörte:* Zu Flauberts Verwendung von »éblouir/éblouissement« siehe Anm. zu S. 13 »in dem Gleißen«.

338 *Don Quijote:* Flaubert besaß eine stark gekürzte Ausgabe von 1828 mit 34 Gravüren, die nach dem Tod seiner Nichte Caroline Franklin-Grout 1931 in Antibes verkauft wurde. Der gerade einmal Zehnjährige schrieb am 15. Januar 1832 seinem Freund Ernest Chevalier: »Ich mache mir Notizen über *Don Quijote* und Monsieur Mignot sagt, dassie [sic!] sehr gut sind.« Louise Colet gestand er zwanzig Jahre später: »Ich finde all meine Ursprünge in dem Buch, das ich auswendig konnte, bevor ich lesen konnte, *Don Quijote*« (19. Juni 1852). Und am 26. März 1861 erklärte er wiederum Ernest Chevalier: »Obwohl wir uns selten sehen,

mein lieber Ernest, und wir im Leben zwei verschiedene Wege gegangen sind, denke ich sehr oft an Dich, an Deinen Großvater Mignot, der mir *Don Quijote* vorlas«.

340 *in der Zeit des Direktoriums:* Von Oktober 1795 bis zum Staatsstreich Napoleons am 9. November 1799. Eine *Folie* ist eine Art Lustschlösschen.

Kapitel VI

350 *Magots:* Groteske chinesische Porzellanfiguren, oft ein im Schneidersitz hockender lachender Mann mit Bauch.

– *Rosanette erschien:* Rosanettes Aufzug erinnert stark an Kuchiuk-Hanem, jene Almeh aus Esneh, der Flaubert im Frühjahr 1850 während seiner Orientreise begegnete und die ihn tief beeindruckte; siehe *Voyage en Orient*, *Œuvres complètes, tome II (1845–1851)*, S. 659 f., und *Drei Geschichten*, S. 264 ff.

351 *Tombak:* Ein Wasserpfeifentabak, der mit Aromen versetzt werden kann, aber natürlich auch mit Haschisch oder Opium.

355 *Sainte-Pélagie:* Pariser Gefängnis in der Rue du Puits-de-l'Ermite (heute 5. Arrondissement), im 17. Jahrhundert zunächst für »liederliche Mädchen und Frauen« eingerichtet, im 19. Jahrhundert vor allem mit Oppositionellen gefüllt, 1899 abgerissen. Zu den berühmten Insassen zählten der Dichter Béranger, der Karikaturist Daumier, Politiker und Journalisten wie Saint-Simon, Auguste Blanqui oder Godefroy Cavaignac.

356 *Weinkontor – Anzeigenvermittlung:* Siehe Anm. zu S. 159.

– *Kokosnuss:* Die Kokosnuss ist bei Flaubert ein »objet reçu« und charakterisiert ihren Besitzer. Gleich zu Beginn von *Bouvard et Pécuchet* wird Flaubert bei der Beschreibung von Pécuchets Wohnung neben den Büchern die Kokosnuss erwähnen, Pécuchet besitzt derer sogar zwei.

– *Lachambeaudie:* Pierre Lachambeaudie (1806–1872), ein Anhänger Saint-Simons, veröffentlichte 1839 seine *Fables populaires*, die 1844 mit einem vorangestellten Brief von Béranger neu erschienen. Bekannt wurde Lachambeaudie in den 1840er Jahren auch als Mitglied der sogenannten Goguettes, das waren Sänger-Gesellschaften, die sich in Kneipen trafen und bevorzugt politische Lieder vortrugen. An der Seite Blanquis engagierte er sich für die Republik und war an der Februarrevolution 1848 beteiligt.

– *Norvins:* Jacques Marquet de Montbreton, Baron de Norvins (1769–1854), Politiker und Schriftsteller, der sich nach dem Staatsstreich vom 18. Brumaire Napoleon anschloss. Seine 1827 veröffentlichte *Histoire de Napoléon* hatte sofort großen Erfolg und stand am Anfang des allmählich einsetzenden Napoleonkults.

357 *die Reformbanketts:* Am 9. Juli 1847 gab es in Paris das erste Bankett zugunsten der Wahlrechtsreform (siehe Anm. zu S. 43). In der zweiten Jahreshälfte mehrten sich diese Reformbanketts, an denen nur Personen teilnehmen durften, die nach den strengen Zensusbestimmungen wahlberechtigt waren, und verbreiteten sich über ganz Frankreich; bis Februar 1848 fanden insgesamt rund 70 solche Versammlungen statt. »Ich habe letzthin doch etwas Schönes gesehen, und ich bin noch ganz beherrscht von dem grotesken und zugleich jämmerlichen Eindruck, den dieses Schauspiel bei mir hinterlassen hat. – Ich war bei einem Reformbankett!« schrieb Flaubert Ende Dezember 1847 an Louise Colet. »Was für ein Geschmack! was für eine Küche! was für Weine! und was für Reden! […] Und nach dieser neunstündigen Sitzung vor kaltem Puter und Spanferkel und in Gesellschaft meines Schlossers, der mir bei den schönen Stellen auf die Schulter klopfte, bin ich durchgefroren bis ins Mark nach Hause gegangen.« Dieses Bankett hatte am 25. Dezember 1847 in Rouen stattgefunden, unter Vorsitz von Maître Sénard, Flauberts zukünftigem Verteidiger im Prozess um *Madame Bovary*. Maxime Du Camp beschreibt in seinen *Souvenirs de l'année 1848* von 1876 dasselbe Bankett: »Ich war damals in dieser Stadt [Rouen] mit zwei Freunden aus meiner Kindheit, die heute berühmt sind, Gustave Flaubert und Louis Bouilheit. […] Die Creme der Opposition thronte an einem besonderen Tisch; alle aufgewiegelten Handlungsreisenden hatten sich verabredet in der sogenannten ›Hauptstadt der üppigen Normandie‹. Zugegen waren die Herren Odilon Barrot, Duvergnier de Hauranne, Crémieux, Drouyn de Lhuys, Journalisten, unter anderen Degouve-Denuncques, ein paar Advokaten aus der Gegend und drei heute völlig vergessene Abgeordnete der Seine-Inférieure: die Herren

Desjobert, Ch. Levavasseur und Lefort-Gonssolin. Der Saal war riesig, voll und beflaggt mit Trikoloren. Eine Tribüne war aufgestellt, an der die Redner nacheinander erschienen, sobald man eine ausreichende Portion Kalb und Spanferkel gegessen hatte. Das Fleisch war nicht sonderlich schmackhaft; die Wortkunst ebenso wenig.« (S. 40 ff.)

– *Piemont, Neapel, Toskana:* Ende 47/Anfang 48 brodelte es überall in den italienischen Kleinstaaten, die jeweiligen Herrscher versuchten durch Zugeständnisse und Reformen die Aufstände einzudämmen.

– *die Anerkennung Louis-Philippes:* Sénécals Rede ist wirr und von Anglophobie durchtränkt, das Verhältnis zu England hatte sich erst nach den »spanischen Hochzeiten« (siehe Anm. zu S. 194) verschlechtert, Louis-Philippe war von England umstandslos anerkannt worden.

– *die Verträge von 1815:* Der »Österreicher« ist Kaiser Ferdinand I. aus dem Hause Habsburg-Lothringen; Frankreich und Österreich unterstützten erfolglos im Sonderbundskrieg (3. bis 29. November 1847) die sieben katholischen Kantone, die Einmischungen eines liberal regierten Bundesstaates in ihre Souveränität befürchteten und sich deshalb auf die Einhaltung des Bundesvertrags von 1815 beriefen. Durch die Bundesverfassung vom 12. September 1848 wurde der Staatenbund zum schweizerischen Bundesstaat.

– *Preußen mit seinem Zollverein:* Der Deutsche Zollverein war mit 1. Januar 1834 in Kraft getreten, erweiterte sich aber beständig; die preußische Dominanz und der Machtzuwachs des Deutschen Bundes weckten in Frankreich Argwohn.

– *Die Orientfrage:* Der Krieg zwischen dem von Frankreich unterstützten Ägypten und der Türkei war zwar beigelegt worden, der am 13. Juli 1841 in London von den Großmächten Russland, Frankreich, Großbritannien, Österreich und Preußen mit dem Osmanischen Reich geschlossene Meerengenvertrag erlaubte jedoch, dass die Türkei weiterhin die Durchfahrt von Kriegsschiffen durch den Bosporus und die Dardanellen kontrollierte.

– *Großfürst Konstantin:* Großfürst Konstantin war der zweite Sohn des russischen Zaren Nikolaus I. und Monsieur d'Aumale der vierte Sohn von Louis-Philippe.

– *nach dem bekannten Wort:* Am 27. April 1847 hatte der Abgeordnete Bernard Desmousseaux de Givré eine Rede in der Kammer mit den Worten beendet: »Was haben wir seit 1840 gemacht? Nichts! nichts! nichts!« Die Presse verbreitete dieses »Nichts! nichts! nichts!« und machte es zu einer geläufigen Redensart (siehe Cento, S. 166 f.).

– *erklären sie sich für zufrieden:* Der Abgeordnete und Journalist (Gründer der Zeitung *La Presse*, siehe S. 425) Émile de Girardin (1802–1881) hatte Guizot und sein Kabinett lautstark der Korruption bezichtigt, der Minister musste sich rechtfertigen, und die Abgeordnetenkammer erklärte sich »zufrieden mit den von der Regierung gegebenen Erläuterungen« (siehe Gothot-Mersch, Anm. 200).

358 *die zwei Wachposten von Marschall Soult:* Jean-de-Dieu Soult (1769–1851), seit 1804 Maréchal d'Empire und seit 1820 Maréchal de France, bis 1846 Kriegsminister und bis 1847 Kabinettschef, hatte zu seinem persönlichen Schutz zwei Wachposten vor dem Wohnhaus stehen. Nach seinem Rückzug aus der Regierung wurde er vom König am 26. September 1847 mit dem Ehrentitel Maréchal général des camps et armées du roi ausgezeichnet. Am 27. Oktober und am 1. November berichtete *Le Charivari* sowie am 5. Oktober und 6. November *La Mode* von den skandalösen zwei »factionnaires«, was sich wiederum Flaubert feinsäuberlich notierte (siehe Cento, S. 103 und S. 167 f.). Für das zweite Halbjahr 1847 hatte er anhand verschiedener Zeitungen eine Liste mit aktuellen Meldungen zusammengestellt, die er in diesem 6. Kapitel verwenden wollte; die einzelnen Nachrichten legte er zum Teil wortwörtlich seinen Figuren in den Mund.

– *die Jesuiten:* Die Gesellschaft Jesu war 1845 offiziell des Landes verwiesen worden. In den Entwürfen findet sich mit Hinweis auf *Le Charivari* von 1847 der Satz: »Die Jesuiten haben sich unlängst ganz öffentlich in Lille niedergelassen« (siehe Cento, S. 103 und S. 168).

– *Monsieur Cousin:* Das *Wörterbuch der Gemeinplätze* sagt: »EKLEKTIZISMUS Angst, sich zu kompromittieren. / Eklektiker sein befreit einen davon, seine Meinung über die Dinge dieser Welt kundzutun. / Gegen den Eklektizismus wettern – als unmoralische Philosophie – und gegen Cousin.« Der Philosoph und Politiker Victor Cousin (siehe Anm. zu S. 24), Pair de France,

Mitglied verschiedener Akademien, seit 1830 auch der Académie française, und erfolgreicher Universitätsgelehrter war eine Persönlichkeit von großem Einfluss und einstmals Liebhaber von Louise Colet, er galt als Vater ihrer 1840 geborenen Tochter.

– *Der königliche Wagen:* Der Einwurf des Weinvertreters stammt fast wortgetreu aus einer Meldung in *Le Charivari* vom 18. August 1847 (siehe Cento, S. 169).

– *Duc de Montpensier:* Louis-Philippes jüngster Sohn, Antoine d'Orléans (1824–1890), der am 10. Oktober 1846 die vierzehnjährige Schwester der spanischen Königin geheiratet hatte (siehe Anm. zu S. 194). Die hier berichteten Vorfälle hatte Flaubert den Zeitungen *La Réforme* und *La Démocratie pacifique* vom Sommer 1847 entnommen (siehe Cento, S. 103 ff.).

359 *Teste-Cubières-Prozess:* Eine der aufsehenerregendsten Korruptionsaffären der Julimonarchie. Die Cour des Pairs verhängte am 17. Juli 1847 hohe Strafen gegen einen ehemaligen Kriegsminister und einen am Vorabend des Prozesses zurückgetretenen Minister. Der General Despans-Cubières (1786–1853) hatte 1843 dem Minister für Öffentliche Bauvorhaben, Jean-Baptiste Teste (1780–1852), annähernd 100 000 Franc Schmiergeld bezahlt für Genehmigungen zum Abbau von Steinkohle und Salz in Gouhenans (Departement Haute-Saône).

– *Duchesse de Praslin:* Die vierzigjährige Herzogin wurde in der Nacht vom 17. auf den 18. August 1847 in ihrem Schlafzimmer nach einem verzweifelten Kampf bestialisch erstochen, höchstwahrscheinlich von ihrem Gatten, Charles de Choiseul-Praslin, Pair de France. Der Herzog starb am 24. August im Gefängnis, er hatte laut Gerichtsakten wenige Stunden nach der Tat Arsen geschluckt. Alle Beweise sprachen gegen ihn, gestanden hatte er die Tat jedoch nicht. Laut Gerüchten soll unter dem Kopfkissen der Herzogin ein erotisches Buch gefunden worden sein. Zeitgenossen beschrieben sie als Nymphomanin und zugleich maßlos eifersüchtige Ehefrau. Nach anderen Quellen habe die Herzogin, wegen einer Affäre des Herzogs mit der Erzieherin ihrer Kinder, mit Trennung gedroht. Alle Zeitungen beschäftigten sich mit der Bluttat, verbreiteten Details und spekulierten über Hintergründe, auch Flaubert tauschte sich im August/September 1847 mit Louise Colet über Einzelheiten aus: »Du fragst mich, ob ich die Praslin-Affäre gelesen habe. – In Bruchstücken. Das ist immer noch weniger ordinär als die anderen *Skandale*, so heißt das nun mal. Und das ganze hat mir gefallen, und zwar insofern, als ich gesehen habe, dass der Mensch noch nicht tot ist und das Tier, trotz der Kleider, die man ihm anlegt, der Käfige, in das man es steckt, und der Gedanken, mit denen man es vollstopft, immer noch da ist mit seinen alten angeborenen Trieben: Niedertracht und Blut.« (29. August 1847)

– *im Theater von Dumas:* Das Théâtre-Historique am Boulevard du Temple Nr. 72 war erst 1846 auf Anregung von Alexandre Dumas d. Ä. gegründet und am 20. Februar 1847 eingeweiht worden; viele nannten es einfach Théâtre-Dumas. Hier wurde *Le Chevalier de Maison-Rouge*, nach dem gleichnamigen Roman von A. Dumas, eine Revolutionsschmonzette, die 1793 spielt, am 3. August 1847 uraufgeführt und entwickelte sich rasch zu einem Publikumsmagneten.

– *Errichtung der besten aller Republiken:* Die Verbindung von parlamentarischer Monarchie und Bürgerkönig galt 1830 vielen als »beste aller Republiken«. – Deslauriers Informationen stammen aus *Le Corsaire* und *Le Charivari*, Flaubert verzeichnete sie in seiner Liste mit dem Vermerk: »Desl. bringt diese Notizen mit und liest sie vor« (siehe Cento, S. 103 f. und S. 171).

360 *La Démocratie pacifique:* Eine von Victor Considérant gegründete Zeitung mit dem Untertitel *Journal des intérêts des gouvernements et des peuples*, die zwischen 1843 und 1851 erschien und Fourier nahestand. Sie gehörte zu den wegen der Praslin-Affäre beschlagnahmten Blättern: Ihr Leitartikel vom 22. August 1847 (»Une société qui tombe«) kritisierte im Zusammenhang mit dem Skandal auch die Regierung; im darauffolgenden Prozess wurde sie jedoch freigesprochen. Verurteilt hingegen wurde *La Démocratie pacifique* im Juli 1847 wegen des Abdrucks von dem Roman *La Part des Femmes*; dem Autor Antony Méray und dem verantwortlichen Herausgeber François Cantagrel wurde »Verstoß gegen die öffentliche Moral« zur Last gelegt. Inkriminiert war das Feuilleton vom 30. Juni, in diesem Kapitel schließt ein junger Provinzler nähere Bekanntschaft mit einer Pariser Lorette. *La Part des Femmes* erschien vom 27. Mai bis zum 14. August, mit einer längeren Unterbrechung im Juli wegen des Prozesses. Der Romantitel hieße auf Deutsch etwa:

»Den Frauen Rechnung tragen«, »Die Frauen, wie sie sind«, »Den Frauen ihr Teil geben« – Hussonnets Kalauer basiert auf dem Verständnis von »part« als: Teil von/Anteil an/Anspruch auf.

– *Lobgesang auf Pius IX.:* Giovanni Maria Mastai-Ferretti war seit dem 16. Juni 1846 Papst, er begann sein Pontifikat mit einer Reihe liberaler Reformen, darunter eine Ausweitung der Pressefreiheit. Unmittelbar nach seiner Wahl hatte er eine Generalamnestie für politische Gefangene verkündet. – Das Rauchverbot entstammt einer Nachricht in *Le Corsaire* vom 22. April 1847; aus *Le Charivari* vom 2. Oktober 1847 hatte Flaubert sich notiert: »Der Präfekt *verhindert*, dass im Jardin des Fleurs die Hymne auf Pius IX. gesungen wird« (siehe Cento S. 104 und S. 172).

– *Bankett der Typographen:* Am 10. September 1847 verbot die Regierung das Reformbankett der Typographen, Flaubert entnahm die Nachricht einem Artikel in *La Réforme* vom 21. September (siehe Cento, S. 104 und S. 172).

– *Rouget ist angebrannt:* Hussonnet macht mediokre Witze mit einem sprechenden Namen: ein Rouget ist eine Rotbarbe.

– *Taschenspieler aus dem Hôtel de Ville:* Louis-Philippe war 1830 im Pariser Rathaus zum König ausgerufen worden, Karikaturen zeigten ihn als Jongleur oder Zauberkünstler, der Freiheit und Revolution verschwinden lässt. 1793 hatte er unter General Charles-François Dumouriez gedient, mit dem er am 5. April bei Mons ins österreichische Lager wechselte. Wegen Einverständnis mit dem »Verräter Dumouriez« wurde er von der Revolutionsregierung geächtet.

361 *Tour de Nesle:* Das 1832 uraufgeführte Drama von Alexandre Dumas und Frédéric Gaillardet beruht auf einer Staatsaffäre von 1314 und erzählt die Geschichte der Marguerite de Bourgogne, Gattin von Ludwig X., und ihres Geliebten Buridan. In einem Monolog enthüllt Buridan seinem Gefährten Philippe, wer die maskierten Damen sind, mit denen sie sich in der Nacht zuvor vergnügt haben: »Ce sont de grandes dames«, feine, hochadlige Damen (1. Akt, Bild 2, Szene 9). In *Madame Bovary* (III, 1; S. 309) hängen bunte Drucke des überaus populären Stücks in dem kleinen Gasthof in Rouen, wo Emma und Léon am Tag vor ihrer berüchtigten Kutschfahrt alte Erinnerungen austauschen.

– *Ich hab im Stall:* Anfangszeilen des Liedes »Les Bœufs« (Die Ochsen) von Pierre Dupont (1821–1870), einem Goguette-Sänger und Arbeiterdichter (siehe Anm. zu S. 198), der mit Nerval, Gautier und Baudelaire befreundet war. Das 1845 zusammen mit Charles Gounod verfasste Lied machte ihn berühmt. Baudelaire widmete Duponts von 1851 bis 1854 in vier Bänden erschienenen *Chants et Chansons* zwei längere Aufsätze, 1851 und 1861.

– *das Bürgertum:* »Axiom: der Hass auf den Bürger ist der Anfang der Tugend. Ich verstehe unter dem Wort ›Bürger‹ die Bürger im Arbeitskittel wie die Bürger im Gehrock. Wir, und zwar wir allein, die Gebildeten, sind das Volk oder besser gesagt die Tradition der Menschheit. / Ja, ich bin fähig zu selbstlosen Wutanfällen, und ich liebe Sie umso mehr, weil Sie mich dafür lieben. Dummheit und Ungerechtigkeit bringen mich zum Toben. Und *ich brülle* in meinem Winkel gegen einen Haufen Dinge, ›die mich nichts angehen‹«, schrieb Flaubert am 17. Mai 1867 an George Sand.

362 *Monsieur d'Alton Shée:* Edmond, Comte d'Alton Shée de Lignières (1810 -1874), seit 1836 Mitglied der Chambre des Pairs, unterstützte bis in die erste Jahreshälfte 1847 Guizot, wechselte zu Beginn der reformistischen Unruhen plötzlich in die Opposition und vertrat im Oberhaus von nun an demokratische, ja sogar revolutionäre Ideen.

365 *Röte des Ehebruchs:* Die Faszination schon des ganz jungen Flaubert für das Wort »adultère« ist hinlänglich bekannt: »Seit damals gab es für mich ein Wort, das unter den menschlichen Worten das schönste schien: *Ehebruch*, eine auserlesene Süße schwebt undeutlich über ihm, ein einzigartiger Zauber ziert es; jede Bewegung, die man macht, sagt es und kommentiert es auf ewig für das Herz des jungen Mannes, er berauscht sich ohne Ende, er findet darin die höchste Poesie, eine Mischung aus Verdammnis und Lust« (*Novembre*, *Œuvres de jeunesse*, S. 783).

367 *Auteuil:* Bis 1860 ein kleines eigenständiges Dorf, heute Teil des 16. Arrondissements.

368 *Sie erzählte von ihrem Leben:* Wieder eine Ähnlichkeit zu Félix de Vandenesse und Henriette de Mortsauf in *Die Lilie im Tal* (siehe Anm. zu S. 110).

369 *Warum hat der Himmel:* Erinnert an Emmas Lamento:

»Oh! wenn der Himmel gewollt hätte! Warum denn nicht! Wer ist schuld? …« (*Madame Bovary* II, 5; S. 140).

372 *Léotade:* Louis Bonafous oder Bruder Léotade stand Anfang des Jahres 1848 wegen Vergewaltigung und Ermordung der fünfzehnjährigen Cécile Combettes vor Gericht. Das Mädchen war am 16. April 1847 auf dem Friedhof Saint-Aubain in Toulouse, unmittelbar neben dem Kloster der Frères des Écoles chrétiennes, aufgefunden worden, nachdem sie am Vortag zusammen mit ihrem Lehrherrn, einem Buchbinder, Bücher ins Kloster gebracht hatte und danach verschwunden war. Der höchstwahrscheinlich unschuldige Léotade wurde am 4. April 1848, nach einem von Antiklerikalismus bestimmten Prozess, zu lebenslänglichem Zuchthaus verurteilt, er starb zweieinhalb Jahre später im Bagno von Toulon.

– *Aufstand in Palermo:* Am 12. Januar 1848 begann nach mehrwöchigen Unruhen ein Aufstand gegen die Bourbonenherrschaft im Königreich beider Sizilien, der Ferdinand II. zu einigen Reformen und Mitte Februar zu einer neuen, liberaleren Verfassung zwang.

– *Bankett im 12. Arrondissement:* Das Reformbankett im 12. (dem heutigen 5.) Arrondissement war zunächst für den 13. Januar vorgesehen, der Polizeipräfekt verweigerte jedoch die erforderliche Genehmigung.

374 *Das alles lag:* Frédéric denkt an einen Gang durch die Stadt Ende November 1842, siehe S. 97.

– *Rue Tronchet und Rue de la Ferme:* Im heutigen 8. Arrondissement, in unmittelbarer Nähe der Kirche La Madeleine; die Rue de la Ferme-des-Mathurins, verkürzt durch den Bau des Boulevard Haussmann, heißt seit 1881 Rue Vignon.

376 *die Birne ist reif:* »La poire« war gemeinhin die spöttische Bezeichnung für Louis-Philippe, seit der Karikaturist Charles Philipon den König im November 1831 zum ersten Mal mit Birnenkopf gezeichnet hatte, genauer gesagt, in einer Abfolge von vier Bildern des königlichen Hauptes, das sich immer stärker in eine Birne verwandelt. Daumier verfeinerte diese Darstellung noch im Laufe der Jahre. Ein spätes Nachleben fand diese Karikatur bei Hans Traxler, der sie auf den Bundeskanzler Helmut Kohl übertrug.

– *Leute in Arbeitskitteln und Bürger:* Um die Straßenszenen während der revolutionären Unruhen in Paris zu beschreiben, verließ sich Flaubert nicht nur auf seine Erinnerung, er studierte in der Bibliothèque Nationale die Zeitungen von 1847–1848 und las wie ein Berserker: »Ich büffle wie ein Besessener die 48er Revolution. Weißt Du wie viele Bücher ich in den vergangenen sechs Wochen gelesen und annotiert habe? Siebenundzwanzig, mein Lieber. Was mich nicht daran gehindert hat, zehn Seiten zu schreiben«, verkündete er Louis Bouilhet am 1. April 1867. – Das verbotene Bankett vom 13. Januar war auf den 22. Februar verschoben, dann jedoch abgesagt worden.

– *Odilon Barrot:* Der Anwalt und Monarchist Odilon Barrot (1791–1873) war ein Verteidiger der Religionsfreiheit und Unterstützer der Reformbanketts, nach dem Verbot des Banketts im 12. Arrondissement wich er jedoch einer Konfrontation aus. Unter Präsident Louis-Napoléon Bonaparte war er vom 20. Dezember 1848 bis 31. Oktober 1849 Justizminister und Regierungschef. Nach dem Staatsstreich vom 2. Dezember 1851 gehörte er zu den 220 Abgeordneten, die Bonaparte wegen Hochverrats anzuklagen versuchten, und kam vorübergehend ins Gefängnis.

380 *Madame Arnoux war nicht gekommen:* Schon in den ersten Notizen von 1862 findet sich das Hotel garni in der Rue Tronchet, dazu Spekulationen, was genau zwischen Frédéric und Madame Arnoux passieren soll bzw. was nicht und warum: »Sie lässt sich zu einem Rendezvous überreden – in einem Hotel garni der Rue Tronchet – der Leser soll denken, es wird gefickt – sie wird nicht gevögelt, aus eigenem Willen – außerdem stellt Frédéric sich ungeschickt an X daraufhin wird seine Leidenschaft schwächer & ihre stärker – Denn ihr fehlt es an allem – X & von diesem Tag an liebt sie ihn heftig – Doch er hat sich nicht getraut weiterzumachen – auch der Zufall mischt sich hinein, äußere Dinge, kurzum, die Gelegenheit ist für immer verpasst.« (Carnet 19, *Carnets de travail*, S. 292)

– *Der Kleine hustete:* Eugène ist an Krupp erkrankt, also an Kehlkopfdiphtherie, auch »Würgengel« genannt; zur Beschreibung der Symptome (bellender Husten, Heiserkeit, Atemnot, Erstickungsanfälle etc.) verwendete Flaubert medizinische Fachbücher, insbesondere *Clinique médicale de l'Hôtel-Dieu de Paris* des Internisten und Klinikers Armand Trousseau (1801–1867), der als einer der ersten in Frankreich Intubationen und Tracheotomien durchführte.

381 *Brechwurzelsirup, eine Mixtur aus Kermes:* Beide Arzneien wurden als Brechmittel und Hustenlöser verwendet.

382 *ein Röhrchen aus Pergament:* Die Membranbildung im Rachen, auf Mandeln, Gaumen und Gaumenzäpfchen ist ein Symptom der fortgeschrittenen Diphtherie, bei Übergriff der Pseudomembran – ein weißlich-gelber Belag – auf den Larynx (Krupp) droht eine Verlegung der Atemwege und Tod durch Ersticken. In Notfällen kann eine Tracheotomie durchgeführt werden. René Dumesnil berichtet in *Gustave Flaubert. L'homme et l'œuvre* (S. 377 ff.) von 1932, Flaubert habe für den Roman eine solche Lösung erwogen und sich im Hôpital Sainte-Eugénie auf der Station von Dr. René Marjolin (1812–1895) einen Eingriff anschauen wollen. Doch als der Operateur Dr. Chaume zum ersten Schnitt ansetzte, sei dem Romancier so blümerant geworden, dass er den Operationssaal überstürzt verlassen musste. Darum habe er sich für die äußerst seltene spontane Ablösung der Pseudomembran bei dem kleinen Eugène entschieden – denn einen solchen Eingriff zu beschreiben, ohne ihn mit eigenen Augen gesehen zu haben, war für Flaubert ausgeschlossen. An George Sand schrieb Flaubert am 23. Februar 1869: »Nichts hätte mich stärker abhärten müssen, als in einem Krankenhaus aufgewachsen zu sein und als kleines Kind in einem Seziersaal gespielt zu haben? Niemand ist jedoch bei körperlichem Schmerz mitleidiger als ich. Es ist schon wahr, ich bin der Sohn eines äußerst menschlichen, eines empfindsamen Mannes, im besten Sinn des Wortes.«

383 *ein Fingerzeig der Vorsehung:* Die schwere Erkrankung des Kindes als göttliche Warnung vor einem Fehltritt oder als himmlische Strafe ist eine weitere Parallele zu Balzacs *Die Lilie im Tal*, vor allem aber erinnert sie an *Rot und Schwarz* von Stendhal, den Flaubert verabscheute. – Eine Skizze von 1862 im Carnet 19 sagt: »Sie wird vielleicht nachgeben. Der Stolz – hält sie zurück – und der Gedanke an ihren Sohn, später ihretwegen verhöhnt. Sie sieht ihn verletzt, getötet im Duell, auf einer Bahre nach Hause gebracht. Ausführliche Schilderung. / Je stärker die Versuchungen werden, desto erbitterter ihre Tugend. / In puncto Hindernis zu vögeln, wenn alles reif ist dafür, nicht nur ihre Tugend hindert sie, sondern ein zufälliger Umstand. Der richtige

Augenblick ist psychologisch gesehen vorbei.« In einer anderen Skizze dagegen wird erwogen: »Es wäre stärker, Mme Moreau nicht vögeln zu lassen, die, keusch im Handeln, sich in Liebe verzehrt. – Sie hätte ihren Augenblick der Schwäche gehabt, den der Liebhaber nicht gesehen hat, den er nicht ausgenutzt hat.« (*Carnets de travail*, S. 295 und S. 289)

384 *die Girondins: Le Chant des Girondins* stammt aus dem Stück *Le Chevalier de Maison-Rouge* von Alexandre Dumas und Auguste Maquet (siehe Anm. zu S. 359). Den Refrain allerdings hat Claude-Joseph Rouget de Lisle geschrieben, der Verfasser der Marseillaise: »Mourir pour la patrie / Mourir pour la patrie / C'est le sort le plus beau, le plus digne d'envie / C'est le sort le plus beau, le plus digne d'envie« (Fürs Vaterland sterben / Fürs Vaterland sterben / Ist das schönste, das beneidenswerteste Schicksal / Ist das schönste, das beneidenswerteste Schicksal). Das patriotische Lied war von 1848 bis 1852 die Nationalhymne der Zweiten Republik.

– *Frascati:* 1789 gegründetes, luxuriöses Café an der Ecke Rue de Richelieu/Boulevard Montmartre, das bis 1857 bestand und in zahlreichen literarischen Werken verewigt ist, insbesondere in Balzacs *Comédie humaine*. – Rosanette wohnt seit etwa Sommer 1847 in der Rue Grange-Batelière (siehe S. 348).

385 *Trois-Frères-Provençaux:* Siehe Anm. zu S. 95.

– *Nachricht vom Kabinettswechsel:* Am 23. Februar 1848 hatten die Unruhen bereits ein solches Ausmaß erreicht, dass Louis-Philippe um 14 Uhr seinen Außenminister und Regierungschef Guizot, der bei der inzwischen mobilisierten Nationalgarde unbeliebt war, durch Graf Molé ersetzte; die Lage beruhigte sich jedoch nur für wenige Stunden. – Der zweite Teil des Satzes: »Paris avait changé«, erinnert an die berühmte Verszeile aus Baudelaires Gedicht »Le Cygne/Der Schwan«: »Paris change! mais rien dans ma mélancholie …«

– *die Schüsse auf dem Boulevard des Capucines:* Am späten Abend des 23. Februar zog eine Gruppe von Demonstranten zum Außenministerium am Boulevard des Capucines (siehe Anm. zu S. 286), man feierte den Sturz Guizots. Linientruppen bewachten das Ministerium, offenbar fiel plötzlich ein Schuss, die Truppe verstand das als Signal, in die versammelte Menge zu feuern. Es gab zahlreiche Tote und Verletzte, dieses Ereignis entfachte letztendlich die Revolution. – »SCHÜSSE Das einzige Mittel, die Pariser zum Schweigen zu bringen.« (*Wörterbuch der Gemeinplätze*)

Dritter Teil

Kapitel I

389 *vor der Assomption:* Vor der Kirche Notre-Dame de l'Assomption, an der heutigen Place Maurice Barrès gelegen, Ecke Rue Saint-Honoré und Rue Cambon im 1. Arrondissement.

– *beim Anblick des Karrens:* Die Aufständischen hatten einige der insgesamt 52 Getöteten und 74 Verletzten auf einen Karren geladen und durch Paris gezogen. Zunächst wollte Flaubert die grausige Szene ausführlicher beschreiben, später strich er dieses Tableau, das auch zeitgenössische Stiche festhielten: »Auf der Bahre stehend, schwenkte ein Mann in Hemdsärmeln eine Fackel; ein andrer, dahinter, zeigte die kunstvoll angeordneten Toten, damit man ihre Gesichter sah. Hin und wieder hob er den Leib einer Frau hoch, und während er seine geröteten Arme um ihn schlang, schrie er mit zorniger Stimme: ›Sie schlachten uns! da! seht nur!‹ Und die Feuerfunken der Fackel über ihm zerstoben wie Blutstropfen in der Luft. Eine immer größer werdende Menschengruppe, die nach Rache schrie, folgte dem Karren« (siehe Gothot-Mersch, Anm. 226).

– *Monsieur Molé:* Der Graf Louis-Mathieu Molé (1781–1855) war ein altgedienter Politiker und persönlicher Freund Louis-Philippes. Bereits unter der Restauration war er Minister gewesen, 1830 wurde er Außenminister (in dieser Eigenschaft gewährte Molé dem französischen Konsul in Civitavecchia, Henri Beyle, genannt Stendhal, immer wieder großzügige Schreiburlaube) und führte vom 6. September 1836 bis Ende März 1839 zudem noch das Kabinett. Angesichts der Übermacht von Guizot, Thiers und Odilon Barrot nach den Wahlen Anfang März 1839, trat er am 8. März zurück. Im Februar 1840 wurde er in die Académie française gewählt und hielt sich fortan im Hintergrund des politischen Lebens. Am 24. Februar 1848 versuchte er auf

Bitte des Königs eine Regierung zu bilden, um die Julimonarchie zu retten.

– *Bugeaud:* Thomas Robert Bugeaud, Marquis de la Piconnerie, Duc d'Isly (1784–1849), Marschall von Frankreich, spielte in den 1840er Jahren eine wichtige Rolle bei der Eroberung Algeriens. Im Februar 48 kommandierte er die Streitkräfte in Paris. Die Nationalgarde jedoch war gegen ihn, schrie: »Nieder mit Bugeaud!«, »Nieder mit dem Mann der Rue Transnonain!«, und weigerte sich, ihm zu gehorchen – denn sein Name war verbunden mit dem Massaker vom 14. April 1834. Daraufhin entzog Louis-Philippe ihm den Oberbefehl wieder.

390 *Wachposten im Château-d'Eau:* An der Place du Palais-Royal gelegen, schützte dieser Wachposten den Zugang zur Place du Carrousel. Seinen Namen verdankte er einem Anfang des 18. Jahrhunderts errichteten Wasserspeicher; in der Mitte der langen Außenfassade befand sich ein Brunnen, das von einer Brüstung umgebene flache Dach diente als Terrasse. Am 24. Februar wurde dieser Posten von den Aufständischen angegriffen.

– *die Rue Saint-Thomas und die Rue Fromanteau:* Die beiden Straßen lagen zwischen dem alten Louvre und der Place du Carrousel, sie verschwanden 1850 bei der Erweiterung des Louvre.

– *Rue de Valois:* Es ist unklar, ob die kleine Rue de Valois-Saint-Honoré gemeint ist, die ebenfalls mit der Louvre-Erweiterung zerstört wurde, oder die längere Rue de Valois-Palais-Royal, die sich heute noch, ausgehend von der Place du Palais-Royal, östlich an den Gärten des Palais-Royal entlangzieht.

391 *im Jahr 1830, dann 32, 34, 39:* Julirevolution 1830. – Aufstand von Republikanern am 5. und 6. Juni 1832 in Paris, der im Verlauf der Beerdigung von General Lamarque ausbrach und vor der Kirche Saint-Merry blutig niedergeschlagen wurde. – Aufstand der Seidenweber in Lyon im Februar und April 1834 und anschließende Unruhen in Paris am 13./14. April 1834, die mit dem Massaker in der Rue Transnonain endeten. – Aufstand vom 12. Mai 1839, angestiftet vom republikanischen Geheimbund Société des Saisons, siehe Anm. zu S. 221.

– *Greis im schwarzen Frack:* In den Entwürfen notierte Flaubert, es handle sich um Marschall Gérard, der mit den Aufständischen verhandeln sollte (siehe Gothot-Mersch, Anm. 231). Auch Maxime Du Camp beschreibt diese Szene in seinen *Souve-*

nirs de l'année 1848: »Plötzlich sahen wir in der Rue de Rohan einen Mann auftauchen, einen Greis, in einen schwarzen Frack gekleidet und auf einem weißen Pferd sitzend; in der einen Hand schwenkte er ein Papier und in der andern einen Zweig; es war Marschall Gérard, der sich mühte, auf den Platz zu gelangen« (S. 87 f.).

392 *Alles lachte:* Flaubert hatte die Kämpfe um das Château-d'Eau selbst miterlebt, er verwendete für die hier beschriebenen Szenen eigene Erinnerungen und Notizen, aber auch die von Maxime Du Camp. Außerdem benutzte er die zehnbändige *Histoire de la révolution de 1848* des Politikers Louis-Antoine Garnier-Pagès (1803–1878), die 1861/62 in erster Auflage erschienen war. Am 14. August 1869 schrieb Du Camp, der gerade das Manuskript der *Éducation sentimentale* gelesen hatte, an Flaubert: »Garnier-Pagès hat zwei verschiedene Geschehen durcheinandergebracht: den Posten an der Place de la Concorde, voller Munizipalgardisten, getötet und verbrannt; / den Posten im Château-d'Eau (Palais-Royal), besetzt mit den Soldaten des 14. Linienregiments, getötet und verbrannt. / Bei diesem letzten Geschehen bin ich mir ganz sicher, und merkwürdig ist, dass es sich um ein und dieselben Soldaten des 14. handelt, die am Vorabend die Schüsse auf dem Boulevard des Capucines abgefeuert hatten.«

– *Hôtel de Nantes:* Ein Hotel, kein Stadtpalais, an der Place du Carrousel, das trotz Abriss- und Bauarbeiten im Quartier du Carrousel stehen geblieben war. Dieses Stadtviertel aus kleinen Gassen und kuriosen Läden bildete die Verbindung zwischen Louvre und Tuilerienpalast, ein Viertel, wie Éric Hazan in *L'invention de Paris* (2002) schreibt, »das, etwas Einmaliges im Herzen von Paris, verschwunden ist, ohne die kleinste Spur zu hinterlassen, und sei es nur in den Erinnerungen« (S. 37). Das Zweite Kaiserreich beseitigte die letzten Reste dieses »alten Paris«, dem Baudelaire in »Le Cygne/Der Schwan« ein Denkmal setzte.

393 *die Fassade der Tuilerien:* Der Tuilerienpalast, zwischen dem noch heute existierenden Tuileriengarten und der Place du Carrousel, stand bis 1871.

– *in ein Register:* Unter Flauberts Entwürfen findet sich auch folgende Erinnerung: »Im Besucherregister. Étienne Arago schrieb seinen Namen hinein. Viele andere machten ihm den Scherz nach« (siehe Gothot-Mersch, Anm. 232).

394 *Magot:* Siehe Anm. zu S. 350.

396 *Polytechniker:* Wie viele andere Details geht auch die Anekdote mit dem Studenten der Polytechnischen Hochschule (siehe Anm. zu S. 85) auf ein persönliches Erlebnis von Flaubert und Du Camp zurück, in seinen *Souvenirs de l'année 1848* erzählt Du Camp: »Wir traten in den Hof des Palais-Royal, zwischen der Galerie d'Orléans und dem Palais. Es wurde geplündert und verbrannt. Was für ein dummes wie sinnloses Werk! Fünf große Feuer waren entzündet; man warf die Möbel hinein, die Spiegel, das Porzellan; nichts wurde verschont. [...] Ich wandte mich an einen Studenten der Polytechnischen Hochschule, der inmitten aufgeknöpfter Hemden und lumpiger Kittel seine elegante Uniform spazierentrug; ich erklärte ihm, im Palais gebe es außerordentliche Gemälde, signiert von berühmten Künstlern, man müsse versuchen, sie der sicheren Zerstörung zu entreißen; der arme junge Mann lauschte mir, ohne zu begreifen; schließlich, in einer mutlosen Gebärde die Arme hebend, sagte er: ›Und was soll ich da machen?‹« (S. 100 f.)

397 *Herzogin von Orléans:* Nachdem Louis-Philippe zugunsten seines zehnjährigen Enkels abgedankt hatte (der Thronfolger war 1842 bei einem Unfall ums Leben gekommen, siehe Anm. zu S. 76), indem er die Tuilerien verließ, begab sich die Herzogin von Orléans unverzüglich mit ihrem Sohn in die Abgeordnetenkammer, um sich als Regentin bestätigen zu lassen. Odilon Barrot ließ sie akklamieren, doch gegen drei Uhr am Nachmittag drangen Aufständische ein und forderten die Republik. Lamartine, Dupont de l'Eure, Ledru-Rollin u. a. zogen mit einer Menschenmenge zum Palais Bourbon und erzwangen die Bildung einer provisorischen Regierung, die sich anschließend im Hôtel de Ville einrichtete.

– *Dragoner:* Dussardier hat also Gegnern das Leben gerettet, denn die Dragoner bekämpften die Aufständischen.

– *Kolonne Dunoyer:* Angeführt von einem Offizier der Nationalgarde namens Dunoyer. Mehrere solche Kolonnen hatten sich im allgemeinen Tumult gebildet.

398 *Die Republik ist ausgerufen:* Offiziell erst am nächsten Tag, dem 25. Februar.

399 *die provisorische Regierung:* Vom 24. Februar bis 9. Mai 1848 im Amt. Jacques Charles Dupont de l'Eure wird Président du Conseil des Ministres, also de facto Staatschef, Alphonse de Lamartine Außenminister, Alexandre Ledru-Rollin Innenminister, der Bankier Michel Goudchaux Finanzminister, Adolphe Crémieux Justizminister, Jacques-Gervais Subervie Kriegsminister, François Arago Marineminister und Minister für die Kolonien, Hippolyte Carnot Unterrichtsminister, Eugène Bethmont Landwirtschaftsminister, Pierre Marie de Saint-Georges, genannt Marie, Minister für Öffentliche Bauvorhaben; Louis Blanc, Ferdinand Flocon und Alexandre Martin, genannt Albert, gehören der Regierung ohne spezielles Ministeramt an. Louis-Antoine Garnier-Pagès wird Bürgermeister von Paris und Marc Caussidière Polizeipräfekt. Im März und April kommt es zu Regierungsumbildungen.

– *Kommissar in der Provinz:* Titel der von der provisorischen Regierung ernannten Beamten, die rasch die Präfekten und Unterpräfekten der Julimonarchie ablösten.

– *Ledru-Rollin:* Alexandre Ledru-Rollin (1807–1874), Anwalt und Politiker, seit 1841 Abgeordneter (radikaler Demokrat) und seit 24. Februar Innenminister. Auch in der fünfköpfigen Exekutivkommission, die vom 9. Mai bis 28. Juni 1848 die Regierungsgeschäfte führt, wird er vertreten sein. Bis zu den Unruhen vom 13. Juni 1849 steht die Bergpartei (la Montagne), eine parlamentarische Gruppe aus Republikanern, demokratischen Sozialisten, utopischen Sozialisten, christlichen Sozialisten, unter seinem Vorsitz.

400 *Changarnier:* Nicolas Changarnier (1793–1877) hatte sich seit 1830 bei der Eroberung Algeriens ausgezeichnet und war 1841 zum General ernannt worden, Anfang 1848 kehrte er nach Frankreich zurück und unterstützte die provisorische Regierung bei der Wiederherstellung der Ordnung. Nach einem kurzen Intermezzo als Gouverneur in Algerien wurde er am 4. Juni 1848 als Abgeordneter des Departements Seine in die verfassunggebende Versammlung gewählt. General Cavaignac (Regierungschef vom 28. Juni bis 20. Dezember 1848) übertrug ihm den Oberbefehl über die Nationalgarde und die erste Division in Paris.

– *Monsieur de Falloux:* Alfred de Falloux (1811–1886), seit 1846 royalistischer Abgeordneter, wird im Mai 1848 in die verfassunggebende Versammlung (4. Mai 1848–26. Mai 1849) gewählt, bei der Schließung der von März bis Juni 1848 bestehenden Nationalwerkstätten (Ateliers nationaux) spielt er eine wichtige Rolle.

– *erschossen:* »ERSCHIESSEN Vornehmer als guillotinieren. / Wonne des Menschen, dem diese Gunst widerfährt.« (*Wörterbuch der Gemeinplätze*)

– *Satz Lamartines über die rote Fahne:* Am 25. Februar forderte eine vor dem Pariser Rathaus versammelte Menschenmenge, dass die 1830 von Louis-Philippe eingeführte Trikolore durch die rote Fahne ersetzt werde. In einer berühmt gewordenen Rede widersetzte sich Alphonse de Lamartine (siehe Anm. zu S. 316), nunmehr Außenminister und damit Chef der jungen Regierung, der aufgebrachten Menge und überzeugte sie schließlich. Was Flaubert von dieser Rede hielt, zeigt er deutlich, indem er Lamartine mit einem rüden »usw.« das Wort abschneidet. Wir entschließen uns dennoch, dem heutigen Leser die Passage vollständiger zu übersetzen: »Lieber wäre mir die schwarze Fahne, die manchmal in einer belagerten Stadt weht, einem Leichentuch gleich [...]. Bis in den Tod werde ich diese blutige Fahne zurückweisen, und ihr solltet sie stärker noch ablehnen als ich; denn die rote Fahne, die ihr uns herbringt, hat bloß den Champ de Mars umrundet, 91 und 93 im Blut des Volkes gelegen, und die Trikolore hat die Welt umrundet, mit dem Namen, dem Ruhm und der Freiheit des Vaterlands!«

401 *Caussidières Männer:* Marc Caussidière (1808–1861), ein alter Revolutionär, 1834 in Lyon am Aufstand der Seidenweber beteiligt und nun frisch ernannter Polizeipräfekt von Paris, schuf die Polizeispezialtruppe »les Montagnards« (die Gebirgler), bestehend aus ehemaligen Barrikadenkämpfern und Mitgliedern der Geheimgesellschaften. Diese Polizisten trugen blaue Kittel, rote Gürtel und lange Säbel. Nach der Affäre vom 15. Mai 1848 (Besetzung der Abgeordnetenkammer, siehe S. 425) wurde er von der Exekutivkommission abberufen.

– *einen Freiheitsbaum:* Am Anfang des 6. Kapitels von *Bouvard et Pécuchet* stiftet Bouvard seinem Dorf Chavignolles einen Freiheitsbaum, der mit großem Pomp und einer erbaulichen Rede des Pfarrers gepflanzt wird: »Dann besprengte er das Bäumchen und erflehte Gottes Segen. ›Möge es gedeihen und uns an die Befreiung von aller Knechtschaft gemahnen und an die Brüderlichkeit, die erquickender ist als der Schatten seiner Äste. – *Amen!*‹ / Viele Stimmen wiederholten *Amen* – und nach einem Trommelwirbel zog der Klerus, ein *Te Deum* anstimmend, zurück zur Kirche.«

402 *Dupont (de L'Eure):* Jacques Charles Dupont, genannt Dupont de l'Eure (1767–1855), Jurist und in seiner langen politischen Karriere immer wieder Abgeordneter des Departements Eure, unter der Julimonarchie einer der Anführer der liberalen Partei, vom 24. Februar bis 9. Mai Président du Conseil der jungen Republik, danach Abgeordneter in der verfassunggebenden Versammlung.

– *Albert:* Alexandre Martin (1815–1895), genannt »der Arbeiter Albert«, gehörte wie Louis Blanc und Ferdinand Flocon, Chefredakteur der Zeitung *La Réforme*, der provisorischen Regierung an, ohne ein Ministeramt zu bekleiden. Er war als gelernter Mechaniker der einzige Handwerker in der Regierung. Blanc, Flocon und Albert waren Vertreter der sozialistischen Demokraten. Albert gehörte im weiteren Verlauf der Commission du Luxembourg (siehe Anm. zu S. 426) und der verfassunggebenden Versammlung an, nach den Ereignissen vom 15. Mai 1848 wurde er auf der bretonische Gefängnisinsel Belle-Isle eingesperrt.

– *Blanqui:* Der Revolutionär Auguste Blanqui (1805–1881) war nach dem Aufstand gegen Louis-Philippe vom 12. Mai 1839 auf dem Mont-Saint-Michel inhaftiert gewesen, im Februar 48 kehrte er zurück nach Paris, gründete die extremistische *Société républicaine centrale* und wurde nach dem 15. Mai 1848 ebenfalls nach Belle-Isle verbracht.

– *Den Rhein erobern:* Regimbart frönt wieder einmal seiner alten revanchistischen Obsession, das linke Rheinufer zurückzuerobern; siehe Anm. zu S. 85.

– *Neuilly und Suresnes:* Louis-Philippes Anwesen in Neuilly und der Besitz der Rothschilds in Suresnes waren am 25. Februar geplündert und verwüstet worden.

– *Les Batignolles:* Neuer Pariser Stadtteil im Nordwesten, um den heutigen Boulevard des Batignolles (8./17. Arrondissement) gelegen.

– *Unruhen in Lyon:* Arbeiter zerstörten Fabrikanlagen und

Maschinen, die sie verantwortlich machten für Arbeitslosigkeit.

– *das Rundschreiben von Ledru-Rollin:* Gemeint sind wohl vor allem die Rundschreiben vom 8. und 12. März des neuen Innenministers mit Empfehlungen an die frisch ernannten Kommissare in der Provinz.

– *Zwangskurs der Banknoten:* Mit Dekret vom 15. März 1848 verlieh die provisorische Regierung den Banknoten der Banque de France Zwangskurs. Das bedeutete die Verpflichtung, als Zahlungsmittel Banknoten zu akzeptieren anstelle von Gold.

– *die auf sechzig Franc gefallene Staatsanleihe:* »Nachdem die Börse zwölf Tage geschlossen hatte, wird sie am 7. März 1848 wieder geöffnet. Der Kurs der Staatsanleihe zu 5 %, am 23. Februar mit 116 Fr. notiert, ist am 7. März auf 89 Fr. gefallen. […] Der Kurs der Staatsanleihe sinkt weiter, er ist am 8. März bei 75 Fr. […] die Staatsanleihe zu 5% notiert am 9. März bei 73 Fr. […]. Der Kurs der Staatsanleihe sinkt immer weiter, die Anleihe zu 5% ist am 14. März bei 72 Fr., am 29. März bei 60 Fr. und bei 50 Fr. am 5. April 1848«, schreibt Carole Christen-Lécuyer in »La crise des Caisses d'épargne française en 1848«, in: *Revue d'Histoire du XIXe siècle*, Nr. 16, 1998/1 (*1848, un modèle politique à l'épreuve*), S. 59–81.

– *die Fünfundvierzig-Centime-Steuer:* Wird am 16. März 1848 von der provisorischen Regierung auf Vorschlag von Garnier-Pagès beschlossen, um die desaströse Lage der Staatsfinanzen zu sanieren. De facto stellt sie eine Erhöhung der direkten Steuern um 45 % dar: für jeden 1847 geleisteten Steuerfranc sind nun 1,45 Franc fällig. Am stärksten von dieser Maßnahme betroffen sind die Bauern, Marx kommentiert in *Die Klassenkämpfe in Frankreich 1848–1850*: »Die 45-Centimes-Steuer, das war eine Lebensfrage für den französischen Bauer, er machte sie zur Lebensfrage für die Republik. Die *Republik* für den französischen Bauer, das war von diesem Augenblicke an die *45-Centimes-Steuer*, und in dem Pariser Proletariat erblickte er den Verschwender, der sich auf seine Kosten gemütlich tat.« (MEW, Bd. 7, S. 25)

403 *Flocons Pfeife:* Ferdinand Flocon (1800–1866), Chefredakteur der Zeitung *La Réforme*, gehörte der provisorischen Regierung zunächst ohne Portefeuille an, wurde jedoch bald Minister für Landwirtschaft und Handel; über die stets in seinem

Mund steckende Pfeife zirkulierten viele Karikaturen und Witze.

404 *Proudhon:* Pierre-Joseph Proudhon (1809–1865) hatte 1840 seine berühmte Schrift *Qu'est-ce que la propriété?* (*Was ist Eigentum?*) veröffentlicht. Als Abgeordneter des Departements Seine saß er 1848 in der verfassunggebenden Versammlung, wo er für seine Gesellschaftstheorien und Maßnahmen zugunsten der Arbeiter (z.B. Vergabe kostenloser Kredite durch eine Volksbank) Gehör zu finden suchte. Im März 48 hatte er zwei Broschüren veröffentlicht, in denen er die Organisation der Arbeit durch den Staat kritisierte – darauf bezieht sich wohl Monsieur Dambreuse. Zwischen 1848 und 1850 gründete der gelernte Schriftsetzer drei Zeitungen, die jeweils aufgrund von Verurteilungen rasch wieder eingestellt werden mussten. Proudhon spielte eine wichtige Rolle in der sozialistischen Arbeiterbewegung Frankreichs und bei der Entstehung der 1. Internationale.

405 *Ultras:* Dem Kontext entsprechend müssen hier »Ultra-Demokraten« gemeint sein, wie auch Pierre-Marc de Biasi in seiner Ausgabe (Livre de Poche, S. 443) anmerkt, und nicht Ultra-Royalisten, wie andere Kommentatoren erklären, die dem üblichen Gebrauch von »ultras« (strenge Legitimisten) folgen.

406 *die Befreiung der Frau:* Mademoiselle Vatnaz scheint die Feministin Claire Démar (1799–1833) gelesen zu haben, diese hatte in *Ma Loi d'avenir*, einem 1834 postum bei *La Tribune des femmes* erschienenen Werk, geschrieben: »Ja, die Befreiung des Proletariers, der ärmsten und zahlenmäßig größten Klasse, ist nur möglich, davon bin ich fest überzeugt, durch die Befreiung unseres Geschlechts, durch die Verbindung von Kraft und Schönheit« (S. 25). In *Appel d'une femme au peuple sur l'affranchissement de la femme* (1833) hatte Démar vehement die Ehe kritisiert und als eine legale Form der Prostitution bezeichnet. Im Carnet 14 finden sich zahlreiche Notizen Flauberts über feministische Klubs sowie Exzerpte aus Publikationen wie *La Voix des femmes*, *L'Opinion des femmes*, *Les Vésuviennes ou la Constitution politique des femmes* (siehe *Carnets de travail*, S. 384–388). Darunter: »*Versammlung der Hebammen*, um unsere Stellung zu verbessern. // Wir wollen die Änderung des Code civil, der besagt, ›die Frau muss sich ihrem Ehemann unterwerfen‹. Missbrauch: die Unterwerfung der Frau, das ist Tyrannei! Schluss mit

der Sklaverei, Schluss mit der männlichen Vorherrschaft!« Oder: »›Die Frau hat wohl das Recht, auf die Rednertribüne zu steigen, denn sie hat ja auch das Recht, aufs Schafott zu steigen.‹ Ausspruch von Olympe de Gouges.« Der Satz entstammt Artikel X der von Olympe de Gouges 1791 verfassten *Déclaration des droits de la femme et de la citoyenne* (*Erklärung der Frauen- und Bürgerinnenrechte*). – Am 14. Dezember 1869 schrieb Flaubert an Alfred Darcel, der im *Journal de Rouen* vom 2. Dezember den Roman besprochen und die Vatnaz-Szene als übertrieben und blaustrumpffeindlich kritisiert hatte: »Was die sozialistischen Ideen der Vatnaz angeht, ich schwöre Ihnen (und ich kann es Ihnen mit Texten in der Hand beweisen), dass hier *keinerlei* Übertreibung vorliegt. Das alles ist 48 gedruckt worden. In puncto Blaustrumpf, da habe ich ein Prachtexemplar gekannt, das kein bisschen der Vatnaz ähnelte.« Amélie Bosquet (1815–1904), eine Schriftstellerin aus Rouen, mit der Flaubert seit Ende der 1850er Jahre bekannt war und korrespondierte, fühlte sich möglicherweise in der Figur der Vatnaz karikiert und revanchierte sich mit zwei Artikeln in *Le Droit des femmes* am 11. und 18. Dezember 1869. Bereits am 23. November hatte sie sich für die Zusendung des Romans und die freundliche Widmung bedankt, zugleich aber geschrieben: »Sie haben der Frau, die ihre Rechte verteidigt, eine sehr erniedrigte Rolle zugedacht«.

– *einen Greis bei sich aufnehmen:* Flaubert verformte – aus Versehen oder in spöttischer Absicht – bereits in seinen Notizen einen Passus aus der 36-seitigen Broschüre *Les Vésuviennes ou la Constitution politique des femmes* von 1848, der Originaltext lautete: »Jede in Frankreich geborene und wohnhafte Frau, die das 15. Lebensjahr vollendet hat; / jede Ausländerin, wohnhaft in Frankreich, die das 15. Lebensjahr vollendet hat und einen Franzosen heiratet oder einen Greis bei sich aufnimmt; / verfügt über die Rechte einer französischen Bürgerin.« (siehe Cento, S. 215 f.)

407 *mit guten Gewehren:* Am 2. April 1867 wandte sich Flaubert an den Musikverleger Maurice Schlésinger, den Ehemann seiner Jugendliebe Élisa, und stellte ihm neben anderen Fragen eine besonders dringliche: »Mein lieber Freund, / ich habe Ihnen drei Dinge zu sagen: / […] 3. Frage (wichtig und eilig, BITTE). Ich bin gezwungen, bei der Arbeit, die ich gerade mache, die Revolution von 48 zu behandeln. – Sie haben eine Rolle ge-

spielt im *Klub der Frauen.* Gibt es den genauen Bericht von jenem Abend irgendwo? Es wäre gut, Ihre Erinnerungen zu diesem Thema zu sammeln und sie mir zu schicken, leserlich geschrieben – denn es fällt mir oft schwer, Ihre seltenen Episteln zu entziffern. / Das ist die Gefälligkeit, die ich von Ihnen erwarte, lieber Freund. / Sollte Madame Maurice zurück sein in Baden-Baden, bestellen Sie ihr meine freundlichsten Empfehlungen. / Ich umarme Sie, ganz der Ihre.« Schlésinger war Mitglied der von Blanqui gegründeten radikalen *Société républicaine centrale* und als Nationalgardist in das revolutionäre Geschehen direkt verwickelt; im März 1848 gehörte er zu einem Trupp der Nationalgarde, die eine Versammlung von Frauen in einem kleinen Theater am Boulevard Bonne-Nouvelle sprengte. Tatsächlich erhielt Flaubert ein mehrseitiges Schriftstück mit dem Titel »Club de femmes en Mars 1848«, die Handschrift stammt, ein pikantes Detail am Rande, höchstwahrscheinlich von Élisa Schlesinger. In diesem »Bericht« findet sich ganz am Ende die folgende Passage, darin spricht die Vorsitzende des Klubs: »›Begegnen wir der Gewalt mit Gewalt; besorgen wir uns Waffen und bilden eine riesige Masse, die sich notfalls Gehorsam verschaffen kann. / Versammeln wir uns zu wenigstens 20 000 [mit Bleistift in 2000 korrigiert], alle ordentlich bewaffnet, dann marschieren wir zum Hôtel de Ville, von dort verjagen wir diese erbärmlichen Feiglinge und nehmen ihre Plätze ein – erst dann entsteht die gute, die wahre Republik! …‹ / Das war allzu starker Tobak, ich stieg auf die Tribüne und bat sie höflichst, ihre Sachen zu packen und nach Hause zu gehen – die Vorsitzende wollte keine Vernunft annehmen, also packte ich sie am Arm und setzte sie mit Hilfe meiner 6 Kameraden vor die Tür – alle Frauen flüchteten, und der Klub blieb für immer geschlossen.« (Cento, S. 216 ff. sowie die Bildtafeln 6 und 7 in seinem Anhang); siehe auch die Anmerkungen zu S. 422.

408 *Besteuerung der Staatsanleihe:* Im Französischen bezeichnet »la rente« sowohl die Staatsanleihe selbst (siehe Anm. zu S. 402) wie auch die jährlich ausgezahlten Zinserträge auf Staatsanleihen, die bislang von der Steuer befreit waren.

409 *die Wahlen:* Der Delegierten zur verfassunggebenden Versammlung, die eine neue Verfassung für die Zweite Republik ausarbeiten sollte.

– *die Klubs:* Seit dem 4. März herrschte uneingeschränkte Versammlungs- und Pressefreiheit, die Anzahl der unterschiedlichsten Debattierklubs stieg rasch auf über 200.

410 *die Advokaten verunglimpfen:* »ADVOKAT Es gibt zu viele Advokaten in der Kammer. / Haben eine verbogene Urteilskraft, weil sie das Für und das Wider verteidigen. / Werden in allen möglichen Dingen zu Rate gezogen, auch solchen, von denen sie nichts verstehen. / Von einem Advokaten, der ein schlechter Redner ist, sagen: ›Aber er ist ein starker Jurist.‹« (*Wörterbuch der Gemeinplätze*)

411 *Organisation der Arbeit:* Am 25. Februar war die Republik ausgerufen worden, noch am selben Tag hatte eine lautstarke Menschenmenge im Hôtel de Ville eine Petition mit der Forderung nach Organisation der Arbeit eingereicht: das Recht auf Arbeit und eine Grundsicherung im Fall von Krankheit oder Arbeitsunfähigkeit sollten festgeschrieben werden. Die provisorische Regierung war offenbar völlig überrumpelt, Lamartine zum Beispiel erschreckend ahnungslos, was die reale Misere der Arbeiter betraf, doch Louis Blanc ergriff Partei für sie und verfasste folgenden Text: »Die provisorische Regierung verpflichtet sich, die Existenz des Arbeiters durch die Arbeit sicherzustellen. Sie verpflichtet sich, Arbeit für alle Bürger sicherzustellen. Sie anerkennt, dass sich die Arbeiter miteinander vereinigen müssen, um Nutzen aus dem Ertrag ihrer Arbeit zu ziehen. Die provisorische Regierung gibt den Arbeitern, denen sie gehört, die Million zurück, die von der Zivilliste anfällt«. Der letzte Satz soll auf Alexandre Ledru-Rollin oder François Arago zurückgehen (siehe Gothot-Mersch, Anm. 261).

412 *im Prado:* Ein Ballsaal, wo am 26. Februar Louis-Auguste Blanqui eine Versammlung einberufen hatte, um gegen den Verzicht auf die rote Fahne und die Missachtung der Arbeiterrevolution zu protestieren. Er war vom Pariser Präfekten Caussidière harsch zurückgepfiffen und zur Nachsicht mit der provisorischen Regierung aufgefordert worden.

– *Erklärung der Menschen- und Bürgerrechte:* Dies pflegte auch der Präsident des *Club démocratique du 3e arrondissement* zu tun, wie Flaubert sich in seinen Entwürfen notierte (siehe Cento, S. 245).

– *Les Souvenirs du Peuple:* Ein Lied aus dem Jahre 1828, das

Napoleon pathetisch verklärt. Erbauliche Bilderbogen mit der Legende »Die Erinnerungen des Volkes« zeigten die Stationen aus dem Leben des Kaisers, von denen eine Großmutter auf dem Land ihren Enkeln berichtet. Louis-Napoléon Bonaparte wusste die grassierende Napoleon-Nostalgie klug zu nutzen, um die eigene Kandidatur für das Präsidentenamt voranzutreiben; seine Unterstützungskomitees sangen das Lied tagein, tagaus bei Versammlungen.

– *La Casquette:* »Die Mütze«, berühmtes Lied des Arbeiterdichters Pierre Dupont (siehe Anm. zu S. 361); der hier zitierte Refrain war eine Art Gassenhauer und illustriert die Idealisierung und Mystifizierung des Volkes.

– *Assemblée nationale:* Am 29. Februar 1848 von ehemaligen Beamten der Julimonarchie gegründetes Blatt, das die provisorische Regierung bekämpfte. Nach den Juni-Tagen wurde es vorübergehend eingestellt, ab 7. August erschien es wieder. Im Carnet 14 findet sich folgende Notiz Flauberts: »Fünf junge Leute der Hochschulen, die ihre Briefe mit Namen zeichnen, erklären, dass sie sich jeden Abend auf der Place de la Sorbonne treffen, am Fuß des Freiheitsbaums, und mit dem Ruf ›Es lebe die demokratische und soziale Republik‹ verbrennen sie die reaktionäre Zeitung *L'Assemblée Nationale.* ›Wir wünschen uns, dass durch Verbreitung dieses Artikels alle wahren Demokraten unser Beispiel *nachahmen.*‹ Es folgen die Unterschriften.« (*Carnets de travail,* S. 383)

– *die Märtyrer des Thermidor:* Am 9. Thermidor endete durch den Sturz Robespierres die Schreckensherrschaft, bereits am 10. Thermidor (28. Juli 1794) wurden Robespierre und einundzwanzig seiner engsten Gefolgsleute guillotiniert, weitere Hinrichtungen folgten. In der Ausgabe von 1869 fand sich anschließend noch der kurze Absatz: »Beifall erklang; einige jedoch beugten sich zu ihren Nachbarn, um zu erfahren, wer die Märtyrer des Thermidor waren.«

413 *Azor:* Ein Hundename; im Theaterjargon bedeutet »Azor rufen« soviel wie »einen Schauspieler auspfeifen«.

414 *Priester und Agronom:* Im Carnet 14 findet sich eine Notiz, die Flaubert der Zeitung *Le Père Duchesne* entnommen hatte: »Im *Club des hommes libres* meldet Abbé Raymond, Priester und Agronom, seine Kandidatur an.« (*Carnets de travail,* S. 382)

– *Atheist! Aristokrat!:* »Der Atheismus ist aristokratisch; die Vorstellung von einem großen Wesen, das über die unterdrückte Unschuld wacht und das siegreiche Verbrechen straft, ist ganz und gar volkstümlich«, hatte Robespierre in einer Rede am 21. November 1793 gesagt.

415 *um ihn hinauszuwerfen:* Flaubert erfindet nichts, er benutzte für die grotesken Szenen im *Club de l'Intelligence* Alphonse Lucas: *Les Clubs et les clubistes, histoire complète, critique et anecdotique des clubs et des comités électoraux fondés à Paris depuis la révolution de 1848* von 1851, darin findet sich auf S. 28 auch der gekränkte Maurer (siehe Cento, S. 250 f.).

416 *Maison d'Or:* Siehe Anm. zu S. 240.

417 *die Köpfe der Reichen gleichmachen:* »Il fallait d'abord passer le niveau sur la tête des riches!« Alphonse Lucas zitiert in *Les Clubs et les clubistes* einen Redner im *Club de l'Arbalète*, der zunächst die Helden von 1789 pries und dann sagte: »unsere Väter wurden Gleichmacher [niveleurs] genannt und Zerstörer [démolisseurs]; tun wir es ihnen nach, nur wenn wir die Köpfe der Reichen gleichmachen [ce n'est qu'en passant le niveau sur la tête des riches], werden wir die wahre Demokratie erobern« (S. 28). Dieser Ausspruch tauchte rasch in Polizeiberichten über die Klubisten auf (siehe Cento, S. 250 und S. 252 f.).

– *Bank- und Versicherungswesen:* Sénécals Rede erinnert an Forderungen, die Barbès im *Club de la Révolution* an die provisorische Regierung gestellt hatte. Im Carnet 14 finden sich dazu Notizen mit fast identischem Wortlaut (siehe *Carnets de travail*, S. 390).

418 *Fouquier-Tinville:* Antoine Quentin Fouquier-Tinville (1746–1795) war von März 1793 bis Juli 1794 öffentlicher Ankläger des Revolutionstribunals und gefürchtet für seine Gnadenlosigkeit.

419 *ciudadano de otra nación:* Die Rede des Patrioten aus Barcelona stand in der Originalausgabe der *Éducation sentimentale* natürlich ohne Übersetzung. Flaubert hatte, wie Alberto Cento (S. 253 ff.) herausfand, einen Text des *Club démocratique ibérique* auf Französisch gefunden (nachzulesen bei Alphonse Lucas: *Les Clubs et les clubistes*, S. 169 f.) und diesen Text dann in ein eher approximatives Spanisch übersetzen lassen: »Citoyens, ich weiß die Ehre sehr zu schätzen, die Ihr mir erweist, und wenn

Eure Güte groß ist, so ist Eure Aufmerksamkeit noch größer. / Seit die Verfassung von Cádiz ausgerufen wurde, dieser Gründungspakt der spanischen Freiheiten, bis hin zur letzten Revolution, hat es in unserem Vaterland viele Märtyrer gegeben. / Am kommenden Dienstag wird in der Kirche La Madeleine ein Trauergottesdienst stattfinden. / Und alle Spanier wünschen sich, dort die Abordnungen der Klubs und der Nationalgarde versammelt zu sehen. Eine Trauerrede zu Ehren [der Märtyrer] der spanischen Freiheit und der ganzen Welt wird von einem Mitglied des Pariser Klerus im Saal Bonne-Nouvelle gehalten werden. Ehre dem französischen Volk, das ich das erste Volk der Welt nennen würde, wäre ich nicht Bürger eines andren Vaterlandes.«

420 *wegzogen aus Paris:* »Das erinnert mich ein bisschen«, schrieb Flaubert am 29. Mai 1852 – eine Rede von Alfred de Musset kritisierend – an Louise Colet, »an die ausgehaltenen Mädchen nach 1848, die verzweifelt waren. Die rechtschaffenen Leute verließen Paris. Alles war verloren!«

422 *Klub der Frauen:* Unmittelbar nach der Februarrevolution organisierten sich zahlreiche Frauenklubs, da ganz offensichtlich auch die neuen politischen Führer die Parole »Freiheit, Gleichheit, Brüderlichkeit« ausschließlich auf Männer bezogen: Am 2. März erklärte die provisorische Regierung alle Franzosen über einundzwanzig für wahlberechtigt, nicht aber die Französinnen. Das »allgemeine Wahlrecht« verstanden auch die Revolutionäre von 1848 als »allgemeines Männerwahlrecht«. Der Code civil von 1804 machte verheiratete Frauen zu Unmündigen, abhängig von ihren Männern. Darum gehörten zu den wichtigsten Forderungen der neuen Frauenbewegung die Abschaffung des Code civil, die Wiedereinführung des Scheidungsrechts, das Wahlrecht, das Recht auf Bildung, Arbeit und finanzielle Unabhängigkeit. Eine wichtige Rolle spielte die vom 20. März bis zum 18. Juni 1848 in insgesamt 46 Ausgaben erschienene Zeitung *La Voix des femmes*, und Frauen wie Jeanne Deroin, Désirée Gay, Pauline Roland, Eugénie Niboyet, Jenny d'Héricourt oder auch Élisa Lemonnier. Deroin und ihre Mitstreiterinnen gründeten den *Club de l'émancipation des femmes*, dann den *Club des femmes*, der am 11. Mai seine erste Versammlung abhielt und schließlich zur *Société de la Voix des femmes* wurde. Flaubert

schreibt hier »club des femmes« nicht als Eigenname, im Gegensatz zu »*Club de l'Intelligence*«.

– *und sie auspeitschen:* In seinen *Souvenirs de l'année 1848* berichtet Maxime Du Camp, wie so oft mit einem leichten Hang zur Übertreibung: »Die Frauen hatten einen Klub eingerichtet in den Kellern der Galeries Bonne-Nouvelle. Hier wurde nicht einfach über das Bürgertum hergezogen: sondern über den Mann, den Gatten, den Herrn, den Tyrannen! die Zaghaftesten verlangten die Scheidung, die Kühnsten befürworteten die Heirat auf Probe; was die Kinder betraf, die überließ man großzügig den Vätern; dieser Plural ist nicht übertrieben; an jenem Ort habe ich noch weit Schlimmeres gehört. Ein paar zu Späßen aufgelegte Nationalgardisten, angeführt von einem ehemaligen Musikverleger [d.i. Maurice Schlésinger, der Mann von Élisa Schlésinger], der etwas übrig hatte für ›kleine Späße‹, gerieten eines Abends unverhofft in das Gemauschel, als eine *Rednerin* gerade die freundlichen Worte wiederholte, mit denen Monsieur Crémieux [der Justizminister] eine Abordnung empfangen hatte, die eine rasche Scheidung ›ohne Gelaber‹ fordern sollte. Diese Barbaren – ich spreche von den Nationalgardisten – waren gnadenlos; nichts konnte sie beschwichtigen, nicht einmal eine von der Vorsitzenden mannhaft geschleuderte Wasserkaraffe. Die Unglücklichen wurden gepackt, in einen spärlich erleuchteten Flur gezerrt und ausgepeitscht. Mit dem Klub der Frauen war's vorbei.« (S. 125 f.)

– *Mademoiselle Vatnaz zufolge:* Im Carnet 14 findet sich ein Blatt mit folgenden Notizen: »*Klub des Verbands der (Gerichts-) Kanzlisten./La Voix des femmes./Petition zugunsten des Frauenwahlrechts*, unterzeichnet Antoine-André de Saint-Gieles, 16. März. // Die gallischen Frauen hatten das Recht, Gesetze zu machen. Sie waren Gesetzgeberinnen. Die afrikanischen Frauen haben in manchen Stämmen das Stimmrecht. Die angelsächsischen Frauen nahmen in England an der gesetzgebenden Versammlung teil. Die Frauen der Huronen gehörten dem Rat an, und die Ältesten folgten ihren Urteilen. // Die Wasserträger wollen von der provisorischen Regierung verlangen, dass den Kohlenhändlern verboten wird, in ihren Läden Wasser zu verkaufen.« (*Carnets de travail*, S. 384 f.) Im Verlauf der Monate März und April wurden bei der provisorischen Regierung unzählige Petitionen eingereicht, auch von feministischen Gruppierungen. Gut möglich, dass die Argumente von Mademoiselle Vatnaz daher stammen. Michèle Riot-Sarcey nennt in ihrem Aufsatz »Émancipation des femmes, 1848« (in: *Genèses* 7/1992, S. 194–200, https://www.persee.fr/doc/genes_1155-3219_1992_num_7_1_1115) in einer langen Liste verschiedenster Petitionen zugunsten der Arbeiterinnen auch Antoine-André de Saint-Gieles.

– *die Essener, die Böhmischen Brüder:* Im 6. Kapitel von *Bouvard et Pécuchet* verrät Flaubert seine Quellen für diese Aufzählung: *Voyage en Iacrie* (1842, *Reise nach Ikarien*), ein utopistisch-kommunistischer Staatsroman von Étienne Cabet, *Système politique et social des égaux* (1842) von Philippe Buonarotti und *La France mystique, ou tableau des excentricités religieuses de ce temps* (1855) von Alexandre Erdan (siehe auch Cento, S. 234).

424 *Rue Drouot:* Verlängerung der Rue de Richelieu nördlich der Boulevards; ihr unterer Teil war erst 1847 aus einem Abschnitt der Rue Grange-Batelière entstanden, darum wird S. 348 Rosanettes Adresse noch mit Rue Grange-Batelière angegeben (heute 9. Arrondissement).

425 *La Presse:* Vor den Wahlen zur verfassunggebenden Versammlung hatte Émile de Girardin in *La Presse* die Frage gestellt, was die provisorische Regierung tun werde, sollten die Abgeordneten nicht die Republik ausrufen. Dies hatte die Mitglieder der politischen Klubs so empört, dass sie am 29. März die Redaktionsräume zu verwüsten suchten.

– *Als die Kammer gestürmt wurde:* Am 15. Mai 1848 hielten Demonstranten, die ursprünglich eine Petition zugunsten Polens einreichen wollten, mehrere Stunden lang die Abgeordnetenkammer besetzt und verkündeten die Auflösung der Nationalversammlung. Blanqui, Barbès und Albert setzten sich an die Spitze eines Zuges, der zum Hôtel de Ville marschierte und eine neue provisorische Regierung ausrufen wollte. Der Aufstand wurde von Nationalgarde und Mobilgarde niedergeschlagen. Polizeipräfekt Caussidière, der nicht eingegriffen hatte, musste zurücktreten.

426 *Nationalgarde von Amiens:* Zweihundert Mann der Nationalgarde aus Amiens waren zum Schutz der Kammer herbeigeeilt, die 3. Legion der Pariser Nationalgarde offerierte ihnen

zum Dank ein Bankett mit achthundert Gedecken (siehe Cento, S. 258).

– *Beratungen im Luxembourg:* Am 29. Februar 1848 war unter dem Druck der Anhänger von Louis Blanc die Commission du Luxembourg zur Organisation der Arbeit ins Leben gerufen worden; den Vorsitz bekam Louis Blanc übertragen, der sich zuvor erfolglos um die Schaffung eines Arbeitsministeriums bemüht hatte, Albert wurde Vizepräsident. Die Versammlung tagte im feudalen Palais du Luxembourg, wo früher die Pairs de France gesessen hatten; unter den Delegierten in diesem »Parlament im Kittel« waren auch drei Frauen. Zu den wenigen konkreten Ergebnissen zählte die Arbeitszeitverkürzung von elf auf zehn Stunden in Paris und von zwölf auf elf in der Provinz. Es fanden zwar intensive Beratungen zwischen Volkswirtschaftlern, Sozialisten, Arbeitern und Arbeitgebern statt, die Kommission selbst verfügte jedoch über keinerlei Mittel und keinerlei Durchsetzungskraft, sie wurde schließlich am 16. Mai wieder abgeschafft, siehe auch Anm. zu S. 75.

– *die Vesuvierinnen:* Der TLF definiert die »vésuvienne« als »Frau, die einer revolutionären Doktrin anhängt und für überspannt gehalten wird« und führt als Beispiel ebendiesen Satz von Flaubert an. Zunächst bezeichnete der Ausdruck wohl nur einen Zusammenschluss von Arbeiterinnen: »*Die Vesuvierinnen*, Legion sauber gekleideter junger Arbeiterinnen, tauchen am 27. März auf«, notierte Flaubert im Carnet 14 (*Carnets de travail*, S. 385). Dann wurde er auf Feministinnen angewandt und spöttisch-abwertend mit leichten Mädchen oder Megären assoziiert. Die Frauen verteidigten sich, indem sie das Schimpfwort zum Kampfbegriff machten.

– *die Tiroler:* Spottname für die Polizeispezialtruppe »les Montagnards« (die Gebirgler) des Pariser Polizeipräfekten Caussidière, siehe Anm. zu S. 401.

– *Landwirtschaftswagen:* Bei einem großen »Fest der Eintracht« am 21. Mai 1848 zu Ehren der Nationalgarden aus den Departements, das sich die Exekutivkommission ausgedacht hatte, um über die inzwischen allseits herrschende Zwietracht hinwegzutäuschen. Neben einer Truppenschau auf dem Marsfeld sollten Landwirtschaft, Industrie und Kunst bei einem feierlichen Umzug vertreten sein und sich selbst und die Erzeugnisse ihrer Arbeit präsentieren. Die Pariser spotteten über den zur Schau gestellten Pomp, »man lachte über den Landwirtschaftswagen, auf dem Programm von Ochsen mit goldenen Hörnern gezogen, in Wirklichkeit aber von Ackergäulen; man höhnte über die fünfhundert eichenlaubbekränzten Mädchen, die dem Wagen folgten«. Dieses Detail entlieh Flaubert dem 29. Kapitel der *Histoire de la Révolution de 1848* von Daniel Stern (d.i. Marie d'Agoult), erstmals 1851–1853 in 3 Bänden erschienen.

427 *eines Reinigers:* Welchem bürgerlichen Beruf dieser »épurateur« tatsächlich nachgeht, ist nicht ganz klar. Nur Michael Wetherill merkt in seiner Ausgabe an, es handle sich um einen »Mann, dem die Wasserreinigung obliegt«. Der Begriff ist vieldeutig, er kann u.a. jemanden bezeichnen, der für politische Säuberungen (épurations) zuständig ist (1792, während der Schreckensherrschaft, gab es commissaires épurateurs/Säuberungskommissare), oder einen Korrektor, der Geschriebenes kürzt und verbessert, oder sogar einen Arbeiter, der zuständig ist für das Raffinieren von Speiseöl. Am wahrscheinlichsten ist jedoch der Wasserreiniger, denn die Versorgung mit Trinkwasser, das zum Großteil aus der Seine und dem Flüsschen Ourcq stammte, und die Abwasserbeseitigung waren im damaligen Paris tatsächlich ein enormes Problem.

– *die Nationalwerkstätten:* Die Revolution verschärfte die Wirtschaftskrise und damit die in Paris sowieso schon sehr hohe Arbeitslosigkeit. Um ihr Versprechen vom 25. Februar 1848 (Recht auf Arbeit) zu halten, hatte die provisorische Regierung bereits am 26. Februar die Einrichtung sogenannter Ateliers nationaux beschlossen – allerdings unter der Verantwortung von Pierre Marie de Saint-Georges, dem Minister für Öffentliche Bauvorhaben und Gegner von Louis Blanc, der übergangen wurde. Die Nationalwerkstätten stellten Arbeitslose zu einem Tageslohn von zwei Franc ein; militärisch organisiert, wurden diese Arbeiter ohne Rücksicht auf ihren erlernten Beruf vor allem bei Bauarbeiten eingesetzt, insbesondere für Erdbewegungen beim Bau von Bahnhöfen und Bahntrassen. Das ganze kostspielige Experiment war mehr eine Karikatur als eine Umsetzung der von Louis Blanc in *L'Organisation du travail* geforderten Ateliers sociaux. Weil sich bald mehr Arbeitswillige meldeten als benötigt, erhielten die nicht gebrauchten eine Entschädigung von 1,50 Franc, und es wurde im Turnus gearbeitet. Dennoch strömten immer weiter Leute herbei, selbst aus der Provinz. Nachdem sich bis Ende Mai schon weit über 100 000 Personen gemeldet hatten, wurde der Tageslohn auf einen und schließlich auf einen halben Franc gekürzt. Der Zorn der Arbeiter, die sich betrogen fühlten, war dementsprechend. Bereits Ende Mai entschied die neugewählte verfassunggebende Versammlung, die ganze Arbeitsbeschaffungsmaßnahme möglichst bald zu beenden, die Veröffentlichung des Dekrets am 21. Juni führte zu einem neuen Aufstand.

431 *Gesetz gegen Zusammenrottungen:* Die Loi contre les attroupements, ein besonderes Anliegen von Marie, trat am 4. Juni 1848 in Kraft und war sowohl gegen bonapartistische wie gegen sozialistische Gruppen gerichtet; sie führte zu zahlreichen Verhaftungen. Der Ausdruck »Klubs der Verzweiflung« stammte vom damaligen Pariser Polizeipräfekten Marc Caussidière.

– *zum Volksvertreter ernennen lassen:* Also zum Vertreter des Departements Aube (in dem Nogent-sur-Seine liegt) für die verfassunggebende Versammlung, die Wahlen dazu fanden am 23./24. April 1848 statt; ursprünglich hatte Monsieur Dambreuse Frédéric dafür gewinnen wollen, siehe S. 404 ff.

– *Es lebe Napoleon:* Louis-Napoléon Bonaparte (1808–1873) war nach der Februarrevolution sogleich aus dem Exil nach Paris geeilt, am 28. Februar 1848 schrieb er einen Brief an die provisorische Regierung, in dem er sich der Republik andiente. Er bekam freilich keine Erlaubnis, in Frankreich zu bleiben, und kehrte nach England zurück. Freunde und Anhänger jedoch arbeiteten für ihn, gründeten Zeitungen, veröffentlichten Broschüren, verteilten Propagandamaterial und schürten die alte Napoleon-Nostalgie. Und so waren seit Anfang Mai auf den Straßen immer häufiger »Vive Napoléon«-Rufe zu hören.

– *Es lebe Barbès:* Der militante Republikaner war seit dem Aufstand vom 12. Mai 1839 gegen Louis-Philippe in Haft gewesen, im Februar 1848 entlassen, kam er mit den Wahlen vom 23. April als Abgeordneter des Departements Aude in die verfassunggebende Versammlung, doch seit dem 15. Mai und dem missglückten Marsch auf das Hôtel de Ville saß er nun wieder im Gefängnis. Am 2. April 1849 zu lebenslanger Haft verurteilt, wurde er 1854, auch dank der Fürsprache George Sands, von Napoleon III. begnadigt und ging für immer ins Exil nach Den Haag; siehe auch Anm. zu S. 196 und S. 318.

– *Nieder mit Marie:* Pierre Marie de Saint-Georges (1795–1870), Minister für Öffentliche Bauvorhaben in der provisorischen Regierung und nun Mitglied der fünfköpfigen Exekutivkommission, die vom 9. Mai bis zum 28. Juni die Regierungsgeschäfte führte; in der nachfolgenden Regierung Cavaignac (28. Juni–20. Dezember) wird er Justizminister sein. Er hatte die Nationalwerkstätten organisiert, auch um Louis Blanc und seine Theorien in den Augen der Arbeiter zu desavouieren, war maßgeblich beteiligt am Gesetz gegen Zusammenrottungen und betrieb nun die rasche Auflösung der Nationalwerkstätten.

432 *Stockdegen:* Im Carnet 14 findet sich folgende Notiz: »In den ersten Märztagen werden auf den Boulevards viele Stockdegen oder -dolche verkauft.« (*Carnets de travail*, S. 389) Im Roman wird dieser Waffenhandel noch brisanter, weil er nach Inkrafttreten des Gesetzes gegen Zusammenrottungen vom 4. Juni 1848 stattfindet, ein Gesetz, das auch das offene oder verborgene Tragen von Waffen unter Strafe stellte.

– *zwinkerten mit den Augen:* Im Carnet 14 findet sich folgende Notiz: »Man verteilt Medaillen mit dem Kopf von Louis Bonaparte, sie werden vorzugsweise an Männer in Arbeitskitteln und an Soldaten ausgegeben. Auf dem Boulevard hat man eine stattliche Anzahl davon verkauft. Diese Medaillen haben einen Ring, damit man sie am Knopfloch festmachen kann, so dienen sie als Erkennungszeichen. 19. Juni.« (*Carnets de travail*, S. 379)

– *die Verbannung der d'Orléans:* Das Gesetz vom 26. Mai 1848 untersagte Louis-Philippe und seiner Familie auf Lebenszeit das Betreten französischen Bodens. Zugleich wurde das Gesetz vom 1. Januar 1816 über die Verbannung der Familie Bonaparte aufgehoben.

– *Pierre Leroux, Proudhon:* Siehe Anm. zu S. 246 und S. 404.

– *Considérant:* Victor Considérant (1808–1893), Philosoph und Volkswirt, Absolvent der Polytechnischen Hochschule, war ein Anhänger Fouriers, der nach 1837 dessen Schule weiterführte, ab 1836 das fourieristische Blatt *La Phalange* leitete und 1843 die Tageszeitung *La Démocratie pacifique* gründete, die bis 1851 bestand. Er wurde im April 1848 als Abgeordneter von Montargis (Loiret) in die verfassunggebende Versammlung gewählt und im Mai 1849 als Abgeordneter von Paris in die gesetzgebende Nationalversammlung (28. Mai 1849 – 2. Dezember 1851), wo er am linken Rand des Halbrunds saß. Nach den Unruhen vom 13. Juni 1849 (siehe Anm. zu S. 491) musste er ins Exil flüchten.

– *Lamennais:* Félicité Robert de Lamennais (1782–1854), Philosoph und Priester, in frühen Zeiten ultramontan, entwickelte er sich hin zu einem liberalen, sozialen Katholizismus, der ihn den Republikaner annäherte. 1834 veröffentlichte er seine *Paroles d'un croyant*, die vom Papst verurteilt wurden. Er war Abgeordneter in der verfassunggebenden Versammlung und zog sich nach dem Staatsstreich aus der Politik zurück.

433 *Monsieur de Falloux:* De Falloux (siehe Anm. zu S. 400) war zum Berichterstatter über die Nationalwerkstätten ernannt worden und befürwortete klar und deutlich deren sofortige Auflösung.

– *Minister für Öffentliche Bauvorhaben:* Das war in der Periode der Exekutivkommission (9. Mai–28. Juni 1848) Ulysse Trélat, der von de Falloux stark unter Druck gesetzt wurde. Trélat trat am 18. Juni aus Protest gegen die brutale sofortige Schließung der Nationalwerkstätten zurück. Die Entscheidung, das Experiment mit den Nationalwerkstätten zu beenden, war in der verfassunggebenden Versammlung bereits am 24. Mai gefallen, das entsprechende Dekret wurde jedoch erst am 21. Juni unterzeichnet. Um das Heer der (aufrührerischen) Arbeitslosen aus Paris wegzubekommen, sollten junge Männer zwischen 18 und 20, nach anderen Quellen 25, »freiwillig« zur Armee gehen oder zwangsweise in der Provinz bei großen Bauvorhaben eingesetzt werden, z. B. Kanalgrabungsarbeiten in der Sologne.

– *Gegen neun Uhr:* Am Abend des 21. Juni 1848 verbreitete sich langsam die Nachricht über die Auflösung der Nationalwerkstätten, das Dekret wurde am folgenden Tag in *Le Moniteur* veröffentlicht.

434 *nach Fontainebleau:* Flaubert war während der Arbeit an seinem Roman zweimal kurz hintereinander in Fontainebleau, etwa sechzig Kilometer südlich von Paris, um das Schloss, aber auch die Orte, Wege, Gaststätten zu besichtigen, die Frédéric und Rosanette aufsuchen: Montag/Dienstag, 13./14. Juli, und Freitag/Samstag, 7./8. August 1868. Er benutzte auch frühe Reise-

führer, insbesondere Denecourt (Claude-François Denecourt: *Indicateur historique et descriptif de Fontainebleau. Itinéraire du palais, de la forêt et des environs*, première édition 1839, oder auch den *Guide du voyageur dans le palais et la forêt de Fontainebleau, ou Histoire et description abrégées de ces lieux remarquables et pittoresques. Avec cartes topographiques*, 1840) und Joanne (Adolphe Joanne: *Fontainebleau. Son palais, ses jardins, sa forêt et ses environs. Itinéraire du promeneur.* Illustré de 45 gravures sur bois par Lancelot, Granet, Thérond, Hubert Clerget. Et contenant une carte et un plan, Paris 1867). Im Carnet 12 finden sich lange, während der zwei Aufenthalte entstandene Notizen (*Carnets de travail*, S. 419–427). Auffällig ist zudem, dass Flaubert immer wieder sehr poetische und an die »Legende vom heiligen Julian« erinnernde topographische Schilderungen durch Verwendung des Präsens aus der Romanhandlung quasi heraushebt, ihnen Zeitlosigkeit verleiht, sie in seine schreibende Gegenwart holt, aber auch in unsere lesende.

435 *Christina:* Christina von Schweden (1626–1689), bis zu ihrer Abdankung 1854 Königin, ließ während eines Frankreichaufenthalts am 10. November 1657 ihren Oberstallmeister Marchese Giovanni Monaldeschi auf Schloss Fontainebleau ermorden; er soll geheime Abmachungen zwischen ihr und Kardinal Mazarin verraten haben, zudem wollte sie wohl einen lästig gewordenen ehemaligen Liebhaber loswerden.

– *Jagdszenen aus der Zeit Ludwigs XV.:* Ludwig XV. (1710–1774) war ein passionierter Jäger; Jean-Baptiste Oudry und Jean-François de Troy malten Jagdszenen für die Gemächer des Königs in Fontainebleau.

436 *eine rückwirkende und unaussprechliche Lüsternheit:* Im 1. Kapitel von *Par les champs et par les grèves* (S. 34 f.), Flauberts Bericht von einer 1847 zusammen mit Maxime Du Camp unternommenen Reise, findet sich folgender Eintrag nach einer Besichtigung von Schloss Chenonceaux an der Loire: »Wir haben im Zimmer von Diane de Poitiers das große Himmelbett der königlichen Konkubine gesehen, ganz aus blauem und kirschrotem Damast. Würde es mir gehören, es fiele mir furchtbar schwer, mich daran zu hindern, nicht doch manchmal hineinzukriechen. Im Bett der Diane de Poitiers zu schlafen, selbst wenn es leer ist, das ist genauso gut, wie mit vielen handfesteren Wirklichkeiten

zu schlafen. Hat nicht irgendwer gesagt, in derlei Dingen sei die Lust nichts als Phantasie? Können Sie sich also, vorausgesetzt, Sie haben ein bisschen davon, die einzigartige, historische und 16. Jahrhundert-Wollust vorstellen, seinen Kopf auf das Kissen der Mätresse von Franz. I. zu legen und sich auf ihrer Matratze zu wälzen? (Oh! wie gern würde ich alle Frauen der Welt dafür hergeben, Kleopatras Mumie zu besitzen!)«

437 *die weinenden Schönen:* Rousseau berichtet im 8. Buch der *Bekenntnisse* von der Uraufführung seiner Oper *Le Devin du village* am 18. Oktober 1752 in Fontainebleau: »Ich hörte um mich herum ein Geflüster von Frauen, die mich schöner dünkten als Engel [...]. Die Freude darüber, so viele liebenswerte Wesen zu rühren, rührte mich selbst zu Tränen; und ich konnte sie nicht zurückhalten beim ersten Duett, als ich merkte, dass ich nicht als einziger weinte.«

– *Parterre:* Das Große Parterre, zwischen 1660 und 1664 von André Le Nôtre und Louis Le Vau angelegt, ist mit seinen rund 14 ha ein monumentales Beispiel französischer Gartenkunst.

438 *der Pharamond, der Königsstrauß:* Bizarre Felsformationen oder eindrucksvolle Bäume im Wald von Fontainebleau trugen schon zu Flauberts Zeiten phantasievolle Namen: Pharamond war ein mythischer König der salischen Franken im frühen 5. Jahrhundert, nach ihm war eine der ältesten Eichen benannt. Im Carnet 12 stehen die Notizen: »Zwei hohe Bäume, deren Stämme sich berühren: Siamesische Zwillinge«, »der alte Pharamond« und »Weggabelung am Königsstrauß« (*Carnets de travail*, S. 420). Königsstrauß (Bouquet-du-Roi) hieß eine mächtige Eiche mitten in La Tillaie, einem Hochwald nordwestlich von Fontainebleau. Laut Denecourt (*Guide du voyageur* von 1840, S. 39) die höchste und geradeste Eiche im ganzen Wald, mit einem Umfang von sechs Metern. Heute erinnern nur noch Wegnamen (Carrefour und Route du Bouquet-du-Roi) an diesen einst berühmten Baum.

– *Franchard:* Die einstige Eremitage de Franchard mitsamt den pittoresken Schluchten, die sich südlich und westlich von ihr erstrecken, sind schon bei Denecourt beschrieben.

439 *Höhen von Aspremont:* Die Gorges d'Apremont/Schluchten von Apremont (Flaubert schreibt Aspremont) gehören zur Gemeinde Barbizon, im nordwestlichen Teil des Waldes von Fon-

tainebleau gelegen. Diese Gegend lockte viele Maler an und frühe Fotografen wie Gustave Le Gray, dessen Aufnahmen aus den späten 1840er und frühen 1850er Jahren die wilde, monumentale Schönheit des Waldes dokumentieren. Im Carnet 12 findet sich folgende Notiz: »*Aspremont.* / Man fährt im Wagen eine schöne Straße hinab, Eichen, sehr breit nach oben hin. Dann geht man zu Fuß. Der Weg steigt an zwischen Kiefern, mit riesigen Felsen. Starker Harzgeruch. Die Wurzeln auf dem Weg bilden vortretende Adern. // Hochfläche. Im Vordergrund flache Felsen. Darunter: Baumwipfel, rostrote Ebenen.« (*Carnets de travail*, S. 422)

– *Ein Maler in blauem Kittel:* In der fünften Auflage seines Reiseführers, der nun *Guide du voyageur et de l'artiste à Fontainebleau* hieß, verzeichnete der geschäftstüchtige Claude-François Denecourt auch all jene Orte, wo Maler der Barbizon-Schule beim Arbeiten anzutreffen waren, eine zusätzliche Attraktion für Ausflügler aus Paris.

– *Chailly:* Der heute Chailly-en-Bière genannte Ort liegt im Westen, außerhalb des Waldes.

440 *Marlotte:* »Marlotte: größer als Barbizon. / Feenteich, großer Wassertümpel, mit Linsen bedeckt, in der Mitte eines schmalen Hochwalds. / *Teich in der Wolfsschlucht.*« (Carnet 12, *Carnets de travail*, S. 427) Marlotte war ein pittoresker Weiler am Südrand des Waldes, heute mit Bourron zu Bourron-Marlotte zusammengelegt. Die anderen Orte sind ebenfalls beliebte Sehenswürdigkeiten.

– *Vogelruf, immer wieder:* Dieser Absatz ist ein gutes Beispiel dafür, wie Flaubert seine Notizen von den beiden Besuchen im Wald von Fontainebleau (Juli/August 1868) in den Roman einfließen lässt: »Stille. / Zwei Frauen kommen vorüber, Reisigbündel auf dem Rücken tragend. / Ein kurzer Vogelruf, ganz schwach. Das Pferd schnaubt.« (Carnet 12, *Carnets de travail*, S. 420)

442 *große unbekannte Kataklysmen:* Die ganze vorangehende Passage nennt Gérard Genette als Beispiel für Flauberts ungewöhnliche Verwendung des Präsens (*Figures I*, S. 238; siehe Anm. zu S. 25).

– *ganz aus Sand:* Am 31. Juli 1868 hatte George Sand Flaubert noch einen Tipp für seine Ausflüge nach Fontainebleau gegeben:

»Was für ein hübscher Wald, nicht? Doch vor allem im Winter, ohne Blätter, mit seinem frischen Moos, ist er schick. Hast Du die Sables d'Arbonne gesehen? Da gibt es eine kleine Sahara, die jetzt in dieser Jahreszeit entzückend sein muss.« Gleich nach seiner Rückkehr antwortete Flaubert am 10. August: »Ich war zweimal in Fontainebleau, und beim zweiten Mal habe ich, Ihrem Rat folgend, die Sables d'Arbonne gesehen. – Das ist so schön, dass ich meinte, vom Schwindel überwältigt zu werden.« Der ganze Absatz hier spiegelt die Besichtigung der Fels- und Sandlandschaft bei Arbonne-la-Forêt am westlichen Rand des Waldes.

443 *Schaukeln des Wagens:* »Ach! unsere beiden guten Spazierfahrten in der Kalesche, wie waren die schön! Die zweite vor allem mit ihren Blitzen! Ich erinnere mich an die Farbe der Bäume im Schein der Laternen und das Schaukeln des Wagens; wir waren allein, glücklich«, schrieb Flaubert am 4./5. August 1846 an seine Geliebte Louise Colet.

– *drei Vipern in einer Schachtel:* In Flauberts Notizen von den Ausflügen nach Fontainebleau findet sich unmittelbar vor dem »Mann = mit Vipern in einer Gitterschachtel« auch ein »schwarzes Eichhörnchen, das einen Pilz verspeist« (Carnet 12, *Carnets de travail*, S. 420).

– *Matelote:* Eine Art Ragout aus Fisch in einer Zwiebel-Rotwein-Soße. Der Gasthof in Les Plâtreries, wo auch Flaubert bei seinen Recherchen eingekehrt war, trug sinnigerweise den Namen »À la bonne Matelote« (siehe Carnet 12, *Carnets de travail*, S. 425).

444 *ein Mädchen mit Strohhut:* »Eine der Mägde, blond, bezaubernd, feine Gesichtszüge, bedient mich mit Strohhut. Eine andere, vorhin, zog Wasser aus einem Brunnen, etwas unterhalb des Hauses von Monsieur Pavie. / Sie war brünett oder kastanienbraun. Das Haar am Hinterkopf in Zöpfchen gerollt.« (Carnet 12, *Carnets de travail*, S. 424)

445 *Seidenweber in La Croix-Rousse:* La Croix-Rousse war die Hochburg der Seidenindustrie, erst 1852 wurde die Ortschaft auf dem Hügel zu einem Stadtteil von Lyon. 1831 hatte hier der erste Aufstand der Seidenweber stattgefunden, 1834 und 1848 folgten weitere. Am 27. August 1868 bat Flaubert seinen Freund Jules Duplan um Hilfe, er brauchte Informationen über die Seidenweber, ihre Arbeits- und Lebensbedingungen: »Ich erzähle

oder vielmehr eine Kokotte aus meinem Buch erzählt von ihrer Kindheit. Sie war die Tochter von Arbeitern in Lyon. Ich bräuchte Einzelheiten über die Wohnverhältnisse derselbigen. [...] / Kurzum, ich will in vier Zeilen das Bild eines Arbeiterhaushalts zeichnen, um es einem anderen entgegenzustellen, das gleich danach kommt, die Entjungferung Unserer Heldin an einem luxuriösen Ort.«

447 *als er kam:* Im Carnet 19 aus den Jahren 1862–1863 findet sich zwischen verschiedenen kurzen Skizzen zu Romanideen die folgende Notiz: »Ein Kind (16 Jahre) wartet in einem Boudoir darauf, seine Jungfernschaft zu verlieren – das Souper ist angerichtet – isst nur Eingemachtes und schläft ein über lüsternen Stichen. (S. Lag.).« (*Carnets de travail*, S. 284) Diese Geschichte hatte Flaubert offenbar von der Schauspielerin Suzanne Lagier (1833–1893) erfahren, im Tagebuch der Brüder Goncourt findet sich dazu unter Sonntag, 6. April 1862: »Zum Mittagessen bei Flaubert. Lagier erzählt von ihren Liebschaften [...]. / Zu Flaubert: ›Du bist der Abfallkorb meines Herzens, ich vertrau dir alles an ...‹« Doch schon Marie in dem Jugendwerk *Novembre* (1842) berichtete auf ganz ähnliche Weise von ihrer Entjungferung durch einen reichen Alten: »Kaum war er draußen, stand ich auf, ich trat ans Fenster, ich öffnete es und ließ die Luft mir die Haut abkühlen; ich wünschte mir, der Ozean könnte mich reinwaschen von ihm, ich machte mein Bett, strich sorgfältig alle Stellen glatt, wo dieser Kadaver mich mit seinen Konvulsionen belästigt hatte. Die ganze Nacht hindurch weinte ich; verzweifelt heulte ich wie ein Tiger, den man kastriert hat.« (*Œuvres de jeunesse*, S. 804 ff.)

448 *sind ins Bettchen mit:* Das kindersprachliche »Avons fait dodo avec sa femme« geht auf einen Vorschlag von Maxime Du Camp zurück, der in mehreren Briefen (10. Juni, 4. und 7. Juli 1869) Flauberts wiederholten Gebrauch von »coucher avec« (schlafen mit) als allzu vulgär kritisiert hatte. Auch Du Camps Geliebte Adèle Husson stieß sich an dem Ausdruck, den damals wohl nur Männer unter sich gebrauchten. An einigen Stellen beließ Flaubert dennoch sein »coucher avec« (S. 168, 227, 528), hier aber korrigierte er.

450 *zurück nach Paris:* Am 2. September 1868 bat Flaubert seinen Freund Jules Duplan abermals um Hilfe: »Ich hatte eine

Reise nach Fontainebleau geschrieben mit Rückfahrt im Zug, da überkam mich ein Zweifel, und leider Gottes! habe ich eingesehen, es gab 1848 keine Eisenbahn von Paris nach Fontainebleau. / Jetzt muss ich zwei Absätze wegschmeißen und neu schreiben! […] / Du kannst Dir nicht vorstellen, wie mich das ärgert! *Ich muss also wissen*: 1. wie gelangte man im Juni 1848 von Paris nach Fontainebleau? 2. vielleicht gab es schon irgendeinen fertigen Eisenbahn-Abschnitt, der in Betrieb war? 3. welche Wagen nahm man? 4. und *wo* in Paris kamen sie an?« Du Camp, den Flaubert ebenfalls um Rat gefragt hatte, antwortete am 22. September 1868: »Was Fontainebleau angeht, ich nicht wissen, aber die Bahnlinie nach Corbeil war seit 1843 eröffnet (glaube ich), man fuhr im Waggon bis Juvisy oder Corbeil, anschließend nahm man entweder eine Gondel oder die Diligence […]. Außerdem, wenn Du im Bottin'schen Handels-Adressbuch jener Zeit nachschaust (*öffentliche Wagen*, *Fontainebleau*), findest Du allerhand diesbezügliche Auskünfte.« Mit welchem Verkehrsmittel Frédéric und Rosanette nach Fontainebleau gekommen sind, beließ Flaubert im Dunkeln.

451 *Vier Barrikaden:* Zu den Ereignissen in der Nacht vom 25. auf den 26. Juni 1848 rund um die Place d'Italie (im heutigen 13. Arrondissement) zog Flaubert Erkundigungen ein bei verschiedenen Freunden; am 27. Oktober 1868 bat er Ernest Feydeau: »Es wäre sehr nett von Dir, wenn Du mir zwei Fragen beantworten könntest: 1. Wo standen im Juni 48 die Posten der Nationalgarde in den Vierteln Mouffetard, Saint-Victor und [Quartier] Latin? / 2. Hielt in der Nacht vom 25. auf den 26. Juni (Nacht von Sonntag auf Montag) die Nationalgarde oder die Linie das linke Seineufer in Paris besetzt? / Ich habe mich schon an eine ganze Reihe von Leuten gewandt, und keiner hat geantwortet; ich sitze im Trüben vor drei weißen Seiten.« Feydeau lieferte Anfang November nach Recherchen im Archiv des Kriegsministeriums die gewünschten Auskünfte.

452 *Rue du Marché-aux-Chevaux:* Im heutigen 5. Arrondissement, von der einstigen Straße ist nur eine kleine Sackgasse übriggeblieben.

– *Fassade der Pitié:* Das Hôpital de la Pitié befand sich bis Anfang des 20. Jahrhunderts in unmittelbarer Nähe des Jardin des Plantes, im Bereich der heutigen Rue Geoffroy-Saint-Hilaire und Rue de Quatrefages (5. Arrondissement). Für die Beschreibung des Viertels hat Maxime Du Camp in einem undatierten Brief aus der ersten Oktoberhälfte 1868 Erinnerungen beigesteuert: »Hinter der großen und massigen Dunkelheit des Jardin des Plantes, *die Pitié, Fenster hell erleuchtet*; man brachte seit drei Tagen die Verwundeten hin, und es mangelte nicht an Arbeit.«

– *Rue Saint-Victor:* War einstmals viel länger und führte auf dem heutigen Verlauf von Rue Linné und Rue Jussieu bis zum Jardin des Plantes.

453 *verflüchtigten sich wie Gespenster:* Für diese nächtlichen Impressionen benutzte Flaubert Informationen, die Maxime Du Camp am 22. September 1868 in einem Brief für ihn zusammengefasst hatte: »Was meine Erinnerungen an Paris in der Nacht betrifft, hier sind sie: *unheimlicher* Anblick; leere Straßen, durchstreift von Patrouillen der Nationalgarde zu wenigstens 100 bis 150 Mann; Tamboure, von zwei oder drei Kompanien begleitet, zogen von Straße zu Straße, *den Generalmarsch schlagend*, um alle zu den Waffen zu rufen; die Häuser völlig *unbeleuchtet und dunkel.* In jedem Licht sah man ein Zeichen von Aufstand und schoss auf erhellte Fenster [...]. Die Wachposten riefen alle zehn Minuten: ›Wachposten! seid auf der Hut!‹ Goyons Dragoner waren im Dienst, überall auf Posten; niemand war unterwegs außer ein paar Männern *in* WEISSEN KITTELN, die eine Losung sagten und weitergingen; das waren verkleidete Polizisten. [...] Ungewöhnliche Stille, gestört von Zeit zu Zeit durch ein völlig eigentümliches Geräusch, das nichts gemein hatte mit den in Paris üblichen Geräuschen: das war die Besonderheit des nächtlichen Paris, die, abgesehen von den Ereignissen, bei allen so etwas wie Verdutztheit hervorrief. [...] also, Dunkelheit der Hausfassaden; tiefe, *schwarze* Stille; plötzlich wiederholen sich Rufe: ›Wachposten! seid auf der Hut!‹; Stille; Getrappel von 150 Mann im Gleichschritt; – Stille; Dröhnen des Generalmarschs! – Stille, sehr dumpfes und sehr starkes Grollen der Kanonen; jede Brust war beklommen. Diese *Beklemmung*, diese Atemnot ist noch ganz deutlich in meiner Erinnerung.«

– *Rue Saint-Jacques:* Im heutigen 5. Arrondissement.

454 *über die Getöteten:* Alle vier Genannten starben am 25. Juni 1848, General Bréa wurde von Aufständischen an der

Zollschranke der Porte d'Italie füsiliert, ebenjener Schranke, wo Frédéric am selben Tag, aus Fontainebleau kommend, festgenommen wird. General de Négrier und Charbonnel kamen bei Gefechten im Umkreis der Place de la Bastille ums Leben. Denys Auguste Affre, seit 1840 Erzbischof von Paris, wurde von einer verirrten Kugel getroffen, während er am Faubourg Saint-Antoine mit Aufständischen verhandelte.

– *Duc d'Aumale:* Der vierte Sohn des abgedankten Louis-Philippe. Wiederum hat Maxime Du Camp in einem undatierten Brief aus der ersten Oktoberhälfte 1868 Flaubert auf derlei »dummes Geschwätz« hingewiesen: »›*Das ist Heinrich V.*; man hat russisches und englisches Gold bei getöteten Aufständischen gefunden; *der Duc d'Aumale* ist in Calais gelandet; *Barbès* ist aus Vincennes getürmt‹ usw. usf.«

– *Heinrich V.:* Henri d'Artois, ein Enkel Karls X., also ein Bourbone, 1830 von den Legitimisten zum König ausgerufen.

– *Rathaus des 11. Arrondissements:* In der Rue Garancière, heute 6. Arrondissement; von hier läuft Frédéric bis zum Quai Voltaire, heute 7. Arrondissement, und überquert die Seine am Pont Royal oder Pont du Carrousel.

– *Ehre dem glücklosen Heldenmut:* Wieder greift Flaubert auf einen Spruch aus der Napoleonlegende zurück, den diesmal Jean-Baptiste Debret in seinem Gemälde »Napoléon rend hommage au courage malheureux« (ausgestellt im Salon von 1805) sowie zahlreiche Stiche und Bilderbogen verewigt hatten (siehe Takashi Kinouchi: »La mémoire des images dans *L'Éducation sentimentale*«, Anm. zu S. 53). Maxime Du Camp erwähnt den Ausspruch in seinem Brief vom 1. Oktober 1868: »Ein hochkomisches Wort, das Dein Held in der Nacht von Sonntag auf Montag sicher gehört hat: jedesmal, wenn ein Verwundeter auf seiner Bahre vorbeigetragen wurde, präsentierten die Posten der Nationalgarde das Gewehr, und niemals verabsäumte es der diensthabende Offizier zu sagen: ›Ehre dem glücklosen Heldenmut!‹ oder: ›Wir rächen euch!‹« Auch in seinen *Souvenirs de l'année 1848* erzählt Du Camp diese Anekdote, versehen mit dem Kommentar: »Das unbezwingbare Bedürfnis, vorgeformte Phrasen zu gebrauchen, sich blind drauflos historischer Aussprüche zu bedienen, ist eine vor allem französische Krankheit, eine Krankheit, bestehend aus Faulheit und Wortgeklingel« (S. 283). Aus

Flauberts Entwürfen geht hervor, dass ihm die Herkunft des Spruches bekannt war, darum wendet er ihn ins Bitter-Ironische: Während Napoleon sich nach der Einnahme von Ulm im Oktober 1805 vor feindlichen Gefangenen verneigte, bemitleidet der Offizier im Roman nur seine eigenen Leute.

– *Proklamation Cavaignacs:* Louis-Eugène Cavaignac (1802–1857) hatte sich seit 1832 in Algerien Ruhm erworben. Nach der Februarrevolution wurde er von der provisorischen Regierung zum General ernannt und als Gouverneur nach Algerien entsandt, vom 20. März bis 5. April 1848 war er Kriegsminister, dann ein zweites Mal vom 17. Mai bis 28. Juni in der kurzen Zeit der Exekutivkommission. Vom 28. Juni bis 20. Dezember 1848 führte er die Regierungsgeschäfte. Wie sein Bruder, der Journalist Godefroy Cavaignac (siehe Anm. zu S. 297), war er seit den 1830er Jahren bekennender Republikaner. – Am 24. Juni 1848 hatte ihn die Nationalversammlung mit allen Vollmachten ausgestattet, um die Unruhen brutal niederzuschlagen, am 27. erklärte er gegenüber Armee und Nationalgarde: »Die Sache der Republik hat obsiegt, dank der Anstrengung aller.« Marx kommentierte in *Die Klassenkämpfe in Frankreich 1848–1850*: »Lamartines Leuchtkugeln haben sich verwandelt in die Brandraketen Cavaignacs.« (MEW, Bd. 7, S. 31)

455 *Mobilgardisten:* »Die Februarrevolution hatte die Armee aus Paris hinausgeworfen. Die Nationalgarde, d.h. die Bourgeoisie in ihren verschiedenen Abstufungen, bildete die einzige Macht. Allein fühlte sie sich indes dem Proletariat nicht gewachsen«, schreibt Karl Marx in *Die Klassenkämpfe in Frankreich 1848–1850*. Ende Februar 1848, heißt es weiter, »bildete die provisorische Regierung 24 Bataillone *Mobilgarden*, jedes zu tausend Mann, aus jungen Leuten von 15 bis 20 Jahren. Sie gehörten größtenteils dem *Lumpenproletariat* an [...]. Die provisorische Regierung zahlte ihnen pro Tag 1 fr. 50 cts., d. h., sie erkaufte sie. [...] So stand dem Pariser Proletariat eine aus seiner eigenen Mitte gezogene Armee von 24 000 jugendlich kräftigen, tollkühnen Männern gegenüber. Es schrie der Mobilgarde auf ihren Zügen durch Paris *Vivats!* zu. Es erkannte in ihr seine Vorkämpfer auf den Barrikaden. Es betrachtete sie als die *proletarische* Garde im Gegensatze zur bürgerlichen Nationalgarde. Sein Irrtum war verzeihlich.« (MEW, Bd. 7, S. 26)

– *Faubourg Saint-Antoine:* Die letzte noch verbliebene Barrikade der Aufständischen wurde am 26. Juni gestürmt.

456 *neunhundert Mann:* Insgesamt waren in den Gewölben unter der Terrasse am Seineufer 1500 Gefangene auf engstem Raum eingeschlossen. In der Nacht vom 26. auf den 27. Juni kam es zu einem schlimmen Zwischenfall: 250 Gefangene durften an die frische Luft, unter Aufsicht von Nationalgardisten aus der Provinz. Da löste sich bei einem wohl betrunkenen Nationalgardisten ein Schuss, die anderen glaubten an einen Ausbruchsversuch und schossen wahllos in die Menge. Herbeigeeilte Wachposten schossen im Dunkeln ihrerseits auf Gefangene und Nationalgardisten, Bilanz: etwa 200 Tote (siehe Gothot-Mersch, Anm. 300).

– *blindlings in den Haufen:* Im Carnet 14 finden sich verschieden Notizen über die blutige, hasserfüllte Repression im Juni 1848, die hier und auf den folgenden Seiten Eingang fanden: »*Nach Juni. / Keller der Tuilerien.* Die ersten Gefangenen wurden am Freitag, den 23. gegen Mittag hierhergebracht. Man pferchte sie zusammen. Es waren 900. Man rief sie; und Flintenschüsse krachten. Sie glaubten alle, man werde sie füsilieren, und drängten sich aneinander. / Ein Offizier schoss durch ein Fensterloch des Kellers in der École militaire auf die Unglücklichen, die Brot verlangten, und fragte grinsend, nachdem er einen getötet hatte: ›Wer hat noch Hunger? Ich versorge ihn.‹« – »Dreck. Lampe, die einem Blutfleck gleicht. Hin und wieder tanzen kleine Flammen, blau, grün oder gelblich, hervorgebracht von den gashaltigen Ausdünstungen. Ein unschuldiger Grundbesitzer aus der Provinz, von einem Nationalgardisten durch die Gitterstäbe hindurch getötet. Sein Hirn blieb an dem Holzzuber kleben und der Leichnam über 12 Stunden liegen. Der Nationalgardist, im Besitz eines Jagdgewehrs, sagte: ›Na gut, ich schreibe meiner Frau, dass ich einen hübschen Sperling erlegt habe.‹ (März 1849.)« (*Carnets de travail*, S. 391 und 392)

457 *durchweg gnadenlos:* »Ich schreibe jetzt drei Seiten über die Greuel der Nationalgarde im Juni 1848, womit ich mich bei den Bürgern sehr beliebt machen werde. Ich drücke ihnen die Nase in ihre Schändlichkeit, so gut ich kann«, heißt es in einem Brief Flauberts an George Sand vom 19. September 1868.

– *mit den Truppen aus Nogent:* Ledru-Rollin hatte als Mitglied der Exekutivkommission befohlen, alle Truppen und alle verfügbaren Einheiten der Nationalgarde aus den Nachbardepartements nach Paris zu entsenden, um die Unruhen niederzuschlagen. Die Nationalgarde aus Nogent war eine der ersten, die in Paris eintraf.

Kapitel II

460 *Zum Diner:* Einem Entwurf zufolge findet dieses Diner am 2. Juli 1848 statt: »2. Juli – am Morgen hat Cavaignac auf der Place de la Concorde eine Truppenparade abgehalten« (siehe Gothot-Mersch, Anm. 302).

461 *geschah Verdächtiges:* Verschiedenen Zeitungen wie *Le Constitutionnel* und *Le Lampion* hatte Flaubert die hier und auf den nächsten Seiten ausgebreiteten Schreck- und Phantasiegeschichten entnommen.

462 *dreiundzwanzigtausend Zuchthäusler:* Zwischen zwanzig- und dreißigtausend, behauptete *Le Constitutionnel* am 30. Juni, bevor das Blatt vierzehn Tage später kleinlaut dementierte (siehe Cento, S. 275 f.).

464 *Ananaspürees im Luxembourg:* Im Palais du Luxembourg, wo von 1814 bis 1848 die Chambre des Pairs residiert hatte und jetzt, in der Zweiten Republik, eine kurzlebige *Commission des travailleurs* untergebracht war.

– *Er schuldet einem Goldschmied:* Louis Blanc berichtete in seinen *Révélations historiques* (Bruxelles, 1859) von diesen und anderen Verleumdungen.

465 *Péquillet usw.:* Helden aus dem Volk, die in der Presse als »gardes mobiles héroiques« oder »vivandière héroique« gefeiert wurden, weil sie aus bürgerlicher Sicht auf der richtigen Seite gestanden hatten: Sallesse war Mobilgardist, Eugène und Alfred Jeanson Nationalgardisten und Péquillet eine Marketenderin.

466 *wegen des nun endgültig verlorenen spanischen Museums:* Louis-Philippe besaß eine Sammlung spanischer Meister, die zwischen 1838 und 1848 dem Publikum zugänglich war. Die Zweite Republik gab dem abgedankten König seine Bilder zurück.

468 *naturgegebenes Recht:* Fumichon hat offenbar das gerade

erschienene Buch *De la propriété* (1848) von Adolphe Thiers (siehe Anm. zu S. 221) gelesen, in dem es auf S. 9 heißt: »das Eigentum, Naturtrieb des Menschen, des Kindes, des Tiers, einziges Ziel, unabdingbarer Lohn der Arbeit«, und auf S. 30: »Auch er [der Löwe] würde sich, könnte er denken, zum Eigentümer erklären.« Was Flaubert von Thiers hielt, der nach Exil (1851) und Rückkehr ins Parlament (1863) inzwischen zum Führer der liberalen Opposition aufgestiegen war, lässt sich in einem Brief vom 17. Dezember 1867 an Jules Duplan nachlesen: »Ich persönlich freue mich über den Triumph von Monsieur Thiers. Das bestätigt mich in dem Ekel vor meinem Vaterland und im Hass, den ich auf diesen Prudhomme [Spießer] empfinde. Ist es möglich, von Religion und Philosophie mit noch blöderer Nachlässigkeit zu reden! Ich habe übrigens vor, ihn in meinem Roman *zuzurichten*, wenn ich bei der Reaktion bin, die auf die Juni-Tage folgte. Es soll (im zweiten Kapitel meines 3. Teils) ein Abendessen geben, bei dem sein Buch *Über das Eigentum* gepriesen wird.« Am 18. Dezember verschärfte er noch den Ton in einem Brief an George Sand: »Kann man sich einen triumphierenderen Dummkopf vorstellen, einen widerlicheren Knacker, einen kothaufenförmigeren Bourgeois! Nein! nichts kann einen Begriff geben von dem Brechreiz, den diese alte diplomatische Melone bei mir auslöst, die ihre Dummheit auf dem Misthaufen der Bourgeoisie ablegt!« Worauf Sand am 21. Dezember antwortete: »Endlich jemand, der wie ich denkt über diesen politischen Rüpel. Das konntest nur Du sein, Freund meines Herzens. *Kothaufenförmig* ist das sublime Wort, das diese scheißoide Gattung klassifiziert.«

– *ich würde ihn erwürgen:* Diesen Satz hatte sich Flaubert aus einer reaktionären Broschüre abgeschrieben: *Lettre de Pierre Favel, ouvrier bijoutier, à son ami Barigault, ouvrier tailleur*. Darin spricht ein reumütiger Republikaner: »Und wenn ich daran denke, während ich Tag für Tag die Fortschritte der paar Bäume verfolge, die ich selbst dort [im eigenen Gärtchen] gepflanzt habe und die zusammen wachsen mit meinem Jungen; wenn ich daran denke, was ich mir früher kaltblütig anhörte, nämlich: Eigentum ist Diebstahl! und die Gesetze, die es schützen, sind schändlich! … Oh! dann, weißt Du, dann steigt mir das Blut in den Kopf, und wenn ich *Proudhon* jetzt da hätte, ich glaube, ich würde ihn erwürgen ...!« (siehe Cento, S. 283 f.) »Eigentum ist Diebstahl!« lautet der erste Satz in Proudhons *Qu'est-ce que la propriété?* von 1840.

469 *Befreiung der Neger:* Auf Initiative des Abgeordneten Victor Schoelcher hatte die provisorische Regierung der Zweiten Republik per Dekret vom 27. April 1848 die Abschaffung der Sklaverei in den französischen Kolonien beschlossen.

– *Prudhomme:* Joseph Prudhomme ist der von Henri Monnier (1799–1877) geschaffene und in zahlreichen Werken und Karikaturen auftretende selbstzufriedene, bornierte Bürger.

– *Lamoricière und Cavaignac:* Beide spielten eine wichtige Rolle bei der Niederschlagung des Juni-Aufstands, zu Cavaignac, der vom 28. Juni bis zum 20. Dezember 1848 die Regierungsgeschäfte leitete, siehe Anm. zu S. 454. Der General Louis Juchot de Lamoricière (1806–1865) hatte sich bei der Eroberung Algeriens hervorgetan; seit 1846 war er Abgeordneter und seit 1848 Mitglied der verfassunggebenden Versammlung, am 28. Juni 1848 folgte er Cavaignac als Kriegsminister nach und blieb im Amt bis zum Antritt des neuen Kabinetts unter Odilon Barrot am 20. Dezember 1848.

472 *Wiedereinführung der Ehescheidung:* Die Ehescheidung, eine Errungenschaft der Revolution von 1789, wurde durch die Restauration 1816 abgeschafft und erst 1884 wiedereingeführt.

476 *Théâtre des Variétés:* Im heutigen 2. Arrondissement gelegen, am Boulevard Montmartre Nr. 7 (Louise und Catherine kommen aus der Rue Saint-Martin, im heutigen 3.).

Kapitel III

481 *Antrag Rateau:* Am 8. Januar 1849 brachte ein Abgeordneter des Departements Charente, Jean-Pierre Lamotte-Rateau, den Antrag ein, die verfassunggebende Versammlung, in der die gemäßigten Republikaner in der Mehrzahl waren, aufzulösen und eine gesetzgebende Versammlung zu wählen; dieser Antrag wurde am 29. Januar 1849 schließlich angenommen. Erst im Dezember 1848 war Louis-Napoléon Bonaparte zum Präsidenten gewählt worden, er holte sich seine neuen Minister (erstes Kabi-

nett Odilon Barrot) aus der rechten Ordnungspartei (Parti de l'Ordre).

– *die zwei Terroristen:* Anhänger der Schreckensherrschaft (Terreur) von 1793.

482 *Karikaturen von Cham:* Frédéric meint wohl eine damals berühmte Karikatur mit dem Titel »La proposition Rateau« (Der Antrag Rateau), auf der ein großer, langer Rechen (frz. râteau) durch eine offene Tür hereinfährt und eine Schar erschrockener Abgeordneter bedroht. Cham, eigentlich Amédée de Noé (1818–1879), war ein beliebter Zeichner, Karikaturist und Dramaturg, der u. a. für *Le Charivari* und *L'Illustration* arbeitete. Das Wochenblatt *L'Illustration* (1843–1944) gehört zu den frühesten illustrierten Zeitungen.

488 *Nach Chaillot!:* Das Dorf Chaillot galt als Synonym für Hinterwäldlertum und Dämlichkeit, man sagte zum Beispiel »un ahuri de Chaillot« (ein Hornochse aus Chaillot).

489 *Balaruc:* Im Departement Hérault, unweit von Montpellier, gelegene und seit der Antike bekannte Solebäder.

490 *Rue de Poitiers:* Hier trafen sich in der Nr. 12 mit Persönlichkeiten wie Adolphe Thiers, Alfred de Falloux, Prosper Duvergier de Hauranne u. a. die Vertreter der konservativen Strömungen, also Monarchisten und Anhänger der Ordnungspartei.

– *die Burggrafen:* Das bei den französischen Romantikern beliebte Wort »burgrave« hatte besonders durch Victor Hugos *Le Rhin* (1842) oder *Les Burgraves* (1843) Verbreitung gefunden; inzwischen bezeichnete es jedoch alte Männer mit überholten politischen Vorstellungen. Folgerichtig hießen dann die Mitglieder jener Kommission in der gesetzgebenden Versammlung, die ein wieder eingeschränktes Wahlrecht ausarbeitete (Gesetz vom 31. Mai 1850), spöttisch »die Burggrafen«.

491 *Weg mit der Leier:* Das hatten die Aufständischen am 15. Mai 1848 Lamartine zugerufen, der, als die Kammer gestürmt wurde, sie zu beschwichtigen suchte; siehe Anm. zu S. 425.

– *ein Verräter:* Weil immer noch Republikaner. Louis-Eugène Cavaignac war bei der ersten Präsidentenwahl in der Geschichte Frankreichs am 10./11. Dezember 1848 – in direkter und allgemeiner Wahl – mit knapp 1,5 Millionen Stimmen seinem Gegner Louis-Napoléon Bonaparte (etwas über 5,5 Millionen Stimmen) unterlegen und hatte diesem am 20. Dezember die Staatsführung übertragen, die er seit 28. Juni ausübte. Der dritte Kandidat, Alexandre Ledru-Rollin, hatte nur rund 380 000 Stimmen erhalten. – Von der inneren Chronologie her befinden wir uns bereits nach den Parlamentswahlen vom 13./14. Mai 1849. Cavaignac gehörte, nunmehr als Abgeordneter des Departements Lot, zur republikanischen linken Mitte. Von den 705 Sitzen in der Nationalversammlung entfielen nach den Wahlen vom Mai 1849 180 auf die Bergpartei unter Alexandre Ledru-Rollin, 75 auf die gemäßigten Republikaner unter Cavaignac und 450 auf die Ordnungspartei unter Odilon Barrot.

– *Affäre im Conservatoire:* Gemeint ist das Conservatoire des arts et métiers, ein Kunst- und Gewerbemuseum mit angeschlossener Hochschule in der Rue Saint-Martin (heute 3. Arrondissement). Am 13. Juni 1849, dem definitiv letzten Revolutionstag der Zweiten Republik, kam es zu einer etwa sechstausend Köpfe starken Protestkundgebung unter Führung der Bergpartei und ihres Chefs Ledru-Rollin gegen das militärische Eingreifen Frankreichs in Rom zugunsten des Papstes und gegen die Römische Republik (9. Februar–4. Juli 1849). Auch linke Zeitungen wie *La Démocratie pacifique* von Victor Considérant unterstützten die Demonstration. Die französische Intervention widersprach der neuen Verfassung vom 4. November 1848, aber das rechte Kabinett unter Odilon Barrot und Präsident Louis-Napoléon Bonaparte hatten sie durchgesetzt. General Changarnier zerstreute die Demonstranten mit brutaler Gewalt, ein Teil der Organisatoren, darunter zahlreiche linke Abgeordnete, verschanzte sich im Conservatoire, von dort vertrieb sie das Militär, Ledru-Rollin wäre beinah füsiliert worden. Im Anschluss an diese gescheiterte Aktion flüchtete Ledru-Rollin ins englische Exil, von wo er erst 1871 nach Frankreich zurückkehrte. Die Folge dieses katastrophalen Tages waren neue Repressionsmaßnahmen, wie die Einschränkung von Presse- und Versammlungsfreiheit, sowie die weitere Schwächung des demokratisch-sozialistischen Lagers.

– *Changarnier:* Die Niederschlagung der Unruhen am 13. Juni 1849 festigte den Ruf von General Changarnier als Mann der starken Faust.

– *Buch gegen den Sozialismus:* Entweder das bereits weiter

oben zitierte *De la propriété* von 1848 (siehe Anm. zu S. 468) oder das brandneue *Du Communisme* (1849).

– *Pierre Leroux:* In einer Debatte über das Recht auf Arbeit hatte der linke Abgeordnete Pascal zitieren wollen; siehe auch Anm. zu S. 246.

– *Schwanz der Phalansterianer:* Nach einer These von Charles Fourier sollte den Bewohnern der Phalansterien nach einigen friedvollen Jahrhunderten der Harmonie ein zusätzliches Sinnesorgan wachsen. Natürlich war diese »queue« ein gefundenes Fressen für die Karikaturisten. *Le Charivari* vom 22. Februar 1849 zeigte auf dem Titelblatt den Philosophen und linken Abgeordneten Victor Considérant (siehe Anm. zu S. 432) am Rednerpult mit Löwenmähne und einem langen Schwanz, an dessen Ende, statt eines Haarpuschels, ein großes Auge sitzt. Im 6. Kapitel von *Bouvard et Pécuchet* taucht dieser Schwanz ebenfalls auf: »Eine Karikatur des *Charivari* lag auf einer Konsole, zwischen verschiedenen Nummern des *Univers*; sie stellte einen Citoyen dar, unter dessen Rockschößen ein Schwanz hervorkam, der in einem Auge endete. Marescot lieferte die Erklärung. Man lachte sehr.«

– *Foire aux Idées:* Dieser »Jahrmarkt der Ideen« von Leuven und Brunswick war ein sogenanntes »Journal-Vaudeville«, eine in Szene gesetzte Darbietung von Tagesereignissen und neuen Ideen, eine Art politische Revue oder auf die Bühne gebrachte Karikatur und Satire; zwischen Januar und Dezember 1849 gab es davon insgesamt vier »Nummern«.

497 *auf den Hulken:* Ausrangierte und abgetakelte Schiffe, die als Gefängnis dienten. – Um die Repression nach dem Juni 1848 zu schildern, benutzte Flaubert vor allem die *Journées illustrées de la Révolution de 1848* (großteils zusammengestellt aus Berichten und Abbildungen des Wochenblatts *L'Illustration*, Jahrgang 1848), die *Histoire de la Révolution de 1848* (1861/62) von Louis-Antoine Garnier-Pagès und *Des classes ouvrières en France depuis 1789 jusqu'à nos jours* (1857) von Florent Du Cellier (siehe Cento, S. 292–297).

499 *das von der Zivilliste abgezweigte Milliönchen:* Von Ledru-Rollin oder Arago stammt der Satz: »Die provisorische Regierung gibt den Arbeitern, denen sie gehört, die Million zurück, die von der Zivilliste anfällt«, also von den Repräsentationskosten abgezweigt wurde. In den Entwürfen hatte sich Flaubert

»denen sie gehört« als kriecherisch unterstrichen, siehe auch Anm. zu S. 411.

Kapitel IV

502 *Gobet:* Nicolas Gobet (ca. 1735–1781), Historiker und Mineraloge, hat mehrere Bücher verfasst, jedoch kein mineralogisches Standardwerk.

– *Monsieur Chappe:* Claude Chappe (1763–1805), Techniker und Geistlicher, bekannt vor allem für die Erfindung des Chappe-Telegraphen.

503 *den ganzen Winter:* Winter 1850/51.

505 *autoritäre Gewalt:* In den Entwürfen heißt es: »Der sozialistische Republikaner ist, obwohl er glaubt, nicht von seinem Weg abgewichen zu sein, jetzt mehr als reaktionär – denn er fordert für Frankreich eine Diktatur (wie Marat, der eine Diktatur herbeiflehte und ein Massaker)« (siehe Gothot-Mersch, Anm. 333).

– *Der Zweck rechtfertigt die Dinge:* In den Entwürfen schrieb Flaubert: »im Dezember 92 hatte die Bergpartei verstanden, dass alles verloren war, wenn man sich auf das *Volk* verließ, es war Robespierre, der, weil er das Recht der Minderheiten verteidigte, den Konvent über Ludwig XVI. das Urteil sprechen ließ. Er rettete das *Volk*, ohne Achtung vor seiner Souveränität. Das Beste muss sich durchsetzen, so klein es zahlenmäßig auch sein mag. Nichts zu machen! das Ziel geht vor« (siehe Gothot-Mersch, Anm. 334). Die Girondisten hatten dafür plädiert, das Volk über Schuld oder Unschuld des Königs abstimmen zu lassen. – Weder im Roman noch in den Entwürfen verwendet Flaubert den festgefügten Ausdruck »Der Zweck heiligt die Mittel / La fin justifie les moyens«, er umschreibt ihn beide Male.

506 *Entlassung von General Changarnier:* Am 9. Januar 1851 entließ Präsident Louis-Napoléon Bonaparte den Royalisten und Anti-Republikaner, weil er ihn wohl als Hindernis für einen Staatsstreich ansah.

507 *und zeigte sie ihm:* In den Entwürfen folgte noch der Satz: »Behielt sie jedoch sorgfältig für sich« (siehe Gothot-Mersch, Anm. 335).

– *der großen Menge Stroh:* Um das Geratter der Räder auf den Pflastersteinen zu dämpfen.

510 *Willst du mich heiraten?:* »Genau in dem Augenblick, da er am meisten empört ist, müsste sie ihm die Heirat vorschlagen?« heißt es in den Entwürfen (siehe Gothot-Mersch, Anm. 336).

512 *die Laufereien:* Ende Januar 1869 unternahm Flaubert selbst alle Laufereien, die er Frédéric aufbürdet, und machte sozusagen eine Generalprobe für das Begräbnis von Monsieur Dambreuse; davon zeugen seine Aufzeichnungen im Carnet 12 und im Carnet 8 (*Carnets de travail*, S. 407–418 und 438–439), die sich zum Teil wortwörtlich im Roman wiederfinden, sowie ein Brief an George Sand vom 2. Februar 1869: »Ihr alter Troubadour ist hundemüde. Ich habe acht Tage in Paris verbracht, auf der Suche nach sterbenslangweiligen Auskünften (7 bis 9 Stunden im Fiaker jeden Tag, was ein hübsches Mittel ist, mit Literatur reich zu werden. Na ja!). Gerade habe ich meinen Plan wiedergelesen. Was ich noch alles zu schreiben habe, erschreckt mich oder widert mich vielmehr an bis zum Kotzen. So ist es immer, wenn ich mich von neuem an die Arbeit mache. Dann habe ich alles so satt, so satt, so satt! Aber dieses Mal ist es schlimmer als sonst! Deshalb fürchte ich die Unterbrechungen bei meiner Rackerei so sehr! Aber es ging einfach nicht anders. Ich habe mich beim Bestattungsinstitut herumgetrieben, auf dem Père-Lachaise, im Tal von Montmorency, in Devotionalienhandlungen usw.! / Kurzum, ich habe noch vier bis fünf Monate zu tun. Was für ein erleichtertes *Uff* will ich ausstoßen, wenn alles vorbei ist und ich mir nicht so schnell wieder Bürger ausdenken werde! Höchste Zeit, dass ich mich amüsiere.«

– *Eine Konzession:* Eine »concession à perpétuité« ist ein Erbbegräbnis; erstaunlich, dass die Familie Dambreuse dergleichen nicht besitzt. Es fragt sich also, wie alt der Adel des angeblich Comte d'Ambreuse heißenden Bankiers aus der Rue d'Anjou ist.

513 *Dabei hab ich ihn:* »BEGRÄBNIS ›Wenn man bedenkt, vor acht Tagen haben wir noch miteinander zu Abend gegessen. Wer hätte das gedacht!‹ (hinterm Leichenwagen).« (*Wörterbuch der Gemeinplätze*)

515 *Ablehnung der Zulage:* Nach der inneren Chronologie fin-

det das Begräbnis von Monsieur Dambreuse am 14. Februar 1851 statt. Wenige Tage zuvor hatte der Finanzminister in der Nationalversammlung eine Aufstockung des Salärs von Louis-Napoléon Bonaparte beantragt, der Staatspräsident sollte 1 800 000 Franc mehr bekommen. Der Antrag wurde mit 396 gegen 294 Stimmen abgelehnt.

– *Monsieur Piscatory:* Théobald Piscatory (1799–1870), ehemaliger Botschafter und seit 1849 monarchistischer Abgeordneter, stand wie die anderen hier Erwähnten Louis-Napoléon Bonaparte feindlich gegenüber, er protestierte am 2. Dezember 1851 gegen den Staatsstreich; Charles, Comte de Montalembert (1810–1870), Abgeordneter der katholischen Rechten, unterstützte schließlich den Staatsstreich; François-Adolphe Chambolle (1802–1883), Journalist und Abgeordneter, musste nach dem 2. Dezember ins Exil; Victor Pidoux (1807–1879), seit 1849 monarchistischer Abgeordneter, ging nach dem Staatsstreich zurück in seinen Anwaltsberuf; Nicolas Creton (1798–1864) war Anwalt und orleanistischer Abgeordneter von 1846 bis 1851.

– *Quantin-Bauchard und Dufour:* Die Abgeordneten Alexandre Quentin Bauchart (1809–1887) und Théophile Dufour (1810–1866) gehörten zu den Unterstützern von Louis-Napoléon Bonaparte.

– *Rue de la Roquette:* Eine lange Straße, die von der Place de la Bastille quer durchs heutige 11. Arrondissement zum Haupteingang des Père-Lachaise führt. Auch hier hatte sich Flaubert Ende Januar 1869 zwecks Recherchen herumgetrieben: »*Rue de la Roquette.* Läden, ganz genau wie Tropfsteinhöhlen und zugleich wie Fayencegeschäfte, wegen der runden Plättchen aus bemaltem Glas, die aussehen wie Tellerböden.« (Carnet 12, *Carnets de travail*, S. 409) Am 2. Februar schrieb er an George Sand: »Auf dem Père-Lachaise hat mich ein tiefer und qualvoller Ekel vor der Menschheit gepackt. Sie können sich den Fetischismus auf den Grabmälern nicht vorstellen! Der wahre Pariser ist ein ärgerer Götzendiener als der Neger! Am liebsten hätte ich mich in eins der Gräber gelegt.« Weitere Notizen zu den Devotionalienhandlungen verwendete Flaubert dann für die Beschreibung des neuen Geschäfts von Monsieur Arnoux auf S. 532.

516 *Manuel und Benjamin Constant:* Jacques-Antoine Manuel (1775–1827), angesehener Anwalt und liberaler Politiker, ein gro-

ßer Redner; ins selbe Grab wurde 1857 der Dichter und Sänger Béranger gelegt. Benjamin Constant (1767–1830), Schriftsteller und Staatstheoretiker Schweizer Herkunft, war ebenfalls ein liberaler Politiker und wortgewaltiger Redner.

– *Feuerpumpen:* Siehe Anm. zu S. 270.

– *die Landschaft bewundern:* Genau von hier, von diesem Hügel des Père-Lachaise, schleudert Rastignac am Ende von Balzacs *Vater Goriot* der Stadt Paris sein berühmtes »À nous deux, maintenant! / Und jetzt zu uns beiden!« entgegen. Frédéric jedoch scheint sich nicht mehr zu erinnern, dass Deslauriers ihm einst ebendiesen Rastignac als Vorbild vor Augen hielt (siehe S. 30).

519 *die Gestüte:* »GESTÜTE Frage der –; schönes Thema für eine Parlamentsdebatte.« (*Wörterbuch der Gemeinplätze*)

520 *vor der Niederkunft:* Rosanette hatte Frédéric kurz nach dem »Antrag Rateau« vom Januar 1849 mitgeteilt, dass sie schwanger sei, sie entbindet allerdings erst am 15. Februar 1851. Weder Flaubert noch Du Camp scheint das aufgefallen zu sein oder gestört zu haben.

– *in Chaillot:* Um 1850 war Chaillot noch ein Hügel westlich von Paris mit ausgeprägtem Dorfcharakter. Im Zuge der Haussmann'schen Großbauten wurde dieser Hügel teilweise abgetragen, heute befinden sich dort das Palais de Chaillot und die Jardins du Trocadéro (16. Arrondissement). »Mein guter Alter, / ich bitte Dich um einen *literarischen Gefallen*«, schreibt Flaubert am 10. Januar 1869 an Jules Duplan. »Du weißt alles, was in einer Entbindungsanstalt in der Nähe von Paris vor sich geht. Ich brauche: 1. das Aussehen des Zimmers, Einrichtung, Utensilien, Betreuung usw.; 2. das Gesicht der Hebamme, die entbindet; 3. meine Hebamme schlägt meinem jungen Mann (Vater des Kindes) vor, ihm das Würmchen vom Hals zu schaffen. Ein schwieriger Dialog! Wie entwickelt sich so etwas? Kurzum, das ist eine große Szene, die in meinem Buch vorkommt und von der ich nicht die kleinste Vorstellung habe! / Du siehst, in welcher Verlegenheit ich stecke! schick mir so viele Einzelheiten, wie Du kannst. Ich brauche das Zeug nicht vor 8 oder 10 Tagen.« Am 14. insistiert Flaubert noch einmal: »Du verstehst, was ich für die Entbindungsanstalt brauche: ein äußeres und ein inneres Bild, Dinge und Leute. / Ich komme gegen Ende nächster Woche zu dieser Stelle. Wenn Du mir also Deine Auskünfte in vier bis fünf Tagen schicken könntest, wäre das furchtbar nett.« Doch wenige Tage später, am 18., hat Flaubert es sich anders überlegt: »Mach Dir keine Umstände wegen der Einzelheiten, um die ich Dich gebeten habe. / Du siehst mich Anfang nächster Woche.« Während seines Paris-Aufenthalts in der letzten Januarwoche besichtigt er selbst eine Entbindungsanstalt in Chaillot und das Haus einer Amme in Andilly, unweit von Momorency. Im Carnet 12 finden sich auf fünf Blättern detaillierte Aufzeichnungen, die alle in den Roman eingeflossen sind: »*Chaillot, Entbindungsanstalt.* / Am Eingang zur Straße, auf einem großen Wegweiser: ›Kranken- und Entbindungsstation, geleitet von Madame X Schülerin der Gebärklinik« (und andere Qualifikationen). / In der Straße, an der Tür, steht auf dem Schild nur ›Krankenanstalt geleitet von Madame X‹. / Hübsches kleines Bürgerhaus, weiß, kastanienbraune Fensterläden, Erdgeschoss, erster Stock und ein zweiter mit Dachschräge. // Portiersloge links. Das Haus geht auf die Straße. Liegt an einer Ecke. Kleine, mickerige Tür. / Salon, ovaler Tisch, Kanapee mit Damastmedaillon aus kastanienbrauner Wolle. / Zimmer mit Perse, geschlossene Fensterläden zur Straße hin (wie in Bordellen): auf die Gärten hin sind sie geöffnet. Klaviere überall! Spiegelschränke // tugendhaft bürgerliche Stutzuhren. / Bedienung durch Dienstmädchen, Stubenmädchen, anständig, sehr ordentlich. / Die Hebamme, ausgehaltene Frau, vierzig, sehr gutes Benehmen, taktvoll, eine große Hagere, brünett, *Frau von Welt.* Sie spricht von allen medizinischen Berühmtheiten, die ihre Freunde sind. // Die Bewohnerinnen sind im allgemeinen Töchter und Nichten (Provinz), geschwängert von ihrem Vater oder ihrem Onkel. / Sie langweilen sich und verkehren im Salon und essen am Gemeinschaftstisch. Die Pariserinnen, die einen Monsieur haben, verkehren nicht miteinander und essen auf ihrem Zimmer. / Man hört von einem // Zimmer zum anderen alles, was gesagt wird, weil die Wände so dünn sind. Deshalb wird nur leise gesprochen. Man könnte glauben, in einem Verschwörerhaus zu sein, man spitzt die Ohren aus Neugier. / Es wird viel Klavier gespielt. *Il baccio.*« (*Carnets de travail*, S. 413 f.)

522 *in Andilly:* 20 km nördlich von Paris im Departement Val d'Oise gelegen. Flaubert besichtigte Ende Januar 1869 Ortschaf-

ten wie Montmorency, Saint-Brice und Andilly, wo besonders viele Frauen sich als Ammen für Pariser Kinder ein Zubrot verdienten. Im Carnet 12 findet sich eine Reihe von Beschreibungen, darunter: »In Andilly: / Wohnung von Gemüsebauern. Amme. Kleiner, enger Hof, widerlich, Misthaufen, Karren. Die Felder liegen weit weg von ihrem Haus. Der Hof ist trostlos wie ein Schulhof. Gipsmauer ohne Haube, verputzt mit Kalk. Stroh unter der großen Tür = Scheune daneben. Eine abschüssige Straße.« (*Carnets de travail*, S. 412)

523 *in ihr Taschentuch geben:* »Ich erinnere mich [...] an eine Cousine meines Vaters, die, als sie uns einmal (das einzige Mal, das ich sie gesehen habe) in Déville besuchte, tief einatmete, schwärmte, bewunderte. ›O, werter Cousin‹, sagte sie, ›machen Sie mir doch die Freude und geben ein bisschen Mist in mein Taschentuch; ich liebe diesen Geruch.‹« Diese Anekdote erzählte Flaubert am 16. Dezember 1852 Louise Colet, da schrieb er gerade das Kapitel von Emmas Besuch bei der Amme ihrer kleinen Tochter (siehe *Madame Bovary* II, 3; S. 126 ff.). Damals hatte er die Szene nicht gebrauchen können, bei seinem Lokalaugenschein in Montmorency kam sie ihm jedoch wieder in den Sinn.

526 *Comte de Chambord:* Thronprätendent der Legitimisten.

– *aufteilen und Dörfer errichten:* Diese Idee für »ein neues Paris, in dem Revolutionen unmöglich sein werden«, geht zurück auf den Journalisten Henri Lecouturier und sein 1848 erschienenes Büchlein *Paris incompatible avec la République: plan d'un nouveau Paris où les révolutions seront impossibles.* Baron Haussmann hat diese städtebauliche Umgestaltung wenige Jahre später in Angriff genommen. Zu diesem und den beiden folgenden Vorschlägen siehe Cento, S. 300 f.

– *Regierung nach Versailles verlegen:* Ein Vorschlag von General Jacques Delmas de Grammont, wie aus dem *Annuaire Lesur* für das Jahr 1850 hervorgeht; zugleich sollte auch das Militär größere Machtbefugnisse erhalten.

– *die Hochschulen in Bourges:* Lucien Davesiès de Pontès, Hellenist und Unterpräfekt von Joigny (Departement Yonne), wollte in seiner Broschüre *Paris tuera la France! nécessité de déplacer le siège du gouvernement* (1850) nicht nur die Hochschulen nach Bourges verlegen. Auch dies war einer der vielen Versuche, Paris als revolutionären Herd zu entschärfen.

– *man schwärmte fürs Land:* »LAND Die Leute vom Land, besser als die aus der Stadt. Sie um ihr Schicksal beneiden.« (*Wörterbuch der Gemeinplätze*)

– *die roten Westen:* Die »gilets rouges« waren in den 1830er Jahren das Erkennungszeichen der jungen, aufmüpfigen Romantiker. Théophile Gautier und andere hatten dieses provozierende Kleidungsstück am 25. Februar 1830 getragen, zur Premiere von Victor Hugos *Hernani*; die noch im Theatersaal ausgetragenen handgreiflichen Auseinandersetzungen zwischen Klassikern und Romantikern sind als »Bataille d'Hernani« in die Literaturgeschichte eingegangen. Das knallrote Kleidungsstück habe »eine recht liebenswerte Verachtung vor der öffentlichen Meinung und der Angst, sich lächerlich zu machen« zum Ausdruck gebracht, meinte Gautier später im Rückblick.

527 *eine Dame von Welt:* Schon im Carnet 19 von 1862–1863 findet sich die Überlegung: »Wunsch der anständigen Frau, eine Lorette zu sein, Wunsch der Lorette, eine Frau von Welt zu sein.« (*Carnets de travail*, S. 288)

529 *zu kurzen Rockärmeln:* Im Carnet 12 und im Carnet 8 finden sich Notizen von Flauberts Recherchen zum Thema Pfändung, offenbar befragte er die Schauspielerin Suzanne Lagier sowie Louise Pradier, Gattin des Bildhauers James Pradier, die beide Erfahrung hatten mit derlei Prozeduren (*Carnets de travail*, S. 435 f. sowie S. 416 f. für die Pfändung bei Rosanette und S. 447 für die Pfändung bei den Arnoux).

531 *Bischof:* Auch *bischoff*, *bichopp* oder *bishop* geschriebenes, kalt oder warm getrunkenes Gebräu aus Wein, Zucker, Gewürzen, Zitrone oder Orange, benannt nach seiner violetten Farbe. Mit Tässchen (*demi-tasse*) kann ein schlichtes Tässchen Kaffee gemeint sein wie S. 37 oder auch etwas Alkoholisiertes. Der »Bock« hingegen ist ein kleines Bier.

532 *Aux arts gothiques:* Als Flaubert Ende Januar 1869 in Paris für die Passagen über das Begräbnis von Monsieur Dambreuse recherchierte, machte er sich ausgiebig Notizen zu Devotionalienhandlungen; im Carnet 12 und im Carnet 8 (*Carnets de travail*, S. 409 f. und 436–437) finden sich Beobachtungen, die er fast wortwörtlich in der Beschreibung von Arnoux' Laden verwendete. Aus dem satirischen Wochenblatt *Le Tintamarre* vom 13./19. Mai 1849 hatte er sich über ein kommerzielles Unterneh-

men folgendes abgeschrieben: »Es geht um die Wiederbelebung und Erneuerung der religiösen Künste in Frankreich. Gesellschaftskapital 500 000 Franc. Hergestellt werden sollen Soutanen, Reliquien, Rosenkränze, kleine Madonnen aus Lebkuchen und Elfenbein, Kirchenzeichnungen, musikalische Gravüren.«

533 *Kranz rötlicher Pusteln:* Anzeichen für Corona veneris, ein Ausschlag an der Haargrenze im zweiten Stadium einer Syphilis-Erkrankung. Auch Pécuchet zeigt die gleichen Symptome: »Um Pécuchet besser untersuchen zu können, lüpfte er [der Arzt] ihm die Mütze – und erblickte eine Stirn voll kupferroter Flecken: / ›Oh! oh! *fructus belli*! – das sind Syphilide, mein Guter! lassen Sie sich behandeln! Teufel auch! mit der Liebe spielt man nicht.‹« (*Bouvard et Pécuchet*, 8. Kapitel)

534 *die Ecken abreißen:* Damit die Plakate mit der Ankündigung einer Zwangsversteigerung sich leichter entfernen ließen. Im Carnet 12 notierte sich Flaubert: »Der Zettelträger, einarmig, skrofulös, zerfressene Nasenlöcher, vom Gerichtsvollzieher geschickt, immer betrunken und um Theaterkarten bettelnd. / Die Dienstmädchen offerieren ihm Gläschen. Die 4 Ecken des Zettels werden vorher abgerissen, damit er leichter entfernt werden kann. Das kostet 40 Sou. // Das ist der Bote des Gerichtsvollziehers« (*Carnets de travail*, S. 417).

535 *Dussardier wolle es behalten:* Im Carnet 8 findet sich die Notiz »*Duplan* nach Erklärungen wegen der *Vatnaz* fragen. Dussardier muss einen Beweis für den Diebstahl der Vatnaz in Händen behalten haben – und ihr liegt daran, den zu kriegen.« (*Carnets de travail*, S. 436 f.) Am 31. Dezember 1868 erinnert Flaubert seinen Freund Jules Duplan: »Denk an meinen Diebstahl. / Dussardier muss einen materiellen Beweis für den Diebstahl der Vatnaz behalten haben, oder zumindest muss die Vatnaz glauben, dass er einen hat.« Die Geschichte mit dem Lohnbuch und der gefälschten Zahl dürfte also auf Jules Duplan und seinen Bruder, den Notar Ernest Duplan, zurückgehen.

– *Entsubalternisierung der Frau:* Flaubert verbindet hier zwei Dinge, den *Cours de droit social pour les femmes* der Frauenrechtlerin Jeanne Deroin, erschienen 1848, und einen Hinweis, den er in einem Artikel von Charles Louandre über »Les Sociétés savantes et littéraires de Paris« gefunden hatte (*Revue des Deux Mondes*, Heft 16/1846, S. 513–536), nämlich dass eine Madame

Louise D*** am 15. März 1836 im Pariser Ranelagh-Viertel einen Kursus zum Thema »Entsubalternisierung der Frau« eröffnet habe (siehe Cento, S. 235).

537 *unsrer Republik den Garaus:* Adolphe Thiers hatte schon im Januar 1851 während einer Rede vor der gesetzgebenden Versammlung den berühmt gewordenen Ausspruch getan: »L'Empire est fait!« (Das Kaiserreich ist fertig!) Er hatte bei den Präsidentschaftswahlen nicht Cavaignac, sondern Louis-Napoléon Bonaparte unterstützt, weil er ihn für schwach und manipulierbar hielt.

– *das arme Ungarn:* Die Römische Republik (9. Februar–4. Juli 1849) wurde auch durch eine von zwiespältigen Interessen geleitete Intervention französischer Truppen niedergeschlagen, die mithalf, den Kirchenstaat wiederherzustellen. Die französische Nationalversammlung und der Präsident der Zweiten Republik, Louis-Napoléon Bonaparte, hatten dem sogenannten »Rom-Feldzug« zugestimmt, gegen den es in Frankreich auch heftige Proteste und Demonstrationen gab. – Venedig: Die seit dem 23. März 1848 bestehende Repubblica di San Marco wurde Ende August 1849 von österreichischen Truppen zurückerobert. – Im dreigeteilten Polen unterdrückten Preußen, Österreicher und Russen Aufstandsversuche. – Ungarn kämpfte seit März 1848 um seine Unabhängigkeit vom Habsburgerreich und musste nach dem Eingreifen der russischen Armee auf Seiten der Österreicher schließlich im August 1849 kapitulieren.

– *die Freiheitsbäume gefällt:* Anfang des Jahres 1850 wurden in Paris auf Befehl von Polizeipräfekt Carlier die im Februar 48 gepflanzten Bäume (siehe S. 401) wieder entfernt. Wie das Aufstellen der Bäume zu Beginn des 6. Kapitels von *Bouvard et Pécuchet* wird in der Mitte desselben Kapitels auch das Fällen beschrieben: »Die Freiheitsbäume wurden allesamt gefällt. Chavignolles fügte sich der Weisung. Bouvard sah mit eigenen Augen die Stücke seiner Pappel auf einer Schubkarre. Sie dienten den Gendarmen zum Heizen; – und den Stumpf schenkte man dem Herrn Pfarrer – obwohl der ihn gesegnet hatte! was für ein Witz!«

– *das Wahlrecht eingeschränkt:* Das Wahlgesetz vom 31. Mai 1850 änderte das allgemeine Wahlrecht (für Männer) vom März 1848 und beschränkte die Zahl der Wahlberechtigten drastisch:

Um wählen zu dürfen, musste man nun seit drei Jahren, statt bisher sechs Monaten, in einer Gemeinde gemeldet sein. Vom Wahlrecht ausgeschlossen wurden außerdem Verurteilte, selbst wenn es sich um kleine politische Delikte handelte. Dadurch sank die Zahl der Wähler (bisher etwa 9 Millionen) um 3 Millionen.

– *die Klubs geschlossen, die Zensur:* Am 6. Juni 1850 hatte die Nationalversammlung entschieden, das Gesetz vom 19. Juni 1849 über die vorläufige Schließung der Klubs um ein Jahr zu verlängern. – Am 16. Juli 1850 wurde ein neues, schärferes Pressegesetz beschlossen.

– *und die Schule:* Die Loi Falloux vom 15. März 1850, benannt nach dem Unterrichtsminister Alfred de Falloux, regelte das staatliche Schulwesen neu, gab dem konfessionellen Unterricht wieder größeren Freiraum und dem Klerus mehr Mitspracherecht auf allen Ebenen des Unterrichtswesens.

– *die Kosaken:* In der reaktionären Broschüre *Le Spectre rouge de 1852* (*Das rote Gespenst von 1852*), die 1851 unter den Anhängern der Ordnungspartei Furore machte und den Staatsstreich vom 2. Dezember vorwegnahm, hatte der Politiker und Schriftsteller Auguste Romieu geschrieben: »Diese Gesellschaft von Prokuratoren und Krämern liegt im Sterben, und wenn sie sich glücklich wiederaufrichten kann, dann nur, weil ein Soldat sich um ihr Heil gekümmert hat. Die Kanone allein kann die *Fragen* unseres Jahrhunderts lösen und wird sie lösen, selbst wenn sie aus Russland kommen sollte.«

– *gegen die Todesstrafe:* 1829 hatte Victor Hugo *Le dernier jour d'un condamné* (*Der letzte Tag eines Verurteilten*) veröffentlicht, jetzt kämpfte er immer noch für die Abschaffung der Todesstrafe. Die von ihm im Sommer 1848 gegründete Zeitung *L'Événement* wurde wegen ihres Engagements gegen die Todesstrafe, aber auch gegen die Loi Falloux und das Pressegesetz vom Juli 1850 verfolgt und schließlich durch Prozesse, hohe Strafsummen und Verhaftungen in den Ruin getrieben.

– *Nadaud:* Martin Nadaud (1815–1898) war mit fünfzehn Jahren als Arbeiter nach Paris gekommen und seit Mai 1849 sozialistischer Abgeordneter seines Heimatdepartements Creuse. Er gehörte zu den entschiedenen Gegnern des Rom-Feldzugs und war am 13. Juni 1849 bei der Affäre im Conservatoire dabei gewesen (siehe S. 491), natürlich auf der Seite der Demonstranten. Vor allem konservative Zeitungen spotteten über den Maurer, der in der gesetzgebenden Versammlung saß, flammende Reden hielt und bei gelehrten Wörtern nicht immer die korrekte Aussprache beherrschte. Eine Gruppe von Republikanern wollte ihn als symbolischen Arbeiterkandidaten für die 1852 anstehende Präsidentschaftswahl aufstellen. Nadaud war ein vehementer Gegner von Louis-Napoléon Bonaparte und beteiligte sich am Widerstand gegen den Staatsstreich, darum wurde er im Dezember 1851 zunächst verhaftet und musste dann ins Exil gehen. Er verbrachte die folgenden achtzehn Jahre in England, zunächst in seinem alten Beruf als Maurer, dann als Lehrer.

540 *Soor:* Candida albicans ist eine Pilzinfektion, die Schleimhäute befällt und ansteckend ist.

541 *Ein Porträt:* »Meine Allerbesten«, schrieb Flaubert am 13. März 1869 an die Brüder Goncourt, »1. Kennen Sie irgendwo irgendeine Theorie zu *Kinderporträts.* / 2. Was sind die schönsten Kinderporträts? / Ich befinde mich in folgender Lage: ein Ästhetikant, der das Porträt eines *toten Kindes* malt und sich vor der Mutter in eine taktlose künstlerische Schwadronage versteigt, bloß um zu glänzen.« Darauf antwortete Jules de Goncourt am 16. März: »Die schönsten Kinderporträts, das sind die Kinderporträts von Reynolds, über die man sagen kann, dass er es verstanden hat, den milchigen Fleischton der Kindheit darzustellen; dann gibt es noch die Porträts von Greuze, in denen das Feuchte des kindlichen Blicks aufscheint; außerdem gibt es die Kinder Van Dycks an der Hand seiner Männer- und Frauenporträts, die Kinder, Infanten und Infantinnen von Velázquez – die *bambini* des Raffael, die Johannesknaben des Correggio, die sonnigen Kinder von Rubens [...]. Übrigens ist Ihre Frage furchtbar kompliziert. Wir müssten darüber reden. Jetzt kann der kleine künstlerische Sermon Ihres Schwadroneurs immerhin gemacht werden, aber Sie müssten uns noch Genaueres erzählen.« Am selben 13. März 1869 schrieb Flaubert auch noch an den Maler Johanny Maisiat, der ihn schon beim Porträt der Marschallin (siehe Anm. zu S. 294) in fachlichen Details beraten hatte: »Mein lieber Guter, eine kleine Gefälligkeit! Es geht um Folgendes: Was für eine ästhetische Schwadronage kann ich einem Maler in den

Mund legen, der das Porträt eines toten kleinen Kindes macht? Das Kerlchen ist 8 Monate alt. Die Mama, die eine Kokotte ist, steht daneben. Meinen Künstler kümmert das wenig – & während er so gelassen vor sich hin kritzelt, als arbeite er nach einem Gipsabguss, versteigt er sich zu Theorien über das Porträt im allgemeinen und über Kinderporträts im besonderen. Was kann man darüber irgendwie Ausgefallenes sagen? & das nach Fachmann klingt? Ich rechne damit, mein widerliches Buch Ende Mai fertig zu haben. Ich beginne mit dem vorletzten Kapitel.« Dieser und noch drei weitere Briefe an Maisiat finden sich nicht in der fünfbändigen *Correspondance*, sie sind erst im Herbst 2018 bei einer Versteigerung wiederaufgetaucht (siehe *Bulletin Flaubert* Nr. 200 vom 6. September 2018, https://flaubert.univ-rouen.fr/bulletin/bulle200.php). Maisiats ausführliche Antwort vom 21. März 1869 kann man in einer Anmerkung zu Flauberts Brief vom 13. März 1869 an die Goncourts nachlesen (*Correspondance* IV, S. 1056 ff.), sie enthält die »schwärzlichen Augen«, das »aschgraue Gesicht«, Pellerins »nicht so einfach, nicht so einfach«, die »Infantin in Rosa« und auch den ganzen Satz über das Pastell und die »farbigen Halbtöne«. Maisiat liefert auch den Vergleich des toten Kindes mit einem »Stillleben« (nature morte) und schlägt sogar vor: »Bei Bedarf kann er dieses Bild noch ergänzen durch: wie ein Bückling oder ein Bund Radieschen, und den Vergleich noch weiter ausbauen, im Stil von Saint-Victor«. Aus der langen Suada, die Maisiat sich Flaubert zuliebe ausgedacht hatte, pickte sich dieser einzelne Elemente heraus und verband sie mit den von Jules de Goncourt gelieferten Informationen.

542 *was los ist?*: In den Entwürfen fragte sich Flaubert: »1. Wie erfährt Frédéric von Arnoux' Ruin? durch wen? 2. und woher weiß er, welche Summe nötig ist? denn Frédéric macht sich augenblicklich auf die Suche danach, um zu verhindern, dass Madame Arnoux fortgeht« (siehe Gothot-Mersch, Anm. 366).

Kapitel V

546 *Rue de l'Empereur:* Im Carnet 12 findet sich folgende Notiz: »*Montmartre. Regimbarts Haus, Rue Lepic.* / Rechts nach der Biegung, kleine, mickerige Tür, vier Fenster. Von der Straße sieht man, was im Erdgeschoss vorgeht. Provinzieller Eindruck. Ein Gärtchen mit Gitter und Blechplatten auf den Gitterstäben« (*Carnets de travail*, S. 418). Während seiner Recherchen für das Begräbnis von Monsieur Dambreuse, Ende Januar 1869, hatte sich Flaubert auch nach einem passenden Haus für Regimbart umgeschaut, über den es schon am Anfang des Romans heißt, er wohne auf den Höhen Montmartres (siehe S. 59). Montmartre war eines jener Dörfer vor den Pariser Stadtmauern, die 1860 eingemeindet wurden. Die Rue Lepic im heutigen 18. Arrondissement trägt erst seit 1864 den Namen von General Lepic. Der untere Teil, zwischen Place Blanche und Rue des Abbesses, hieß erst ab 1852 Rue de l'Empereur; davor, also im Herbst 1851, nannte sich dieser Weg, der im Norden aus Paris hinausführte, auf den Hügel Montmartre und zu den Steinbrüchen, einfach nur Chemin Neuf.

548 *Gare du Havre:* Die heutige Gare Saint-Lazare, von hier fuhren die Züge nach Le Havre, wo man sich einschiffen konnte, auch nach Übersee.

551 *ordnungsgemäß protestierte Wechsel:* Eine Vorsichtsmaßnahme, durch die man formell beglaubigen lässt, dass Schulden nicht zum festgesetzten Datum zurückgezahlt wurden. So kann der Gläubiger seine Rechte aus dem Wechsel durch Vorlage des protestierten Wechsels später geltend machen.

556 *Auktionshaus:* Das Hôtel des Ventes befand sich Ende 1851 noch an der Ecke Notre-Dame-des-Victoires/Place de la Bourse. Im Carnet 8 (*Carnets de travail*, S. 440–444) stehen detaillierte Notizen, die Flaubert sich bei einem Lokalaugenschein im April 1869 gemacht hat und dann für die folgenden Seiten benutzte. Er hatte die Versteigerung zunächst im Hôtel Drouot in der Rue Drouot angesiedelt, aber die Brüder Duplan machten den Freund nach Lektüre des Romanmanuskripts darauf aufmerksam, dass Drouot erst 1852 erbaut worden war (siehe *Correspondance* IV, Anm. 3 zu S. 61).

– *1. Dezember:* Tag vor dem Staatsstreich, mit dem Louis-

Napoléon Bonaparte der Zweiten Republik den Garaus machte. Der 2. Dezember war mit Bedacht gewählt: Es war der Jahrestag der Kaiserkrönung Napoleons I. (1804) und seines Siegs bei Austerlitz (1805).

557 *Kontremarken-Händler:* »Was ich vermuthete, war geschehen. Das Theater war längst angegangen und schon ein Stück vorüber, wie die aus dem Hause kommenden Schaulustigen zu erkennen gaben, von welchen die nicht Zurückgehenden ihre Billets an bereit stehende Kontremarken-Händler verkauften und Letztere solche wieder an später kommende Zuschauer anzubringen suchten, weshalb mehrere dieser Industriellen sich an uns drängten und Marken offerirten.« Diese Szene vor einem Pariser Theater im März 1841 beschreibt Friedrich Höhne in *Wahn und Ueberzeugung. Reise des Kupferschmiede-Meisters Friedrich Höhne in Weimar über Bremen nach Nordamerika und Texas in den Jahren 1839, 1840 und 1841.* Weimar: Wilhelm Hoffmann 1844, S. 423.

558 *Westchen aus weißem Atlas:* Im Carnet 8 finden sich Notizen zu modischen Neuheiten: »*Mode* 1851. Oktober. Westchen: aus weißem Atlas mit einer Stickerei von kleinen weißen Perlen. Garniert mit Knöpfen aus grünem Email oder Brillanten. Zu dem Westchen kleine Kette mit Haken, festgemacht in einem der Knopflöcher, und Berlocke. Halsbinden.« (*Carnets de travail*, S. 440)

559 *auf siebenhundert:* Auch diese Szene hat Flaubert im Auktionshaus beobachtet: »Klavier mit Einlegearbeit, der Ausrufer spielt im Stehen eine kleine Tonleiter: ›1000 Franc … 600 Franc‹.« (Carnet 8, *Carnets de travail*, S. 443)

561 *die Neuigkeiten:* In der Nacht hatte der Staatsstreich stattgefunden. Das Dekret vom 2. Dezember 1851 löste die Nationalversammlung und den Staatsrat auf und verhängte den Belagerungszustand.

– *Mazas:* Gefängnis in der Nähe der heutigen Gare de Lyon (Boulevard Diderot Nr. 23–25, 12. Arrondissement), das 1850 eingeweiht worden war, sich rasch zum Staatsgefängnis entwickelte und bis zu seiner Zerstörung 1898 zahlreiche berühmte Insassen hatte. In der Nacht vom 1. auf den 2. Dezember hatte Louis-Napoléon Bonaparte eine Reihe von politischen Gegnern, sowohl Parlamentarier wie auch Generäle, verhaften und in Mazas einsperren lassen, unter ihnen Persönlichkeiten wie Cavaignac, Thiers, Changarnier, Odilon Barrot, Nadaud oder Lamoricière.

562 *am übernächsten Tag:* Vom Staatsstreich aus gerechnet, denn der 2. Dezember war ein Dienstag, das Kapitel endet am Donnerstag, dem 4. Dezember 1851.

563 *unweit der Oper:* Von 1821 bis 1873 in der Rue Le Peletier/ Ecke Boulevard des Italiens, im heutigen 9. Arrondissement.

564 *Tortoni:* Ein für seine Eisspezialitäten berühmtes Café und Restaurant am Boulevard des Italiens Nr. 22/Ecke Rue Taitbout (heute 9. Arrondissement); es war bei Künstlern beliebt und schon um 1850 in vielen literarischen Werken verewigt.

Kapitel VI

565 *in seinem Arbeitskabinett:* Wo Frédéric jetzt wohnt, ist unklar. Seine frühere Straße, die Rue Rumfort (siehe S. 181), gibt es seit 1854 nicht mehr.

566 *Mostaganem:* Hafenstadt im Norden Algeriens, östlich von Oran.

– *erblickt man das Meer:* Auch diese Stelle hier nennt Gérard Genette als Beispiel für den besonderen Gebrauch des Präsens bei Flaubert (*Figures I*, S. 238; siehe Anm. zu S. 25). Marcel Proust hob dieselbe Passage ganz besonders hervor, als er in seinem berühmten Essay »Über den ›Stil‹ Flauberts«, *Nouvelle Revue française* vom 1. Januar 1920, den Autor der *Lehrjahre* gegen Sprachpuristen verteidigte, er schrieb: »das Präsens des Indikativs […] unterscheidet von den vergänglichen Dingen eine dauerhaftere Wirklichkeit« (in: *Flaubert savait-il écrire? Une querelle grammaticale (1919–1921)*. Textes réunis et présentés par Gilles Philippe, Grenoble 2004, S. 87, und Marcel Proust: *Essays, Chroniken und andere Schriften*. Hg. von Luzius Keller, Frankfurt a. M. 1992, S. 397).

568 *Lottes Brotscheiben:* Ganz am Anfang des *Werther*, unter dem Datum vom 16. Juni, wird »das reizendste Schauspiel […], das ich jemals gesehen habe« beschrieben: Lotte schneidet den Kindern von einem schwarzen Brot »jedem sein Stück nach Proportion ihres Alters und Appetites«.

– *zwischen Handschuh und Manschette:* Das hat Frédéric

zwar getan, aber bei Rosanette (S. 278). Und Madame Arnoux hat sich in einer anderen Situation gesagt: »Ja, sicher, ich liebe ihn! … ich liebe ihn!« (S. 338)

– *von außermenschlicher Bedeutung:* Eine ähnliche Bewunderung für eine Frau namens Maria findet sich im Jugendwerk *Mémoires d'un fou*: »Ein Nichts, eine Falte ihres Kleids, ein Lächeln, ihr Fuß, das kleinste unbedeutende Wort beeindruckten mich wie übernatürliche Dinge« (*Œuvres de jeunesse*, S. 487).

569 *die Spitze ihres Stiefelchens:* Die Stiefelchen stehen am Anfang (siehe S. 19) und am Ende von Frédérics Beziehung zu Madame Arnoux.

570 *um sich ihm hinzugeben:* Im Carnet 19 finden sich die frühen Notizen: »Sie liebt ihn, als er sie nicht mehr liebt, und in diesem Augenblick ~~besitzt er sie~~ oder sie gibt sich ihm hin.« – »Letzte Begegnung: Besuch von Mme … Sie will sich hingeben. Doch sie erregt ihn nicht mehr, und er hat Angst vor zukünftigem Überdruss. Sie nicht lächerlich machen. Er hat Mitleid mit ihr. Sie geht. Er sieht sie in einen Fiaker steigen. Und alles war vorbei.« (*Carnets de travail*, S. 288 und S. 293)

– *schon nicht mehr bei uns:* Fast wortgleich drückt sich der Ich-Erzähler in Flauberts Jugendwerk *Novembre* aus: »Es gibt einen Augenblick im Scheiden, da ist, durch eine Vorwegnahme der Traurigkeit, die geliebte Person schon nicht mehr bei dir.« (*Œuvres de jeunesse*, S. 815) Die angebetete Frau in *Novembre* heißt Marie, wie Madame Arnoux.

Kapitel VII

572 *Zu Beginn dieses Winters:* Mit dieser bewusst vage gehaltenen Angabe signalisiert Flaubert ausdrücklich, dass diese letzte Szene mit dem Zeitraum von Niederschrift und Publikation des Romans zusammenfällt und deshalb in der unmittelbaren Gegenwart spielt (wie er es übrigens auch schon in *Madame Bovary* getan hatte). »Dieser Winter« muss sich also auf den Winter 1868/69 beziehen, bevor dann im Herbst 1869 das gedruckte Buch erscheint.

– *eine hohe Position:* Offenbar hat Hussonnet seine Ambitionen vom Anfang des Romans (siehe S. 51) verwirklicht.

573 *Dieses Geständnis:* Siehe S. 555, bei der Fauteuil-Szene war Flaubert in den Entwürfen übrigens expliziter gewesen: »So kopiert Desl., der einmal Mme Ar vögeln wollte und schließlich die Marschallin vögelt, also Frédéric. Er kopiert ihn noch einmal mit der kleinen Roque, die er schließlich heiratet.« (siehe Wetherill, Anm. 792)

574 *Thermidor:* Steht für den 9. Thermidor des Jahres II (27. Juli 1794), also für den Sturz Robespierres.

– *Fehlen einer geraden Linie:* Diese Idee der »ligne droite« taucht in Flauberts Briefen immer wieder auf, am 16. September 1855 etwa schreibt er an Louis Bouilhet: »Geduld. Unser Tag wird kommen. Wir bauen uns unser Nest. Aber noch ist es nicht gebaut. Wir müssen ein Werk aufs andre setzen, arbeiten wie Maschinen und dürfen nicht abweichen von der geraden Linie.«

– *bei Froissart gefunden:* Die Chroniken von Jean Froissart (ca. 1337–1405) sind eine berühmte Beschreibung der Auseinandersetzungen zwischen Frankreich und England in der Zeit von 1327 bis 1400; in den Entwürfen notierte sich Flaubert konkrete Stellen (siehe Wetherill, Anm. 820). Andererseits dürfte ihn hier auch die 1859 erschienene *Histoire de Nogent-sur-Seine* von Amédée Aufauvre inspiriert haben.

575 *Linienzeichnung und Malerzeichnung:* Der Begriff »dessin linéaire« ist eine feste Kategorie, auch »dessin au trait« (Strichzeichnung) genannt, hier dominiert das Umriss- und Skizzenhafte, die Kontur, eine Technik, wie man sie bei Ingres, Matisse oder Degas findet. Dagegen ist »grand dessin« kein anerkannter Terminus und meint wohl eher die akademische Zeichnung, die sich der Modellierung widmet, Formen herausarbeitet, Rundungen und Schattierungen wie etwa in großen Aktstudien. Im schulischen Kontext der beiden Zeichenlehrer geht es wahrscheinlich um die Rivalität zwischen der technisch-geometrischen Darstellung insbesondere auch von architektonischen Objekten und der eher künstlerischen Zeichnung einer Figur als Ganzes, dem Reproduzieren von Skulpturen oder Anfertigen von Porträts.

– *bei der Türkin:* Guy de Maupassant verfasste 1875 als eine Art Hommage auf dieses Ende des Romans das Theaterstück *À la feuille de rose, maison turque*. Edmond de Goncourt schrieb dazu am 17. Mai 1877 nach einer der privaten Aufführungen in sein Tagebuch: »Heute abend lässt der junge Maupassant in einem Atelier der Rue de Fleurus ein obszönes Stück aus seiner Feder aufführen, mit dem Titel *Feuille de rose* und gespielt von ihm und seinen Freunden. [...] / Am nächsten Tag sprach Flaubert voller Begeisterung über diese Aufführung und fand als Charakterisierung den Satz: ›Ja, das ist sehr frisch!‹ *Frisch*, für diese Schweinerei, das ist wirklich ein Volltreffer.«

576 *Locken drehen:* Die Unerfahrenheit der beiden jungen Draufgänger zeigt sich bereits in diesem schlichten Detail. »Henry«, in der *Éducation sentimentale* von 1845, »ließ sich Locken drehen und drehte sie dann sorgfältig wieder aus, das verlieh seinem Haar eine elegante und lässige Note.« (*Œuvres de jeunesse*, S. 884) Und vor der entscheidenden Kutschfahrt mit Emma (*Madame Bovary* III, 1; S. 312) weiß auch Léon, was zu tun ist: »dann ließ er sich Locken drehen und wieder ausdrehen, das verlieh seinem Haar mehr natürliche Eleganz.«

– *wohl oder übel folgen:* Am 24. Februar 1839 gestand Gustave seinem Freund Ernest Chevalier: »Ich bin ins Bordell gegangen, um mich zu vergnügen, und hab mich gelangweilt.«

INHALT

ANHANG

S. 407
501
519
sentimental 587
(franz./deutsch)